U0584969

网络文学
名作典藏丛书

JIANG YE

猫腻◎作品

精修典藏版

壹

不速之客

作家出版社

《网络文学名作典藏》丛书

总策划

何　弘　张亚丽

主编

肖惊鸿

统筹

袁艺方

主编的话

《网络文学名作典藏》丛书聚焦网络文学，遴选名家名作，工于精修校订，集于精品丛书，力图成为记载中国网络文学成长的历史见证，和致敬中国网络文学发展的一座里程碑。

网络文学名作的实体出版极为重要。这是扩大网络文学影响力、推动网络文学经典化的重要途径，也是展现网络文学成果、引领大众阅读和传播以及拉动文化产业发展的有力手段。

在中国作协的支持下，网络文学中心领导和作家出版社领导担纲总策划，落实主编责任制，确定经过时间验证和社会公认的名家名作，组织精修团队，在作家本人参与下，与责编共同负责精修工作。

回顾网络文学发展历程，这样的一套丛书是前所未有的。精修，意味着与作家的高度共识，意味着对作品的深度把握，完成去粗取精、去伪存真的过程，以实体出版的"固化"形式，朝着网络文学经典化、精品化的目标迈进。精修团队本着为作家负责、为读者负责的态度，重视作品的文学性、思想性，尊重读者的阅读体验，为新时代网络文学高质量发展贡献出集体智慧。

愿更多的读者阅读它、检验它。愿中国网络文学真正成为新时代文学的一座高峰。

肖惊鸿

2021 年 5 月 18 日

《将夜》精修成员

总负责人

肖惊鸿　袁艺方

修订

菜　籽　清　白　茹八一　当代贝克特　王　烨

校订

田偲堂　李伟元　程天翔　王　颖

开 头

在很久很久以前，有很多不可知之地，在那些不可知之地里，有很多不可知之人。

黄昏的荒原远方悬着一颗火球，它散发出红色的光线，像一团体积巨大的火焰，缓慢而坚定地逐渐蔓延开来。原野上积雪融化后初生的苔藓，像烧伤后的疤痕一样涂抹得到处都是，四周一片安静，只偶尔能听到上方传来的鹰鸣和远处黄羊跳跃时的声音。空旷的原野上出现了三个人，他们聚集到一棵荒原不多见的小树下，没有开口打招呼，很有默契地同时低头，似乎树下有一些很有趣的东西值得认真研究和思考。

两窝蚂蚁正围绕着露出寒土的浅褐色树根进行着争夺。或许是因为这片荒原上像树根这样完美的家园难以找到第二个，所以这场战争进行得格外激烈，片刻后便残留了数千只蚂蚁的尸体，似乎应该血腥惨烈，但实际上也不过是一片小黑点而已。

天气还很寒冷，树下那三个人穿的衣服却不多，似乎并不怎么怕冷，就这样专注地看着。不知道看了多久，其中一人忽然开口低声说道："俗世蚁国，大道何如？"

说话的那人眉眼尚稚，身材瘦小，还是一个少年，穿着件月白色无领的单薄轻衫，身后背着把无鞘的单薄木剑，乌黑的头发细腻地梳成一个髻，有根木钗横穿其中——那根木钗看似随时可能堕下，但又像是长在山上的青松般不可动摇。

"首座讲经时，我曾见过无数飞蚂蚁浴光而起。"说这句话的是个年轻僧人，他穿着一身破烂的木棉袈裟，头上新生出的发茬儿青黑锋利，就像他容颜和话语中透出的味道那般肯定、坚毅。

木剑少年摇头说道："会飞的蚂蚁最终还是会掉下来，它们永远触不到天空。"

"如果你始终坚持这般想法，那你将永远无法明悟何为道心。"年轻僧人微微合目，望着脚下正在抛撒残肢的蚁群，说道，"听说你家观主最近新收了个姓陈的小孩子，你就应该明白，知守观这种地方永远不会只有你一个天才。"

背木剑的少年挑眉，微讽地回应道："我一直不明白，像你这样无法做到不羁身的家伙，有什么资格代悬空寺行走天下。"

年轻僧人没有回应他的挑衅，望着脚下焦虑乱窜的蚂蚁说道："蚂蚁会飞也会掉，但它们更擅长攀爬，擅长为同伴做基础，不惧牺牲，一个一个蚂蚁累积起来，只要数量足够多，那么肯定能堆成一个足以触到天穹的蚂蚁堆。"

天空暮色里传来一声尖锐的鹰叫，显得很惊慌恐惧，不知道是惧怕树下这三个奇怪的人，还是惧怕那个并不存在的直冲天空的巨大蚂蚁堆，或是别的什么。

"我很害怕。"背木剑的少年忽然开口说道，瘦削的肩膀往里缩了缩。年轻僧人点头表示赞同，虽然他脸上的神情依旧平静坚毅。小树下第三个少年身体精壮，裹着像是兽皮做的衣裳，赤裸的双腿像石头一般坚硬，粗糙的皮肤下能够清晰地看到蕴积无穷爆发力的肌肉。他始终沉默，一言不发，然而皮肤上栗起的小点终究还是暴露了他此时内心真正的感受。

树下三个年轻人来自这个世界上最神秘的三个地方，奉师门之命在天下行走，就仿佛三颗横贯于人间的星辰般夺目。但纵使他们，今天在这片荒原也感到了难以抵抗的恐惧。

老鹰不会惧怕蚂蚁，在它眼中蚂蚁只是黑点。蚂蚁不会惧怕老鹰，因为它们连成为鹰的食物的资格也没有，它们的世界里甚至根本没有老鹰这种强大的生物，看不到也触摸不到。然而千万年间，相信蚂蚁群中总有那么特立独行的几只，出于某种玄妙的原因决定暂时把目光脱离腐叶烂壳，向湛蓝青天看上那么一眼，然后它们的世界便不一样了。

因为看见，所以恐惧。

树下三位年轻人抬起头，望向数十米外地面上的一道浅沟。浅沟自然不深，里面除了黑色什么也没有，在斑驳的荒原地表上显得格外清晰。这条沟在两个小时前突然出现，陡然一现便直抵天际，仿佛是只无形的天鬼拿如山巨斧劈出来的，仿佛是位神匠拿如椽巨笔画出来的，令人不寒而栗，不解而惧。背木剑的少年盯着那道黑线说道："我一直以为不动冥王是个传说。"

"传说中冥王有七万个子女，也许这一个只是偶尔流落人间。"

"传说就是传说。"背木剑的少年面无表情地说道，"传说里还说每一千年便有圣人出，但这几千年来，谁真见过圣人？"

"如果你真不相信，为什么你不敢跨过那条黑线？"

没有人敢踏过那条黑线，那道浅沟，即便是骄傲而强大的他们。蚂蚁能爬过，长肢虫能跳过，黄羊能跃过，鹰能飞过，只有人不能过。

正因为是人，所以不敢跨过。

背木剑的少年抬头向天边望去，问道："如果那个孩子真的存在，那么……他在哪里？"

此时落日已经有一大半沉入地底，夜色正从四面八方涌过来，荒原上的温度急剧降低，一种令人心悸的气氛开始笼罩整个天地。

"黑夜降临，到处都是，你们又能到哪里寻找？"那名穿兽皮的少年打破了一直以来的沉默，他的声音拥有与年龄不符的低沉粗糙，嗡鸣振动，就像是河水在不停翻滚，又像是锈了的刀剑在坚硬的石头上不停磨擦。说完这句话，他就离开了，用一种特别的方式离开。数蓬火苗忽然从他两条坚硬粗壮的裸腿上迸将出来，把少年下半身罩进一片赤红色中，狂啸的风让地面的碎石急速滚动，然后仿佛有种无形的力量抓住他的脖子，把他的身体提向十几丈高的天空，紧接着呼啸破空落下，狠狠砸在地上，然后再次蹦起，就像一块石头毫无规律地蹦向了远方，看上去异常笨拙却又极其迅猛高速。

"只知道他姓唐，不知道他的全名是什么。"背木剑的少年若有所思道，"如果换一个时间换一个地点遇到，我和他肯定只有一个人能活下来，徒弟就这么厉害，他那个师父又会强到什么程度……听说他师父这些年一直在修二十三年蝉，不知道将来破关之后身上会不会背一个重重的壳。"

身旁一片安静，没有人回答，他有些疑惑地回头望去。只见那名年轻僧人双眼紧闭，眼皮急速颤动，似乎正在思考某个令人困扰的问题，事实上自从那名兽皮少年说出关于黑夜的那番话后，年轻僧人便一直陷在这种诡异的状态之中。感应到目光的注视，年轻僧人缓缓睁开双眼，咧嘴一笑，笑容里原初的坚毅平静已经变成不知从何而来的慈悲意，张开的唇内血肉模糊，是嚼碎后的舌。

木剑少年皱了皱眉。

年轻僧人缓慢摘下腕间的念珠，郑重挂在自己颈上，然后抬步离去，他的步履沉重而稳定，看似极慢，但不过刹那便已经身影模糊，将要消失在远处。树下再没别的人，木剑少年脸上所有的情绪全部淡去，只剩下绝对的平静，或者说绝对的冷漠。他望向北方尘埃里那个像石头般不停跳起砸下的影子，低喝道："邪魔。"

他望向西方那个低着头沉默前行的年轻僧人背影，说道："外道。"

"不足道也。"

邪魔外道不足道也。

说完这句话，少年身后背负的单薄木剑无由而震，发出嗡嗡异鸣，哧的一声凌空而起，化作一道流光，将荒原上那棵小树斩作了五万三千三百三十三片，不分树枝树干尽为粉末，纷纷扬扬覆在那些忘生忘死的蚂蚁之上。

"哑巴开口说话，饼上放些盐巴。"少年唱着歌走向东方，单薄的小木剑悬浮在身后数米处的空中，安静无声跟随。

大唐天启元年，荒原天降异象，各宗天下行走会聚于此，不得道理。自其日悬空寺传人七念修闭口禅，不再开口说话。魔宗唐姓传人隐入大漠，不知所终。知守观传人叶苏勘破死关，周游诸国。三人各有所得。

但他们三个人并不知道，就在那一天黑夜将至时，就在那道他们不敢跨越一步的黑壑那头，靠近都城的方向，某片小池塘边，一直坐着个书生，一个穿着草鞋破袄的书生。这书生仿佛根本感觉不到那道黑壑所代表的强大与森严，左手里拿着一卷书，右手里拿着一只木瓢，无事时便读书，倦时便少歇，渴了便盛一瓢水饮，满身灰尘，一脸安乐。

直到远处三人离去，直到荒原上那条浅浅的黑壑渐渐被风沙积平，书生才站了起来，掸掸身上的灰尘，将木瓢系到腰间，将书卷仔细藏入袄内，最后看了眼都城方向，方才离开。

都城长安有一条长巷，东面是通议大夫的府邸，西面是宣威将军的府邸，虽不是顶尖的权势爵位，但官威深重，平日长巷一片幽静，只不过今日却早已幽静不再。通议大夫府邸有喜，产婆忙进忙出，然而从老爷到丫环所有人脸上的喜悦神色总觉得像是掺杂了某些别的情绪，没有一个人敢笑出声来，那些端着水盆匆匆走过墙角的仆妇，偶尔听着墙外传来的声音，更是面露恐惧之色。

那位以骁勇著称的宣威将军林光远，因为得罪了帝国第一骁勇大将军夏侯，于是再也不复骁勇，被人告发与敌国相通，经过亲王殿下亲自审讯数月，如今终于有了结果。

结果很明确，处罚很简单，就四个字——满门抄斩。

通议大夫府大门紧闭，管家贴着门缝紧张望着同样大门紧闭的将军府，听着对面不时传来重物砍入肉块的声音，听着那些骨碌碌像西瓜滚动的声音，身体忍不住颤抖起来。两家在一条巷子里生活了很多年，将军府从管家到门子都和他相熟。听着那些恐怖的声音，他仿佛看到无数把锋利的朴刀切开那些相熟人的脖子，看到那些有着熟悉面容的头颅在青石板上不停滚动，然后撞到门口，逐渐叠加挤压成了一座小山……

鲜血从将军府门下淌了出来，有些乌黑有些黏稠，像是混了朱砂的糯米浆液，里面还有些像紫薯絮般的肉筋。面色苍白的管家盯着那处，再也无法控制自己的情绪，扶着门佝着身子开始呕吐。

门外忽然传来急促的马蹄声，叱喝声，然后是粗鲁敲打的声音，隐约间听到喝骂，仿佛是说将军府有人逃脱，一名亲王府的家将骑在马上厉声喝道："一个都不能少！"

通议大夫府后宅花园某处墙上，有几道划痕和血迹。

"少爷你听话，你不能出去。让小楚去，让他去吧……"离此地不远处的柴房内，一名浑身是血的将军府管事，望着身前两名四五岁大小的男孩儿，枯唇微微翕动，沙哑的声音极为难听，满是皱纹黑泥的脸上写满了绝望和挣扎，一直挣扎到老泪挤出眼角，浑浊得厉害。

闯进通议大夫府的羽林军没有花多长时间，便找到了这间柴房。看见柴房内倒毙的老少二具尸体，进行查验之后，那名校尉犹有余悸地大声报告道："一个不少，都死了。"

"世外高人"这四个字最简单的解读方式就是高人一般在世外，在世外的容易是高人。废话中其实隐着某些道理，他们所恐惧的是凡人无法接触的，他们所喜悦的是凡人无法理解的。于是俗世不曾知晓世外发生了什么，世外的人也不会理会俗世里正上演着一幕幕生离死别或新生喜悦，更不会关心屠夫的秤少了斤两，酒徒家里的窖被老鼠噬出了泥洞，朝廷死了个宣威将军，某文官生了个女儿。

两个世界的悲欢离合从来都不相通。若能相通，便是圣贤。

都城长安郊外有座高山，山峰半数隐于云中，后山面西的悬崖峭壁之间，有一个人影正在其间缓慢上行，这个男子的背影极为高大，单衣之外穿着一件黑色的罩衣，手里提着食盒。摇摇晃晃地迎风行到一处山洞外，高大男子坐了下来，打开食盒，取出筷子，夹一块姜片送入唇中仔细咀嚼，又拈两片羊肉吃了，满足地叹息赞美一声。

夕阳下的都城长安，逐渐将被黑夜笼罩，远处隐隐有积雨阴云飘来。高大男子望着都城某处，感慨说道："我仿佛看到当年的你。"

他抬头望天，右手持箸指天，说道："至于你，飞得再高又有什么用呢？"略一沉默，高大男子端起手边的米酒一饮而尽，举着空酒碗望着天地四周都城左右敬颂道："风起雨落夜将至。"

说风起时，有风自山外来，吹得衣襟呼呼作响，岩间老树急剧摇晃，山石簌簌直落。"雨落"二字出他口时，远处飘至都城上空的雨云骤然一暗，无数雨丝化为一柱，自最后的暮色间倾盆而下。当他说完这句话时，黑夜刚好占据半边天穹，漆黑有如冥君的瞳。高大男子重重放下酒碗，恼火地咕哝道："真他妈的黑。"

1

唐帝国天启十三年春，渭城下了一场雨。

这座位于帝国广阔疆域西北端的军事边城，为了防范草原上敌人入侵，四方的土制城墙被垒得极为厚实，看上去就像是一个敦实的土围子。干燥时节土墙上的浮土被西北的"风刀子"一刮便会四处飘腾，然后落在简陋的营房上，落在兵卒们的身上，整个世界都将变成一片土黄色，人们夜里入睡抖铺盖时都会抖起一场沙尘暴。

正在春旱，这场雨来得恰是时辰，受到军卒们的热烈欢迎，从昨夜至此时的淅淅沥沥雨点洗刷掉屋顶的灰尘，仿佛把人们的眼睛也洗得明亮了很多。

至少马士襄此时的眼睛很亮。

作为渭城最高军事长官，他此时的态度很谦卑，虽然对于名贵毛毯上那些黄泥脚印有些不满，却成功地将那种不满掩饰为一丝恰到好处的惊愕。他对着矮几旁那位穿着肮脏袍子的老人恭敬行了一礼，低声请示道："尊敬的老大人，不知道帐里的贵人还有没有什么别的需要，如果贵人坚持明天就出发，那么我随时可以拨出一个百人队护卫随行，军部那边我马上做记档传过去。"

那位老人温和地笑了笑，指了指帐里那几个人影，摇摇头表示自己并没有什么意见。就在这时，一道冷漠骄傲的女子声音从帐里传出："不用了，办好你自己的差事吧。"

今天清晨，对方的车队冒雨冲入渭城后，马士襄没有花多长时间便猜到了车队里那位贵人的身份，所以对于对方的骄傲冷漠没有任何意见，也不敢有任何意见。帐里的人沉默片刻，忽然开口说道："从渭城往都城，岷山这一带道路难行，看样子这场雨还要下些时日，说不定有些山路会被冲毁……你从军中给我调个向导。"

马士襄怔了怔，想起某个可恶的家伙，沉默片刻后，低头回应道："有现成的人选。"

营房外几名校尉面面相觑，脸上的表情各不相同，有惋惜，有不舍，有庆幸，有震惊，但很明显他们都没有想到，马士襄居然会选择让"那个人"去做贵人的向导。

"将军，你真准备就这么把他放走了？"一名校尉吃惊说道。

渭城不大，军官士卒全部加在一起也不超过三百人，远离繁华地的军营有时候更像是一个土匪窝子，所谓将军只不过是最低阶的裨将。然而马士襄治军极严，或者说这位渭城匪帮头领很喜欢被人叫将军，所以即便是日常交谈，下属们也不敢忘了在抬头加上"将军"二字。

马士襄抹了一把脸上的雨水，看着营房四周的黄褐色积水，感慨叹息道："总不能老把他留在这个鸟不拉屎的地方，推荐信的回执已经下来快半年了，大好的前途在等着那小子。反正他要去都城进行书院初试，恰好和那位贵人的队伍顺路，就算送那位贵人一个人情也好。"

"我看那位贵人可不见得领情……"校尉恼火地回答道。

众人身后的营房门被推开，一名模样清秀的婢女走了出来，望着马士襄和校尉们冷冷说道："带我去看看那个向导。"到底是贵人的贴身婢女，面对着朝廷边将竟也毫不遮掩自己的淡淡傲意。

宰相门房、贵人近婢、亲王清客，这是官场上极令人头痛的角色，近则惹人怨，远之惹麻烦，最是麻烦。马士襄实在是不愿意和这种人打交道，随意说了两句闲话，便挥手招来一名校尉，吩咐他带着这名贵人婢女自去寻人。

雨暂歇，轻雨过后的渭城显得格外清新，道旁三两枝胡柳绽着春绿，不过景致虽好，城却太小，没走几步路，校尉便领着那位婢女走到了目的地，那是一处简陋而热闹的营房。听着门内传出的嘈乱声、喝骂声、行令声，婢女微微蹙眉，心想难道光天化日之下，居然有人敢在军营里饮酒？门帘被风拂起，里面的声音陡然清晰，果然是在划拳，却不是什么正经酒拳——听着行令的内容，婢女清秀的容颜上闪过一丝羞红恚怒，暗自握紧了袖中的拳头。

"我们来划淫荡拳啊！谁淫荡啊你淫荡！谁淫荡啊我淫荡！谁淫荡啊他淫荡！……"

龌龊的行令声往返回复，嘈嘈不绝，竟是过了极长时间都没能分出胜负，表情越来越恼怒难看的婢女掀起门帘一角，眼神极为不善地向里望去，第一眼便看见方桌对面的一个少年。那少年约莫十五六岁，身上穿着一件军中常见的制式棉衫，襟前满是油污，一头黑色的头发不知道是天然生成还是因为几年未曾洗过的缘故有些发卷，也有些油腻，偏生那张脸却洗得极为干净，从而显得眉眼格外清楚，脸颊上那几粒雀斑也格外清楚。

"谁淫荡啊你淫荡！"

与龌龊的划拳内容截然相反，这少年此时的神情格外专注严肃，不仅没有丝毫淫亵味道，甚至眉眼间还透着几分圣洁崇高之意。他右手不停地在身前比画着剪刀石头布，出拳如风，出刀带着杀意，仿佛对这场划拳的输赢看得比自己生命还要重要。几只在西北恶劣环境下生存下来的拥有强悍生命力的绿头苍蝇，正不停地试图降落到少年染着油污的棉衫前襟上，却总被他的拳风刀意驱赶开来。

"我赢了！"

漫长得似乎要把桌旁对战二人肺里所有空气全部榨干的划拳终于结束，黑发少年用力地挥动右臂，宣告自己的胜利，极为开心地一笑，左脸颊上露出一个可爱的酒窝。少年的对手却不肯服输，坚持认为他最后在喊"谁淫荡"时变了拳，于是房间内顿时陷入一片激烈的争吵，在旁观战的军卒各有立场倾向，谁也说服不了谁，就在这时不知道谁大吼一声："照老规矩，听桑桑的！"

所有人都把目光投向房间一角，那里有一个十一二岁的女童正在吃力地搬动水桶，身材矮小瘦削，肤色黝黑，眉眼寻常，身上那件不知她主人从哪儿偷来的侍女服明显有些过于宽松，下摆在地上不停地拖动，搬着可能比自己还要重的水桶，显得非常吃力。那名叫桑桑的小侍女放下水桶转过身来，军卒们紧张地看着她，就像是赌场上的豪客们等待着庄家开出最后的大小，而且很明显这种场景已经不是第一次出现。

小侍女皱眉看了一眼那名少年，然后望向桌对面那名犹自愤愤不平的军卒，认真说道："第二十三回合，你出的剪，他出的拳，但你说的是'他淫荡'，所以那时候你就已经输了。"

房间里响起一片哄笑声，众人就此散开，那名军卒骂骂咧咧地给了钱，那少年开心笑着接过钱钞，用手在胸前油渍上擦了擦，然后拍拍对方的肩膀表示诚挚安慰："想开一些，整个渭城……不，这整个天下，谁能赢我宁缺？"

婢女的脸色很难看，于是一直站在旁边偷偷观察她脸色的校尉脸色也难看起来。他用手攥住门帘，深深吸了口气，正准备咳嗽两声，却被婢女瞪过来的两道严厉目光阻止。

阻止校尉惊动对方后，婢女远远跟着那名少年和侍女离开了营房，一路沉默地观察打量，校尉不知道她想做些什么，只好归为贵人所亲近的人物惯有的谨慎怪异习性。一路上那名叫宁缺的少年没有显示出任何特殊的地方，买了些吃食，和街畔酒馆里的胖大婶打了声招呼，显得特别悠闲，唯一让婢女觉得怪异、让她脸色越来越难看的是：那位瘦小的侍女在他身后吃力地拖着水桶，少年却没有丝毫帮手的意思。帝国是个阶层森严的国度，但民风朴实，就算是在都城长安那种浮华阴暗地，哪怕是最冷漠的贵人，想来也无法看着一个十一二岁的瘦弱女童如此吃力而毫不动容。

"军中允许士卒养婢？"清秀婢女强行压抑心头的怒意，对身旁的校尉发问。

校尉挠了挠头，回答道："前些年河北道大旱，无数流民拥向南方和边郡，路旁到处都是死人，听说桑桑就是宁缺那时候从死尸堆里抱出来的，宁缺也是孤儿，从那之后两个人一直相依为命。后来他报名从军，唯一的条件就是要把这个小丫头带进渭城。"他看了婢女一眼，小心翼翼解释道，"都知道军中不允许这种事情发生，但他们的情况有些特殊，总没办法把一个小丫头逼进绝路，所以大家都当……没看见。"

听到这番解释，婢女的脸色稍微好看了些，然而当她看到宁缺提着半只烧鸡晃荡的模样，再看到他身后数米外小侍女吃力拖动水桶而憋红的黑瘦脸颊，心情又变得糟糕起来，冷声道："这哪里是相依为命，他分明想要那个丫头的命。"

渭城确实很小，没过多时，前后四人便到了某处南向屋外，屋外有一片小石坪，坪外围着一圈简陋的篱笆，婢女和校尉站在篱笆外向里望去。小侍女把有她半个身子高的水桶艰难挪到水缸旁，然后站上缸旁的板凳，拼尽全身气力异常艰难地将水倒入缸中，紧接着，她开始淘米洗菜，趁着蒸饭的空当，又拿了抹布开始擦拭桌椅门窗，不多时便有水雾升腾，将她瘦小的身子笼罩在其中。虽说昨夜下了一场雨，但雨水不够大，门窗上积着的黄土没有被冲刷干净，反而变成了一道道难看的泥水痕迹，这些泥水痕迹在小侍女的抹布下迅速被清除，屋宅小院顿时变得干净明亮起来。很明显这些家务活儿她天天都在做，显得非常熟练快速，还是孩童的小侍女像蚂蚁般辛勤忙碌，像仆妇般东奔西走，累得满头大汗脸蛋通红，看上去有些滑稽，又有些令人心生同情……

那个叫宁缺的家伙很明显缺乏这两种情绪，他安静地，或者可以说是安逸地躺在一张竹躺椅上，左手拿着卷旧书不停翻看，右手拿着根硬树枝在湿泥地上不停滑动，偶尔沉思入神时，他便随意将手中树枝一扔，掌心向上伸向空中，片刻后便有一壶温度将将好的热茶放到掌上。

渭城里的军卒早已习惯这间小院里的日常生活画面，所以并不觉得奇怪，站在篱笆外的贵人婢女目光则逐渐冰冷。尤其是看到那个小侍女忙着做饭打扫的过程中，还不敢忘了留意观察少年军卒的要求，随时准备沏茶倒水捶背捏腿时，她的脸上霜色越发重了，仿佛要凝结了一般。

2

婢女径直推开篱笆走了进去，目光落在竹躺椅上，落在那名少年一直认真读的旧书上，淡淡嘲讽说道："以为看的是什么圣贤大作，能让你忘记身边发生的一切动静，没想到居然只是市面上随处可买的《太上感应篇》，莫非像你这种人也奢望能踏进修行之道？"

宁缺坐起身来，好奇地看了一眼这个衣着华贵、似乎永远不应该出现在渭城的小娘子，又看了眼表情尴尬的校尉，停顿片刻后解释道："只能买到这本，所以也只好将就着看，也就是好奇，哪里有什么奢望。"

婢女明显没有想到这少年竟会回答得如此自然随意，弄得自己反而不由一窒，旋即望向门旁正在倒灶灰的小侍女，不悦道："我堂堂大唐，怎么会有你这样的男人。"

宁缺疑惑地皱了皱眉头，顺着对方的目光望向正拿着抹布呆站在窗边的桑桑，明白了对方言辞间的锋利由何而来，左脸颊里酒窝隐现，笑着说道："看你应该比我大，要不然……你就当我不是男人，是个男孩儿吧。"

婢女这一生大概从未见过如此厚颜无耻赖皮之人，袖中的拳头缓缓攥紧，神色冰冷，正欲发作之时，目光却落在竹躺椅旁那片泥地上，落在那些树枝画出来的字迹上，心思不由微微一动，眸中隐现异色，让她浑然忘了自己想要说些什么。

渭城条件最好的营房内，那位穿着破袍子的老人正在闭目养神，边将马士襄则半弓着身子和帐内的贵人对话，谦卑的态度里，有着隐藏不住的惊讶神情。

"您对那名向导不满意？"他疑惑问道，"为什么？"

帐内贵人的声音极其不满，训斥道："我要的是精明能干的向导，而不是一个满脑子全是修行美梦、手无缚鸡之力、只能提烧鸡的惫懒少年。"

马士襄轻轻咳了两声，低声解释道："以末将所知，宁缺虽然年岁尚浅，但这两年来在草原上也斩过好些蛮人头颅，若……只是绑几只鸡，我想应该问题不大。"

大唐以武立国，首重军功，帐后那人虽然身份尊贵到了极点，但既然触及军队最看重的荣耀，马士襄毫不犹豫选择了反击，似是解释其实却有些嘲讽反驳的意味。帐后那道冷冽的声音稍一停滞，不悦道：

"能杀人便能做一个好向导？"

马士襄回答得越发谦卑："渭城三百部属，宁缺肯定不是其中杀敌最多之人，但末将敢以人头作保，无论是何等样惨烈的战场，最后活下来的人里……肯定有这少年。"然后他抬起头来，微笑道，"因军功累加，他获得了军部的推荐信，这小子也确实争气，半年前便通过了初核，此次回都城，他就要去书院报到了。"

听到"书院"二字，帐后忽然沉默下来，那位贵人没有再开口说话。

马士襄离开后，那位穿着旧袍的老人缓缓睁开双眼，苍老而平静的眼眸间难得流露出一丝兴趣，他望着帷帐，温和笑着说道："在这边陲小城里，居然有士卒能考进书院，实在是令人意外，既然如此，那少年想必无论品行还是能力都是上上之选，让他做向导倒也不差。"

"离国不过三载，没想到书院这等神圣之地居然也开始招收兵痞子了。"语调依然清冷不屑，但实际态度却已经有了变化，那位贵人至少不再反对宁缺作为自己队伍的向导——只需要一个名字便能够让大人物改变主意，那个简单地叫作"书院"的地方，想来必然极不简单。

老人说起另外一件事情，神情显得有些疑惑："先前我去看过他写在泥地上的那些字，抄的是《太上感应篇》第三节，字体线条简练，却又极为生动，明明只是用了一根树枝，落于湿地之上却有刀锋加诸泥范之感，这名叫宁缺的军卒书法已然入了正途……真不知他是怎样练出来的，师承又是何方。"

"那军卒也只不过空有笔触罢了，先前偶一观之，新鲜之余难免震撼，此时细细想来，也不过是些奇技陡笔的路数，谈何正途，日后约莫也就是都城香坊外一个卖字先生。"贵人冷淡应道。

老人摇了摇头，说道："您所说新鲜二字便是关键。我不懂书法，但看那军卒枝梢落处，竟真的隐隐能见金石之意，这等字中风骨极少见，真有些像道坛里那些符道大家的手段。"

"您是说神符？"帐后贵人一怔，旋即嘲讽道，"世上亿万人众，符道大家却不过十数人而已。那些高人或隐于宫中，或静坐于观内，一生冥想苦修，方能凝天地气息于金钩银划之间。那少年身上全无气息波动，就是一普通凡人，就算再看五十年《太上感应篇》，只怕连初境都无法踏入，哪里敢和那些大家并列讨论？"

老人笑了笑，没有再说什么。虽说他是修行中人，一路上极得对方尊敬，但双方身份地位相差太大，所谓尊敬实际上不过是怜老惜才，既然如此，有些不该说的话还是不要说的好。当然他并不赞同帐后那位贵人的话，关于那名叫宁缺的军卒，老人有自己的判断：俗世之中皆凡人，能够体悟到天地气息从而踏入初始之境的人真可以说是万中无一，起始感应一关最是艰难，绝非易事，然而那宁缺若真能入书院学习，万一哪日因缘际会上了传说中的二楼，走上了修行之道，那手怪异而极富力道的书法，定会对他大有助益。就算那厮始终无法开窍，单凭那手字就能让书院和道坛里的高人们另眼相看，至不济也能震一震那些文士书家。

宁缺放下手中的书，摇了摇头向门外走去，脸上犹挂着淡淡的失落与不甘。

这本小时候跟运粮队去开平赶集买的《太上感应篇》，正如那位贵人婢女所说，是随处可见的大路货色。他很清楚这一点，却依然时刻不忘诵读学习，仿佛这本书就是传说中供奉在昊天道不可知之地的天书七卷。书早已翻得页角发卷，显得破旧不堪，若不是被桑桑用棉线密密缝住书脊，只怕偶一翻动就会化作几蓬纸钱，迎风而去祭穷酸的先贤。只可惜这么多年过去，书页已翻烂，上面的字句深刻于脑中早已烂熟，他却依然不得其门而入，不要说什么修行之初境，就连书中所言最简单的感应都无法做到。

曾经失望甚至绝望过，后来知晓这个世界上绝大多数正常人都无法体悟天地之气，他的心情才变得平静了很多——是的，那些传说中的世外高人都不是正常人，都是变态人士，因为只有极罕见的变态者方能感悟天地之息，不然那么多本《太上感应篇》在世上流传，怎么没听说过都城长安的夜空里到处都是飞剑闪来闪去，高人飘来飘去？

而他宁缺很正常，或者说很普通。只是，忽然发现眼前有一座奇妙的宝山，你却只能空着手回去，忽然发现天地间充斥着那种叫作元气的像看不见的白云一般的奇妙东西，你却抓不到一片云彩，终究还是会有些不甘心吧？

"渭城这么穷，草原上的蛮人早就让皇帝陛下打怕了，好些年都不敢过来，所以军功也没办法积得太快，能回都城当然是好的，我哪里会有什么不甘心的地方。"灯光昏暗的军营内，宁缺向身前的将军恭敬行礼，言辞恳切地解释道，"只是距离书院报名的日子还有段时间，我想着没必要这么早离开。这些年在将军麾下虽谈不上突飞猛进，但总被您教诲得像了个人样儿，不然我也不会如此命好考进书院。我是真想在渭城，在您身边多待几天，能多听听您的教诲……哪怕就是这么多坐会儿，多说说闲话也是好的。"

马士襄看着面前的少年，下颌的胡须微微拂动，不知是被夜风吹拂还是非常生气的结果，没好气地说道："宁缺啊宁缺，曾几何时你也变成这么不要脸的家伙了？"

宁缺认真回答道："只要将军您需要，我随时可以不要这张脸。"

"说真话吧。"马士襄的神情冷淡下来，表情严肃地问道，"为什么你不肯当这个向导？"

宁缺沉默了很长时间，然后低声说道："将军，那位贵人应该很不喜欢我。"

"贵人不喜欢你？"马士襄厉声训斥道，"你好像忘记了你的身份，要知道你现在还不是书院的学生，身为帝国军人必须服从上级军令，服从老子我的命令！贵人喜不喜欢你，不是你该操心的事情！至于你喜不喜欢那位贵人，是没有人会在乎的事情！你只需要接受命令，然后完成命令！"

宁缺没有回答，低头看着军靴中间那块泥巴里长出的一根倔强的青草，以沉默表示反对。马士襄拿这个少年无可奈何，叹息说道："你到底是要闹哪样？为什么就不肯跟他们回都城？"

宁缺抬起头来，神情极为认真说道："在外面我看到过他们车队，他们在草原上遇过袭击，最近那边正在春旱，而去年左金帐的单于死了，那位贵人的婢女皮肤有些黑，所以……我不敢跟他们走。"

马士襄看着他，叹息道："你早就猜到了？"

"全渭城现在还有谁没猜到他们是谁？"宁缺很无奈地摊开双手，望向夜色下军营的那一边，说道，"也只有那位在长安皇宫里长大，嫁到草原上作威作福，连自己男人死了都没发现的白痴公主殿下，才会愚蠢到以为这始终是个天大的秘密。"

3

帝国民风开放，又是深夜军帐私话，但听到"白痴公主殿下"这几个字，马士襄的脸色还是忍不住变得紧张难看起来。那位身份尊贵的女子进入渭城后，他是何等样地小心谨慎紧张，哪里想到宁缺居然这般大刺刺做出了如此刻薄的评价，而且他认为宁缺的评价并不公道，所以脸色更加难看。

世人皆知大唐四公主并不是白痴，而是位极贤良的殿下。

以大唐国力之强，兵锋之盛，无论是面对草原蛮族，还是面对中原其余诸国，从来不会考虑和亲这种带有屈辱性质的政治手段，除了早年太祖皇帝几位最忠诚的蛮族部将迎娶过几位宗室女，便再也没有类似的情况发生。然而当三年前草原初现不稳，蛮族最大的金帐部落在大唐敌对国家秘密挑唆支援下隐现反心时，当时正处十三四岁豆蔻年华、深受陛下宠爱的四公主，竟是跪于大明宫前叩阶泣血，不顾举国反对，宁愿舍弃长安繁华，坚持要远嫁草原，给那位金帐单于做续弦。

此事一朝传出，天下震惊，坊间议论纷纷，白发文臣痛心疾首连上奏章，皇帝陛下震怒摔碎了无数盏玉杯，皇后情绪复杂不置一词。然而这一切都无法阻止那位少女公主的决心，而草原金帐单于在知晓此事后大感荣耀，更喜公主性情，遣使者驱五千牛羊马入朝，言辞谦卑恳切求亲，最终大唐皇帝只好无奈定下，让女儿在天启十一年出嫁草原。

公主嫁入草原不到半年，与单于夫妻相敬和谐，曾经雄心勃勃的蛮族英勇领袖变成了一只平静的草原雄狮，静守国土，远眺异乡，却不再轻启战衅。只可惜谁也没有想到，数月前正值壮年的单于却突然暴毙，单于之弟强行继位，边境的局势重新变得复杂紧张起来。但从当年那个身材单薄的少女跪在大明宫前自行决定婚约开始，整整四五年的时间，唐帝国西北边境一直处于珍贵的和平之中，必须要说大部分都是那位公主殿下的功劳。传闻中公主坚持远嫁草原，有很大一部分原因是为了避开皇后娘娘。然而即便这是真的，在军方重臣和朝中官员们眼中看来，四公主不恃陛下宠爱、面对皇后主动退避、避免帝国上层矛盾激化的行为，也是一种识大体、极贤良的行为。

对于马士襄这种身经百战的大唐边将来说，他们不畏惧战争，更不会惧怕那些蛮人，公主远嫁敌人甚至让他们觉得极为屈辱——但没有谁会拒绝和平这种上天赐予的礼物。所以他们对那位公主殿下的感觉很复杂，既有些无来由的愤怒，却也难免有些感激，种种情绪到最后，渐渐变成了内心深处不便与人言的一丝尊敬。

宁缺是个普通军卒，不知道能不能理解将军的复杂情绪，就算理解想来也不会在意，因为他现在争取的事情牵涉到他个人安危，而他一向以为没有太多事情比自己的生命更重要。所以他假装没有看到将军阴沉的脸色，继续说道："我粗略算过马车上的箭眼，那位新任单于下手很黑很绝，我估计公主的护卫队至少损了一半人命在草原上。"

"据说是遇到了马贼。"马士襄说话的神情有些不自然，大概连他都不相信这个说法。

"就算是金帐单于，也不敢明目张胆袭击我大唐公主，所以当然是……也只能是马贼，只不过谁都知道那批马贼是由谁扮的。"宁缺继续说道，"但这事儿仔细一想又不对了，大家都知道马贼是新单于骑兵扮的，那个蛮子哪里来的这么大胆子？难道就不怕事后朝廷大怒发兵把他金帐给平了？"

大唐以武立国，民风朴素却又争勇好狠，堪称天下最强之国，最是在意尊严，然而如果要彻底平掉草原蛮族金帐，只怕也要让国力损耗大半。为了一位嫁了人的公主遇袭而让帝国陷入动荡艰难，这看上去似乎是不可能发生的事情，但事实上，在大唐的历史中经常出现这种可以说意气用事，也可以说豪气干云的故事。

太祖晚年时草原某部屠了白羊道某处村镇，村民一百四十人被斩尽杀绝，帝国使者前去问罪，又被那部落骄奢单于割了耳朵赶回。太祖勃然大怒，当即决定亲征草原。帝国全体动员，组成一支由八万骑兵构成的浩荡铁骑征北，该部落大感震栗恐惧，闻风而逃，顶风雪直入北部荒原，而大唐铁骑则是穷追不舍，竟是连战数月，最终将对方部族全数屠灭。

连战数月，尽屠敌骑，看似简单的描述，看似潇洒风光的结局，却隐藏了大唐帝国为此付出的可怕代价。为了支撑这场耗资巨大的战争，朝廷发百万民夫，征河北道三郡牲畜，岷山四周田地荒废，十室九空，南方赋税连翻四倍，民怨沸腾，朝中官员根本无力兼顾政事，天下陷入动荡甚至垮塌的危险边缘。

然而当帝国铁骑远征荒原之时，南方的反贼义军竟没有趁此良机加大攻势，甚至反而纷纷潜回山林湖泊之中，看上去像是他们不想在这时候拖帝国的后腿。造反的草莽们，或许并不见得每个人都会想着所谓民族大义，或许他们当中也有人想抓住这个天赐的良机，然而他们不得不面对一个现实——往常默默支持他们的穷苦民众，义军中很多底层头领和士兵，在他们决定要抓住这个机会时，纷纷用脚步和沉默表示出了最激烈的反对。

打胜了这场仗的唐太祖的历史地位并不高，就算在帝国内部也是如此。无论是在史书上，还是在酒楼说书先生的故事里，对这位雄主的评价往往不离好大喜功、喜用小人佞臣、好酷法、求长生而无道……诸如此类。但不管是最迂腐的文人、最漠视君权的书院教授，还是最恨加赋的农夫商人，他们会找各式各样的理由去痛骂那位开国皇帝，但却从来没有人认为那场只因君王一怒而耗尽国力让黎民受苦的战争不该打。

因为从开国到现在，生活在这片土地上的人们始终坚持信奉并守卫一个朴素的道理：我不欺负你，但你也别想欺负我，就算是我欺负了你，但你……依然别想欺负我！

谁欺负我，我就打谁。这就是大唐帝国的立国之本。这就是大唐帝国的强国之路。这也正是为什么这个世界上最强大的国度叫作"唐"。

4

大唐之所以被称为大唐，就是基于这些简单而很有力量的东西。

宁缺不是一个典型唐人。他在战场上经常显得不够勇敢，更没有置之死地而后生、把自家房子烧了图一乐的剽悍劲儿，相信他再在渭城生活二十年，也没有可能写就一场从乞儿成长为将军的人生大戏。但他在军队里待的时日足够长久，长到他可以精准地把握住这个时代唐人那些可贵或可怖的气质，于是当他发现公主车队上的箭眼时，马上便推论出一些很令人头痛的事情——草原上那位继任的单于，居然胆敢追杀大唐公主，如果他不是真的疯了，那就是帝国内部有真正的大人物与之勾结，向其发出了不受帝国追究报复的承诺。

"四公主现在已经入了国境，进了渭城，结果她依然没有完全表明身份，为什么？因为她现在脑海里已经没有'信任'这个词。她或者会信任陛下，但肯定不会信任陛下的臣子，比如将军你，比如我们这些边军，甚至是整个朝廷。因为她很清楚，如果没有长安城里某些大人物点头，草原上根本没有蛮人敢对她行凶。能够给蛮人这种承诺，并且让单于相信的人……最多不超过四个，而那四位甚至是连她都惹不起的角色。这种帝国上层之间的战争，就连将军您都只能躲得远远的，更何况是我们这种小人物……"宁缺用脚跟碾了碾微湿的泥地，低声说道，"路上肯定要出事儿，我这种人顶天也就能对付三五个人，掺和进去根本起不到任何作用。护送公主队伍里多我一个，也就是山路里多具尸首；少我一个，渭城还能多留一个军纪不错的善良小兵。将军大人，您就把我当成是那天地间的元气，没什么太大用处，干脆看都看不到好了。"

马士襄看着貌似谦卑的少年，揉着脑袋闷声说道："把自己比作天地间的元气？这算是谦虚还是自夸？如果你真想说服我收回这道军令，说自己是一道屁或许更合适一些。"

宁缺嘿嘿笑了两声，回答道："马上就是要上书院的学生，说话用词总得雅致一些。"

马士襄没有继续取笑这个孩子，沉默片刻后皱眉解释道："让你去给公主的车队当向导，其实……也和你上书院有关。你的战功确实够了，初试也通过了，我请上峰为你写了推荐函，军部的回执已到，但莫非你以为这样就能进书院？你这些年一直待在渭城边塞，也许听过一些书院的传说，但你并不清楚那里究竟是个什么地方。"

将军的表情凝重而严肃："在我大唐军民心中，书院是最神圣崇高的不可触犯之所在，拿了军部回执，只代表你能参加书院入院试，但想要真的踏进书院那扇红门，你至少要跑三个部堂去盖章……像我们这种级别将领写的推荐函，那些部堂哪里会瞧在眼中，就算是军部回执也没有什么力量。只要他们愿意，随时可以把你参加入院试的时间拖上好几年。近些年来除了书院先生们在民间收的学生，任何走朝堂推荐路子的考生，都要花大价钱去疏通门路，不知多少殷富之家，就为了那场考试落了个倾家荡产。我知道这两年你在渭城存了些钱，可难道你以为靠那几百两银子就能把那些家伙喂饱？"

宁缺挠挠头，感慨道："以前可没有人告诉我这件事情。"

"因为现在有解决这件事情的办法，所以自然没必要告诉你。"马士襄看着他，不悦道，"只要路上立下功劳，入了贵人法眼，甚至只需要贵人记得你的名字，到时候公主府里随便一位管事说句话，还有哪个衙门敢不长眼去敲诈勒索你？"

"这就等于说，我必须要拿命去赌一个书院入院试的资格，听上去怎么总感觉有些不划算？"宁缺继续挠头。

马士襄狠狠瞪了他一眼，训斥道："糊涂！混账！为了能进书院，不知多少人恨不得卖了自己亲娘，杀了自己亲爹！现在不过是要你小子冒点小风险，你居然还不肯干！"

片刻后将军平伏粗重喘息，劝道："据我分析，殿下应该也明白她的行踪不可能保密。你能猜到她的身份，全渭城人都能猜到，难道她在帝国里的敌人会猜不到？既然如此她还坚持照常上路，说明在道路前方肯定有援兵接应，你的任务只是带着她走山中捷径，尽快与那些人碰头，哪里谈得上赌命？"

宁缺低着头，默默不语，不停盘算着其中的得失利益。马士襄看着他的神情，想起这少年平日里最令人恼火的那些怪脾气，知道不拿出一些看得见的利益，很难说服对方去冒险，不由叹息一声，压低声音说道："殿下的队伍里有一位老人，他姓吕，听说修的是昊天道南门。"

听到这句话，宁缺霍然抬头，惯常平静而又怠懒的眼眸竟是陡然变得极为明亮。

马士襄看着他感慨道："你还是个小屁孩儿的时候就来了渭城，自己靠着甜言蜜语和本事讨好了全城的老少爷们儿，营卒换了一批又一批，就算是东城的肉饼店都换了两个老板，你却始终还是渭城这个土匪窝里最受宠的小屁孩儿。"他揉了揉宁缺的脑袋，就像看着一个被宠坏了的孩子，说道，"那年前任将军病逝之前，通门路给你弄了军籍，紧接着秋天大家伙儿去草原上打柴，差点儿被那些蛮子围死，全靠你我们才逃了出来，那时候全渭城人一致决定要好好赏你。"头发已然花白的将军话锋一转，苦涩地说道，"但谁也没想到你居然想学那些世外法，很无奈啊，全渭城人甚至是整个七城寨，都没办法给你找一个老师，我们只能看着你把那本《太上感应篇》翻得又破又烂，却没什么主意。"

"但现在是机会！"马士襄目光骤然变得凌厉起来，"无论是书院，还是那位姓吕的老人家，你都必须抓住，也一定要抓住。"

宁缺沉默很长时间，低着头轻轻叹息说道："其实……还是有些舍不得吧。"

窗外星光清漫幽淡，马士襄看着少年说道："渭城……终究太小，你应该去都城长安，去那些真正的大世界看看，或许那些地方有很多凶龙恶虎，但你这头初生的牛犊又真怕过谁？至少……那些地方不会只有一本破烂的《太上感应篇》。"

5

渭城南边有一条连小溪都算不上的小水沟，小水沟旁有座连小山都算不上的小土坡，小土坡下边一个连小院都算不上的带篱笆有石坪的草屋，夜里雨云早散，格外明亮的星光洒在水沟、土坡、草屋上，顿时镀上一层极漂亮的银晕。宁缺趿拉着鞋慢腾腾地在星光下行走，看着眼前这间和桑桑住了很长时间的草屋，速度不禁变得更慢了些。但只要在走，那么无论多慢总有抵达目的地的时候。他推开那道只能防狗不能防人的篱笆墙，走到门缝漏出来的油灯光前，抬手堵住自己嘴唇，咳了两声，说道："如果去都城怎么样？"

草屋门被推开，"吱呀"的尖响刺破安静的边城夜晚。小侍女桑桑在门口蹲了下来，瘦小的身影被油灯光拉的极长，她用指头按了按木门边，回答道："你不是一直都想去长安吗？对了宁缺，你什么时候才去火器营里偷些油回来？这门已经响了好几个月了，声音实在是很难听。"

"现在还有谁用那些难玩的火铳，如果只是要油，我明天去辎重营问问……"宁缺下意识里随口应了声，然后忽然想明白一件事，"哎！我要和你说的好像不是这个事儿，如果真要走了，还管这破门做什么？"

桑桑扶着膝头站起身，瘦小的身躯在微凉的春日夜风里显得格外单薄，她看着宁缺，用认真而没有夹杂任何其余情绪的声音细声说道："就算我们走了，可这房子还是会有人住，他们还是会开门啊。"

自己二人离开后，这间远离坊市偏僻破落的草屋真的还会有人愿意来住吗？宁缺默然想着，不知为何突然间多出一些叫不舍的情绪出来，他轻轻叹息了声，侧着身子从桑桑身边挤了过去，低声说道："晚上把行李收拾一下。"

桑桑将鬓角微黄的发丝随意拢了拢，看着他的后背问道："宁缺，我一直不明白你为什么对那件事情这么感兴趣。"

"没有人能拒绝让自己更强大的诱惑。而且那些玩意儿对于我来说，实在是太有意思了。"宁缺知道小侍女猜到了自己的心思，抬头看着桑桑黝黑的小脸蛋儿，挑眉说道，"而且我们两个总不能在渭城待一辈子，世界这么大，除了帝国还有很多国家，我们总得去看看，就算往小了说，就为了多挣一些钱，升职升得更快一些，去长安也比在渭城待着强太多，所以这次我一定要考进书院。"

桑桑脸上流露出若有所思的情绪。因为年龄还小的缘故，小侍女的眉眼并未长开，又因为边城风沙的关系，小脸蛋儿黝黑粗糙，加上那一头童年营养不良造成的微黄细发，实在谈不上好看，就连清秀都说不上。但她有一双像柳叶似的眼睛，细长细长的，眸子像冰琢似的明亮，加上很少有什么太明显的神色，所以不像是个出身凄苦、将将十一二岁的小侍女，倒像是个什么都知道、看透世情心无所碍的成熟女子。这种真实年龄相貌与眼神之间的极度反差，让她显得格外冷酷有范儿。

宁缺知道这些都是假象，在他看来，小侍女桑桑就是一个典型缺心眼子的丫头，二人相依为命这么多年，她因为习惯了依靠自己思考办事，所以越发懒得想事，因为懒得想事，所以变得越来越笨，而为了掩饰笨拙，她说每句话时用的字越来越少，所以就越发显得沉默冷漠、成熟怪异起来。

"不是笨，应该是拙。"他想着某些事情，在心中默默纠正了一句。

沉默了很长时间，桑桑忽然抬起头来，咬了咬嘴唇儿，露出罕见的畏怯情绪，说道："听说……长安很大，有很多人。"

"都城繁华，听说天启三年时人口就已经超过一百万了，生活所费极贵，长安居，大不易啊……"宁缺叹息了一声，看见小侍女紧张的神情，笑着安慰道，"人多也没什么好怕的，你就把长安当成一个大点的渭城便好，到时候还是我去和外人打交道，你照老样子操持家里的事情，真要怕你就少出门。"

"在都城一个月买肉菜米粮大概要花多少钱？"桑桑柳叶般的双眼瞪得极圆，两只小手紧紧攥着布裙下摆，紧张问道，"会不会超过四两银子？那可比渭城要翻倍了。"

"如果真考进书院，你总得给我扯些好布料做些衣裳，再加上家里可能会来客人，比如同窗什么的，万一哪位先生看中你家少爷我，也可能来家坐坐，所以你至少也要做套新衣裳，我粗略算了下，怎么也得要十两银子。"宁缺蹙着眉头回答道。实际上他只是极为认真地瞎说，他并不是很清楚，十两银子对于书院里的学子们来说，有可能只是天香坊中大酒楼随意一桌酒席的价钱——正如河西道那个著名的笑话：在田里干活儿的农妇闲唠，总想着东宫娘娘在烙肉饼，西宫娘娘在剥大葱，肉饼似海，大葱似山。

然而即便是这个明显缩水的错误答案，也远远超过了小侍女的心理底线。她皱着眉头，认真望着他建议道："太贵了……宁缺，我们不要去长安，你也不要考书院了好不好？"

　　"没见识的东西。"宁缺训斥道，"入了书院出来肯定能做官，到时候你我一个月花十两银子，我在衙门里随手一个月怎么不得挣个七八十两银子回来？再说长安有什么不好，陈锦记的胭脂水粉不要太多喔。"

　　"胭脂水粉"四字竟仿佛是小侍女的要害，她紧紧抿着嘴唇，明显陷入极剧烈的心理挣扎之中，很久之后她用蚊子般的声音回答道："可是你读书院那几年怎么办？我的女红一般，长安人眼皮子肯定高，不见得能卖出去。"

　　"这确实麻烦，听说长安城周边不能打猎，那些山林子都是皇帝老爷的……我们还有多少钱？"

　　主仆二人对视一眼，然后极为默契地走到两个大榆木箱旁，打开箱子，从里面最深处摸出一个包裹极严实的木盒。木盒里尽是散碎的银子，像指甲般大小的银角子上明显有剪子的划痕，中间只有一个大银锞，一看就知道是平日点滴存蓄而成，只是数量并不太多。

　　看着木盒里的散银，两个人都没有数，桑桑低声说道："老规矩五天数一次，前儿夜里刚刚数过，七十六两三钱四分。"

　　"看来去长安后必须想法子多挣些钱。"宁缺神情认真地说道。

　　"嗯，我会争取把自己女红水平再提高一些。"桑桑神情认真地回答道。

　　入夜，桑桑跪在炕上整理被褥，干瘦的膝头快速移动，动作麻利快速，小手掌一撸便把枕头中间撸出一弧形，正是宁缺睡的最舒服那弧度。然后她抱起自己的被褥跳下冷炕，走到屋角那两个大榆木箱边开始铺自己的床。

　　灯熄，宁缺把水碗搁在窗台上，借着星光钻进被窝，双手搭在被沿，打了个大大的呵欠，然后发出一声极为满足的叹息，闭上眼睛，过了会儿才听到屋角传来那阵听了好几年的窸窸窣窣的声音。

这是一个仿佛和过去这些年头没有什么区别的夜晚，他们将伴着帝国边塞的星光沉沉睡去，然而真实的情况是，今天草屋里的主仆二人都没有睡着，或者是因为即将踏入崭新世界的激动不安，或者是因为都城长安的繁华、隐约可见的富贵，还有那些散发着迷人味道的香脂水粉，窗边屋角的两道呼吸声迟迟未能平静。

不知道过了多长时间，宁缺睁开双眼，看着窗纸上的淡淡银晕，出神道："听说……长安城里的姑娘都不怎么怕冷，衣裳穿得很单薄，领口开得很大，皮肤都很白，也不知道是不是真的……那时候年纪太小，都不记得了。"他翻了个身，望向黑乎乎的屋角，问道，"桑桑，最近有没有犯病？会不会冷？"

黑暗中小侍女似乎是摇了摇头，隐约能看见她紧紧攥着被角，双眼紧闭，唇角却挂着一丝极罕见的微笑，低声喃喃回答道："听说长安城里的女孩子确实都挺白的，她们天天都用那么好的水粉，能不白吗？"

宁缺笑了笑，看着她说道："放心，等本少爷以后有了钱，陈锦记的胭脂水粉随便你买。"

桑桑霍然睁开双眼，像柳叶般细长的眼眸里映着明亮的星光，严肃说道："宁缺，这可是你答应的。"

"刚才说过，去长安后你记住一定要称我为少爷，这样才显得尊重。"

当年宁缺从道旁死人堆里翻出浑身冰冷的小桑桑，然后辗转来到渭城，至今已有七八年。桑桑虽然在户籍上是婢女，做的也是婢女的事情，却从来没有喊过他少爷，这不代表别的任何事情，只代表一种习惯。

今天小侍女桑桑被迫要扔掉这个习惯："宁缺……少爷……你要记得答应给我买陈锦记。"

宁缺应了声，目光落在炕边地面像白霜般的星光上，心头无来由微紧，很多年前那种空落落的感觉再次袭来，回头望向窗外深青色的夜空，看了眼满天星光，然后开始低头思念故乡，喃喃念道："今天还是没有月亮啊……"

黑漆漆屋角榆木柜子上的桑桑，像个小老鼠般蜷在微凉的被褥里，她伸手到腰后扯了扯，挡住外面的微凉气息，顺便让两个柜子间的缝显得不那么硌人，听着窗边传来的呓语，心想宁缺……少爷又开始说这种胡话了。

6

清晨，主仆二人醒来，借着蒙蒙熹微的晨光开始整理行李，偶有争执，更多时候是沉默。

宁缺在屋外土墙上掏了半天，掏出一个长长的袋子，取出袋中的弓箭仔细检查半天，确认没有问题递了出去，桑桑在旁接过，塞进那张棉布做成的大包裹，又从篱笆架下取出三把带着些微锈迹的连鞘直刀。宁缺接过来用心地擦拭了几下，迎着朝阳看了看锋口，点点头，便用哈绒草绳紧紧系在了背上。

他从门后取出一把黑伞，用剩下的最后那截哈绒草绳系紧绑在桑桑的背上，这把黑伞不知道是什么材料制成，总感觉上面蒙着一层黑黑的油污，并不反光，显得有些厚重。而且看得出来这把伞很大，就算收拢系紧，背在桑桑瘦削矮小的身体上，竟是险些要垂到地面。

远行的准备做好，宁缺和桑桑一前一后迈过破烂的篱笆墙，二人同时回头看了一眼小小的青石坪和小小的破草屋，桑桑仰头望着他的下颌，问道："少爷，要锁门吗？"

"不锁了。"宁缺略一沉默，说道，"以后……或许我们很难再回来了。"

裹铁木轮碾压湿软的泥地，贵人的车队缓缓启程，向渭城外驶去。前后五辆软索马车，在边塞上任何时节都很能吸引人的目光。今天道旁确实也来了很多送别的人，但他们关心的重点不是这支贵人的马队，而是坐在第一辆马车上的少年和小侍女，时不时有煮熟的鸡蛋递上去，时不时有脸颊黑红的大婶拿脏手绢抹着眼哭着说些什么。

"宁缺你这个缺德的死坏坏，我家那远房侄儿多好，你就不肯让桑桑嫁他，这下好，要这么个丫头跟着你去那些吃人不吐骨头的地方！

我告诉你，你可得把我家桑桑看好了！"

坐在车辕上的宁缺脸色极为难看，回答道："婶儿，桑桑才八岁的时候你就开始提亲，这事儿怎么也不成啊。"

几声带着笑意的骂声后，天上忽然下起了蒙蒙细雨，仿佛比线还要细的雨丝洒在人们的身上，有些微凉，送行的人们却没有离开，渭城的军卒家属们忙着和宁缺告别，和他计算最后的债务问题，人群闹腾得没完没了。后方那辆装饰最精华的马车车帘掀开一角，那名骄傲冷漠的婢女探出头来看了眼，秀丽的眉尖忍不住蹙了起来。

就在车队将要驶出这座小小边城前，宁缺从马车上站了起来，向四周拱手一礼。少年身后背着三把旧刀，站在雨中拳掌相搭行礼，竟陡然生出几分豪壮之气。

"老少爷们儿，大姐大婶儿们，感谢的话不多说。"

说完这句话，他在雨中张开双臂，握紧双拳向上分开，展露自己并不强悍的胸肌和手臂，摆出一个特别可笑的姿势，大声喊道："此去长安，要是混不出个人样儿，我就不回来了！"

此言一落，就像说书先生落下开戏的响木，又像一颗血糊糊的人头摔落尘埃，道旁的民众齐声叫起好来。

渭城唯一像样的酒馆里，马士襄和几名亲信校尉正在喝酒，贵人不要他们相送，他们也懒得去送宁缺那小子，却是清清楚楚看到了眼前这幕画面。一名校尉想着宁缺站在马车上说的那句话，忍不住叹息道："混不出人样儿就不回来了？那这没人样儿的小子，看来是真的很难再回来了。"

酒桌旁的马士襄想着昨天深夜宁缺对自己说的那三句简短的话，忍不住轻抚花白胡须，大感老怀安慰，望着渐渐驶出城洞的那辆马车，笑着轻声说道："不回来也好，你这个缺德玩意儿，去好好祸害外面的世界吧。"

离渭城远了，自然也就离草原远了，正在困扰蛮族部落和新任单于的春旱，并没有影响到这里，春风绿了枝丫草叶然后染上车轮与马蹄，时时惹来几只蝴蝶追逐不息。骏马奔驰在草甸与丘陵之间，软索时而紧绷如铁时而微垂如叶，铺着数层棉被与毯子的奢华车厢也随之轻轻起伏跳跃。那位容颜清秀的婢女怔怔望着窗外快速后掠的景致，也许是想到了此时黄沙随风而舞的北方，面部表情显得有些僵硬，眼中却又充满了一种对未知前途的期待与热切。

车厢内一名穿着华贵轻裘服饰的小男孩儿正抱住她的小腿渴望地仰着脸，口齿不清咕哝着几句中原话，好像是想出去玩会儿。婢女转过头来严厉地训斥了小男孩几句，然后神情恢复温柔，把他搂进怀里，宠溺地揉了揉他的脑袋。车帘被风掀起一角，春风拂上已不似当年那般柔嫩的脸颊，婢女微微眯眼望向队伍的前方，脸色并不怎么好看。

最前方那辆相对简陋的马车辕上坐着那名叫宁缺的少年军卒，看他不停摇晃点头的模样，竟好像快要睡着了，作为一个向导本应该替整支队伍引领方向，结果大部分时间都在打瞌睡，无论怎么看都谈不上称职。但让婢女表情冷淡的原因并不是因为这个，而是因为她看到的画面中的一个细节。宁缺在车辕上打瞌睡，看上去随时可能从疾速奔驰的马车上掉落，于是小侍女桑桑始终警惕地守在旁边，用自己瘦弱短小的身躯努力支撑着他，黝黑的小脸上看不清神情，但能感觉到她已经非常辛苦。

就在这时，车队碾过一条极浅的草溪，宁缺被震得醒了过来，他揉了揉眼睛，看了一眼天色，发现这一觉恰好睡到了黄昏，于是便举起手来，示意队伍停下准备扎营。

睡醒了便扎营，似乎显得有些不负责任和胡闹，但队伍里没有任何人对他的安排提出异议。离开渭城已有数日，一路上少年所做的每一个决定在事后都被证明是正确的，无论是从路径选择、营地选址、安全防卫、用水进食、便于逃遁各个角度上来看，都挑不出任何毛病，更令人赞叹的是车队行路的速度还挺快。贵人在草原里收服的十几名蛮子马贼本有些瞧不起渭城边军，但现在对那个少年军卒做向导的本事只剩下了佩服。

在溪畔，人们沉默地挖土砌灶拾柴烧水，婢女走下那辆被重点保护的名贵马车，看着不远处像郊游般惬意躺在草地上揉肚子准备吃涮肉的宁缺，看着那名正在吃力取水架锅拾柴的黑瘦小侍女，眉头皱得越发厉害。旁边有名孔武有力的护卫站了起来，看了她一眼。她摇了摇头，示意不用跟随，沿着溪畔穿过炊烟走了过去。

走到小侍女桑桑不远处，婢女朝她温和地笑了笑，示意对方放下手中沉重柴火和自己说说话。桑桑向宁缺望了一眼，等到他点头，才走了过去。清秀婢女从腰间掏出一方手帕，桑桑却摇了摇头——做了这么多吃力的活儿，小侍女的额头上竟是没有渗出一粒汗珠。宁缺这时候终于从草甸上爬了起来，掸掉身上的草屑，抹掉棉衫外的绿色草汁，微笑拱手行了一礼。婢女没有转头看他，淡淡说道："我不喜欢你，所以你不用向我套近乎。像你这种人表面上看着犹有稚气，待人温和可亲，实际上骨子里却是充满了陈腐老朽之感，令人厌恶。"

没有情绪的音调，微微仰起的下颌，并没有刻意拉开距离的感觉，但却天然流露出一份居高临下的贵气。作为一名侍奉大唐公主殿下的贴身婢女，即便对帝国大部分官员都可以颐指气使，更何况是宁缺这样的小角色。宁缺笑着摇摇头，转身向溪畔的土灶走去。他只有一个小侍女，贵人有无数婢女，唯一的小侍女被贵人的无数婢女之一拉走说闲话，贵人还有其他下人服侍，他却只好自己去动手烧柴煮水做饭。可能是边塞风沙太大让脸皮变得很厚的缘故，他的笑意中根本看不到任何尴尬的意味。

落日将沉之时，桑桑捧着一大堆奶干之类的零食走了回来。宁缺正痛苦地捧着碗烧煳的肉粥发呆，看见后毫不客气地接了过来，然后拼命往嘴里塞着，含混问道："她怎么就这么喜欢和你闲聊？也不想想我都几天没吃过正经饭了……这种贵人的廉价同情心，有时候用得真不是地方，看她那笑的，跟想吃小姑娘的狼外婆似的，自以为温和得体，比渭城酒馆里卖的掺水酒还要假。"

"她人不错。"桑桑拾起他身旁的煳粥，掀帘准备离开重新去做，却被他喊了回来。

"这几天你们都聊了些什么？"宁缺问道。

桑桑蹙着细眉尖，很辛苦地回忆了很长时间，回答道："好像……你知道我不怎么爱说话……大部分时间都是她在说草原上的事情，不过我也忘了她究竟说了些什么。"

听到这句话，宁缺的心情顿时变得好了很多，轻轻哼着小调，嚼着口感极佳的奶干，说道："以后再找你说话，记得向她收钱，或者多拿些这种奶干回来也不错。"

入夜。桑桑用溪水浇熄灶火，仔细确认后拖着热水桶向小帐篷走去，溪畔坡地上的人们看着这幕画面，知道这是小侍女在给宁缺准备洗脚水，不知多少人同时流露出鄙夷的神情。这份鄙夷当然是送给宁缺的。洗完脚，宁缺钻进羊毛褥子，然后把对面伸过来的那双冰冰的小脚搂进自己怀里，发出一声不知道是享受还是痛苦的呻吟，打了两声呵欠后说道："睡吧。"

桑桑白天比他累多了，过不了多时便沉沉睡去。宁缺却不知何时重新睁开了双眼，他的目光仿佛穿透了补了很多疤的帐篷，落在星空之上，又落在一方手帕上。

回忆起那名婢女掏出的那方金边手帕，他知道自己的猜测果然是对的，只是不知道自己就算猜到了又能有什么用。

7

看着帐篷顶，宁缺脑中浮现起离开渭城后的点滴痕迹。

一路上那辆豪奢马车始终帘帷紧闭，除了那名明显有蛮人血统的小男孩偶尔会下车玩耍，根本没有机会看到什么公主，只有那位清秀高傲的婢女不时发布指令。不知为何，那个婢女很喜欢把桑桑叫过去聊天。还是不知为何，那个婢女毫不掩饰对他的厌恶。

宁缺觉得她是一名很好的演员。因为无论是在渭城中，还是在旅途上，无论是那些草原汉子部属的态度，还是她自己流露出来的气质神情，都很难看出……她不是一名婢女。

正是这一点让他感觉有些奇怪，他一向以为大唐帝国上层那些真正的贵族，不应该有太多同情桑桑的闲情逸致。不过这些并不是他真正关心的事情，几天内他始终注意的是马车中那位穿着旧袍子的老人，如果猜测的不错，那位表情温和的老人应该就是马将军提到过的昊天道南门高人。

从很小的时候，宁缺便立志于踏入那个玄妙的世界，却迟迟不得其门而入，他愿意跟着这支队伍一同回京，正是因为队伍里有这样一位真正的修士。可惜这一路上，他始终没有找到机会和那位被严密保护的老人说话，只是驻营用餐时，偶尔能和那位老人目光相对刹那，那刹那间他仿佛看到老人目光中的温和可亲甚至是鼓励的意味，这让他不禁又有些百思不得其解。

思考分析不得其解，宁缺把注意力收了回来，这才发现怀里那双小脚始终没有被焐暖，还是像冰疙瘩一样寒冷，连带着自己的胸腹间也冰冷一片，不由忧虑地蹙起了眉头。小侍女桑桑小时候吃了太多苦，在道旁死尸堆里被风雨腐气包裹数日，被他捡到后生了一场大病，连绵数月都未曾好。渭城的军医看过，他还专程带她去远处的开平府看过，所有医者都是一个相同的意见：先天不足，体质虚寒。

因为极端虚寒的体质，桑桑极少能够出汗，每日产生的废物毒素无法排清，日积月累让她的身体越来越差，所以宁缺按照医生的嘱咐，让她每日进行大量的运动，用来稍微改善体内的虚寒环境，这也正是为什么在外人眼中，他总是把这个黑瘦的小侍女当驴马一般使唤的真正原因。即便每天这样辛苦，也不见得每次都能让桑桑的体质转暖，就如此时此刻像冰窖般的羊毛褥子一样。

宁缺爬起身来，揉了揉快被冻僵的肚子，从角落里摸出牛皮酒囊，把桑桑拍醒，然后把酒囊递到她的唇边。桑桑迷迷糊糊睁开双眼，很自然地接过酒囊，熟练拧开塞子，仰颈便往唇里倾倒。酒水没有洒出一滴，帐里却依然弥漫着辛辣的酒香，看来应该是草原上割喉的烈酒。身材瘦小的小侍女捧着大酒囊痛饮，两碗便能抽翻一个大汉的烈酒，竟被她突突喝下去小半袋，直至腹部微微鼓起，这幕画面与其用豪迈来形容，不如说有些诡异。她抹了抹嘴唇，柳叶般的眼眸在黑夜里越发明亮，根本看不出喝过酒，向宁缺笑了笑，便又倒下继续睡觉。

满室烈酒香，怀中冰冷的小脚渐渐变暖，宁缺看着她鼻尖上渗出来的几滴汗珠，终于放下心来，抹了抹自己额头上的汗。裹紧羊毛褥子，宁缺缓缓闭上双眼，离他脸不远处是那卷早已被翻烂的《太上感应篇》，每天临睡之前他都看几页，即便不看也会默默在心中背一遍，这是多年来养成的习惯。

"愿一切众生，具足修行离老死法，一切灾毒，不害其命。"

"愿一切众生，得不老不病，常住命根，勇猛精进入智慧道。"

浅浅睡眠中，他的精神随着书卷上的文字，随着那些看似浅显简单，实际上却是含混难明的感知之法，缓慢运行起来。渐渐地，笼罩在他和桑桑身体上的羊毛褥子不见了，简陋的小帐篷不见了，帐外的青草消失了，小溪也化作了一团白雾然后趋于无形，整个世界变成了一个你中有我，我中有你的天地，而在这片天地中，隐约能够感受到某种以神秘节奏进行的呼吸，天地呼吸之间气息渐盈作海，暖洋洋一片。

这种神奇的感受宁缺并不陌生，很多年前他第一次观看《太上感应篇》时，便经常能在入睡前感应到，但他非常清楚一个悲哀的事实，这并不是冥想后真实的感知，而只是梦。

暖洋洋的海洋，大概只是梦里的错觉吧，因为怀里那双裹着厚棉袜的小脚渐渐热了，不过这也是极美好的错觉。这样自我安慰着，宁缺进入深层次的睡眠，一夜酣甜无梦。

第二日清晨醒来，宁缺睡得极好，但他的表情却像是极其渴望再睡上三天三夜，满是惊愕及不满。

"为什么要临时改变路线？"他看着面前那名神情冷漠的婢女，压抑情绪，尽可能温和说道，"穿过岷山直奔华西道，我选择的路线不会有任何问题。"

包括那名婢女在内，帐内的人们没有谁回答他的质疑。

"我是向导，而且你们对岷山根本不熟。"宁缺看着婢女，沉默片刻后说道，"我知道你们担心遇到伏击，我可以向你们保证，只要你们听我的，没有谁能拦住你们。"

婢女看了他一眼，就像看着一块石头，想要表达的意思很清楚，大抵就是你有什么资格要我向你解释。

回到自己帐篷中，宁缺看着正在打包行李的桑桑，说道："把他们送进这条大直道，我们就马上撤。"拿出当年手绘的简易地图，他指着其中一个地方说道："最远我们也只能跟到这个地方，再往前面走，对方只需要派几个马队过来，就能把这支队伍全屠了。"

"你应该说服他们。"桑桑仰着头说道。

"我估计那边有接应公主的部队，所以他们不会听我的。"宁缺回答道，"要说服一群猪一般的伙伴，我不擅长。"

桑桑没有说话，用眼神询问：既然那处有人接应，为什么你还如此担忧，甚至准备半道溜走？

"我直觉有问题。"宁缺回答道，"因为我相信，胆敢刺杀大唐四公主的生猛角色，绝对不会像那个女人般白痴，没有几个预案。"

桑桑欲言又止，提醒道："你……对她说话要客气些。"

"我知道她的真实身份。"宁缺眉梢微挑，嘲讽说道，"她是公主又如何？在渭城我就说过，这就是个白痴公主。就算是找人接应，地点的选择也很重要，如果让我决定，宁肯把接应地点放在某条大道上，也不会放在松果岭。"宁缺看着手绘地图上刚刚标注的醒目墨点，说道，"他们选择从北山道走，却不想想那里虽然是条单路，但有七里长的路途两旁全部都是密林，极易设伏。"说完这句话，他沉默了片刻，把手绘地图放入衣内，摇头自嘲说道，"看来所谓向导，除了把他们带进北山道之外，更多的只不过是想迷惑敌人。那位白痴公主根本就没有相信过马将军，自然也不会相信我。一个白痴带着一群白痴。"想到可能在北山道里遇见的伏袭，想着那些或者有或者没有的接应部队，他的心情变得越发沉重失落，压低声音狠狠说道，"在草原上待了将近一年，居然也没能变得聪明些，真不知道她的贤名由何而来。"

铮的一声，宁缺抽出鞘内依然残有锈痕的三把刀，拧开水囊浇湿磨石，开始沉默地磨砺刀锋。进入北山道后或许会有连场血战，临阵磨刀可能晚了些，但至少能平静心情。

"如果进北山道就和他们分开，你想向那位老先生请教的事情怎么办？"桑桑有些惘然地问道。

"活着最重要。"宁缺低头磨着刀，动作缓慢而坚定，"只要能活着抵达长安，总有机会去学那些东西，如果我们两个把小命放在这群白痴手里，就没有任何可能了。"

愈往南气候愈温暖，按道理来说车窗外的景色也应该越鲜活青葱，但因为队伍进入茫茫岷山地势渐高的缘故，车队四周的青草渐隐，变成了夹道相迎的高树，树叶尚未完全青绿招展，仍留着去年秋冬蕴积下来的肃杀之意。随着天地间的气温微降，一股紧张压抑的气氛也随之笼罩住了整个车队，所有人都清楚，长安城内那位胆敢谋害公主殿下的大人物，如果想要阻止公主殿下平安返回都城，那么在边塞与州郡之间的岷山，是他最后的机会。

在紧张的警惕与搜寻中，车队行走数日，终于抵达北山道口外围，看着那遮天蔽日的密林，队伍里的大多数人并没有像宁缺那样露出担忧的神色，反而显得放松了很多。那位清秀婢女这些天找桑桑聊天的时间变得少了很多，大部分时间都留在第二辆马车上，这天傍晚下车的时候，她的脸上竟带上了淡淡的笑意。

在决定离开草原的时候，她就已经事先派出使者进入帝国境内，虽然无法在短时间内抵达长安让朝廷出动大批军队接应，但那位使者却拥有足够多的时间去联络忠于她的部属。十天前接到固山郡方面传回的紧急回执后，她毫不犹豫决定直入北山道，因为她相信固山郡那位年轻的都尉华山岳，应该已经率领他的亲兵营快要抵达北山道的南麓出口。离开大唐不过一年，她坚信那些忠于自己的部属依然忠于自己，就算有些人被皇宫里那个女人收买，但华山岳绝对不会被人收买。因为……他望向自己的目光总是那样温柔。

距离约定接应地点还有三十余里地时，车队开始在暮色中扎营歇息，深夜穿密林而行，无论从哪个角度去看，都是非常冒险的行为，甚至有侍卫建议，队伍干脆就在北山道口外等候，等到华山岳的部队前来接应。对于这个提议，她还在思考，然而无论怎么看，她和小蛮现在已经非常安全，所以微笑重新浮上她清秀的脸颊，压抑了数日的欢歌笑语重新回到了营地中。

暮色中，一个简陋的帐篷孤单单地设立在圆形车阵外围，公主的侍卫首领提出过疑问，但帐篷的主人坚持如此，就是不肯搬进由五辆马车和箱柜构成的车阵。

"不离他们的车阵远些，万一出事怎么来得及跑。"宁缺微嘲解释道。他用草绳捆好那把大黑伞，让桑桑背好，然后把草绳的结打成一朵极漂亮的小花。

桑桑抬起头，看着他刚刚冒出胡茬儿的淡青下颌，问道："我们逃了，他们怎么办？"

宁缺正在检查弓箭有没有受潮，听到这句问话后转过头来，静静看着小侍女黑黑的小脸，沉默很久后认真说道："你可能忘了小时候的事情，但我没有忘。你是我从死人堆里刨出来的，而我小时候能活下来，也经历过一般人根本无法想象的悲惨事。桑桑，你要永远记住这一点，我们是很辛苦很辛苦……甚至是拼了这条命才能够继续在这个世界上活着的。既然我们这么辛苦才活下来，那我们就不能轻易去死。"

说完这句话，宁缺没有再做过多的解释，把磨好的朴刀插回鞘内，然后用草绳绑了几道，试了一下鞘间的距离刚好合适，便负到了身后。桑桑也没有再多问什么，开始默默收拾行李，用小手测试每根羽箭的平直度。她知道当夜色降临的那瞬间，就是和宁缺一起投奔茫茫岷山的时刻。她并不害怕，因为小时候她在宁缺的背上，曾经无数次穿行于这样的黑夜山林之中。

就在这时，宁缺握着刀鞘的手微微一僵。简陋帐篷的门帘被一只手掀开，那名婢女走了进来，清秀面容上的笑意顿时化作了一片冰寒。

她本是准备来找桑桑聊天，没想到却看到主仆二人收拾行李的这幕画面，很轻易便猜到他们想要离去。"你们想做什么？"她冷漠地盯着宁缺的脸，说道，"在这种时刻，你的这种举动很难不令人怀疑。"

宁缺沉默片刻后笑了起来，准备解释几句。忽然间他的耳廓微颤，脸颊上的酒窝消失不见，变成一路未见的凝重，迅速把三把刀负在身后，极为无礼地拨开婢女走出了帐篷。

营地在北山道口外，没有密林遮蔽，沐浴在最后的暮光之中，暖洋洋的极为舒服，但此刻却像是染上了一层血红。有风穿行于刚刚在春天苏醒的林间，呼啸低鸣，像是有幽魂在哭泣，宁缺蹙着眉头望着密林深处，仔细倾听着那些鸣鸣声里的细节，忽然大声吼道："敌袭！"

林风低鸣里的那丝杂音终于显现出了真相，一支羽箭闪电般自林间袭来，呜呜凄啸，射向车阵中那辆华贵的马车！

8

噗的一声闷响！就像是一根尖锐的金属刺狠狠扎进数十张叠在一起的湿纸，那根羽箭射进华贵马车边一名侍卫胸口，这个蓄留着络腮胡却依然年轻的男子捂着淌血的胸口倒了下去。

在宁缺喊出"敌袭"的那一瞬间，训练有素的公主侍卫迅速做出了反应。这名侍卫勇敢地跳上车辕，挡住了马车窗口。他并不知道这支羽箭会射向哪里，他只知道车内的殿下肯定是敌人的第一目标，而他绝不能让殿下的生命受到丝毫威胁。

这名勇敢的侍卫赌对了，付出的代价是他自己年轻的生命。

"敌袭！"

"保护殿下！"

"立盾！"

侍卫们暴怒震惊的吼叫声急促响起。无数箭矢，如暴雨般从密林深处抛射而出，嗖嗖作响，瞬间衬得呼啸风声消失无踪，显得格外恐怖。距离圆车阵还有一段距离的宁缺第一时间卧倒，在倒下的同时没忘记把跟着自己跑出帐篷的桑桑和那名婢女扑倒。三人重重摔倒在林地间，因为地面垫着北山道数百数千年的腐烂松针，倒不觉得怎么痛。他脸贴着微凉的叶片，听着前方密集的箭矢破空声，听着偶尔从自己头顶掠过的箭声，默默计算着对方弓箭手的数量和用箭量。

北山道口四周全部是侍卫们愤怒焦急的呼喝声，还有极沉重的立盾声，那些由车厢板临时构成的大盾被侍卫们用力插入车辕边缘，起到了极大的作用。咄！咄！咄！咄！羽箭狠狠扎进简易的木盾，发出像战鼓般的沉闷撞击声，却比最疯狂的战鼓更加密集更加恐怖，时不时有箭支穿透简易木盾缝隙射中侍卫，引发一声闷哼，而那些不幸中箭的马匹则不像帝国男人般狠戾坚强，痛苦地倒地翻滚悲鸣。

箭矢破空声、木盾中箭声、人的闷哼声、马的悲鸣声，各种声音混杂在一起，让先前还被欢歌笑语、温暖暮光笼罩的营地变成了一片修罗地狱。

咻！一根羽箭狠狠射进宁缺身前不到半尺的泥地，溅起的土石砾打在他的脸上，瞬间显现出红印，他面部的表情却没有丝毫变化，安静匍匐在腐烂松针之上，目光穿过叶间的缝隙，越过那根箭杆，望向远处南向的北山道。

对方没有选择在北山道的密林里发起伏袭，也没有选择夜袭，而是选择车队刚刚抵达北山道口的傍晚动手，纵使宁缺自幼对危险就有某种天然的直觉，也依然没有想到这点。傍晚时分是人们最容易松懈、防备心最弱的时候，而且车队眼看着便要与固山郡的接应部队碰头，难免会有些放松，敌人想必正是要利用这一点。

隐约间看到北山道两旁的密林里已经出现很多密密麻麻的身影，加上先前计算的箭支密度，他大致判断出敌人的数量在六十人左右。毕竟是在大唐境内，对方想要暗杀的又是皇帝陛下最宠爱的四公主，无论是为了事前还是事后的保密，对方都无法动用真正的大部队，只能选择忠心不二的死士。帝国大人物安排这样一场惊天刺杀，除了动用死士之外，甚至有可能会请动修行者出手，想到今天可能会在战场上看见这些强者间的对战，宁缺心中竟莫名其妙产生了某种兴奋的情绪，旋即又感到了前所未有的恐惧。

"真是倒霉啊。"他喃喃说道，转头看了一眼身旁那名婢女，发现这小娘子除了最开始眼眸里泛起过一阵惊慌惘然，如今竟迅速平静镇定下来，忍不住在心中默默赞许了一声。

两旁密林里的敌人已经拥了出来，那些穿着灰扑扑唐军制服的男人并没有蒙面，手里挥舞着制式钢刀，像狼群般高速前扑。既然没有掩饰身份，很明显有一方必然会被全数屠杀。车队四周的剽悍蛮子是公主殿下在草原上收服的马贼，早已被先前那场箭雨激发了凶性，有的人竖起短弓开始急速连射，有的人嗷嗷叫着拔出腰畔的弯刀迎了上去。北山道口顿时响起一阵激烈的刀锋碰撞声，闷哼狂吼中双方不时有人倒下，刀尖捅入胸腹，刀锋割开咽喉，鲜血从男人们的身上喷洒而出，淋湿染红落叶。战斗甫一开始便进入最惨烈的阶段，没有人退却，没有人转身逃跑，比拼的除了武技杀人技之外，更多的是敢于流血的强悍战意。

那些效忠公主的草原蛮子箭法极其高超，瞬间便将敌人的来袭之势压制住，密林间不时有人影倒下，蛮子们怪叫着反扑而上，逐渐控制住车阵四周的林地，并没有盲目扩大阵地。无论从哪个角度看，这些草原蛮子护卫的战术选择都非常正确，至少在宁缺看来是这样，所以他非常不解，为什么身边那名婢女的表情变得越来越凝重沉郁，似乎在担心什么。

北山道口厮杀正惨烈，而车阵里则是一片诡异的安静，那十几名应该是陪嫁到草原上的大唐精锐侍卫，就像十几尊石雕般半跪在那两个车厢四周。一个车厢前，那位穿着旧袍子的温和老人正闭目而坐，在侍卫们的层层保护下，面向越来越阴暗黑沉的密林深处。

宁缺紧张地舔了舔发麻的嘴唇，把手伸向桑桑，掌心里不知何时冒出了很多汗水，湿漉漉一片。桑桑看了他一眼，将手里的弓箭递了过去，然后缓慢地悄声解下背后的黑伞，安静放在身边的落叶上。

宁缺三人和惨烈的战场之间隔着车阵，看情形那些草原蛮子和死士之间的战斗短时间内不会波及他们，但不知为何，宁缺感到前所未有的紧张，掌心与弓缚绳之间的汗水不知何时竟渐渐干了。

车厢旁十几名像石雕般半跪于地的侍卫冷冷看着密林深处，微黑的脸上满是坚毅平静，虽然警惕但绝无畏怯。这十几名大唐侍卫出身长安羽林军，被特别选中作为四公主的陪嫁进入草原，自是军方最精锐的成员，但今天北山道口外的战斗中，他们的表现却有些异样。箭雨从灰暗林深处袭来时，他们迅速布成一个圆形防御阵形，沉默避于盾后。待敌方死士血袭而至，他们仍然一动不动保持这个姿势，浑然不顾就在四周发生的惨烈厮杀。不时有同阵营的草原蛮子横死眼前，不时有无生命的身躯撞在车阵上发出沉闷的声响，他们始终一脸冷漠盯着密林深处，心与身皆如钢铁磐石。

侍卫们单膝跪在落叶之上，穿着棉衫，棉衫边角隐约能看到甲片，右手伸向背后，紧握住斜斜向上的刀柄，目视前方，把身后的两个车厢团团围住。一个车厢华丽沉默，另一个车厢前，队伍里唯一的那位老先生盘膝闭目而坐，意甚闲适，膝上横放着一把剑。剑鞘破烂陈旧，就像老人身上的袍子。侍卫们面无表情守在老人的身周，仿佛根本看不到四周的厮杀，听不到那些呐喊声，偶有敌人快要突进他们的防卫圈，才会有一名侍卫拔刀而起，投身而杀。因为寡不敌众，那名单身而出的侍卫往往会迅速陷入浴血惨战之中，可即便如此，其余的侍卫却是毫不动容，甚至眼睫毛都不眨一下，依旧不肯离开老人半步。

　　宁缺不知道侍卫们为什么如此，不知道侍卫们警惕注视的灰暗林叶间隐藏着什么，但他知道那里必然有大恐怖。这样的猜测让他的情绪紧张到了极点，头皮有些发麻，中食二指不停地无声摩挲弓弦。过了片刻，他的呼吸反而很奇妙地变得缓慢下来，脸上神情竟比先前更加冷静沉着。

　　等待未知的危险恐惧，让场间气氛变得极其压抑，车阵四周的激烈厮杀声、刀锋碰撞声，仿佛消失不见。就在紧张万分的关键时刻，华丽的车厢窗户被吱呀一声推开，一名美貌年轻的女子探出头来，发髻微坠，面色微虑。不等她说什么，车厢旁面色冷厉的侍卫首领低声说了句"请殿下小心"，便迅速伸手关闭窗户，把她挡了回去。表情虽然恭谨，但或许是因为局势紧张，所以动作显得有些无礼。

9

　　"大人物们的牺牲品啊……"宁缺看着这幕画面，在心中默默想道，却感受到身旁传来两道冷凝的目光，扭头望去，发现桑桑正侧着脸静静看着自己。

　　对视一秒两秒，平时很短，此时漫长。

　　宁缺人生中再一次在自己的小侍女面前败下阵来，在心中无可奈何地叹息一声，腿部肌肉微紧，脚尖插入厚厚落叶，插入微湿的泥土之中，随时准备发力。远处因为太阳落山越发阴暗的北山道深处，那些灰黑色的枝丫之间，忽然无来由袭来一阵大风，枝头上新生的嫩芽隐藏在旧树皮的保护下未被伤害，倒是地面上不知积了多少年的树叶被卷至半空之中飞舞，簌簌作响，然后纷纷落下。

春时，无边落木萧萧下。

一名穿着深色轻甲、身材魁梧的男人出现在北山道深处，随着一声雷般暴喝，一道淡蒙蒙的土色光芒渗出他身上的轻甲，闪耀而逝，仿佛天神自云头偶现一瞥。他两条像大树般粗壮的臂膀猛然上举，把一块不知从何处拾来的重石化为呼啸而出的石弹，猛地砸向那个华丽的车厢！

何其恐怖的力量，竟能让一个人变成一台远程投石攻城机！

重石呼啸裂空高速袭来，半途中有枝丫触着一丝便粉碎，沿着一道弧线，无可阻挡地穿越上百米的距离，准确而冷酷地击中第一个车厢！只听得轰的一声闷响，装饰华丽内构结实的车厢顿时散作一团废柴烂布，里面隐隐有断肢鲜血。一直握刀单膝跪在车厢外围的大唐侍卫们表情依旧冷漠，似乎看不到身后车厢已经变成垃圾，看不到他们誓死保护的公主殿下已经粉身碎骨。他们的脸上甚至连惊讶的神情都没有，反而甚至隐隐能看到一抹释然平静之意。

"前列，射！"侍卫首领一声低喝。

三名下属保持半跪姿势，右手早已放开刀柄，平端威力巨大的军用弩箭，瞄准林子深处迅速扣动扳机。九根弩箭闪电般射穿犹在缓慢飘舞的落叶，准确射中那名天神般的大汉身体，然而那名魁梧大汉只是挥了挥手，拂去袭向面门的两支弩箭，对射中自己胸膛的弩箭根本未予理会。大汉像石头般的手掌被高速弩箭震得有些发麻，胸膛上的弩箭夹在轻甲里，像站不稳的长腿虫般颤抖两下，然后落到地面，箭尖隐有血渍，大概只是受了些轻伤。

因为距离太远，这拨弩箭除了上述效果之外，没有起到任何作用，侍卫首领对此早有心理准备，脸上没有丝毫表情变化，望着北山道深处那个高大人影，高举右手喝道："待！"

三名侍卫放下弓弩，右手重新握住斜斜向天的刀柄。

因为桑桑，宁缺本来打算寻找一个机会救出车厢里可怜的替罪羊。

然而战局变化得太快，他完全来不及反应，那名天神一般的巨汉便出现在众人眼前，那块重石便自天外飞来，华丽的马车和车里的女子便尽数化为一片带血的齑粉。

同情那个无名女子，还是觉得身为主人愧对小侍女的信任？总之他这时候目光落在北山道深处，脸色有些难看。

通过使用某种修行秘术，让那名巨汉拥有了如此狂暴不可思议的力量，但将重逾千斤的巨石抛出如此远的距离，依然让他付出了极大的代价。只见他脸色一片潮红，汗浆从轻甲上的箭洞喷涌而出，双腿微微颤抖，竟似有脱力的征兆。不知道为什么，面对如此好的机会，那十几名表情冷漠的侍卫没有选择出击，而是依然警惕地守护在第二辆马车四周。

穿着旧袍子的老人坐在这辆马车上，双目依然闭着。忽然间，老人花白的头发动了起来，像是银色的溪流般在脏旧袍子不停流淌，膝间那把横置的旧剑开始嗡嗡鸣叫，鞘内的剑身不停碰撞着内壁，似乎急不可耐想要出世饮血。

嗡……嗡……嗡！铮！

一声清鸣！

雪亮的短剑自行脱鞘而出，在老人膝旁陡然一横，化作一道淡青色的剑光，卷叶裂风而去，无声凛冽直刺北山道深处，仿佛要将那尊天神般的巨大身躯贯穿！

北山道口最后的暮色与阴暗密林之间，仿佛有一面无形的镜子，当雪亮短剑自老人膝上鞘中飞出，化为流光而去，只见密林那方，有一道隐约可见剑身的灰影呼啸而来！

那抹如梭如电的浅灰影子，前一刻还在漫天飞舞的落叶中，后一瞬便来到了北山道口厮杀的战场上，最开始的低沉嗡鸣在眨眼不及的时间段内变成风雷般的咆哮。灰影速度奇快，所携的威势直接震碎周遭数尺范围内的所有树叶，如丝如絮的碎叶在影子后拖成一道笔直的线条，线的尽头正是那位膝上已然无剑的老者。

"大剑师！"

看着那道已成风雷之势的灰影，始终如石雕般冷静待命的侍卫们终于面色微变,有人大叫示警。当己方最强大的老人动手,剑出膝上旧鞘直指林子深处那名巨汉时,一直隐藏至此时的敌方最强之人,也终于现出了踪迹。

一现便是风雷大动。

在帝国境内,对方为了刺杀公主殿下,居然出动了两名超出凡世力量的修士,甚至出动了一名大剑师,这个事实令众人感到有些不寒而栗,然而侍卫们的脸上依然看不到丝毫胆怯,只有决然情绪,侍卫首领断喝一声:"斩!"

铮铮铮铮!一连串密集的刀锋出鞘声连绵响起,十数把锋利钢刀带着一往无回的气势决心,伴着侍卫们全力施为的轻吐浊气声,一刀一刀向身前空旷处斩去,唰唰唰唰!每一道刀光都是那般凌厉强横,割破空气,斩断臆想中的山丘,布成一道密织的刀网,把膝上无剑的老人紧紧护在其中。

高速穿梭的灰影掠至刀阵之前,眼看着要被那些凌厉的刀势斩落,却陡然间在半空做了一个诡异的停顿,然后侧向一绕,奇妙地避开刀阵集锋之所向,哧的一声飞离。出现在北山道密林里的那一瞬,它呈风雷之势看似无可抵挡,然而谁也没有想到,进入真正的战斗之后,那抹灰影竟然走的是灵动诡异之势!

如梭灰影转向那一瞬间,速度急剧下降,终于能够隐约看清楚它的本体,好像一片极薄极暗淡的剑影,似乎随便一阵风就能将它吹到九霄云外去。这样一片薄如蝉翼,给人感觉并不比纸片更坚硬的剑影,轨迹难以捉摸,灵动有若幽魂,在嗤的一声转向飞离过程中,贴着一名侍卫的刀锋闪电上遁,擦过了他的下颌,留下了一道淡淡的血痕。下一刻淡淡血痕迅速扩展,鲜血狂暴喷出,这名侍卫右手提着刀,左手死死捂住自己的颈部,鲜血自指间狂溢,圆睁怒目盯着林子深处,缓缓前倾倒下,直到死亡的这一刻他依然没有看到那名强大的剑师。灰色剑影在空中画了道圆润的弧线,闪电般再次穿掠回刀阵之前,倏然在前,倏然在后,轨迹鬼神莫测,根本无法捕捉,转瞬间又有两名侍卫被杀。

血珠在空中缓缓飘落,侍卫首领表情冷傲平静,双手紧握细长的刀柄，盯着那抹灰淡的剑影，忽然左脚向前一踏，腰腹骤然发力，刀锋斜斜向下如闪电劈下，同时暴喝一声："合！"

随着这声刀阵口令，他身前身后四名等待机会已经很久的侍卫把手中钢刀舞成雪花，把那抹灰淡剑影硬生生逼进一个狭小的空间，而那处空间马上便被侍卫首领凝聚全部精气神的斜斜一刀所震破！

灰淡剑影速度奇快，眼看着要被刀锋所斩，却强行在极小的空间里做了一次停顿。侍卫首领对此早有准备，只听得他闷哼一声，左手握住长刀柄末端强行一拧，正向斜下方斩去的刀锋闪电般翘起，正好击中那抹剑影！

噗的一声轻微的闷响，灵动的灰色剑影像是被打中七寸的细蛇般跌落尘埃，落入厚厚的落叶腐泥之中。这是交战以来，大唐侍卫刀阵第一次砍中敌方大剑师的剑影，然而没有人欢呼，准确来说是没有时间欢呼，因为地面上的枯叶开始剧烈地震动拱起，就像是一条苏醒过来的巨蛇，在侍卫们的脚下快速穿行。枯叶飞湿泥溅，灰黑色的剑影激射而起，贯穿如电，轻松划破一名侍卫大腿外的棉甲，割破了足以致命的大动脉！

压抑的闷哼不时在刀阵内响起，侍卫们一个接着一个倒下，偶尔能够砍中那抹灰淡剑影，却始终无法将它完全斩成一段死物。侍卫首领的表情渐现悲愤之色，压抑悲壮气氛中，他往前再踏一步，双手横握长刀柄，暴喝一声再斩！

"合！"他厉声吼道。

最后存活下来的侍卫们齐声暴喝，不要命般向那道灰影扑了过去，以自己的身躯和手中的刀光布置了最后一道屏障。咻的两声轻响，两名侍卫的身躯毫无气息地摔落于地，侍卫首领的耳垂被整齐地切掉一半，鲜血滴落，身上多了几道淋漓血口，像是某人醉后放肆的狂草。那道灰色剑影第七次被侍卫们的刀锋斩中，速度比最开始时已经变得缓慢了很多，然而终究是没有被击落，振鸣着缓慢飞行，突破了刀阵，来到了那位穿着旧袍的老人身前。

这时候众人终于看清楚了那道灰暗剑影，那是一把没有柄的小剑，暗淡的剑身极为纤薄，没有残留丝毫血痕。

浑身浴血的侍卫首领拄刀单膝跪下，低头咬牙不甘想道：只差一刀……只差一刀自己和兄弟们就能完成这看似不可能完成的任务，然而大剑师终究还是大剑师啊！

看似漫长的战斗过程，其实不过是刀风几次凌厉，剑影几次飘浮，鲜血几次喷洒的时间罢了。在这段过程中，坐在马车上的旧袍老者自膝上剑飞离后始终闭着双目，仿佛并不知道自己正处于极大的危险之中。没有人注意到，老者轻轻悬放在膝头上的双手正在微微颤抖，双手拇指快速在中食指的两道横纹上按下，如蜻蜓点水般一触即离，似乎正在进行某种极为复杂的计算。

就在那把无柄小剑飞到他身前，距离他眉心不足一尺时，老人终于睁开双眼望了过去。

一眼望去，无柄小剑便悬在空中如凝固一般，动不得丝毫！

密林深处那名快要被众人遗忘的巨汉，看着宽大手掌间被自己揉成破铜烂铁的雪亮飞剑，怔怔发呆，终于猜到这是怎么回事，抬起头来惊慌失措怒吼道："他不是剑师！"

"……他是念师！"

10

仿佛听懂了那名巨汉的怒吼，明白自己陷入一个圈套，那把灰暗亚光的无柄小剑开始在空中剧烈地颤抖起来，震得四周空气发出嗡鸣厉啸，就像是只左突右奔想要逃跑的鸟。老人双手搁在膝上，望着眉心前不到一尺外的无柄小剑，目光静柔如丝如缕，然而这些丝缕蕴着恐怖的力量，紧紧裹着想要逃离的无柄小剑，让它根本无法动弹。老人目光所触之处温度急剧降低，无柄小剑上瞬间蒙上了一层薄霜，挣动得越发厉害，嗡鸣阵阵，然而却始终无法挣脱。

这样的徒劳挣扎不知持续了多长时间，无柄小剑终于悲鸣一声摔落在落叶之上，仿佛失去了生命一般。就在无柄小剑跌落尘埃的同时，北山道密林某处，距离车阵并不遥远的一棵树后响起一声痛苦的闷哼。

老人平静的眼眸里闪过一道放松之意，双手撑着膝头，整个干瘦的身躯忽然从车厢旁弹起，仿佛被大风吹动，倏乎间飘至北山道内密林深处，飘至那名巨汉身前。巨汉暴喝一声，如蒲扇般大的手掌自上而下猛击，气势威猛，如一座小山直接压向老人干瘦的身躯，仿佛下一刻手掌便会轻易地将老人扇成一蓬血肉粉末。老人面无表情看着将要临头的大手掌，枯唇微启说了个无声的字符，满是泥垢的双手在身前交叉而叠，做了个手印。

随着这个无声音符出唇，随着双手叠加为印，老人身上那件脏旧袍子忽然变得极其坚硬，每道皱纹都被撑平，看上去不是他穿着一件袍子，而是袍子支撑住他干瘦的身体。

掌风戛然而止，在老人的头顶不停颤抖，却没有办法拍下来，巨汉身体其余部位的动作也变得极为缓慢僵硬，他的眼角开始淌下血水，下颌抖动不停，显得极为痛苦。老人的脸色非常苍白，看起来也非常吃力，他艰难地抬起右臂伸向巨汉的胸膛，动作显得格外缓慢。

巨汉此时仿佛被某种奇异力量控制住，眼睁睁看着老人的手掌一寸一寸靠近，却无法做出任何举动阻止对方。

老人的手掌无声无息按在巨汉的胸膛上。哧哧劲风从手掌和巨汉胸膛间喷射而出，随着咔嚓一声闷响，巨汉石头般的胸膛骨断筋折，猛地塌陷下去！

借着手掌间劲风吹拂，老人身体微缩疾退，林风绕着袍角，呼呼作响，瞬间退回车厢旁复又盘膝坐下。进退趋转不过刹那时光，老人去而复回，双手轻落膝头，身上袍子重新变得皱巴脏旧，仿佛根本未曾动过。

北山道密林深处那位巨汉此时终于重新获得了身体的控制权，始终未能击下的那一掌轰的一声把地面打出一个大坑。然而一切都晚了，他看着自己胸膛上的血坑，发出一声不甘绝望的怒号，如座山般轰然倒塌。盘膝坐在车厢旁的老人望了那处一眼，开始俯身剧烈地咳嗽，甚至有殷红的血点被咳到了袍子上。

侍卫们布下刀阵，舍生忘死与那把无柄小剑拼杀，争取了极宝贵的时间。老人在这段时间内计算并且捕捉到对方那位大剑师藏匿的方位，再以无柄小剑为桥梁，动用念力直接隔空击伤对方，完成这一击，对他心神损耗极为巨大。紧接着他飘至北山道里掌杀巨汉，看似非常轻松，实际上也是极为冒险的举动，气海雪山里的念力为之荡然一空，身体变得极为虚弱。好在大局已定。

北山道口的战斗已经结束，追随公主殿下的草原马贼们在战斗中证明了自己的忠诚、勇气和强大的战斗力。微弯的蛮刀斩杀所有敌方死士，他们也为之付出了极大的代价，幸运活下来的人浑身浴血，早已无力站立。

老人神情复杂望向那棵距离并不遥远的树。夜色入侵，北山道口一片安静，那棵大树的树皮片片剥离，就像是一个人在极短的时间内迅速老去，不祥的斑点出现，身躯有了腐朽崩坏的征兆。一个穿着青色长衫的中年书生从大树后缓慢走了出来，肩后斜斜背着把空空的圆形剑鞘，此人神情俊朗，虽然年龄稍大，但若在长安青楼画舫上，想必当得起翩翩二字。只可惜此时他的模样怎么也谈不上翩翩，无数极微小的血珠从脸手上的毛孔里渗了出来，把他变成一个面容恐怖的血人，青色长衫有些部位也已被血渗透，看来被衣裳遮蔽住的身躯如同露在外面的脸手一样，同样被那些小血珠铺满。

中年书生抬袖擦了擦眉上的血汗，看着车厢旁的老人，看着老人身旁那把空着的剑鞘，低声感慨叹息道："一着错，步步错，昊天道南门供奉吕清臣居然……弃剑修念。这个消息若是传出去，不知道会令多少人震惊。"略一沉默，他慨然道，"更没有想到的是，你年岁已大，居然还能成功晋入洞玄境界，昊天道莫非有什么秘法不成？"

老人叫作吕清臣，他和声回答道："跟随殿下北上三载，在草原上看到些不一样的风光，不一样的人情，有所触动，于是境界有所增益，倒和本门道法无涉。"

听到这个意料之外的解释，中年书生微怔片刻，若有所悟，沉默了很长时间，然后他望向挂刀单膝跪于落叶间的侍卫首领，用极为认真的语气说道："自我晋入大剑师境界，便一直以为世俗武力再无法与我相抗衡，今日你和你的属下给我上了一课。"中年书生向落叶间的重伤侍卫们拱手一礼，赞叹道，"有像你们这样英雄无畏的军人，是我大唐的骄傲。"

侍卫首领微微颔首一礼，没有说话。

"长安的大剑师不多，我却不认识你。"吕清臣老人看着浑身浴血的中年书生，说道，"书院真是藏龙卧虎之地。"

听到"书院"二字，北山道口林间幸存下来的人们，都忍不住露出了疑惑震惊之色，难道这件针对殿下的刺杀居然和地位崇高的书院有关？宁缺下意识里望向身旁那名婢女，只见她脸上露出若有所思的神情，但明显并不相信这种说法。

中年书生愣了愣，摇头怅然说道："没想到你居然看出了我的来历，只是我这个不肖后生实在不敢让书院蒙羞……我只是一个被开除出书院的笨学生。"

他浑身是血，身体摇晃，似乎随时都可能倒下，然而面对这样一个，也是唯一一个敌人，车队方面活下来的草原蛮子和侍卫们却非常紧张，如临大敌。

宁缺也很紧张，但更多的情绪是兴奋和无措。在渭城住了很多年，学习《太上感应篇》很多年，通过那些市井传闻想象这些强者很多年，今天北山道口的战斗却是他这一生第一次目睹真实的强者战。大唐帝国军方那些强悍的将军听闻也有各自的霸道手段，只是边境承平多年，他一个边城小小军卒根本没有机会在战场上见识这种战斗。无柄小剑飞行漫天落叶之间，力士气拔山兮掷石破车，双眼开合之间念力纵横，隔空伤人，这些极不可思议的神奇在很短的时间内接连上演，让他心神摇荡无法自安。

"书院""开除""笨学生"这三个词进入他的耳朵，让他稍微冷静清醒了些，却又马上让他感觉到头皮开始发麻。一名被书院开除的笨学生，凭一把暗哑无光的无柄小剑，便能杀死近十名大唐最精锐的侍卫，那么书院里真正的学生，会拥有怎样强大到不可思议的力量？

"应该是夏侯的人。"婢女在旁边低声冷漠说道。

听到"夏侯"两个字，宁缺的表情微凛，身体变得有些僵硬，过了数秒时间才重新恢复正常，只是他投往场间的目光已经由先前的赞叹变成了冷淡的评判计算。

"你修的是浩然剑道，所以猜到你出身书院并不是难事。"吕清臣说道，"只是看来有些可惜，你被逐出书院之前并没有在二层楼里多学些东西，起始剑出时已有风雷之势，却被你强行转成了灵动诡秘之境。浩然之气首重正直无碍，你走进了偏路，这选择实在无趣，若二十年前你遇见正值壮年的我，即便没有进入洞玄境界，你也不可能是我的对手。"

中年书生低头微微一笑，满是细微血珠的俊朗脸庞浮现出的笑意显得格外惨淡。

作为一名踏入洞玄境界的大剑师，这名身着青衫的中年书生应人之邀前来刺杀公主殿下，在知道公主身旁那位老人实力后，本以为这是一件极简单的事情。然而为他提供情报的那方势力，并不知道公主殿下身旁的那位老人在草原上踏入洞玄境界，更令人感到震惊的是，那位昊天道南门行走居然选择了弃剑从念。

即便如此，本来今夜也不会完全没有再战之力，只是这位大剑师没有想到，那些车旁的大唐侍卫竟能给自己造成如此大的麻烦，从而被吕清臣计算出了自己的方位。被同境界的强者尤其是念师算出方位，是件很危险的事情。吕清尘先控制住他的剑影，再以无柄小剑为桥念意相伤，面对着杀伤速度最快的念师，他根本没有办法做出应对，直接被对方的念力袭入气海雪山，震得腑脏俱裂，鲜血暗涌。

今日注定要死在北山道口，他对吕清臣老人那几句点评自然毫不在意，然而即便是死，有些事情他也必须完成。

11

吕清臣说完这番话，又开始剧烈地咳嗽。

念师在俗人想象中最为玄妙神秘，只有他们自己知道，看似神奇的念力其实是一把双刃剑，在杀伤敌人的同时，也会对念师自己的精神气海甚至肉身造成极大损害。他看了一眼远处那位巨汉小山般的尸体，想到帝国珍贵的强者资源经此一役便要少上两人，不禁感到万分可惜，甚至产生了某种看着子侄辈不成器的痛惜感，摇头叹道："我大唐虽然强者辈出，但有大剑师境界的人并不多，以你之能，既然出身书院，本应为国效力，怎可从贼行事？"

"贼？何为贼？清臣先生，你既出身昊天道，那么你应该知道当年钦天监被人抹掉的那句评鉴：'夜幕遮星，国将不宁！'"中年书生通过侍卫们的表情早已确认己方此行的刺杀目标并不在车中，死的那个女子只是个幌子。他看了眼已经变成堆垃圾的华丽车厢，冷笑说道，"夏侯将军想些什么我不关心，我只知道他和我的目的相同，那就是杀死你们队伍里那名妖女！"

吕清臣想起十几年前那件闹得沸沸扬扬的钦天监事件，沉默片刻后摇头说道："书院精神不论六合之外，我出身昊天道况且不信这些神鬼之说，你又何必。我跟随公主殿下已逾四年，从不认为她是应兆之人。"

听到这番帝国下层民众绝对不会知道的秘辛，宁缺隐约间明白了为什么当年公主殿下执意要嫁入草原，而为什么对她宠爱有加的皇帝陛下最终居然会同意。一念及此，他忍不住转头向身旁望去，只见那名清秀婢女的表情变得极为难看，眉眼间布满寒霜。

中年书生缓缓敛去脸上所有情绪，不再回答吕清臣的话语，而是闭目深深吸了口气，随着呼吸，他身周的落叶开始卷动，身上的青色长衫随风猎猎作响。

"你还想做些什么？"吕清臣老人皱眉看着他，说道，"我等了你七十七息的时间，你始终未能调息成功，证明你腑脏已碎，气海已毁，加上本命剑已废，现在的你连个普通军卒都不如，难道临去这一刻你依旧不愿获得安宁？"

在普通人的心目中，无论是剑师还是念师，这些能够调动天地元气的修行者都是非常神秘莫测的，有些愚夫村妇甚至相信那些最强大的修行者可以超脱生死，所以哪怕明明看着中年书生已经到了油尽灯枯的时节，身负重伤的草原蛮子和侍卫依然不敢放松，警惕万分。直到他们听到吕清臣的话，他们才终于相信那位可怕的大剑师真的已经不行了，疲惫与伤势瞬间开始侵袭精神和肉体。

只有宁缺依旧警惕。从战斗开始到现在始终像个鹌鹑般藏在落叶中的他，盯着大树旁那名浑身浴血的中年书生，握着弓箭缓慢逐寸移动着身体，寻找着最佳的冷射位置。

　　大唐帝国看待荣誉重于生命，无论是士大夫还是市民阶层都格外推崇风范气度，在他们看来，敌人苦战将死之时，应该得到和他实力身份相符的尊重。此刻将要死去的是一名地位尊崇的大剑师，所以侍卫首领会颔首还礼，哪怕对方杀死了自己很多忠心耿耿的下属，所以吕清臣会和他说话释疑，让他完成生命最后的言语交代。

　　宁缺从来就不是一个典型的唐人。

　　他看重荣誉，但坚持认为"荣耀即吾命"是废话，并不认为世界上有比生命更重要的东西，即便有也不会是荣耀。他是个小小的边城军卒，根本不了解这些强大的修行者战斗的方式，甚至今天才是他第一次看到这种战斗。但今天那位大剑师既然成了他的敌人，那么他就会一直保持警惕，时刻准备出手用任何方式去杀死对方。从小艰辛流浪，在边塞里与蛮人刀口见血数年，让少年养成一个根深蒂固的认知：只有死了的敌人才是安全的敌人，才是好敌人。也只有到那个时候，他或许才会脱下军帽，对敌人的尸体行注目礼，表示自己极有限度的尊重。

　　就在这时，异变陡生，或者说如他所预料的那般发生了。

　　漫天落叶在大树旁快速舞动，中年书生被血打湿的青衫忽然急剧膨胀，数道血流从他的五官里喷涌而出，仿佛有股恐怖的无形力量正从那些落叶间、从天地间向他的身体内灌注进去，将他所有的力量混着鲜血逼了出来！

　　"纳天地于内！"看到这一幕，吕清臣勃然变色，看着中年书生愤怒呵斥道，"书院中人用魔宗手段？你……你居然敢欺师灭祖！"

　　北山道口战斗凶险惨烈至极，然而自始至终这位老人都不曾动容，在唐人看来既然敌我阵营已存，那么无论胜负生死都是寻常之事，并不涉及所谓道德正义，可当他发现中年书生动用了魔道的自毁手段，终于第一次忍不住动了怒！

　　"若为正道，何惧用魔宗手段。"中年书生缓缓抬起右臂，遥遥指向车厢旁的老者，淡然说道，"若这是沉沦，那便让我沉沦入冥界，永世不得超生吧。"

话音落处，他右手食指根部骤然多出一道深刻的血痕，隐现白骨，只听得他一声闷哼，食指扯离手掌，陡然加速，变成一道血影呼啸喷出，直刺吕清臣的面门！

纳天地元气于体内，不惜暴体崩坏，把自己的肉身修成本命飞剑，凝毕生功力于一击，正是最典型的魔宗手段！

对于护送公主的队伍来说，吕清臣老人是他们最强大的倚靠，尤其是此时草原蛮子和侍卫们死伤惨重，几乎没有人还有再战之力，于是老人的作用便显得格外关键，他若死在这根断指之下，谁还能够抵挡一名大剑师临死前的暴击？

两名草原蛮子狂号着向中年书生扑了过去，然而没跑两步，便一个趔趄摔倒在落叶之上，手里的弯刀也震了出去。半跪着的侍卫首领猛地向地面扑倒，拖着血水向前方挣扎爬行，离他不远处有名牺牲侍卫留下的弩箭。然而他虽然已经拼了命，但明显还是慢了，当他握到弩箭时，只怕车厢旁已经虚弱到不能再战的吕清臣已经被断指刺中。

幽暗的北山道口林间，没有人预料到一名出身书院的大剑师居然使出了魔宗手段，谁都没有准备，似乎只能眼睁睁看着这名大剑师击杀成功，然后全队尽丧。

宁缺有准备。

他准备了很长时间。

当那名青衫中年书生淡然感慨之时，他毫不为之所动，警惕地注视对方的一举一动，缓慢挪动着身体，寻找着最佳位置。

当中年书生开始吸纳天地元气入体内，林间落叶狂舞之时，他已经双脚一前一后站立在了枯叶之间，举起手中那把看似寻常的黄杨硬木弓，瞄准了对方。右臂用力，劲传腕间，弓弦被猛地拉开，如一道满月，坚韧的弓弦承受巨大的力量，发出一阵嗡鸣，弦上的羽箭微微颤抖，然后迅速变为平静，像待要弹出的蛇。

当中年书生断指飞出时，宁缺右手的中食二指微微一松，弓弦上的稳置器一拧，弓弦嗡的一声鸣啸弹回，一根羽箭如电般射出，穿透数片落叶，直冲其人胸膛。

嗡嗡嗡！弓弦急速振动，黑色的箭羽残影闪电般前行，刺破落叶，撕破夜色，就在那位青衫大剑师以魔宗手段逼出的断指刺中老人吕清臣面门之前，提前抵达他的胸膛！

修行者的肉体并不比普通人更强大，尤其是剑师念师符师因为长年冥想，身体反而会更加孱弱，需要格外注意近身的防御，除了像侍卫们那样的近身死士之外，他们一般还会在长衫棉袍之内穿着软甲，以防止被刺客偷袭。在生命最后的时刻，这位出身书院的大剑师不惜动用魔宗手段也要杀死敌方最强大的念师，意念可见坚决，所以当他察觉到对方有人用弓箭偷袭时，并没有做出任何反应。他的意念气海之中，现在只剩下天地元气汇聚而成的荡漾湖泊，断指就像一条破浪的黑线艰难前行。此时此刻他必须集中全部的精神力量，才能完成这最后的一击，他不会允许自己被任何事情打扰，即便是将要临体的冰冷羽箭。

而且青衫之下是精密的软甲，他相信隔着这么远的距离，那根不知从什么地方射来的冷箭，根本没有能力射死自己。

噗的一声闷响，一根羽箭扎进他的胸膛，箭头诡异地高速旋转着，比普通的羽箭旋转速度不知要快上多少倍，锋利的箭锋瞬间撕裂青衫，挤进了软甲的微小缝隙之中！

羽箭入肉三分，鲜血初现。中年书生依然没有理会，甚至没有低头看一眼，脸上的细微血珠流淌成小溪，在紧皱的眉头处写出一个愁苦的"川"字。箭锋入体很痛，但不会死，所以那又如何？

但宁缺射出的不止一箭。

12

咻！

第二根羽箭闪电般接连而至，伴着令人心悸的入肉声，射中中年书生的胸膛，箭没处，正是第一根羽箭破开青衫破开软甲的所在！

第三根箭仿佛没有先后，瞬间再至，同样射中那个被逐渐扩开的破口，箭锋之前再无阻碍，竟是狠狠射穿了他的身体！

没有人知道宁缺如何做到，在电光石火极短的一瞬间内，用手里那把看似普通的黄杨硬木弓连续射出三支羽箭，更没有人能想明白，为什么这名看似普通的少年军卒，竟拥有如此恐怖的箭术，竟能连续三次射中同一块极小的区域！

中年书生觉得像是一根坚硬粗壮的木棍重重撞向自己的胸膛，被硬生生震得向后退了两步，然后他感觉自己的胸口有些热，那股热度到最后竟变成了滚烫。他下意识里向下望去，看见一根羽箭没胸而入，青衫外残留着一小截箭杆和箭羽，鲜血浸染，就像是开了一朵红花。

中年书生不可置信地盯着胸前青衫上湿润的"红花"，满是血水的脸上显现出一抹荒谬错愕的神情。他慢慢无力跌坐进地面的落叶腐泥间。

即便是修行者，即便是用魔宗手段吸纳天地元气入体的修行者，在心脏被射穿后也没有办法再继续操控自己的意念。天地间那根无形的线，就在他跌坐的那一刻戛然断裂。失去控制的那根染血断指，已经无法再威胁到一位念师，虽然那位念师现在已经虚弱至极。吕清臣微一挑眉，将眼前的断指震飞。断指擦着他的苍老面容激飞而过，落在身后的车厢上，只听得扑哧数声脆响，半截车厢坍塌分崩，化为废砾。

这截断指里凝结着中年书生先前强行吸纳的些微天地元气，虽然已经失去意念控制，依然能造成如此恐怖的效果。如果没有那三根羽箭，这截断指肯定会对老人造成极严重的伤害，那么这场刺杀肯定也会迎来一个完全不同的结局。场间活下来的人们都很清楚这一点，中年书生自然是最明白其中关键的那个人，他痛苦地看了眼胸前的箭羽，艰难抬起头来，望向车阵后方，想要看看那个箭手究竟长什么模样。

在最关键的时刻射出闪电三箭，以强悍无敌的箭术强行破开精密的软甲，近乎不可思议地杀死一位大剑师，挽狂澜于既倒，拯救大唐公主殿下于危难之际……是时候享受众人目光中的震惊感激甚至是崇拜了？

宁缺并不这样认为，脸上没有一丝如释重负的笑容，依旧紧握着手中的黄杨硬木弓，箭在弦上，弦已拉开，瞄准着树下箕坐的大剑师，耳朵却在听着树林上方的轻微声音。

他在警惕。

"夏侯……"

当婢女告诉他，那位大剑师应该是夏侯的部属，而对方先前也已承认这点后，宁缺一直在心中默默念着这个名字。

夏侯并不叫夏侯某某。他姓夏名侯。作为大唐权柄最重的四大王将之一，此人武功霸蛮不可一世，战功昭著，性格更是骁勇冷酷至极，长年驻守在军法森严的猛柳营中，以嚣张好杀闻名于天下。他自己本姓为夏，却不允许自己的子女姓夏，而是把自己的全名变成了他们的姓，长子夏侯敬，次子夏侯畏，诸如此类。当朝中某学士提出疑问时，夏侯桀骜应道："吾当开创一流传万世之姓氏，吾当为祖，故当以我名为姓。——是为夏侯氏。"

夏侯将军是名人，但宁缺一直在心中默默念着他的名字，从叙述到震惊再到淡淡惘然的嘲讽，自然不是因为这个原因。从他四岁时开始，这个仿佛蒙着血水散着嚣张气焰的名字便一直深深藏在他的脑海之中，从来不曾忘记。

他没有见过夏侯。但他知道夏侯的喜好厌恶，知道夏侯曾经最宠爱的小妾是谁，知道夏侯为什么要烹杀那位小妾，知道夏侯每顿要吃三斤最肥美的羊肉，甚至知道夏侯每天上茅房的时间规律。他相信自己是这个世界上最了解这位大唐名将的人，因为他相信这个世界上没有谁比自己更想杀死这位大唐名将。

那位将军霸蛮粗犷的外表下隐藏着的是一颗冷厉聪慧之心，冷酷残忍好杀是事实，但此人永远只会相信自己的手，所以他绝对不会把刺杀公主的希望全数寄托在青衫中年书生这个明显并不是嫡系的大剑师手中。那个人一定会派出自己最忠心的死士盯着这场刺杀，观察事态的发展，甚至有可能在某些关键时刻跳出来结束一切。

在宁缺看来，现在就是最好的时刻。

半边车厢垮塌，半边车厢完好，一个满脸灰尘的小男孩儿哭泣着探出脸来，清秀婢女紧张地从地上爬起来，想向那边跑去。宁缺右手闪电般探出，把她重重摔倒在地。

头顶细树枝碎成一片，啪啪作响，迷蒙遮人眼，碎砾之中，两名穿着黑衣的蒙面人现出身形，呼啸向下方掷出两粒金属丸，同时背后长剑反抽出鞘，冰寒刺骨！

那两粒呼啸而至的金属丸漆着红点，是大唐边军精锐才会极少量配备的火油弹，燃烧威力极为恐怖。宁缺常年厮混在边塞军营之中，自然不会陌生，他用最快的速度扔掉弓箭，双手同时伸向背后的刀柄，大声喊道："伞！"

13

宁缺也没有喊出桑桑的名字。主仆二人自幼一起生活，山林草原上艰难共度数载寒暑，早已心意相通配合默契，只需要一个眼神一个手势一个字便能让对方明白自己想要做些什么。就在"伞"字响起一瞬之后，桑桑像个小狸鼠般快速跑到婢女身旁，双手握住伞柄用力一错，那把和她瘦小身体相比夸张巨大的黑伞呼的一声被撑了开来，如同一道漆黑的天幕出现在已经入夜的北山道密林中，挡住了繁星。

两颗火油弹落在地面，迅速燃烧起来，蓬勃的火焰把地面上的落叶卷起，然后这些树叶让火势变得更加旺盛，顿成熊熊之势，根本无法阻挡。车队四周还活着的侍卫和草原蛮子们看着冲天而起的火势，想着藏在那处的贵人，浑身上下陷入一片寒冷。他们受伤极重，根本无力赶来支援，只能眼睁睁看着那道炽热的火墙瞬间把那里的一切吞噬，发出绝望的号叫。

然而他们并没有看到，那把大黑伞并没有被烧毁，高温炽烈的火舌喷吐在油腻黏糊的黑伞布面上之后，很奇异地变得微弱起来，这把黑伞的伞面不知是用什么材料制成的，能像黑色天幕般遮住繁星，同样也能够挡住烈火！

在大大的黑伞下方，瘦小的桑桑紧张地低着头，闭着眼，抿着唇，两只小手紧紧握着伞柄，抵挡着近在咫尺的恐怖火焰，握着伞柄头的左手一时绷紧，一时又无措地放松，显得极为紧张，又像是心里正在挣扎着什么。婢女也在黑伞之下，微卷的发丝荡在清秀眉眼间，她感受着一伞之隔的高温，看着透过黑布伞的点点火光，心情紧张到了极点，而当她的目光顺着黑伞侧方的空隙，看到正要展开的战斗画面时，眼眸里更是流露出了一抹惘然和震惊。

隐藏在林梢里的黑衣人已经敛气静神了很长时间，沉默旁观公主车队的应对，判断对方的应策，终于确定了自己的刺杀目标在何处。然后他们移动身形，借着大剑师和巨汉成功吸引了吕清臣老人的精力，悄无声息靠近此地发出了攻击。穿过漫天碎木，自林梢繁星间跳落人间，两名黑衣人选择的时机非常精妙，非常狠准，一出手便是两枚火油弹，然后快速靠近对手进行近身狙杀，让宁缺根本没有施展神奇箭技的可能。

他们并不是强大的修行者，但他们是比那些修行者更加专业的刺客。

繁星间跳落两名黑衣刺客，宁缺的表情没有太多变化，更没有慌张，他像扔破鞋般扔掉手中的弓箭，然后在两枚火油弹刚刚掷到落叶的那一刻猛地跳了起来。腰腹与腿部的肌肉骤紧骤放，他双腿仿佛安装了某种机簧，没有助跑也没有起势，就在原地突兀跃起。此时火油弹也正好开始燃烧，他的人影正在火墙之上，看上去就像是踩着炽热的火舌，借着火势飘行。人在空中强行穿掠过烈火，双手虚握成空心的拳头，随惯性很自然地从脸侧摆向身体后方，双腿向后斜掠，身体向前倾斜，动作显得异常自然协调，像鸟儿滑行般美妙，而身后斜斜背着的刀柄，马上便要插入他握成空心的两只手中。

跃过火墙飘过空中，宁缺在做这些动作的时候始终盯着那两名黑衣蒙面刺客，目光中没有任何杂念，专注冷静到了极致，从而显得异常从容平静。婢女透过黑伞下极小的那道缝隙，看着他跃出火墙的身影，看到火光映照下少年眉眼间的从容平静，不知怎的觉得浑身上下变得异常寒冷。

在这一刻，她想起半年前随单于在草原狩猎看到的那幕。当时那头年轻的猛虎跃过灌木向她扑来，前爪微握，后足轻灵微缩，眼眸里没有任何残忍血腥的神情，异常平静专注，在那电光石火间的一刻竟有了某种从容甚至是雍容的气质。然而那头猛虎的眼神却是她这一生所见过最可怕的眼神，甚至有时午夜还会被睡梦中从容平静的虎视而惊醒。

——没有情绪的平静代表强大与自信，专注代表着意志和决心。猛虎捕食，去势专注冷静而不冷酷，因为将一切敌人撕成碎片，并不是它想要发泄什么，而只是它生存的天赋本能，只是它习以为常的天分，或者天赋。

一生都在夜色中杀人的刺客，是对危险最敏感的生物。那名婢女都能感受到宁缺平静专注神情下隐藏着的凶险，两名黑衣刺客盯着跃过火墙的少年身影时，更是下意识里感觉到了紧张，甚至比当年他们刺杀燕军游骑时更加紧张，握着长剑的手有些莫名其妙的僵硬。呼啸风声中，宁缺跃入二人中间，身上棉袍被灼燃的衣角，在夜色密林间带出数道微弱火线。

两把带着锈迹的长刀自肩后闪电拔出，像风雨般挥洒了过去，林间骤然响起一连串极为刺耳的金属刀锋碰撞声，劲风起处，燃烧的棉袍带出的微弱火线被吹拂成更加细微的火星，却将战场照耀得比先前更加明亮。

刀剑相撞，宁缺身体向前一弹，双脚在落叶上连错数步强行插入两名黑衣刺客之间，手腕一转刀势转劈为拖，顺着对方的剑背闪电般斜抹而上，根本不给对方变招的机会，以势压势，扑哧两声砍入对方的肋下！

沉重的刀锋从斜下方狠狠砍断两名黑衣刺客的胸骨，砍进他们的胸腔，鲜血与肉片被挤出刀面。两名黑衣刺客惨号一声，在临死之际爆发出大唐军人强悍的意志力，弃剑用手用自己的身躯死死困住了宁缺的双刀！

就在这时，又有一个黑衣刺客像鬼魅般落了下来，双手握着的那把短刀雪亮一片，一往无前地斩向宁缺后颈！

林间还有第三名刺客！

无论怎么看，那两名刺客都应该是在进行最后一次尝试，没想到他们居然还伏着后手。这种手段看似冗余实际上却饱含着以同伴和自己生命为枯叶的狠辣，没有人能够预料到这样的情形，或者除了宁缺自己，除了黑伞下的小侍女。

"六！二！"黑伞下的小侍女紧张瑟缩着身体，就在第三名刺客砍向宁缺时，她紧闭着眼睛，用尽全身力气喊出了两个字。

很简单的两个数字，能够提醒宁缺什么？是暗语还是方位指示？可她明明应该看不到那名刺客，或者即便她能够精确判断出刺客的方位，宁缺此时的两把刀还在先前两名刺客的胸腔和满是血污的手中，他又能做些什么？

"六？二？还真高啊。"听到桑桑焦急的大喊声，宁缺在心中默默埋怨了一声，然后毫不犹豫松开双手，任由那两名黑衣刺客用生命和双手攥紧自己的两把刀，而他则是把空出来的双手高举过头顶，在快要黯淡的火光中，在越来越深的夜色中，握住了那个硬邦邦裹着吸血棉布的柄，猛地拔出了自己身后的最后一把刀！

双手紧握长长的刀柄，唰的一声厉然出鞘，宁缺看都没看身后一眼，腰腹部骤然发力，拧身而转，将全身气力灌注长刀之上，以燎天之势向夜空中劈去！仿佛脑后长了眼睛，这猛烈的一刀异常准确地劈中那名正在急速下落的黑衣刺客，锋利的刀锋狠狠砍飞刺客手中握着的短刀，然后长刀毫无阻碍地砍进他的颈骨！刀锋去势不尽，竟是深深揳进去一半才停了下来！

这名黑衣刺客哼都来不及哼一声，从林梢跳落，便摔落于枯叶之上，双膝一软便跪了下去。宁缺退后握住先前一名刺客胸上的刀柄，用力拔出，走回这人身前反手斩下，刀锋从脖颈另一面砍了进去，与先前那抹刀锋在颈骨间相会。鲜血喷洒，黑衣刺客的头颅咔嗒一声掉了下来，骨碌滚过他的双膝，滚过落叶，在林间滚了极远极远。

当年在大唐与燕国的战争中，夏侯将军率领的先锋部队曾经刺杀过无数燕国游骑，那些神秘的刺杀组由精锐军士组成，并没有修行者，然而在战场上却表现得十分强悍，甚至有过成功刺杀修行者的战例。一般人都不知道夏侯将军麾下神秘的刺杀组究竟是怎样的建制，但宁缺知道。

他知道夏侯麾下的刺客组惯常是三个人一起行动。

所以从很小的时候开始，他的后背上一直背着三把刀。

14

对于自幼行走在山林草原兽群中的宁缺而言，精于黑夜刺杀的杀手并不可怕，神秘的修行者才是他不安的原因。所以他双刀斩落刺客头后，第一时间掠回犹有残火的缓坡旁，快速捡起黄杨硬木弓箭，重新瞄准远方那位大剑师。这一次他的警惕显得有些多余，那位穿着青衫的中年书生已经没有任何动作，只是静静倚靠在大树上，血脸之上的那双黑瞳静静看着火光中的少年，喃喃低声说了句话，然后微微一笑，摊开双手，就此死去。

宁缺瞄准着大剑师的遗体，沉默了很长时间，直到双臂开始颤抖起来，才缓缓放下弓箭，顿时感觉到疲惫与酸痛开始入侵自己的身躯。他没有回头，问道："有没有事？"

火油弹带起的火焰点燃了落叶，但北山道口腐泥湿漉，火势渐渐熄灭，那把大黑伞哗的一声重新收拢，桑桑半蹲在地面，仰头望着他的背影摇了摇头，似乎她知道自己不需要说话，少爷也能知道自己做了些什么。

婢女知道宁缺不是在关心自己。她站起身来，提起裙摆向已经快要变成废墟的车阵跑去，发疯般掀开那些沉重的厢木碎砾，然后一把将那个虎头虎脑的小男孩儿搂在怀里，满脸疼惜地轻轻拭去他脸上的灰尘。大约有六七名草原蛮子和大唐侍卫还活着，他们挣扎着起身，艰难地走到车厢废墟周边。那位受伤极重的侍卫首领带着众人单膝跪下，以头触地沉痛说道："属下作战不力，令贼子惊扰公主殿下，实在罪该万死。"

繁星与残存的火星光泽照耀间，浑身浴血的男人们跪拜一名抱着孩子的婢女，并不悲伤，反而透着股铁血的悍意或者说悲壮。

桑桑走到宁缺的身旁，两个人静静看着这幕画面。

稍作喘息，侍卫和蛮子们艰难地帮彼此包扎伤口敷涂伤药，待到呼吸稍定便开始打扫战场，抬回几名受伤极重的同伴，同时将那些还有几丝余息的敌人全部砍死，做完这些事情之后，这些剽悍的男人下意识里向后方望去。

看着那名棉袄微焦的少年，侍卫们眼睛里的神情很复杂，有些震撼有些不解甚至有些隐隐畏惧……他们看到了宁缺先前的出手，知道这名少年武技精悍，箭法超群，但并不是个超出世俗想象的隐藏强者。在此次狙杀中，是侍卫和吕清臣老人一直在硬扛敌方最强大的两名修行者，是他们干掉那位大剑师绝大部分生命，宁缺最后才有机会有可能三箭杀死对方。然而越是如此，他们越发觉得这个少年是个很可怕的人物。

选择出手时机、角度无比精确狠辣，温和稚嫩的少年外表下隐藏着冷静的大心脏，尤其是最后三把刀杀死那三名黑衣刺客，更是令人感到不可思议，如此小的年纪，他为什么能够做到这一切？他在草原边城上究竟杀过多少人，砍过多少脑袋？

侍卫首领拄着一根树枝，艰难走到宁缺主仆二人的身前，拱起双手深深鞠躬一礼，他没有说一声谢字，但发自内心最深处的感激已经全部体现在这个动作之中。宁缺牵着桑桑的手让到侧方，不肯受他这一礼。就如已经死去的那位大剑师所言，公主殿下带到草原上的这批大唐侍卫，在战斗中展现出来的铁血风范和严明军纪，值得任何一个敌人或朋友尊敬。

"看得出来，你的武技没有什么套路。如果空手相交，我想你应该不是我的对手。但即便是我，在刚才三名刺客出现的瞬间，只怕也无法抵挡住他们的刺杀，更不要说如此干净利落地杀死他们。"侍卫首领望着宁缺稚嫩的脸，压抑住心头的震惊，用沙哑的声音问道，"少年郎，我很好奇你这一身杀人的本事，究竟是从哪里学来的。"

宁缺挠头，略一沉默，微笑说道："杀人的本事，自然是通过杀人学到的。"

他自然不能告诉这位侍卫首领，从四岁的时候知道夏侯这个名字开始，他就一直在做着某些准备，准备被对方杀死，或者杀死对方。

那位权重一方的大唐骁勇大将根本不知道，在遥远的边塞小城中，有一个少年每天刻苦练刀砍柴，在分析他麾下所有的强者战斗风格，总结出了无数套对策。所以对宁缺来说，今天死在他刀下的那三名黑衣刺客，只不过是这十余年来每天艰苦练习修行的必然结果。如果换成别的敌人，比如面前这位侍卫首领，他就很难获得如此漂亮的战果。

今天北山道口的战斗，宁缺终于和夏侯将军的下属碰面了，或者这只是意外，又或者是命运的安排，总之复仇的刀与箭终于开始展现出它的寒意。

侍卫首领抚着受伤的胸口，皱眉望着满脸无畏的少年，喃喃问道："你不过十五六岁，难不成杀过的人比我还多？"

"如果把畜牲都算上，我杀的还真不少。"宁缺笑着回答道。

"我说的是杀人。"侍卫首领加重语气问道，旋即解释道，"我不是在质问什么，只是确实很好奇。"

宁缺揉了揉脸，沉默片刻后望着他说道："边城最大的收入是杀马贼，我们一般把这事儿叫作打柴，这几年渭城打柴的事儿都是我带着去做的，说起杀人，这些年倒也确实杀了不少。"

有名草原蛮子跟在侍卫首领的身后，也准备向这名少年军卒表示一番感谢。他的心中也有相同的疑问，然而在听到宁缺的回答后，他二话不说转身就走，隐约能看到他的脚步有些乱，肩膀有些微微发抖。一名草原上的同伴看着他疑惑问道："都木，你怎么了？"

叫作都木的草原蛮子一屁股跌坐在火堆旁，艰难地抬起伤臂，拍打着因为恐惧而发麻的脸颊，说道："那个少年……应该就是梳碧湖那边传说的砍柴者。"

这句话一出，火堆旁的四名草原蛮子脸色同时剧变，再也没有说话，有人偷偷抬起头来，望向那边的宁缺，然后迅速低头，像是恐惧让少年看到自己在窥探。

这些蛮子被公主殿下收服之前，都是草原上著名的马贼，以极度凶悍著称，但对于他们来说，大唐强大的边军才是真正的马贼，那些边塞城池里的帝国骑兵，每到季节变更后勤不济之时，便会进行一项业余致富活动——洗劫草原马贼。

大唐边军把这项活动称为打柴。马贼们则把这种血腥战斗称作砍柴，他们把最凶残的大唐骑兵首领称为砍柴者，而梳碧湖的砍柴者……则是最凶悍恐怖的存在，是梳碧湖变红的原因，是草原马贼夜晚的噩梦，是火堆旁的恐惧故事。

只不过在今夜之前，他们从来没有想过那位砍柴者居然如此年轻。

15

一场血腥惨烈的战斗结束，活下来的人望向宁缺的目光，对他的态度默然间发生了一些极微妙的变化。禀报公主殿下批准后，侍卫首领听从了宁缺的意见，没有立即撤出北山道口，而是决定全体伤员就地休养待命，希望北山道南麓的接应部队能够在天亮时赶到。

虚弱的老人吕清臣静静望着火堆旁的少年，脸上泛起一丝笑意，右手拇指轻轻在食指腹纹上缓缓摩挲，然而最后也只是摇了摇头。车厢旁点燃了两个火堆，虽然密林风厉，好在腐叶上承着夜露，倒不担心会引起麻烦的火灾。侍卫首领和伤员们聚拢在一个火堆旁，将另一个位置更好的火堆留给殿下、老人和小男孩儿，即便是现在这种狼狈状况，依然没有忘记尊卑之分。

绑扎、用药、进食后，草原上的蛮子忍不住战后的饥渴，小口地饮起酒来，火堆旁的人们传递着酒囊，递到桑桑处时，小侍女轻轻摇了摇头，然后那名叫作都木的蛮子表情异常恭敬地走到宁缺身旁，双手将酒囊递了过去。

某人看着这幕画面，清秀的眉梢微微蹙了起来，她很清楚这批对自己忠心耿耿的草原蛮子，在被收服之前是纵横草原桀骜不驯的马贼，极少会对除了自己以外的旁人表示尊敬，更何况此时他们的尊敬里带着明显的惧意——就算那位少年在先前的战斗中起了决定性的作用让他们感激，但是惧从何来？

宁缺接过酒囊喝了口，被烈酒灼得眉头皱了皱。他看着火堆旁的老人，心头微动，用双手撑起疲惫的身体，向那边走了过去，然而没等他或鞠躬或拱手甚至如小时候想象中那般双膝跪地行个大礼请求赐教，便被一道淡淡的声音拦截。

"坐吧。"

宁缺转头看着火堆旁的婢女，看着她脸上被火光照耀得越发清丽的容颜，在心里轻叹一声，极为恭敬地行了一礼，然后规规矩矩坐到离她不远不近的地方。虽然他坚持认为和世人传颂不同，她就是个白痴。但就算是白痴，双方的身份地位相差就像是繁星与稻田里的泥鳅，所以他必须注意自己的礼仪，必须恭敬。

因为她不是婢女，她是大唐四公主李渔。

李渔静静看着少年的侧脸，那张清稚面容看上去十分普通寻常，除了偶尔笑时绽开的小酒窝和那几点火光下并不难看的雀斑外，找不出来任何特殊的地方。然而就是这样一名普通的少年军卒，在战斗中的表现，让她不止一次联想到草原上那头冷漠跃过灌木的猛虎。

"刚才敌袭时，看你动作似乎是想去马车里救本宫？"

"其实……从在渭城的时候我就知道殿下是殿下了。"宁缺看着她认真解释道。

李渔微微皱眉，她没有追问宁缺何时以及为何能够看穿自己的身份，而是忽然冷冷问道："先前你说一身杀人技都是在军中所学，可你今年不过十五六岁，当年渭城募军时只怕还是个小孩儿，边军又凭什么要收你入营？"

宁缺心想你也就是个十六岁的丫头，还不一样远嫁草原，正准备随意糊弄几句时，桑桑不知何时悄无声息走了过来，坐到了他的身旁。看着静静依在身边的真正的小丫头，他心情微柔，看着身前飘起的火苗，回忆道："殿下应该知道桑桑这丫头是我小时候在路边捡的，那时候我们都还很小，误打误撞闯进了茫茫岷山，就在快要饿死渴死的时候，我们碰到了一个老猎户。"他抬起头来，看着公主清丽的容颜，说道，"老猎户不是什么世外高人，他救我们两个也不见得是起了什么好念头，但总之他教会我打猎，我的箭法就是那时候学会的，后来……老猎户死了，我就带着桑桑在岷山里打猎为生。"

很简单的讲述，公主殿下眼中却浮现出极生动的幅幅画面。一个十来岁的小男孩儿背着五六岁的小女孩儿，在满是凶兽悬崖密林的茫茫岷山间艰难前行，他的手里提着一把小小的黄杨硬木弓，小女孩儿身后背着一筒简陋的木箭。有时候会几天都射不到猎物，有时候会被豹子追赶，摔落山坡，偶尔射中一只灰兔两个小孩儿便欢欣雀跃，有时他们远远看着亮着灯火的山寨却沉默离开。

在李渔眼中，宁缺的那张脸再也没有先前那般可恶了。她蹙眉问道："山里如此凶险，你们为什么不去找官府？我大唐对于孤寡的抚恤应该做得极好。"

宁缺低下头捡起一根焦柴，低声说道："活着，其实在人少的地方反而更容易些。"

很简单的一句话，却不知道隐藏着多少生存艰辛与血泪，李渔怔怔看着火堆旁的主仆二人，忽然蹙眉问道："那个老猎户……怎么死的？"

宁缺抬起头来，平静回答道："我杀的，用刀杀的。"

至于为什么要杀死那名老猎户，他没有解释，不会向这位身份尊贵并不曾体会世界底层最阴暗污秽部分的公主殿下解释，以后这辈子大概也不会向任何人解释。他只是溺爱地揉了揉桑桑的小脑袋，把她揽进了怀里。

虎头虎脑的小男孩儿从公主李渔身旁探出头来，好奇地看了一眼那边，吸了吸鼻涕，学着桑桑的模样把脑袋埋进她的怀里，小脸蛋儿胡乱蹭着，脸上的鼻涕糊蹭到了她的衣裳上。李渔取出手帕有些笨拙地给小男孩儿擦了擦，脸上没有流露出一丝厌恶的神情，然后转过头来向宁缺淡然说道："去长安后跟着我吧，我会给你一个好前程。"

宁缺早已猜到这名蛮族小男孩儿的身份，只是没有想到公主会对自己的继子如此疼爱。尤其是那个替他擦拭鼻涕的小动作，让他对这位殿下的观感发生了些微的变化，心里想着这些事情，反应便不免慢了些，微微一怔后应道："尊敬的公主殿下，到长安后我就要去参加书院的入院试。"

"你确定你真的能顺利参加入院试，而且能顺利地通过入院试？"李渔冷冷看着他，说道，"我大唐虽然以才取士，但这个取字却极有讲究，若你以为有才之人便能寻找到才华的施展之地，前朝那位柳先生又何至于悻然混迹青楼一世。"

宁缺看着她清秀的眉眼认真说道："我也明白这一点，所以在此恳请公主能够帮我去掉那些不应该有的障碍，我只希望不要因为自己穷而失去进入书院的机会。"

李渔带着毫不掩饰的猜疑之色看着他，沉默了很长时间，想不明白这个少年军卒为什么会如此冷静而直接地拒绝自己的拉拢。长时间的安静后，她淡然说道："我答应你，因为这是我欠你的。"

说完这句话，她失去了和宁缺交谈的兴趣，抱着小男孩儿怔怔望着面前的火堆，眼眶渐渐湿了起来。此时火堆旁边吕清臣老人正盘膝冥想恢复，另一边的侍卫们已经沉沉睡去，林中夜深沉，偶有被繁星惊醒的鸟儿胡乱鸣上两声。宁缺惊讶地望着她眼中的晶莹水色，顺着她的目光望去，才发现她正隔着火堆看着道旁堆在一处的侍卫及草原蛮子的尸体。想着先前她替小男孩儿擦鼻涕，看到她此时对下属的悲伤感怀，宁缺对这位公主殿下的印象又有所改观，默然想着就算是个白痴，也还算个有人性的白痴。

桑桑伏在他的膝头上沉沉睡去，火堆旁还睁着眼睛的只剩下他和李渔二人。两个人就这般静静地坐着，忽然间那个蛮族小男孩儿从她怀中挣了出来，揉着眼睛说睡不着要听故事。李渔一脸尴尬，蛮族小男孩儿也不怎么闹腾，只是委屈不甘地望着自己名义上的母亲，看着有些可怜兮兮，宁缺在旁微笑看着陷入窘迫的公主殿下，轻轻咳了两声。

"小麦是金黄色的，燕麦是绿油油的……那些鸭蛋一个一个崩开，有只最大的蛋却始终没有动静……鸭妈妈看着又大又丑的孩子，看着它在水里游得欢腾，骄傲地说：瞧，它不是可恶的吐绶鸡，它是我亲生的孩子。可是它太丑了，无论走到哪里都会被人指指点点……野鸭子说，只要你不和我们族里的鸭子通婚，倒也和我们没有太大的关系。

"一天晚上，当美丽的太阳向着西边荒原落下时，丑小鸭看到一群大鸟从林子里飞了起来，小鸭从来没有看见过这样美丽的东西，它们白得发亮，颈项又长又柔软，展开美丽的翅膀飞向温暖的国度。

"过了一个冬天，丑小鸭被几只大天鹅包围，它感到羞愧，它觉得自己是那样地丑陋，然而大天鹅温和地啄着它的羽毛……它忽然看到池中的自己竟是那样的美丽……春天到了，太阳无比温暖，紫丁香在它面前把枝条垂到水里，人们看着它兴高采烈地跳起舞来，唱起歌来，快活地喊道：看那只漂亮的天鹅！”

宁缺拿着根焦柴，在脚旁的地面随意勾画着线条，低着头微笑讲了一个很老很老的故事，这个故事是这样简单，但却又是那样悲伤和幸福。蛮族小男孩儿趴在公主的身上瞪着眼睛听着，李渔自己也渐渐地听入了神，桑桑不知什么时候醒了过来，她很小的时候就听过了，但依旧静静听着，脸上露出儿时的笑容。

夜色更加深沉，听完故事的孩子们终于进入香甜的梦乡，李渔沉默了很长时间后忽然说道：“你这个故事太深奥，小蛮听不懂，不过我还是要谢谢你，谢谢你提醒我这些东西……我会像那个鸭妈妈一样把他当成自己亲生的孩子，我会以他为骄傲，回到长安后，我绝对不会让他被别的人嘲笑歧视，至于将来他能不能像天鹅般一飞冲天……那只能看他自己将来的造化。”

宁缺挠头笑了笑，说道：“其实我没有想这么多，这是小时候我给桑桑讲过的故事，她一直觉得自己又黑又丑很是自卑，我就给她编了这么一个故事安慰她。”

“不管怎么说，这都是一个好故事。”李渔微笑望着他，说道，“被人瞧不起的丑小鸭，凭借自己的努力，最终变成受人尊敬喜爱的白天鹅，很励志。”

宁缺握着焦枝的手微微一僵，抬起头看着她认真说道：“您说错了，这个故事只会让很多人感到绝望，因为丑小鸭是不会变成天鹅的，它……本来就是天鹅。就像殿下您以及您怀里的小王子一样，而真正的丑小鸭，永远都是丑小鸭。”

李渔静静看着少年的脸，想着这段话，心里隐约明白了些什么。

16

由一个童话衍生出来一段似乎颇有深意的对话，看似往人生的湖泊里扎了个猛子便要变成沉渣不再泛起，但仔细想来，进行对话的二人，一旦脱掉身上尊贵公主殿下以及梳碧湖砍柴者这样的衣服后，其实不过是两个十五六七岁的少年男女。不知过了多长时间，夜色逐渐退去，繁星把林梢上的天空让位给熹微的晨光，北山道南方隐隐传来急促的马蹄声。吕清臣老人和宁缺同时睁开双眼，对视一眼然后唤醒身周的同伴，一名草原蛮子伏地而听，片刻后举起右手做了个手势，握拳重挥然后快速扇动，向同伴示意南方来人极多，而且是重骑。

火堆已然将熄，焦黑的木条下落着灰白色的灰，残着点点火星，侍卫和草原蛮子们艰难爬起身来，取出早已备好的军用单弩，对准依然显得漆黑一片的北山道。众人伤势极重，根本无法快速移动，而且既然知道来者强大，那么便更没有隐藏的必要，只需要平静地等待——等待被救，或者战死。

北山道上的落叶被劲风卷起，熹微暗淡的天光里杀出数十名骑兵，骑士和马匹的身上裹着极厚的黑色重甲，这般狂速奔来，蹄声如雷压的大地阵阵颤抖，火堆里的余烬残灰更是被震得飘了起来，如晨烟一般。

大唐帝国最精锐的重甲玄骑！

全身包裹在重装甲内的骑兵群在战场上一旦发起冲锋，天下难觅敌手，就连那些强大的大剑师都无法对这些重甲骑兵造成有效的伤害。然而众人看得清楚，自晨光里狂奔而出的这批重装骑兵身上有清晰的箭创刀痕，明显曾经遇袭，可能是在南麓遇到过伏击，在这种的情况下，这支绝不适合密林作战的重装骑兵还要强行连夜穿越北山道，可以想见心情之迫切焦虑。

数十骑重甲玄骑呼啸杀出北山道口，距离两个火堆还有三十余丈，最先那名披甲系着红色大氅的青年骑士看着远处火堆旁的众人，大声喝道："固山郡华山岳在此！殿下何在？"

听到"华山岳"这个名字，端着弩箭的侍卫表情顿时放松了警惕，大声回应了一句。宁缺低头看了眼靠着自己肩膀的李渔公主，看着她的眼睫毛微动，似乎在将醒未醒间，忍不住挑了挑眉头，默默收回左手的黄杨硬木弓。像闪电锤击般的马蹄高速踏破北山道，将落叶卷起或者踏碎，那名自称华山岳的青年将领一拍鞍头，自马上飞奔而下，快速跑至火堆旁，啪的一声单膝跪地，抱起双拳用沙哑的声音说道：

"山岳救援来迟，罪该万死，请殿下恕罪。"此时数十骑重装玄骑奔到了林间，面露疲惫之色的大唐精锐骑兵纷纷下马，依队列跪倒在华山岳的身后，齐声道："请殿下恕罪。"

李渔不知何时睁开了双眼，好像是刚刚醒来又或许……已经醒了很久。她看着跪在身前的固山郡都尉华山岳，看着这名对自己忠心耿耿的青年将军，看着那些明显经历过浴血厮杀才赶至此处的骑兵，眉眼间满是鼓励神情，微笑说道："还不快快起身，难道真要本宫降罪不成？"

她很喜悦，而这些漏夜来援、在北山道南麓遇着伏击担忧她生死一夜的大唐骑兵时隔三年终于又看到了贤良的公主殿下，他们又怎能不激动？华山岳激动地抬起头来，正准备说些什么，却看见公主殿下正靠着一名少年军卒肩膀而坐，而且表情显得格外自然。李渔只看到他眼眸里一闪而过的诧色和不喜。她微微一怔，然后感受到手臂处传来的温暖，才明白这位年轻的将军眼中异色由何而来。

公主李渔缓缓站起身来。

听故事的婢女不复存在。

片刻沉默后，宁缺摇头笑了笑，望向她的侧脸，忽然觉得晨光映照在她的脸颊上，眉眼显得格外清丽，比前些日子的旅途上不知可爱了多少。冷漠骄傲当然不及平静雍容那般美丽，但他还是觉得火光映照下的少女最好看。

华山岳看了眼四周的密林，这才注意到林子里敌我双方留下的多具尸体，看着那些鲜血和打斗的痕迹，尤其是接过那片薄薄的无柄小剑后，这才知道昨天夜里发生的狙杀何等样惨烈，不由面色微变。他示意下属备马，说道："殿下，来援后队已经上路，我们应该迅速离开。"

李渔公主点点头，同意了他的安排，在重装骑兵的重重拱卫下走了过去。出发之前，华山岳低声询问了侍卫首领几句，大概明白了公主入境以来的遭遇，也知晓了宁缺在昨夜刺杀中的表现，他沉默片刻，走到宁缺身前平静说道："你此番立下大功，回长安后朝廷必有重赏……小家伙，干得不错。"

固山郡骑兵留下数骑看守现场。胆敢刺杀大唐公主的死士们肯定不会留下什么线索，所以他们不是为了查案，而是为了守护那些遗体，大部队到后所有遗体都将运回长安下葬——无论生死不扔下一个同伴，这是大唐军队的铁规矩。同袍的遗体被小心翼翼列在林间，敌方的尸首则是胡乱堆积在地面，等着被一把火烧成焦干飞灰。轮到处理那位青衫中年书生尸体时，骑兵有些为难，他们知道这是一位大剑师，不知道是不是应该给予对方与身份相应的尊重。

华山岳微微蹙眉，决定把这位大剑师土葬，而就在这时，吕清臣老人对他们轻声说了句："此人已入魔道。"

听见"魔道"二字，年轻的将军面色微凝，再看那具被青衫包裹的尸体时，早就没有任何敬意，只有不屑掩饰的鄙夷，像赶苍蝇般挥了挥手，说道："扔进去烧了。"

清晨驶出北山道南麓出口，正午与固山郡北上的大部队相遇，在数百精锐骑兵的重重保护下，大唐四公主李渔一行继续向都城长安进发，至此时，无论是帝国内部还是其余诸国的敌人都无法威胁到她的安全。虽有数百轻骑护卫，活下来的侍卫和草原蛮子依然不顾伤势，坚持骑马守护在车厢四周。老人吕清臣在第二辆车厢里，受了重伤的侍卫蛮子在后面几辆马车中，至于宁缺和小侍女桑桑，则是坐着自己那辆简陋的马车，远远落在了最后方。

在火堆旁与公主并肩而坐讲一夜童话，这种画面无论放在长安还是草原上都显得那样地梦幻，那种画面才是真正的童话，并不真实。一个小小的边城军卒，机缘巧合救了位贵人，事后拿到相应的封赏，然后从此天上人间老死不相往来，这才是真实世界里面的故事。

在固山郡补充给养之后，队伍并未暂时休整，而是选择继续一路南下，看来公主殿下真是很急于回到长安，回到疼爱自己的父皇身边。

扎营休息，桑桑去河边打水淘米宰鱼，做了顿极丰盛的晚饭，主仆二人把主菜扒拉到饭碗里，然后对着几根酸菜辣椒开心地吃着，吃到满头大汗，浑身舒畅。一名面容冷厉的男子走了进来，看着眼前这幕，摇头笑道："叫你们去那边吃大锅饭你不干，我们几个还以为你是心里有怨气。现在看来原来是嫌我们那边的伙食太差……有这样一个能干的小侍女，真不知道是你几辈子修来的福气。"

几辈子修来的福气，如此的夸赞对于地位卑下的侍女来说，其实已经有些过了，但桑桑却没有什么感觉，笑了笑继续埋头吃饭，宁缺则是一脸理所当然的表情。

来人叫彭国韬，北山道血战里表现出色的大唐侍卫首领，深得公主信任。只不过他带着部属跟随公主深入草原，回国又遇着连番血战，忠心耿耿的下属现在只剩下了七个人，这位首领的心境想必也复杂感伤得厉害。

双方是在北山道里同过生共过死的战友，鲜血浇淋出来的交情要比一般交往来得扎实很多，而宁缺在战斗中的表现想必会一直刻在在场诸人的脑海里。所以这些天被固山郡骑兵们嫌弃的马车经常迎来彭国韬和其余的侍卫，那几名草原蛮子也给宁缺主仆送了些烈酒，却很少愿意靠近他身旁十丈之地，更极少和他说话，大概是因为那个梳碧湖的传说。

"我知道你们自己去都城没有任何问题，而且跟着骑兵大部队一起走，确实也让你们不是太舒服，但是你的要求我报上去后，一直没有回音。"彭国韬望着他抱歉说道，"你是渭城派过来的人，殿下没有发话，你就不能走。"

宁缺挠挠头，说道："那就再跟一段吧。"

前往长安的旅途似乎就要这样无惊无险又无趣无聊地过去，然而就在第二天晚上，宁缺忽然收到了一份来自第二辆马车的邀请，吕清臣老人要见他。

有些意外有些喜，宁缺拧着眉头想了半天，然后决定什么都不想，随手用盆里的鱼片粥浇熄车旁的火堆，便带着桑桑向前方走去。车厢帘幕掀起，昏暗的灯光暖融融照耀着，念师吕清臣看着宁缺和那名小侍女恭恭敬敬向自己行礼，心情有些惊讶。这少年应该清楚自己喊他上车是为什么，难道他就不担心自己因为有第三个人在侧而不愿意为他解惑？

老人忽然想起那夜在北山道口火堆旁听到的那些往事，那个他纵使在冥想也忍不住想要听的……小男孩小女孩儿扛弓背箭于茫茫岷山拼命生存的故事，自以为明白宁缺带着桑桑的原因，于是释然，于是看这少年越发顺眼。

其实宁缺没有想太多，带着桑桑只是一种根深蒂固的习惯罢了。

老人双手在膝上相握，态度温和说道："你应该很清楚我找你是为了什么。"

宁缺沉默无语，用左手压在右手背上，然后按在身前的地板上，双膝着地，身体缓慢前倾，用前额触及左手背，行了一个帝国最重的大礼。

有大恩才行大礼，老人吕清臣虽然现在什么都还没有做，而且极有可能老人也没有办法帮助到他，因为那是一个向来只有真正变态的天才方能触及的世界，但只有像宁缺这样自幼翻阅《太上感应篇》苦苦思索却不得其径的人才知道，一个修行者愿意去指点一个明显没有潜质的普通人，那代表了怎样的怜悯与气度。

看到宁缺行了大礼，桑桑虽然不是很理解少爷的举动，却也赶紧挪动双膝来到老人的身前叩拜下来。吕清臣老人看着这幕，不由捋须微微一笑，然后扶起宁缺，收敛心神，合起双目，将两手枯干的手掌放在他的胸口与腰后某处，片刻后，车厢内的暖融油灯光线不知因何变得有些模糊，仿佛有无数极细微的灰粒在光线中飞舞弥漫。

一片死寂般的安静，时间不知快慢地流逝着。浑浊的油灯光渐渐变得透亮清明，老人缓缓收回手掌，静静看着面容平静、眼眸里也看不到期待，实际上双手在微微颤抖的宁缺，轻轻叹息了一声。

"天地之间有呼吸，那道气息便是所谓元气，修行者能感知元气之存在，全凭意念致知，所以能否踏入修行之境，首先便要看你之意念能否积蓄显质。在渭城时我就去看过你，确认你身上没有丝毫气息波动，今日细细察看你体内，发现果然如此，你的雪山与气海之中空空如也。……什么都没有。"

17

听到这句断语，宁缺沉默了很长时间，然后他抬起头望向老人，举起右手伸出食指对准自己的太阳穴，认真询问道："念力或者说意识这种东西，难道不是从脑子里面产生的吗？"

老人吕清臣温和地望着他，缓声说道："这种说法倒也不能说不正确，然则念力虽由头而发，却如何与身外的天地之息互知互通？所谓修行，乃是将意念容于胸前之雪山，腰后之气海，雪山气海周缘有十七气窍，就如钟离山底之千繁洞，洞穴迎风纳水，呜咽作响奏一妙曲，上有呼者下有应者，如此方能令天地通晓你我之意，从而互相呼应。人之身体腑脏气窍开合或闭塞，乃胎里形成，先天带来，后天再如何修行也无法改变，所以有种说法，所谓修行……只不过是捡回昊天送给我们的礼物罢了。我先前看你体内雪山气海周缘十七窍，有十一处堵塞，所以无论你将念力修至何等境界，都无法与天地自然相接触。不过你也不必因此而悲伤失落，世间亿万民众，雪山气海十七窍能通十三窍者极为罕见，像你这种身体倒是正常不过……"

老人缓声安慰，宁缺低头微涩而笑。他在心中遗憾慨叹，向老先生表示了真挚的感谢之意，便带着桑桑走下了马车。

车厢里的油灯光芒暗淡，不知道过了多长时间，帘幕被再次掀开，大唐四公主李渔坐到了老人的身前，身体微微前倾，请教道："一点可能都没有？"

吕清臣很欣赏宁缺，但一位已经进入洞玄境界的念师不惜降尊纡贵耗费念力替宁缺查探梳理身体，自然还有别的一些原因，比如殿下有命。

"意志力坚定、性情纯净的人，往往能够通过冥想获得极浓郁的念力，宁缺毫无疑问就是这种人。所以我本来也对他有所期待，心想或许他只是十七窍通了十窍，正在醒悟边缘，却因为在边城修炼不得其法，所以未能引动意念进入初境。只可惜他体内竟有十一处气窍堵塞，昊天对其并无厚爱，潜质再优秀也没有用处。"老人满脸遗憾。在他看来如果宁缺真的能够修行，哪怕是只通十窍的下下之资，凭他心性和那手好字，前途也未可限量，只可惜这少年的命运实在是有些不济。

"既然如此，那便不用再多费精神了。"连日的奔波让李渔的眉眼间略显疲惫，她低头沉思片刻，平静说道，"为此事辛苦先生，实是不该。"

吕清臣老人花白的眉毛缓缓挑起，静静看着公主殿下的脸，知道先前那句话便决定了宁缺的前途，在确认宁缺无法修行之后，她直接断了培养此人的念头。老人沉默片刻后劝说道："长安城内高手如云，像宁缺这样的年轻人，也许并不显得出奇，但我相信这个少年若再成长几年，一定能成为大唐最优秀的军人。"

李渔没有想到老人对宁缺的评价如此之高，眉头微微一蹙，缓声解释道："那少年武技心性都属上乘之选，若他还在渭城，或者只要是留在军中，我都必然不惜大气力也要留他为我效命。只是他如今要考书院走文途，待漫漫宦途磋磨至能影响朝局时，想必他人已老我也已老，那还有什么意义？"

老人沉默很长时间，忽然开口说道："虽然他体内十七窍只通了六窍，依一般常理而言绝难踏入修行之境，但……昊天轮转，世无定事。我的境界终究太低，而他有可能进入的书院则是高妙圣洁之处，另一番天地，日后万一……我是说万一他真能登上书院的二层楼，谁知道会有什么奇妙的事情发生在他的身上，也许他真的能踏上修行之途？"

"二层楼？"李渔摇头说道，"这世上又有几个人能够走进书院二层楼？宁缺这少年虽然不错，但您对他的信心未免也太足了些。"

吕清臣望着她微笑道："您先前说他要考书院走文途时，似乎也从未想过这少年不能考进书院，要知道入院试的难度也极高，由此观之您对他的信心也是十足，那么谁敢肯定这个边城的小军卒将来某日……不能登上那第二层楼？"

李渔微怔，不知该怎样回答老先生这句反问，此时细细想来，似乎自己真从没想过宁缺会考不进世间最难进的书院，自己对他的信心究竟从何而来？是因为火堆旁边听的那些故事，还是跃过火墙时少年如猛虎般从容平静的神情？

她下意识侧身向车窗外望去，看着走过火堆的主仆二人背影，沉默不语。

宁缺知道自己的心性意志适合修行却无法修行，事实上他已经习惯这种初被惊艳后被惋惜的待遇，七年前在岷山东麓燕境处碰见那个小黑子时有过，两年前在渭城立下军功然后被军部察看潜质时也有过。如果他能够踏入修行之境，以他在渭城立下的军功，说不定早就已经成为大唐军方重点培养的对象，何至于要自己辛苦拼命杀马贼积军功再考书院。

因为有心理准备，所以听到坏消息后他并不如何失落，但吕清臣老人终究是他最近距离接触到的一位大师，所以他总还抱着那么三分两分希望，只可惜希望就像水彩画里面的那三枝两枝桃花，总是藏在园角，都是虚妄。

他准备振作精神放弃幻想，一路苦练刀法直抵长安去谋世俗快乐，没有想到第二天夜间驻营时，吕清臣老人再次邀请他登上马车。这一次桑桑没有陪他去，大概是那位公主殿下有些怀念春风旅途中婢女和侍女聊天的感觉，又或者是那位蛮族小王子想念桑桑，总之桑桑被召去了公主的马车。

"我相信那本《太上感应篇》你已经烂熟于心，但这么多年都不能感知到天地之息的存在，如此看来我的判断并不为错。"老人吕清臣微笑望着他说道。

宁缺挠挠头苦笑道："老先生，您今天喊我来，想必不是为了再次打击我。"

"你回长安之后便要去考书院，我年纪大了可能也会停留在公主府里静养，再要见面就不容易，所以想找你说说话。"吕清臣慈祥地望着他说道，"我知道世人对修行道的好奇与想象，虽然你无法踏入此道，但或许有什么是你很想知道的事情。"

"我有很多。"宁缺很老实地回答道。

18

吕清臣老人微笑问道："那你想知道哪些事情？"

宁缺认真思考了很长时间后，说道："我想知道……什么是修行。"

吕清臣笑道："你真的很贪心。"

宁缺脸上全无尴尬之色，说道："那么……您能告诉我修行分多少境界，不同境界有怎样不同的能力吗？"

"依然是出乎我意料的选择。"吕清臣老人微笑道，"要知道这些东西虽然世俗普通人确实不是很清楚，但终究也算不上什么秘密。"

"算不上秘密还是秘密。"宁缺笑着回答道，"我会替您守住。"

"好吧。"吕清臣老人笑出声来，略一沉吟后问道，"你知道昊天道吗？"

宁缺看着这位昊天道的南门行走，点了点头。

"我出身昊天道南门，奉命游历世间，世人常常把我们称作门下行走。所以既然你想知道与修行相关的一些东西，那么我就从昊天道讲起。昊天道祭奉昊天，乃天下唯一修行正门，因为昊天照耀人间，天地万物方能随之而呼吸，这呼吸正是我昨夜所讲天地之息或是元气，所以昊天为一切之始。人本乃万物之一属，懵懂居此天地逆旅间，偶蒙昊天降下启示，方始明悟自然造化之理，故以意念控天地元气，行种种玄妙之事，是为修行。修行之路漫漫修远，繁复艰辛最考意志，而这条道路被我们分成五个段落，也就是你所说的五个境界。

"初境称作初识。是指修行者之意念自气海雪山外放，明悟天地之息的存在。

"第二个境界称为感知。这一阶段修行者能够触碰到天地间流转飘浮着的元气，并且能够与之和谐相处，甚至进行一些感觉上的交流接触。

"第三个境界称为不惑。指修行者此时已经能够初步明白天地间元气流动的规律并且加以利用，世人口中所谓剑师符师便泛指此类。

"第四个境界称为洞玄。进入这个境界的修行者已经能够把自己的意识与天地元气融为一体，对于念者而言，意味着他可以通过自己的意识直接攻击敌人，在这个境界里浸淫日久，或者能够做出一些格外玄妙的手段。

"少年，你不用这般看着我，我确实进入了洞玄境界，只可惜临到老时才极为勉强地把右脚迈了过去。如今我油将枯，灯将尽，大概这辈子也没有希望把后面那只脚也拖进门里，不然……当夜要杀一位大剑师又何须那般麻烦。"

车厢内油灯光线暗淡，似乎真的是有些缺油，吕清臣老人笑着说道，然后低头看了一眼自己的左脚，慨叹着年华易逝，时间从不等待。

"第五个境界称作知命。所谓知命，便是知天命。进入这个境界的修行者不再仅仅是从表面上明白天地元气流动的规律，而是从本质上掌握了天地元气的运行规律，明白了昊天与自然万物之间的联系，明悟了世界的本原。进入这种境界的人，或许才可以看为真正的得道吧。"

宁缺津津有味听着这些东西，发现老先生讲完了，赶紧举起手来问道："先生，五个境界之上是不是还有更高的境界？"

"为什么你会这么认为？"吕清臣颇感兴趣地望着他。

他回答道："如果修行真的是一条漫长的道路，那么这条道路肯定没有尽头。事实上这个世界上就没有真正走不通的路，所以我想肯定会有些更高的境界。"

"你这少年连初境都迈不进去，想不到没有消沉，反而兴致更浓了。"听着老先生的笑骂，宁缺笑得更加无辜，说道："就算是我好学吧。"

吕清臣沉吟很长时间，抬起头来望着他，缓声说道："传说中知命之上还有诸多玄妙境界，而真正在典籍上出现过的只有两种，一者为天启，一者为无距。所谓天启，是指修行者能够直接聆听昊天启示，以虔诚奉拜祭道门神术，于空无之境中暂借昊天威势光明，昊天普照世间，纵是威势光明中之一缕，寄于一修行者之身，亦可想见那是何等样的大境界大威势。"

宁缺遥想世间某大神通，白衣飘飘跪叩上苍，云开雾散有光柱落下，其一挥手便云卷山撼，不由心神摇晃，难以自安，声音不知为何变得有些轻微沙哑："无距……又是怎样的境界？"

"典籍之上只是记载人世间曾经出现过这样的境界，却没有具体描写，只有寥寥一句形容：从心所欲而无距。"吕清臣老人微微蹙眉，面容却是一片安然宁静，悠悠说道，"以我之猜测，所谓无距境界，那些圣人意念所至便能抵万里之外……这该是何等壮阔。"

从心所欲而无距……宁缺被这七字所深深撼动，然而究竟是无距还是无矩？隐约间他仿佛捕捉到这两个字里藏着的某种悍然气质，并不像老人那般悠然地以为壮阔，只是觉得潇洒无碍到了极点。

"关于无距……也许书院里面的记载会更多详尽一些。"吕清臣老人看着少年出神的稚嫩面容，感慨道，"能入这两等境界的大修行者想必都是圣人，古谚虽云千年圣人降，但人世间已经不知多少年没有出现过圣人，所以这些……只不过是神话传说，听听便罢了，苦想多无益。"

宁缺俯身再拜表示受教。

老人笑道："我本以为你会问如今世上有哪些出名的大修行者，哪些出名的世外高人，看上去年轻男子本应该对这些东西更感兴趣些，没有想到你会问这些。"

宁缺双手扶膝，沉默很长时间后抬起头来，看着老人认真回答道："知道那些人世间的最强者，对于现在的我来说没有任何意义，他们是高飞在天的雄鹰，我只是在地上艰难爬行的蚂蚁，他们眼中不会有我，所以我的眼中也不必有他们。"

"那你……问这些修行基础的原因是？"老人神情异样地看着他。

宁缺认真回答道："那些大修行者至少在短时间内不会出现在我的生命中，然而进入长安我极有可能会遇到一些相对普通的修行者，比如像那位青衫书生般的大剑师，我自己不能修行，就越要弄明白什么是修行，知道他们的战斗方式……"

"你的目的是？"老人的花眉缓缓挑了起来，似乎对他的答案极感兴趣。

宁缺低头微笑，然后抬头平静应道："如果将来某日，我被迫要和修行者作战，今天您教给我的这些事情，对我战胜他们会提供很大帮助。"

"一个普通人与能调动天地元气的修行者作战？而且你要战胜他

们?"老人盯着宁缺的眼睛，喃喃重复问着，忽然间他的眉毛颤抖了起来，枯瘦的身躯里爆发出一阵极欢愉的大笑声，"哈哈哈哈哈！"

大笑声渐渐停歇，老人看着渐露尴尬之色的宁缺，微笑说道："很豪迈，我喜欢。"

19

夜已深，宁缺走下马车，吕清臣掀起车帘上的布帷，看着少年的背影，听着夜晚田野间隐约传来的边塞小曲声，脸上露出一丝微笑。身为一位踏入洞玄境界的修行者，哪怕只有一只脚跨过了那道高高门槛，也足够他们在任何城池任何国家受到极大的尊重，根本不需要和普通人打交道。念师需要更多的时间用来冥想培念，所以吕清臣的时间真可以用光阴似金来形容。可他仍然愿意花去一两夜甚至更多的时间和宁缺闲聊，讲些看似很琐碎无谓的事情，是因为他确实很喜欢宁缺——他喜欢少年温和稚嫩外表下藏着的冷静自强，还有像先前那刻般偶尔迸发出来的豪迈气。豪迈壮阔自强冷静是大唐人最赞赏的品质，而吕清臣老人是一个土生土长的唐人。

今夜他告诉宁缺的这些，都是昊天道南门的入修课，虽然谈不上是什么不传之秘，但照门规确实不能让普通人知道，可他还是说了，只因为他相信一件事情："我总觉得你将来会成为一个了不起的修行者。"

明知道宁缺气窍不通，绝无可能修行，可是老人没有道理、没有原因，就是觉得这个少年能够踏上他现在正艰难行走着的这条道路，而且他祈望这个少年能比他走得更踏实，走得更远。

老人望着窗外渐小渐模糊的少年背影，喃喃自语道："老死临身夜将至，才开始胡乱放肆一番，盲目跟着直觉走遭，或许……这就是昊天对我做出的启示吧。"

回到简陋的营帐，桑桑已经回来了，宁缺问了句公主唤她去做甚，不出意外又得到了个含混不清记忆缺失的答案。他早已习惯自己这位小侍女在动脑方面的懒惰，笑骂了几句，对饮了数杯，二人便草草洗漱睡觉。

第二日，车队在数百名骑兵的护卫下继续南下向着都城长安进发，宁缺主仆二人的日子却变得不再像前些日子那般无聊无趣。不到夜间，吕清臣老人便会唤宁缺上他的马车陪他聊天，公主殿下也时常召唤桑桑去做伴，好在彭国韬派了侍卫去驾那辆简陋马车，不然宁缺还真要被逼无奈玩一招无人驾驶。

车厢聊天中，宁缺知晓了更多修行知识，比如修行者用意念控制天地元气的各种方式，比如修行者可以通过某些特殊物品加强自身与天地之间的联系，又比如剑师是怎样用意念把元气压缩成无形的绳，然后缚住那片轻薄锋利的无柄飞剑。

增强修行者与天地之间联系的特殊物品，并没有非常严苛的标准，昊天道多用拂尘木剑，佛门多用念珠木鱼，至于符纸飞剑则是非常常见的标准配备，相对比较罕见的是有些大修行者会使用笔墨法杖之类奇怪的东西。

"以念力封天地元气入符纸之内，这就是符师；封天地元气于阵法内，便是阵师；凝天地元气于剑内，便是剑师；以念力直接调动天地元气，便是念师；以……"吕清臣老人端着杯清茶，靠着车窗极为享受地慢悠悠说着。

"喂喂喂，您这不是在说笑话吗？那如果把天地元气封在马桶里战斗该叫什么师？马师还是桶师？"聊天聊得久了老少二人自然也熟了起来，宁缺逐渐展现出自己愈懒无礼的那一面，咬着一根蘸着墨汁的毛笔，挥舞着右臂，表示自己的强烈质疑。

老人放下茶杯，瞪了少年一眼训斥道："约定俗成，你懂不懂什么叫约定俗成？叫了几千几万年，有什么问题？俗成就是要通俗好记，别泛那些酸劲儿！"

"好吧。"宁缺在几千几万年所代表的时间厚度面前惨败而归，在摇晃不停的车厢里悬腕静神，稠黑的笔尖在雪般的宣纸上快移缓勾，做着笔记。

"关于修行者战斗的手段，剑师用的叫剑术，符师用的叫符术，我这种念师用的当然就是念术，进入知命境界的大修行者，则很难具体这般区分，我曾经听闻前代师门长辈中有人习的是神术，具体如何那就不得而知了。"

"这些名字……不够大气啊。"宁缺脸上的表情有些僵硬，咬着毛笔杆的尾巴，望着老人含混不清说道，"感觉完全可以通称为法师，他们用的都叫法术。"

老人的花白眉毛蹙得极紧，严厉地看着他说道："问题是法之一字何解？"

宁缺再次败退，摊开双手表示无辜。

"除了上述各类修行者外，其实世间最常见的修行者是武者，他们对天地元气的感知度不如其余各派，但就战斗力而言同样极为强悍。武者作战时能将天地元气布满身躯各处，就如同从头到脚套上了一层重甲，而平日修炼时，他们又会调动天地元气刺激自己的肌肤血肉，从而锤炼出一身钢筋铁骨。"

"北山道口那名泛着土黄光泽的巨汉就是武者？"

"不错，只是那人境界并不是太高。像我大唐帝国四位大将军都是人世间最顶尖的武者，箭镞就算能刺破他们身上的盔甲，也无法刺破他们身上的护体元气，就算箭锋极劲穿透护体元气，也不见得能对他们铁铸般的身躯造成任何伤害，面对这样的强者，你的箭法就算再好，也没有用处。"

听到这番话，宁缺的脑海中很自然地浮现出"夏侯"这两个字，他低头平静抄写着笔记，心里则不停思考着对付这种强者的方法。

"选择拉近距离和这些强者进行近身战，那更是找死，你的力量虽然不错，但和他们比起来就像是田鼠和雄狮，你全身发力都撼不动他们丝毫，而他们只需轻轻合指便能咔嚓拧断你的脖子。"

"如果把元气附在箭上……对武者的杀伤力如何？"宁缺忽然抬头认真问道。

老人沉思片刻后缓缓摇头："极少有修行者尝试把天地元气附在箭上，因为箭与飞剑不同，为了保证速度质量必须很轻，于是很容易受到自然的感应干扰，又无法在上面刻符，附着元气消散太快……当然如果有人能够解决元气消散的问题，这种羽箭毫无疑问是很可怕的远程攻击手段。"

宁缺若有所思。

20

"都说长安城内武者多如狗，剑师遍地走，毫无疑问这种说法过于夸张了，不过毕竟是帝国都城，天下第一雄地，自然藏龙卧虎，修行者众多，你若去了长安，若在书院自然无事，可在书院外当谨行慎言，少招是非。"

"是。"宁缺应了声，然后试探着问道，"吕先生，不知道长安城里有没有什么需要警惕……或者说难招惹的强者？"

吕清臣看了少年一眼，淡淡嘲讽道："那夜是谁说不想知道这些来着？"

宁缺笑着挠了挠头。

"说这些没有意义。"吕清臣笑着摇了摇头，说道，"你只需要记住，天下的修行流派众多，但归根溯源无外乎佛道魔三宗再加一个书院，佛宗多居于僻地，道家多在各地设坛开观，魔宗不用去提它，道宗便是我所属的昊天道门，历代强者辈出，于俗世倍受各国皇室尊敬供奉，若你听过西陵神国，便应该知道那里便是我昊天道总坛之所在。"

"各国皇室尊敬供奉？帝国对昊天道也是这种态度吗？"宁缺蹙眉问道。

吕清臣苦笑了一声，作为天下第一强国的大唐帝国，应该算是世上唯一敢不给昊天道颜面的世俗皇室，昊天道确实也拿帝国没有任何办法，只是他身为大唐人却在昊天道，处境未免有些尴尬。

"魔宗呢？魔宗有什么特别了不起的强者？"宁缺察觉到老人神色有些异样，于是迅速转了话题，微笑道，"说起来那天在北山道口您说那名大剑师用的是魔宗手段，我真不是很明白什么样的手段算是魔宗手段？"

听到"魔宗"二字，吕清臣的神情变得凝重严肃起来，说道："这一段你不要记，以后在外面也不要与人去说。"

"是，先生。"

"无论道佛还是书院，这些正派修行都是以人感知天地之息，然后和谐共存，所谓控制元气，更准确来说倒应该是向天地借力而用。"吕清臣眯着眼睛，似乎是在回忆些什么事情，幽幽说道，"而魔宗走的路子与各宗都不相同，他们竟是强行吸纳天地元气进入自己体内。"

"这……有什么不对吗？"宁缺想来想去，也没觉着这种修行方法有什么不妥之处，单从字面上理解，似乎还要更加直接一些。

"以后不要说这种胡话了。若在书院或是昊天道门中，你要敢对魔宗手段发出如上评论，轻则被逐出师门，重则要受更严厉的惩罚。"吕清臣神情严肃警告道，"与天地相较，人之身躯如蝼蚁，体内雪山气海容纳自身念力已是勉强，强行吸纳天地元气入体内，人身如何承受？只有一个下场，那就是像北山道口那位大剑师暴体而亡。"

"可魔宗既然称为一宗……"宁缺注意了一下自己的语气，恭谨问道，"想来在世间还是有不少修行弟子，如果吸纳天地元气便会暴体而亡，他们如何传承？"

"魔宗自有一套邪法帮助他们改造身躯，从而可以容纳些微天地元气，只是这个过程极其血腥残酷，据前辈所言，魔宗修行选才百名，最终却只有二三者能够顶过最初的暴体之苦。"

"确实残忍。"宁缺蹙眉说道，心中却默然想着世间有修行潜质的人极少，魔宗这种搞法只会大量消耗修行基数，只怕那些佛道正派不容其宗派存在，也有这方面的原因。

吕清臣老人大抵猜到少年心中所想，语气更加严肃，寒声说道："魔宗强行改造身体，那改造后的他们又怎么能算是一个正常人？人乃天地间一人，天地乃人外一天地！要纳元气入体内，魔宗等若是想把己身化作一天地。而身为天地者，唯昊天而已！所以魔宗所思所想所修，实为逆天大恶之行！"

快要靠近长安的某个夜晚，宁缺再次来到老先生所在的马车旁，只不过这一次他是不请自来，夜空里的繁星把营地照得一片银亮，显得他的身形格外鬼祟。车厢里的油灯还亮着，吕清臣老人正在看这些天宁缺写的笔记，看着白纸上那些蝇头小楷，看着那些清纤秀丽的字迹，有些想不明白在颠簸的马车上，那少年悬腕而书，竟能够写出如此漂亮的一手字来，脸上忍不住满是赞叹神情。

忽然他眉头微皱，缓缓放下手中纸张，望着门帘处说道："进来吧。"

宁缺走进了车厢，以手扶膝跪坐在白天的位置，沉默片刻后开口说道："吕先生我一直有件事情想不明白，既然我没有修行的潜质，为什么您还会对我教诲有加？"

少年抬起头来，眼睛显得异常明亮，声音微颤问道："您是不是看出来我天赋异禀，所以才会对我另眼看待？"

吕清臣老人愕然望着他，嘴唇微张，片刻后犹疑问道："你的异禀……在何处？"

于是轮到宁缺表现吃惊。他张着嘴看着老先生，尴尬问道："如果我知道自己有什么天赋异禀……何必还来问先生。"

老人伸出枯瘦的手指着他的鼻子微微颤抖，实在是不知道此时该说些什么。

"吕先生，其实我是一个有很多秘密的人。"宁缺看模样依然没有放弃说服一位洞玄高人相信自己是天赋异禀男主角，紧张地揉了揉脸，说道，"来到这……渭城之后，别人眼里面我特别懒，好像随时随地都在犯困，包括坐在马车上都随时随地可能睡着的样子，但实情并不是这样，我犯困的时候其实都是在进行冥想。您不用露出这种表情，这是真的……您也知道边城的生活没有什么娱乐，我每天就爱写个字儿，因为我擅长这个，而且我写起来就觉得开心，除此之外所有时间，我都在看《太上感应篇》。您应该还知道《太上感应篇》实在是有些枯燥乏味，所以我经常看着看着就睡着了，但我现在想来，那应该不是真正的睡觉。"

宁缺看着老人极为认真诚恳说道："因为在刚刚入睡的时候，我经常能感觉到身边的建筑、人与别的什么东西都离我远去，整个世界变成了一个你中有我我中有你的天地，我甚至隐隐约约能感受到某种以神秘节奏进行的呼吸……"

吕清臣的神情渐渐认真起来。在睡梦中进行冥想，虽然极为罕见，但在昊天道的典籍里面倒也不是完全没有记载。

宁缺认真回忆着梦里的感受，说道："在我的梦境中，那些连绵仿佛不曾间断但又能听出规律的呼吸最后变成了某种实质化的存在，暖洋洋的一滴滴汇在了一起，最后把我的身体包容其中，只是无论我怎样去摸去捧，都没有办法握住那些仿佛比水还要轻滑的东西，只能眼睁睁看着它们从我的指缝间溜走。"

吕清臣强行压抑住心头激动，沉声问道："你在梦里面感受的范围有多大，不，应该是说像什么？一盆水？一条小溪？还是一方小池塘？"

宁缺抬起头来，怔怔回答道："好像……是一片海。"

吕清臣身体微僵，然后颓然无力跌坐回软垫之上，沉默很长时间后自嘲地笑了笑，笑容显得有些疲惫，喃喃道："是啊，怎么可能呢？"

宁缺从他神情中已经大致猜到事情并不如自己幻想那般，却依然不死心问道："吕先生，这是不是您所说的初境？我感觉到的是不是天地之息？"

吕清臣老人拍了拍他的肩头表示安慰，声音微涩说道："初境便是初识，前些日子我曾对你说过，这是指修行者之意念自气海雪山外放，开始明悟天地之息的存在，换句话说，这是世俗人睁开眼看到这个全新世界的第一瞬间。第一眼看见的世界决定了这名修行者日后的前途，因为他眼中所见心所感受便是天地自然万物元气在他心灵上的投影，而这名修行者冥想所得的意念越纯越净越强越紧致，所感受到的元气范围便越大。"

老人静静看着宁缺，说道："资质差些的修行者在初识时，只能感受到身周小范围内的天地元气，在心灵上的投影就是一盆水罢了，资质好些，能感受到的天地元气范围更广，投影也不过是一方小池塘，若他能感受到一条小溪甚至是一方湖泊……那他日后必将成为世上尊崇的大修行者。"

宁缺皱了皱眉想要说些什么，却被老人阻止。

老人继续说道："当今世上知命境界巅峰人物极少，而其中犹以南晋剑圣柳白资质最为惊艳，这位剑圣当年不到六岁便入了初境，一入初境便看见一道奔流不息的黄色大河！这就是真正的天才！这就是为什么他凭一手黄河剑意纵横南方，现在被世上修行者公推为最有可能突破五境之人！"

看见一道黄河便是这个世界上最强大的修行者，那么看见一片大海呢？宁缺沉默了很长时间，他虽然隐藏着很多秘密，但从来都不认为自己是个天才，更何况还是这种比举世公认的天才人物更变态的天才，然而依旧有些……不甘心吧。

"也许这话听上去有些狂妄，有些没有分寸或者说……自恋。"他仔细选择着词语，低着头缓声说道，"有没有可能，我真的比那位南晋剑圣，不是说更强……只是因为我冥想多年，所以踏入初识时感受的范围更大一些？"

"比奔涌大河更宽的是什么？我不知道，但肯定不会是无边无垠的大海，因为这完全是两个概念。"吕清臣老人看着低着头的宁缺，轻轻叹息一声，说道，"孩子，你可知道初识时的大海代表着什么？那代表着这整个世界的天地元气。没有人能够在进入那个崭新世界时睁眼的第一瞬间，便看到那整个世界的所有事物，因为这是不可能的事情，即便是传说中的圣人，都无法做到。"

他再次轻拍少年微僵的肩膀，微笑安慰说道："虽然只是梦，但也是个不错的梦。"

宁缺沉默离开。

小侍女桑桑把热水盆端到他身前，麻利地拧起毛巾，然后把微烫冒着水雾的毛巾盖到他疲惫的脸上，好奇地问道："少爷，你今天晚上去问了些什么？"

宁缺的声音从热毛巾下方透了出来，仿佛被水雾变得湿润了很多，嗡鸣低沉："我去告诉吕老头儿我有一个小秘密就不告诉你但既然告诉了你那你是不是应该告诉我你已经看出了我的小秘密然后对着我这个天赋异禀的修行天才五体投地？"

桑桑在脑子里把这段话不间歇地重复了一遍，然后觉得有些头昏眼花赶紧揉了揉眉心。她扯下宁缺脸上的毛巾在水里搓洗两遍，拧腰把水泼向车外，说道："少爷，这次看起来好像是你变得比较白痴了。"

宁缺坐起身，摸出那本已经破旧不堪的《太上感应篇》，没有翻开，而是就这样沉默地盯着封皮盯了很长时间，仿佛要看出里面究竟隐藏着什么秘密。

"把洗脸盆拿过来。"他说话的声音已经平静了很多。

点燃火折，凑到书的一角，片刻后，这本黄旧书开始燃烧，他轻轻松开手指，任由这本陪伴自己多年的《太上感应篇》落入黄铜盆中，烧得越来越快。

桑桑在旁吃惊地看着这一幕。

看着书页在火苗中卷曲变黑，然后猛地一挣弹出火舌，最后变成层层叠叠的灰，宁缺扶在车窗旁的右手微微一紧，觉得心脏处变得有些空落落，好像有种陪伴自己多年的朋友就此远去不再回来，又像是少年时的梦想像个泡泡般破灭无踪。

"我是不是挺废柴的？"他问道。

桑桑摇了摇头。

宁缺微笑说道："没人比我的箭法更好，没有人比我的刀更狠，和我一般大的人都没我杀的人更多。我不是废柴，我是梳碧湖的打柴人，只不过是不能用飞剑玩杂耍罢了，日后若有机会我像杀马贼一样杀几个他……妈的大修行者给你瞧瞧。"

桑桑紧紧抿着嘴唇，笑着点点头。

21

几天在希望失望之间周转折腾，宁缺的心情有些不痛快，然后痛快地不再去想，无论痛快还是不痛快，都非常适合饮酒谋一醉，恰好这个夜晚桑桑的病又犯了，小脚冰得像两根冰树枝般，于是主仆二人拍开一罐烈酒痛痛快快地喝了一场。一大罐烈酒小侍女喝了大多半，宁缺却是先倒下的那个人，桑桑艰难地把他搬到垫子上，然后把被褥掀开搭上，自己也钻了进去，习惯性地把小脚塞进他的怀里。

伴着弥漫的酒香，宁缺做了一个梦。在梦中他感觉身边再次出现了那片暖洋洋的大海，只不过这一次他没有像以前那般伸手去捉去捞却发现自己只能徒劳地捞到一场空。应该是吕清臣老人的话起了作用，这一次他非常清楚自己是在做梦，所以他站在那片暖洋洋的海里，像一个陌生人或者说旁观者冷静地看着眼前的一切。

他在梦里面笑着想起一句话："一切都是幻觉，吓不倒我的。"

可能是因为前所未有的冷静的缘故，这一次宁缺非常清晰地看清楚了梦中海洋的模样，那片无边无际占据全部空间的大海竟然不是蓝色而是绿色的，色调极深却又极透明，就像是一块晶莹剔透的翠玉。他站在这片绿色的海面上，没有弯腰伸手去捞那些缓慢流淌的绿，而是静静看着它，在心中猜想着它们下一刻会流向何处，会变幻成怎样的形状。

绿色的海中忽然生出两朵白色的花，花瓣一味雪白，没有一丝杂色，也没有那些普通花朵常见的色丝芯蕊，就是单调而枯燥的白。海水拍打着白花的根部——如果它们有根部的话，在绿色海水的滋润下，那两朵白花以肉眼可见的速度急剧长大，花瓣片片脱落，落在海面上又变成新的白花，如此这般白花迅速扩延开来，占据了他视线中全部的海面，一直延伸到天际。

宁缺看着如斯神景，心神摇晃无法自安，遂抬步而上，踩着花瓣向天边走去，赤足与娇嫩的白花花瓣相触，微弹起落，感觉柔软弹嫩非常美妙。

田野旁的车厢内，宁缺侧卧在垫子上，身上的褥子早已被掀开一大半。他的额头上全部是汗水，怀里紧紧抱着一双小脚，小侍女脚上的肌肤比身上别的地方要好很多，纯白似雪，看上去就像两朵瑟瑟的小白花。

他蹙着眉头不时撇撇嘴，不知道梦里面在想什么，双脚在褥子里下意识地蹬动着，不知道触到了何处，觉得很舒服，脸上露出满意的神情，不再动弹。

心神渐迷离，宁缺早已忘记自己是在一个梦里，他心神摇晃却又异常平静地在海面上行走，在如海般的白花间行走，忽然间心头一动，整个人的身体缓缓飘离花瓣，迅速向着海面上的高空飞去。飞到极高处，他低头向下方望去，只见绿色海洋上的白花早已消失不见，隐隐能够看到海水深处有一层红色的平面，向四面八方延展而去。

　　他破开海水，向绿色海洋深处潜去。不知道潜了多久，他终于看到了那层红色——那是一层黏稠的深红色的浆液组成的水层，猩红无边，像是番茄酱，但更像是将要凝固的血。血水忽然打破了平静，变得沸腾起来，里面有无数没有五官的人缓缓站起，然后仆倒，再次站起再次仆倒，他们挣扎着，无声地痛嚎着，可无论他们怎样的挣扎痛嚎，五官上的那道薄膜始终把他们禁锢在永恒寂静的血色世界之中。

　　一抹生命最深处的恐惧缓慢而不可阻挡地占据了宁缺的身体，把他变成了一座石雕，就这样无知无识无觉地站在红色血海旁，眼睁睁看着那些无声的残忍画面。血色的海洋变成了陆地，于是也有了天空。宁缺站在天空与地面之间，发现自己身处荒原之上，自己脚下和远方倒着无数具尸体，那些尸体有大唐帝国的骑兵，月轮国的武士，南晋的弩兵，还有很多草原蛮子的精骑，无数的血水从这些士兵的身下流淌出，把整个荒原染红。

　　三道黑色的烟尘稳定地悬浮在荒原前方，冷漠地看着这边，就像是有生命一般。

　　“天要黑了。”

　　“我说过，天要黑了，但从来没有人相信我。”

　　有一个人用轻蔑的口吻在宁缺耳边说道。宁缺霍然转身，没有看见是谁说话，却看见很多人正抬头望着天空，那些人中有满脸惘然的小贩，有满脸不甘心的官员，有怯生生的小姐，有疯癫般狂笑的僧侣，不管衣着神情有怎样的差别，这些人有一个共同的特点，那就是他们都高高仰着头，像等着被喂食的肥鹅。

　　荒原上无数人惊恐抬头看着天空，宁缺下意识里随着他们的目光望去，发现这时候还是白昼，因为天空之上挂着烈阳，但不知道为什么荒原上的温度很低，太阳的光线很暗淡，天地昏暗有如夜晚将要来临。一片黑色从地平线的那头蔓延过来，没有什么特殊处，只是绝对的黑，就像梦开始时他看见的那些白花一般，没有任何杂色，就是人类梦境最深处的黑。

看天的人们很恐惧，宁缺很恐惧，而他们都不知道为什么要恐惧。

宁缺左顾右盼寻找着先前对自己说话的人，想要问问那个人究竟发生了什么事情，为什么天会变黑，然而无论他怎样找也没能找到那个人，只隐约看到一个极高大的背影穿过人群，向荒原外面走去。

他冲着那个高大背影高声喊道："喂！是你吗？这是怎么回事！"

那个高大男子没有转身，离开人群的背影极其萧索，直至消逝不见，而宁缺的喊声却惊动了荒原上抬头看天的人们，有人埋怨道："天都要黑了，你不好好看着，非要打扰我们最后时刻的安宁，真是令人厌恶的小东西。"

埋怨的人是少数，荒原上绝大多数人收回看天的目光，吃惊地看着宁缺。他们眼眸里的神情发生着奇异的变化，有的越来越惊愕，有的越来越炽热，有的甚至缓缓流出眼泪，一个酒鬼和一名屠夫站在宁缺身旁静静看着他，似乎在等他说些什么，所有这些目光汇聚在宁缺身上，仿佛他就代表着某种希望。

被全世界目光注视的感觉很奇怪，被当成希望的感觉很怪异，宁缺觉得自己瞬间变得伟大崇高甚至神圣起来，但他只是个极普通平凡的人，而且他根本不知道这将夜的世界究竟是怎么回事，于是他很恐惧不安，心悸到胸口撕裂般地痛。

22

宁缺痛醒过来，眼瞳里满是惊恐之色，一把扯开衣裳，双手在胸口紧张摸索，只摸到一手滑腻的汗水，并没有摸到破裂胸骨外悬着颗破碎心脏，不由后怕地拍了拍胸口，急促的呼吸过了很长时间才重新变得平缓。他望向脚那头熟睡中的桑桑，看着小丫头黑黑鼻尖上那颗可爱的汗珠，忽然觉得活着是件非常幸福的事情。

关于那个给他带来大恐惧的诡异梦境，他不准备告诉桑桑，他不准备告诉任何人，因为即便只是想起梦境中某个片段画面，他都会觉得很难受，所以他决定忘记。

第二天，简陋的马车在吱呀摩擦声响中启程，远远随着越来越大的护送骑兵队继续南行，大概上午十点钟的样子，队伍在长安城外一处小镇停下——来自都城的宫中使者、朝官代表和繁复讲究的公主仪仗，从数日前就一直在这座小镇里等着公主殿下的归来。

宁缺跳下车辕，站在热闹的队伍边缘，向镇边天外望去，隐隐可以看到一处灰暗色的城郭影子，只是距离实在有些远，纵使他用力扯着眼角，也不能让那片灰暗的影子变得更清晰些，只能在心中默默猜测——那里应该就是长安吧？

浩大繁复的仪仗重新启程缓慢前行，这一次再也没有人喊这对主仆二人同行。宁缺和桑桑站在道旁，看着缓缓自身前经过的那辆华贵阔大的马车，看着紧闭的车窗，他想着里面的公主和那位虎头虎脑的蛮族小王子，想起那个火堆，忍不住摸了摸脸，然后笑了笑。第四辆马车经过他们身边时，窗帘被掀起了一角，吕清臣老人轻捋颌下花白的胡须，向站在道旁的宁缺微笑示意，宁缺深深长揖及地还礼。

侍卫还有那些草原蛮子经过宁缺身边时，并未下马，就在马背上拱手告别，脸上带着抱歉的笑容。帝国仪仗森严，彭国韬这位侍卫首领回长安后想来前途不差，只是此时当着朝中官员的面也不敢造次。至于那几位草原蛮子在和宁缺抱拳告别后，脸上的神情明显变得放松愉悦不少，再没有梳碧湖砍柴者的影子存在于四周，他们想象中的长安繁华日顿时变得鲜活愉快起来。负责殿后的固山郡骑兵满脸警惕注视着四周，单手持缰而行。

公主车驾和护送骑兵离开后，小镇里的人顿时少了一大半，然而却比先前要热闹很多，方才不敢出来摆摊的小商小贩不知从何处街巷里钻了出来，那些为了避免麻烦关上大门的市肆也重新打开了大门，开始抓紧时间经营生意。把那辆破烂马车以破烂价钱卖给镇上某家连破烂都要收的铺子，宁缺拍了拍桑桑瘦削的肩头表示安慰，旧车老马在渭城跟着他们很多年，就这般卖了想必谁都会有些不舍，只是长安城便在眼前，回忆感伤实在不是很合适的情绪。

没有选择可以容纳八辆马车并排而驰的宽敞官道，二人顺着官道旁的田垄漫步向前，身旁田畦里的菜花开得正盛，蝴蝶在春风中缓慢地扇着翅膀，恼人的蜜蜂嗡嗡不停到处乱窜，小侍女眼角的泪痕渐渐干了，双手紧紧握着包裹的系带，拖着那个看上去比她人还要大的包裹，在田垄上走着看着，偶有笑容。阳光下，宁缺接过沉重的包裹，与小侍女说着闲话打着趣，虽然经常得不到回应却依然乐此不疲，目光则是贪婪地在身旁农田乡村景色上掠过，看着不远处田里休息的农夫便挥手打打招呼，看见自面前飞过的蝴蝶便作势要扑。

他很小的时候便离开了长安，此后一直在茫茫岷山和草原荒原以及小小边城里度过，身边只有险恶的密林、乏味的草原和无处不在的危险，如今回到了帝国的腹部，看到这些平静而恬美的景致生活，难掩喜悦兴奋。

一路打望前行，大约过了两三个小时，阴影忽然从前方的小溪桃林蔓延到了他们的头顶。宁缺疑惑地抬头望去，只见一片黑色城墙突兀地出现在眼前，这片城墙极高，高到仿佛没有尽头，遮住了半边天空也遮住了还未落的烈阳，定睛望去，隐约可以看见城墙高处的空中有三个黑点在不停盘旋飞舞。

向左望去没有看到城墙的尽头，向右望去也没有看到城墙的尽头，这座巨大的城郭竟是看不出方圆有多少里，皇皇然沉默无言立于天地之间。桑桑瞪大了眼睛看着面前这座雄城，看着不远处官道上拥挤的人群，问道："这就是长安城吗？"

天空中那三个黑点飞得低了些，原来是两只老鹰正带着它们的孩子练习飞翔，这时候它们将要回到鹰巢，而它们的巢就在这片斑驳城墙之间。这座城墙历经千年雨水冲洗风化，表面看上去已经有些破烂，但城墙内部依然坚不可摧。

雏鹰学会了飞翔然后回到了它的巢——宁缺仰头看着这座天下第一雄城，脸上露出真挚的笑容，他在外游历多年，今天终于杀回来了。

长安城，好久不见。

23

天下第一雄城长安自然不是浪得虚名，因为这座城池实在是过于巨大，帝国竟在东西南北四个方向开了十八个城洞，可即便如此，每天进城出城的达官贵人和百姓们依然不时把这些城洞堵塞，在官道上排起极长的队伍。

宁缺和桑桑排着漫长的队，一直等到真的快到黄昏才挤到了城门洞处，看着那些满脸严肃仔细翻检行李包裹的军士，挤得满头大汗的宁缺忍不住联想起某个世界京城的大堵塞景象，摇头笑骂了两声。

他骂的声音很小，身周的长安本城居民骂的声音则特别大，大唐帝国民风淳朴又剽悍，对于那些看似严肃的军士，还真没有几个人害怕，不过也没有谁敢无视帝国森严律法就这样闯过去。

终于轮到了宁缺和桑桑两人。军士接过他递过来的军部文书，发现这个少年居然是同袍，而且在前线立下过不少军功，脸上严肃的表情顿时变得温和了很多，但当他目光落到宁缺背后斜戳向天的三把刀柄时，又忍不住皱起了眉头。

"这是家传宝刀，先祖曾经有交代……"宁缺小心翼翼解释道。

"刀在人在，剑亡人亡……"军士无聊地看了他一眼，挥手轻蔑说道，"这种话我每天要听八百遍，小家伙你就省省吧，把包裹解下来，这么小两个家伙扛这么大个包裹，你们这哪像来考学，感觉整个就是一搬家嘛。"他转头望向桑桑背后那把大黑伞，蹙着眉头问道，"这是什么伞？怎么这么大？"

桑桑背过手去握住大黑伞的中段，仰着小脸冷冷看着这名军士，说道："伞在人在，伞亡人亡。"

军士望着这个小黑丫头，竖起大拇指称赞道："这个说法……有新意。"

长安城的城门洞长且阴暗，城内那面的出口很远，看上去就像是个会发亮的小洞，隐约能够看到一轮夕阳在远方落下，红色的光线斜斜洒了进来，却侵染不了多远便被阴暗嘈杂所吞噬。

先前在城门洞里被检查没有出现刀毁人亡的惨烈画面，大黑伞现在背到了宁缺的背上，宁缺背上的三把刀则是被收进了包裹里，那把黄杨硬木弓也下了弦，完成这些之后，那位话痨军士便把他们放行，没有做任何刁难。

唐人尚武，他们手头要是没有几把称手的家伙，这比要了他们亲命还痛苦，所以帝国对这方面的管制向来很宽松。长安城内允许佩剑，但不可以佩刀，允许持有弓箭，但弓箭必须下弦，禁军用弩，除此之外便再也没有任何限制。至于你走进城后会不会偷偷把弓弦上好，把刀再拿出来，没有人会管你，长安府不会管，军部不会管，就连深宫中那位皇帝陛下都不怎么关心这些事。

宁缺二人习惯了边塞生活，渭城每到夜里除了酒馆之外便再也看不到任何灯火，除了军卒们赌博便再也听不到任何声音，所以暮时进入长安城，他们本以为会看到一座安静将睡的城池，却没有想到入夜的长安城依然是……

无处不热闹。

满街灯火把平坦的青石路面照耀得有如白昼，街上行人如织，或驻足摊前或指星看天，驻足摊前的男女应该已经在一起，而指星看天大约才刚刚开始勾搭的过程。唐人的穿着尤其是长安城里唐人的穿着都偏简单朴素，一身紧袖短衬平履显得格外利落，偶有广袖男子，袖口也截得极短，双手悬在袖外，应该是为了方便拔出他腰间鞘中的利剑。长安女子的打扮也很简单朴素，在这春日初暖时节，街上看到的妇人少女竟都将手臂裸在纱笼袖外，更有些妖媚少妇竟是大胆地穿着抹胸上街。街道上，袒着胸口的蛮人系着酒囊好奇地打量着四周，戴着翅帽的月轮国官员捋着胡须，熟门熟路地穿梭在各酒肆青楼之间，南晋的商人在楼上倚栏观星饮酒，不时将故作豪迈的笑声传到街上，不知何家宅院又传来一阵丝竹声，旋律悠扬。

整个世界的财富风流与气度仿佛都集中到了长安城中，热烈得令人兴奋，浓郁得令人陶醉，壮阔和温柔依偎并存，刀剑与美人儿相互辉映。宁缺牵着桑桑的小手，心神摇晃地行走在这片灯与人的海洋之中，那副怔然赞叹的模样像极了乡下来的兄妹。

画眉的青雀头黛，涂脸的香粟迎蝶粉，玉簪粉和珍珠粉，那个叫玫瑰膏子的东西就是胭脂？那个小瓶就是传说中的花露水吗？被宁缺牵着手的桑桑瞪大了那双柳叶般细长的眼睛，看着街边摊上的瓶瓶罐罐，觉得有些走不动道了。宁缺牵着桑桑的手开心地看着四周，浑然不记得幼年时的长安竟是如此风景别致的地方，觉得自己也有些走不动道了。

走不动路了那便慢慢走着。街道终于变得清静了些，然而还没有等这两位边城来客稍微平静些放松心神，只听得前方不知道是谁一声大喊，呼啦啦啦，从四面八方不知拥出了多少长安百姓，把前方某个街角堵了个严严实实。

"决斗啦！"

隔着黑压压的人群，隐约能够看到两名腰间佩剑的男子正仇恨地盯着对方，两个人的右袖都被剑割下来了一片，扔在两人间的地上。世界变得安静了下来，所有看热闹的民众都紧紧地闭上了嘴，保证决斗的公平性深入每个唐人的血脉之中，即便是看热闹也有看热闹的规矩。

"决斗的规矩是割袖代表挑战，如果你接受，就把自己的袖子也割一块下来。"宁缺牵着桑桑的手向人群外挤去，向她解释道，"这种决斗叫活局，只要分出胜负就好，还有一种不死不休的决斗叫作死局，需要经过官府确认。死局的挑战者要在自己的左手掌里割一刀，如果对手接受，也要做同样的动作。"

"能不能不接受？"桑桑问道。

"当然可以。"宁缺擦了擦额头上的汗水，拍了拍桑桑身后那个大包裹，确认没有小偷光临，继续说道，"只不过有时候人，尤其是男人很容易变白痴的，比如为了女人啊爱情啊尊严啊这些乱七八糟的东西发狂的时候。"

二人挤出人群，桑桑仰着黑黑的小脸不解问道："我们为什么不留下来看？我记得在渭城时你很喜欢看热闹，那年杀猪的时候，你蹲在旁边看了整整一宵。"

"杀牛杀羊看得多了，那年杀猪可是渭城有史以来头一遭，这么稀奇当然要仔细看看。决斗这种事情，长安城里哪天不发生个几起，要看的话以后有的是机会。"宁缺平和说道，"而且这里是长安城，我只想老老实实进书院读书，可不想惹出什么麻烦，从今往后啊，我们就要像两条狗一样，把尾巴夹起来做人。"

桑桑摇了摇头，心想少爷你在长安城里少杀几个人就好，夹起尾巴做人这种事情，实在是很不适合你啊。

"找间客栈。"仿佛读出她的心思，宁缺带着失败情绪说道，"我困了。"

桑桑指着前方街边某幢建筑，说道："看，那儿有间客栈。"

24

随意凑合一夜，宁缺和桑桑第二日揉着眼睛打着呵欠走出客栈大门时，都还没有把这间客栈的名字记住。在街头寻了位慈眉善目的老妈妈问清楚道路，主仆二人便向南城走去，一路穿巷过街问路再问路，终于看到了两棵大槐树。

从看到槐树的那一刻，小时候应该模糊实际上非常清晰的记忆一股脑地涌进了宁缺的脑海。他闭着眼睛想了会儿，然后带着桑桑走了过去。

两棵大槐树中间有一条幽静的街巷，宽窄可以过马车，但也并不显得如何奢阔。街道两旁不知是谁家的宅院，没有传出一丝声音，很多参天大树从院墙里伸出来，搭在三两行人的头顶，遮住春日的清光，洒下一片阴凉。走到街巷中段，有两处府邸大门相对。右手边那家阶旁肃立的石狮格外干净，上面没有显眼的灰尘落叶，朱门紧合，铜环无声。左手边那家却显得要衰败很多，门上漆皮脱落，两道封条颓然无力地在风中飘起残余的片段，石狮只剩下了一个，另一个不知道被搬去了何处，剩下的这一个也已残破，缺耳漏爪，基座后方积着黑乎乎的老泥，有些像凝固的血。

宁缺看着前方那座残破的石狮子，想起小时候和小顺在狮旁嬉戏打闹，然后被府里大人捉去家法收拾的往事。紧接着走过府旁那道角门小巷，他仿佛又看到了四岁那年为了躲避先生的木板，带着那个小家伙勇敢离家出走的画面。

桑桑的目光在两扇大门和宁缺的脸上往复，感觉到他此刻的心情黯淡复杂而低落，不知道为什么，她的心情也低落伤感起来，觉得这条巷子里的风有些冷。

那座破败的院子正是前宣威将军林光远的府邸。天启元年皇帝陛下巡视南泽，长安城内爆出通敌卖国大案，亲王殿下亲自主持审理，宰相及诸公卿旁视，最终确定林光远叛国罪名成立，林府被满门抄斩。这个案子早已被办成铁案，朝野之间根本没有人想到去翻案，即便有些记得此事的人偶尔想起那些本不应该死去的仆妇管事之流，痛惜之余更是痛恨林光远此人罪恶滔天，不只让自己身败名裂而死，还拖累了这么多无辜。

将军府被朝廷收回后的十余年间曾经有几次要被赐出，只是受赐的官员一听说是此凶地，纷纷敬谢不敏。左右长安城地阔宅多，他们倒也不怕自己没地方住，只是这样一来，这座府邸便一直空在这条街巷中，变得越来越衰败。

走过将军府大门时，宁缺眼眸里的黯然一闪而过，面容上再也看不到任何异样的情绪，他没有停留，甚至连脚步都没有变得缓慢一丝，依旧如常迈步走着。于是背着大黑伞的桑桑只好依旧如常近乎小跑般艰难跟着，大大的黑伞在小姑娘的背上被弹离然后落回，啪啪响着就像是代表时间流逝的鼓点。

二人就这样平静走过长巷，走过朱门和破门之间，寻寻常常，就像是两个最寻常的外乡游客春日误入长安城内某街巷。

"那处凶宅没人要，对门的宅子却很抢手。为什么？当年宣威将军和通议大夫对门而居，宣威将军满门抄斩，通议大夫却是扶摇直上，现如今已经是文渊阁学士，他老人家当年住过的府邸，你说该有多少四五品的官员想沾沾光？"

街巷尽头拐角一处饭馆，宁缺和桑桑二人坐在角落一张小桌上，安静地吃着小菜喝着稀粥，耳朵却听着那些街坊老户的闲唠。对于这些在街坊里住了数十年甚至几辈子的老户来说，最值得他们聊的事情，自然是当年将军府的叛国案和通议大夫的青云大道，每日围着这些说来说去也不嫌腻，倒合了主仆二人的心意。

"说起曾静学士，他老人家当年不过是个通议大夫，后来却忽然间青云直上，这里面有件妙事，不知道你们听说过没有？"

"这事当年闹得那么大，甚至连宫里都发了话，住这片坊市里的人谁没听说过？"一中年汉子摇头嘲讽说道，"堂堂通议大夫却娶了个悍妻，正室夫人因妒生恨，居然对妾室的肚子下手，这不出奇。结果那妾室千辛万苦地生了出来，她还要对那可怜的孩子下手，最后要不是宫里下旨，谁知道这府里会闹成什么模样。"

"你们只知道是宫里发了话，那你们知不知道是谁发了话？"先前说话那人冷笑一声，双手向着长安城北遥遥一揖，"好教你们知道，那是圣皇后知晓此事后勃然大怒，亲自手书一封信交给曾静大人，命他好好管教自家婆娘。"

"皇后娘娘啊……"

桌旁饮酒那数人对视一眼，露出了然于心的笑容。全天下人都知道，大唐帝国有位极了不起的皇后娘娘，深得陛下宠爱绝对信任，甚至手中握有批阅奏折臧否官员的大权。但这位皇后娘娘当年只不过是宫中很普通的一名妃子，用民间的话说，她当年是皇帝陛下的小妾，后来才续弦成为正妻。有这样出身的皇后娘娘，对通议大夫府里的家事如此上心，因为大夫正妻凌虐小妾谋害妾生子如此愤怒，大家都能想到是什么原因。

"曾静大人正妻出身清河郡大姓，也正是因为这个原因所以才一直多有忍让，只是没想到别人眼中的怯懦文官，狠起来也是真狠！皇后娘娘手书送进府后，曾静大人连夜召集家人，当众杖杀三个谋害妾生子的管事，然后又用两记耳光和一抬小轿把夫人送回了清河郡，竟是这般干净利落地休了妻！话说老大人当年如此决断，多半也是在皇后娘娘威势之下迫不得已的自保之举，只是却未料到他做得干净利落倒入了娘娘的青眼，觉得此人堪用，再加上后面一些缘故，竟让这位老大人从此官运亨通，如今已是入了文渊阁！都说福祸相倚，可谁敢设想，家有悍妻杀妾灭子，到最后竟能成就男人的一世功名？"

酒桌旁众人一片唏嘘感慨，宁缺和桑桑在角落里拨着碟中的咸菜丝，默默听着，喝稀粥的声音也很唏嘘。他对那位曾静大人已经没有太多印象，但对那位悍如猛虎的夫人却是记忆深刻，至于这场家斗斗到宫里去的大戏，他也不知道该怎样去论对错，反正这些事情与他也没关系，他更关心的是大夫府对面的情况……

"和曾静大人相比，那位林光远将军就算是倒了血霉……这话也不对，丫的敢叛国谋逆，死一千遍也算是便宜了他，只不过府里……那些人真是可怜。"老人拿起筷尖戳破碟中咸蛋，就着那抹滋味饮了口便宜的莲花白，啧啧叹息道，"你们都没亲眼见过，我那天刚好在，将军府里杀声震天，人头落地就像西瓜落地般嘣嘣直响，那血啊……从大门下边漫了出来，真是惨啊。"

"我不是想替那个贼人说话，只是这世上的事情有些时候想起来、琢磨起来确实挺不是滋味。当时街坊都知道，朝中有几个官员和宣威将军交好，可事发之后硬没有一个人站出来替将军说话，事后连个收尸的人都没有。"老人放下酒杯，下意识看了看饭馆四周，看了看门外的街道，压低声音说道，"听说过城门郎黄兴吗？他是宣威将军从边塞带回来的裨将，结果首告将军叛国的就是他。要问这个人现在在哪里……人投靠了亲王殿下，现在混得好着哩！还有当年那位昭武校尉，据说现在也挺不错，也不知道这些人每日花天酒地的时候，会不会想起宣威将军府里的人头，如果想起来又是啥感觉。"

筷尖蘸蛋黄就酒，虽然慢但还是会吃完，酒桌旁的长安闲人们把家中悍妻规定的每日莲花白份额喝光，便结束了闲唠，笑着拱手告别。

宁缺和桑桑依然坐在角落那张小桌旁。桌上的清粥早冷，腌白菜的边缘都被风吹得干卷了起来，却明显没有离开的意思。

"少爷，你和将军府究竟有什么关系？"桑桑看着他认真问道。

宁缺笑着回答道："自然是有关系的。"

"我是问……什么关系，不是问有没有关系。"桑桑认真地纠正道。

宁缺沉默片刻，渐渐敛了笑容，一本正经说道："可是这关系不能说啊。你现在是我的侍女，一旦说出来，朝廷会把我们一起砍头的。"

桑桑看着他的眼睛，知道他是在说笑话，摇头说道："少爷，你这是在说废话。"

"在我大唐，废话害死的人可不比蛮人杀死的人少。"宁缺笑了起来，回答道，"有时候我们都知道是怎么回事，但是就不能说，因为一说就要死人，所以非要我们说的时候，那我们就一直说废话好了。"说完这句话，他重新拾起木筷，卷起右手上的袖子，目光在桌面上的五小盘咸菜和两碗冷粥间来回，犹豫着接下来该用什么打发时间。

这时候一个年轻的男人走进了饭馆。这个男人身材很瘦小，长相很普通，最明显的特征就是黑，黑乎乎的脸像是用了多年的铁锅底，比桑桑还要黑很多。桑桑大概很少看见比自己还要黑的人，忍不住抬头好奇地看了两眼，又觉得这样显得有些不礼貌，正准备收回目光时，却惊讶地发现这个黑瘦的年轻男人竟朝着角落走了过来。她身体微微一僵，右手伸到背后握住了黑伞的中段。

黑瘦男人并不是冲着他们来的，径直坐到与他们相邻的桌边，伸手要了几个酒菜，桑桑心情稍微放松了些，没有注意到这名黑瘦男人正和宁缺相背而坐，距离极近。

黑瘦男人走进饭馆的时候，宁缺并没有认出他来。毕竟当年在燕境山林里相遇时，他们的年纪都还很小，对方叫他小宁子，他叫对方小黑子，如今这么多年过去，宁缺已经变成了少年，对方也已经变成了气度沉稳的青年人了。

宁缺夹起一筷子咸菜放进嘴里，扑哧扑哧嚼着，就像是姑娘家忍不住掩嘴而笑那般，直到嚼了好几下，才发现是自己最不爱吃而桑桑最爱吃的醋泡青菜头。"看来这些年混得不错嘛。"他忍着笑意说道。

桑桑的筷子刚伸到醋泡青菜头的碟边，脸上露出些微抱怨神色，心想少爷今天怎么转了性子和自己抢这东西吃，忽然听到宁缺的问话，反应过来他应该是在问那个刚走进来的黑瘦男人，筷尖不由僵在了碟边。

黑瘦男人肩头微微抽搐两下，似乎也是在忍笑，说道："怎么也没你混得好啊，就你这缺德玩意儿居然也能通过书院的初核，居然还把当年那个小丫头骗成了自己的小侍女，真他妈缺德啊……说起来她好像不认识我了。"

"七年前她才多大点儿，她又不是我这种生而知之的天才。"宁缺端起粥碗没好气回应道，"赶紧说正事儿，当年杀我全家的那些杂碎你究竟帮我查到了几个？还有屠你全村以及后来帮着夏侯遮掩的家伙你又查到了几个？"

黑瘦年轻人回答道："当年首告林光远叛国的人，全天下都知道是谁，不过里面那几个出来作供把这案子钉成铁案的家伙，就不是那么清楚了。只查到有两个家伙八年前就出了狱，还在长安城里，说起来很妙，这两个人现在混得都很一般，也不知道他们会不会后悔当年的决定。"

宁缺没有回头，沉默思考，黑瘦年轻人却忽然回头过来，蹙着眉头说道："为什么要背对背坐着？为什么寄信要转那么多弯？你这个家伙从哪里学的这些乱七八糟的东西，我怎么总觉得咱俩像敌国奸细在碰头？"

宁缺无可奈何捂额叹息，看着他那张黝黑朴实的脸，说道："你他妈的不是说现在奉军部令在什么帮派搞卧底吗？我哪里知道你们这些卧底这么不专业。"

黑瘦年轻人嘿嘿笑着，张开双臂说道："管他屎的卧底，这么多年总要看看你和桑桑变成什么模样才是。"

宁缺心不甘情不愿地张开双臂，在这间破饭馆的阴暗角落里和对方拥抱了一下。

黑瘦年轻人叫卓尔，是他在这个世界上的第一个朋友。他们两个人相遇的时间很巧，相遇的原因也很巧，巧到两个人只用了讲述两个故事的时间便决定成为彼此人生道路上的同伴，永不背离。

因为他们的人生道路有一个相同的目标：杀死夏侯。

或者还有那位亲王。

25

天启六年，大唐与燕国开战，夏侯将军率领的右路军失期不至，被朝廷严旨训斥，夏侯将军回禀在黄风岭一地遇到燕国伏骑，右路军斩之再追，故而失期。

长安城里的人们并不知道，夏侯率领的右路军斩杀的燕国伏骑，其实全部都是黄风岭一带的帝国边民。数个村落被右路军屠杀一空，夏侯用那些壮年村民男人的头颅冒充燕骑首领，事后却把这些村落被屠的责任推到了燕国人那边。整个村子被屠，无论放在任何地方都是大事，尤其是在大唐帝国，所以朝廷并未就此相信夏侯的辩解，而是派出得力官员前去调查。然而那些村落早已被屠空，没有任何人证，调查官员也有些问题，于是朝廷事后得出的结论是夏侯所言属实。

因为屠村一事，燕国人付出了河西一带大片沃土，又派出太子为人质，才勉强平息了唐人的怒火。只是没有多少人知道那些被砍掉头颅又被放火焚烧的村民在阴间悲号着怎样的冤屈，也没人知道有个黑瘦的少年从村子里逃了出来。

那个黑瘦少年就是卓尔。他与宁缺在岷山边相遇，然后被一位修行者带走，直到今日。

"喂，你现在是个什么境界？不惑还是洞玄？"

"哟，你个修行白痴居然也知道境界这个东西？"

"那当然，修行这么简单的事情本来就很白痴。"宁缺其实只是在久别重逢的朋友面前炫耀一下自己刚学到的那些知识。

"洞玄你个头，我那位可怜可敬的师父直到死的那天才刚刚踏进不惑，至于可怜可悲的我啊……现在还在初境里面苦苦爬着，不然老子用得着当个屁的卧底！"

宁缺嘲讽看着他说道："也真不知道当年那个老头儿瞧中了你什么，老子死乞白赖要跟他走他偏不要，就看中你这根憨蠢的黑炭头了。"

卓尔出奇地没有反驳，沉默很长时间后说道："小宁子，其实后来我一直在想，我跟着师父什么都没有学到，你这么聪明，那时候如果是你跟着师父走，会不会更好一些，至少不会像我现在这样，在军中混了这么多年，还是没能混到夏侯的身边，上层的那些消息怎么打听都打听不到。"

宁缺静静看着他，忽然笑了起来，说道："谁说你没打听到什么，至少现在我们知道夏侯一天上几次茅房了不是？"

"这些东西对杀死他没有任何帮助。"

"有帮助。"宁缺认真望着他的眼睛，说道，"来的路上，我杀死了夏侯的一个刺客组，全部都要靠你这些年给我的消息。"

卓尔很清楚夏侯属下的刺客组拥有怎样的实力，他震惊地看着面前的少年，想不明白七年不见，这个家伙究竟有着什么样的奇遇，竟能做到这件事情。但他没有说出心中的疑惑，只是笑着问道："第一次杀夏侯的人，感觉怎么样？"

"感觉良好。"宁缺回忆当时三刀砍出去时的感觉，悠悠说道，忽然间蹙起眉头，盯着卓尔黝黑的脸说道，"被人发现你我之间的关系，那可不大妙。"

"长安城很大，不要以为随时都能看到敌人。而且你应该明白一件事情，对于那些大人物来说，将军府的人已经死光了，我们那个村子也被屠光了，所以你和我本来就是不存在的人，自然没有谁会警惕我们。"

"说起来你堂堂夏侯将军亲兵队御用打杂人员，怎么摇身一变成了你说的那个什么……金鱼帮的金牌打手？"

"我跟着上司述职回京，没想到军方把我要了过去做谍子，另外，我们那个帮不叫什么金鱼帮，叫鱼龙帮。上司要我去盯着我们帮主，因为有人怀疑他和月轮国有关系。你知道的，朝廷贵人们很多生意甚至是军方的物资运输，有时候就要靠这些帮派维持秩序打理，如果他们和敌国勾结起来，问题会很严重。"

"我们帮主？"宁缺皱眉看着他，说道，"这四个字有问题，说明你很尊敬这位帮主大人，你现在甚至已经把自己当成帮里的当红打手在看待，小黑子，你要清醒一些，我虽然没有当过卧底，但看得就多了，知道卧底这种角色不能动感情的，一旦动了感情，最后下场肯定非常悲惨。"

"我们帮主是个好人。"卓尔低下头，沉默了很长时间，然后他抬起头来看着宁缺认真说道，"其实……他应该已经看破我的身份，但他没有对我做任何事。"

宁缺还想再劝他两句，卓尔举起右手坚定地表示拒绝，说道："他是我大哥，是我很尊敬的大哥。你不用再劝，相反我有件事情要求你，如果将来我出什么事情的话，我希望你在方便的时候，替我还些恩情给我大哥。"

宁缺沉默，静静看着他。他不清楚在那个都城长安最大的帮派里曾经发生过哪些故事，但他看出了卓尔的严肃认真，不由对那位帮主大哥生出了好奇，那是一个怎样的江湖大佬，竟能让卓尔如此服气，即便死了都担心还不了恩情？

七年之后第一场谈话的末端，两个人简单述说了一下最近的情况。卓尔听说了北山道的刺杀事件后，震惊问道："这么好的机会，你为什么不搭上公主那条线？就算她和咱们的阶层差得太远，但只要你拿出当年对我师父死乞白赖那劲儿，这世上哪有人能够拒绝你？"

宁缺摇摇头，很坚决地说道："不行，那位公主殿下看似贤良多思，实际上天真愚蠢白痴，跟着她走随时可能丢掉小命。"

双方就在小饭馆分手，宁缺和桑桑先行一步离开，再次开始问路问路再问路，眼看着便要走到客栈所在的坊市，天却丝丝缕缕下起雨来。嘭的一声，大黑伞像朵黑色的莲花盛放在二人头顶，把满天雨丝遮住，桑桑用两只手紧紧握着伞柄，仰起小脸疑惑问道："你为什么总要说公主是白痴？其实她人真的很不错啊。"

"很不错吗……"宁缺看着面前雨中的道路，缓缓摇头。

直直通往北方皇宫的朱雀大街本是灰色的，被雨丝浸润后却变成了黑色，宁缺和桑桑站在道旁望去，只觉得像是一道又黑又长又直的缎带，佩在壮阔长安城的胸口，清丽庄严而又令人心悸，尤其是大道中间雕绘的那方朱雀绘像，两个眸子不怒而威盯着他们，竟似要从石块间飞起来扑杀自己一般。黑伞下的主仆二人同时感受到扑面而来的那股肃杀古意，恐惧从身体最深处狂暴涌出，牵着的两只手瞬间变得冷冰无比，僵硬得无法迈动脚步。

他们就这样撑着大黑伞艰难地站在道旁，不知道站了多长时间，直到最后风消雨停，阳光重新笼罩长街，行人穿行四周，他们才回过神来。定睛望去，那片深刻在御道上的朱雀画像却没有任何异样。

26

第二日清晨从客栈醒来，主仆二人梳洗完毕然后准备打扮，因为今天要去各部堂跑手续，拿到书院入院试的准试凭证，所以想要打理得精神一些。宁缺坐在窗前，迎着初升晨光，拿着卷书似看非看，眯着眼睛准备享受身后桑桑梳头，却没料到头发被扯得一阵生痛，他转过头来，无奈看着小丫头说道："梳个头有这么难吗？"

"要不然少爷你自己梳一下试试，往年在渭城都是随意梳拢个髻就好，你今天却要学那些书生，我可没学过。"桑桑把握着梳子的手缩到身后，没好气说道。

"瞧瞧你这态度，你也知道叫我少爷啊！"宁缺恼火说道，"到底谁是少爷谁是丫头，说你两句，居然叫我自己去梳！你要明白，少爷我马上就要进书院，那就是正经的读书人了，你不会就去学嘛，以后天天都要梳那样式儿的！"

从昨天在朱雀大街雨中看着那绘像之后，主仆二人的情绪便一直有些问题，只不过他们根本无法理解当时的感受，更无法确定当时的感受是不是真的，再加上一些很隐晦的理由，所以并未就此事交流过。宁缺看着桑桑比原本更黑的小脸，笑着说道："好了好了，办完正事儿了我带你去陈锦记。"

听到这句话，桑桑抬起小脸笑了笑，转身从包裹里取出一把刀递了过去。宁缺接过刀走进客栈后方的小庭院，开始伴着晨光练刀，动作精准，看上去剽悍强劲，只是那乱糟糟蓬松的头发也随着动作一抖一抖，看上去不免有些滑稽。

大唐帝国是整个天下的中心，长安城是万国敬仰崇拜的地方，而书院从某种意义上来说则是大唐帝国的中心，是万民敬仰崇拜的地方，甚至有时候竟隐隐超出了皇室的影响力。从小时候知道书院这个地方开始，宁缺那颗被庸俗阴谋论洗过的脑袋，就一直没有想明白为什么大唐帝国，或者说皇室会允许这种地方存在，所谓人的头顶只有一片天，天上只有一个太阳，那么一个帝国怎么能有两个声音？

无论他在今后的岁月里能不能想明白，至少这一整天的经历，终于让他切实感受到了书院在大唐帝国的崇高地位，也体会到了朝廷对于书院的尊敬甚至是敬畏。仅仅只是一个简单的书院入院试资格凭证，居然就需要六部当中的三部盖章确认，而且只有郎中以上的官员才有资格进行此项工作。军部、吏部、礼部，宁缺这一天见到的五品以上高官比他前十六年加起来见的还要多，如果不是军籍尚未转为民籍，他甚至还需要去户部衙门跑一趟。春日虽然温暖宜人，可在长安北城这般一通周折，也是累出了他满头大汗，忍不住暗自想道，就算是朝廷要对南晋出兵，只怕也不会需要这么麻烦吧？

帝国部衙那是何等样阶层森严之所在，宁缺只是一个毫无背景的边城小兵，他本以为自己会遇到无数轻蔑冷待，没有想到那些官员看到他的名字后，虽然没有特殊的表示，却也没有做任何马士襄将军警告过的刁难，轻轻挥手便放他过去。宁缺仔细一想，知道应该是公主府派人来打过招呼。公主自草原归来，途中又遇到刺杀，回到长安后想必是百官齐贺，宫中大宴，又要暗中严加调查，依然记得他的事情，若换成旁人想必会感激不已。但他却不会这般想，因为这是先前就和那位殿下说好的事情，虽然说的时候是在火堆旁边，殿下还不是很像个殿下。

在礼部盖完最后一个章，天上太阳已经开始西斜欲落，好在大唐帝国官僚机构并不是太官僚，效率颇高，负责发放书院入院试资格凭证的衙门距离礼部不远，而且到了这个时间还开着门，门口围着三两名刚刚拿到凭证的年轻人在小声议论。

"老住在客栈也不是个事儿，没办法和同窗们多多亲近。"

"提前搬去书院住倒是不错，说不定还能认识一些师兄师姐。"

"书院住着可不便宜，比长安城最好的悦来客栈独院都要贵些，说起来还是太祖皇帝那时候好，那时候书院可是食宿全免。"

"何至于省这些小钱，依我看能提前一天去书院也是好的，多熟悉一下环境，通过入院试的几率也大些，我可听说军部这次发了疯，推荐了七十几个准考生……"

宁缺正准备往里面走，忽然停下脚步，看着那名年轻书生揖手一礼，问道："这位兄台，您刚才的意思是说……现在书院不包食宿了？"

那三人像看白痴一样看着宁缺，大概是想说连这都不知道，你还考书院做甚？

宁缺最喜欢做的事情就是背着人当着桑桑兴高采烈嘲笑他人是白痴，这时候被人当面表示你是白痴，自然无法接受，转身进了大门。待他再次出来时，大门口那几名年轻书生早已不见，不然看到少年微白的脸色，肯定会好生嘲弄一番。

桑桑一直等在门外。她举着大黑伞挡着夕晒以免自己的脸变得更黑，正眯着眼睛高兴于这主意不错时，忽然看到宁缺的模样，顿时紧张了起来，小跑到他身前，颤着声音问道："怎么了？书院不准学生带侍女？你有没有和里面的大人说，我可以给书院做帮工，只要有个住的地方就行。"

"不是这个问题。"宁缺嘴唇有些发干，看着她声音微哑说道，"我刚才问清楚了，原来书院根本就不包食宿，也就是说我如果考上了，每个月都要出三十两银子。"

"三十两？"桑桑下意识提高音量，尖声喊道，"那还读什么读！"

这句话说出口，她便知道没有任何意义，蹙着眉头愁苦地看着宁缺说道："少爷，我们这些年存了七十六两三钱四分银子，这一路上跟着公主走一个铜板都没有花过，加上卖掉马车的钱，将军的资助还有最后收的赌债，拢共加起来也不到二百两银子，这到长安后又住了两天客栈，吃了五顿饭……"

宁缺阻止了小侍女的碎碎念，不安说道："入院试一个月后举行，看来我们还要住一个月的客栈，你得把这笔开销算进去。"

桑桑这时候如果能够看到自己的脸色，想来她的心情能稍微愉悦些，因为那张微仰着的小黑脸因为震惊和不安变得白了很多。

　　和昨天差不多的时间，长安城又下了场差不多大小的春雨，雨点击打在大黑伞厚实的伞面上发出噗噗闷响，就像是水珠坠入灰尘一般。没有一滴雨水能够渗过伞面，大黑伞的面积似乎大到足够为整整一支马球队遮风蔽雨，但不知为何，站在黑伞下的宁缺和桑桑依然觉得自己被淋了个透心凉，身体寒冷得快要变成冰雕。

　　"找个地方躲躲雨吧。"他声音微哑说道，然后想起昨天在街上那件怪事，补充了一句，"别去朱雀大街了。"

　　于是主仆二人顺着街畔的青树漫无目的走了一段距离，然后在长安北城一条偏街安静的檐下站立，收起了黑伞，之后两个人又沉默了很长一段时间，看着眼前的密织雨丝和靴前不远处的点点水花完全无语。

　　"我堂堂大唐帝国……"此时宁缺说出"堂堂大唐帝国"这六字时的口气，全然没有往常的自信骄傲，反而带着些许幽怨，"……居然还靠教育挣钱，实在是令人不齿。即便你不包食宿，难道收费不能便宜些吗？而且要知道我可是救了你家公主，就喊人传句话便罢了？也不说打赏我们千八百两银子用用，一点儿都不大气！"

　　和针对国家大政以及贵人气度问题的空谈比起来，桑桑明显更关心那些具体的事情，她蹙着细细的眉头，低着小脸看着青石板上的水花，掰着手指头算道："这一个多月住客栈肯定不行，咱们没那么多钱，如果少爷你坚持要考书院，那么就算我们去破庙也没有意义，因为拢共就二百两不到的银子，还得天天往外面花，所以我们现在的问题不是怎么省钱，而应该是怎么挣钱。"

　　"怎么挣？"少年以伞为杖，做沧桑状慨然叹息，"这是一个问题。"

　　春雨淅淅沥沥，主仆二人在街畔一边躲雨，一边愁苦地想着生计问题。

　　打猎自然不行，休说卖猎物能不能挣到那可怕的每月三十两白银，关键问题在于长安城附近根本没有打猎的地方。在渭城时宁缺就意识到了这点，长安周边的山林都是皇帝老爷子的，那山里的猎物自然也是皇帝老爷子的，如果他把那些山林里的猎物在两个月内搜刮干净，说不定会落下一个盗窃皇家园林的可怕罪名。

桑桑仰起小脸，怯怯说道："女红不行，那天夜里我仔细看了街边的摊子，长安城人的手艺比我好很多，有很多式样我都没瞧过，那些针法更是看都看不明白。"

宁缺望着面前的雨丝，感慨道："可惜长安城周边没有马贼也没有山贼，不然去杀几窝怎么也能捞足够多的银子，说起来刚到渭城那阵年纪实在太小，做事实在太蠢，杀马贼抢的钱全都老老实实地缴了公，也不知道留点儿私房钱。后来等明白杀马贼打柴的主要目的，梳碧湖那边的马贼又他娘的变成了穷鬼。"

桑桑细声细气责怪道："我当时就说过你杀得太狠了，结果梳碧湖那边的马贼派人成天盯着渭城，只要发现你带队进草原，他们立马收拾金银细软逃跑，这种搞法哪里还能抢到钱？结果弄得去年整整一年都没进账。"

"当时年纪小，经验不是太足。"宁缺尴尬说道，忽然他眉头一挑说道，"混帮派怎么样？我不好直接去向小黑子借钱，但通过他的关系混进帮派，然后争取在十天之内上位，去收黑钱如何？"

"你说过书院还要考核学生的德行，如果让书院知道你混帮派欺压良善，也许会直接把你除名，那时候你就不需要挣这笔黑钱了。"桑桑提醒道。

宁缺很痛恨自己的小侍女在需要展现记忆力的时候总显得憨拙懒散，而在不需要表现记忆力的时候又总是表现得聪慧善记像极了天才儿童，他恼火说道："那你说怎么办？又要能挣钱又不能让书院知道，那只能去当杀手了！"

"问题是杀手组织在哪儿？我总不能在长安街上碰见一穿黑衣服的就凑上去觍着脸问：劳驾您哩，我想知道咱大唐帝国最厉害的杀手组织咋走，烦您指个路？"

桑桑对他的恼羞成怒浑然不惧，认真说道："少爷，我知道你觉得很丢人，可是咱们总得想个挣钱的法子，不然咱们还是干脆回渭城吧。"

"我说过混不出个人样儿，我死都不回去。"宁缺恨恨说道。

在岷山在渭城在草原，无论身逢怎样艰难贫苦的局面，他和桑桑都能撑过去，而如今到了繁花似锦富庶冲天的长安城，生存对他们来说反而成了严重问题，一文钱能够难倒英雄好汉，也把这对主仆二人难得头痛不已。

宁缺忽然眼睛一亮说道："有了！我们卖皮蛋！不，应该说是松花蛋！"

桑桑蹙眉重复道："皮蛋？"

他微微一笑说道："毫无疑问，我做的皮蛋是全大唐最好吃的。"

桑桑看着他认真说道："但是全渭城的人都不爱吃，我也不爱吃，太苦了。"

宁缺敛了笑容，看着雨中狼狈的行人，故作平静说道："其实我是在说笑话。"

桑桑仰头看着他的下颌，犹豫很长时间后鼓足勇气说道："少爷，其实要挣钱有一个很简单的方法，就是不知道你愿不愿意。"

宁缺转过头来，瞬间觉得小侍女这张小黑脸变得前所未有地顺眼和漂亮，温和说道："而今眼目下，只要能挣钱，哪里会有什么不愿意做的事情。"

桑桑回答道："少爷你字写得那么好，咱们卖字儿吧。"

宁缺表情一僵，看着她很认真地说道："桑桑，你变丑了。"

"嗯？"桑桑很迷惑。

宁缺恼火教训道："什么叫卖字儿？那叫书法！书法懂不懂？读书人的事儿怎么能拿来卖呢！这东西我是宁肯卖身也不卖它的！"

桑桑愤怒喊道："少爷，你不是读书人，你就是一个砍柴的，你不是常说自己写字儿比杀人更在行吗？既然你愿意靠杀人挣钱，为什么不能靠写字儿来挣钱！"

宁缺很没有底气地弱弱反驳道："说了那不叫写字儿，叫书法。"

他低下头看着自己被雨水打湿的靴子，看着脚边自己刚刚用黑伞淌落的雨水写的字儿，知道自己的人生再一次败给了小侍女。

那行雨水写就的潇洒字迹如下：不患贫，患家有悍婢。

28

"要卖也行，但我有个条件。"

"少爷，什么条件？"

"不能在街边摆摊，怎么说也得要个门面。"

"门面很贵的。"

"就是要它贵，因为我的字也要卖得贵，不然我可丢不起这人。"

"好好好，都听你的。"

在小侍女面前一败涂地的宁缺，在决定投降之后依然进行了一段艰难的战斗，确定能够谋取些许福利或者说颜面，终于同意了开店铺卖字的提议。现如今摆在他们二人面前最实际的问题便是如何寻找一个合适的铺面。前夜想找客栈便有间客栈，今天想找铺面一转身便看见一转租的铺面？像这般好的事情，即便是恩宠世人的昊天也不会给太多机会，这种事情必须要找中介行。

中介行管事拿出一幅地图，像指挥行军般为主仆二人指点着空闲的铺面，随口提了几句价格，于是在桑桑的强烈要求下，选择铺面的区域从皇城四周退到部堂衙门四周再退出北城避开富贵西区清静南城最后落在了以杂乱著称的东城一带。

长安城占地极大但人口更多，铺面的租金真可说得上是寸土寸金，即便是地价最廉的东城，想要找个合适的铺面也不便宜，他们二人拢共只有不到二百两银子，于是挑选的余地更是小，连续两天跟着中介行管事东奔西跑，还是没有结果。

到了第三天终于传来了好消息，那位眼睛都快要被熬绿的中介行管事，兴奋挥舞着手臂告诉宁缺，东城临四十七巷有家小书画店要转手，里面一应纸墨家什俱全，月租十五两银子，转手费另算计五十两银子，租契还有一年半，所有的这些条件，都非常符合宁缺……主要是桑桑的要求。

宁缺和桑桑对视一眼，看出彼此眼中的惊喜，这个价钱确实不算贵，而且在地图上看位置也不错，只不过任何事情都需要眼见为实，更何况开店卖字这件事情干系到今后数年他们在长安城里的生存问题，所以他们并未一口应下，而是要求去那间小书画店看看再说。

出租店铺的东家不在，原先的老板也不在，管事拿钥匙打开蒙灰的木门，三人走了进去。这间店面很小，四周白墙上挂着一些条幅斗方，东墙的木列架上陈设着笔墨纸砚之类的物事，最令人满意的是，这间铺面前店后宅，后面小宅院里还有一口井，宁缺二人四处随意看了看，想到低廉的租金，心下便有些愿意。

"这些字画我不要，转让金得再减点儿。"宁缺看着那满墙密密麻麻的条幅，看着那些条幅上生硬冒充古拙的破字儿，皱着眉头说道，"那些笔墨纸砚虽然也不是什么好东西，但总归能将就着用，我当收破烂接过来，但得算是你送的。"

桑桑仰着小脸看着宁缺，满是赞赏微笑，心想少爷这话说得漂亮到位。中介行管事欲哭无泪，心想这两天已经知道你们主仆二人抠门到什么地步，可没想到你们能这么抠！我只是个管事又不是你家仇人，一个劲儿折磨我算什么事儿？

折磨来折磨去，总之这件事情算是谈妥了，桑桑从包裹里取出银匣子，仔细数了半天才把定约银子递了过去。双方草签了个文书，从这一刻起，这间位于东城区临四十七巷的小书画店，就正式归了宁缺。

愉快笑着送走中介行的管事，桑桑搁下包裹，取出手帕蒙住头与脸，又不知从何处抽出块大毛巾，从宅后打了桶井水便准备开始打扫卫生。想到今天可能要签文书，二人直接从客栈退了房扛着行李过来，能省一天客栈钱他们绝对不会客气。那位中介行管事明显没有注意到这个细节，不然他可能会开价更狠些，但更有可能他会被这对抠门的主仆吓得屁滚尿流直接昏了头。

小书画店里弥漫着灰尘被水打湿的味道，瘦小的桑桑吃力搬动水桶，搭着凳子爬高蹲低打扫着卫生，偶尔抬臂擦擦露在手帕外的额头，虽然上面没有一滴汗珠。宁缺向来不会理会这些事情，径自搬了把凳子坐到了门旁，看着远处隐约可见的皇城一角，看着清静寂寥的临四十七巷，看着眼前街道两旁的槐树阴影，心想此地清静无扰颇有文气，日后铺子的生意定然不错，而且只花了这么些钱，不由大感欣慰，笑着喝道："少爷手痒了！"

忙碌的桑桑今天心情明显也非常好，脆生生地应了声，说道："晚上吧。"

"好咧。"

草草用过晚饭，桑桑在擦得锃亮的长案上摊开纸卷，取出墨锭石砚，注水入砚，卷袖悬腕悬指，捉住墨块在砚中缓缓画圈磨着，不多时水墨渐浓。所有物事都是前东家留下来的，虽谈不上好倒是齐备，宁缺早已在旁握笔静待，右手前的笔架上斜搁着五六只毛笔，看不清楚是什么毫尖。劣墨化开并无香气反而有些墨臭，笔架上的毛笔看上去也不怎么好，但他并不在意这些，脸上满是期待的笑容，背在腰后的左手拇食二指不停搓弄，像是很痒。

宁缺喜欢写字。就算身旁并无笔墨纸砚，只有一根枯树枝或是一把被雨水浸湿的大黑伞，他都会在泥地或青石板上不时写着。十几年来，笔墨毫尖间的挥洒享受，毫无疑问与冥想并列是他生活中最重要的东西。

粗毫入墨缓缓一拖，吸足墨汁至精神饱满，宁缺并肩而立，静静望着身前纸卷，提笔出砚如利刃出鞘，落笔入纸如刀锋入骨，手腕微动纸上便多了一竖。

这一竖粗墨重锤，像是某浓眉大汉慨然挑起的眉梢。

随着破纸第一触，他的笔势顿挫却又紧接着圆融而下，这么多年来，落笔行字早已深入他的骨髓血脉，并不需要刻意去筹划经营，只需随意而行便能自然行于纸卷之上，随着笔锋抹触渐向左趋，一股质拙而又纵放自如的气息跃然而出。

他在长安城里写的第一幅字只有十六个字。

"山高水长，物象千万，非有老笔，清壮可穷。"

有好笔有好墨有好纸有好砚还有好夜色，身旁有漂亮侍女，身前有清茶一盅，桌旁有燃香三支，窗外有明月一轮，卷袖尽心意而书，待意尽抬头时轻弹手指，一把无柄飞剑自梁上破空而至千里之外斩了某位大将，这便是宁缺的理想生活。

在临四十七巷宅子里过的第一夜，他觉得自己无限靠近了自己的理想，虽然笔墨纸砚都是些廉价货，虽然夜色寂寥而不幽旷，虽然只有清水没有清茶，桌上只有充饥的稀粥烧饼没有燃香，虽然窗外依然没有明月，虽然侍女实在是太小而且太黑而且太难看，虽然他现在觉得修行就是一个很臭的空心屁……

虽然有这么多虽然，但当笔锋可以放肆在宣纸上舞蹈的时候，他还是觉得很幸福，甚至觉得桑桑提议卖字儿实在是个天才主意。渭城苦寒谈不上贫困却也难称富庶，军部运送的物资里更不会包括笔墨纸砚这些东西，所以从前想要写上几卷字花费可是不小，而今眼目下，笔墨纸砚可以任情使用，而且可以换钱，桑桑更不会低声埋怨什么，人世间哪有更快乐的事？

痛苦煎熬的时间总是度日如年，幸福享受的时间才叫逝水流年，当他终于抬头，端起碗灌了半肚子清水，揉着发酸的手腕肩背决定休息时，门外早已是晨光渐现，远处隐隐有倒水声和叫卖声传来。

写了整整一夜身旁早已堆满了纸卷，除了最开始为了宣泄情绪写了两幅狂草，后面他都写得很老实，尽写着桑桑看来比较好卖的东西，看似没有规划的书写，实际上有立轴有横批有长卷甚至还有一幅大中堂，只是还没有装裱，桌上脚旁胡乱堆着的纸卷看上去只是些形状大小有差别的墨纸。

苦练多年临摹万卷，宁缺对自己的字很有信心，只不过那些他最有信心也是最得意的手段却没办法在长安城里施展，不然若看客问你声永和九年是哪年，会稽山又是何山，你要如何应去？所以他只好抄些现世的诗集，还有些流传颇广的经书，但他相信即便如此，待这些纸卷挂上墙后，必然有无数达官贵人名流文士慧眼识书，闻风而至。

"哎呀，门槛过两天就会被踩断了，看来得提前备着修。"宁缺得意无比地想道，右手伸至墙上，把原东主留下来的纸卷胡乱扯落，就像是扯掉一堆垃圾，正准备喊桑桑去寻间装裱店，再把自己的大作挂上，却发现小侍女已不知何时在房角抱膝沉沉睡去。

"正说让你去买两碗长安出名的酸辣面片儿来尝尝。"他看着睡得香甜的小丫头，忍不住摇了摇头，取过一件短衫盖在她的身上，然后推门而出，在舒服的晨光下循着那诱人的葱花香和叫卖声觅了过去。

"大叔，面片儿多少钱一碗？这么贵？您瞧我店就在那边，都是街坊，算便宜点儿怎么样？对对对，就是那间铺子，还没取名儿。名字早想好了，就差去做招牌。什么名儿？老笔斋。"

某一日长安城再次落下雨水，临四十七巷的铺子悄无声息地开张。宁缺穿了一身崭新的书生青衫，左手捧着把廉价的红泥小茶壶，站在满墙书卷之前门槛之后，仿佛看到新的生活正在向自己招手，而那新生活的模样很是俊俏可人。"春雨贵如油，好兆头！"他滋滋啜了口茶，站在槛内看着槛外风雨，慨然道，"茶香醉人，墨香醉人，真可谓宏图霸业谈笑中，不胜人生一场醉啊。"

面容稚嫩的少年穿着一身书生青衫，怎样也穿不出潇洒之气，反而显得有些滑稽，又捧着茶壶做老态，用老气横秋的口吻说着这样的话，就显得更可爱了。

槛外檐下有人在避雨，恰好听着宁缺这句话，下意识转身看了宁缺一眼，微微一怔后，竟是忍不住笑了起来。这人是个中年男子，一身磊落青衫，腰畔随意系着把剑，清俊眉眼间自有一份洒脱之意，笑容浮现那瞬竟把檐外雨丝都照亮了几分。宁缺这才发现槛外有人，知道对方听到了自己的酸言腐语，不免有些尴尬，低咳两声转头望向雨天远处的皇宫一角，假装什么都没有发生过。

中年男子大概有些无聊，转身走进铺子，负着双手沿着墙壁随意看了一圈，眼中流露出赞赏惊诧之意，看上去却没有掏钱的意思。正所谓读书人的事儿总要有点儿读书人的劲儿，宁缺懒怠去招呼什么客人，虽然对方是老笔斋开门以来的第一位客人，深具重大历史意义。

中年男子看完一圈，踱回宁缺身前，微笑说道："小老板……"

没等他把整句话说完，宁缺笑着纠正道："请叫我老板，不要因为我看着年纪小便叫我小老板，就像我不会看见您佩着一把剑就称呼您为剑……客。"

"好吧，小老板。"中年男子并没有改变称呼，笑着说道，"我很想知道，为什么你会愿意租这间三个月都没有人愿意租的铺面。"

宁缺回答道："地方清静，环境不错，前店后宅，我没道理不租。"

中年男子微微一笑说道："我只是想提醒你，这间铺子之所以这么便宜却一直没有租出去，不是因为别人比你傻，而是因为户部清运司库房要扩建，长安府一直想把这条街的铺面收回去。你知道官府给的补偿向来极少，租这里铺面风险太大，随时可能血本无归，你说此地清静，难道没注意到旁边的铺子全都关着门的？"

宁缺微微蹙眉，望着此人问道："你为什么知道这些事情？"

中年男子平静回答道："因为这条街两旁的铺面，全部都是我的。"

29

铺子开门，第一位客人就是有资格收房租的东家，怎么看好像也不是好兆头，又听到了那么一个令人烦恼的内幕消息，但宁缺心情倒也没有变得太差。

他相信一个能在长安城里拥有整条街铺面的男人，绝对非富即贵或者身后有大靠山，既然那位东家向自己做出了承诺，他再去担心旁的不免有些多余，又因为老笔斋是这条街上唯一的租客，那中年男人离去前很大方地表示要免收三个月房租，仅凭这一点，就足以让主仆二人的心情变得开心起来。

真正令他烦恼的是生意，是那凄惨淡如冷水秋烟的生意。

长安城这场春雨竟是一下便是四五天，淅淅沥沥绵绵不绝，竟似没有个头，空气阴冷道路湿滑，人们自然不愿意出门。这条长街现在只有他一家铺子开着，前后的铺面都紧闭着大门，无法聚人气，便显得越发冷清，每天除了三两行人外便只有三两只麻雀踮着小脚跳来跳去，哪里又能有什么生意。

开张第一日宁缺挂在嘴边的春雨贵如油，早已变成了春雨贱如尿。他坐在槛后的圈椅上看着店外雨丝，叹息连连唏嘘不已，如果人的目光真的能够有力量，如果他是一位踏入知命境界的大修行者念师，大概他那双充满幽怨愤恨的目光，足以将那堵灰墙直接掀翻。

那位中年男子说临四十七巷两侧都是他的铺面，但并不包括老笔斋对门这段灰墙。那段灰墙后方是需要扩建的吏部清运司库房，正是宁缺不爽的原因之一。

中午时分，终于有人踏进了冷清的铺面。是名大腹便便的富商模样胖子以及两名随从，宁缺本以为来者不善，可能是帝国拆迁部门请来的黑脸说客，难免有些警惕，待听了几句才知道不过又是两个躲雨顺便逛逛的闲人。既然是闲人，宁缺自然懒得起身招待，双手捧着微温的劣质红泥茶壶，望着店外雨帘，眼帘微睁像是惬意地要睡着般，实际上那颗急着挣钱的心脏早已急到肿了。

那位胖子富翁背着手，把脸凑到墙上仔细看着。不知道为什么，数日来寥寥几位进入老笔斋的人都习惯性把手背到身后，似乎想以此表现自己眼力很不错。这位富翁久居长安，附庸风雅多年倒也熏出了一些眼力，看了片刻后对身旁随从说道："你别说，就这么一个破地方，居然还能有些不错的字儿。"

这句话应该算是称赞吧，只是显得有些轻佻和居高临下，如此口吻当然很难引动宁缺的知音情怀，依然安坐圈椅之中看似毫不关心，实际上耳朵却竖了起来，仔细听着这位富翁接下来会说什么，盼着能卖出第一幅字去。

"少年，店里这些字是谁写的？"胖富翁转头问道。

"我写的。"宁缺身子微微前倾，礼貌回应道。

胖富翁没再说什么，又看了会儿后摇头惋惜叹道："啧啧……可惜，可惜了呀，有几幅字倒称得上秀丽，只可惜书者年岁尚浅却要强行冒充大书家沧桑老态。也罢，今日既然避雨瞧见了，算你运气不错，三儿，把这幅字取下来，我要了。"

宁缺转身望向三人问道："这位客人，不知你出价几何？"

"这幅字放在香坊外摆摊，顶多能卖五百文，你这既然有店面之费，而且我看你年少可期，给你二两银子。"富翁笑眯眯说道。

宁缺端起茶壶喝茶，放下茶壶骂娘："滚。"

富翁骤然变色，恼怒训斥道："你这少年，怎如此不识抬举！"

"年少可期不是年少可欺。"宁缺摇头应道，"先前你说我年岁尚浅偏要强行学大书家沧桑老态时，我已经准备让你滚了，只不过想看看你出价如何，如果你出价够高，那我让你侮辱一番倒也无所谓，只可惜，你出的价钱还不够侮辱我。"

满脸铁青的富翁带着随从拂袖而走，卷着袖子洗菜的桑桑从后宅里冲了出来，看着早已消失在雨中的三人背影，脸上满是遗憾不甘神情，小身子一拧盯着坐在椅子里的宁缺恼火说道："少爷，那可是二两银子！"

卖出去两枚墨锭，三刀书纸，这就是老笔斋开张数日来所有的进账。虽说那位中年男子免了他们三个月的房租，但想着今后书院里的可怕花销，桑桑每天夜里睡觉都睡不踏实，所以难怪她会对先前那幕表现得如此恼怒。

反正没有生意，吃过午饭宁缺干脆关了铺子，美其名曰安抚小侍女严重受到伤害的幼小心灵，实际上大概不过是自己想散散心，带着桑桑穿街过巷去传说中的陈锦记脂粉铺逛了一圈，然后顺便在一家叫澹泊书局的地方买了几本闲书。散心的效果很不错，桑桑一手提着绳子捆好的书册，一手提着陈锦记的脂粉匣子，黑黑的小脸上遮不住的欢喜，宁缺心情也极佳，右手撑着大黑伞，左手伸在伞檐外接着雨水，雨水击打在伞面和他的掌心上啪啪作响，脚上的靴子踩在积成小洼的雨水里啪啪作响。主仆二人像两只小麻雀那般蹦蹦跳跳回了临四十七巷。

忽然间，黑伞微微一震。宁缺站在距离铺面还有十几米外的雨中，看着那段被雨水刷黑的灰墙，看着箕坐在墙下的那人，看着那人黝黑的此刻却因为失血过多而显得有些发青的脸，握着伞柄的右手骤然一紧。

啪的一声若战鼓激荡！他左脚猛地踏进青石板上的水洼中，溅起一片水花，身体里全部的力量积至腰腹，便准备向那片灰黑的墙下冲去。然而就在这瞬间，墙下那个浑身是血的黑脸汉子看着他艰难抿起唇角笑了笑，然后异常坚定地摇了摇头——他胸腹间有一道极为凄惨的伤口，黑衣尽碎血水横淌，骨裂脏现，就算是那些传说中进入无距境界的大修行者也没办法救活他。

宁缺看到了这一幕，看懂了他的决然，然后听到巷口处传来的密集脚步声与追喊声，于是缓慢而笨拙地收回左脚，握着伞柄的右手无来由地剧烈颤抖起来。

"军部追缉奸细！闲人走避！"

数十名浑身劲装的大唐羽林军冒雨冲至街巷中，将墙角下的卓尔团团围住，表情肃然凝重而警惕，领队的那位将军看见卓尔的伤势明显松了一口气。

这场春天的雨下得越来越急越来越大，把那段灰墙冲洗得更加漆黑，顺着墙面若小溪般淌下，把卓尔染到墙上的那些血水迅速冲刷干净。

羽林军对临四十七巷进行了封锁戒严，但四周围观的长安百姓还是越聚越多，浑然不顾微寒的雨水把他们的身体淋湿。人们或紧张或不安或兴奋或惋惜，望着墙下那名黑脸汉子，纷纷猜测着究竟发生了什么事情。

宁缺撑着黑伞站在雨中，隔着人群远远看着箕坐在雨中的卓尔，脸上表情平静，看得非常专注认真，似乎想要把那张脸永远地刻在自己的脑海中。

七年前在岷山相见时，这张脸就是这么黑，你怎么就这么黑呢？比锅底还黑比桑桑还黑比夜还黑。只是七年不见，小黑子变成了黑汉子，这张脸终究还是有些久违的陌生吧，所以在这最后的时刻他要认真地去看，死死地记住。

永远闭上眼睛的卓尔被羽林军军士抬离临四十七巷，围观的民众散开，宁缺和桑桑依偎在黑伞下走回铺子，宁缺看似平静，但桑桑能清晰地感觉到他的眼眸里已经没有了任何神采，就像是一个失去了魂魄的躯壳。

铺子门关上，宁缺坐到圈椅中沉默了很长时间，然后低声说道："晚上吃面条。"

"好。"桑桑用最快的速度回答道，把书册和脂粉匣子扔到一旁便进了后宅。

吃了一碗桑桑特意做的有三个煎蛋的汤面，宁缺的情绪似乎已经完全恢复了正常，甚至放下碗筷后还打趣了她两句，只是笑声难免有些干涩。夜深人静雨停之时，宁缺走出了铺子，确认黑夜之中无人窥视，缓慢走到铺子对面那堵灰墙前蹲了下来。他抬起手臂缓慢摩挲着那道墙壁，湿漉冰凉的墙上早已没有了那个家伙的体温，他不知道那个家伙重伤将死之时来到这里做什么，想要告诉自己什么，在冰冷的雨中等了多久，等的时候又想了些什么……

细长的手指摸到一块砖头上微微一僵，那块砖角有抹极淡的血痕，还有一道极细微的小刻痕，如果不用手指去摸，单凭肉眼绝对无法发现。

走回店铺，宁缺将手中几张用油浸透的薄纸递给桑桑，嘱咐她好好保存，然后极为罕见地自己烧了壶开水烫了脚，便钻进了带着湿气微凉的被褥。还是像以往那样，桑桑乖乖地睡在床的另一头，整个身子缩着，像只老鼠。

"七年前我和他在一起也只待了十几天，然后他就被他那个死鬼师父带走，只不过那些事儿你都不记得了。这些年他跟着那个死鬼什么都没有学到，到现在也不过是个军部的谍子，混得实在不算好。中间确实通过书信，但隔了七年才又见面，我不知道他现在究竟变成了怎样的人，要说和他之间有多深的感情……未免也太矫情了些。要说我和他的关系倒还真是互相利用居多，更准确地来说是我利用他知道夏侯的那些事儿。但他就这么死了。这事儿很麻烦啊，他们那些村子被屠的事儿现在就只有我一个人知道，当然我没有把你算进去，那岂不是就落到了我头上？但我现在身上已经是背了一堆麻烦，哪里还有精神去管这事儿呢？"

桑桑知道他这时候只是需要宣泄或者说是自我说服，并不需要有人搭腔，所以始终没有开口说话，渐渐地竟像是真的睡熟了。宁缺却无法入睡，他睁着眼睛看着屋角被雨水沁渗形成的斑痕，忽然间坐了起来，披了件单棉袄去了小院，从柴火堆里抽出三把旧刀，在井沿低头磨着。

磨完刀还是没有睡意，他走到铺面里点燃灯火，注水磨墨润笔，随意扯了张破纸，笔下墨汁泼洒如白天那场大雨，草草写出几行字。"追惟酷甚，号慕摧绝，痛贯心肝，痛当奈何奈何。未获奔驰，哀毒益深，奈何奈何。临纸感哽，不知何言……小宁子顿首顿首。"

宁缺脸上没有什么表情，眼神平静，与纸上那渐趋凄苦激越的字迹形成了鲜明的对照。不知道什么时候，桑桑从床上爬了起来，小侍女披着单衣站在他身旁，默默看着纸上的那些字，然后抬起小脸疑惑地看着他。

　　"这些字是一位前人所写，我只是临摹。"宁缺解释道，"那位前人当年祖坟被掘，虽然马上被修复，却无法赶回去看，所以他悲痛郁愤写了这么几句话。"

　　桑桑点了点头，但看她眼中的迷惘神情，大概还是不大清楚，宁缺笑了笑，没有做更多的解释。临摹这篇名帖至少不下十回，唯有今夜，他才大概明白什么样的痛能够贯穿心肝，何样的事能让人临纸感哽不知何言。

　　天亮后，雨便停了。那轮被春雨洗过的太阳格外清丽，照在幽静的临四十七巷上，把所有建筑檐角还有那堵灰墙都涂上了一层秀色。老笔斋铺门大开，宁缺坐在圈椅中捧着卷闲书看着，偶尔被书中内容带得眉头微蹙或是喜笑颜开，便端起茶壶饮一口茶。那本看似很闲的闲书中间夹着一张被油浸透了的纸，永远不会被雨水打湿的字迹在油纸里显得非常清晰，他此时没有看书而是在看这张纸。

　　这张油纸是卓尔临死之前塞进墙砖里的，上面记录着寥寥几个人名，一些行踪喜好之类的情报，宁缺不知道这张纸和卓尔的死亡有没有关系，但他至少清楚一点，如果要让卓尔死得有价值或者说死后能快活一些，那么他应该做些什么。

　　油纸上的第一个名字是张贻琦。

　　张贻琦官居帝国御史台侍御史，负责纠察百僚、弹劾不法，这位张御史当年还是位署监察御史时，负责襄助审理宣威将军林光远叛国一案，而当他升为御史台主簿时，又是调查燕境灭村案官员中的一员。

　　十三年时间从正八品上升到从六品下，怎么看也算不上是官运亨通，但宁缺并不关心这些，他只关心此人在那两桩案子里面扮演的角色，夏侯大将军能够借事杀敌，能够从屠村案脱身，这人明显发挥了一名御史能够发挥的作用。

　　那么，你便死吧。

30

御史台品秩不高权力不小，从六品的侍御史，在帝国官僚体系里实际已经可以算作重要人物，这种人进出之地戒备森严，无论在衙门还是在府邸身边都会有不少下属护卫。一个穷卖字儿的少年要在唐帝国的都城长安杀死一位御史，这听上去有些玄幻，而且还是惯走个人英雄主义的东方玄幻。

但宁缺根本没有考虑过怎样才能杀死对方。在他看来，杀人是世界上最简单的事情，他这段生命历程的最初便开始于一场谋杀，其后在岷山在边塞在草原在北山道口，他的刀锋箭尖之下不知倒下了多少野兽和人类。

他现在只关心一件事情——怎样杀死御史张贻琦还不被人发现。再如何信任自己的杀人技，可面对着强大唐帝国的治安衙门，想到长安城里那些深不可测的强者，他很清楚如果事后不能迅速脱身，自己肯定也只有简单去死这个下场。

油纸上关于张贻琦的资料很少，对宁缺的计划而言也并不合用，除了其中一条：御史张贻琦性情方正严肃，但是听说暗地里好色之疾极为严重，私底下经常出入风月之地。只是此人家有悍妻，又背着御史的名声，所以去买欢时格外谨慎小心，卓尔毕竟只是军部的一个底层谍子，始终没有查到此人经常去的青楼是哪家。

"长安城里有这么多楼子，你会去哪家呢？"宁缺皱着眉头苦苦思索，推翻了先前跟踪对方找到那间青楼的念头，既然军部的专业谍子都没能用这种常规方法查到张贻琦的销魂屋在何处，那么这名御史一定有自己的一套法子。而像这等官员的起居喜好，想必茶馆里爱唠的长安百姓们也不会太在意，所以他很难从市井巷坊里获得自己想要的东西，事情变得有些麻烦。

撑着下颌盯着雨后清阳怔怔看了很久，他忽然站了起来。

他此刻心情豁然开朗，终于明白这事儿和在岷山里打猎、在草原上砍柴没有什么两样。既然想知道那头老熊那窝马贼在哪里，又没有老猎人或心好的将军给你提供地图，那么你唯一能做的事情就是用自己的这双脚走进岷山走进草原，去看树皮上磨损的痕迹、野草里干了的粪便、被埋在泥下的火堆余灰。

他是个好猎人，优秀的砍柴者，他能够通过这些细节判断那头老熊藏在哪个山坳、可曾受伤，可以判断那窝马贼有多少人、可曾离开梳碧湖。那么他相信自己一定也能通过亲自观察到的那些细节，判断出一名大唐御史的起居习惯，找到无声无息杀死他的方法，他现在最需要做的事情就是——走进长安城。

"我要出门逛逛。"宁缺伸了个懒腰，对桑桑交代了一句，便走了出去。

桑桑追到门口扶门问道："你要去哪儿？要不要我跟着去？"

宁缺明白她在担心什么，笑着回答道："有些地方你可不能跟着去。"

走在阳光清漫的长安街头，宁缺的心情变得不错起来，那场春雨里的血被他刻意淡忘，然后把自己变成一个异乡游学的少年书生，先去那间书局退掉已经看完的几本闲书，然后便开始在御史台和张府之间不停游荡。接下来的一天，他走在柳树荫下，站在糖人摊旁，隔着人群远远注视着那位面容方正、不怒而威的御史大人出了御史台，回了自家府，看着这位御史大人身旁孔武有力的随从，看着街巷间纪律森严的治安军，看着偶尔疾驰过身旁的羽林军骁骑，越发确定自己不能用当街暴起杀人这种莽法子。

整整一个白天看似没有什么收获。傍晚时分张府府门大开，御史大人似是赴某人正式宴请，御史夫人和几位穿着打扮应该是妾侍的女子相送出门，街上的闲汉们笑着指着那处说着艳羡的话，在茶铺里喝凉茶的宁缺却注意到了一些细节，除了那位表情冷漠身材干瘦的夫人之外，那几位妾侍生得都极为丰腴。

"喜欢丰满的姑娘啊。"宁缺望着像鹌鹑一样老实站在主母身后、眼睛里却不时流露出得意狡黠的妾侍们，笑着在心中默默想道。

跟着御史大人的轿子走出四条街，看着那轿子进入某处巍峨壮观的亲王府邸，宁缺静静看了亲王府大门两眼，然后转身随意走到某热闹地，寻了位闲汉问道："这位朋友，我想知道，咱长安城里面有没有哪个楼子的姑娘以丰腴著称？"

这话问得很蠢，但在递过一块银角子之后，再蠢的问题都能得到不那么蠢的答案，在那名闲汉眼中，宁缺顿时变成一个外地来长安的有钱脸嫩土包子书生，取笑了两声后，却极有职业道德地抱着茶壶向他好生介绍了下长安城里的风月行当。听着那比书院入院试真题卷还要繁复的名称，宁缺揉了揉眉角，苦笑说道："太多了，话说最贵的是哪几家？而且要环境安静些。"

拿着几家著名青楼的名称地址，宁缺在灯火通明的长安街头寻寻觅觅，在那风流之地流连犹豫，有的楼子他并没有进去，只看外观和周遭环境便确定那位御史大人肯定不是此间常客，这纯粹是一种猎人的直觉。问题是他实在是不擅长在这种地方打猎，被那些门口的龟公殷勤招唤客气相送却始终没有进去，不免觉得有些不好意思。待走到名单上第四家青楼外时，他已经发现自己这种方式不只是蠢而且是极蠢。长安城里这么多青楼，环境清幽贵气的不少，而哪家楼子里不会有些身子丰腴的红牌姑娘？这般像头熊瞎子般去胡乱碰撞，想碰到那头老熊的机会是不是太少了些。

当他在这家青楼外流连半晌悻悻转身离去时，忽然听到身后传来一阵银铃般的声音，那些清脆的笑声在长安街上飘得极远，引来无数人的注视。宁缺蓦然回首，只见那处青楼灯火闪耀，尚未开工的伊人们倚栏而笑，楼间红袖乱招，似是在取笑某个脸嫩不敢进来的少年。

"太欺负人了！"他掂了掂袖子里沉甸甸的银袋，看着楼上那些眼波流媚咯咯直笑的漂亮姑娘，把心一横，把头一仰，一掀书生衫前摆，意气风发便走进了他的新时代。进青楼是为了查张贻琦的行踪，进青楼是为了替卓尔报仇，进青楼是为了给燕境惨被屠杀的村民们寻公道，进青楼是为了为将军府惨死的满府人觅正义！

——宁缺这般想着走进了这间青楼，然后很诚恳地认识到这些借口都很操蛋。如果他坚持这种看法，小黑子肯定会浑身雨水自冥间归来狠狠给他一脚。

因为想着这些事情，也是因为即将掀开人生一个新的篇章，他的心情很紧张，进楼后才想起自己没有看清楼外挂着的招牌，而事实上这间青楼根本没有挂招牌。

在两个小厮的殷勤招呼下，他走过一方小院，走进灯火通明的楼里。

大堂内窗明几净，丝竹声轻盈而不淫，中间一方铺着红毯的舞台上，几名腰身袅婷的女子正在拨琴弄弦，神情专注于乐器，清丽的眉眼间一片温柔，却并没有向台下三三两两的客人投以示好或挑弄的目光。进得大堂，整个世界仿佛都安静下来，先前楼内那些姑娘倚在栏边招着红袖取笑他的声音，变得极远而不可闻，只是紧接着，楼上响起一阵细碎的脚步声，宁缺猜到肯定是那些姑娘冲到这边来看自己，赶紧低头掩饰脸上的尴尬。

小厮轻声询问他需要些什么服务，倒没有因为他年纪小又是楼里姑娘们打趣的对象便有丝毫不恭敬，宁缺捏捏袖中的银袋，暗自猜忖从桑桑处偷来的几十两银子大概在这地界儿也玩不了什么，便随意指了角落里的一方酒桌。

大厅里那几桌客人身旁都坐着巧笑倩兮眉眼柔顺的姑娘。此时气氛如夜将至，男女之间的距离自然也就变得更近了些，依偎相伴你侬我侬，但或许是这楼子规矩大，倒也没有什么太出格的亲热画面出现。只是如此一来，一人坐在角落里的宁缺便顿时显得与场间气氛有些格格不入。孤家寡人般的他身旁没有姑娘相陪，在这种地方着实有些尴尬，尤其是楼上栏边那些打趣望着他的女子再次发出笑声，那些被客人们搂在怀里的姑娘甚至都时不时以促狭的眼光看他两眼，这种尴尬便变得有些无以复加。

有名年轻公子看了一眼宁缺，瞧出他有些问题，只是看少年身上新衣，倒没想过宁缺是手头不便，以为他只是面嫩不好意思，哈哈一笑，示意怀中女子过去邀请宁缺过来同乐，以免太过孤寂。

唐人性情疏阔大方最好热闹，心肠也是最热，此等青楼酒肆偶一相遇便并桌痛饮的场面经常发生，宁缺受到邀请微微一怔后，倒也不愿意失了气度，拱手诚挚一礼，便任由小厮把自己那略显寒酸的酒菜搬了过去。

欢场之上从无刚碰面便要互报家门的道理，所谓同是天涯寻欢人，相逢何必曾相识，那名年轻公子也不问宁缺是谁，只是一个劲地闹酒欢笑，宁缺又饮了几盅酒后也放开了，他也是个极能唠极能闹的人，回应数句，桌旁顿时热闹起来。正在此时，忽然有一名小婢女从楼梯上蹦蹦跳跳跑了下来，面无表情地走到他们桌前，用清脆的声音说道："这位小公子，简大家有请。"

眼看着能在一位好心公子的资助下走进新时代，却忽然有一名小婢女前来打岔，宁缺微微张嘴，不由感到十分紧张甚至提前开始沮丧，根本没有去想邀自己见面的简大家是谁。而大堂里的几桌客人听到简大家这个名字，却是骤然露出惊喜疑惑之色，纷纷用艳羡甚至嫉妒的眼光望向他。年轻公子愣了愣，嫉妒地拍了拍宁缺的肩膀，大笑道："你命真好。"

宁缺被他带着极深怨念的重重一掌拍醒，然后才注意到大厅里人们脸上的神情，微微一怔后不禁对那位简大家产生了强烈的好奇，当然还有很多的曼妙遐想。

31

宁缺满怀憧憬拾级而上，然而他怎么也没有想到，当那位小婢女推开红门掀起珠帘后，看到的竟会是那样一位妇人——

这位妇人年岁已长，眼角鱼尾纹非常清晰。她额头极宽极大，就像是草原中隆起的光滑沙丘，眉眼朴实和蔼，直鼻之下厚唇之上还生着层极淡的茸毛。说不上难看，但也绝对不能说是百里挑一的美人，和花魁这种生物更是搭不上任何关系。宁缺微微一怔，旋即觉得自己的神情有些不礼貌，强行平静心情，堆起真诚的笑容，向那妇人揖手一礼，问道："不知道简大家唤我前来，有何吩咐。"

"你是谁家少年？"简大家微笑望着他问道。

宁缺倒也并不隐瞒，将自己的来历说了一遍。

"虽说今年军部推荐的名额多，但你能过书院初核，想来也是个有才干的。"简大家赞许地看了他一眼，继续说道，"不过既然你来自边城，想来应该不知道我究竟是谁，初次见面便能快速平静下来，少年你的心性倒是沉稳。"

宁缺费了极大的气力才低下头去，听着这话下意识里谦虚了两句。通过这位妇人简单几句介绍和那位小婢女骄傲的添油加醋，他终于知道了楼下那些人为什么会对简大家这个名字格外关注。

三十年前，南晋新君晋位时，一个名为红袖招的歌舞行在大典上赢得了最多的掌声，声名渐播天下。就在三年之后，大唐皇帝因为红袖招内部有诸多大唐女儿，特意亲笔写信请求红袖招迁入大唐，南晋国君根本无力相抗，只好从了。自此之后，红袖招便一直停留在长安城，近二十年间，她们只为大唐宫廷起舞弄歌，已经不再参加别国盛事，在民间声名渐隐。但对于那些真正的达官贵人来说，这个被最强大帝国特意相召，常年驻在最伟大的长安城里的歌舞行，毫无疑问仍然是这天底下最好的歌舞行，她们所在的这间青楼虽然没有名号，却永远是天字第一号青楼。

简大家不是天下花魁。但她是红袖招歌舞行的会首，一手带出了天下无数位花魁。

"你只是个小小少年，既然要入书院，前途自然可期，何必非要学那些酸腐书生做派，似乎不出入几次青楼就永世无法成为名士。"简大家脸上的微笑仿佛是用刀子刻出来般，无论她的话语是冷淡是质问或是劝导，笑容总是那般平静恬淡，眉角的鱼尾纹永远是那么多根，但宁缺感觉到了这位会首大人情绪间的微妙变化。先前她召自己上楼的意图尚不清楚，但听到自己马上要参加书院入院试后，妇人的口吻下意识里变得严厉起来，这种严厉并不是敌意，反而有些像长辈看着晚学后进的模样。

这种情绪变化让他有些无措惘然，揖手一礼后轻声解释了两句。

"我是月轮国人，但在长安城里也住了二十多年，当然知道你们这些唐男是怎样的禀性，说得好听一点叫疏阔大方，说得难听一点就叫热情过度，太爱面子。"简大家不再微笑，蹙眉看着宁缺，看着少年青涩而满是朝气的脸庞，仿佛看到很多年前那个骑着小黑驴仰头骂天嚣张走进长安城的青衫小书生，恨铁不成钢地道，"你可知道那位年轻公子是谁？那是东城七贵褚老爷最疼的独生子，荷包里有花不完的零花银钞。他可以大方，但你怎么办？以你们这些唐人的性子，被人请了肯定要想着回请，你就算囊中羞涩，可下次若再遇到他，把家里书卷都卖了也要把他请回来，我说得对或不对？"

宁缺有些尴尬地挠挠头，暗自佩服这位妇人看事情的目光，虽然他不是一个典型唐人，但在这种事情上，骨子里还是有那么几分唐风的。简大家见他那模样，不知为何更是恼火得厉害，解下腕上的乌木珠啪一声扔到榻上，连番质问像暴风骤雨般袭了过来：

"这等销骨夺魂地，你身子骨都还没长好，人魂都没养齐，怎么就敢走进来！……都穷成这样了还想到处花花，书院的学费食宿费筹齐了没？……你入院试准备得怎么样了？真题有没有买？买了哪几套？"

若换成别种情形别种局面，宁缺或许会在心里嘀咕：就算你简大家交游皆权贵，地位尊崇，但你又不是我妈，凭什么一见面就教训我？但简大家并没有以势压人，只像个殷切教诲紧张唠叨的长辈，眉眼额头上写着个大大的痛字，他实在是不好意思出言反驳半字，只好期期艾艾应道："第一次来长安……就是好奇来着，先前也只是想着在楼外偷偷瞄两眼，哪里想到楼里的姐姐们取笑我，这脑子一热就……莫名其妙地走进来了。"

简大家微微一怔，转身对那位小婢女寒声训斥道："陛下因为公主殿下归来开宴设礼，这是何等大事，就让那些小浪蹄子休养几天，好好练练舞，结果一个两个都痒得忍不住啦？居然连个少年读书郎都要勾搭！"

小婢女唯唯诺诺，根本不敢反驳什么。简大家有些疲惫地揉了揉眉角，抬头看了一眼老老实实站在门口的宁缺，忽然想到自己先前只不过是偶尔瞥了眼大厅，觉得这少年身上味道和那个死鬼有些像，便忍不住喊上来问几句，结果不知道为什么便毫无来由地发了一通火，更没想到少年居然不辩不怒，就这般乖巧地任自己训斥。她忍不住笑了起来，挥手说道："既然好奇，我就让人带你去看看，看完了就早些回家歇着吧。"

虽然简大家变成了简大妈，但既然对方最后给出这样一个提议，宁缺自然不会用拒绝来装傻，他没有忘记自己在长安城里寻寻觅觅青楼踪迹的真实目的，而且一个屯子里来的少年，能够像贵宾般参观长安最好的青楼，这种待遇他很知足。

　　从西厢的楼梯走下去，楼后是剪得极平的草地，从草坪间石子路穿过一道白粉围墙，便有一道溪水出现在满天星光之下。流溪两侧散落着几方小院，隐隐有歌声混着悠扬中正的丝竹声传来，想来便是那些准备宫中庆典的舞伎。知道了红袖招歌舞行在达官贵人心目中的地位，宁缺隐约有种感觉，那位御史张贻琦寻欢之地应该就是在这里，因为只有这里才足够隐私，足够层次。

　　该怎样打听试探？装愚蠢或是装天真都不合适，他开始说些边城发生的闲话趣事，相信这些带着粗粝风沙味的故事，对于身旁这位成日生活在脂粉堆里却听过不少边塞将士传奇的小婢女很有吸引力。果不其然，在溪畔走了不过几步路，那位小婢女便眉开眼笑，兴奋地开始与宁缺交换各自行业里的八卦趣事，宁缺明白了歌舞行为什么还要做风月活儿，知道了后院里的漂亮姑娘们谁最红，谁被包了，而又有谁独家侍候的老爷在朝里官最大。简大家当年创办红袖招时，何尝不想做个干净的歌舞行，只是要在男人为主的世界里生存，看似风光极受尊敬的歌舞行又哪里抗得过各国王公贵族们甚至是皇室的压力？于是最末她也只有屈服在现实之下，甚至开始迎合现实。

　　溪畔花树正在盛放，星光倒映在潺潺流淌的水波间碎成无数片，白粉墙后的世界显得如此干净曼妙。那些得到让路礼遇的姑娘好奇地回头打量他，见他生得清稚干净便有几分喜欢，待有人发现是那个哄笑激进楼子里的少年时，更是忍不住掩嘴而笑。姑娘们在楼内见过不知道多少奇怪故事，但简大家命人带着一少年逛楼子还真是头一遭遇见，众人好奇兴奋之余竟把宁缺团团围住不肯放他离开。小婢女被挤在一群莺莺燕燕外面，恼火地看着里面，心里充满一种独属自己的玩具被大姐姐们抢走的挫败感，气愤地叉着腰把简大家搬了出来，做小母虎状怒吼道："别祸害人家小孩子，这少年可是要考书院的读书人，而且还是……那什么，你们舍得封那大红包吗？都给我散开！"

"哟哟哟,看我们家小草急得,姐姐们只是看着这少年稀奇,借来玩玩,你急什么急?噫,居然是要考书院的大才子啊,那更要好好看看呢。"

一连串语速奇快却又微显沙哑的声音响起,诸家姑娘人群微分,一个媚丽夺目的女子轻挪莲步走了过来,只见这女子约莫双十年华,身材极为丰腴,露在纱裙外的手臂腰身真可谓是珠圆玉润,走起路来招摇惹风,仿佛能荡出水来一般。偏生她生着一张小脸,便把身上的赘肉尽数遮了下去,根本感觉不到丝毫臃肿甚或妩媚丰腴,极奇妙地透着股清秀碧玉味道。

看见这女子,宁缺眼睛骤然一亮,在心中默默喊了声:就是她!

32

要弄清楚御史张贻琦什么时候会去青楼、进入青楼后的行走路线、离去时间之类的细节,不可避免地,宁缺近几日经常出入于那间名叫红袖招的青楼。只是不能让人发现他关心这些事情,以免事后顺藤查了过来,所以他在青楼里的大部分时间都在打混玩闹。几番下来,铺子里急剧减少的银钱终于引起了桑桑的注意。

当夜回来,面对小侍女的疑瞒,宁缺没有做任何隐瞒,把自己这些天做的事情简单讲了讲,说道:"总是要变成常客,日后那楼子里出了些什么事情,官府才不会疑心到我身上来,不然若我就去了一次,恰好那御史便死了,这种巧合足够长安府产生怀疑。"他笑着继续说道:"这件事情办完后,自然不需要再去那楼里打磨时间,不会再多花钱的。"

"我怎么听着总觉得少爷你心里满是不舍之情。"桑桑仰着小脸看着他,认真建议道,"可如果御史大人死后,你就再也不去青楼,岂不也会惹人怀疑。"

宁缺怔了怔,才发现这确实有些问题,并不烦恼反而有些欣慰,揉了揉她的脑袋说道:"如果真是这样,那事后还真得再去几次,你看看还有多少银子。"

桑桑应了声，便准备去做数银子这个她最喜欢的工作。宁缺忽然想到一件事情，连忙唤住她，从怀里取出一盒脂粉，犹豫片刻后递了过去："这是楼子里的姑娘送的，她……人不错。"

事实上这盒脂粉是他舰着这张嫩脸讨的，目的就是想让桑桑高兴，至于加上"人不错"这三个字，则是担心她嫌弃那楼里姑娘们的身份，觉得东西脏。桑桑一把将脂粉盒子接了过来，黑黑的小脸蛋上满是喜悦神情，被拉得越发细长的柳叶眼里满是笑意，哪有什么厌憎，说道："早就听说那些楼子里的姑娘都有自己的独门秘方，有的甚至比陈锦记的还要好。"

"喜欢吗？"宁缺笑眯眯望着她。

桑桑双臂环绕紧紧抱着盒子，仰起小脸看着他，抿着小嘴不肯答他，小脸却早已经眉开眼笑。把盒子与前几天买的陈锦记脂粉匣藏在一起，端来微烫的开水仔细伺候宁缺洗了脚，就着剩下的温水把自己的脚也洗了，桑桑铺开两床被子，解了外衣快速钻了进去，咕哝了声没有炕好冷之类的话。

夜渐深，铺外隐隐传来打更的声音。桑桑一直没有睡着，盯着屋顶的细长眼眸里光彩明亮，像黑宝石的闪光，她忽然开口问道："少爷，那位御史大人……什么时候会去那间青楼？"

宁缺沉默了很长时间，然后轻声回答道："明天。"

桑桑不知道长安城是一个比岷山比草原更要凶险万分的狩猎场，所以她并不担心少爷的安危，反而很操心一些别的事情。她用双手攥着被沿，用力地望向床的那头，认真说道："少爷，既然明天那位御史大人就要死了，死之前你总得告诉他这是为什么吧？"

"对。"宁缺望着天花板，蹙眉说道，"报仇这种事……对方死都不知道我报的什么仇，确实有些不得劲儿。"

"那就对他说。"

"因为有些事情，所以我就要代表昊天消灭你？……这么平铺直叙会不会有些随意而不庄重？有没有什么比较庄严肃穆或者说很有范儿的套路？"

桑桑皱着眉头，努力思考怎样解决这个问题，半晌后她在枕头上用力点点头，说道："少爷，写首诗吧。"

"诗？这个玩意我可不擅长。"

"那我写一首？"

"好啊。"

桑桑很认真地念了几句现编出来的诗。宁缺很认真地听完再品再琢磨，最后认真说道："这诗比我写得好。"

大唐帝国御史台侍御史，从六品，负责纠察百僚、弹劾不法，品秩不高权力不小，如此清贵位置不论换谁来做都应该满意才是。然而张贻琦从来没有满意过，因为他十三年前就已经是前途无量的监察御史，结果苦苦熬了这么久，现在还不过是个清贵无用的御史。

但他对此不敢有丝毫抱怨，因为他很清楚造成自己官路滞塞的真实原因是什么——当年掺和进宣威将军林光远一案后，他升官的速度便慢了下来，而七年前燕境屠村一案审结后，他从御史台主簿升为侍御史后，更是再也没有向上进一步！

替亲王殿下和夏侯大将军办事，酬功之赐不应该是这样的下场，如果说是那两位大人物不想当年隐私被人知晓，那么也应该想尽一切办法把他杀死，而不是就这样把他晾在御史台里，难道他们就不怕张贻琦心怀怨念，从而把那件事情揭出来？为了自己停滞不前的前途，张贻琦苦苦思索两年时间，于四年前终于恍然大悟，然后浑身寒冷：

能够让一位风头正劲的御史就此沉沦，能够轻描淡写便将亲王殿下和夏侯大将军为他铺就的青云大道直接斩断，并且根本让人看不出有丝毫发力的痕迹，整个大唐只有一个人能够做到，那就是皇帝陛下。

在世人眼中，唐帝国这一任皇帝陛下虽然谈不上昏庸，但与祖辈相比还是显得有些保守懦弱。说起来有些荒唐，让全天下得出这个结论的最有力证据就是：皇帝陛下继位以来，帝国在与他国的交往中不再像过往那般蛮横无理，而开始讲起道理来了。虽然大道理肯定还是掌握在大唐帝国手里，但肯讲道理的强盗，在人质和肥羊眼中总会显得可爱些。

但张贻琦和绝大多数朝臣都非常清楚，他们这位皇帝陛下绝对不是保守懦弱之人。陛下只是自幼喜好文学书法，黄金龙袍之下藏着几分书生意气，故而性情有些宽和懒散。可陛下终究姓李，身上流淌的是大唐皇室骄傲而暴戾的血液，若是有人触着他的底线，绝对会看到什么叫真正的天子震怒。

宣威将军叛国及燕境屠村两案，所有疑点都被抹掉，没有留下任何人证物证，但皇帝陛下不见得相信臣子们的调查，只是没有证据，即便是龙椅上的他大概也懒得去搞什么翻案，但那些引动他疑心的官员这一辈子却休想再有什么前途可言。

亲王殿下是陛下疼爱的幼弟，夏侯是陛下赏识的大将，所以陛下能暂时容着他们。而他张贻琦一个区区御史又算得了什么？

想明白了这一点，张贻琦心丧若死，就此放弃了在官场上钻营攀爬的念头，一门心思扑到了俗世享受之上，硬生生顶着家中的悍妻连娶数房妾侍，隔一段日子便会去长安城里著名的青楼流连一番。只是风花雪月醉生梦死依然需要金钱和官位的支持，张贻琦可不想被人抓住丝毫把柄——御史嫖妓这种事情可大可小，但如果这种事情是发生在他身上，想必宫中那位皇帝陛下绝对会毫不留情地把自己贬落凡尘，再狠狠踩上三脚。基于这个理由，御史大人每次出府寻欢之时总是格外小心翼翼，就如做贼那般。可以毫不夸张地说，张贻琦绝对是长安官员进出青楼最小心的那人，也是最难被找到行踪的那人。正是因为这个原因，卓尔始终没能查到他的去处，宁缺也为之耗了好几天时间和最后的几十两银钱。

一辆马车停在了红袖招侧门外，乔装打扮成寻常富翁模样的张贻琦御史下车走进门内，向身后挥挥手，几名随从侍卫早已跟熟，自去巷内寻间饭铺等候。早就走熟了，自然不需要有人带路，他也怕被谁看到，红袖招楼后全是独立分隔的小院，极为私密，而且他每次来前都会预约，也不虞有撞车这种尴尬事。

至于安全他更不会担心。长安城的治安向来极好，除了那些割袖割手玩决斗的莽夫，北南西三城里极少发生命案，至于红袖招这座楼子，更没有人敢来惹事。谁都知道这楼子东家有长安府的背景，那位简大家的后台更是正站在峰顶看天下的皇后娘娘。虽说四公主已经从草原归来，但除了她还有谁敢来惹简大家？

这位简大家可真是了不得，被先帝强行从南晋讨了过来，硬是就此奠定了红袖招天下第一歌舞行的名声。这些年来她又一手教出了无数位花魁，生生夺了天下风月场大半光辉，而最令张贻琦感到佩服的是，这样一个老鸨般的角色，居然能够出入宫禁无碍，甚至传闻在私下时，皇后与她竟是姐妹相称！一路踏石而行，张贻琦望着越来越近的小院，脑子里却在想着简大家的传奇，暗道若有人能够得到那妇人青睐赏识，那宦海之上必然是一帆风顺。事实上若不是他实在拉不下颜面，只怕早就已经扑过去了。

御史大人并不知道，就在数日之前，有位刚到长安不久的少年莫名其妙进了简大家的眼，虽然如今还谈不上什么青睐赏识，但总算结了一次眼缘。他更想不到的是，那位少年这时候正半倚在三楼某道栏边，似笑非笑望着自己的背影。

整件事情做了粗略的计划，应该不会拖累院子里的姑娘，但为了更保险些，宁缺今天下午就到了红袖招，没像前几日那般去小院盘桓，而是直接上了主楼觅婢女小草说话聊天，弄得小草大感惊讶，带着一丝微羞喜意嘲笑他是不是走错地方了。张贻琦从侧门走进来的那一刻，宁缺就发现了他，连续跟着这位御史大人上下值几天，哪还能记不住他的背影。他倚在栏边微笑望着那个背影消失在竹林中，并没有任何动作。

“就让你这个老东西最后享受一下艳福吧。”

算着时间差不多了，他熟门熟路找到后楼梯，借着楼体阴影绕到侧门，看见那辆做了标识的马车，极随意地走了过去，手掌在车辕上某处按了按。车辕前方的马儿疑惑地回头看了他一眼，打了个响鼻，宁缺在渭城生活多年，常在草原上纵横劫掠，对付马羊最是拿手，随手在马臀上拍了一记，那匹疑惑的马顿时老实了，舒服地蹶蹄在地面轻轻蹬了蹬。

侧巷饭馆的一名护卫下意识往那边看了眼，发现没有人，又继续低头对付菜盘里已经残留不多的食物。

每个院子里都有洗澡用的木桶，但张贻琦每次完事之后，总会去侧门旁的蒸浴房，搓个背让他感觉能够恢复些体力，单独房间也让他感觉很安全，而出门便上马车更是方便。今天同样如此，御史大人随意冲洗了一下身体，只穿着一条丝绸亵裤，便躺在了铺着棉布的短床之上，等着惯用的那名搓背妇人过来。就在这时，门吱呀一声被人推开，脚步声轻微响起，向床边走来。张贻琦闭上眼睛等着享受，当微烫毛巾敷到背上时，他忍不住痛快地呻吟了一声。

然而马上他便再也不能呻吟了。

另外一条滚烫的毛巾直接塞进了他的嘴里，紧接着他的手脚一紧一痛，被紧紧地捆在了短床之上。

33

张贻琦拼命地挣扎起来，只穿着一条丝绸亵裤的白胖身子，在短床上就像一条恶心的蠕虫般弹动，被毛巾堵住的嘴不时发出含糊的呼救声。

把他手脚捆在短床上的毛巾打着奇怪的结，岷山里横行霸道的野猪被这种结捆住后，即便挣扎一夜都无法挣开，更何况他如今年岁已长，身体大不如前，这几年又被酒色掏空了身子，所谓挣扎只是徒劳，而且滑稽，至于那些含糊的呼救声实在不比蚊子叫声更大。张贻琦马上绝望地发现了这一点，毕竟是敢无视数百条冤魂的大唐官员，在这紧张关头竟能强迫自己镇定下来，不再挣扎，而是侧耳倾听四周的声音。

房间里有人，很明显那人也并不想遮掩，脚步声稳定而清晰地从张贻琦身后响起，逐渐靠近，马上便要走到他的身前，张贻琦正想看看是谁敢如此胆大妄为，忽然想到一件事情，浑身一阵僵硬，在恐惧的压力下用尽全身力气……紧紧闭上双眼。

敢在红袖招捆绑客人意图不轨的凶徒，可以想象是怎样的悍勇狠辣，若让他发现自己瞧见了他的脸，自己哪里还有活路可以走？是，自己确实是御史，但大唐的史书上，死于市井莽汉之手的官员可不少啊！

张贻琦紧紧闭着双眼，甚至闭得眉心都痛了起来，死活不肯睁眼，心里却是在不停猜忖着这个人是谁，为什么要对付自己。

"把眼睛睁开吧。"那道年轻声音很平静，但透着股说到做到的味道。张贻琦不敢去猜对方的心意，战战兢兢睁开双眼，惊恐向前方望去——只见一名少年正半蹲在短床前，隔着不到半步远的距离含笑望着自己，像是在他乡遇到故知一般，此时此景，这等神情这等专注打量，不免显得有些癫狂。

宁缺很认真地看着这位御史大人涨红的脸，笑得很温和："我把你嘴上的毛巾解开，但请你控制自己的音量，如果你的音量太大，我只好马上杀了你，我知道咱大唐的官员有很多是不怕死的，但肯定不包括你。"

但在张贻琦眼中，这张犹有稚气的脸，这些温和的笑容，却透着股最寒冷的味道，对方没有蒙脸，不担心被自己看到，甚至想让自己看到，那么只有两个可能：少年身后有极大背景，根本不担心一名御史被辱后的愤怒反扑，或者……他要杀死自己。

"我们有仇吗？"张贻琦强行压抑下心中恐惧问道，心里快速回想着自己的政敌，曾经惩治过的犯官后代。然而他悲哀地发现，这几年他被陛下无形的冷淡镇压在朝堂边缘，根本没有资格去得罪任何人，犯官又哪里能有后代？

"一般的故事里，很多复仇者这时候会说，我和你无仇无怨，只是为了天下苍生疾苦，所以要代昊天行事，诛尔等奸臣，但是很遗憾……"宁缺遗憾摇头，说道，"我们真的有仇。所以我不是大侠，也不是美少年战士，我只是个记仇的小人物。"

"你才多大，我们能有什么仇？"张贻琦颤声问道。

宁缺咳了两声，然后开始用最深情的腔调、最饱满的精神缓缓吟诵道："我来自山川啊，要取你的命；我来自河畔啊，要取你的命；我来自草原啊，要取你的命；我来自燕境无人的小村庄啊，要取你的命；我来自长安城无人居住的将军府啊，要取你的命。"

听到燕境无人村庄和长安城无人居住将军府这两句时，张贻琦眼前一黑，险些就此昏厥过去，他终于知道了面前这少年和自己有何仇怨，然而已经晚了。如果说不停赞美便能让对方停止复仇的话，他绝对不介意把这堆狗屎不如的短句赞美成大唐天启年间最完美的诗篇，但他知道这不可能，无论是屠村还是宣威将军被灭门，都是世间不可能化解的仇怨。张贻琦眼神黯淡绝望地看着面前的少年，心里已经不指望今天能够活下去，却还想拖延一下时间，哭丧着脸说道："我是受人指使的，我只是……"

他准备大声呼救，他相信看似绝望的求饶，最后变成尖声呼救，这个少年应该反应不过来，只要"救命"两个字出口，无论是自己的护卫还是青楼的打手，肯定会做出反应，到时候这少年也必须替自己陪葬，甚至……说不定少年慌乱之下会忘记杀死自己。

这计划看上去很美，然而久居长安的御史，根本不知道岷山里的猎户在割猎物肉分猎物皮之前，会对看似死亡的猎物存有怎样的警惕。就在他刚有吸气动作，肺叶中的气流离声带还有极远距离时，宁缺的手掌便已经从短床的空洞里插了进来。像钢铁般的掌尖狠狠戳中张贻琦的咽喉，皮肤上没有露出丝毫破损，里面的软骨却已经片片尽裂。

宁缺站起身来，掏出根随意捡来的铁钉对准御史脑后某处，用带着黄锈却依然锋利的钉尖在对方脑间量了一下，然后右手握着桌腿用力砸了下去。噗的一声轻微闷响，就像是草原蛮子们锋利的弯刀捅破盛满酒的皮囊发出的声音，锈蚀的铁钉穿透了张贻琦的脑骨，深深扎了进去直至尽没。宁缺迅速把一块雪白的毛巾放到他的后脑处，对准锈钉没入头骨的位置，双手按着毛巾用力下压，双脚跐了起来，竟是用尽了全身的气力，因为用力过猛，那张短床都开始嘎吱嘎吱叫了起来，仿佛快要散架。

片刻后宁缺停止下压，取下毛巾仔细察看了一下张贻琦的后脑。他用手指拨开那处的头发，发现锈钉进入头骨的创口缩得极小，极细微的血点也已经凝固，如果仵作不打着光源刻意寻找，应该极难发现。他低头看了眼手中的毛巾，发现雪白毛巾的正中间有一个铜钱大小的血污，有些发乌，像是败坏的蜡梅。

很奇妙，张贻琦并没有马上死，而是痛得在短床上不停挣扎抽搐，想要痛号声音却非常沙哑无力。他的眼珠不停向上翻着，露出大部分眼白，看上去极其恐怖。他感觉到后脑处一阵剧痛，还以为是被宁缺用棒子来了一记狠的，并不知道真实的情况是什么，如果知道有根铁钉已经插进自己脑子里，只怕吓都要吓死了。

"受人指使就要有代人去死的觉悟。不过……如果你能跑到自己马车旁边，或者我可以留你一条命。"说完这句话，宁缺解开他手脚上捆着的毛巾，扔进旁边的桶里，便消失在了将将到来的夜色之中。

人在死亡边缘时听到的任何话，都像是他在滔滔黄河里抓到的最后一根稻草，会下意识按照对方的话去做。更何况此时的御史大人已经痛到恐惧到难受到没有任何思维判断能力，如果最后残存了些许理智，也只不过是惘然的本能反应：无论那名凶残的少年会不会放过自己，他肯定都要跑到自家马车旁才能安全。

宁缺站在离侧门不远处的一片竹影里看着那边，发现比预想的时间要晚了些，不由微微皱了皱眉。正有些担心的时候，便看见御史张贻琦跟跟跄跄地跑出了侧门，本来应该光溜溜的身上不知何时多了件衣裳，身体剧烈颤抖东倒西歪，眼神已经涣散，拼命张嘴想要呼喊什么却什么话也喊不出来，像极了一名醉汉，更像是一条将要渴死的鱼。

侧门外马车旁的随从满脸焦虑，根本没有注意到什么异样，大声喊道："老爷，听说夫人得了确信，知道您在这儿，要带着那些妇人过来闹事儿，咱们快走吧！"

张贻琦嘴里嗬嗬作响冲了过来，脚步虚浮，只是将要冲到马车前，终是没能撑住最后那几步，直接向着地面便倒了下去，他绝望地伸出颤抖的手想要抓住那名随从的衣服，灰白的脸上眉眼抽搐，极为扭曲难看。或许是这种可怕的表情，吓得那匹马儿受惊大乱，只听得轰隆一声，车厢竟在这时候垮了，像积木般零散崩开的车厢辕木，就像座小山般直接把张贻琦压在了最下方！

灰尘渐伏，那几名随从护卫像傻瓜一样愣愣站在破烂的车厢旁，看着脸上鲜血直流，明显已经没有呼吸的老爷，有些不明白究竟发生了什么事情。

是，我们知道夫人确实挺凶悍，老爷你今天喝了不少酒放大了恐惧，听到我们的呼喊惊恐之下跑得急了些，但你……怎么能冲着马车就撞过去呢！还有这马车怎么就这么脆弱，居然一撞就塌了呢！

　　侧门处的动静早就惊动了红袖招的打手和管事人员，他们满脸铁青地围了过来，也不理会那几名随从护卫惊恐未消下口齿难清的解释，直接把在场的所有人控制住，然后派人马上去通知长安府。围观的百姓并不知道被马车压死的那个老胖子是何许人物，只当是一个倒了血霉的可怜嫖客，纷纷在旁指指点点，但红袖招里的人哪会不知道此人身份，一名御史就这么死在自家青楼门口，她们往哪儿说理去？

　　御史张贻琦成了大唐历史上第一个因害怕悍妻从而慌张登车于是不幸惊马最终惨死于车厢之下的官员。而当该名御史进行自己生命最后一次奔跑时，该事件的幕后真凶少年宁缺正站在阴影中紧握着双拳，在心中不停替此人默默加油呐喊打气。

　　用利刃破小脑进行狙杀会有极短的一段缓冲期，在草原上跟那些蛮人刀客学宰野牛时，他试过很多次，但用在人身上这还是头一遭。他也不知道这个身体极虚弱的御史能坚持多长时间，算是一个小小的赌博，至于惊马把车厢拖烂对他来说倒不是什么难题。

　　"果然不能低估官员们贪生怕死的强大意念啊。"看着最终成功跑到马车旁，然后被一大堆破烂木板压到最下方的御史大人，宁缺默默感慨了声，迅速转身离开，握着那块雪白毛巾擦了擦额头上的汗。这是他在长安城里第一次杀人，难免会有些紧张。然而此时此刻他想得更多的却是，张贻琦最后冲出来时身上竟然套了件外衣，这等生死关头，御史大人还是不肯让人看见自己的光身子，十分顾及颜面，真可谓是道德楷模，衣冠禽兽。

　　这时候红袖招前楼后院的管事都已经知道了消息，不知多少双眼睛正试图发现有没有可疑之处，宁缺当然不会选此时离开。他顺着溪畔去了另外一位相熟的姑娘的小院，陪着她聊了聊闲话，大概是闲着无聊，那姑娘见到他来极为开心，宁缺也是极为开心，满脸笑容说得唾沫横飞，只偶尔会用手里那块看似雪白内藏乌梅的毛巾轻拭唇角。

　　夜色笼罩临四十七巷，老笔斋后宅的床上主仆二人正在说着先前的事情，床边的盆里是毛巾焚烧后的痕迹。桑桑在床的另一头紧紧裹着棉被，好奇问道："如果这叫伪造犯罪现场，那为什么不直接伪造成马上风？"

宁缺惊讶问道："你知道马上风是什么？"

"不知道，小时候听你讲故事讲过。"

"我讲过这种故事？好吧，也许我忘了。"

"如果御史大人是在青楼里得了马上风，那位夫人怎么可能不继续闹下去？朝廷怎么可能不查？一旦惊动了刑部那些真正的断案高手，我可没太大信心。所以我们最重要的目的，是让长安府相信这是一次交通意外——只有交通意外才不会惊动朝廷——但更重要的是，这个结论最容易让长安府逼御史府闭嘴。"

桑桑安静了很长时间，然后低声羞怯说道："很复杂，我听不太懂，少爷你想的事情可真多。"

"所以你老不想事儿？"宁缺拿出简大家对付自己的做派，恨铁不成钢道，"老不想事儿会越来越笨的。"

桑桑很坦然地回答道："丫头嘛，笨点儿也应该，人不都说笨丫头笨丫头？"

宁缺无语，沉默片刻后关心问道："今儿两头送信累不累？张府那边有没有人瞧见你？"

"没事儿。"桑桑应道。

34

夜深人静，宁缺躺在床上睁着眼睛看着天花板，很自然地想到，如果小黑子现在还活着，自然不需要桑桑冒险给张府传信。

关于今天这场刺杀，值得总结的东西并不多。准备了这么些天，要干净利落杀死一个没有护卫的老文官是很简单的事情，当锈钉插入张贻琦头骨后，那个人就已经死了，绝对不可能留下对自己不利的东西。后面那些手段只是附加动作，就如他向桑桑解释的那样，御史死于交通事故总比死在妓女床上更符合朝廷的预期。

至于杀人的感觉？他没有太多感觉。他在大唐的人生开始于一场谋杀，成长于无数场谋杀，他杀过的人很多，用过的杀人方式更多，比今天这种方式更残忍血腥的也不少。杀人后会感觉到恐惧恶心欲呕甚至会怕黑？这种情况只可能出现在那些整日浸淫诗文间的书生身上，至于他，虽然也将参加书院的入院试，但他骨子里终究不是书生。

——他是杀老猎户的猎户，他是杀小马贼的马贼，他是天生的杀人者。

但今天杀死的这人终究是大唐高官，是他积蓄了多年复仇意志的目标。眼前天花板上闪过四岁那年将军府里流淌的鲜血，老管家和那个小家伙惊愕而无生气的眼睛，宁缺开心地笑了起来，觉得胸腹间的闷气终于流失了一丝。

床那头桑桑的小脸上也满是笑容，她知道他今天心情肯定特别好，所以她决定等少爷把所有仇人包括那位夏侯将军全部杀死之后，再把自己藏在床底下的那个盒子拿出来给他看，相信那时他再看到那张纸时的感觉肯定和现在不一样。

那个盒子里藏着宁缺这几年来随意丢弃，但在桑桑眼中非常不错的一些字纸，而其中最新的一张正是卓尔死的那夜宁缺写的丧乱帖。宁缺以为那张纸早就已经混着垃圾扔掉，哪里想到自己的小侍女偷偷藏了起来。

又安静了很长时间，宁缺忽然叹息了一声，带着些许遗憾说道："昨儿夜里听你写的那首诗倒也没觉着不妥，可今儿当着那家伙面念出来时，总感觉哪里有些不对，嗯，仔细琢磨感觉有些傻气。"

这说的自然是那首"我从哪里来，要取你的命"。单调的重复，刻意地加深，粗拙愚笨的字词，实在是连打油诗都不如。只是这主仆二人很明显缺乏文学方面的才华，在拟定复仇范儿的那夜，竟都觉得还不错。

"那我再修改修改。"桑桑神情极为认真回答道，"少爷你打算啥时候去杀第二个人？把时间告诉我，我保证一定能在那天之前改好。"

在截稿之日前修改完毕？这感觉怎么像是在写一篇皇皇巨著？宁缺哑然想着，然后笑着回答道："既然这样那倒是不急，纸上第二个名字好像有些麻烦，我最近不打算动手了，等张贻琦的事情安静些再说，另外我也要准备准备入院试。"

"在渭城的时候，少爷你经常担心不等复仇开始，那些老家伙就抢先病死老死。"

"但既然已经等了十几年，相信昊天老爷总不可能连几十天都不给我。"

复仇是一项综合工程，尤其当你只是一个小人物，而你复仇的目标都是帝国上层的大人物时，这项工程会复杂庞大到难以想象的地步。宁缺没有某位伯爵的幸运，也没有某位太监的隐忍，所以他必须更加谨慎小心。

在临四十七巷里待了两日，去市坊里打听了一下长安城里发生的有趣事，他发现御史张贻琦之死果然没有引发太多风波，只是引来长安百姓们的无数八卦和群嘲。关于青楼侧门发生的事情，出现了无数个版本，但大部分的讲述者，都倾向于把御史的死亡和惧妻倒霉联系起来。正如宁缺所料，御史府那位强悍的夫人现如今正在长安府衙里不依不饶地闹着，但红袖招只不过停业一日便重新开张，看来虽然朝廷还没有对此事件定性，但也基本上都认为御史的死亡没有蹊跷。

到了第三日，宁缺知道自己应该再去红袖招一趟了，不然和前面的表现差别太多，楼子里的姑娘还有那位婢女小草，肯定会觉得有些奇怪。这次他决定带着桑桑一起去。桑桑把自己的头发盘了起来藏进帽子里，又换了身宁缺以前的粗布衣裳，再不用做任何乔装打扮，配着那张黝黑的小脸蛋和那普通到了极点的眉眼，怎么看都是一个不起眼的小厮。

"今儿没下雨，何必带着那个惹人注意。"他指着桑桑背后的大黑伞说道。

桑桑摇了摇头，坚持自己的意见，宁缺便不再理她，知道她是在担心御史张贻琦死后的余波，带着黑伞二人总要安全一些。然而他没有想到，主仆二人刚刚关上老笔斋的大门，便被一群人堵住了。

这群人都是精壮的汉子，在阳春天里敞着胸口，露出强劲的胸肌和三两根黑色胸毛宣告自己的威武勇猛，而远处树下那两名看着有人闹事却面无表情的长安府衙役，更是表明他们的威武勇猛是得到了官府认可的那种。

桑桑的小脸上露出警惕神情，右手下意识伸到身后，紧紧握住大黑伞的中段。宁缺却是毫不紧张，看着远处树下两名长安府的衙役，注意到对手手中一应铁链手板都没带，便猜到了这群精壮汉子的来历。

精壮汉子领头那人约莫三十岁左右，他并没有如宁缺想象那般上来就一通暴吼辱骂再命令手下冲进老笔斋来一通打砸抢，而是极有礼数地拱拳行礼，用沉闷的声音说道："你就是那位小老板吧？前几日我来过一次，可惜你那时候不在，所以有些事情没办法谈。"

宁缺侧身看了桑桑一眼，正想询问一下，忽然想起她曾经对自己提过一嘴，转过身来望着那汉子温和回答道："不知这位大哥有何见教。"

"相信小老板你现在应该知道，为什么临四十七巷就只有你一家铺子开着。"那名汉子很直接地开口提出条件，"你的租铺合同我直接拿二百两银子买断，你自去寻别的铺子，这中间如果有什么损失，你也可以提出来，如果合理我们也愿意赔付，而我们只对你有一个要求，那就是……马上搬走。"

这些条件真是不错，宁缺感慨地望着这群汉子，心想长安城果然不愧是天子脚下的首善之区，就算搞拆迁都搞得这么大气。他看着那汉子很诚恳地说道："我必须承认，您的这些条件确实极好。"

汉子笑着回答道："在下替官府做事，自然手脚要做得漂亮些。小老板，明和你说了吧，朝廷不差钱，我也不至于从中间吃你太多，只要你肯搬走，价钱方面还可以商量，总之一句话，你好我好大家好。"

要说对方这价钱出得已经是极公道，甚至已经是超出了公道的范畴，宁缺若是结了老笔斋就此搬走，非但不会有什么损失，还可以从中间捞一笔。当然他也明白，自己这家店铺等同于那位东家手里捏着的一张小牌，虽然牌面不大，但那东家和官府谈判时总能多几分底气，若非如此，自己这张小牌也值不了这么多银子。他下意识看了桑桑一眼，想瞧瞧她是个什么想法，然而桑桑的小脸还是一如往常般没有任何情绪，看不出是赞同还是反对。他有些想答应，想起老笔斋开张第一天进门的那位腰间佩剑的中年东家，又觉得这事儿透着份猜不透的意味。

那汉子看了宁缺两眼，皱眉说道："小老板，不论成或不成，你总得给句话吧？"

宁缺凑到汉子身旁压低声音笑着说道："这位大哥，我是从小地方来的，并不是刻意和您作对，就是有些好奇，如果这事儿不成，您几位打算怎么做？"

话说这句话要换成那些大腹便便的店铺老板来说，那汉子只怕真要以为对方是在挑衅自个儿，早就一巴掌扇了过去，但宁缺仗着个脸嫩态度又好的优势，那汉子微微一怔后竟认真地解释了起来："在你家铺子门口倒几车垃圾，半夜扔砖头，这种事情总是难免的。如果真把大家弄急眼了，偷偷进你家铺子把后宅那道井污了也说不定，小老板你也知道，我们就是靠这个挣饭吃。"

听着这回答，宁缺微微一怔，在心中默默感慨道：如果这大唐帝国的夜空有明月，那真是唐时明月曾照今人，古今并无两样啊。

围住老笔斋的这帮汉子明显都是混江湖的不良人士，而且他们这是在替长安府衙门和户部清运司做事，招惹起来异常麻烦，宁缺很明白，别看这些人眼下是在好言好语相劝，如果自己真坚持不搬，谁知道会有多少腌臜事发生。和江湖人士对上倒不会让他害怕，关键是他刚刚杀死那名御史，再过二十来天便要参加书院入院试，他可不想这中间多出太多事情来，不禁对这项提议有些心动。

而就在这时，临四十七巷那头传来一道密集整齐的脚步声，随之而来的还有一道极为尖细的声音，说出的话极为刻薄阴酸，又透着股蛮不在乎的狠劲儿。"倒垃圾，扔砖头，污水井？你们这群杂碎什么时候有这么大胆子？还是说你们曾经在临四十七巷做过？如果你们做了，怎么你们的手还好端端在腕子上呢？"

一群身着青衣青裤青布靴的男人从街巷那头走了过来，说话的那人眉细眼细声音又细身材也细，身上的青衣就像是晾在一根竹竿上随风摆动。他走到老笔斋门口，先对宁缺拱手行了一礼，然后转头望向那边的汉子们，嘲弄说道："一帮子南城出不了头的混子，居然敢学别人玩逼拆？就我刚才说的那些事情，你们有哪一件敢在临四十七巷做出来？真不怕爷爷把你们的腿卸了！"

先前和宁缺谈条件那汉子脸上明显露出一丝畏怯，看了一眼身后树下的衙役，重新挺起胸膛冷笑说道："齐四爷，这话得说明白了，咱们不做那些事儿是觉得那些事儿脏，这小老板既然是通情达理之人，我凭什么那么做？"

那位齐四爷鼻孔向天，一口唾沫吐到那汉子脚下："呸！顾小穷你丫给我闭嘴！如果不是因为临四十七巷是我家哥哥的产业，你们这群杂碎会他妈的装书生？"

顾小穷扯着脖子喊道："怎么地吧？我一没动刀二没动棍，我规规矩矩和人小老板谈生意，我花银子买他的租铺合同，难道这也不行？如果你说这触犯了唐律哪条，咱们上长安府打官司去！"

齐四爷又呸了一口，转头望向宁缺随意再拱手一礼，说道："这位小老板，你肯把铺子开在这儿，那就是给我们三千兄弟面子。你且放心在这儿开下去，如果谁敢不长眼动你，四爷我斩了他的脑袋给你赔罪。"

眼看着两边对上了，宁缺脸上略有焦虑不安，心情却是毫不紧张，饶有兴致看着长安城里的黑帮如何行事。片刻后他便看出租铺子给自己的那位中年人，很明显在长安黑道里的地位非常了得，官府方面想动用混子做事难度不小。他正在那儿津津有味当着黑帮片的观众，猜忖什么时候开打，不料问题又转到了自己这儿，连忙笑着拱手说道："这位齐四爷，先前贵东家免了我三月铺租，我已是感激不尽，只是今儿这位顾小……顾先生开的价钱确实不错。"

话有不尽才好说话，说到此节他便不再多言，顾小穷听着这话脸上满是喜色，看着齐四爷笑着说道："四爷，您可听好了，这话可是小老板自己说的。"

齐四爷打鼻眼里憋出一声哼，转头望向宁缺，问道："他许你多少银子？"

"二百两现银。"宁缺伸出两根手指，想了想后又赶紧补充了一句，"如果生意受损失，顾先生还答应再补些。"

齐四爷嘲讽地看了宁缺一眼，忽然指着脚下青石砖厉声说道："二百两现银？满长安有这么公道的价钱吗？你们别说还真有，就在这条临四十七巷！为什么？因为我家哥哥仁德护着这条街上所有铺面老板！南城那些人没办法，才他妈开这么高的价，结果最后呢？这些狗日的小老板拿了银子都他妈走了！"

顾小穷面露尴尬之色。说起来，这条街的事儿也闹了近半年，闹来闹去双方背后的靠山闹出了火气，竟是根本顾不得盈亏，就是要抢这条街，官府方面不好直接出面，他们这些被使唤的南城混混却又不敢得罪那位东家，最后只好拿银钱开道。有些店铺老板得了实惠就跑了路，有些老板两边不敢得罪宁肯赔钱低价随便转出手中的铺子，但不管如何，他们这些南城人总算无血无泪地挣着了钱。

宁缺听着这话，在心中默默计算了一下，发现那位东家如此行事倒还真不如把这份利益卖给官府，如果对方真是为这些店铺老板着想，还真谈得上"仁德"二字。

齐四爷冷冷看着宁缺，正准备发作，忽然想起大哥的叮嘱，强行压抑下火气，大声说道："他们给你两百两银子？我们免你一年租金！还免费替你维持治安！"

35

顾小穷傻了眼，看着他说道："四爷，你这不厚道啊，哪有这么抬价的？"

齐四爷吼道："厚道你妈啊！你们打我家哥哥产业的主意，我还跟你厚道！"

顾小穷被骂得满脸通红，把牙一咬对着宁缺说道："一口价！五百两银子！实话和你说，我这是在把前两个铺子的雇银都砸了进去，再高我怎么都拿不出来。"

齐四爷冷笑看着他，嘲讽说道："瞧瞧你这小家子气，宋铁头就这么教小崽子？做事儿一点不大气，让爷告诉你价是怎么开的。"

他转向宁缺，傲然说道："这位小老板，只要你肯继续在这条街上把铺子开下去，那只要我齐四爷活着一天，就没人收你租……"

最后一个"金"字还没说出口，宁缺挥手止住，温和笑着问道："四爷，您先前说免一年租金？"

齐四爷怔了怔，回答道："是啊。"

"那成。"宁缺转过身对着顾小穷及那帮精壮汉子团团一揖，温和笑着说道，"实在不好意思，这间铺子我打算继续做下去，诸位请回吧。"

听到这句话，围在老笔斋四周的人群顿时愣住了，让他们发愣的原因不是因为宁缺的选择，而是明知道齐四爷这边马上便会开出一个天价，等于把这间铺子白送给他，结果他却抢在对方话出口之前答应了头前那个条件。齐四爷愣了半天，脸上神情渐渐变得凝重严肃起来，极正经地拱手一礼，声音铿锵有力说道："老板你年岁虽小，做事却是大气仗义，就冲您这句话，以后有甚事儿只管报我的名号，别的不说，东城这块随您横蹚！"

顾小穷也愣了半天，呆滞的目光在宁缺和齐四爷之间往返，想着大哥宋铁头临行前的怒骂，想着大哥的大哥在大哥脸上留下的那巴掌，想着大哥的大哥的靠山开的最后期限，不由下意识里转过头去，望向树下那两名衙役。

今日临四十七巷黑帮聚集，虽然文斗始终未曾发展成为武斗，但树下那两名长安府的衙役始终不闻不问，明显已经失责，直到接到顾小穷求助的可怜目光，两名衙役方始轻咳两声，握着腰间佩刀走向老笔斋。齐四爷看着两名衙役，不知道想到了什么悲痛事，眼中情绪骤然变得极为寒冷愤怒，对宁缺寒声说道："小老板，先前我是不是说过东城随您横蹚？"

不知道为什么，宁缺居然选择在这时开腔搭话，笑着应了声是。齐四爷冷笑一声，说道："那我今儿就先让您看看，为什么我敢夸下这个海口来。"

"你们聚在这儿做什么？想闹事啊？"衙役走到人群前方，厉声呵斥道。

"是啊。"齐四爷淡淡应了声，然后把手一招，说道，"我就闹事了，而且还想把事情闹大。兄弟们，上去把这两位官差大哥招呼好。"

话音一落，那群青衫青裤青布靴的汉子哄的一声便围了上去，也不知道是谁递的第一拳，片刻之后拳脚如风雨般砸向那两名长安府衙役的身上。两名衙役先前还在厉喝痛骂，亮明自家身份后想要拔刀，却被一脚踹倒，片刻后便被打得头破血流，抱着脑袋在地上翻滚，哪里还骂得出声音来，只剩下了痛苦的呻吟，甚至就连那两把代表他们身份的腰刀，都不知道被谁扔出了人群。

宁缺先前只觉得长安城的黑道做事有规矩有气度，此刻看着被扔出人群的两把官刀，才知道原来长安城的黑道狠起来那是真狠，居然连官府的人都敢打！他望着铺子口外面的这场混战，看着那两名头破血流的衙役，震惊得说不出话来。站在不远处的顾小穷和那些南城混混，表情更是极为精彩。从涉入临四十七巷之事以来，他们并没有真正和那位东家的势力对上，此时才知道对方原来嚣张到了这种地步！

"好了，别打了。"一直环抱双臂冷眼旁观的齐四爷发话，青衣汉子们散开，他走到那两名衙役身旁，寒声说道，"敢阴死我兄弟，就不要怪我下手不客气。"

那名稍微年轻些的衙役狠狠盯着他的脸，说道："敢殴打官差，你们就等着被砍头吧，你要不要这时候直接砍死我，说不定还划算一些。"

宁缺暗自感慨不已，果然长安人民多壮志，哪怕是名小小衙役，在这种情况下依然显得那么强硬。

齐四爷蹲下来轻蔑地拍了拍他的脸："别拿这话吓我，大家都是大人们养着的狗，你们这两只狗只不过比我多穿了一件衣裳，当然，你们这身衣裳很金贵，就这么杀死你们自然是不敢的，但你说大街上狗咬狗，那些大人会在乎吗？"

说完这句话，齐四爷转身向宁缺行了一礼，便率领手下潇洒嚣张离开，顾小穷等南城混子聚在一处商量了会儿，也上前扶着两名头破血流的衙役离开，没有人看宁缺主仆二人一眼。因为众人都清楚，齐四爷既然已经发了话，那么在压住对方气势或者杀死对方之前，恐吓宁缺除了让自家显得下作小气，没有任何意义。

临四十七巷的纷争就这样结束，没有后续，正如那位齐四爷所说，这种狗咬狗的事情，双方身后的主人并没有干涉的兴趣，可宁缺还是有些事情想不明白。衙役虽然是小人物，但他们穿着的官服佩着的官刀，代表着朝廷的颜面，帝国的尊严。就算齐四爷身后那位东家——也正是那天进铺子躲雨的中年人背景再深，当街殴打官差依然过于嚣张找死，更何况那位齐四爷不收拾那些南城混子，却毫无道理地对长安府的衙役动手，这怎么说也说不通。

除非双方之间刚刚结下了极深的仇怨。

想到自己的猜测，想起那件事情，他的眉头微微蹙起，然后重新舒展开来。今日的目的是去红袖招露脸，同时逛逛街消散复仇第一步所带来的快感，那些麻烦的，但日后必须去解决的新仇怨，留在今日之后再去思考吧。

从临四十七巷到红袖招有极远的距离，平日里宁缺一般是坐两文钱一次的穿城马车，今天有桑桑为伴，不怕路上无聊，自然便选择了步行。二人都没把先前那场对峙放在心上，宁缺是见惯了血腥危险场面，桑桑则是除了某些重要事情外脑子里根本没容量放别的，所以穿街逛巷的心情倒是不错。他们去了盛华坊、通达街，逛了书局，买了便宜的荷叶饭，用最快的速度穿过朱雀大街，然后发现了一处热闹所在。数十名长安百姓正在一个穿道袍老者的带领下，对着某处祭坛叩首。宁缺问了问旁边一同看热闹的人，才知道原来这是昊天道南门某道观正在进行祈福仪式，希望能把长安城的春雨移些至干旱的北境。

只见祭坛旁那道士银发长须，道袍迎风飘摇，看上去真是飘然若仙，手中一把木剑在空中嗡鸣作响，数张符纸在剑锋指向处不停摇动，隐现朱红字迹。片刻后只闻得哧的一声，木剑破空而起，插入面前祭坛黄沙之中，而那几张符纸早已不知何时随风而燃，变成了片片灰烬散于黄沙表面。

跪在祭坛前虔诚叩拜的百姓们依然虔诚，围观的百姓们却是齐声喝了声彩，这场面给人的感觉就像是杂耍人在香坊卖艺，中间抖了个险活时看客的反应。

祈福移雨仪式正式结束，小道童们正准备把祭坛和作法物事搬进道观里，不料天光此时忽然一暗，淅淅沥沥的春雨又落了下来。桑桑双手一撑把大黑伞打开，仰起小黑脸得意看了宁缺一眼，四周没有打伞的围观百姓则是嗡的一声散开，躲进街旁檐下，望着那几名有些狼狽的道童指指点点，甚至隐隐听到嘲笑的声音。

宁缺看着这一幕，忍不住跟着笑了起来，忽然想到一件事情，再望向那位在细雨中佝偻着背的老道时，眼神中除了可怜更多的则是震惊。他相信自己的眼力，先前那些木剑符纸不是戏法，那么就只可能是……修行手段！用吕清臣老人教他的那些知识来看，这位老道人就算没有进入修行的第三层境界不惑，至少也在第二层境界感知里浸淫已久！

整个天下除了西陵之外，大概就属长安城里的修行者最多。但他怎么也没有想到带着桑桑随便逛逛街便能遇到一位修行者，而且这位已经快要踏入实境的道人，甚至可怜地需要靠这些手段来表演。只可惜道观想用这种方式招揽信徒，他们祭拜的昊天老爷却不怎么给面子。说来也是，就算是吕清臣老人曾经提到过的那些进入无距、天启境界的圣人，想来也没有能力呼风唤雨，更何况是位修行境界不足的老道士。

宁缺微微皱眉望着道观渐渐合拢的观门，想起了一些事情。昊天道号称世间唯一正教，在各国地位尊崇，道观占田无数从不交税，各分门神官更是身份尊贵备受崇敬，像大河国和南晋这种国家，他们的国君登基之时，甚至需要由来自西陵的道门大神官予以赐福认可。不过看刚才围观百姓们的讥笑嘲讽，便可以知道昊天道在大唐帝国的地位远不能和那些国度里的同道中人相提并论。虽然昊天道南门神官被封为大唐国师，但全天下都知道，昊天道南门与昊天道祭天主观所在的西陵关系一向若即若离，大唐各道观观主封鉴认定的权力，全部都在皇帝陛下手中，西陵完全无法插手。

甚至有传闻，大唐帝国开国之初时曾经禁止昊天道在境内传道！

按道理来讲，号称天下第一正教，拥有数亿信徒，实力异常强大的昊天道不可能忍受这种打压和羞辱。事实上他们确实也没有忍，所有人都相信，当年十七国伐唐的历史帷幕之后肯定有西陵神国的影子。当年号称百万的十七国联军攻入大唐帝国境内，却被如初升朝阳般蓬勃的帝国铁骑直接碾成碎片，紧接着，大唐的军队如浪潮般顺势攻出阳谷关，席卷天下，破城无数。经此壮阔一役，所谓联军如冰雪般消解，其中三国被大唐直接征服，成为如今的河北道三郡，而这三郡也正是大唐太祖皇帝征北时被压榨最苦的三郡。

令人百思不得其解的事情是，在这场波澜壮阔的天下之战中，西陵神国一直置身事外，昊天道门无数隐藏着的强者始终没有出手。或许也正因为如此，在战后进行势力重新划分时，大唐帝国并未刻意针对昊天道再行征伐，昊天道也终于得到了在大唐境内传道的资格。

经此一役，唐帝国奠定了自己天下霸主的地位，昊天道依然拥有天下最多的信徒，一在世俗，一在宗教，坐看两相厌，因为对彼此都没有动手的把握，于是装作看不见对方，从而渐渐丧失了对彼此动手的兴趣。如此局面维系了千年，到了如今也没有任何改变。于是昊天道在别处依然高高在上，在大唐境内哪怕最小的道观也必须交税，在别处所有的民众都是昊天道的信徒，而在大唐境内，即便是被朝廷控制的昊天道南门想要招揽信徒，也不得不令人心酸地出动修行者在街头表演戏法给大唐子民观赏……

走在雨间，走在大黑伞下，宁缺想到先前那幕，忍不住笑着摇了摇头，说道："说起来那老道还真可怜，不知道咱们大唐的国师大人在宫里会不会也是这个劲儿。"

桑桑用右手和肩膀挟着大黑伞，左手拿着块不知道从哪间小摊上买的老婆饼在吃，口齿不清说道："少爷，看来你挺喜欢长安啊。"

"一方水土一方城池养一方人，但人的味道反过来也能改变这座城的味道。"宁缺笑着回答道，"说喜欢长安倒不如说是喜欢长安人。"正说着这话，他眉头忽然微微一蹙，说道，"三四，七……八。"

桑桑愣了愣，把老婆饼塞进小小的嘴里，左手快速伸到他背上某个位置挠了两下。宁缺皱着眉头，接过她手里沉重的大黑伞，修正道："不对，还是七七。"

"知道了。"

春雨绵延的长安城，在直街曲巷之间，在飞檐高楼之间，在打着伞穿着蓑衣的行人间，行走着一把如同黑色蒙尘莲花的大黑伞。大黑伞下桑桑一手拿着老婆饼，一手不停替宁缺挠痒，主仆二人的脸上全是欢愉满足神情。

除了卖雨伞和做马车行的，这世上大概没有什么生意人会喜欢长安城每年雨水充沛绵延的春天，青楼也不例外。因为前几天发生在侧门外的那场意外事故，红袖招被强行停业一天不说，也传出去了些不大吉利的风言风语，如今楼外细细雨丝倒适合弹琴作画，但大白天的看上去着实有些冷清。有资格拥有独门小院的姑娘们，今日也忍不住寂寞聚到了楼前，拜见过简大家后便凑到了丝竹房内百无聊赖地嗑瓜子闲聊打发时间，直到宁缺主仆二人踏槛而入，这种情况骤然得到改变，一时间银铃般的笑声充斥楼堂。

最顶层一间幽静的房间内，一名约莫四十岁左右的男子望着这一幕，看着手下的姑娘们的模样，忍不住皱起了眉头，不悦地低声斥道："一个个还真把自己当没事儿干的大小姐了，蒙三，问问简大家……记得态度要恭顺些……那少年是谁，如果没什么来历就把他赶走，我花钱养的小姐，可不是来陪他闲聊的。"

"我劝你最好不要对那少年动粗，因为……他是我最后一位租客。"

小酒桌旁，一位中年人看着他微笑说道，腰间那把佩剑安静搁在一旁，此人正是临四十七巷所有铺面的主人。

36

宁缺并不知道红袖招的老板这时候正在顶楼冷冷看着自己，更不知道这位老板对于他逗弄着姑娘们闲聊而不务正业已经发怒，依然如常一面闲聊一面不着痕迹打听着张贻琦之死可曾引发什么怀疑。

顶楼房间内，那名身着青衫的中年男子缓步走到红袖招幕后东家身旁，并肩站着向楼下望去，看着那名坐在椅中与周遭姑娘们温和交谈的少年，忍不住哂然一笑，清俊稳重的眉眼骤然明亮了几分。

"如果这少年是临四十七巷最后一个租客，那我更没道理容他。"那男人微笑说道，"把他赶走，所有租约都到了我的手上，到时候我再将这些租约转给衙门，你还有什么理由拒绝长安府对那条街的征用？"

"临四十七巷所有的店铺老板都曾经被你们赶过，但你可曾见我低过头？"青衫中年男子微笑说道，"更何况……这个少年你赶不走。"

"赶不走？"那男人安静地盯着他的眼睛，忽然笑了起来，说道，"是啊，就凭你'春风亭老朝'这五个字，谁又敢随意动作？"

青衫中年男子笑了笑，没有接这个话，转身坐回椅中。先前他已经收到老四传过来的话，知道今天临四十七巷发生了什么事情，一个外地来长安的备考小书生，当着两帮眼看着要血斗的黑帮竟是毫无惧色，甚至还借此起价，生生从自己手里夺了一年的铺子租金。更令他琢磨不透的是，那少年并没有漫天起价，做事显得极为老练而有分寸感，换句话说就是表现得很有气度。

老笔斋开张第一日，他去临四十七巷并不是为了躲雨，而是有些兴趣看看究竟是哪里的糊涂蛋居然胆大到敢租自己的铺面，谁知道一瞧之下，他才知道那少年或许不知道长安城江湖里发生的事情，但绝对不是一个蠢货。这个世界上没有哪个蠢货能写出那么好的一手字，也没有哪个蠢货的虎口能留下那么厚的刀茧。想起那些挂在老笔斋墙上的淋漓墨迹中透着的劲道甚至还有那丝隐约的杀意，联想起齐四对今日画面的形容，中年男子甚至怀疑那个少年是不是杀过人……不，应该是怀疑那少年是不是杀过很多人。

十五六岁年龄便杀过很多人，对常年在夜色血色间行走的他来说，都是一个很难相信的事实，对于这样一个少年，只要他自己不肯搬，那谁能逼他搬？

"老朝，我今天毕竟是代表王府在向你问话，你能不能尊重一些？"

中年男子抬起头来，才发现自己因为想那少年的事情竟有些出神，不由面带歉意微微一笑，"王府"二字竟似对他的潇洒心神没有丝毫影响。

今日和他谈话的那人姓崔名得禄，虽是个很俗气的名字，但绝对不是个俗人，能够打理号称长安第一青楼的男人不可能太俗。绝大多数长安人都以为这间楼子的背景是长安府某位高官，但只有中年男子这样的人物才知道，崔得禄靠着的是亲王府的大管事，甚至有人怀疑这间青楼本身就是王爷的产业。

"红袖招最近出了些麻烦事，我是真没想到崔兄你还有空闲谈那些事情。"

崔得禄面色微冷，说道："临四十七巷不是王府要的，你应该很清楚这一点，只不过是因为军部户部不方便出头，才转托给了我们这些跑腿的闲人，谁知道你一直硬扛着不放，惹得部里的大爷们不高兴，这事儿才闹到现在这么大，前些日子长安府扫你场子被你扛了下来，结果最后羽林军都出动了……"

听到"羽林军"三个字，中年男子的眉毛微微蹙起，似乎那处有些隐隐作痛。看他神情，崔得禄话锋一转，笑着说道："当然您应该知道，王府替那两个部衙办些事情，总归是要收些好处，但大管事说了，王爷比较欣赏你，曾经有一次酒后还提到过你的名字，说你在长安城里做事有规矩，懂分寸。"

中年男子始终沉默，但眉宇间的那抹暗色却是愈来愈显眼。

崔得禄继续严肃说道："你也知道我这间楼子前两天死了位御史，这事儿很麻烦，那个倒霉催的自己横死，家里却闹到了长安府去，亲王殿下和那位御史有旧，这种当口也没法儿说话，所以只好由我自己处理，如果你有办法替我把这件事情平了，那么临四十七巷那边的事情，我从此不再插手。"

虽然对方只是个青楼老板，虽然他口口声声说的是我是我还是我，但中年男子非常清楚，对方代表的是亲王殿下的态度，传的是那座王府里的声音，他略一沉忖后微笑问道："就算殿下和那御史有旧，可要平了这事儿也太简单不过，何至于需要我们这种混江湖的人物出手？"

崔得禄面色阴沉说道："你是真的不懂还是装作不懂？如果是前者，从此我眼中就再没你'春风亭老朝'这号人物，因为你太蠢。如果是后者，从此我眼前也不会再有你'春风亭老朝'这号人物，因为你太聪明却又不识抬举。"

中年男子平静回答道："临四十七巷的事儿不算事儿，对王爷不算个事儿，对我春风亭老朝而言也不算个事儿，如果真是朝廷哪处部堂衙门需要，我心甘情愿双手奉上，但……你们不该用这事儿来压我。我春风亭的规矩就是不掺和朝上的争斗，无论是殿下还是军部还是户部，只要事情和这些有关，我就会走得有多远便多远，你越压我我就会走得越远。"

"你春风亭老朝是长安城最大的黑帮头子，手下几千号人跟着你混饭吃，朝廷把漕运押解这些活儿都赏给你在做，结果你说你想走掉？你觉得你自己能走掉吗？你想走到哪儿去？你手下那三千兄弟能走到哪儿去？刑部大牢还是边塞军囚？"崔得禄眼神阴森盯着他，说道，"前些年朝堂之上风平浪静，明哲保身或有可能，但现如今四公主已经回来了，她一心要保自己的亲弟弟当太子，却忘了皇后在位，而皇后娘娘也是有儿子的！这些天家大事当然和你没关系，但这时候如果你还不表明态度当哪家的狗，那……哪家都不会容你！"

"做条狗，原来一定要找个主人吗？"中年男子长叹了一声，看着他问道，"所以你要替亲王殿下收服我？"

"不错，现在整个长安城但凡有资格出声音的人都在压你，为什么？因为你是条没有主人的狗。这种情况下如果你肯投靠任意一家，无论是军部还是谁，只要你有了主人，别人再想打你就要看一看牵着你绳子的那人面子了。"

"我能不能问一个问题？"中年男子忽然微笑着说道。

"请。"

"在皇后和四公主之间，亲王殿下会支持谁？"

崔得禄斩钉截铁说道："当然谁也不会支持，殿下永远对皇帝陛下忠心不二，只要陛下说是谁，那殿下就支持谁。"

中年男子听到这个回答后沉默了很长时间，然后缓缓抬起头来，微笑回答道："抱歉，作为大唐男人，我还是真不习惯做狗。"

崔得禄怔住，强行压抑下心头恼意，苦苦劝说道："人这一生总是会当狗的，有的人是想当狗还当不成。"

中年男子站起身来，将佩剑系在腰间，潇洒拱手，说道："崔老板，你真不是一个称职的说客，因为你不知道我春风亭老朝的性格。"

崔得禄的脸色有些难看，起身沉声说道："你是不是担心这个决定不能服众？你放心，王爷说过了，只要你肯低头，哪怕是象征意义上的低头，他都会让军部给你一个交代，给你两颗人头，你堂堂帮主难道还不能震住下面那些小的？"

谈话到此时，他再也顾不得用王府大管事做那层过滤网，直接搬出了亲王殿下，然而中年男子却像是根本没有听到，直接向门外走去。没有人注意到在崔得禄说出"堂堂帮主"四个字时，他的眉眼间流露出一丝意味难明的笑容。

"老朝，你给我站住。"崔得禄阴恻恻盯着他的后脑勺，"看来这些年你和你的兄弟在长安城混得风生水起，早就忘记了'敬畏'两个字怎么写，但我必须提醒你，这些贵人是真正的贵人，那不是你——一个在阴水沟里爬的蟑螂能明白的世界。"

中年男子缓缓停下脚步，却没有回头。

崔得禄看着中年男子的背影阴冷说道："我知道你倚仗什么，不就是常三、齐四、刘五、费六、陈七……这些人吗？我知道你能打，你这些兄弟也很能打，但你不要忘了，常三、费六是羽林军的校尉，刘五是骁骑营的头目，陈七更是侍卫处退下来的老人。大人物们轻轻翘根手指头，你就会被压进冥界最深处永世不得翻身。"

中年男子霍然转身，蹙眉望向他的双眼。

"这些年你最可靠最能打的兄弟死了不少，除了齐四那个废物，你就只能倚靠这几个家伙，可你根本不明白贵人们的力量。他们只需要一句话，一纸行文，便可以把你最倚重的这股战力困在军营之中。这长安城里被你压了十几年的牛鬼蛇神们，一旦知道这消息，想必都很乐意跳出来狠狠把你咬上一口吧？"

中年男子沉默片刻，脸上神情渐趋平静，继续向门外走去。

崔得禄在他身后冷笑说道："春风亭老朝……你的手伸得太长了，居然已经伸到朝廷里去了……如今你举目皆敌，我倒要看看谁还能容你！"

中年男子右手放在房门上，沉默片刻后说道："只要天能容我，我便能活。"

红袖招顶楼的这场谈话，从某种意义上来说，决定了长安城地下世界的历史自然进程，当那些高居庙堂之上的大人物，忽然有兴趣关心江湖之上的野草时，无论那些野草的生命力如何旺盛，活着的欲望如何坚强，都必将如野火烧过后的草原，只留下焦黑的枯枝和残存在土壤里的草根，再也不可能重复此前的茂盛。

这就是权力的味道。

御史张贻琦的夫人这一辈子其实很习惯这种味道，所以当张贻琦忽然身亡之后，她根本无法接受这个事实，带着那帮去青楼闹事的娘子军领了老爷尸身回家后大哭了两天，然后开始在大理寺和负责都城治安的长安府衙门之间奔波，只可惜这一次轮到她嗅到这股权力的味道，这味道便变得有些糟糕了。

"我家老爷怎么可能如此短命？他和我说过，二十七年前国师大人曾经给他看过命相，说他必然长命百岁，依我看，我家老爷肯定是被那楼子里的狐狸精害死的！京兆尹大人，您可得替我做主啊，如果你敢包庇那楼子，我就去亲王府求殿下为我家老爷主持公道！"

坐在台上的那位官员年龄四十出头，三角眼酒糟鼻，颔下一绺稀稀落落的胡须，样貌实在不雅，在讲究丰神俊朗的大唐官场，此人没有被遣往下方诸郡州，而是留在长安府，实在是个异数。官员看着堂下站着的那位干瘦妇人，被她的话弄得头痛不已，好在大唐官员都很清楚国师大人的传奇人生，他仔细掐指一算才明白过来，二十七年前国师大人还只是昊天道南门一个烧火道童，还没能遇见当今圣上从而发迹，当时他替张贻琦算命只怕是骗钱的成分居多。想到此节，他忍不住咳了两声后威严说道："咳咳……夫人请节哀，首先你要明白，本官是长安府司法参军上官扬羽，而不是京兆尹大人，其次，御史大人的遗骸已经经过仵作详细勘验，确实是因为车厢意外倾倒压垮，而导致脑部遭受重击死亡，实在不是谋杀案。"

御史张贻琦死在青楼侧门，这事儿在长安城里闹得沸沸扬扬，但都是嘲笑讥讽居多，而在官场之上更没有人把这件事情和什么谋杀联系在一处，长安府为了避免那帮穷御史借题发挥闹腾，两天前便已经早早把此案定为交通意外。可谁也没想到，那位御史夫人竟是不依不饶直接闹到了大理寺。御史的工作就是得罪官员，人缘自然不可能太好，虽然张贻琦人已死，但靠山亲王殿下还在，所以没有官员会趁机落井下石泼脏水，但也没有人想多管闲事，于是大理寺又毫不客气地直接把御史夫人重新推回了长安府。

京兆尹先前听到敲鼓声，再一打听是那位剽悍不好惹的御史夫人，早就已经偷偷从侧门溜回了后宅，然后吩咐下属说自己今天身体不适，需要静养。上官扬羽身为长安府司法参军，主管刑名查案，却是找不到由头溜掉，而且他也并不想溜，在别的官员眼中御史夫人是位不好惹的悍妇，可在他眼中，所有的官员夫人都是纸老虎，只要拿准她们怕的事情随便吓吓，就能把她们搞定，而且说不定还能从中捞些好处。

这种时刻还不忘捞好处，足见这名司法参军的贪婪。当上司法参军之后，上官扬羽不再像这些年来那般低调谨慎，对贫穷的恐惧和对金钱的狂热追求，让他开始了自己的受贿之路。长安府被朝廷上上下下盯得紧，又是吃赋税的可怜衙门，想要贪赃自是无法，然而他却可以枉法。

御史张贻琦一案，他不敢枉法冤枉那间青楼，但却想试着能不能从死人老婆手里敲诈些银钱出来，他眯着眼睛打量着干瘦的御史夫人，不等对方愤怒反驳，招手示意对方走近前来，压低声音说道："夫人，人证是你自家护卫随从，物证现在还堆在衙门后院，御史大人身上还有脂粉味道，而且那天你带着那群仆妇拿着木棍冲过去时，半个长安城的人都看到了。你说……御史大人不是因为害怕你要去青楼捉奸，从而慌不择路一头撞死在自家马车上，谁信呢？"

御史夫人乍然变色，正准备厉声痛骂之时，上官扬羽微微一笑，三角眼眯成了铜钱中间的小四方，继续压低声音说道："其实本官也明白，御史大人死得太离奇太窝囊而且……不好听，您总得闹一闹，才能显得自家心思无愧，也免得被人说是您逼死了自家老爷，再说了，如果真闹起来，那间楼子还不得赔您一大笔银钱？唉，这人死入冥界便再也顾不得生人，朝廷发的那点儿抚恤和遗禄，又能值当个什么用呢？能拿笔银子自然是最好的。"

御史夫人干瘦的脸上表情极不自然，很明显被上官扬羽说中了心思，她讷讷半天后，忽然满怀期盼望着他，压低声音说道："这事儿若成，我分你……两成。"

在公堂之上就敢直接拿唐律做交易，这事儿若让御史台或是宫里知道，无论是上官扬羽还是这位御史夫人大概都逃不了一死，不过今天整个长安府衙门的人都因为惧怕御史夫人撒泼而避开，公堂之上倒是清静得厉害，她也不担心被人听到。然而出乎御史夫人的意料，上官扬羽骤然脸色一沉，一拍手中惊堂木，厉声喝道："好大胆的妇人，因你夫为御史我才敬你三分，居然想自找死路！"

一声断喝直接把御史夫人吓呆了，上官扬羽那张脸仿佛是画出来的一般，又迅速变得和蔼可亲，语重心长说道："本官斥你是要救你，你可知道那家楼子的靠山是谁？你居然还想从那里讹银子？你真是好大的胆子啊。"

御史夫人扶着案台颤声说道："这……这……还得请您多指教。"

上官扬羽自然不能说长安府在那楼子里占了几分干股，故作神秘地伸手指了指天，压低声音说道："那是皇后娘娘的产业。"

"啊？"御史夫人听到"皇后娘娘"四个字，顿时吓得慌了手脚，甚至感觉自己膝盖有些发软，颤声道，"这可如何是好，这可如何是好？"

"你如果坚持要闹下去，我可不担保御史大人身后的名声能不能保住，毕竟有人是看到他从青楼里跑出来的，而且当时他还喝醉了。"上官扬羽望着她，正色说道，"御史嫖妓，若让宫里知道了，就算死了只怕也要被除去官职，免掉一应遗禄，到时候你才真是竹篮打水一场空了。"

御史夫人惊恐问道："那……那……可如何是好？我不告了成不成？"

"问题是这事儿已经闹出去了，不过如果能把那边楼子里主事的人打点打点，务求不要让这件事情传进宫里去，尤其是那位的耳朵里，或者事情还能办。"

"那就办啊！"御史夫人早已没了主意，干瘦的脸上满是惘然和紧张，问道，"您看这事儿该怎么打点？"

上官扬羽微微一笑，知道马上又会有笔银钱入账，不禁觉得身上每一根毛孔都舒展开来，面前御史夫人干瘦的脸也变得怡目不少，他在心中得意想着：吃男人哪有吃女人来得简单，吃活人哪有吃死人来得舒爽。

他出身贫寒甚至可以说低贱，先人没有遗泽，身后没有靠山，生着一张难看的脸，吃起原告被告来就像蝗虫般贪婪，拍起上级马屁来就像野猪般皮厚，品德性情无任何可观之处，但只要昊天老爷没有收他，他便会继续这样执着坚定丑陋地活下去，正所谓只要天能容我，我便能活。

连绵春雨又下了两天，临四十七巷的生意还是那么冷清。

宁缺并不知道长安府有位叫上官扬羽的司法参军因为骨子里的贪婪从而替他解决了刺杀御史张贻琦一事最后的小麻烦，此时的他正端着微烫的面碗，望着被雨水不停冲洗的青石板，想着不久后的入院试，想着昂贵的学费和住宿费，心情有些郁闷，感觉有些冷，下意识里用左手紧了紧衣领。

虽说从那位背景神秘的东家手中免了整整一年的铺租，细细一算等于是凭空挣了三百两银子，但这银子并不是现银，只是纸面上的东西，若那东家真的扛不住官府的压力又或是老笔斋即便无租金也经营不下去，便等同于零。想到这点，他忍不住又叹了口气，低头用筷尖挑弄着碗里的面条，戳弄着鲜嫩的葱花，完全没有吃东西的欲望，这两天他连写字的兴趣都没有，更何况是这碗吃了好几年、闭着眼睛不用闻都能猜到放了四颗花椒、三十粒葱花的汤面。

铺子外面的雨下得越来越大，哗哗击打着地面，水花四溅成雾，视线越来越差，那户部清运司库房的外墙都快看不清了，宁缺端着面碗走到门槛上，半蹲着继续看雨，然后开始低头吃面。忽然他抬起头，向右上方望去。一名中年男子撑着把油纸伞出现在老笔斋门外，嚣张的雨水把他身上那件青衫打湿大半，腰间的剑鞘上也满是水珠，正是免了宁缺一年租金的那位东家。

青衫被雨水打湿了，前襟后摆上的颜色有些发深，看上去有些狼狈，但奇妙的是这名中年男子没有丝毫狼狈感觉，撑着油纸伞静静站在门槛，看着眼前毫无间断的雨丝，神情从容平静，就像看着满街桃花一地阳光。宁缺仰头看了他片刻，没有说话，继续低下头来吃面。

长时间的沉默，中年男子忽然低头望向他，微笑说道："面很香。"

宁缺蹲在地上回答道："吃的次数太多了，再香的面也就只是那么回事。"

"我没有吃过。"

"虽然你免了我一年租金，但我不打算请你吃。"

"我喜欢你写的字。"

中年男子话题转得奇快，就像二人眼前淋漓的雨水，渗不透雨伞便顺伞面滑落。从这点可以感觉到此人平日只习惯发布命令，并且不允许下属质疑自己的命令。

"我也喜欢。"

"写得很好。"

"我知道我字写得很好。"

中年男子笑了笑，说道："字里面的……杀意很饱满，我很少见到有人杀意如此饱满无碍。"

宁缺低头沉默，看着手中捧着的面碗问道："你今天晚上要去杀人？"

中年男子感慨回答道："是啊，天能容我人不能容我，那我只好杀人了。"

37

宁缺仰脸看向他，问道："想杀人就去杀吧，杵在我铺子门口做什么？"

中年男子应道："我在等雨停，也在等几个人。"

"等雨停的时候往往雨不会停，等人来的时候往往人不会来。"宁缺好心劝道。

"人不来肯定是有不来的道理。"中年男子微笑说道，"不过能不能让我和你聊两句比较严肃认真的话，而不是像那些苦行僧一般试来探去？"

"这个态度就对了，我也不喜欢尽在云山里转来转去。"宁缺笑着回答道，"不过我不喜欢蹲在地上和站着的人说话，因为高度有差距。"

"你可以站起来。"

"为什么不是你蹲下来。"

中年男子笑一笑，没有半点犹豫直接蹲了下来，湿漉漉的青衫下摆遮住了老笔斋的门槛。然后他看着宁缺犹带青涩的脸认真地说道："我现在很吃力。"

宁缺低头吃面，等着下文。

"很多大人物想要我表态，但我现在的情况是不能表态，所以我现在正在被围攻，我和我的兄弟们做事很干净，官府若要用唐律治我罪不方便，所以他们决定今天晚上直接把我灭掉，趁着这场夜雨，南城西城的对手都已经拥了过来。"

"你等的那些人呢？"

"我有一个兄弟前些天死了，剩下的兄弟大部分都在官府里有差事，那些大人物很轻易便能用差事把他们困在军营和衙门里面，所以今夜我的人很少。"

夜雨依然在继续，而且似乎有越来越大的倾向，中年男子等的人看样子也是等不到了，但他似乎并不在意，只是平静温和讲着自己当前面临的情况，没有做任何掩饰，然后他看着身旁的宁缺，微笑说道："但所有这些都不是问题，我今夜的问题在于，我的身边必须要有一个人，但那个人我找不到。"

宁缺看了一眼他腰畔的那把剑鞘，猜测里面那把剑应该很小，问道："你身边需要一个什么样的人？"

"够快够狠够勇，杀人的时候不能眨一下眼睛，不能让任何东西落在我身上。"

"不包括雨水吧？"

"自然不。"

"那这个要求倒不高。"

宁缺挠了挠有些湿气的头发，说道："为什么是我？"

中年男子的目光落在他端碗的右手上，说道："我打听到一些事情。虽然梳碧湖的砍柴人在长安城里没什么名气，但我很清楚一个专杀马贼的少年能做些什么。"

宁缺沉默片刻，然后笑了笑，说道："我为什么要跟你走？有什么好处？"

中年男子很欣赏少年的直接，伸出手指弹掉油纸伞上的雨水，微笑说道："整个长安城没有人知道我的底牌，今天晚上如果我赢了，那张底牌就能掀开来，到时候你就会知道，我真的是一条很粗的大腿，很值得你抱上一抱。"

"既然今夜这么危险，为什么你不把底牌先打出来？"

"因为底牌不是一张牌，是一个人。我无法命令他，相反他能命令我，他需要我赢了今夜这场战斗，因为他想看看对手的手里有没有藏着牌。"

"好吧，我对这种风格的对话实在是有些厌憎了，我只想说你这条大腿或许很粗，但对我真没有太大吸引力。你既然知道遥远的梳碧湖，那你一定知道我曾经有机会抱住一根看似很细，但实际上是大唐最粗的腿之一，可我没有去抱。"

宁缺说的自然是大唐四公主李渔，说完这句话他再次沉默，把手中面碗搁到湿漉漉的地上，与中年男子蹲着并肩看雨。在这一刻，他忽然想到某个自己很喜欢的故事里的某一幅画面，想到小黑子在小馆里的交代，于是做出了决定。

中年男子沉默片刻后说道："或者……你习惯直接开价？"

宁缺对着恼人的雨水伸出手掌，干净利落说道："五百两银子。"

中年男子蹙着眉头建议道："太少了，是不是再加点儿？"

雨夜书铺门槛旁，二人讨价还价的画面着实有些诡异，雇主竟然觉得钱太少了。宁缺转头看着他问道："你估计今天晚上我要杀多少人？"

中年男子想了想后说道："至少五个。"

宁缺回答道："在草原上，我杀五个马贼说不定还搜不到五两银子，所以你放心，为了五百两银子，我绝对可以拼命。"

"我不需要你拼命。"中年男子微笑望着他说道，"如果到了需要拼命的时候，你可以先行离开。"

宁缺摇头说道："那不是我做事的风格。情义比金坚确实是句很白痴的话，但既然是做生意，当然要遵守基本的从业道德。"

中年男子微笑伸出手来："成交。"

宁缺伸手和他轻轻一握然后松开，说道："我姓宁，安宁的宁。宁缺。"

"我姓朝，大唐朝的朝，朝小树。"

"好嚣张的姓，好温柔的名。"

"长安人都叫我春风亭老朝，你可以叫我朝哥。"

"朝小树比较好听一些……我说小树啊，你就是鱼龙帮的帮主？"

"你可以叫我老朝……另外，我从来没有承认过自己是鱼龙帮的帮主，我只是集合了一群兄弟，做些朝廷不方便做的事情罢了。"

宁缺最终确认了他的身份，微笑拍了拍他的肩膀，说道："长安第一大帮的帮主还这么谦虚，小树啊，你这就显得太虚伪了。"

宁缺从柴堆里抽出那把样式普通的刀，从箱子里找出那把黄杨硬木弓和箭筒，从粗陋青瓷缸里捡起大黑伞用旧布层层包裹，然后全部系在了背上，接着他在箱子底部摸了半天，摸出一块不知多久没洗过的黑色口罩。仔细穿好贴身的软甲，外面套了件压箱底的旧年短袖箭袍，把头发散开重新系成月轮国人常见的样式，用黑色口罩遮住大半张脸，宁缺对着铜镜仔细端详半天，确认没有什么漏洞，走到小厨房外探头向里面说道："我走了。"

桑桑在收拾厨灶，洗涮锅碗和笔砚，小脸上没有任何表情，柳叶般细长的眸子里隐约有些孩子气的烦躁，不知道为什么，小侍女今天搁碗涮笔的动作很大，时不时发出砰砰闷响，抹布用力擦着锅底竟似要把黑乎乎的锅底擦穿。

宁缺微怔，然后明白了一些，温和解释道："能挣些银子总是好的，而且我看那家伙应该很有背景，给对方一个人情，将来我也用得上。"

啪的一声，桑桑将抹布重重摔到灶沿上，端着沉重的铁锅自去倒脏水，小丫头腰身一扭，竟是当作没看见他这人，没听到他的解释。

宁缺揉揉蹙起的眉心，沉默片刻后说道："小黑子那个白痴随随便便丢了一句话就嗝屁，我就算想推托也没办法跑到冥界去找他，那么今夜算是替他还账。"

说完这话，他不再理会小桑桑的小情绪，直接出了后宅走入前方的店铺。

春风亭老朝身为长安第一大帮鱼龙帮的帮主，在江湖上飘荡经年，不知见过多少奇人异类，他知道老笔斋的少年老板肯定也是奇人之一，早有思想准备，但此时看见宁缺这身打扮，依然忍不住感到一丝诧异。他看着宁缺身后那根被破布裹成粗棍子般的神秘物事，微微苦笑说道："看你这身打扮不像是去杀人，倒像是欠了赌债准备连夜逃家的破落户，你莫非打算把所有家当都背在身上？"

"我只背了一把刀，你就知足吧。"宁缺走到他身旁，看了一眼临四十七巷里的风雨，注意到长巷两头并没有人影，忍不住皱眉说道，"希望你的兄弟里没内奸，希望你的兄弟们能把这条巷子看好，我可不希望跟着你风萧萧去杀人的画面明儿就变成长安府里的索图。"

春风亭老朝低头看了一眼遮住少年大半张脸的黑色口罩，微笑说道："其实不用这般谨慎。如果过了今夜你我二人还活着，那么今后只要你不触犯唐律，为非作歹，这座长安城甚至整个大唐帝国都不会有人再敢来找你麻烦。"

听着这话，宁缺心想谁说长安第一大帮身后没有背景，然而他并没有摘下口罩去光明磊落杀人的想法，清稚的声音隔着黑色口罩透了出来："我习惯低调。"

春风亭老朝笑了笑，不再劝他什么。春夜的幽静早被淅沥的雨声打扰，此时又多了脚步声，宁缺走出门槛，朝小树撑开看似破不禁风的油纸伞，二人同时抬动脚步向夜色与雨中走去。

桑桑冲了出来。她站在门槛内，双手抱着那口沉重的大铁锅，看着桌上那碗还剩了很多的面，看着风雨小巷里那个背影焦虑地喊道："少爷，你面还没吃完！"

宁缺回头笑着望着她，说道："先搁那儿吧，回来继续吃。"

桑桑抱着大铁锅，瘦小的肩膀靠着被雨水打湿的铺门，大声喊道："冷了不好吃！"

宁缺用力地挥了挥手，笑着大声回答道："那你再煮一锅，等我回来吃。"

桑桑紧紧抿着小嘴，怔怔看着他转身而去，最后喊了声："我多放些葱花儿，少爷你要记得回来吃！"

宁缺不再回答，黑色口罩外那双眸子里的笑意却越来越浓，看着越来越黑的巷景，看着越来越急的雨丝，忽然开口问道："小树啊，咱们现在去哪儿？"

"春风亭。"老朝平静回答道，"我的家在那里……敌人也在那里，另外我还是建议你称我为老朝，因为你才是一棵小树。"

巷中风雨依旧，不知春风亭那处如何。

38

绝大多数长安人都知道，基于某个没有人知晓的缘故，春风亭老朝向来不怎么愿意提及自己帮派的名称：鱼龙帮，他更愿意把这个长安第一大帮叫作春风亭。很多人猜测这是因为他自幼住在春风亭横二街的关系，敌人们则是暗自嘲讽，认为丫就是杀人太多黑钱捞得太多坏事做得太多又不乐意别人说他粗鄙，于是硬要把自己、自己帮派和春风亭这个看似很雅的名字联系在一起。

春风亭地处东城贫民区，建筑破烂不堪，从白昼到夜间充斥着小摊小贩走街串巷的闲人，连清静都算不上，自然没有什么风雅可言。但今天的春风亭一带格外幽静，静到雨落的声音有若雷鸣，静到春夜凉风刮过破旧饼铺招牌的声音有若松涛，从横四街到横一街一片街巷，看不到任何冒雨行走的路人，甚至连婴啼声都没有，仿佛除了风雨和被肃杀之意笼罩的街巷外，其余的都不存在，静到要死。

从临四十七巷到春风亭距离并不是太远，两个人像散步的游客般慢悠悠走着，也没走多久便走进了这片静街暗巷里。前方的春风亭隐藏在夜色里，隐藏在风雨声中，只能模糊看到一处破旧的小亭，却不知道有多少敌人同样隐藏在这夜色风雨中的春风亭内外。

戴着黑色口罩、背着一大堆东西的宁缺，撑着油纸伞老老实实走在朝小树的身后方，把一名助手侍者的角色扮演得极好——不知何时，他接过了朝小树手中的伞。朝小树则一如既往目不旁顾负手走着，纵使身上青衫已被油纸伞淌下来的雨水打湿大半，脸上依然挂着淡淡笑意，将伞外风雨夜色都照亮了几分。破烂小亭四周一片死寂。埋伏在此间的人全都没有想到，没有他们想象中的三千青衫兄弟，只有春风亭老朝一个人，然后带着一个沉默的少年，以风雨为伴闯了进来。

长时间的沉默，确定只有春风亭老朝和宁缺二人，隐藏在夜色风雨中的敌人不再隐藏自己的行踪，伴着连续不断的脚步声，靴底踏浅泊的啪嗒声，利刀缓缓抽出刀鞘的磨擦声，数百名脸色肃然的江湖汉子从亭后从巷中从宅侧走了出来。春风亭老朝和宁缺站在离破烂小亭不远的地方，静静看着四面八方拥出来的黑压压人群。朝小树微微一笑，没有问身后少年怕不怕这种无趣的问题，抬起手臂抹了一把脸上的雨水，指着人群最中间某个微胖的中年人说道：

"这个人叫蒙老爷，南城当家，他身旁那个剃光头的大汉叫宋铁头，蒙老爷是宋铁头的大哥，宋铁头就是那天去你铺子闹事的那个谁谁谁的大哥。"

随着青衫中年男子一抬臂，雨夜围击的人群骤然一阵骚动，手持利刃站在最前排向自家老大展示悍勇的汉子们表情微僵，下意识里齐齐向后退了一步。宁缺站在他身后静静看着这一幕，大致了解了鱼龙帮在长安城黑夜世界里的地位，了解了在这些江湖人士心中，"春风亭老朝"这五个字拥有怎样的威慑力。朝小树笑了笑，没有出言讥讽对方，指向东侧人群深处一个瘦高个说道："这位叫俊介，西城主事，手底下也是有好些位汉子，平日我那些兄弟没少与他亲近。"

紧接着，他望向亭后站成一小圈的人群，微微皱眉说道："那些都是猫叔的人，猫叔向来跟着长安府混的，下手极没有规矩，令人厌憎。我自然不会怕他，但他小姨子既然是长安府录事参军的妾室，给他些颜面罢了。

"那几条汉子比较麻烦，都是城门军退下来的，手底有真功夫。更麻烦的是，因为我管的那几条货运线路向来不用给他们上贡，所以城门军本身就对我很有意见，把他们杀了，不知道城门军那边会不会愚蠢到继续闹事。"

春夜风雨之中，数百名长安城黑道人物聚集在春风亭四周，就为了围杀他这位长安第一大帮帮主，然而面对此情此景，他却极温和地替宁缺介绍今夜来了哪些人物，无一遗漏，显得格外有耐心，或者说有信心。宁缺压低声音说道："玩介绍可以，但你可别介绍我啊。这些可都是长安城黑道大拿，要知道了我的身份，我在长安城里还怎么混？"

"过了今夜，这些人如果没有被杀光，大概也会被杀破胆。"春风亭老朝负手望着雨夜中的人群，平静说道，"既然如此，你何必还要怕他们？"

宁缺撑着伞，看着他的背影很认真地解释道："我不怕杀人，但我怕麻烦。"

就在伞下二人轻声交谈之际，雨夜里的人群终于忍受不住对方这种视长安英雄为无物的羞辱，几番商议后强行推出南城蒙老爷为代表说话。眼下虽然看着春风亭老朝是必然毙命的下场，然而说实话，不到亲眼看着此人闭眼，依然没有谁敢在对方面前放肆，南城蒙老爷也是如此，但此时场间他的人最多势力最大，平日里也被鱼龙帮压得最狠，不出面怎么也说不过去。

"解粮，移库，军部后勤支援，户部库房外围看守，咱大唐最挣钱的暗活，这些年全部让你们鱼龙帮给霸占了，连一点清汤都不拿出来分润下众家兄弟，圣天子在位，这世间真有这样的道理吗？"南城蒙老爷冷冷看着朝小树说道，"你应该很清楚什么叫犯众怒，以往众家兄弟看在你春风亭老朝的经年字号上敬你三分，然而眼下既然朝廷都要收拾你，你却依然油盐不进，那你就别怪我们对你不客气。"

"混江湖的人文化水平向来不高，所以他们翻来覆去也只会说这么几句话，早年前我需要亲自出面与人谈判，这种话实在是听得快要起老茧。"朝小树站在伞下，看着侃侃而谈的南城蒙老爷，微笑轻声说道，他这话自然不是说给对方听，而是说给身后的宁缺听。南城蒙老爷见他如此轻视自己，面色变得极为难看，重重一顿手中拐杖，喝道：

"鱼龙帮号称三千青衫，但你我都清楚，敢为你做亡命之战的顶多不过二百来人，现如今你那几个最能打的兄弟，全部被贵人们镇压在羽林军骁骑营内，今夜我倒要看看你能怎么脱身！"

朝小树看着他微微抽搐的肥脸，忽然展颜一笑答道："先回你第一个问题，无论是解粮、移库，还是漕运，我能霸着这些生意如此多年，自然是我有资格霸着，不管是你还是俊介还是猫叔，你们没一个人有能力霸着这些生意，甚至这些生意放在你们面前，你们都不敢吃。你也不用再试探我有没有后手，我可以告诉你，春风亭兄弟没有一个人会来春风亭四周，齐老四不在，难道你们不觉得奇怪？不用奇怪，他和兄弟们已经去了你们的家，相信这时候，南城东城还有你猫叔的外宅那里已经开始不清静了吧。"

随着这句话响彻破旧小亭周遭，雨中人群顿时变得更加骚动，他们在这里围朝小树，一直派人跟着朝小树的行踪，哪里想到朝小树竟是拿自己当诱饵把他们诱在此间，却又把鱼龙帮剩余的所有力量都派去了他们的老巢！

"祸不及妻儿家宅！"城门军退下来的汉子们厉声呵斥道，"朝小树你欺人太甚！"

朝小树面色微寒，旋即微微摇头说道："你们在我家门口围杀我，如果不是我提早把家中人口散走，这算不算祸及家宅？不过你们放心，我春风亭老朝做事向来有规有矩，我不打算把你们杀死在自己家门口，让你们的父母妻儿伤心欲绝。"

略一停顿，他看着众人平静说道："不过今夜之后，你们别想还在长安城内有家。"

你们别想还在长安城内有家。简简单单的一句话，让场间众人脑海中顿时出现很多画面——"春风亭老朝"这五个字就是信义保证，他说不动众人亲眷便肯定不会动——然而微寒春雨夜，家中老父老母病妻幼儿被人粗鲁地赶出家门，紧接着自己经营多年的宅院铺子被那些鱼龙帮的青衫汉子变成瓦砾，谁能接受这样的事情发生在自己身上？

南城蒙老爷肥脸再次抽搐，手下撑着的雨伞没有遮住所有雨水，这一抽搐竟是把肉上的雨珠弹出去了几颗，他寒声说道："没有宅子可以再起，而人死了没办法重活，只要杀了你春风亭老朝，江湖从此不一样，长安城……就是我们的！"

"长安城永远是皇帝陛下的。"朝小树微嘲一笑，低头看了眼腰畔的佩剑，抬头展颜露出令人心折的一笑，说道，"说到杀死我，你们见过我出手吗？"

他身后的宁缺收拢油纸伞，随意扔到脚下，右手上举伸向后背斜指雨云的刀柄。

朝小树缓缓伸手握住腰畔剑柄，就在修长手指与沾着雨水剑柄相握的一瞬间，只见他身上那件青衫微微一震，无数雨滴被弹落成细微水粉，如迷蒙的雾。

温和微笑的中年男子骤然变得杀意凛然，仿佛变成了另外一个人，身周那些凄寒雨丝仿佛感受到了一些什么，摇晃倾斜沉默避开，再没有一滴敢落上那一身青衫。

39

这些年来，整座长安城都是鱼龙帮的天下，所有人都知道鱼龙帮上层有一批能征善战、浑然不似普通黑道人物的狠厉角色：常三冷、齐四狠、刘五横、费六凶、陈七阴。除了从江湖最底层爬起，以狠毒立位的齐四，其余那些角色随意放在西城或是南城，都绝对能轻松打出一片江湖。很多人以为他们会不甘心现在的位置，以为他们会离开鱼龙帮自觅天地，会找机会出头，甚至背叛上位，然而这么多年过去了，这五个男人依然紧紧跟随着他们的大哥，一步都未曾离开过——因为他们的大哥是春风亭老朝。

长安城内很少有人见过春风亭老朝出手，更准确地说，早年前那些见过春风亭老朝出手的老人早都已经死了，但没有任何人敢轻视他，更没有人会认为他是一个只会侈谈兄弟情义却毫无雷霆手段的纸老虎。因为谁都明白能把常三等人镇得死死的人物，腰间的佩剑不可能仅仅是书生的佩饰。春风亭老朝这个名字是飘浮在他所有敌人头顶的一片阴影，他们想看见此人腰间佩剑出鞘后会带来怎样的风雨，却没有人敢去试，因为他们知道，一旦此人腰间佩剑出鞘，长安的黑夜必将迎来一番血雨腥风。

感觉到己方所有人都被朝小树握剑那个动作震慑住，南城蒙老爷瞪大着眼睛，声色俱厉嘶吼道："他只有一个人，又不是神仙，都给我上！"

黑道里永远不缺少热血冲昏头脑的莽汉子，寻觅杀死江湖传奇一举成名机会的隐忍者，被身周同伴数量鼓起悍勇气息的从众之人，随着南城蒙老爷这声厉喝，数百名长安帮派众举起手中钢刀，大喊着从四面八方冲了过来！

"我只是想要回家。"朝小树看着冲上来的敌人们说了这样一句话，然后呛啷一声惊破雨中的破亭旧巷，腰间的佩剑如蛟龙出鞘，外象缓慢实则迅捷刺向冲在最前面那个人。宁缺看着朝小树的后背，右手已经握住刀柄，却没有拔出那把最近磨得极锋利的朴刀，因为他想看看这位长安黑夜传奇的真实实力，同时他觉得小树君先前说的那句话过于装逼，有些担心自己拔出刀来会被一道闪电误劈至死。

朝小树的剑样式很普通，普通长普通宽，开锋处也无甚特别，只是在雨珠被高速移动剑身拍散的那一瞬，隐约能够看到剑上有很多细纹，那些细纹并不是某种符文，而更像是数道缝隙被水银补满。

过于牛逼的人说句实话，就会被人误以为是装逼。宁缺盯着那把剑，看着那把普通的剑在最后那一刻改刺为拍，准确而轻松地拍到那名汉子的胸膛上，终于明白春风亭老朝那句话并不是装逼，而是这个人确实很牛逼。

平直的剑身在空中被某股力量强行拗成弯状，与它的速度相比，自夜空降下的雨珠缓慢得令人发指，而就在剑身拍打在那名汉子胸膛上时，那股力量骤然自剑身递出，啪的一声直接将那片胸膛击得深陷下去！

一声如击重革的沉闷巨响！

一声戛然而止的惨号！

那名悍勇冲在最前的南城帮众，连朝小树的脸都没有来得及看清楚，便被直接拍成了一只风筝，极为凄惨地破空而飞，飞过了破旧的春风亭，落到了十几丈外！

正自喧嚣喊杀的数百帮众骤然一静，他们的目光下意识随着那名同伴在雨夜空中画了一道极长的弧线，然后迅速被恐惧占据身体，挥刀的手变得寒冷起来。他们曾经想象过春风亭老朝腰间佩剑出鞘之时可能会刮起一阵腥风，或许会落下一场血雨，但从来没有想象过，一把单薄的青钢剑竟能把沉重的一个人击飞如此之远，薄剑一挥间蕴藏着的恐怖力量竟像是天神手中的大锤，一动天地四方动！

不，那把剑不是天神手中的铁锤，更像仙使手中的一条钢鞭！

冲到朝小树身周的那些江湖汉子，被这雷霆一击震骇得僵立原地，朝小树却没有停止在雨中向前的脚步。他潇洒执剑而行，每一步踏出便手腕微提青衫微震挥出一剑，挥舞之时，平薄剑身嗡嗡作鸣，极尽弯曲弹放之态，像条钢鞭般呼啸挥舞，裹着雨珠凉风啪啪击出，每一剑出便有一道人影飞起！

剑身及胸，有人横飞撞到巷墙，吐血滑落；剑身及腿，有人翻着跟头划破夜空，喷血堕地；剑挥破雨，沉闷嗡鸣，人影不停横飞而出，惨号恐惧之声响彻先前还是死寂一片的春风亭。一路前行的朝小树挥剑动作轻松随意，甚至可以用毫不在意来形容，就像是在夏日里驱赶夜蚊子，脸上的表情没有丝毫变化，平静如常。亦步亦趋跟在他身后的宁缺却再也无法保持平静，在夜雨中无比明亮的眸子里闪过一抹震惊之色。

用轻薄的剑身击飞敌人，而不是选择更简单更省力的刺死敌人，朝小树的出手在前一刻让他有些不解，此刻才明白，只有这种方式朝小树才能始终保持身周始终有一片空地，避免被对方一围而上。但这样霸蛮甚至嚣张的战斗方式，显然很消耗体力与精神，朝小树如果不是想用这种方式震慑住当场数百名凶悍的汉子，那便是他有自信直接把所有敌人拍死！

宁缺看着朝小树的背影，看着这个在夜雨中嚣张前行的中年男子，看着在他剑下不时惨号飞起的汉子，看着那些在远处泥水里呻吟不起的人，抿唇想："我知道你强，但我没有想到你这样强。"

躲在人群之中的那几位长安城大佬此时早已心神俱裂，他们今天终于看到了春风亭老朝出剑，但他们宁肯这一辈子都没有看到过。平日里他们在鱼龙帮的阴影下活得挺好，自以为双方差距不大，如果拼命去做犹有一搏之力，直到此时此刻，在凄寒的春雨之中，这些人才无比凄寒地发现事实原来如此残酷。他们能够活着，只不过是因为鱼龙帮和那个中年男子根本不屑多看自己一眼。

传奇就是传奇，无论江湖、青楼还是官场上，能够在人们记忆中成为传奇的人，必然有他们成为传奇的道理，而这绝对不会因为传奇多年未曾出现就有所改变。眼看着平时悍勇无比的下属被那个中年男子轻轻一挥衣袖便拍飞，眼看着对方越走越近，南城蒙老爷、俊介、猫叔这些在南城西城挥斥夜色风流的枭雄，身体开始微微颤抖，无法压抑地生出退走的强烈欲望。然而想到站在己方身后的真正的贵人，想到府里那两位真正的强者，他们咬着牙，发出最狠厉的吼叫："大家一起冲上去围死他！飞斧！"

厉吼回荡在春风亭四周的街巷里，很诡异的是，听到"围死他"这三个字，那些鼓起余勇拿着钢刀号叫前冲的帮众用最快的速度散开，拼命远离朝小树和宁缺身边，前方人群散开，露出两排精壮的汉子——那些汉子腰间系着粗糙的布带，布带里夹着四把小斧子，手里已经拿着两把小斧子，正要投出！

大唐民风尚武，朝野之间流淌着剽悍气息，所以都城长安并不禁携佩剑，即便是朴刀之类的武器，只要你不在热闹坊市拿出来到处乱晃，官府也不会管你，然而对于弓箭这类的远程武器管制却是比较严格，尤其是威力巨大的弩箭，更是严禁民间拥有。在这种情况下，数十把破空而至的飞斧就成了最可怕的手段！

雨夜厮杀至此时，朝小树脸上的平静表情第一次有了变化，他看着远处墙下的两排飞斧手，并无畏惧之色，甚至连警惕都没有，只是微微皱了皱眉，似乎只是觉得有些麻烦，摇头说了句："你知道该怎么做。"

这句话自然是对宁缺说的，然而宁缺……并不知道此时自己该怎么做，如果对方的飞斧像雨点般飞来，他相信自己能够逃离，但他同时相信朝小树在杀死或者击溃所有敌人之前不会选择离开。就在这一瞬间，他看着朝小树的背影，忽然想起北山道口的那场战斗，想起吕清臣老人说过的那些话，眼中闪过一抹异色。

仿佛听到他脑海中的那声震惊之音，朝小树手中那把单薄的青钢剑嗡的一声响了起来，以极恐怖的速度高速振动，将剑身上的雨水血水尽数震成齑粉，然后咻的一声消失，化作一道灰淡流影撕裂雨帘，飞向那两排飞斧手！

似一道灰淡流影，实为迅捷之剑，剑迹精微妙渺，剑锋所向，那些纷纷扰扰着春梦的仿佛悬在夜空里的雨滴被粒粒刺破，刺破雨滴最外那层皮，刺透它的心，再贯穿而出，刺破人身最外那层皮，再刺穿肉与骨，再贯穿而出，紧握着斧柄的手指像藕节般段段落下，然后断口处才开始喷出鲜血！

巷间墙前只听到噼噼啪啪剑尖刺穿雨滴的声音，铮铮铮铮割断手指的声音，数不清究竟有多少根紧握着斧柄的指头就这样随着雨滴一同散落，然后沉重的小斧纷纷随之落地，砸在满是雨水的地面上发出闷响，最后才是无数声惨号！

有两名反应最快动作也最快的斧手，在春风亭老朝起剑之始，已经扔出了手中的斧头，然而就在电光石火下一刻，那抹灰淡的剑影便掠过了他们的手腕，只看见血水一飙，他们竟是把自己的手连同斧子一同掷了出来，然后画了道凄楚的血线，惨然坠落于不远处的地面，画面看上去异常血腥！

夜雨下的春风亭一片死寂，朝小树站在雨中，看着四周数百名长安城帮众，看着自己那把飞剑时隐时现引发阵阵惨号，一脸平静毫不动容。南城蒙老爷脸色苍白，颤抖指着亭外的朝小树，像疯妇般癫狂尖叫道："朝小树！……朝小树！朝小树你怎么能是……修行者！你……你怎么能是个大剑师！"

"你身边需要一个什么样的人？"

"够快够狠够勇，杀人的时候不能眨一下眼睛，不能让任何东西落在我身上。"

宁缺盯着身前朝小树的背影，看着中年男子悬在青衫薄袖外的双手微微颤抖，身体忍不住感到有些僵硬，那柄薄剑化为无声无息的灰影终于证明了他的猜测，他终于懂了先前在铺子里的那番对话。

北山道口那场战斗中，那位书院弃徒大剑师身边有一位武者近侍，吕清臣用计诱杀那位大剑师后，在第一时间杀死那位武者近侍，正是因为剑师念师这类修行者在战斗中时，最怕被人近身格杀，就如同此时终于展露真实实力的春风亭老朝。此刻朝小树的心神元气全部系在那抹不可捉摸的飞剑之上，看似强大到不可一世，然而剑已不在手，他已经失去了全部的防御能力，如果对方有人这时候能够突破那把飞剑，或者说悄无声息靠近他发动偷袭，他会陷入极大的危险之中。

想必朝小树往年那些凶险战斗时，身旁肯定有那些传闻中极凶悍的兄弟当近侍，然而今夜他的兄弟们都被官府死死锁在各自的营地里，所以他需要找一个人，找一个可以信任而且强大到可以保护他近身安全的人。所以他在淅淅沥沥的春雨中来到临四十七巷，走进那家叫作老笔斋的卖字铺，站在槛外湿漉漉的地面，望着那个正在唉声叹气吃面条的少年郎，微笑说：

"我要去杀人。"

"我的身边需要一个人。"

朝小树只知道宁缺曾经做过什么样的事，但并不知道他是个什么样的人，但就这样看似随意地把自己的安危甚至生命托付给他，毫无疑问是一场赌博。

这场赌博，或者说信任，让宁缺感觉肩头有些沉重。他深深吸了一口气，右手虎口微微一紧，握紧背后斜斜向天的刀柄，缓慢拔出那把雪亮无痕的朴刀。

雨水落在地面，迅速被平日积着的灰尘染脏，渐汇成溪流向街畔的下水道，又迅速被经年的污泥熏臭。一名唐军精锐士卒听着院墙外的声音，缓步退回队列，用手势向同僚比画了一下外面战斗的情况，然后低头看了一眼手中的弩箭，确认雨水没有让机簧出问题。

数十名穿着深色雨披的唐军精锐沉默无声站在院墙后方，手中拿着弩箭，墙外那座破旧的春风亭四周此刻杀声震天，却没有任何人发现他们的存在，这些军士沉默得像是一群石雕，无论是风雨还是厮杀都无法让他们面上的表情有丝毫变化。在这些唐军精锐后方，在那被层层雨帘锁住的开楼木地板上坐着两个人。一人是位眉眼清俊的中年人，一身星白色长衫，身旁木地板上安静搁着把尺寸有些小的剑；另一人戴着笠帽，看不到容颜，但从他穿着的僧袍、宽大肮脏的一对赤足和身前雨檐下的铜钵来看，应该是位苦行僧侣。

那位长衫剑客微微蹙眉看着眼前如丝如缕的雨帘，轻声说道："居然是位剑师，难怪需要动用到我们两个人。"

苦行僧侣低着头没有说话，他听着墙外传来的隐约飞剑破空劈雨之声，盯着木阶下的铜钵，看着钵内的雨水被新落下的雨滴扰得惊动不安，渐渐觉得自己的气海竟也变得有些不安，于是头更低，手指更加缓慢而坚定地拨弄着腕间的铁木念珠。

这座府院是朝府，春风亭老朝的府第，这座木制开楼是听雨楼，春风亭老朝闲来无事扮文人时听雨的小楼，这些唐军精锐和这两位强者，在等他回家。

在朝府另一面的院墙外春雨淅沥的巷口处，停着两辆马车，车前神骏的马儿被雨水淋得有些不耐，时不时想打个喷嚏却无法发声，想要蹶两下前蹄却不敢动作，一辆马车死寂沉沉，另一辆马车里却时不时传来低沉的咳嗽声。没有人知道谁在这两辆马车里，但如果朝小树此时能看到站在马车旁的那位中年胖子，就一定能猜到车厢里的人不是一般人物。那位看似普通的中年胖子在长安城里不是名人，他身上没有任何官面身份，然而很多官员看到他都会曲意讨好，因为很多人都知道，亲王殿下某些不方便办的事情，都是由他进行处理。

然而这样一位比宰相管家更厉害的人物，纵被冰凉春雨淋得浑身湿透，也不敢坐进车厢避雨，微弯着腰老实站在车厢外，态度格外谦卑。

40

冷雨夜，春风亭，朝府外的巷口。

那位中年胖子站在车厢旁，站在雨中，弯着腰压低声音说道："朝小树果然是位修行者，看样子境界还不低，现在局面有些棘手……"

车厢里那人咳嗽了两声，淡然说道："着什么急？府里不是还有户部请来的两个异乡人？如果连他们都挡不住那个混江湖的家伙，我们再出手也不迟……至于那些江湖人死便死了，这长安城的阴水沟里哪几天不死几只老鼠？"

数百名长安城悍勇的江湖汉子，从四面八方拥了过来，在世外高人眼中如阴水沟老鼠的他们，在这生死关头爆发了极惊人的战斗力和血性。然而春风亭老朝是修行者，他们只是普通的江湖人，双方实力上的差距就像是鹰与蚁之间的距离，剑影穿腿而过带起一蓬血花，绕颈而过掉下好大一颗头颅，握斧的汉子断了手指，挥刀的汉子仆在雨水之中。再强悍的战斗力在那道时隐时现的剑影面前都不值一提，再强悍的血性在同伴不时倒下后总会绝望地溃解。

朝小树平静前行，身上青衫早已被雨水打湿，然而就像宁缺每次看到他时那样，谁都不会觉得这位长安黑夜第一人狼狈。他走在春雨里，就像春雨一样自然，身上流露出来的气息就像春雨一样滋润大地，令人无法抵御甚至不想抵御。

来自长安西城南城的帮众们看着雨中行来的中年男子，仿佛看到一个恶魔正温文尔雅地向自己点头示意，然后举起魔爪轻松将自己捏成碎片，满心震骇的他们再也无法压抑心中的恐惧，不知道是谁发了一声喊，众人终于散去。南城蒙老爷西城俊介还有猫叔那些人物已经不知何时悄悄溜走，破旧的春风亭四周除了那些被雨水不停冲刷的尸体，那些重伤呻吟的重伤员，再也看不到一个站立着的人，天地间一片清静——如果忽略那些雨水中的尸体和伤者，忽略掉雨水都无法冲淡的血腥味还有春风亭被撞塌的一角。

宁缺沉默跟着朝小树身后向前走去。他双手紧握住刀柄，雪亮的刀身横于胸前淋着雨水，从始至终他没有出过一刀，这场单方面的屠杀便就此结束，但他没有放松更没有什么尴尬歉意，因为他知道真正的凶险还没有到来——如果你有机会跟着一位修行者战斗，那么你遇见的敌人就极有机会是一位甚至几位修行者。

一步两步，朝小树走到自家宅院门前，身畔鞘中无剑，那剑此时不知正在哪方夜雨中穿行，他伸出空着的双手轻推，被雨水打湿的门轴发出一声有些怪异的呻吟。院门被推开，数十名穿着深色雨披的唐军精锐端着弓弩相迎，表情坚毅冷漠；雨帘之后的听雨楼木地板上，那名穿着星白长衫的中年男子眉头微蹙，身旁鞘中短剑低鸣；戴着笠帽的苦行僧缓缓抬起头来，手中念珠微微一僵；远处巷口那两辆马车依旧安静，其中一个车厢里咳嗽的声音不知去了何处。

安静还是安静，轻微的风声在树叶与梁柱间轻绕，淅沥的雨声在庭院和小池间轻响，彼此看着彼此，没有任何人选择抢先动手。沉默也许很长，也许很短，朝小树的目光越过那群持弩的军士，落在楼间的苦行僧与剑客身上，淡然说道："这是我的家，请你们出去。"

"没有人会出去。"身着星白长衫的剑客平静回答道。

朝小树看着此人身旁轻振欲鸣的那把短剑，若有所思，忽然开口问道："前些天那场雨里，就是你杀了我那位小兄弟？"

长衫剑客身体微微前倾，示意自己正是那人。

朝小树唇角微微翘起，看着他说道："那你今天会第一个死。"

雨一直在下，顺着听雨楼顶的瓦片屋檐流淌而下，变成水帘，那位苦行僧身前的铜钵一直承着雨水，渐蓄渐多，就在这一刻终于溢了出来。

朝小树出手。他抬起右臂，隔着重重雨帘，隔着那些持弩严阵以待的唐军精锐，遥遥指向听雨楼里那名长衫剑客。随着一指点出，雨夜里骤然响起一道凄厉的鸣啸，那把始终隐藏在夜色春雨间的薄剑终于显现出了踪迹，自听雨楼上闪电般破空而至！

长衫剑客眼瞳剧缩，悬在身旁的右手中指一扣一弹，身旁那柄已经跃跃欲出的短剑一声清吟震鞘而出，化作一道清光护在自己身前。

朝小树说了今天第一个要死的人就是他，朝小树隔雨帘一指指的也是他，然而朝小树第一剑的目标并不是他，而是他身旁那名苦行僧！

那位苦行僧虽然始终沉默，但却一直警惕注视着周遭的动静，上空天地元气稍有波动，他便知道朝小树已然动手。虽然他不知道自己是这一剑的目标，然而佛宗弟子的本能让他枯掌重重一拍身旁木板，木板缝隙间烟尘一震，木阶前那只铜钵仿佛被人踢了一脚，猛地弹了起来，在空中荡出无数水花。灰淡的剑影破空而至，穿透那片晶莹透明如琉璃的水花，却被铜钵挡个正着，锋利高速的薄剑与笨拙厚实的铜钵狠狠相撞，发出一声令人耳膜欲裂的脆响！

苦行僧侣露在笠帽外的脸有些微黑，在这一瞬间变得极为苍白，明显吃了些亏，而就在此时，长衫剑客双眉一挑，见机奇快地手腕一翻，中食二指并为剑诀指向站在府门处的朝小树，在他身周刚飞舞半圈的短剑去势陡转，化为一道青光直刺朝小树的面门，此时朝小树的飞剑正与苦行僧的铜钵相撞，又如何护得住自身？

紧握长刀柄沉默站在朝小树身后的宁缺动了，他身体快速向左闪去，就在将要闪出朝小树身体的掩护时，却强行收住了脚步，他不是畏惧那名长衫剑客的手段，不是害怕那道青光短剑，而是发现现在依然不需要自己出手。因为朝小树的飞剑在与苦行僧铜钵相撞后，虽未能破钵而出，却也未颓然堕地，而是借着那道猛烈的撞击力量，单薄青钢剑上那些不知意味的缝隙线条，在那一瞬间骤然放大脱离，极为奇妙地在空中化作了五片极薄的剑片疾飞而射！

无中能生有，一而再，再而三，再三便是五。

朝小树一剑化五。

三枚剑片哧哧作响绕过铜钵的方位，射向苦行僧的身体，其余两枚剑片没有回援己身，而是根本无视长衫剑客的青光短剑，犀利一掠斜斜刺向他的面门！

纵是修行者的战争，这青衫中年男子依然在其间贯注着长安江湖的凛厉狠辣意味：你若杀我你便要死，我在长安江湖夜色里修行多年，我不惧生死之别，你在名山大川师门庇护之下修行多年，怕不怕死？

长衫剑客怕死，面色微白的他并指剑诀一散一勾，把刚飞出半箭之地的青光短剑强行召回，在最危险的那一瞬间，击飞了两枚袭向自己眼睛的剑片，就这一个动作便让他的右手微微颤抖起来，白皙的手背上青筋隐现。

旁边那位苦行僧神情凝重看着袭向自己身体的三枚剑片，已经来不及召回笨重的铜钵护体，只见他拙喝了一个意味含糊的字眼，左手虎口间搭着的那串念珠飘浮而起，围绕着他的身体呼啸旋转，只见一片火花四溅，瞬间内竟是不知道与那三枚踪迹诡异的剑片发生了多少次碰撞！

剑影破空而至，铜钵荡水而起，青光短剑直刺面门，灰淡剑影化作五枚剑片，青光短剑闪电遁回，念珠悬浮护住，每一个环节都蕴藏着极可怕的凶险，只要有一处处理不当，这三位强者便会有人溅血而亡。强者的世界里时间尺度本就不一样，这看似繁复凶险漫长的过程，在真实的世界里只是极短的一瞬间，其时那只铜钵泼出的水还在空中化成片片琉璃未曾落下，满院的雨水还在缓慢地编织着雨帘，而那些持弩的唐军精锐根本没有任何反应。

突！突！突突！

唐军精锐们用尽可能短的时间做出了反应，迅速扣下扳机，数十支箭矢携着强劲的破风声射向面门，此时那五枚剑片正在听雨楼内与那两位修行者相斗，朝小树全无自保的能力，眼看着只能被那些弩箭射成刺猬。而就在此刻，在弩箭快要抵达朝小树身前时，一片雪亮的刀光耀亮了庭院，将层层雨帘照得清晰无比，将那些密密麻麻的弩箭全部卷了进去！

靴底踏在朝府正门的水洼里，仿佛钉子般揳进地面，紧握长刀柄的双手像钢铁般坚定，宁缺不知何时绕到了朝小树身前，手腕与小臂上的肌肉以难以想象的速度绷紧放松，带动那把雪亮朴刀绕着手腕快速转动起来，化作一片银色圆盾，把他脸上那张黑色旧口罩照亮，把那些密集弩箭震飞。

当当一片清脆碎响声在二人身前暴起，十几支弩箭被坚硬的刀面强行震飞，高速斜向乱射，扎在朝府正门的木门匾额之上，紧接着发出一阵笃笃闷响。数十支弩箭骤如急雨，纵使宁缺刀法再好，也无法完全阻挡，然而他此时瞳孔微缩，眼神锐利至极，就像是草原天空上飞翔着的鹰，将身前的一切细节都看得清清楚楚，他的心神也如鹰一般冷静，凭感觉捕捉着弩箭的射击角度，只对那些能够伤害到自己和朝小树的弩箭挥刀，而对边缘方位的那些箭支毫不理会。

在这一瞬间，这些年经历过无数场生死搏斗的少年，完美地展现出被那些大恐怖打磨出来的危险触觉和判断能力，那些看似极其凶险的弩箭擦过他的耳垂，穿透他衣衫下摆狠狠扎进被雨水打湿的青石板缝隙，没有造成任何伤害。

"进击！"一名唐军精锐首领厉声喝道。

随着这声命令，发射完一轮弩箭的唐军精锐们分成两组，一组迅速拉簧上箭，另有十余名士兵拔出腰间钢刀沉默着向朝府正门处冲来。噔！噔！噔！噔！一名唐军高手双脚连蹬湿漉的地面，仿佛紧随着最后那轮弩箭冲了过来，距离府门尚有一段距离，只听得他暴吼一声，双手持刀高高跃起，以不可抵挡之势，向宁缺的头顶劈下。

露在黑色口罩外的眼睛眼帘微垂，宁缺看着身前的雨地，似乎没有看见马上便要临头的这凶蛮一刀，只见他手腕一翻，刀锋化作一道白光，精确无比斩掉最后两支弩箭，然后……刀光忽敛，消失不见。

雨夜漆黑深沉，楼内隐有灯光，刀起时锋面映光大动便成光面，若要刀光消敛无踪，那么只有一种可能，那就是这把刀现在处于静止状态。

他手中那把样式普通的朴刀，这时候静止在那名唐军高手的脖子里，朴刀深深揳进那人颈间大概一半的距离。刀锋破开皮肤被骨肉紧紧夹住，血水从那道极细的锋间涌出，然后迅速被越来越大的夜雨冲洗干净，宁缺左手正握刀柄最下端，右手在刀柄前方反握，微微低头看着一滴雨在青石板上溅起朵浊花，保持着沉膝转腰的姿势。

时间仿佛在这一刻停止，但它不会真的停止。宁缺闪电般一拉左臂，刀锋在那名唐军高手的脖颈上带出一道令人牙酸的声音，那是金属与强壮颈骨磨擦的声音。就在这名唐军高手瞪着死不瞑目的双眼倒下的过程中，宁缺左手紧握刀柄向前一推，刀锋携着雨水猛然跃起，刺入第二个敌人的咽喉。

双手相错交握朴刀长柄，脚步如草间灵豹在极小的范围内跳跃趋避，宁缺一记错手平斩，砍翻左侧袭来的敌人，紧接着身形一转骤然发力，刀锋砍破雨帘，砍断自夜色中递来的刀身，砍掉第四名敌人半片肩膀。

甫一照面，四名唐军精锐便死在他的刀下，血水从残破身躯上四处喷洒，竟仿佛比雨水还要更加密集。宁缺做到了自己的承诺，没有让一个人一支弩箭伤害到朝小树的身体，至于那些越来越滂沱的雨水，不是他关心的事情。

三名修行者正在以天地元气为舞台做着生死之际的战斗，那些唐军精锐本以为自己捕捉到了最好的出手机会，然而他们没有想到，那个沉默站在朝小树身后的少年，竟是如此生猛的角色。大概是被宁缺犀利诡异的刀法所震慑，唐军精锐们眼中的那只黑色口罩竟变得有些可怕，前冲的脚步下意识放缓了些。

宁缺双手握刀，被雨水打湿的黑色口罩缓缓起伏，眉头皱了起来。大唐军队是世间纪律最严明、战斗力最强大的军队，今夜出现在朝府中的这些军人则是大唐军队中的精锐，像这样的军中精锐，无论遇到再强大恐怖的敌人，只要上级没有下达撤退命令，那么他们便一定不会撤退，只要没有军令，就算面前是万丈深渊，他们也会勇敢地冲过去，绝对不会畏怯地放慢脚步。

嗖嗖嗖三道极细微的机簧声响起，暴雨哗哗落下，击打在听雨楼的楼顶上，坚硬的青石板上发出雷鸣般的声响，成功地将这三道细微的声音掩盖。

但宁缺一直没有放松，他盯着那些看似畏怯不敌的唐军精锐，双手紧握着刀柄，专心凝听着雨夜里的任何声音，所以他在第一时间内捕捉到那三声极细微的机簧声，同时在第一时间内做出了自己的判断：神侯弩！

神侯弩是唐军单兵携带的最恐怖武器，内藏弩匣，能一次性发射十支弩箭，更可怕的是，神侯弩的机簧经过特别设计，发射出来的弩箭速度奇快。这种武器曾经在大唐帝国征战天下的历史中创造无数辉煌，只可惜由于制造神侯弩所需的特种钢材越来越少，所以才会逐渐退出唐军标准配备，没想到今夜居然会出现。

埋伏在朝府里的唐军精锐一开始没有动用神侯弩，是因为他们没有信心能够用神侯弩击毙处于完好状态下的朝小树，而那名戴黑色口罩的少年，不值得使用神侯弩去应付。他们本想用普通弩箭配合苦行僧和长衫剑客逐步消耗朝小树的实力，最后才用神侯弩发动致命一击，然而眼下的局面由不得他们这么做——因为不动用神侯弩，他们连那个戴黑口罩的少年都无法杀死，更何况朝小树。

一颗黄豆大小的雨珠从黑色口罩的上沿落到下沿，就在这么短的时间内，宁缺想明白了这么多事情，而同时他的左手早已悄然无声离开细长的刀柄，伸到了自己的身后，指尖快要触及被粗布包裹住的那把大黑伞。他不是那些强大的修行者，他只是一个普通的少年，虽然无数场血腥的厮杀战斗让他变得有些不普通，但他终究没有信心就靠手中这把朴刀去应付神侯弩。

就在这时，雨中的朝府再次响起一连串细微而又清脆的声音，这些声音比雨珠坠落琴弦的声音更清脆，比最玄妙的琴师拨动的野蜂飞舞还要迅疾。

叮叮叮叮……叮叮叮……叮叮……叮！

五道极暗淡的剑影不知何时悄无声息自听雨楼间归来，在庭间像野蜂般高速穿梭飞舞，织成一道密不透风的网，仿佛有灵性一般准确地捕捉到神侯弩每一支弩箭的射击轨迹，把那十根弩箭尽数拦截，然后一一击飞！

朝小树站在雨中，略有些苍白的脸上除了平静没有任何情绪，只见他悬在袖外的右手缓缓张开，那五枚剑片嗖嗖作响飞回身前，笼在四周高速啸鸣飞舞，二人身周的雨水被剑片所挟气息割出一道道口子，显出道道白线。

41

五枚剑片在雨夜里高速飞行，发出时而低沉时而尖锐的鸣啸，像是某种诡异的乐器，各自占据着朝小树和宁缺身旁一处空间，然后不停轮换方位，五道流光前后相连，把被雨水拍打的青枝和积水的青石板间的庭院空间全部织满。

在雨水中时隐时现的剑片流畅飘逸而飞，时而擦着地板低掠而过，溅起一蓬雨水，时而在墙上割出道道深刻的剑痕，时而飞过那四名被宁缺砍倒的军士身体，在他们身上再添几道血痕，还未死透的军士被剑片割过时便会一阵抽搐。朝小树和宁缺二人就站在五枚剑片织成的这片无形剑网之中，织成这道网的每一根线条都代表着锋不可阻，代表着死亡，无论是坚硬的青石板、被雨水打湿的墙壁还是地上躺着的唐军尸体，都无法让那些线条缓慢一分，温柔一分。

风能进雨能进夜色能进，人不能进。

没有人敢踏进这道占据方圆三丈范围的无形大网，即便是最勇敢的唐军精锐，也不会明知走进去就是死亡还要强行踏入，至于听雨楼间的苦行僧和长衫剑客，这时候正面色苍白地急于调息，铜钵念珠及碧光短剑安静地悬浮在他们身周。来自南晋的长衫剑客一脸震骇看着雨中的朝小树，苦涩说道："想不到长安城一个帮派头子……都是位洞玄上品的大剑师，甚至……只差一步就能踏进知命境界，莫非这就是大唐帝国的实力和底蕴？然则，你应该很清楚，杀你是你们大唐贵人的想法，你赢不了的，贵人们说了，只要你肯降就会饶你不死。"

朝小树抬起左手，摘下湿透衣襟上不知何时落下的一片青叶，然后抬起头望向长衫剑客平静说道："你杀了我兄弟，那么不管你降不降，你都必须死。"

长衫剑客沉默无言。那名戴着笠帽的苦行僧看着朝小树身旁的宁缺，看着他脸上的黑色口罩，看着他那熟悉但细微处有些怪异的发髻，皱眉问道："少年，你是月轮国人？"

宁缺沉默回望着这名苦行僧，没有做任何回应，只是黑色口罩上的眉头微微蹙起。

朝小树望向庭院那头的唐军精锐们，目光渐趋寒冷，沉声说道："一个是南晋的大剑师，一个是月轮国的苦行僧，而你们……是我大唐军人，为了那些所谓权贵的乱命，居然和异国人勾结，实在是令人不齿。"

那名唐军首领微微低头，似乎是不想被滂沱的雨水迷了眼，又像是有些羞愧，无法正视朝小树冷冽而逼人的目光。

但凡有修行强者参与的战斗，那么整个战斗必然是由修行者控制，宁缺和那群唐军精锐这样的普通人只能从旁协助支援，并不能左右战斗的进程。修行者在战斗中精神体力以及最重要的念力损耗极其迅速，在无法一击制敌的时候，他们往往会选择暂时退避进行调息，而先前那刻，唐军使用了神侯弩，朝小树担心宁缺无法应对，冒险召回剑片，于是才有了此时雨夜里的简单对话。

"让这件事情结束。"朝小树平静说出这句话，然后抬起右臂指向听雨楼的方向，他的实力境界在月轮国苦行僧和南晋剑客之上，所以他有实力有资格选择何时开战。在庭院间高速穿梭飞舞的五枚剑片，仿佛听到了一声清晰的命令，运行轨迹陡然一转，鸣啸骤然变得更加尖利，哧哧破开雨夜，刺向听雨楼！

苦行僧面色骤然一紧，双目圆瞪，双手在膝间快速变幻着手印，悬浮在身前的铜钵嗡鸣飞起迎敌，那串铁木念珠也随之飞起，绕着他的身体高速旋转。南晋剑客闷哼一声，脸色苍白如雪，嘴唇却是鲜艳如血，念力透过气海雪山诸窍进入听雨楼内外的天地之息里，控制那柄碧光短剑闪电般飞起。

"不对！"苦行僧眼瞳猛地紧缩。那些灰淡的剑影在滂沱春雨的遮掩下隐约似有若无，直到啸鸣飞抵听雨楼时，他才看清楚只有四枚，而不是五枚！

最后那枚剑片去了何处？

苦行僧正想提醒身旁的南晋剑客，然而却已经晚了。一道极微弱的剑影悄无声息地绕过听雨楼檐梁，避开楼中二人的感知，顺着木柱滑下，然后在半人高的位置骤然加速，如热刀入雪般穿透极粗的木柱，下一刻便出现在南晋剑客的脑后！

南晋剑客感应到脑后的那抹寒意，心中生出极大恐惧，悬在袖外的双手一阵狂招，空中那抹碧光短剑陡然一顿，却已经无法救主。噗的一声轻微闷响，那抹剑片刺进他的后脑，然后戳破他的喉骨，挂着血水肉丝，像只噬血的怪虫般歪歪扭扭地飞了出来！

南晋剑客瞪着眼睛，看着雨中的朝小树，捂着喷血的咽喉重重向后仰去。

主人已死，失去念力控制的碧光短剑颓然堕入雨水之中，弹动两下便静止不动。先前那刻正与碧光短剑缠斗的两枚剑片厉啸一声，和另外三枚剑片合在一处，高速向苦行僧身体袭去，只是五粒极暗淡的小点，却像是场狂暴的风雨！雨空之中，五枚锋利的剑片与坚硬拙重的铜钵不停撞击，与高速舞动的铁木念珠不停撞击，清脆刺耳与铿锵嗡鸣的声音交错响起，仿佛没有间断，苦行僧身周一片如蒲公英般的金光小花，不时绽开不时被凉风吹散。刹那间，苦行僧那身旧僧袍上便多了无数道口子，佛宗苦修不像一般修行者那样习惯穿软甲护体，鲜血从那些口子里不停渗出，把他变成了一个浑身浴血的血人。朝小树静静看着听雨楼内，悬在袖外的双手没有任何动作，但那楼内的五枚剑片就像他五根无形的手指，不时点弄弹拨着杀人的旋律。

被雨水冲洗的脸比先前白了一分，朝小树眉头微微一挑，发现苦行僧意志坚定超出了自己的预计，只见他潇洒一掀青衫前襟，竟是浑然不顾身周弩雨，不顾那些正厉喝着冲向自己的唐军精锐，就这般在滂沱大雨间坐了下来。

他在自家府门槛旁，盯着自家楼内的敌人，剑眉渐敛渐平，袖外右手修长五指却是骤然一紧，随着这个动作，楼内那五枚鬼神莫测的剑片厉啸而聚，重新凝为一剑，无任何花哨，就这般直直刺向着那只铜钵！

就在此时，另一面围墙外被瓢泼大雨洗至幽静无人的街口，两辆马车中的一辆终于缓缓动了起来，驶向朝府的大门，蹄声车轮声被风雨掩盖得无迹无痕。

五枚剑片归于沛然一剑，朝府庭院内的雨丝莫名多了份焦灼，仿佛夜空里多了一轮无形的太阳，听雨楼近处的雨水竟开始高速变成白雾。

看似是沛然一剑，实际上是蕴着人间锋利至极的无数剑，朝小树强大的精神随着他的目光落在听雨楼内，让那把薄薄的青钢剑高速刺向铜钵，然后闪电缩回，然后以更快的速度再次刺下，在刹那间竟是连刺数百剑！

比啄木鸟啄树要快无数倍的剑击，极其恐怖地落在铜钵正中央的位置，发出笃笃笃笃的声音，由于剑刺频率太高，声音与声音之间根本听不到任何间断，于是庭院里的人们只能听到一声拉长了的闷击声！

"他也不行了！近身杀死他！"唐军首领看着盘膝坐在雨中的朝小树，注意到他脸色越来越白，厉声喝道。此时这些军士已经不再需要什么纪律荣耀来支撑自己的行动，他们清楚自己必须马上杀死朝小树，不然若等那把薄剑破开铜钵，杀死那名月轮国的苦行僧，他们便再也没有杀死对方的机会，更准确地说是他们都会死。

密集的弩雨再次射出，十几条剽悍的身影再次袭来，这一次唐军精锐们显得更加坚决更加强悍，因为这是被绝望逼出来的坚决和强悍。可他们还是没能靠近朝小树的身体，杀死这位境界可怕的大剑师，因为朝小树的身前一直站着一名少年。宁缺在积雨的青石板上不停移动，并不灵动而显得格外沉重，每一次靴底踏下便要溅起一蓬水花，而每蓬水花溅起时，他的刀锋便会收割一名唐军精锐的士兵。

朝小树盘膝坐在暴雨间，便等于是把自己的性命完全托付给了他，所以他始终守在朝小树的身前身后，把自己和手中那把朴刀变成先前那道死亡的网。

右肘一挫，刀锋下沉割断一名唐军的膝盖，宁缺不及拔刀，左脚一抬像块飞石般弹了出去，狠狠踹中另一名唐军的阴部，紧接着错握细长刀柄的双手一转，刀锋由下向上挑起，破开第三名唐军的腹部。又有人影悍勇扑来，半蹲在地面的他腰部一拧，单手执刀借势狠狠一划，刀光绽现，不知砍断了几根小腿。黑色口罩早已被雨水打湿，透出的呼吸带着一股湿意，露在口罩外的眉眼却平静一如往常，甚至显得有些麻木，他的动作极其简单，但杀伤效果却异常惊人，在他身前刀下，那些悍勇的唐军精锐就像是一根根木头，不停被砍倒踹翻。

无论弩雨多密，刀光多寒，他始终站在朝小树身前，一步不退！纵使肩头被弩箭划伤，纵使腿侧被刀锋划破，他半步不退！

听雨楼内传来一声极为难听的巨响，就像是一口铁锅被人用砖头砸破，苦行僧身前的铜钵终于在那沛然万剑之下崩裂而碎！苦行僧头顶的笠帽随着铜钵破裂同时裂开，他黝黑的脸上闪过一丝决然之色，手印再次变幻，一直守护在他身躯四周的念珠停止了旋转，骤然变成一条黑色的蛟蛇，嗖嗖作响缠上正要刺向自己面门的那把单薄青钢剑，让剑势为之一顿。朝小树沉默看着楼内，露在袖外的右手自身旁积水里划过，掬起一捧雨水洒向身前，听雨楼内那柄单薄青钢剑随着他的这个动作，陡然开始嗡鸣振动，如将要破云的真龙，强硬地不停向前突进！

黄豆大小的雨珠落在青石板上，发出啪啪的轻响，被风刮断的新枝发出啪啪的轻响，听雨楼内也发出了啪啪的轻响，那把困住青钢剑的铁木念珠四处迸散！苦行僧苦笑着闭上了双眼，青钢剑鸣啸着穿过楼内空中那一百多粒铁木念珠，深深刺进他黝黑的眉心，鲜血缓慢渗出，苦涩的笑容就此定格。

朝府正门处，宁缺看着不远处的敌人们，缓慢地把朴刀从一名唐军士兵胸口里拔出。

嗒嗒嗒嗒，迸散的念珠撞到梁柱上墙壁上，然后落到木地板上。

还活着的唐军精锐们看着盘膝坐在暴雨里微笑的中年男子，看着持刀站在暴雨中沉默的蒙面少年，心中满是绝望的情绪。

巷子里传来了马车的声音。朝小树的眉头缓缓挑起。

长安南城，蒙老爷手中最挣钱的勾星赌坊已经变成了一片废墟，被砸烂的赌具扔得满街都是，平日里代表银钱的筹码被浸泡在污臭的雨水里，没有人敢去捡。道路旁，有女眷孩子围着十几名被打断腿的赌坊管事护卫哭喊不停，却没有一个人敢用言语去咒骂那些该死的行凶者，甚至连怨恨的表情都不敢有。

四十几名青衣青裤青靴的春风亭帮众冷漠站在四周，他们在维持秩序，同时也是向南城所有人宣告自己的进驻。人群最前方，齐老四从下属手中接过一方青色手帕，擦掉嘴角的鲜血，脸上没有任何得意骄傲神情，反而显得有些焦虑不安，因为他知道虽然鱼龙帮今夜趁势侵占了大量地盘，但大哥此刻却在春风亭横街独自面对那些强大敌人的埋伏，他的身旁没有任何人。

同样的故事相似的画面，今夜在长安城各片坊市之中不停发生，猫叔控制下的典当行与妓院被一群剽悍的青衣汉子砸烂，另一群青衣汉子控制住俊介养的三个外室，然后直接把那三间奢华的小院推平。萧瑟的春雨一直在淅淅沥沥地下着，而且有渐大的征兆。今夜长安地下世界各大势力借着官府这张虎皮全部涌进了东城，对长安江湖多年的领袖春风亭老朝发起了进攻，而谁也没有想到，那位黑夜传奇人物竟是用自己为饵，趁着南城西城势力抽调一空的时机，派出帮中全部兄弟控制住了全局。

今夜之后，只要春风亭老朝还活着，那么他和他的兄弟们便可以把夜色中的长安城全部掌握在自己的手里，但是……今夜的朝小树只有孤身一人，随他浴血多年的那些兄弟都不在，他能活下来吗？

长安北城，戒备森严的羽林军驻地，羽林军偏将曹宁看着身前两名被反缚双手的校尉冷笑道："常思威？我是不是应该称呼你为常三？费经纬，我是不是应该称呼你为费六？真没想到我羽林军中竟然会藏着鱼龙帮的两位当家。"

常思威是名性情温和的中年人，他望着直属上司微微一笑说道："您是真不知道还是假不知道？军营里挣外手钱的人很多，据我所知将军您在蒙老爷和猫叔那边好像都有些干股。"

费经纬保持着沉默，只是冷冷盯着曹宁的脸，仿佛要把这张老脸盯出花来。曹宁端起茶碗喝了两口，说道："现在说这些事情有何意义？只不过是争些言语上的功夫，你们两个只是小小的校尉，若不是看在春风亭的面子上，我何至于要和你们说这些废话？不过你们也莫要以为靠着春风亭撑腰，就能在本将面前摆谱，本将只需要一纸命令，你们便不能出营，只要你们敢出营，本将就能不请钦命直接斩了你，而你们不能出营，春风亭今夜必死。"

"春风亭死定了。"他缓缓入下茶碗，淡然说道，"所以你们就没用了。"

常思威微笑说道："这世间很多人都死了，我大哥也不会死。"

"这世间从来就没有杀不死的人。"曹宁盯着他的脸寒声说道，"我大唐如此多的贵人想赏春风亭脸，他偏不要，我倒要看看，这么多贵人要他死，他区区一个长安江湖人物还能怎么翻盘！"

话音落处，门帘被掀开，微寒的夜风裹着几粒雨滴飘了进来，曹宁微微一怔，正欲发怒训斥，忽然间表情一僵，下意识里站起拱手行礼道："林公公……这么晚了，您怎么会过来？您……您这是？"

身材矮胖的林公公满脸笑容看着他，说道："没什么别的事情，就是宫禁门那儿听说今儿夜里羽林军提高了警戒等级，我过来问问究竟发生了什么事儿。"

然后林公公转身望向被反缚双手的两名校尉，皱眉问道："这又是怎么回事儿？"

骁骑营营地里火把照耀马场，纵是连绵雨水都无法浇熄，骁骑营副统领楚仁愤怒地盯着对面马上那名国字脸汉子，咆哮道："刘思你这个混账东西！封营是军部发出来的军令！你胆敢闯营，我就敢砍了你的脑袋！"

国字脸汉子身材极为魁梧高大，即便坐在骏马之上，双脚也快要垂到地面，听着副统领的训斥，他脸上依旧毫无表情，右手缓缓抚摩鞍畔的铁枪，目光穿透夜雨望向长安东城某处叫春风亭的地方。

他叫刘思，鱼龙帮排行第五，当年春风亭老朝靠着一把剑硬生生在长安城里打下一片江湖时，正是此人寸步不离站在朝小树身畔，而今夜他无法站在大哥身旁替他挡箭，只有默默希望大哥看中的那个小子能把事情办好。

刘思回首望向营门口的楚仁副统领，看着那密密麻麻的军卒，面无表情说道："统领大人，卑职不敢违抗军令闯营，但自十年前被你亲手撕掉晋级命令后，我一直很想和你战上一场，不知道你敢还是不敢。"

皇宫某处偏僻安静的房间内，响起一道带着浓郁河北道口音的声音："老陈啊，你可是侍卫处的老人了。虽然早年间你就已经去职，但你当过一天大内侍卫，那一辈子就是大内侍卫，你是皇上的脸面，哪里应该掺和这种江湖是非？我知道你和老朝交情好，但今夜这事儿你应该很清楚是那位爷亲自做的计划，谁敢去拦？"

雨中那辆马车缓缓停止，距离春风亭朝宅只有十丈的距离。

42

不远不近正是十丈距离，对于普通人来说这个数字没有任何意义，对于洞玄境界的修行者而言，这个距离却代表着危险甚至是死亡，因为无论是剑师、符师还是念师，只要他们踏入洞玄的境界，那么他们便可以对十丈内的任意目标进行攻击。

滂沱的春雨哗哗落在那辆马车上，落在辕上那名魁梧车夫的身上，车帘偶尔被风掀起，只能看见古朴长衫一角，却看不清楚里面的人——古朴长衫的主人是位面容古朴的老人，花白眉毛愁苦下坠，脸上皱纹丛生，就像是黄连的老根一般涩且凄苦。

他叫萧苦雨，大唐帝国军方奉养的强者，早在二十年前便已经进入洞玄境界，数日前因为今夜的清洗计划，被军部从南方阳关秘密召回京中。马车外凄风苦雨，车厢内的萧苦雨却似一无所觉，搁在膝上的枯瘦双手微微颤抖，拇指在食指中指的四道横纹上不停掐动，就像是枯干的树枝不停点着干涸的黄土地。他双眼闭着，脸前是厚厚的车帘，但只需要轻轻掐指，便能准确地看到朝宅正门处的画面，望向盘膝坐在暴雨中的朝小树。

春风亭横街上方的雨丝受到某种无形力量的扰动，开始变得招摇倾斜，数道没有人能够看到甚至无法察觉的波动，开始在天地元气之中凝聚。坐在暴雨中的朝小树嘴唇微抿，今夜战至此时，中年男子微白的俊朗眉眼第一次出现了凝重肃然的神情，对于那辆神秘马车里的念师，他必须凝聚全部的精神去应付，所以他眼帘微垂，再不看身前那十几名绝望的唐军精锐，露在袖外的右手呼啸重击在身旁的积水之中，裹着泥色的雨水哗哗溅起。

随着手掌重重击打在雨水中，听雨楼内，那柄深深刺进苦行僧眉心的单薄青钢剑哧的一声高速退回，在雨空里闪电般转身，凄厉啸鸣着，以从未展现出的速度化为一道流光，瞬间飞越院墙，刺向那辆雨中的马车。

安静的雨中马车内响起一个极淡然的字："咄。"

如流虹般的青钢剑，仿佛被这个字里挟着的力量所击中，又像是被雨空里丝丝缕缕无形的元气波动所束缚，刚刚飞越院墙便骤然一顿，然后像断了线的风筝一般凄然斜飞撞到了街巷对面的墙壁上，随雨水堕地！

雨中马车里的那声咄，仿佛已经能够超脱空间与时间的范畴，起于十丈之外，却同时在朝小树的耳膜里气海里雷霆般响起。

咚！咚！咚！咚！

朝小树觉得自己的心脏仿佛被一只无形的手握住，开始剧烈地跳动，像战鼓般不停捶打，瞬间失去了对飞剑的控制。他知道如果自己不做出任何应对，下一刻，这面战鼓便会被沉重的鼓槌击裂，自己的心脏便会被马车里的那人捏碎。

那辆雨中马车里的人，究竟是他们从何处找来的大念师？

朝小树薄唇紧抿，右手闪电般抬起，在自己的胸口上连拍三掌。啪啪雨水震出青衫，他强行封住自己的气海，身体却已经借着先前击地那一掌斜斜飘离地面，飘出自家宅院大门，飘到了被雨水笼罩的街巷上。双脚重重踩在地面，朝小树感受着空气中无所不在的元气波动，感受着那数道阴寒气线在身体四周织成的网，深吸一口气，抬步向前走去。

他向那辆雨中的马车走去，脸色越来越苍白，而那双眸子却是越来越明亮，平日里的平静从容早已被冷漠坚毅代替——纵使每走一步，巷中的元气波动便会对他的身体精神造成极大的伤害，纵使每走一步，车厢中那位厉害大念师对他的气海刺击便会更锋利一分，但他依然坚持向前走，因为他必须靠近那辆马车。

就在朝小树胸内心脏开始剧烈跳动的那一刻，宁缺便感觉到了异样，在哗啦雨声中，他听到了那若战鼓般的响动，他知道那可怕的声音来自朝小树体内，以念力控制天地间的元气直接攻击敌人体内的腑脏！这种手段看上去是那般地神奇而无法抵御，站在雨中的他，身体开始变得僵硬，握着刀柄的手骤然觉得非常寒冷，他知道真正可怕的敌人终于出现了。

朝小树向雨中的那辆马车走去，没有对宁缺做任何交代，因为他的精神完全投放在与车中敌人的对抗上，他没有时间精力去告诉宁缺应该怎么做。

宁缺看过吕清臣老人的出手，他知道念师是怎样恐怖可怕的存在，所以他知道自己此时此刻必须将心中的恐惧全部压下去，他很清楚再强大的念师，相对更加脆弱的身体都是他们的致命弱点，想要让朝小树活着，想要让自己活着，那么他必须想尽一切办法，伤害到车厢里那人的身体，打断对方的冥想。

朝宅正门与那辆马车之间隔着重重雨帘，隔着十丈的距离，大念师可以操控天地元气无视这段距离，无视任何时间空间的限制，直接攻击敌人，而他只是一个普通人，他应该选择怎样的手段去打断对方的冥想？

右脚重重蹬在青石板上，脚掌四周绽起一圈微浑的积水，凭借着巨大的反震力，宁缺的身体像被狂风卷起的落叶，嗖的一声横掠出朝宅正门，跃至半空。人尚在半空之中，铮的一声，他右手握着的朴刀准确插回身后的刀鞘，然后握住箭筒里的羽箭，左肘一翻，黄杨硬木弓在雨中绕了个圈出现在身前。

他飘掠在雨中，猛地拉开黄杨硬木弓，箭索绷紧再放，弦上四支羽箭齐射！

四支羽箭闪电般射向雨中的马车！

宁缺的双脚踩进水洼，身体重新落在地面时，那四支羽箭已经越过了朝小树的身畔，可以想象他的反应速度和出箭速度是怎样地惊人！既然要求的是速度，那么便没有道理停顿。只见宁缺双脚再踏街上积着的雨水，身体像豹子般前倾，向着那辆马车狂奔，手中的黄杨硬木弓平端在身前再次张开，弓弦嗡嗡作响，羽箭如电再次射出！

他在雨夜中奔跑，他在奔跑中射箭。

43

转瞬之间，朝宅正门与雨中马车之间的空气里多出了十四支闪电般的羽箭，这些羽箭越过朝小树的身畔，刺破密集的雨滴，极诡异地避开马车辕上那名魁梧的车夫拦截，然后在那道车帘上留了十四道空洞，嗖嗖射了进去。

车厢内的萧苦雨皱着眉头，本就极为愁苦的苍老容颜此时显得更加枯槁，盯着眼前的空间，体内仿佛无穷无尽的念力充斥着车厢，竟隐隐然让厢内弥漫着一股淡淡兰香的味道。就在这片如兰的空气中，是一幅极为诡异的画面：在车厢外如同闪电一般的羽箭，一旦近到这位苍老强者的身前，如同进入相对静止的空间，瞬间失去了所有的速度，变成了静止的死物！十四支羽箭竟是全部诡异地静止浮在空中，没有一支能够沾到他那身古朴衣衫，一支羽箭悬浮在车厢内的空气中，距离萧苦雨紧蹙的眉心只有不到三寸的距离，两支羽箭静止在他的眼前，更多的羽箭在他的双手之前静止悬浮不动！

静止的羽箭轻飘飘地落下，就像是车厢外的雨水，更像是被雨水击落的青嫩树叶，再锋利的箭镞，再坚硬的箭杆，一旦失去了黄杨硬木弓和绞筋弦所赋予的速度，便失去了所有的杀伤力，像垃圾般落在萧苦雨的脚下。

但为了应对这十四支闪电般的羽箭，纵使是军中强者萧苦雨，精神也不免为之有所牵动，念力对车厢四周天地元气的控制出现了一丝漏洞。对于朝小树这样的人物，敌人的任何漏洞都是他的机会。他感觉到心脏处的层层丝裹松了一分，气海处万针刺下的痛楚弱了一分，稳定的脚步骤然一挫，只见他清啸一声，青衫震雨卷袂而飞，整个人的身体变成一片落叶向马车上飘了过去！

辕上那名魁梧的车夫闷哼一声，手中那条不知用什么材料制成的马鞭猛地抽打过去，身上粗布衣衫内极暗淡的土黄色光芒乍现即隐，很明显是位武者。

一位年老体衰境界惊人的大念师身旁，必然会有武力强悍的近侍，就连宁缺都能想到这一点，朝小树自然也不会误算。一鞭挥下，风雨辟易，朝小树身上湿透的青衫被劲风吹得作响，而此时他的身体已经变成了一片落叶，极柔极轻避了过去，左手中食二指并为剑诀，隔空戳向这名车夫近侍的身体，指尖所向，被吹乱的雨丝里骤然现出一场白线。

车夫再次闷哼，回鞭在空中一绕画了道弧圈击碎这一指，正待再次挥鞭阻止朝小树时，却被小腹处的剧烈痛楚打断。他瞪圆双眼向下看去，只见一把样式普通的朴刀，正深深插在自己的肚子里！

在雨中一路狂奔一路射箭的宁缺，明知道车厢里的大念师和车辕上的马夫都是修行者，但脚步没有丝毫停顿，只是比朝小树稍晚片刻跑到了马车之前，然后他就地一个翻滚，钻到两匹骏马身下，避开那名车夫近侍的目光，弃箭抽刀。他人在马腹之下，右手紧握着的朴刀却是从马臀后方，从车辕下方斜斜向上捅去，这阴险的一刀极准确地避开对方身上可能穿着的软甲，深深捅进了对方的小腹！

刀锋入腹并不是致命伤，宁缺面无表情一翻腕，手中朴刀一拧一绞，顿时把马车近侍腹内的腑脏绞成一塌糊涂的乱物。车夫看着那把在腹中不停绞动的朴刀，面露惊恐绝望之色，喉中嗬嗬作响，被雨水冲洗多时的金属刀面本是冰凉一片，他却觉得无比灼烫。

宁缺此时没有心情去欣赏对手临死前的表情，手掌搭在车辕上，身体灵巧翻起，从车夫近侍的身边冲了过去，紧随着朝小树的身影杀入那辆神秘的马车之中。帘起凄寒春雨入。朝小树脸色苍白，眼眸明亮，一挥手击开萧苦雨迎面袭来的那柄短杖。萧苦雨面色骤变，调集体内所有念力，想要将这名难缠的江湖人物直接毙杀。

宁缺从朝小树膝间钻过，闷哼一声猛地向前跪倒，手中锋利的刀尖狠狠刺穿萧苦雨的脚掌。萧苦雨像一头苍老将死的野兽痛号起来，因为脚掌上的剧痛，冥想再次被打断，但他那双苍老如枯枝般的手掌已经像蒲扇般张开，将要拍下！

面无表情的朝小树狠狠一头撞进老人的怀里，撞散对方凝聚全部念力的一击，反手自靴间抽出一把雪亮的匕首，狠狠扎进对方的脖颈！

噗！

一刀。两刀。三刀……

十四刀。

朝小树跪在萧苦雨枯瘦的身上，左手死死摁住他的右肩，右手拿着锋利的匕首不停地捅着，脸上没有一丝表情，鲜血喷在青衫上，化作意味莫名的殷红色花朵。

直到最后老人的脖颈处只剩下一层薄薄皮肉相连，纵是昊天老爷也无法复活，他才收回手中的匕首，在车厢里慢慢站起身来。

巷口另外那辆马车一直没有动，一直安静地停在滂沱的春雨之中，无论是最开始的屠杀、朝府里的惨烈战斗，还是街巷间这场惊心动魄的刀斩念师，都没有让车厢里那位微胖的青年人动容，他只是静静看着自己如藕节般的手指出神。

在修行者的世界里有几条被公认的定律，同境界的念师基本上可以横扫同境界的剑师、符师同侪，正如北山道口吕清臣老人可以稳稳压过那名书院弃徒，然而今夜这场战斗最后的结果却有些出人意料。

"同样是洞玄境界上品，大剑师居然杀死了大念师，实在是令人有些想不明白啊。不过朝小树你真是了不起，修行者间的战斗竟被你硬生生打出了壮阔铁血味道。"微胖青年人虽然年轻，却已经是亲王府的供奉，他在心中默默赞叹感慨朝小树的强悍生猛，眼眸里却依然全是满不在乎的意味，先前他是不屑出手，但他相信只要自己出手，无论朝小树和那名没有见到的家伙如何强大，都只有死路一条。

因为他是……知命以下无敌王景略。

"走吧，让我去为这位长安黑夜传奇送上最后一程。"王景略轻轻搓着光滑肥嫩的手指，微微一笑说道，话语里充满着强烈的信心，还有那么一丝掩之不住的兴奋，每次要杀死一位真正强者之前，他都很兴奋。

马车没有动，也没有人回答他的命令，王景略微微皱眉，紧绷宽大的额头上出现极少见的几丝细纹，他眯起了眼睛，隔着厚重的车帘感知着马车四周的元气波动，却没有发现任何异样，也没有发现有人正在巷内窥视。车厢内外一片死寂，只有哗哗的雨声陪伴，这位号称知命境以下无敌的年轻强者心中生出强烈的警兆，却又觉得这种警兆毫无来由。他静静坐在车厢里，沉默了很长时间，听着车外的雨声，忽然伸手掀开面前的厚重车帘。

车帘掀起一角，忽然那片帘角就此轻飘飘地浮了出来，飘出去半丈远，然后轻飘飘落在地上。

王景略眯着眼睛看着远处雨水间的那片帘角，右指微屈一弹，身前车帘再次荡起，然后毫无意外再次割裂，变成雨水里的布片。

马车旁似乎有一把无形的刀。

没有感应到任何修行者的念力波动，只有天地间的元气在车帘被切割飘离的瞬间发生了些极细微的变化，如果他不是大唐年轻一代的强者，或许连那丝天地元气的细微变化都无法察觉。想到某种可能性，王景略的脸色变得有些微微发白。片刻后，骄傲终究是战胜了对未知的恐惧。他闷哼一声，双手十根胖乎乎的手指像养分过足的白百合般绽开，强劲的波动瞬间从车厢内侵至外围，把车窗车门尽数震开，紧接着他清吟一声，便要掠出车外。

然而下一刻他极为狼狈地停住了身体，变成了一尊雨中的石雕。

整个巷口已经变成了另一个世界，他试图突围的动作直接引发了天地间凶险的气机，地面青石板上积着的雨水开始剧烈颤抖，不时跃至空中然后落下。而巷口上方的夜空则变成了昊天老爷的神奇作坊，所有从那处夜空里坠落的雨滴，都变成了锋利不可抵挡的小刀子！

无数雨滴如无数把锋利的小刀，从夜空上方落下，落在巷口里这辆马车上，落在厢板上，厢板片片碎裂，落在车辕上，车辕变成木粉，落在辕前两匹骏马身上，马儿鸣都未曾鸣一声便瞬间被雨滴切削成了肉泥！

万滴春雨落入巷口，雨中的马车外围所有事物崩解粉碎，很诡异的是落在车厢里的雨就像真正春雨那般温柔，击打在王景略苍白的脸颊上，没有留下一道血痕。

雨中的王景略看上去异常狼狈，凄惨坐在身下仅存的那块车板上，身上的衣服早已湿透，几绺湿发有气无力搭在额头。他有些惘然地抬头望向夜空里落下的雨滴，身体开始控制不住地剧烈颤抖，不知道是因为寒冷还是惊恐的缘故。他艰难地低头望向身周夜色里的四道巷子，看着巷子里地面上舞动的雨水，看着由四道巷子和雨水组成的那个隐约"井"字，苍白的嘴唇微微翕动，喃喃自言自语道："井字符？"

雨水从额前湿发上淌下，王景略失魂落魄转动着头颅，在雨夜中搜寻着敌人的踪影，平日里的骄傲自信早已变成了绝望和恐惧，他忽然剧烈地咳嗽起来，弯着腰身，用手重重拍打着身边的雨水，像被欺负了的小孩儿般哭号道："不可能！怎么会有神符师！谁画的这个符！"

四岁初识，六岁能感知，十一岁便不惑，十六岁进入洞玄，又用了十来年的时间从洞玄下品攀升至洞玄上品，用连续的胜利打下知命以下无敌的名头，无论怎么看，大唐宣府人士王景略都是一名修行道中的天才。但王景略很清楚，一天没有和那些偶尔从不可知之地出来的年轻男女对上，自己身上这份年轻修道天才的名号并不扎实。所以他更希望别人说他是个沉稳老练的修行者，而不希望世人称赞他是所谓修道年轻天才，他想拥有与境界高深的修行者相衬的气度风范，于是即便很年轻，身体也很健康，并没有什么肺病，他总会时不时咳上两声。

但此时狼狈坐在春雨之中的他，是真的在咳嗽，因为恐惧和惘然他被雨水呛着了，他脸色苍白，看着巷口渐渐现出身影的那个瘦高道人，身体颤抖得越发厉害。

走出巷口的那个瘦高老人穿着一件肮脏的道袍，袍子上不知有多少油痕污垢，脸上三角眼里目光闪烁，配上那几根稀疏的长须，看上去异常猥亵下流，根本没有任何世外高人的模样。"我花了半天时间画这道符，你觉得怎么样？"瘦高道人隔着层层雨帘，望着跌坐在巷口里的王景略认真问道。在他的脚下，亲王府那位中年胖子已经变成了一具死尸，身上的衣服甚至是衣服下的皮肤，就像是经年脱落的油漆片般片片绽裂，看上去异常恐怖。

王景略惨然一笑，望着瘦高道人丧气说道："我大唐符道大家不过十数人，愿意穿道袍的自然是昊天道南门四位神符师之一。需要前辈这样一位神符师足足花了半天时间画出来的符，以街巷为基，以雨水为墨，这道井字符自然可怕……我只是不明白前辈为什么不直接杀了我。"

那位昊天道南门的神符师微微蹙眉，挥手在空中画了一个字，赶走身周恼人的春雨，摇头说道："月轮国的和尚，南晋的剑客，军部的老头子，这些人死便死了，但你不一样。我奉命不让你出手，就是为了保全你。王景略，你年纪轻轻便已经站在了知命境界的门槛上，实在罕见。听闻书院里传出过消息，国师和御弟也都对你做过点评，认为四十年后你极有可能触到五境之上的那层纸……我大唐出个年轻天才不容易，所以你要尽可能努力争取再活四十年啊！”

王景略脸上的神情变幻不停。

“你不要回亲王府了，去前线效力三年赎罪。”说完这番话，神符师转身向幽黑的巷中走去。

青袖轻震，堕入雨水间的单薄青钢剑嗡鸣飞起，回到朝小树的手中。他回头看了一眼站在身后的宁缺，确认除了一些小血口外少年并没有受到严重伤害，点了点头收剑回鞘，离开那辆马车，向街巷前方走去。走到春风亭横一街口，朝小树停下脚步，望着雨帘后方那处，宁缺抬臂擦掉额头上的雨水，顺着他的目光望了过去，沉默很长时间后，他问道：“你还在等人？”

“嗯。”朝小树右手按在剑柄上，应道，“一个叫王景略的人，但好像他不会来了。”

宁缺皱了皱眉，把朴刀从右手交到左手，问道：“为什么？”

朝小树回头看着宁缺脸上的黑色口罩，微笑说道：“我大唐出一个修道天才不容易，可能是有些人不想看着他死在我们手里。”

“我可没有你这种自信。”宁缺回想着今夜的连番战斗，想着那几名强大的修行者，心想如果没有朝小树在前，自己早就死了，感慨说道，“如果是你那张底牌起的作用，为什么他不早些出手，偏要你打生打死？”

“在临四十七巷我向你解释过，那张底牌一旦亮出，整个长安城便无人敢动，那么便无法知道那些贵人手里究竟有多少张底牌，以及他们的心意。”朝小树忽然开口说道，“陪我逛逛？”

宁缺抬起右臂，用袖子抹掉刀锋上的雨水和血污，插回背后的刀鞘，点了点头。

雨比先前小了些，淅淅沥沥落在春风亭四周的街巷里。朝小树的手离开了剑柄，负到身后，行走在安静的街道上，身上那件青衫依旧笔挺，面容依然平静，只是比战斗之前苍白了数分，除此之外似乎没有任何变化。宁缺跟在他的身后，一边走着一边撕下衣角扎住左臂上的伤口。那几道血口虽然又浅又细，但自岷山里走出来的他，还是习惯节省每一滴血和力气。

雨巷湿街，他们二人围着春风亭四周走了一圈，就像是一对刚刚经历血战后开始巡视自家领地的狮兄虎弟。走回朝府正门，朝小树的脸上浮现出淡淡的疲惫之色，他揉了揉眉心，一掀青衫襟摆，就这样坐在了湿漉漉的石阶上。

几名残余的唐军士卒大喊着向他冲了过来。宁缺反手抽出背后的朴刀，向着身前砍了下去，每一道刀光便会砍倒一名对手，冲到石阶前的唐军士卒们就像是树木般依次倒在阶前，同时他的嘴里不停喃喃念着："人在江湖飘，哪能不挨刀，我一刀砍死你，我两刀砍死你……"

朝小树坐在湿漉漉的石阶上，疲惫地用剑鞘撑着身子，看着眼前这幕，眼眸里的亮色越来越浓，他早已看出宁缺的刀法带着军中刀法的影子，但更多的出手时机方位精妙选择，却是只有生死之间才能悟出的道理。宁缺的刀势沉稳甚至简拙，但偶尔却又如雨点般诡异飘忽，始终秉持着一个原则，那就是出刀最为省力，落刀处却必然是对手最薄弱的部位。

"这是真正杀人的刀法。"朝小树看着片片刀光，回想战斗时那些画面中，宁缺表现出来的强大意志心性以及绝佳的判断能力，再想到他的真实年龄，不由在心中默默感慨道，"可惜小家伙无法修行，不然大唐帝国的未来，他必将占据极重要的位置。"

看着府门前被雨水浸泡如烂木般的尸体，看着扛着朴刀喘息的少年，朝小树微微一笑说道："杀人能不能杀得有点儿诗意？你杀人的时候更像是在锄田。"

宁缺转身，扛在肩上的朴刀带起一道血水，他看着石阶上的中年男子，指着从天而降的夜雨，气喘吁吁说道："湿意一直都有，至于锄田……哪里有砍人这般累？"

44

临四十七巷夜色深沉，老笔斋的大门被人推开，然后又迅速关闭，里面暗淡的灯火像星星般闪了一丝便重新熄灭。宁缺解下身后沉重的武器，撕掉大黑伞外面的布套，又脱掉身上湿漉沉重的外衫，递给站在身前的桑桑，寻常问了句："饿了，面煮好了没？"

桑桑把手里的干毛巾递给他，重重点了点头，开心说道："我给你端上来。"

一碗热腾腾的汤面端了上来，依然是四颗花椒，葱花却比平时多了不少，面上摊着的那个金黄嫩白煎蛋更是极为罕见。砍人确实比锄田还要累，宁缺此时浑身湿漉，腹内更是饥肠辘辘，哪里能够抵御住加葱煎蛋面的诱惑，顿时眼睛一亮，放下微湿的毛巾，捡起筷子，大口吃了起来，感觉香甜至极。

桑桑见他吃得高兴，黝黑的小脸蛋儿上满是高兴神色，拿起那块微湿的毛巾，站到他身后开始替他擦头发，时不时提醒一句太烫了不要吃得太快。就在这时，昏暗的店铺内响起两声咳嗽。始终无人理睬，仿佛隐形一般的长安城大佬，看着这对主仆对自己视若无睹对话交谈，终于忍不住开口说道："面很香。"

数个时辰前，朝小树来到老笔斋第一句话也是这几个字。

桑桑继续替宁缺擦头发，就当作没有看见这个人，没有听见这句话。宁缺的反应却和稍早前有了一些区别，低头吃着汤面含混说道："给他也来碗。"

一会儿工夫，第二碗汤面端了上来，朝小树看了一眼四周，发现除了圈椅之外没有什么坐具，也并不在意，就在宁缺身旁蹲了下来，拿着筷子吃了几口，却发现自己的面似乎和宁缺碗里的面有些不一样。

标准的四颗花椒，三十粒葱花，但是没有煎蛋。

他忍不住拿起筷子轻轻敲了一下宁缺的碗沿提醒，宁缺用余光瞥了一眼，险些笑出声来，转头对桑桑劝说道："别太小气，再煎个蛋。"

煎蛋终于来了，宁缺和朝小树捧着小盆似的海碗快活地吃着面，桑桑蹲在二人身前不远处，把那件衣服和布套放进铜盆里烧，店铺里没有人说话。不知道过了多久，宁缺放下手中的面碗，舒服地向后仰去，揉了揉微鼓的肚子，看着身旁蹲着的朝小树，说道："我杀的人超了五个，你再重新报个数……别太小气，我可是让桑桑给你加了煎蛋的。"

朝小树端着面碗，看着他苦笑说道："原来在这儿等着我，两千两。"

"成交。"宁缺看似随意，心情却是有些小小激动，至于蹲在铜盆旁烧衣服的桑桑，更是紧紧地握住了小拳头，暗自盘算着两千两银子得有多大一堆。

桑桑准备去洗碗，朝小树有些恋恋不舍地将还有小半碗面汤的碗递了过去，然后眉头微微一蹙，缓缓抬起袖角掩住双唇，放下时袖上已经多了些斑斑血痕。宁缺看着他的衣袖，知道在先前的连番战斗中，这个极强大的中年男子终究还是受了不轻的伤，沉默片刻后问道："没事儿吧？"

朝小树接过桑桑递过来的一碗粗茶，微笑表示感谢，喝了一口后平静说道："不用担心，我这一辈子不知道打过多少场架，比这重的伤不知道受过多少次。每次仇家看着我浑身是血，以为我再也爬不起来的时候，我总能爬起来给他们致命一击。"

宁缺自嘲说道："一个只知道打架斗殴的混混儿居然能够修行，而且还这么厉害，我如此心系修行之道，却连初境都摸不到门，昊天老爷真是瞎了眼睛。"

朝小树笑了笑，没有继续这个话题，终生浸泡在长安城黑夜江湖里的帮派首领，最后能够成为洞玄上品的大剑师，其间自有一些机缘，但那些机缘不足道也。

"你说过，过了今夜你的底牌就能翻出来。"宁缺的目光透过铺子的木门，落到远处的宫墙一角，说道，"现在我大概能猜到你的底牌是在宫里，有这么深的背景，难怪你可以不用看长安府脸色。"

"今夜之后大概整个帝国的人都会羡慕我，因为我身后站着那样一个人。"朝小树平静说道，"但不会有任何人知道，我为之付出了什么。"

"替宫里贵人做事，需要你付出什么？"宁缺问道。

朝小树哂然一笑，说道："如果这些年不是被俗务缠身，宫里那位偶一动念,我便要去处理无数琐碎小事,或者我早就已经突破洞玄,踏入知命境界。"

"就这些?"宁缺继续追问道。

朝小树不知道想到什么事情,陷入长时间的沉默,笑容变得有些疏淡,缓声说道:"还需要你付出血性,做事情要顾大局,那么有时候便不能快意。因为要逼出对手所有底牌,需要我隐忍数月,所以我甚至没能护住自家的兄弟。"

听到这句话,宁缺的右手微紧,知道这是在说小黑子,但他没有接话,没有说出自己与小黑子之间的关系,低头问道:"你那兄弟怎么死的?"

"我那兄弟叫卓尔,是个谍子。军部让他潜伏到我身边,让他查我有没有和月轮国勾结,其实只是想找个对春风亭动手的借口,甚至有可能直接对我进行栽赃。但兄弟终究是兄弟,他把所有的内幕都告诉了我,自然也不会替军部查我,更不会按照军部的军令栽赃我,而他身为我大唐军人,又不可能出卖部衙同袍的秘密,所以这几个月他夹在中间非常痛苦。"朝小树眼帘微垂,说道,"现在想来,即便会让宫里那位动怒,我也应该早些告诉他事情的真相。也许他终究会死,但至少那段时间里不会那么痛苦。"

宁缺随意问道:"可你还是没有说他是怎么死的。"

"谍子是最危险的一种工作,他没有倒向任何一方时,便随时随地有可能死去,而当他决定倒向其中某方时,他更可能会迎来死亡。当日他终于决定把军部的计划告诉我,结果被军部察觉,于是便被清洗,就死在这间铺子对面。"朝小树望向铺子的木门,望向看不到的那面灰墙。

宁缺沉默片刻后问道:"动手的就是先前那名南晋剑师?"

"是。"朝小树回头望向少年青稚的脸,微笑说道,"从今以后就是兄弟了。"

宁缺眉梢微挑,笑着回答道:"会不会太儿戏了些?"

朝小树笑了起来,说道:"一世人两兄弟,这种事情本来就这么简单。"

"一世人,不过两碗煎蛋面。"宁缺摇头笑着说道,"'兄弟'这个词有些滥大街，而且我知道的那些著名兄弟，如果不是其中某些人幸运先死，那么这些兄弟最终都会反目成仇。今天晚上我只是想帮你，顺便挣些钱，你能不能不要这么俗气，在生活里找点儿别的意义？"

朝小树的眉尖缓缓蹙起，饶有兴趣打量着宁缺，有些意外于会听到这样一个答复，问道："似你这般年纪，眼中的世界却是如此灰暗……我现在真的很好奇你的过去，日后如果你有兴趣讲，请记得一定要喊我，我请茶。"

宁缺回答道："那些事情我自己都不想回忆，更何况是当故事讲给别人听。"

朝小树微笑说道："好吧，那除了煎蛋面之外，你所以为生活的真正意义是什么？"

"生活的意义当然是事业与爱情，或者说金钱和女人。我知道你觉得这句话很妙，觉得我这个人也很妙，但你能不能不要笑得这么莫测高深？"

宁缺无奈地摇了摇头，为了让这位长安城大佬明白什么叫意义，指着刚走过来的桑桑问道："你觉得红袖招里哪位姑娘适合做你家少奶奶？"

桑桑把小手在围裙上擦了擦，然后蹙着眉尖很认真地想了半天，才小心翼翼说道："我觉着坐在你左手边第二位姑娘就挺好的。"

宁缺想着那位姑娘的柔软腰肢，笑着追问道："为什么你觉得这位姑娘适合当我老婆？"

桑桑睁着那双柳叶眼，认真回答道："脸上妆粉抹得匀细，笑起来感觉挺干净，牙齿白齐，看着觉得很健康，而且我偷偷看过她腰臀，将来应该很好生孩子。"

宁缺回过头，冲着朝小树得意地一笑。

朝小树看着他左脸颊上的小酒窝，怔然想道，天天守着一个铺子，和自家未成年小侍女讨论哪个妓女适合生养，适合当自己的老婆，难道这就是生活的意义？忽然间他想到离开老笔斋前倚着铺门的小侍女，想到回到老笔斋后两碗热腾腾的煎蛋面，想着先前被遗忘在角落里的自己，想着这对主仆间自然到无法让任何人插入的感觉，渐渐明白了一些什么，微笑说道："原来生活的意义就是生活。"

宁缺摇头笑着说道："酸了，这话就太酸了。"

朝小树看少年神情，知道他并不明白自己在说什么，自然也不会去点破那些东西，站起身来走到铺门处，回头微笑说了声："我该走了，今天夜里的长安城还有很多事情需要处理，银子明天有人会来给你，然后他会带你去个地方。"

听到这句话最后几个字，宁缺的脸上浮现出一丝警惕神情，他没有问去什么地方，而是直接问出事情的关键核心："能不能不去？"

朝小树推开店铺木门，干净利落说道："不能。"

45

今天晚上的长安城肯定很热闹。经历了一夜战斗的宁缺很累，但雨夜里的刀光血水又让他有些兴奋，想象着此时正在各坊市里发生的画面，猜着朝小树的底牌，推测明儿要去的地方是哪儿，辗转反侧，怎么也没办法入睡。他隔着薄薄的被子把桑桑蹬醒，就这些事情聊了会儿还是没聊明白，桑桑见他神色憔悴却无法入睡，偏着脑袋想了会儿，披了件单衣下地端回一坛烈酒，二人分坐在床的两头喝了起来。如以往那样，绝大多数的酒水进了桑桑的小肚子，宁缺不过喝了几口便难胜酒力，终于昏昏沉沉睡去。

第二日上午，缠绵了好些日的春雨忽然停止，清丽的日头招呼都没有打一声便从雨云后方钻了出来，当空照着树梢里雀跃的小鸟，一辆马车悄无声息停在了老笔斋的门口。车上走下来一个小厮模样的少年，招呼都没有打一声，径直推开半闭的店铺木门，望着刚起床的主仆二人微仰下颌，冷冷说道："走吧。"

这大概就是朝小树说的来接自己的人。宁缺看着那小厮，注意到此人眉眼宁和却似有若无流露着几丝傲气，从对方平平的喉结还有与普通人有些细微差异的站姿中看出，这家伙应该是宫里的哪位小公公。昨夜就知道朝小树的后台靠山在皇宫之中，今天一个小太监来接自己，宁缺自然不会觉得太过震惊，他只是想着要不要塞红包，要塞多大的红包。

宁缺眉头一挑看了桑桑一眼，用眼神询问是不是得准备点儿啥，桑桑向来是个极抠门的主儿，微微一怔便扭过头去，权当没有看明白是啥意思。话说她少爷也不是个大方的人，略一思忖决定自己也干脆装傻，省些银子是些银子。

那小太监负着双手在铺子里随意打量了一番，像老人般点了点头，用清亮的声音说道："听说这巷子里有些好字儿，今天来看看，果然不错，宫里有贵人想瞧你写字儿，你赶紧梳洗梳洗随我走吧。"

宁缺心想这由头倒是不错，看了眼身上穿着，向那小太监揖手一礼，笑着说道："平日里也就这般穿的，穷酸书生，哪里还能梳洗出朵花儿来。"他本有些担心对方没有收到红包会不会刁难自己，没想着这位小公公倒是不以为意，反而微微一笑似是有些喜欢他的谈吐，冲着他点点头走出了铺门。

有些逼仄的车厢里，小太监一路闭目养神，看他先前在临四十七巷的表现，应该不是对宁缺有什么意见，也不是不屑与他说话，而是在宫外习惯性的谨慎。宁缺反而觉着这样清静，掀开车帘一角望向街畔景致，只见清丽阳光之下，长安百姓面带笑容行走于坊市之间，各处早点铺子生意兴隆，时不时能听到几句呼朋唤友的喊叫，哪里能看到半点昨夜江湖血斗的影子？不知道过了多久，两排柳荫遮住了视线，一片舒服的阴影掩住了整辆马车和马车通行的石道，阴影不是来自柳树，而是来自柳树之后、护城河之后的那座皇城。

大唐乃天下第一雄国，长安城乃天下第一雄城，大唐皇城乃天下第一雄奇宫殿——皇宫用"雄奇"二字形容，或者有些不妥帖，但大唐皇宫秉承着唐人壮阔气度，朱墙坚厚黄檐似剑气象恢宏肃穆，不似三宫六院七十二妃清晨流脂汇聚成的风流贵地，而更像是一座矗立在大唐中心的雄关。

宁缺仰头望向气势庄严的皇城，目光顺着极高的朱色城墙望向城头像黑点般的大唐羽林军士卒，表情平静如常，心中却在默默赞叹。只可惜马车并未经由朱雀正门而入，而是顺着护城河绕了半圈，然后从一道极不起眼的侧门驶了进去。马车进入皇宫，在那些并不宽敞的车道上缓慢行驶，不知转了多少道弯，视线全部被车旁的高墙飞檐所遮挡，只看得到被檐角切割成碎片的天空，他根本没有机会一睹皇宫全貌，只觉着里面的宫殿极高极高。

在远远能看见一片碧湖的杂事房处，那位小公公带着宁缺下了马车开始步行，二人顺着湖畔的密密竹海走了约莫几盏茶的工夫，穿过由红柱支撑的一片阔大雨廊，走到一排并不起眼的小殿前才停下脚步。令宁缺感到有些疑惑甚至警惕的是这般长的一段路途，他竟没有看到任何侍卫，甚至连太监宫女都没有看到一个。那位小太监转过头来，看着他面无表情说道："这里就是御书房，我只能带你到这里，你就在这里等着，见完之后自然有人带你离宫。"

宁缺本不如何在意，正背着手饶有兴致看着殿前那些异花奇树，看着远处垂柳遮掩的湖中画舫，正想看有没有可能瞅着几位漂亮宫女，忽然听到"御书房"这三个字，身体不由微微一僵，转身震惊望向身后这些不起眼的房间。

御书房自然是皇帝最私密的地方，历史上不知多少大事，多少宫廷秽事都发生在御书房中，若非是皇帝最信任的亲信或是准备赋予绝对信任的亲信，绝对没有资格进御书房。宁缺怔怔看着御书房紧闭的房门，慨然想到，有多少伟大女性多少前贤大阉权臣就因为进了这间小小的书房就此飞黄腾达，不可一世，想不到今时今日这种机会居然会降到自己的头上。

昨夜猜着朝小树的后台就是宫中某人，而宫中那人很大可能就是皇帝陛下本人，然而猜忖与证实是两回事。前十六年颠沛流离艰难生存的少年，骤然发现自己似乎拥有了一步登天的机会，心中难免有些震撼，他终于明白朝小树昨夜说的话比真金白银还要真，这真是全天下最粗的一条大腿啊。

"半个时辰之内，没有人会来这里，如果有人问，你就按我先前教的回答，就说是禄吉带你进的宫。"满怀感慨地想着心事，宁缺完全没有注意到那位小太监不知何时已经悄然离去。当他醒过来时，发现御书房四周已经空无一人。

身处陌生而森严的皇宫之中，身旁没有一个认识的人，阴凉宜人的环境顿时变得有些阴森起来，纵使是胆大如他，也不禁感到有些微微不适，站在廊前等了片刻，他忽然想着自己是不是应该先进去？

他和桑桑进长安城就像土包子般赞叹惊讶良久，更何况这里是皇宫。他根本不懂那些规矩，只是按照常理所论这般想了，于是也就这般做了，轻轻咳了两声，假模假式地向御书房里拱拱手，便推门走了进去。

所谓水到渠成理所当然都是假的，宁缺就是想进去。他这些年来生活中最重要的部分除了冥想习武便是书法之道，今日极难得地拥有了进入御书房的机会，当然渴望能够看看这间传闻中拥有无数名家神帖的书房，这种渴望是如此地强烈，甚至强烈到他完全忘记了所谓规矩。推门而入，入眼处依着墙壁是极高的一排书架，书架横平竖直，样式极为普通简单，但用的木料却是极名贵的东屿黄花梨，书架上密密麻麻陈列着各式书籍，摆放参差不齐，但却都是极名贵的孤本珍品。书桌上铺放着几张书纸，一支毛笔像清潭细筱般搁在砚中，浸在墨里，另外的数根毛笔则是凌乱搁在笔架上，纸是宣州芽纸，笔是横店纯毫，墨是辰州松墨，砚是黄州沉泥砚，无一起眼又无一不是珍贵的贡品。

这些笔墨纸砚若能拖回临四十七巷卖去，能卖出多少钱来？宁缺怔怔看着四周，心中无来由生出这般混账念头，旋即目光被三面白墙上挂着的幅幅书法所吸引。看着这些被收入深宫世间难觅的传世法帖，他震惊难言，脚步缓慢移动，目光落在那些或方硬朴拙，或平整秀媚的名家真迹，还有那些题记印章上，右手下意识里随之在空中画动，开始临摹起来，脸上满是赞叹喜悦神情。

绕至书桌之前，他看着纸上五个浓墨大字，忍不住皱了皱眉头，喃喃叹道："陛下欣赏水平倒是极高，可这字写得实在是不咋地啊。"

46

微有细粒感的整幅宣州芽纸之上，墨迹淋漓不羁，写着五个字：

"鱼跃此时海"。

看整幅书帖构书框架，纸上本应该还有下面一句，但不知为何，书者写了这五个字便倦然辍笔，"海"字的最后一钩中段挂白，隐隐透着丝不甘之意。

这五个墨字构体严谨气度隐现，若是普通人写出来算是不错，可在宁缺看来，却不觉得有任何可观之处。尤其是他刚刚饱览了一番前贤真迹，自然更觉着"鱼跃此时海"这五字实在是相当糟糕，纵使猜到这字是皇帝陛下写的，也不会改变观感。想着今日入宫是借着书家名头，宁缺心头微微一动，暗想若日后自己这手字入了皇帝老爷子法眼，就此一路青云直上，做个不受人待见却极风光的弄臣倒也不错。

正这般想着，忽然听到御书房后方远远传来一道愤怒的声音，那声音浑厚有力而又显得格外暴躁，只是由于距离太远，只能听清楚那位骂人者最愤怒时的几个字。

"白痴！……白痴！……一群白痴！"

"白痴"二字被那人骂得掷地有声，铿锵有力，浑厚若战鼓，清脆若击磬。宁缺怔怔站在御书房内，听着这仿佛从天外传来的"白痴"二字，渐渐不由听痴了，心中大感亲切，暗想不知道是哪位总管大人，骂起白痴来居然颇有自己几分风骚。

议政殿内，玉柱上缠着蟠龙，金帘上绣着天女散花。御榻左首坐着位美貌宫装妇人，约莫三十来岁，眉眼秀丽，顾盼间妩媚而不失气度，极显温婉，略有些厚的双唇紧紧抿着，又添了丝坚毅之色，看她头饰衣服，正是大唐皇后娘娘。御榻右侧则坐着位十六七岁的少女，眼帘微垂，正在用纤细的手指分茶，清丽容颜配着这副静谧神情，显得极为大气雍容，在草原上奔跑晒出来的微黑脸颊，如今不过数十日便恢复了白皙，正是大唐四公主李渔。

在皇后娘娘和公主殿下的中间，御榻上坐着位中年男子，他的黑发很随意地束在脑后，身上穿着件极宽大的袍子，声音温和有力而不容置疑，偶尔说到那两个字时，音调便会像浮云袭山般猛地跳起，雷霆响彻殿宇。

御榻之前的地面上跪着十几位官员，他们深深埋着头，身体微微颤抖，显得格外惭愧恐惧，而有资格坐着的亲王殿下和两位老臣脸色也极为难看。大唐向来不重世俗规矩，即便是君臣之间的日常议事交往，臣子往往也不用跪拜叩首，只需要长揖行礼，尤其是到了这一代以宽仁著称的皇帝陛下，平日议政殿里君臣相逢，陛下甚至会连长揖之礼都挥手免了。然而今日宽仁君王骤然爆发雷霆之怒，大唐群臣终于重新认识到，陛下平日不要自己跪那是因为他不乐意，当他不乐时，议政殿便变得可怕起来了。

御榻上的中年男子自然便是大唐皇帝——昊天世界里世俗权力最大的那个人。他望着身前跪倒在冰冷金砖上的大臣们，平静里透着一丝嘲弄的目光缓缓拂过众人的脸。

"一个帮派，能够拿河运生意，能够移粮解库，凭什么？你们都是朝中大员，府中管事一句话，便不知有多少人战栗惊心，凭什么朝小树就敢不听你们的话？你们真的是一群白痴吗？难道从来没有想过原因？"

大唐皇帝陛下像看着一群混账子孙般看着自己的大臣，右手抚着有些隐隐生痛的后脑勺，因为愤怒和失望甚至产生了想要失声大笑的冲动。他瞪着众人，用力地拍打着扶案，斥道："你们想看这个长安第一帮派的后台究竟是谁的，现在你们知道了，知道是朕的，有没有觉得自己变成了世界上最大的白痴！

"鱼龙帮！鱼龙帮！你们都是饱读诗书之辈，见惯风雨之吏，居然就没一个人想到过'鱼龙潜伏'这四个字？若不是朕的意思，这长安城谁敢用这个名字当帮名？朕对你们很失望，不是失望于你们无视律法欺压百姓，而是失望于你们愚蠢！白痴！这么简单的事情居然这么多年都没有看明白，你们不是白痴谁是！"

龙椅上那位中年男人充满嘲弄和愤怒味道的话语继续响起，最后化为一声恨铁不成钢的叹息："朕当年搞出这么一个帮派，替帝国在民间做耳目，瞒了十几年时间好生辛苦，结果就被你们这群家伙因为一些蝇头小利而硬生生逼到明面，从此之后再也无法起到朕想要的作用，朕骂你们为白痴，难道有何不对？"

圣上唱叹唏嘘，群臣唏嘘唱叹，此时他们都已经知道所谓鱼龙帮，正是陛下还是太子爷时游逛长安一时兴起的产物，各自在心中默默想着，这只是您的玩物罢了，哪里又能有如此多的说法。

就在此时，皇帝陛下声音变得低沉寒冷起来，一应嘲讽味道尽数消失不见，盯着群臣尖锐质问道："问题在于，你们真的只是为了那些蝇头小利吗？朕知道你们想做什么，但朕的妻子女儿又岂能容你们这群找死的白痴挑拨？你们打着皇后和公主的名义在长安城内搞风搞雨，可你们肯定不知，朕的皇后一向都很清楚那个小帮派和宫里的关系，而渔儿她小时候更是被朕亲手抱着去春风亭玩过！"

训话至此时，殿上群臣们终于再也无法承受这一波又一波荒唐而冰冷的打击，军部怀化大将和黄门侍郎同时双腿一软，从跪姿变成了惶恐的箕坐。皇帝冷冷看着他们二人，说道："大唐军人的职责是护土开疆，而不是用来帮黑帮抢地盘！尤其令朕不齿的是，居然抢还没有抢赢！既然如此，中都护你去长宁城替朕好好训兵吧，训个三年五载，什么时候确认你手下的兵能够打赢长安城的黑帮了，再给朕滚回来。"

长宁城地处帝国西南，夏日闷热冬日湿寒，山间多林多瘴气多毒物，向来被大唐官员视为险途，至于说三年五载还要打赢长安城黑帮……任何话都是陛下金口所说，他说你没打赢那便是没打赢，那你又如何回来？

皇帝陛下今日连骂数十句白痴，有些疲惫，看着这些不敢还嘴的大臣，也觉得有些厌倦，自李渔手中接过一盏茶饮了两口，挥手示意。

林公公自御榻侧方闪身而出，枯瘦的双手缓缓拉开明黄色的圣旨，面无表情念道："天启十三年……着户部尚书邢成瑜归府静心反省三月，朕等你的辩罪奏章。"

随着林公公面无表情宣读圣旨，一位侍郎下狱，户部清运司库房从上到下进行了一次清洗，长安府数名官员被就地免职，京兆尹大人神情黯淡地被逐至天水围，黄门侍郎交由有司审理相涉罪状，而军部遭受的打击则是最为沉重——夏侯大将军愤怒来信，要求军部向他解释，为什么他得力的校属卓尔会被军部谋杀——于是皇帝陛下斩了军部七个人头向那位远在边疆的重将解释，又或者说是向朝小树做了解释。

在宣读圣旨、贬杀涉案官员的过程中，无论那些官员或叩首出血，或大声喊冤，或感激涕零，皇帝陛下始终沉默一言不发，只是当吏部尚书征询京兆尹替代人选意见时，他蹙着眉头想起了一个名字。

"长安府司法参军……那个谁谁谁叫上官的？"

"上官扬羽。"吏部尚书说道，他看了一眼陛下神色，猜忖着他的心意，轻咳两声后继续说道，"该官员考评颇佳，早年前也是正经科举出身，只是因为容颜实在有碍观瞻，所以……"

"朕要的是治民之官，又不是挑选美人。"皇帝不耐烦地挥挥手，说道，"那就是这个人了。"

议政殿里臣子或逐或退，渐渐只剩下了几个最重要的人物。一直眼观鼻，鼻观心，像石像般安静坐在椅中的亲王，终于再也无法安坐，从椅上站起走到御榻之前，掀起王袍前襟，啪的一声跪了下去。

大唐皇室或者说当今这位皇帝陛下向来极为重视家庭亲情，皇宫之中少见史书上那些倾轧争夺，对于亲王这位唯一的兄弟，皇帝陛下更是信任有加，在臣子面前绝不会落他面子，但亲王知道所谓面子都是自己争取回来的，今日自己如果还要面子，那么他的皇兄便会非常没有面子。

果不其然，今日皇帝陛下极为罕见地没有唤他起身，而是居高临下冷冷打量着他的脸，观察着自家兄弟眉眼间的那些沉痛有几分是真实，那些伤悔有几分是演技，直到过了很久之后才在身旁皇后的劝说下面色稍霁，寒声说道："抬起头来，看着我。"

亲王殿下缓缓抬头，直视御榻之上那道夺魂的目光。

"王景略是你府中供奉？"

"是。"

"朕让他去军中效力，你可觉得可惜？"

"臣不敢。"

"朕让他随着许世打磨，自有他的好处。"

许世乃大唐第一名将，王景略号称修行天才，在那位铁血将军麾下，想必心性必能有所进益。亲王微微一怔后连忙谢恩。

"不用谢恩，至少不能由你代他谢恩。"皇帝看着自己的兄弟，寒声说道，"我大唐出个人才不易，所以朕才想着保全他，但我大唐的人才只能替大唐效命，绝不能成为你的私有财富，懂不懂？"

此言诛心，亲王骤然觉得心脏一紧，汗水如浆渗出后背，瞬间把王袍打湿，他不知该如何言语应答，只有重新低下头去，以谦卑之态祈求原谅。

"这些年朕赏了你不少好东西，最近内库有些吃紧，你做些贡献，朕记你的好。"

"臣弟不敢。"

"这世上有什么事情是你不敢做的？"皇帝笑着说道，"堂堂一个亲王，居然纵容管事去开青楼。若不是简大家与皇后是早年间的手帕交，朕不知还要被你瞒多少年。"

不是冷笑，话语里感觉没有什么机锋，但亲王却觉得身上那股无形的压力骤然再增几分，后背汗浆涌出的速度越来越快，紧张等着陛下后续的旨意，但等了很长时间，却没有听到，不免有些狐疑。皇帝脸上的笑容渐渐敛去，平静看着他说道："朕此番不肯重罚你，不是因为别的，就因为替你家管事看红袖招的那人替你说了一句绝对忠于朕的话。"

天启元年以来，大唐风调雨顺，朝野和光同尘，也就出了两桩比较大的案子，一桩是当年的钦天监事件，另一桩便是近日发生的这事，被人们唤作春风亭案。

春风亭一案中，明面上有十几位官员被贬逐去职，军部还有七人被斩，但在暗地里还有一些关键位置的关键人物提前便被清洗，只不过因为那些位置涉及皇宫安危，影响太坏，所以消息被封锁得很死。

那个春雨夜里，羽林军偏将曹宁迎来了宫中的林公公，也迎来了自己的死亡。先前还是阶下囚的常三常思威、费六费经纬拿着陛下亲笔圣旨，直接将此人斩杀在雨中，然后报了因病暴毙。同样是那个春雨夜里，鱼龙帮刘五刘思纵马持枪，于骁骑营操场上，一枪挑了骁骑营副统领楚仁，报了十年前被阴之仇，也完成了陛下交付的使命。

也是在这场春雨夜后，大唐帝国上层的很多人知道了春风亭老朝这个名字，或者说开始正视这个名字，那些人也很想知道他身旁杀人如麻的蒙面月轮国少年是谁，却无处去问。

朝小树站在御花园湖畔，静静看着这片叫作离海的大湖，身上一袭青衫在湖风中微微摆动。有太监宫女经过他身周，便会谦卑地侧身避让，人们现在已经知道他是谁，知道他会有怎样的前程，毫不掩饰眼中的羡慕好奇甚至是敬慕。朝小树仿佛一无所觉，脸上没有昨夜杀人时的冷厉，也看不到江湖草莽人物进入皇宫后应该有的紧张，神情潇洒从容。

一尾金鲤鱼从离海里跃起，跃过宫女们用花环编成的龙门，然后欢快地重新落入水中。在很多人看来，朝小树于今日之长安城，正如鱼跃此时海，声名大振之余必将青云直上。

但他并不如此想。

47

议政殿内正在发生大唐天启年间最大的一次风云震荡，各部衙中不知多少官员正在震怵猜测自己和上司们的下场，御书房里那个少年正在兴奋地东张西望，站在御花园某处的朝小树却像是和这些事情全无关联，他沉默站在这片叫作离海的大湖畔，微笑看着那些五颜六色的鲤鱼跃出水面，跃过龙门，然后幸福地重新摔落湖中，摇尾乞怜乞食而去，偶有叹息。

十九年前，他是立志考书院却被如今那位皇帝领进长安江湖的少年书生郎；十九年后他是剑下斩尽无数头颅伫立长安夜色中的青衫落拓客，站在湖畔想着过往年岁，想着日后前路，心头自然别有一番滋味，并不觉得那条青云路有何诱人之处，只觉着还想回到最初日夜苦读一心向道的旧日时光。

一阵环佩轻鸣打破了湖畔的沉默，容颜清丽的少女公主带着两名近身宫女缓缓走了过来。李渔的目光落在湖畔中年男子身上洗得有些发白的青色长衫上，微微一怔后笑着半蹲行礼，柔声说道："见过朝叔叔。"

大唐四公主李渔，备受圣上宠爱，民众疼爱敬仰，即便是遇见亲王殿下也不过淡淡唤一声叔王，何曾对一名男子用上过如此亲近的称呼？

"草民不敢。"朝小树侧身相让，口中连称不敢，脸上神情满是惶恐，然而身形微闪，湖风吹动青衫一角，哪里有半分惶恐不敢的感觉，只是礼貌上的尊敬里透着一分拒人于千里之外的疏离警惕。看见朝小树的反应，李渔搭在腰间的双手微微一僵，身后的两名宫女嬷嬷勃然变色，然而不等她们有何动作，李渔微笑抢先应道："说起来小时候父皇让侍卫抱着我出宫玩耍那阵，在赌坊里很是见过叔叔几次，只不过毕竟那时候年岁小，后来竟是渐渐忘了，朝叔叔可是抱过侄女的，今日又何必如此见外。"

"殿下此言，实在是令草民惶恐，草民何德何能，岂敢以公主长辈自居。"朝小树微笑回应，湖水映着天光再落在他俊朗的面容上，哪里有半点刻意谦卑做小之色，只是谨守着君臣间名分，不敢向前迈出那一步。

李渔三番两次示好，朝小树三番两次不软不硬挡了回来，湖畔的气氛骤然变得有些紧张甚至压抑。李渔静静看着这位中年男子的脸，想着从昨夜到今日父皇表现出来的愤怒，表现出来的对此人的回护之意，越发确认这人在父皇心目中的地位极其重要，挥手阻止身后宫女嬷嬷们的小声劝告，微笑继续说道："我从草原上带回来了一些蛮子侍卫，听说前些天有人向他们打听过一些事情，那人姓陈，好像是你的兄弟？"

朝小树稍一沉默，应道："他叫陈七，是我的兄弟。"

听到这个回答，李渔笑了起来，目光移向那片海似的湖面，看着被水底游鱼扰动的荷叶，问道："那个少年好用吗？"

"公主殿下，我没有用他，我只是请他帮助我。"朝小树回答道，"是携手，而不是利用。"

"如果是携手，那他也成了你的兄弟？"李渔转过头来，眉尖微蹙问道。

朝小树想起老笔斋里的煎蛋面还有宁缺的回答，自嘲一笑说道：

"某人看这世界似乎比我还要更冷些。"

他看着李渔的眉眼，认真说道："殿下，他不想被人知道，所以还请殿下替他保守这个小秘密。"

李渔微微一怔后嘲讽说道："那个白痴难道以为这件事情能瞒很长时间？戴个黑色口罩梳个月轮国的发式，便想永远隐藏自己的身份？"

朝小树回答道："他马上会考入书院，而且他会考进第二层楼，到那时他自然不用再害怕被人暗算。"

李渔想起吕清臣老人对宁缺的评价，蹙着眉头问道："为什么你们对他的评价都这么高？"

朝小树微笑说道："因为他值。"

想起北山道口的刀光，想起火焰间的虎跃身影，想起火堆旁的故事，李渔脸上的表情不知不觉间变得柔和起来，但声音却依然显得有些清冷嘲弄："当初我给过他机会，但他不肯抓住，我本以为他是个视前程权财如浮云的另类，没想到他只是觉得那种出场方式不够精彩，非要选择这样一种方式在长安城登场。不过不管怎么说，是我把他带进了长安城，那他就是我的人……"李渔似笑非笑望着朝小树，"朝叔叔你把我的人用得这般狠，是不是应该提前向我打个招呼？"

言语上的交锋考较的终究还是心理上的抗衡，四公主李渔在年轻一代里自然是这方面最优秀的，但在惯看腥风血雨的春风亭老朝面前，却休想占到丝毫便宜。只见朝小树哂然一笑，说道："如果他是公主的人，又怎么会为了一间小铺子为难成那副模样？而且我相信公主也应该看得出来，那个小家伙永远不会成为谁的人，他只是他自己的人。"

几番试探竟是没有找到丝毫可乘之机，连讲述正事的缝隙都没有找到，李渔沉默片刻，挥手示意跟在身后的宫女嬷嬷离开，看着他神情凝重说道："朝叔叔……"

朝小树再次避身，重复说道："草民不敢。"

李渔摇了摇头，认真说道："全天下的人都知道，今日之后，春风亭老朝不可能再是父皇藏在民间的那位草民，不再仅仅是长安第一帮的帮主。无论是侍卫首领大臣还是外放，天下必将有你一方位置。你是春风亭老朝的时候，那些大臣就敢打着我或是皇后娘娘的名义去招揽你，慑服你，现如今你已跃海而出，难道你以为从此便能置身事外？"

李渔静静看着他，语气诚挚而毫不隐晦："皇后娘娘是聪明人，我也不笨，所以我们不会做任何父皇不喜欢我们做的事情，但是我们必须做些事情。我希望你能支持我。小时候你是抱过我的，你也抱过我弟弟的，你见过我母亲，难道你就忍心看着弟弟皇位旁落，忍心看着我母亲在冥界幽泉之中，满怀不甘悲怆？"

大唐无所谓夺嫡，由谁继位全在皇帝陛下一念一言之间，那位看似懦弱实则清醒无比的皇帝陛下，不会允许自己的妻子儿女做出任何有伤国体、超出他忍耐限度的争斗，但他却想看看究竟谁表现得更加优秀。朝小树沉默了很长时间，看着她和声说道："公主殿下和您母亲真的很像，英慧无比，知道对我这种江湖粗人任何试探利诱都没有意义，反而用江湖口吻比较合适，然而这终究是圣心独断之事，我只是大唐这片海里的一条小鱼，纵使有幸化鳞也起不到任何作用。"

"朝叔叔太过自谦，要知道这些年来，我从未见过父皇这样相信一个人……而且他把当年惊才绝艳的书院备考生硬生生压在东城阴沟中不放，一压便是若干年，我想父皇心中对你肯定觉得极为愧疚。"李渔坚定地看着他，说道，"最关键的是，您身在大唐这片海中，那么即便跃出海面，终究还是会重新落入海里，您总有一天必须选择向哪边游动……"

她的话还没有说完，朝小树笑容一展，英朗逼人，抬臂挥青袖指大湖，说道："我是一条小鱼，但我并不喜欢在池子里待着，即便是一片像海那般大的池子，终究还是池子，所以如果真的需要我选择往哪边游，也许最后我会干脆选择上岸。"

李渔眉尖微蹙说道："鱼上岸会渴死。"

"但在死之前能呼吸到足够多的空气。"朝小树笑道。

"朝叔叔坚持认为朝堂就是那方池子？可难道您能在天下找到比我大唐更大的池子？"

"江湖虽然小些，但轻松随意一些，相较之下，我确实宁肯身处江湖之远，也不愿意站在庙堂之上。"

李渔蹙眉看着湖畔的落拓青衫中年书生，忽然发现自己并不是很能理解某些人，叹道："江湖险恶并不少。"

朝小树微微一笑，说道："但江湖够远，所以自由。"

李渔摇了摇头，说道："能有怎样的自由呢？"

朝小树像看晚辈般疼惜地看着她，道："不选择的自由。"

宁缺的手很痒，这是多年习惯养成的痒，已经深入他的骨髓血脉之中，根本无法驱除，只有苦苦忍耐。安静无人的御书房中，他从门口走回书桌，从书桌走到书架，又从书架走到门口，藏在袖中的右手不停搓动着手指，却始终无法止住那股从最深处钻出来的痒。

看见墙上的名家碑帖痒，看着胡乱搁着的横店纯毫痒，嗅着辰州松墨特有的气味痒，触着宣州芽纸的细微皱起更痒，目光落在皇帝老爷子写的"鱼跃此时海"五字时，他更是痒得开始挤眉弄眼，难以自抑。

何以解痒，唯有执笔。

然而在御书房内动御笔续陛下亲书，这是很愚蠢的一种选择，可能会被重责，甚至有可能要领受更严重的惩罚，但真的痒啊……当朝小树在湖畔谈论选择与自由的时候，宁缺也正在经历这场痛苦的选择。

"写了便赶紧撕掉。"找着好借口，宁缺快活叫了声，冲至案前像大口吃肉喝酒的好汉那般化墨捉笔铺新纸，将心中积了数息的痒尽数化为快意，一挥而就淋漓尽致五个墨字。

"花开彼岸天。"

48

鲁班门前弄斧，杜康铺前卖酒，夫子门前晒书，当然是最不自量力的行为，可如果换一个角度思考，当鲁班看见门前弄斧那厮，杜康看见铺前卖酒那厮，夫子看见门前晒书那厮，尤其是发现那厮在世俗间别方领域乃是最神圣至高的存在时，他们会不会打从内心最深处生出如宁缺这般的痒来？

我要做一木鸟告诉那厮飞机的雏形是这样，我要酿一壶美酒告诉那厮亡国的佳酿是这样，我要写几篇唠叨话告诉那厮这才是心灵高汤，我要续写几个字告诉那厮什么样的字才叫字——纵使你是人皇天帝，也要给我乖乖听着。

此时此刻的宁缺，便正沉浸在这种极端的快感之中。他满意地看着宣州芽纸上渐干的墨迹，对自己写出的五个字非常满意，甚至觉得是近年来写得最好的几个字，除了笔墨纸砚均属佳品，地处御书房这种奇妙地域外，最重要的原因，还是因为他在房间里积蓄了太多的痒，更是因为前五字是皇帝亲笔所书的关系。

他津津有味欣赏着自己圆转的用笔，平直宽博的架构气势，一时间竟有些不舍将这张纸毁掉，于是准备待字纸干透后收进衣袖，悄悄带出宫去。然而就在此时，一直安静无声的御书房外，忽然响起一道愤懑的低吼声："那个混账东西跑哪儿去了？"

宁缺一惊，抬头望去时只见御书房的门被一只手推开。他眼瞳微缩，手指头反应奇快地微微一弹，搁在晾纸台上的墨纸轻飘飘地滑进了书架一角的空隙处，紧接着他一转身，负起双袖装作认真看书架上的藏书，衫袖拂过时，书架那排藏书已然换了倾斜的方向，将那张"花开彼岸天"严严实实地压在了最里面，谁也看不出来有人曾经动过。

走进御书房的是一名身子矮壮的中年将领，身上穿着宫廷侍卫服，腰间系着根黑金系带，显示出他极高的位阶。这位中年将领看到书架旁的宁缺，看着那个像书痴般专注忘神看书的少年，气得眼睛一翻，厉声喝道："谁他妈让你进来的？"

宁缺状似忘神实际上耳朵一直竖着在听后方的动静，听到这句话时他的心里咯噔一声，猜到这件事情中间有些误会，应该是那位小太监交代注意事项时自己听岔了些什么——然而未有旨意擅入御书房这种罪名可大可小，无论如何他也不能让自己陷入这种麻烦里。

他像一个被陛下藏书迷花眼的可爱小书生般转过头来，揉了揉眼，看着门口处那位矮胖侍卫头子，满脸惘然说道："我奉旨入宫觐见，不知有何问题？"

那名矮胖的侍卫头子微微一怔，大概他从未想象过，有人在御书房内被人抓个正着，却还能如此坦然如此平静，脸上不由露出莫名其妙的神情，痛苦地用手捂着额头，愤愤自言自语道："老朝你这个浑蛋！也不说提前教些规矩！"

宁缺自书案后走了出来，拱手一礼，状似疑惑问道："这位将军，您认得朝大哥？"

矮胖侍卫头子确认御书房四周没有人，满脸警惕不安看了看房内陈设，没有发现任何异样，有些后怕地再次捂了捂额头，痛苦望着宁缺说道："你小子赶紧给我滚出来，老子在外面找了你小半个时辰，哪里想到你居然敢走进这里，你给我记住了，你今天没进来过，你这辈子都不要想着和人炫耀这事儿，不然我灭了你！"

宁缺跟着一路埋怨唠叨的侍卫头子离开了御书房，向西侧稍转了两步，便来到了不远处的春和殿侍卫值日房内。在阴暗的房间中，他终于知道，面前这位矮胖和气、一口河北道腔调，每个字都仿佛带着股大葱味儿的家伙居然就是大唐宫廷侍卫副统领徐崇山，也正是朝小树昨夜所说要他今天来见的正主儿。

"陛下酷好书法，你刚好是个卖字儿的，所以才把你用这身份带进宫里来，只是为避人耳目，结果你小子倒好，居然不吭不响就一头钻进了御书房！你丫难道真以为自己是啥书坛圣手！你丫真以为陛下请你来赏字儿！"徐崇山愤怒地指着宁缺的鼻子低声咆哮，唾沫星子满天飞溅。

宁缺有些窘迫地揉了揉鼻子，暗自想着陛下倒是没有请自己来赏字儿，但我已经在御书房里写了幅字儿，你又能拿我怎么样？想到此节，想到那张压在书架最角落里的"花开彼岸天"，他暗自琢磨着以后得想个什么辙把那东西拿出来。

徐崇山骂得有些累了，气喘吁吁扶着粗实的腰杆，说道："说正事儿吧。"

宁缺笑嘻嘻应道："您请讲。"

徐崇山有些怪异地看了他一眼，讶异道："你这少年嬉皮笑脸的，哪里有半点儿老朝嘴里说的模样？"

"那是因为统领大人您虎威太盛。"宁缺很认真地解释道。

金山银山铜墙铁壁皆能穿唯马屁不能穿，哪怕是再稚嫩笨拙的马屁也有其作用，更何况拍出马屁的这家伙本身就是一个看上去有些稚嫩笨拙的少年，徐崇山的脸色稍好了些，轻咳了两声后问道："你现在应该知道老朝是谁的人了吧？"

宁缺微微蹙眉，装傻问道："朝大哥是统领大人的部属？"

"我可没那胆子去使唤春风亭老朝，另外……以后你不要叫他朝大哥，当年那些老人已经很少了，我们习惯叫他朝二哥。"徐崇山正色道。紧接着他想起昨夜那场春雨里的杀戮，想起老朝对这少年的评价，看宁缺便顺眼了些，话锋忽转，微笑问道，"昨天夜里你为什么要去帮老朝？"

"我收了五百两银子。"宁缺很诚实地回答道。

没有谁会为了五百两银子就去替一个刚刚相识的人出生入死，更何况那个人还是一个十六七岁、即将入书院学习的少年。徐崇山不相信他的解释，所以并不认为他贪财，更觉得他是一个真正的性情中人，顿时越发觉得他顺眼起来。

"陛下喜欢性情中人，我也喜欢。"徐崇山微笑望着他问道，"那么接下来我只需要问一个问题，那就是……你愿意为了帝国献出你的生命甚至是名誉吗？"

宁缺微微一怔，皱着眉头想了很长时间，一方面是在猜忖这位大人物询问这个问题的真实原因，一方面是因为他有些不明白为什么名誉二字前要用甚至，难道名誉会比生命更重要？

这个问题很大很宽泛，很严肃很神圣却又很令人捉摸不到头绪，他想了很久，想起渭城的前后几任将军，想起那些生死与共的同袍，想起长安城里的热情百姓，认真缓慢回答道："如果逼急了，生命倒是可以献的……"

说到此节他忽然想到昨夜的某个场景，朝小树依依不舍放下半碗面汤后，遥望店铺对面灰墙的那番寂寥自叙，于是他迟疑着加了一句："但有些东西不行。"

徐崇山严肃地看着他，发现少年没有在第一时间毫不犹豫做出掷地有声的回答，而是认真甚至是为难地思考了半天，对于这一点，副统领大人非但不怒，反而极为欣赏，因为他清楚经历过思考后的审慎回答比慷慨时的热血冲动更为可信。

"从今往后，你就是我大唐侍卫里的一员。"

没有更多的问题，没有任何考校，就是简简单单几句对话，徐崇山便决定吸纳这位少年进入大唐宫廷侍卫的队伍，其中有朝小树作保的因素，更多的原因是他确实有些喜欢这少年回答问题时展露出来的性情。

于是便轮到了宁缺震惊无语。他看着手中那块乌木亚光的腰牌，看着上面的身份标识，沉默很长时间后，茫然说道："打了一架就打成了大内侍卫？"

"鱼龙帮被朝中那些白痴大臣逼到了明处，不要这么看着我，'白痴'二字是陛下昨夜大怒亲自下的评语，所以我们需要重新安排一些藏在黑夜里的人手。"徐崇山冷声解释道，"这是大唐子民的荣耀，你不要想着拒绝。"

"不是拒绝不拒绝的问题。"宁缺无奈说道，"问题是朝廷需要我做什么？我又能做什么？最关键的是，我马上就要参加书院入院试了。"

听到"书院"二字，徐崇山脸色微微一变，不是因为别的原因，而是作为侍卫处的老人，他很清楚朝小树当年遭遇了一些什么，也正是因为那些往事，如今这一批的暗侍卫拥有了当年不曾有的待遇。他带着温和笑容看着宁缺，说道："放心吧，你能进书院便进，从书院出来后，终归还不是替朝廷效力，二者并不冲突。"

"您还没说我需要做些什么。"宁缺坚持问道。

"鱼龙帮被摆到了明处，但长安城的江湖已经不再有任何问题。"徐崇山微微皱眉说道，"你的任务很简单，就是搜集情报，具体任务以后再说。"

江湖如果不再是问题，那么皇权之外最大的问题自然是修行者的世界，联想到自己马上要进书院，再想着副统领大人含混不清的交代，宁缺很自然地想到了某种可能，朝廷是不是要对书院下手？

手掌里握着的侍卫牌子被汗水浸得有些湿，但他知道这些事情不容自己拒绝，只希望日后事情的走向和自己的想象并不一样。

49

假如生活要怎么样你，而你无法抗拒，那么你就只有如何如何，如果你并不是非常抗拒，那么如何如何起来，想必会变得轻松很多。基于这种认知，宁缺从震惊苦恼情绪中摆脱出来的速度极快，他挠了挠头，目光越过徐崇山厚实的肩头，穿过幽暗值日房的窗花，说道："还能再问一个问题吗？"

徐崇山干脆利落回答道："能答的我就答。"

"为什么是我？"宁缺问道。

徐崇山回答道："老朝很欣赏你，他认为如果你的运气再好些，将来成就甚至会在他之上，另外因为昨天夜里的事情，常三陈七他们也很看重你……按照侍卫处的规矩，无论是明处的人手还是暗侍卫，前辈的意见相对来说更重要一些。"

"大人……"宁缺捂额说道，"如果这么多人知道我暗侍卫的身份，那我很想请教一下暗侍卫里这个'暗'字究竟做何解释？要不要我回临四十七巷点几挂鞭炮，再扯两道横幅告诉全天下的人我做了这差事？"

徐崇山当然听出了他话语里的不满恼怒，微微皱眉解释道："大唐是个有规矩的地方，就算是宫里贵人知晓你的身份，也没有谁敢冒着陛下震怒的危险揭穿你。至于常三他们几个人……早已证明了自己的忠诚可靠。"

宁缺放下手臂，摇头说道："只有时间才是检验真理的唯一标准。"

"他们已经用十几年的时间证明了这一切。"徐崇山面无表情说道，"不过你小子这句话我很喜欢，可惜你要考书院，那就只能走暗路，不然凭老朝对你的欣赏和这句话，我倒是真有培养你当我接班人的念头。我徐崇山虽然出身军中，还留了几分血性，可我做不到老朝那般潇洒，连你是谁都不知道，就敢把自己的性命交到你的手中，毕竟侍卫关系到陛下的安危，所以侍卫处事先已经查过你的祖宗十八代。可惜侍卫处查你的资料只查到你七岁，确认你是个孤儿，没能查到你的祖宗，但你在渭城军寨里的表现我们很清楚，而且我们很喜欢。"

徐崇山伸出宽厚的手掌，重重一拍宁缺的肩头，说道："你从军的履历，历年积累下的军功，已经足以证明你对陛下和大唐的忠诚。"

听到侍卫处已经查过自己的底细，宁缺并不惊慌，因为他知道这个世界上除了桑桑和已经死去的小黑子，再没有任何人知道自己究竟是谁。他缓慢捏弄着掌间微湿的腰牌，沉默片刻后接着说道："按您先前所说，应该不会有人主动联络我，那么我有情况怎么向您汇报？我想以后见面应该不会是在宫里吧？我从来没有想象过，这种事情可以放在如此光明正大的地方进行。"

"为什么不行？"徐崇山傲然说道，"全天下没有比我大唐皇宫更安全的地方。"

宁缺叹息一声，无奈地接受了事实，然后抬起头来，仰着脸满怀期盼说道："名誉上的赏赐也不能让人知道，那么我……什么时候面圣？"

徐崇山怔怔看着他，旋即失笑出声，揉着滚圆的肚子笑道："你这小子……难道你丫以为今天入宫是要面圣？"

"难道不是吗？"

"贵庚？"

"十六。"

"贵姓？"

"宁。"

徐崇山看着他认真问道："你不是百岁老人，又不是皇族远亲，那你脸比别人大？"

宁缺摸了摸自己勉强称得上清秀的脸颊，摇了摇头。

徐崇山叹息了一声，看着少年摇头说道："常三他们几个已经好些年都没有见过陛下，那你究竟凭什么认为自己有资格单独面圣？"

宁缺沉默片刻后认真说道："我的字写得真不错，万一陛下喜欢，说不定就舍不得让我做侍卫，直接把我宣进宫来做侍读什么的。"

徐崇山敛了笑容，看着他嘲讽说道："除了侍卫，能长年待在宫中的就只有太监。"

宁缺表情微僵，有些尴尬地笑了笑，不敢再继续这个话题。

徐崇山是大唐侍卫副统领，理所当然很忙，今日他特意抽出时间、最后无奈花了更多的时间单独召见这个少年，已经是给了朝小树天大的面子，谈完事情后，自然毫不犹豫地把对方赶走，然后赶紧跑回议政殿旁伺候着。宁缺走出空无一人的侍卫值日房，正忧愁自己该怎样出宫，然后他看见那位把自己引进宫来的小太监像个幽魂般不知何时站到了身旁。

虽然很想质问对方交代事情不清楚让自己在御书房里受了笔墨"毒品"诱惑以及惊吓，但基于安全角度考虑，他最终还是紧紧闭上了嘴，老老实实跟着小太监穿过寂静无人的湖柳花径石门，坐上那辆逼仄马车，穿过洗衣局向宫外驶去。

就在马上要穿过洗衣局那片宫巷建筑时，宁缺忽然偶有所感，胸口一阵发闷，顾不得身旁小太监表示警告的严厉眼色，掀起车窗帘帷一角，蹙眉向外望去。

目光穿过重重窄巷天光，越过片片梆子声和弥漫巷间的皂角味道，落在远处某座宏伟宫殿一角，高淡碧空中那处檐上蹲着八九只神态各异的檐兽。他不知道这些檐兽叫什么名字，是何方祥瑞谁家怪物，怔怔望着那处，只觉得自己的胸口越来越闷，心脏跳得越来越快，仿佛马上便要崩断自己的肋骨跳将出来。而随着心脏跳动加速，视线中那些遥远的檐兽变得越来越清晰，被风雨吹洗了不知几百年的瓦石线条越来越灵动，似乎下一刻便会变成活物。

他闷哼一声，捂住自己的胸口，不禁想起那个雨天和桑桑初见长安朱雀像时的感觉，坚狠地望着那些皇宫里的檐兽，脸色变得越来越苍白，却不肯挪离目光。

稍早时间的御书房内，爆发了一场极为激烈的争吵，侍卫副统领大人徐崇山和大内副总管林公公就像两座雕像般守在御书房外，无论听到任何声音，脸上都不敢流露出丝毫表情，因为这二位大人物内心深处此时都坐着个孙子，害怕恐惧疑惑震惊到了极点，同时觉得御书房里那位实在是太他妈有种了。

大唐天启已有十三年，谁也没有见过皇帝陛下如此震怒，即便昨夜发生春风亭事件后，陛下也只是重重拍了几下桌子，骂了三十几句白痴，可今天御书房内的皇帝陛下不知摔碎了几盏茶杯，骂了多少句绝对不能让人听到的脏话。

"朝小树！如果你还这么不识抬举，休怪老子收拾你！

"怎么收拾你？朕……朕……朕还真他妈的不知道！

"你个愚顽到极点的家伙，怎么连点儿人世间的道理都不懂！

"好好好，我今天最后叫一声朝二哥，你到底留还是不留！"

御书房内骤然安静，门外的徐崇山和林公公忍不住转头互视一眼，确认看到了对方眼瞳里的震惊羡慕之色与自己并无两般，极有默契地再次转头无言看花看树。房间里沉默了很长时间，然后响起朝小树平静温和却极为坚定的声音。

"不留。"

啪嗒一声沉闷的脆响，应该是那位大唐皇帝陛下摔碎了自己最珍爱的那方黄州沉泥砚，守在门外的徐崇山和林公公再也无法保持沉默，尤其是徐崇山十分担心陛下震怒之余会做出一些事后肯定会后悔的决定，抢前两步便准备叩门苦谏。

就在这时御书房的门被吱呀一声推开，一袭青衫的朝小树平静跨过门槛走出，待身后房门重新关闭后，回身一掀长襟，双膝跪倒在地，极为严肃认真地三叩首，行了个君臣相见不再见的大礼。

然后他站起身来，微笑着向徐崇山和林公公拱手一礼，离开御书房向宫外走去。身旁没有太监宫女引路，他就这样孤身一人缓步走着，如同游园一般，十几年前他来这座皇宫的次数很多，很有感情，这些年来进宫的次数少了很多，很是怀念。行至那片叫离海的大湖畔，朝小树若有所思，负手于青衫之后静静看湖，看着湖中金鲤鱼欢快游动，忽然间唇角微微一翘，绽出个阳光透柳荫的清爽笑容。他平静含笑的目光落处，那些欢快游动的金鲤鱼身形骤然一僵，竟变得完全静止，仿佛是悬浮在晶莹绿波之中的玉鱼儿般，生机盎然却全无生意。

朝小树喃喃念道："久在樊笼里，复得返自然。"

御书房内，金冠被胡乱扔在一旁，大唐皇帝恼火地盯着案上那幅凌晨亲笔所写的"鱼跃此时海"，脸上满是不甘与遗憾之色。他并不知道在书架的角落里，有人偷偷替他续了句"花开彼岸天"。

忽然间他抬起头来，隔着窗户望向御花园的方向，眉头缓缓蹙起然后缓缓舒展开来，最终化为一片平静和解脱，淡淡自嘲说道："也许你真是对的。"

某处宫中，一位约莫四十岁左右的道士正在替皇后娘娘把脉，忽然间他的眉头猛然挑起，怔然转头向身后望去。皇后娘娘微微蹙眉，心想国师大人向来宁静温和，为何会如此失态。

那道士怔怔看着那处，忽然间捶胸顿足道："我错了，我真的错了，当年我就该劝陛下早些放小树离开，或者干脆就让他进书院……以夫子的能耐，以小树的悟性心境，这些年来我大唐必将再多一绝世强者，甚至说不定可以和南晋那厮战上一场，可惜啊可惜，可惜硬生生晚了十几年啊！"

洗衣局某偏巷中，宁缺坐在马车上执拗地盯着远处那几尊仿佛要活过来的檐兽，脸色越来越苍白，心跳越来越快，忽然间所有的感觉都消失不见。

皇宫朱雀门前。

中年男子回头望向正殿檐角上那些石兽，朗声大笑起来，笑声异常潇洒旷朗，没有一丝杂意杂念，那些檐兽仿佛听懂了他笑声所传达的意思，重新回复平静安详。潇洒笑声之中，他青衫飘飘走出皇城正门。

今日之后的长安城少了位叫春风亭老朝的黑道领袖。

这个世间多了位观湖鱼而入知天命境界的强者。

50

回到临四十七巷，推开铺门进到后宅，宁缺从怀中取出那块乌木亚光腰牌，很随意地扔到床上，就像是在扔一块废柴。桑桑坐在床头，畏寒的两只小脚塞在暖和被窝之中，正在专心地缝补他的旧外套，看了被上的腰牌一眼，好奇地拿了起来，对着屋顶透明天光瓦洒下来的光线，眯着眼睛仔细看了半天，问道："少爷，这是什么？"

"大内侍卫的牌子……暗侍卫，就是见不得光的那种。"宁缺坐到桌旁，提起水壶灌了几大口，想起今日进宫竟是连口茶水都没喝着，不免有些郁闷。

知道宁缺有了官面身份，如昨夜所盼那般抱上了一条天下最粗的大腿，桑桑眯着那双柳叶眼开心地笑了起来，不过她对事物关心的重点向来比较直接。

"每个月能有多少俸禄？"

宁缺愣了愣，放下手中茶壶回忆先前的谈话，犹豫说道："怎么也得有四五十两银子吧？"

桑桑蹙着细细的眉头，黝黑的小脸上满是不满，说道："没想象中多啊。"

宁缺摇头笑着教训道："咱现在有两千两银子的身家，以后做事说话得大气些。"

桑桑听着这话，脸上的不满顿时消失无踪，笑嘻嘻望着他招招小手，说道："少爷你先前走后，那边就悄悄把银子送了过来。"

宁缺有些疑惑不解，径直走到床边歪在小侍女身旁，好奇问道："放哪儿了？"

桑桑神秘兮兮地向外面看了两眼，放下手中的针线活儿，用两只小手捏住腰间被褥两角，有些紧张地拉开一条缝，微抬下颌示意他往里面看。

宁缺眉梢微挑，有些不可置信向被褥里望去，只见桑桑两条细细的腿旁，竟是密密麻麻摆了一层银子，纵使被厚实的被褥遮住，只有极暗淡的光，也能瞅见令人眼花的光晕。他微微张嘴，强行压抑住心头的激动，状作镇定教训道："都说过……咳咳……要大气点儿，就两千两银子，看把你兴奋紧张成什么样儿了……我就觉着奇怪，大白天的你窝在床上做甚，原来是担心这些，难道你就不觉得银子硌得慌？"

桑桑仰着小脸看着他，很坚定认真地摇摇头，表示银子这种东西一点都不硌人。

宁缺再次咳了两声，宠溺地揉了揉小侍女的脑袋，说道："两千两银子还能用一床被子掩住，将来你家少爷挣个八千上万两的，到时候你咋办？"

长安的春天很美，一场赶似一场的春雨时不时地下着，将满街满巷的青叶嫩花全部催生了出来，无论你是站在槛内还是立于亭间，都能看见满眼的生命颜色，东城临四十七巷仿佛也随着愈来愈浓的春色一道活了过来，热闹渐现。春风亭事件之后，户部尚书被贬，清运司从上至下被清洗一空，闹腾了好些个月的征地事宜自然也无疾而终，围墙那边的清运司库房死寂得就像一座大墓。鱼龙帮虽被迫登上了光明的舞台，也没有忘记顺势把整座城市的黑夜清洗了一遍，至此时再没有人敢对朝小树的这条街做任何手脚，甚至看上一眼都不敢。

本就是极好的地段，闹中取静的行商妙地，如今没有了官府的压力和黑势力的威慑，那些紧闭的铺门自然重新开启，无论是新接手的老板，还是见机奇快重金买回租契的旧老板，都卷起了衣袖准备借这春日暖时好生大干一场。

商业便是人业，讲究的便是个聚财气汇人流，往日临四十七巷就一间铺子开着，从骨子里透着股半死不活的衰败劲儿，自然没有什么人愿意来逛，生意极差，如今临街铺子全开，春树之下一片热腾，人流便自然而然凝聚过来。和相邻铺面比，老笔斋的生意依然算不得极好，但较刚开业那阵冷火秋烟的情形不知道好了多少。桑桑天天忙得不可开交，小脸蛋上的笑容却是越来越多，而且还坚持不肯让少爷多请帮工。

至于宁缺骨子里终究还是有点儿少年书生的酸腐气息，看着眼前热闹，想着旧时冷淡，便越发瞧那些买书画的客人不顺眼，如今手头有了两千多两银子，也不怎么把老笔斋的收入当回事，于是干脆把书卷价格狠狠地向上提了一大截。在他的想法中，既然爷现在不差钱儿，你们又这般贱地要上门来买，那自然要多花些银子，如此方能对得起自己，方能让自己一吐前日怨懑之气。

然而事情发展总是出乎他的想象，老笔斋的书画价格一提再提，最终提到了刚开业时的五倍，却没想到来买书作的客人竟是越来越多，虽说老笔斋的名声还是迟迟未能在长安城里打响，但在东城某个小范围内，已经算是块牌子。

"原来应该这么玩啊？"宁缺捧着小茶壶，倚在门口打量着铺内那些客人，美滋滋地啜了两口茶，听着旁边新开的那家伪劣古玩铺里的吵架声，觉得生活真他妈的美好。

街上店铺老板们并不知道，临四十七巷能够重获新生、他们能够赚得盆满钵满和老笔斋里那位小老板之间的关系，他们不知道如果不是宁缺帮助朝小树在那个春雨夜大杀四方，这条街只怕还是会像当初那般死寂。如今在他们的眼中，老笔斋的少年老板就是个不会挣钱只会奴役侍女的废物罢了。

生意好了，银子挣多了，人们自然容易高兴起来，但也容易产生一些新问题，饱暖思淫欲，如今生意刚好了四五日，那家伪劣古玩铺子里的老板便有了纳妾的打算，今日这番激烈的吵架声，正是老板和正妻为这事儿在开战。

"就凭你这模样，居然也有脸想纳妾？"

"我为什么不行？"

"老娘说你不行就不行，你要把我逼急了，我就告上长安府去！"

"这事儿皇后娘娘都管不得！长安府凭什么管！宁缺那小子都能有了小侍女，你天天要踹我下床，老爷我讨个暖脚的又有什么不行！"

"你想我给你暖脚？朱雀门儿都没有！除非宁缺那小子做了皇帝！"

"他又不姓李！做哪门子皇帝！"

"月轮国，南晋，大河，只要这天下有的，随便哪国皇帝都成！"

桑桑听着外面的吵架，想到这几天里自己的担忧，蹙着细眉尖问道："少爷，小时候你给我讲的故事里，做谍子总会死得很惨。你现在是暗侍卫大人，会不会有麻烦？"

宁缺放下茶壶，摇头道："虽说那是块见不得光的腰牌，不过本身就是不入品的小人物，谁会在意我的身份，再者如果日后真有麻烦，难道我不会躲开？"稍一停顿后，他看着桑桑轻声解释道，"我接受这个身份，还有一个原因，日后真要去查那些事情，杀那些人，有个大内侍卫的身份总会方便些。"

桑桑本就是懒怠想事情的小侍女，听着他的解释觉着有理便不再去想，说道："伞套刀套和外套做好了，少爷你什么时候去杀那第二个人？"

"刀怎么样？需不需要再磨磨？"宁缺问道。

桑桑认真回答道："就算是杀猪，杀了十几头的刀肯定也会有问题，当然需要磨。"

就在这时，临四十七巷那头传来一阵响亮的说话声，有人群向那个方向拥去，宁缺好奇地走到铺门，往那边看了一眼，脸上的神情微微一变。

只见在一群青衣青裤青靴汉子的拱卫下，那名依旧一袭潇洒青衫的中年男子，正在拱手与各位店铺老板谈话，脸上挂着温和的微笑，不时拱手谈笑，大意是说我走过请诸位老板放心经营，若有余事尽可交代下属办理。随着中年男子的交代，始终沉默站在他身后的那五六名汉子拱手为礼。那青衫中年男子在每间铺子前都会停留片刻，说上几句话，显得极有耐心，身周的帮众下属也随他缓慢走动，逐渐走向街巷这头。

街巷这头有间卖字墨的铺子叫老笔斋。

51

春风亭老朝手中不知有多少条像临四十七巷这样的产业，他往日交往的枭雄达官不知凡几，似这等人物若要离开长安城，需要告别的对象绝对不应该是临四十七巷里的这些店铺老板。但今天他离开之前却特意来到临四十七巷，与那些店铺老板和气告别，落在帝国那些上层贵人眼中，大抵会认为这是中年男子想通过这条引发春风亭事件的街巷，做出明显的警告：自己走后你们也不要乱来。但宁缺知道这肯定不是他来到临四十七巷的真实原因——他要来向自己告别，向那个曾经在春雨夜里并肩战斗、并排吃煎蛋面的伙伴告别。

只是因为宁缺想要隐藏身份，如今又是宫里的暗侍卫，所以那名中年男子才会与所有店铺老板耐心寒暄告别，以免让长安城内的有心人注意到他的存在。一念及此，即便自认为性情冷漠的宁缺，也不禁觉得胸怀间温暖一片，看着越来越近的众人及众人中间那个面带微笑的青衫中年男子，有些不知如何自处。

来到老笔斋门口，朝小树看着铺内的少年与黑脸小侍女微微一笑，揖手一礼道："宁老板，有礼了。"

宁缺看着被堵死的店铺门口，还有那些围在人群外看热闹的民众，微涩一笑，也学他那样装模作样揖手还礼，和声道："见过朝二哥。"

"朝二哥"三字他是自徐崇山副统领处听来，自以为这个称呼亲近又尊敬，极为得体，不料却让朝小树微微一怔，然后发出难以压抑的笑声。站在朝小树身后那几名气势逼人的男子更是连连摇头，看着宁缺的目光不免带了几分善意的戏谑——长安城里的人都称呼朝小树为春风亭老朝，鱼龙帮内兄弟则是称呼他为帮主或者大哥，知道朝二哥这个称呼的人已经极少，宁缺在不知不觉间便露了馅。

"我马上就要离开长安城了，所以带着帮中兄弟们来与诸位老板见见，宁老板日后有甚不方便之处，可以去寻他们。当然我相信宁老板只要用心经营，必将飞黄腾达，青云直上，到时候还请不要忘了帮助一下我这几位兄弟。"朝小树微笑地望着他说道，右手指向身后那几名气势逼人的男子，说道，"齐四你已经见过，他们是常三、刘五、费六和陈七，都是我信得过的兄弟。"

所谓用心经营必将青云直上，朝小树在别家店铺里也说过，但对宁缺这样说，自然藏着些别的意思。宁缺听懂了，老笔斋门口那些男人也听懂了，常三、刘五等人互视一眼，看出彼此眼中的讶异情绪，然后向前踏出一步，沉默向宁缺行礼。

他们知道那个春雨夜里发生了什么，对未曾见过面的宁缺已经极有好感，同时他们也知道朝小树对这少年评价极高，只是没有想到竟会是如此之高，甚至隐隐约约里透着股郑重托付的意味。常思威看着宁缺温和说道："宁老板，日后若有甚不协之处，不免会来打扰你。"

通过前几日宫里那番谈话，如今的宁缺已然明白，眼前这些男人都是大唐皇帝陛下当年撒在民间的暗侍卫，如今既然明了身份，或许过些天便会重新进宫任职，他自然不会怠慢，只是听着这些话，总觉得有些不对劲。常三冷、齐四狠、刘五横、费六凶、陈七阴，这是长安市井间对鱼龙帮几位大将的评价，只是此时看着常思威的温和神情，宁缺怎么也没办法把他和冷字联系在一起，更没有想到这男子内心深处已经动了把自己缠住的打算。

既然是要掩人耳目，朝小树等众人自然无法在老笔斋里待的时间太长，显得特殊，不过是随意聊了几句不咸不淡的话，然后朝小树微笑着看着宁缺，说了两个字：

"走了。"

又是一场渐渐沥沥的春雨，细而温柔，很多行人连笠帽都懒得戴一顶，宁缺默默站在临四十七巷巷口，看着远处那些渐行渐远的人影，看着那个依旧潇洒随意的青衫中年男子背影，忽然觉得心中生出了些许遗憾。

"兄弟这种事情，当然是需要靠时间证明的，你说做兄弟我就答应你做兄弟，那我岂不是显得太没面子？我本想着再过些年，如果不错，和你做做兄弟也无妨，但你丫就这么拍拍屁股走人，结果弄得我还是很没面子啊。"宁缺摇了摇头，叹息了一声，回头牵着桑桑的小手往巷中走去，身旁巷墙上方伸出来的几枝初绽桃花，不知何时被春雨切下数片，零落离枝落在青石板上。

城门处的青石板上同样花蕊零落，某间酒铺旁，朝小树与诸位同生共死多年的兄弟，用长安城内的桃花下酒，痛饮数杯然后告别。

春雨一场一场，刚刚认识或者刚刚重逢的人们生离或者死别，来自渭城的少年和他的小侍女不知不觉间度过了他们在帝国都城的第一个月，然后终于迎来了自己人生中最重要的那个日子，如果把那些生死间的事件全部不计算在内的话。

今天书院开学，没有说错，确实就是开学，因为书院开学第一天同时举行入院试，能够通过入院试的，便将成为长安书院一名光荣的学子，而没能通过入院试的备考生，他们看到过庄严的开学仪式，见到过书院的真实模样，想必这段回忆将成为今后生命中难忘的一段，有所安慰。

清晨五点钟，宁缺和桑桑就起了床，开始梳洗打扮用早饭。书院开学对整个大唐帝国，甚至是整个天下而言都是件大事，至于长安城的民众，更是早已翘首期盼多日，各式小贩都提前开始营业，所以主仆二人很幸运地吃到了酸辣面片汤。宁缺不停打着呵欠，揉着有些发涩的眼睛，明显昨天夜里没有睡好，桑桑更是顶着两个比肤色还要深的黑眼圈，看模样比她家少爷还要紧张几分。

礼部有专门接送备考生的马车，但因为宁缺要带着桑桑同去，所以选择租马车单独前去，车行的人知道这位主顾的身份，不敢怠慢，半夜就已在巷口待命，所以他们主仆二人出了老笔斋，便马上动身向南进发。在东城时还好，马车一入南城便变得寸步难行，此时正是黎明前的黑暗时刻，宽敞的朱雀大街上显得有些阴暗，被数百辆马车塞得死死的，天空中飘着微雨，湿漉漉的青石板上数不清有多少车轮在移动，有多少马蹄在恼火地踢着雨水。

礼部接送备考生的马车当先放行，拿着入院试凭证的考生马车也在城门军的指挥下，艰难地挤出一条路，沿着鼓楼冲着朱雀门的方向排成了一条长龙。今日的长安城书院备考生是最重要的人物，那些参加开学大典的各部衙官员甚至是王族亲贵的马车，都被挤到了旁边，至于那些买了入场门票准备去看热闹的富商书生，更是被毫不客气地赶到了最后方。

考生比官员重要，比那些能为帝国带来税收的富商重要，这看上去有些不可想象，但就是事实。而且看那些安静的华贵马车和面色如常的随从护卫，可以想见过往无数年间，书院开学时都是这种场景。

宁缺和桑桑坐在车厢中，时不时掀起车窗帘一角看看周遭的动静，略有些紧张焦虑的心情渐渐平静下来，当马车终于驶出长安城南门，顺着宽敞官道向着南方那处仰之弥高的云中高山进发时，他甚至有了心情欣赏景色。春雨还在淅淅沥沥地下，但那处陡然从河渭平原间拔起的高山却不受丝毫影响，因为山峰之前一片清明，而山峰更是在雨云之上，初升的朝阳投射出的光辉，被山崖反射，向世间洒出片片光芒，感觉十分温暖。

车行细雨之中，遥望前方朝阳下的山峰，宁缺的心情骤然变得极为平静，不知道为什么，他觉得那里有很吸引自己的东西，有自己很喜欢的某种味道。

长安之南，大山之下，便是书院。

正是那座经历千年风雨，始终没有名字，比大唐帝国历史更为悠久，为大唐和天下诸地培养了无数前贤名臣，并不神秘但近乎神明的书院。

也正是宁缺费尽千辛万苦，一定要走进去的地方。

大山无名，陡然起于平原河流之间，直冲天穹。

书院无名，默然现于红尘浊世之间，屹立万世。

数十辆马车依次驶抵大山脚下，那些车厢内的谈笑声戛然而止，前来参考的学子们并未有感受到任何气势压迫，只是因为心中的尊敬而必须沉默。朝阳清丽光线之中，山脚下是一片面积极大，由青青草甸丘陵组成的缓坡，起伏不定有若凝固的海浪，青草茵茵如画，画间隐现十数道错综复杂的车道，道旁隔一段距离便栽着几株花树，草甸中央更是花树成群，白白粉粉不知是杏花还是桃花的颜色，并不规则却极为美妙地涂抹在山坡间，美丽到了极点。

车窗旁，宁缺望着这片人间仙境，看着草坡上方那片并不高大却绵延不知多少间的黑白双色书院建筑，不禁有些出神，沉默很长时间后，他回头望着桑桑极为严肃认真说道："我一定要考进书院！"

桑桑仰着小脸忧虑地看着他，说道："少爷，入院试的几套真题……你做完了吗？"

宁缺沉默良久，半天后憋出一句话来，恼火道："吉利话！你个小孩子懂不懂什么叫吉利话！"

52

近了书院，进入草甸，才发现那些粉粉嫩嫩的花树并不是一种。如今开得最旺的是杏花，但株数最多的还是桃花。那些清淡的初桃避在杏花后方，仰着小脸偷偷看着这些来打扰自己清静的人，满是羞怯。

桑桑仰着小脸，好奇地攀着宁缺的肩头向窗外望去，看着越来越近的书院，看着书院后方那座被云雾遮蔽大部分容颜的大山，发现自己并没有什么不舒服的感觉，细细的柳叶眼笑得眯了起来，满是开心。

书院待考的学生们依次下了马车，在礼部官员和书院教习的指挥下在一处宽敞石坪前排队，然后进入坪旁的两排掩雨廊间休息。待考生们来自不同的地方，大部分是书院教习们亲自在大唐各郡村塾挑选而出，剩下的则来各部衙的推选，其中仅军部就推选了七十几名准考生，人数非常多，然而这么多学生坐在石坪两边的掩雨廊中，竟是丝毫不显拥挤，可以想见地方何其宽敞。

石坪上方是书院的主要建筑，隐于花树淡雾之中，却因为建筑本身极为高大，两道斜斜的甬道如同凤凰的双翼，所以没有什么小家碧玉之感，反而有种说不清道不明的清利爽朗味道，显得极为大气。

宁缺此时关心的重点不是书院的模样，如果他能考进书院，日后有好几年时间可以好好用双脚来丈量书院的宽广，用双眼来打量书院的美丽，他现在更关心的是，此时掩雨廊间的待考生只怕已经超过了五百名，而书院只会录取两百名。五中取二这可不是什么太高的比率，不免有些忧心忡忡。

掩雨廊下的待考生们个个敛神静气，没有左右交谈闲聊，也没有谁拿出怀中的真卷试题做最后的冲刺，众人是大唐乃至整个天下最优秀的青年——是的，虽然其中有年过三十出身边塞满脸苦寒风霜色的校尉，也有被教习从某偏鄙乡间村塾带回长安满脸稚气懵懂不安看着身周不满十四岁的天才小孩儿，但总归都能算作青年——没有谁愿意在这时候展现出自己的信心不足。

宁缺的信心越来越不足，右手微微颤抖，几次准备伸向桑桑讨要她包裹里的真题试卷，却又强行收了回来。就在他最后准备破罐子破摔，不要什么颜面也要进行一把自己最擅长的阵前磨刀时，石坪四周忽然响起一阵中正庄严的宫乐之声。

羽林军到了，仪仗到了，各部官员到了，然后花钱买票的看客们到了，宫廷侍卫到了，亲王殿下到了，皇后娘娘到了，皇帝陛下到了，于是掩雨廊里的待考学子们活动一下久坐微酸的腰身，拱手长揖，山呼两声万岁，便再也没有最后苦读的时间——噫？宁缺在心中做如上唠叨时，忽然看见石坪上行过一位容颜清丽、衣着华贵、气质宁和的少女，不是公主殿下是谁？

大唐四公主李渔在太监宫女嬷嬷们的拱卫下，缓步走过石坪，走过廊间青年未婚学子们炽热羡慕爱慕的眼光，走过大臣们惊讶难安的目光和低声议论，顺着长长的凤翼甬道走上书院正间，来到石栏畔对着皇帝陛下和皇后娘娘微福一礼，然后安安静静站在了皇帝陛下的左手旁。

和世间其余国度那些敌人不怀好意的想象不同，和某些阴谋论偏执狂比如宁缺想象的不同，大唐帝国内部并没有皇权与书院对立的情况。只有极少数人才知道，当今的大唐天子少年时曾经隐姓埋名在书院学习过两年，而他登基之后无论大小节庆也都会来书院稍憩，入冬之时甚至可能整个月的时间都待在书院之中。如果说大唐皇权真的在隐隐忌惮甚至制衡书院的势力，那么书院开学之时，朝廷绝对不会摆出如此大的阵仗，那位天子更不会把这里当作第二个家。

朝中诸臣知晓陛下对书院的感情，知道每次书院开学大典对陛下的重要性，所以才会在看见四公主李渔时，难以抑止心中震惊发出阵阵惊呼。他们遥遥望着高处栏畔，看着分别站在陛下左右两方的女子，心情不免复杂到了极点，四公主自草原归国不足一月，便向天下展示了自己所受到的无双宠爱，不知道此时安静站在陛下另一侧的皇后娘娘，此时此刻会想些什么。

山后鸣钟被清脆击响，是为书院入学试的第一次召集。掩雨廊里的数百名待考学子在书院教习的指挥下鱼贯而出，走过书院正楼栏下平道，向院内走去。大唐皇帝看着那些俊朗潇洒的学子在自己注视下鱼贯而入，不由微捋细须，露出满意喜悦的笑容。四公主李渔见着父亲神情，微笑说道："恭喜父皇，天下英才皆入您之彀中。"

皇帝闻言哈哈大笑，不以为然却也不以为忤。皇后娘娘却没有说什么话，只是微笑仰脸望着自己的夫君，眼神里满是爱慕敬仰神色，柔软的右手在他手上轻轻搭了一下，表示鼓励。皇帝陛下看着身畔妻女，两侧大臣，无数帝国日后栋梁，不由大生满足之感，忽然间他觉得自己身旁好像少了一人，眉头微蹙，对身后一名大臣问道："夫子……还是不肯来？"

那位大臣惶恐地一揖及地，说道："院长说书院入学试乃是为陛下、为帝国挑选人才，他……就不需出面了，他要准备行李，过两天便要离开。"

皇帝陛下才想起这事，脸上满是遗憾神情，就像是做了件好事，却没有得到父亲表扬的孩童，轻拍石栏叹息道："险些忘了，夫子今年去国的时间比以往要早些。"他回头看了一眼书院后方那座在云雾间似隐似现的大山，沉默片刻后拜了拜。

距离这座大山约有十来里路的某处道畔离亭内，有一僧一道正在相对饮茶手谈，尚是清晨时分，也不知道他们哪里来的这般好兴致。那位僧人约莫三十来岁，容颜清俊宁和，自然生出脱尘之意，目落枰上纵横线间，继而抬起望向远处那座高山那座书院，忽然开口问道："听说……夫子很高。"

那位道人平日里外像庄严，今日却显得极为佻脱随便，伸手轻轻一弹空中，应道："夫子……当然极高。"

"有多高？"

"我这种小角色怎么知道？"

"大唐国师都不知道？"

"你是大唐御弟，不也一样不知道？"

这时候宁缺正盯着一个男人在看，盯得很认真，盯得肆无忌惮。他是数百名考生中一员，而那个男人站在数百名考生之前侃侃而谈，本来就要迎接数百道仰望敬畏甚至灼热的目光，所以他不担心会被那个男人发现，就这样死死盯着，仿佛要把那个男人吃进墨如深夜的眼瞳里，要把那个男人噬进墨如深夜的回忆中。

那个男人穿着一件袖口下摆领口皆红、大面全黑缀金的深衣长袍，容颜俊朗，双眉如剑，薄唇直鼻，笑容可亲，笑时眼角偶有几丝皱纹，往成熟里看可以说他已经四十岁，往年轻里看也可以说他将满三十，总之这是一个极有魅力的男人。

他是李沛言，大唐帝国权力第二大的男人，皇帝陛下唯一的亲弟弟，素有贤名的亲王殿下，也正是那个十三年前，趁陛下出游大泽之机，联合数个重要部堂，与大将夏侯联手，将宣威将军林光远以叛国罪名下狱，并且把将军府满门抄斩的元凶。

自天启元年逃出长安城，到今年自渭城归来，整整十三年间，宁缺在人世间痛苦地挣扎求存，仇恨不只没有变淡，反而因为那些刀前迸出的血花，肉体与精神上在生死前的痛楚、那抹藏在内心深处的自责歉疚，变得越来越浓越来越清晰。

长安城里有很多他必须要杀死的人，亲王李沛言毫无疑问是名单上的第一名，而今天在书院中，他才第一次看到自己必杀的对象，所以他看得非常认真，要把这名容颜俊朗风度翩翩的王爷模样烙在脑海中，记住他的眉记住他的眼记住他眼角笑时的皱纹记住他说话时薄唇张开的模样，然后在将来某个时刻撕毁这一切。

亲王李沛言温和微笑劝勉，如一道春风："诸位青年均是天下俊杰，今日必要拿出全身的本事来应对这场入院试，但切不可过于紧张，入了书院更要好好学习，待学成之时，我大唐帝国自有无数位置静候，候着诸君为帝国增光添彩。"

宁缺盯着他，轻轻眨眼，睫毛剪断春风。

亲王李沛言望向左方，看着那些衣着异于唐人的考生，张开双臂朗声一笑，如满地阳光："诸君虽非唐人，但我大唐书院向来有教无类，请勿担心录取公平之事，而且若诸君在书院学业有成，我大唐依然静候君之效力。"

宁缺盯着他，眼色阴冷，瞳影黑了日头。

专注可以理解为灼热，仇恨只需要用两抹别的情绪冲淡便可以理解为敬畏，书院外等着考试的学生看着正在做考前训话的亲王殿下，流露出这样的目光很容易被人理解，所以没有任何人发现宁缺的异样。只有桑桑抬起小脸担忧地看了他一眼，然后悄悄伸出手去，探进他的袖子轻轻握住那只有些微微颤抖的手。

此时有位燕国考生鼓足勇气与大唐亲王进行了几句对话，不知道那位亲王殿下说了几句什么笑话，惹得场间本来极为紧张的考生们笑出声来。李沛言借着机会又笑着说些闲趣事，意图想让众生能够放松些，众考生倒也识趣，不复先前静立严肃模样，该搓手的搓手，该揉腰的揉腰，该闲聊的闲聊，该赞美的……赞美。

"大唐果然有位贤王啊。"

"亲王殿下之贤，果如传言中那般，似春风暖阳令人心喜。"

"贤。"

诸位考生倒不见得都是在拍马屁，但听着身边传来的话语尽是这般，宁缺忍不住低着微微蹙眉，想着李渔那个大唐贤公主的称号，喃喃嘲讽道："有不贤的吗？"

"有，稀粥不咸。"身旁一名考生非常严肃认真地回答道，不知何时，宁缺身旁站着的人换成了一个年轻公子，这位年轻公子穿着一身熟绸长衫，腰间夹金带上挂着块名贵的玉佩，一看便是非富即贵，而且是他的熟人。

"褚由贤？你居然也要来参加书院考试？"宁缺转头看着那人，惊讶地问道，"前些日子去楼里的时候，怎么没听你说过？"

这位年轻公子是东城七贵褚老爷最疼的独生子，也正是当日宁缺第一次踏进红袖招被简大家借来一通痛斥的坐标人物。此人姓褚名由贤，性情疏阔大方，最好呼朋唤友，当日初见面便准备请宁缺吃顿花酒，只可惜事有不协。后来宁缺去红袖招陪姑娘们闲聊时，与他又碰见过几次，喝过几盅酒，算是熟识了。

褚由贤正视着前方，目光则是乜斜着宁缺，满脸痛苦说道："家里老头子非逼我过来考这试，说什么长安城里要是没考过入院试，将来结亲的时候，非得被女方家多挑剔几分，彩礼都要多送几分，我实在是被那老头子逼得不行，只好来了。"

宁缺转过头去，看着正在与考生们依次说话劝勉的亲王殿下，低声说道："初核早就已经过时间了，你是怎么通过的？"

褚由贤抬起手在他面前比了个"二"字，目视前方说道："走的军部门路。"

宁缺知道军部今年推荐的待考生比往年要多很多，原本以为是朝廷担心军中青壮将领青黄不接，哪里想到里面竟有这些内幕，想起自己这几年在边塞草原上拼命杀敌，努力砍柴，辛苦积累军功才通过初核，不免大感不平，低声骂了几句，感慨说道："两千两银子……半张被子也就盖住了，居然能买进书院！"

听着这句话，一直安安静静站在他另一边的桑桑忍不住抬头看了他一眼，心想少爷你心里不高兴，何必非要拿那件事情一直说？

"两千两？打发书院门房都不成！我家老头子死乞白赖求人哭着喊着掏了两万两……而且就是一个入院试的资格，根本不保证你能进！"褚由贤不屑看了他一眼，说道，"咱大唐根本就没有哪个部衙敢收了钱便保证你能考进书院，因为这事儿别说那些尚书大人，就连陛下说了都不算。所以你也甭鄙视我，我家老头子说了，今儿就是来考一场镀镀金，今后说婚事底气足些。"

二人这般闲唠着，亲王李沛言在官员和教习们的陪同下走了过来，目光直接忽略了宁缺和褚由贤，落在了桑桑的身上，看着这个矮小瘦弱的小女孩儿，笑着回头对教习说道："想不到还有年岁这般小的考生，这比先前看到的临州王颖只怕还要小两岁吧？"

临州王颖，便是那位被书院教习自村塾带回长安的少年考生，今年十四岁未满，先前是被官员们向亲王殿下介绍的重点。众人却没想到，在这边能看到一个稚气更胜的小黑脸丫头，只是看她那衣着打扮，实在是……

"这是我的侍女。"宁缺温和揖手为礼，解释道。

亲王李沛言知道自己认错了人，脸色不免有些尴尬。身后的官员们见机极快，骤然将眼睛一瞪，望向书院教习说道："开学大典，怎么能让侍女之流入内？"

那位书院中年教习像是根本没有感觉到官员们的恼怒，淡然回答道："侍女仆妇进书院并无限制。这是参加大典，又不是入考场，稍后不让她进去便是了。"

被这教习顶了这样一句，官员竟是无法动怒，毕竟无论他身份多高，权力多重，在书院这种地方，都没有半点作用。亲王殿下自嘲地笑了笑，伸手拍了拍宁缺的肩膀，不再多说什么，领着众大臣继续向前。

宁缺用肩头轻轻撞了下褚由贤，看着李沛言身旁的那位教习，低声赞叹道："贤啊，这才叫不淡不咸，我越来越喜欢书院这个地方了。"

钟声第二次敲响，便是最后一次召集。书院教习面无表情讲述了一遍考场纪律。没想到入院试的考场纪律竟是如此宽松，不戒闲聊不戒提问，只是不准互相告诉答案而已。踏着钟声，踩过青石板上零落的碎桃花瓣，长衫飘飘的学子们拾级而上，进入各间教室，准备迎接考试，只剩下桑桑孤零零一个人站在外面的石坪上。就在这时，春雨又飘了几滴，她仰起小脸眯眼看着，打开了身后背着的大黑伞。

书院考试和大唐科举内容相似，总计分为六科：礼科、乐科、射科、御科、书科、数科，分别计算成绩，然后以总分招生。入院试上午进行的乃是文试，便是礼书数这三科，而最先开始的则是唐人最不擅长或者说最不乐意理会的数科。

考场中一片安静，墙壁上的窗框框着室外白墙粉梅，就像是一幅幅宁静美丽的粉彩画，营造出非常合适动心动念的环境，然而在拿到数科墨卷之后，先前还正襟危坐于桌前的学生们骤然一乱，发出低声的哀叹。

"怎么会是综合题？"有学子痛苦地揪着头发。

"我们的运气太不好了吧？"有学子脸色苍白。

因为考场纪律中并没有严禁喧哗一条，所以学生们忍不住用各式各样的方式，表达自己的不满和哀切。历年入院试便数综合题最难，往往是由文学博士和通数教授一起出题，考生们有时候甚至连题目真正想考什么都看不懂。

宁缺将毛笔搁在砚台上，深深呼吸一口微凉的空气，然后掀开墨卷，只见墨卷上只有一道题目，约莫数十个字，上面写着：

"那年春，夫子去国游历，遇桃山美酒，遂寻径登山赏桃品酒，一路摘花饮酒而行，始切一斤桃花，饮一壶酒，后夫子惜酒，故再切一斤桃花，只饮半壶酒，再切一斤桃花，饮半半壶酒，如是而行……至山顶，夫子囊中酒尽，惘然四顾，淡问诸生：今日切了几斤桃花，饮了几壶酒？"

53

因为自幼过着很苦的日子，所以宁缺很擅长控制情绪，或者说擅长可怜地压抑内心情绪，把黑夜化为阳光现于脸上，很少会伤春悲秋闪现那个遥远尘世的画面。然而今日入了书院进了考场，看着窗外桃杏，听着身边响起的诸如综合数科之类的话语，他难以自抑地想着那段寒暑不辍文理双修的苦逼生涯。

不过也正是幸有那些苦逼生涯，墨卷上这道题对于他来说没有任何难度，心中快速闪现答案后，他忍不住低声感慨了声："这题也太他妈二了吧？"

确实挺二的，因为答案就是二。

宁缺运腕磨墨蘸笔，非常仔细地在纸上写下自己的答案："夫子饮了二壶酒，斩尽满山桃花。"

远处道畔离亭里，那道人看着棋枰上的黑白子，右手伸在空中不停弹拨，像是在弹琴又像是在玩耍春风，忽然间他的食指微微一顿，随着这个动作，棋枰旁的棋瓮内跳出一颗亚光黑子，啪的一声落入棋枰，恰在纵横线相交之处。

作为昊天道南门领袖，大唐帝国的国师，李青山轻松潇洒玩出这样一手自然不足为奇，奇怪的是他此时的眉尖蹙得非常厉害，好像对对面的那和尚有些忌惮。

那和尚自号黄杨，如今驻在长安南城万雁塔寺，传闻中此人曾经远赴荒原某不可知之地，得以修行无上佛学，数年前又机缘巧合与当今大唐天子相遇，结为槛内外兄弟，从此便有了个大唐御弟的名头，但这僧人奉行苦修，平日里枯坐万雁塔内诵经译册，极少与寺外之人打交道。黄杨和尚安静看着棋枰上的棋子，眼睫缓缓一眨，一颗白色棋子缓慢地从棋瓮中升起，缓慢地来到棋枰之上，再缓慢地落下，没有发出半点声音，柔和至极。白子落下封死某处气眼，也没见他如何动作，只是目光轻移便有一颗被吃掉的黑棋子挪到了棋枰之外，那处已有七八子。

大唐国师与御弟下棋，自然无人敢上前打扰，那些小僧小道均自离道畔极远，没有机会看到这两位高人的对弈，不然若让他们瞧见这般神妙画面，定会大加赞叹。李青山看着棋枰上的黑白子，摇了摇头，转道："陛下在宫中，便留一人，陛下出宫，便有两个要候着，这是从什么时候成的规矩？这世间还有谁敢对大唐皇帝行不测之事？更何况今日陛下是去书院，难道还有人敢在书院闹事不成？"

黄杨微微一笑，看着他说道："我不知道。"

李青山怅然道："朝小树的事情你应该听说了吧？实在可惜，若他十余年前便能进阶知命境界，何至于我们两个家伙还得天天跟着陛下当保镖。"

黄杨摇头应道："若无这些年江湖历练，又在宫中观湖而得机缘就此悟化，即便才智过人，谁又敢言必能入知命？"

李青山摇头说道："那些年你应该还在那座寺里砍柴烧火，所以不知具体情况，朝小树本有机会考入书院，以他之才智必能进二层楼，若他能进二层楼，有幸得夫子亲自点化，要入知命又算得上是什么难事？"

黄杨沉默良久，轻声应道："若能入书院得夫子点化，那确是幸事。"

李青山看着他那张干净的脸，忽然一笑自嘲说道："朝野都称你我二人青山黄杨不相见，哪里知道我们与书院才是真正无法相见。"

亭中僧道二人是佛宗正统山门护法和昊天道南门领袖，不论他们内心做何想法，身份地位注定他们不会踏入书院半步，就好比今日大唐天子率领群臣参加书院开学大典，这对大唐帝国最受尊崇的世外强者，也只能安安静静坐在远处下棋。

"夫子什么时候走？"

"开学之后就会离开长安。"

"夫子辛苦。"

黄杨和尚静静地望着国师李青山说道："我还是很想知道，夫子究竟有多高。"

李青山沉默很长时间后，说道："先师曾经说过，夫子有好几层楼那么高。"

黄杨和尚微微一怔，脸上缓缓浮起一丝真诚的笑容，紧接着双唇微启却是一声叹息，叹息有若春风过柳，说不清楚意味："二层楼就已经很高了，夫子居然有好几层楼那么高……那可是真高啊。"

上午文试，数科结束之后紧接着便是书科和礼科，先前还沾沾自喜隐有得意之感的宁缺顿时傻了眼——桑桑的忧虑极有道理，一个成天忙着吃酸辣面片煎蛋面、去红袖招陪姑娘闲聊天、顶着雨去春风亭杀四方，忧愁今天挣了几两银明天能抱几条腿的可怜少年，确实没有时间把那几套入院试真题墨卷背下来。而且就算背下来也没用，长年生活在深山草原里的家伙，哪里会那些东西，如果要让他默写《太上感应篇》倒是一点问题都没有，可别的想都不用想。

宁缺不打算当白卷英雄，那样太装逼，就像书院外离亭里的国师御弟一样装逼，所以他老老实实地换了兼毫小笔，极为认真地把两份试卷从头到尾全部填满，至于答的内容和题目究竟有没有半毫关系，那不在他的考虑范围之内，他只奢求漂亮整洁的卷面能够让书院教习们给些同情怜悯的分数。

在答题的过程中，他还动了些小心思，因为他知道在这两科自己唯一的优势大概就是字比旁人要写得好很多，所以从数科开始，他就把全副心神都放在了笔墨之上，而且……他刻意用了自己最少写的簪花小楷。用簪花小楷不是为了隐藏什么，好吧，确实是为了隐藏他的性别，想让教习认为这张考卷的主人是个漂亮白净精于书法的官家小姐，从而再给些不可言说的分数。

钟声再次敲响，文试结束，宁缺有些意兴怏怏地走出考场，对着满脸企盼之色的桑桑摊开双手，露出无辜的表情，陪专程寻他的褚由贤草草吃了餐书院准备的午饭，然后开始准备下午的武试。

对于下午三门乐射御的考试，宁缺极有信心，所以面对着书院教习和礼部考官殷切的目光，对着那满屋子的乐器，他毫不犹豫选择了……放弃。

我又不是红袖招里的琴师，哪里会这些拨弦吹箫的本事，他恼火地想着，随着考生人流走到书院外的大草坪上。草坪之上不知何时牵来了数十匹军中骏马，来自军部的主事校尉站在一旁，冷漠看着或跃跃欲试或脸色苍白的考生们。

射科就是射箭，御科则可以自由挑选是骑马还是驾车，宁缺当然选择骑马，在渭城草原上这些年，他始终在和马匹箭羽打交道，相信不会比任何人差。

远处草坪旁，举着大黑伞的桑桑攥着小拳头为他鼓劲。他笑了笑，振作精神向场间走了过去。

参加入院试的考生们进行后三科武试时，书院某个开阔清明的房间内，教习们正围在一处进行上午三科试卷的批阅评分。绝大部分教习已然白发苍苍，不知经历过多少次这等场景，自然不会紧张，捧着茶壶含着烟杆，悠哉游哉，落墨评分，不时抬头与同侪闲聊，有教习点评今日试卷难度说道："今年入院试是大师兄出的，他性子温和自然不会太难。若还像上期那般是二师兄出题，谁知道今日考场里会不会又哭厥过去一大片人？"

"礼科书科倒还罢了，数科这道题纯是送分，谁都知道夫子他老人家嗜酒，一壶之半再半续半化为一滴，难道夫子还要运剑将那滴酒斩成半滴？这么简单的数科题居然还有这么多考生答错，真不知道他们的脑子是怎么做的！"

有教习好奇问道："说简单倒也不简单，不过我更关心的事情是，夫子当年去国游历初入西陵神山时究竟喝了几壶酒？斩了几斤桃花？"

有人笑道："夫子那年春天喝了七大壶酒，拔光了西陵神山上全部桃花。"

"不过有个传说，当年喝酒的是夫子，拔光西陵桃花的却另有其人，是随夫子游历的小师叔。我也觉着夫子雅性，还是小师叔那暴烈性子比较合适。"

提到"小师叔"三字，教习们稍一沉默，便重新回复正常，有人笑着说道："但咱们书院草坪上那些桃树可是夫子亲手栽下的，西陵昊天殿那几个老道士每次来的时候，脸色难看得比死了妈还惨，我真觉得夫子很坏啊！"

阅卷室内的书院教习们哈哈大笑起来，嘲弄世间最神圣的西陵神殿，对于他们来说仿佛是一种日常的例行娱乐活动，笑声显得非常嚣张。

教习们渐渐止了笑声，开始专心阅卷，一位教习看着手中墨卷念出声来："夫子饮了二壶酒，斩尽满山桃花……答案正确，先前在场间我注意过，这个叫宁缺的考生答得最快，可以列入甲等。"

"甲等无异议，只是我有一个疑问，那考生为什么要答二壶酒却不是两壶酒？"

"或者这是他的个人习惯？还是说这个二字有什么讲究？真是令人不解。"

教习们纷纷摇头，表示不明何意，于是有人便对这名叫宁缺的考生动了兴趣，提前将他那两份礼科和书科的试卷拿了出来，那教习本有些好奇想看这考生是否能再入甲等，不料却看到好大两张花团锦簇空无一物的废卷，不由恼火地重重一拍案面，将试卷传给众人去看，痛惜叹息道："历年入院试，似这等漂亮整洁卷面，似这等完美簪花小楷，谁曾见过？可谁又曾见过有考生竟能如此不学无术！必须列入丁等最末！真是气死老夫也！"

有教习拿着那张试卷摇头晃脑欣赏，笑道："虽然所书所写狗屁不通，但这簪花小楷着实赏心悦目，就凭这手字，把他提到丁等中吧。"

"休想！"最先生出怜才之心的那位教习恼怒说道，"一名男考生专门写这么漂亮的簪花小楷，意图不问而知！他这是想做什么？他是想侮辱我们这些书院教习的智商，是想居心不良挑战书院的尊严！"

很简单的考场技巧被提升到智商尊严这种高度，很自然这两份卷子被当成垃圾归到了丁等最低的最低处。

这时候宁缺并不知道自己的书科礼科已经被判了死刑，但他很清楚这两科不可能拿到太好的评价，如今乐科已经弃考，那么能否通过入院试，成为书院的正式学生，全部要看自己能不能在射御二科上拿到高分，还必须是最高的分。

书院的草坪上偶有马鸣嘶叫，考生们拿着号牌依次进入考场，然后与场间的军马随机配对，大唐尚武，绝大部分的考生都不出意料选择骑马而不是驾车。没有轮到的考生站在栏外专注地看着，看着有的考生驰马潇洒纵横，看着有的考生狼狈摔落草地，溅得浑身污泥，看着有的军马嘶鸣跳跃，若不是那些军部校尉紧忙拦截，只怕那考生会被踢伤——考生们大致明白，御科的考试还是有些运气成分，若你能随机挑中一匹温驯却又健康的战马，自然通过的几率要高一些，可若你挑中了一匹顽劣而脾气暴躁的战马，不摔下来就算好的。

既然是用来给书院入院试做乘骑，军部事先就做了一些筛选，大部分的马匹都显得矫健有力而又极富纪律感，沉静站在一旁，看着脚下茵茵青草，栏外桃杏点点，没有任何不应该有的动作。但草坪上有一匹黑色的公马吸引了所有考生的目光——警惕不安甚至惊恐的目光，已经有三名考生被那匹暴躁的野马掀了下来，一个考生被掀落草坪后，那匹烈马竟然还试图用蹄去踏，当时的画面真可以说是险象环生。

还没有上场的考生们脸色变得极为难看，各自默默向昊天祈祷，甚至开始暗自问佛，祈求不要让自己碰到那匹烈马。当随机抽签的结果出来之后，等待上场的考生们终于松了口气，然后纷纷对那个可怜的家伙投予真挚的同情慰问目光——总会有人运气不好，运气不好的总会是男主角，这大概便是不经历风雨怎么见彩虹，不碰见烈马怎么见本事的道理。

在同情目光的注视下，宁缺缓缓走进被木栏围起的草坪，表情十分平静，心里却在默默念着脏话，在草原上打磨出来的本事，收拾一匹性情顽劣的烈马自然不在话下，只是他想着要在御科里拿高分，如果要花时间驯马，担心时间有些来不及。

草坪上所有战马都佩上了嚼子，那匹黑色的顽劣公马也不例外，但出奇的是，这头黑马倚在栏边，无论校尉怎么拉也不肯动，伸出马头至栏外桃树旁，舌头一卷便吞了几朵初桃，吭哧吭哧地嚼着，浑然不顾嚼子横在嘴里多有不便。黑马嚼粉桃，时不时还摇头摆尾，显得极为快活，那模样要有多欠抽便有多欠抽。负责看管这匹马的校尉抹掉额头上的汗水，无奈摊开手对走过来的宁缺同情说道："谁也不知道这匹马今儿是怎么了，感觉有些犯桃花痴，你自个儿小心点。"

校尉退出栏外后，宁缺走到黑马颈侧，伸手拍了拍它粗健的马颈，那匹黑马不耐烦地乜斜了他一眼，目光中满是轻蔑和不满。关于如何驯马，宁缺有几百种好手段，但他这时候必须争取时间，所以他装作根本没有看到黑马的挑衅眼神，微笑说道："大黑子，对我好点儿。"

少年带着梨涡的浅笑很天真，说话的语气很无邪："不然我宰了你。"

黑马忽然变得恐惧不安起来，它不知道为什么身旁少年随意一句威胁便让自己变成了可悲的木马，它只是很明显地感受到了一股无比真实的冰寒杀意，颈上的长鬃毛被风吹乱，四蹄骤然变得僵硬，微张着的嘴里那些粉绒般的桃花簌簌落下。

宁缺四岁杀人五岁杀人六岁杀人杀到十六岁，从长安杀到岷山杀到渭城杀到草原杀到梳碧湖再杀回长安城，刀下不知泼洒出去多少鲜血飞出去多少头颅，梳碧湖的砍柴者横行草原，纵使最强悍的野马首领闻到他的味道都要臣服。

人大概感受不到宁缺的危险，但马一定能，尤其是在他说要宰你的时候。

栏外响起一阵惊愕的呼喊，无论是准备上场的考生，还是那些警惕着保证考生安全的校尉，齐齐把目光投射到草坪某角，眼中满是震惊和不可思议的神色。草坪那处，宁缺正牵着那匹大黑马缓步踱向起跑线，先前表现得异常顽劣暴躁的大黑马，此时安静柔顺乖巧得像是个训练有素的小侍女。

站在远处草坡上的桑桑把大黑伞放到臀下坐好，用手掩着小嘴打了个呵欠，小脸蛋儿上满是无聊神色，人世间大概只有她从来不担心自家少爷的人生。

54

闪电在现实中是白色的，偶尔会有紫色，但从来没有黑色，今天在书院外的草坪上，所有人却看到了一道黑色的闪电。考生们看着那匹疾如利箭的黑马倏臾间跃出马群，以一种人无法追上感觉的恐怖速度向前狂奔，联想起先前那些被掀落马蹄下的狼狈考生，不由震惊得难以言语。

他们的目光下意识追寻着那道黑色闪电，看着大黑马背上的宁缺像片落叶般轻飘飘微弓着身，想不明白这个少年考生究竟对这匹顽劣黑马动了什么手脚，竟能让它如此听话，而且展现出如此惊人的实力。

书院外草甸宽广占地不知多少亩，但被栏围住的考场并不是很大，人们依然处于震惊之中，这一场的御科考试便戛然结束，更准确地说是那匹黑色骏马以不可思议的速度，领先其余考生近一半的时间，提前折返抵达终点。

宁缺跳下马背，擦掉额头上的几滴汗珠，回头满意地拍了拍大黑马的厚颈，又在它厚实的臀部重重拍了一记，挥手自兹去。大黑马见他示意自己离开，顿时觉得自己从恐怖的血沼中摆脱，回到了幸福的人间，欢快地嘶鸣一声，讨好般蹭了蹭宁缺的肩头，然后赶紧四蹄乱蹬飞一般离开，根本不敢回头看上一眼，速度竟似比考试时更快了几分。

围栏入口处的考生沉默无言看着走过来的宁缺，就像看着一个怪物，很多人想问他究竟是如何做到这一切的，却慑于他先前展现出来的诡异，不敢开口。宁缺感受到四周投来的异样目光，眉头微微一皱，眼帘微垂并不斜视，径自向射科考试场地走去。引起周围考生甚至是教习们的注意，并不是他的本意，露锋芒觅虚荣这种事情也不符合他的想法，但他知道自己礼书乐三科成绩一塌糊涂，如果最后这两项还不强势突起把总分拉高，那么自己肯定无法通过入院试。

准备了数年时间，花了那么多精神银钱，舍了军籍从草原千里奔回长安，到最后却无法进入书院，那真是隐忍低调却忍成了悲伤的D小调小夜曲——无论如何，他都不可能接受这样的结局，为此出些风头又算得了什么？

射科与御科不同，不需要与其余考生的成绩做比较来做评判，所以他先前在御科考场上全力施展，务求将其余考生落得越远越好，此时挽弓搭箭瞄着百步外的箭靶，却没有太多想法，只要求每箭必中十环便好。宁缺是这样想的，也是这样做的。他挽弓搭箭松指，随着弓弦弹动，大唐军方的标配羽箭便会嗖的一声射出，然后准确地命中箭

249

靶的正中红心。前一支箭刚刚射中红心，他已经自背后箭筒取出第二根箭，再次重复拉弓搭箭松指的动作，箭羽再次擦过指上的硬骨扳指，然后毫无意外地再次命中红心。

他射箭的动作并不快，百步外的箭靶上也没有出现闪电一箭射穿靶面或是后箭把前箭箭杆劈成两半的神奇画面。宁缺就这样稳定地一箭一箭射着，然而竟渐渐形成了某种美妙的节奏感，嗡嗡弦声仿佛在春风里弹奏一首舒缓的乐曲。

冷静的神情风范，标准到无可挑剔的姿态，极富节奏感的控弦动作，精确到极致的箭术，随着箭筒里三十支羽箭越来越少，宁缺逐渐吸引了越来越多人的目光，身后围了越来越多的人，有考生有书院教习甚至还有两位军部前来视察的将领。此时在众人眼中，这名站在草坪上挽弓射箭的少年，仿佛变成了一名久经沙场、纵使千骑奔雷般涌来也不会眨一下眼睛的沉稳军人。那名将领看着宁缺射完最后一箭，对身旁随从说道："查一下这少年是哪位大将军调教出来的，如果这次他没能考进书院，马上让他重新归入军籍。"

略一停顿后，将领揉了揉有些花白的头发，低声说道："注意保密，他原来部队肯定会把他召回去，咱们羽林军得偷偷抢过来。"

入暮时分，皇帝陛下和皇后娘娘已然回了长安城，只留下亲王殿下和诸部主官主持剩下来的环节，六科考试终于全部结束，到了出榜的时间。数百名考生安静站在宽大的石坪之上，踮着脚仰着脖子看着那面空无一物的影墙，就像数百只饿了数日的大鹅伸着长长的脖子，等着被人喂食。

几名书院教习缓步自楼间走了出来，向亲王殿下微微鞠躬行礼，由礼部官员共同确认后，教习们踩着木桌，拖了一桶米浆，随意把一张大红纸贴到了影墙上。海浪般的声音呼啸响起，数百名考生就像那数百只终于看到食物的大鹅，再也无法压抑住自己的情绪，哄的一声向影墙处拥去。

宁缺牵着桑桑微凉的小手，被人群挤得东倒西歪，但最终还是奋力杀出了一道血路，挤到了影墙的最下方，第一眼便看向礼科和书科的榜单。在纸张的最下方，他找到了自己的名字。

"宁缺……丁等最末。"

书科成绩同样如此。

他有些恼火地揉了揉脑袋，喃喃自言自语道："不至于啊，就算是瞎答的，我可写了那么多字，而且字写得那么好，难道改我卷子的是个女考官？"

他身后有人忍不住扑哧一声笑了起来，嘲笑道："还以为是南晋三公子那样的天才人物，原来只不过是个徒有武力腹内空空的草莽角色。"

嘲笑他的正是那位先前被甩下马的箭袍少女。大概是心有不甘，所以发榜时她竟是舍了同伴，拼命挤到了宁缺的身旁，想看看这家伙究竟能考出朵怎样的花儿来。宁缺并不知道这位长安贵女是云麾将军之女司徒依兰，极为无趣地瞪了她一眼，转身牵着桑桑的小手往人群外挤去。箭袍少女诧异转过身去，看着他的背影大声喊道："你不看后面成绩啦？"

宁缺头也不回，平静说道："甲上。"

箭袍少女和身周那些人听着这话，震惊得险些摔倒在地，心想这家伙到底是从哪儿钻出来的人物，居然自信到如此嚣张，看都不看便知道肯定能得甲上？

今日的书院入院试会集了全天下极多青年才俊，比如那位由书院教习自偏乡鄙野亲手送回的临川王颖，年龄虽然才十四岁，但他的礼科抒文在前些日子的长安城里已经引起一阵轰动，再比如来自阳关著名学府门下的才子钟大俊。不过王颖毕竟年幼，而钟大俊能够名动南唐靠的是诗文，所以绝大多数考生还是最看好来自南晋汝阳谢府的三公子。

南晋谢府乃是千世大氏，以诗书传世，这位三公子谢承运自幼聪慧过人，三岁能文五岁成诗，成长过程中交游多名士，谢府往来无白丁，府中长辈惜他才学，又不惜重金礼聘各国大才，西席仿似流水席般变换，才成就今日之盛名。

盛名之下必无虚士，谢承运今年不过十八岁，却已经是南晋今回科举探花郎，科举结束之后，他坚辞南晋朝廷官职，千里迢迢北上大唐，目的便是要考进书院。书院虽说招生苛刻，但若说南晋探花还不能考进来，那便有些太过匪夷所思，所以没有人会关心谢承运能否过关，只关心他能否拔得头筹。

此时谢承运、钟大俊、临川王颖三人正站在影壁之下，负手向上看榜。一身乌衫的钟大俊满脸不在乎的神情，他知道自己在御射二科上成绩只能划来中等，不可能拿到第一名，而十四岁的临川王颖稚嫩的脸上难免有些紧张，穿着星白色袍衫的谢承运却是非常平静，和他才名相衬的英俊容颜上笑意从容自信。

影壁下的轻呼赞叹声不时响起，在榜单最上方每发现那三人的名字，便会引发好一阵窃窃私语，看着站在前方那三名才子的背影，满是羡慕。

临川王颖回头腼腆地向诸位考生揖手回礼，他除了因为年幼体亏射科只排了个丙等外，其余全部都是甲等成绩，尤其是乐科更是一个甲上，听闻上午乐科考试时他操的古琴赢得书院教习清于老凤声的极高评价。

阳关钟大俊微抬下颌，很随意地拱手向身后考生们致意，显得有些骄傲，不过大唐人向来洒脱，只要你有骄傲的资格，那便绝不会因为对方的骄傲便吝啬自己的赞美。钟大俊除了骑射稍弱只排在乙等，其余四科也全部排进了甲等，尤其是书科也拿了一个甲上，如此优秀的成绩确实值得掌声。

考生们最炽热的眼光、最热烈的掌声，理所当然送给了来自南晋的谢府三公子谢承运。六科甲等，其中礼书二科还是甲上，如此堪称完美的成绩单，即便放在这十年间的书院入院试里，都可以排入前几名。谢承运向四周团团揖手行礼，微笑向众人示意，暮色照耀在青年才子的星白衫上，照在他英俊容颜谦和笑容上，极为耀眼。

影壁榜单下方，有考生兴奋说道："六科全甲，两科甲上，这应该算是书院入院试近十年来最好的成绩了，南晋三公子果然名不虚传。"

有那失落的考生不忿回了一句："谁说这是十年来最好的成绩？五年前有名西陵考生拿了六科甲上，全书院教习都跑出来围观，因为那是百年以来最好的成绩！"

此言一出，影壁下方骤然安静下来，谢承运三人蹙眉望向声音起处。入院试居然能考出六科甲上？这等说法实在是太过惊世骇俗，能在书院入院试中考出百年以来最好成绩，那个不知名的西陵考生足以打死全天下的所谓天才了！

"为什么我们没有听说过那个西陵考生？"先前那人有些不甘心地反问道。

那名考生嘲讽地看了他一眼，说道："那名西陵考生完成入院试后，根本没有进行别的任何考核，直接被院长大人特召进了二层楼，这五年来应该都在二层楼里学习。像你我这等世俗凡人，又到哪里听说去？"

影壁下方的众考生整齐发出一声惊叹，纷纷猜想那个不知名的西陵考生是何方神圣，先是考出百年以来最好成绩，刚入书院竟是未读一天便被直接召进了二层楼！

听到那位西陵考生进入了二层楼，南晋三公子的眉梢挑得更高了些，眼瞳里始现凝重之色。但凡少年成名，心中总有几分孤傲之气，去岁在南晋考了个探花，已让他无法接受，所以才会选择来书院证明自己，他最终的目标当然是在传闻中极为玄妙的书院二层楼，却没想到自己终究还是比那人要慢了许多。

有人微笑出言岔道："三公子六科皆甲，还有两门甲上，也算是极罕见的佳绩，至少今次无人能及。"

"正是这番道理，今次书院入院试，阳关钟大俊书科甲上，临州王颖乐科甲上，谢三公子更是双门甲上，谁还能比三位考得更好？"

影壁下方的考生纷纷称是，谢承运面色稍霁，自嘲一笑，再次拱手还礼。那箭袍少女正准备陪同女伴前去与三公子倾谈一番，忽然间她想到一件事情，想起那个家伙离开时酷劲儿十足的宣言，下意识里再次抬头看向影壁上方，她在心中默默想着那个家伙肯定是怕丢脸，所以瞎说，但联想到御科考场上那道黑色闪电，不知为何她竟有些相信自己会在最上方看到那厮的名字。

乐科最上面没有那个家伙的名字，不，整张乐科榜单都没有他的名字，这家伙看来真是个不学无术之徒啊，兰兰你真是个蠢货，居然会相信那种妄言！云麾将军之女司徒依兰恼怒地扯着箭袍的短下摆，本不想继续去搜寻那人姓名，目光却不受控制地向两旁移去——噫！

她瞪圆了眼睛，看着数、御、射三科榜的最上方，看着那一模一样的名字，觉得自己是不是眼花了，下意识里念了出来："宁缺……甲等最上！甲等最上！还是甲等最上？"

随着她的声音，影壁下方考生们彼此祝贺的声音渐渐变得小了起来。"三科甲上？"有人震惊抬头看着影壁，惊呼出声。先前众人还在赞叹南晋三公子两门甲上的成绩，说那必然是今次入院试最佳，谁能想到赞美声尚未停歇，一个考出三门甲上的家伙便这样……出现了。

"谁是宁缺？"

"宁缺是谁？"

先前没能看到黑色闪电那幕的考生焦急地询问着身旁同伴，看到那幕的考生则开始津津有味地讲述那匹大黑马从悍妻变乖侍的传奇画面。司徒依兰则是四处搜索着宁缺的身影，发现他站在远处，急忙推开人群向那边跑了过去。

谢承运此时仿佛被人遗忘一般，他自嘲一笑，伸手相请钟大俊和王颖，随着那几名长安贵女而去。影壁下的考生自动分开一条道路，如潮水一般，然后合拢聚集，随着他们走向石坪一角，走向那个他们之前从未听说过的叫宁缺的考生。

宁缺并不知道影壁处发生了什么，正低着头和桑桑商量晚上回铺子里吃什么的问题，忽然发现人群一阵骚动，然后那名箭袍少女便冲到了自己的面前。司徒依兰怔怔看着他，问道："三科甲上……你……你，你这是怎么考出来的？"

宁缺怔了怔，看着身前越聚越多的人群，答道："呃……我复习得很认真。"

桑桑仰着小脸看他，柳叶眼里满是迷惑之色，心想少爷你知道复习是什么吗？

司徒依兰整理了一下先前被自己扯皱的前袍，蹙眉望着宁缺重复问道："你数科是怎么考的？"

倒是有位长安公子看不下去了。褚由贤摇着扇子走到宁缺身边，伸手攀住他的肩膀，把眼睛一瞪，盯着那些考生说道："有什么好不服的？宁缺是我朋友，你们知道他是什么人？人家是去红袖招喝花酒叫姑娘都不用花钱的主儿！这世上还有什么事儿他办不到？"

褚由贤说宁缺在红袖招喝花酒叫姑娘都不用花钱，并不是羞辱，而是实实在在替他捧场，帮他打名声。果不其然，听到宁缺能够横蹚无人敢惹无人敢打白条的红袖招，那些长安青年男女神情顿时一变，望向宁缺便有了些肃然起敬的感觉。但不是所有人都会被褚由贤这声喊震住，比如桑桑仰着小黑脸，蹙着粗眉，盯着褚公子搁在少爷肩上不停抖动的那只手，听着他说少爷去青楼如何如何，情绪就并不是太高，还有司徒依兰看宁缺的眼神便有些怪异。

"我还是不服，数科考试就那一道大题，对便是对，错便是错，夫子饮了几壶酒，切了几斤桃花总不可能有几个答案，那凭什么你是甲上，谢三公子就只是甲中？"

就在这时，人群中忽然响起一道苍老的声音。

"因为他是数科考试中第一个交卷的人。这么白痴送分的题目，答不出来的家伙那就是连白痴都不如，那阅卷就只好看速度，我当时批阅卷子的朱砂还没化开，他就答出来了，所以他就是甲上……这位同学，请你让让。"

一位穿着蓝布大褂，手里拿着竹扫帚的老妇人，不知何时出现在石坪一角，佝偻着身体，把人群脚下的灰尘缓缓扫走，人也慢慢走了出去。看着那名消失在书院深处的老妇背影，考生们愕然无语。事实上今次的数科考试，至少有五分之四的人没能答出来，结果那个老妇却说这是一个白痴都能答的问题，有人忍不住愤愤然说道："她以为她是谁啊？"

人群外有名教习冷冷回答道："她是书院唯一的女性荣誉教授，你们当中那些考进书院的家伙，今后几年的数科全在她老人家手里。"

"难道这就是……二教授？"宁缺看着远处佝偻的老妇，在心中强忍笑意。

南晋谢三公子谢承运此时已经完全平静，虽说他也有年轻气盛的一面，但毕竟今日入院试总分他还是第一，而且他和这些普通考生的目标并不完全相同，眼界也并不完全相同。他更看重的是怎样进入书院第二层楼，眼前这少年考生应该是个普通人，那么和对方在这些事情上争执便显得非常没有意义。相反他在听到那位老妇的话后，知道宁缺居然只用了如此短的时间便得出答案，不免有些暗自佩服，认真请教道："数科那道题，我先用穷举之法，然后得出无限之数，最后才想明白其中道理，不知道这位……"

司徒依兰凑到他耳旁报出宁缺的名字。谢承运点头致谢，看着宁缺继续说道："不知宁兄又是如何计算出来的？是否用了别种算法，所以速度才这么快？"

"如果一眼便知是无限之数，何必前面还要穷举？如果要说最后那个答案，其实我是懒得往后方再推，差不多是那个数字便写了上去。"宁缺的回答颇有差不多先生的风采，显得极不负责任，但实际上他并不是在瞎说，所谓无限概念和精确数值之间的转换，不外乎便是不负责任的模糊。

很多人听不明白，有些人以为宁缺是撞了大运，有些人认为宁缺是在藏私，只有谢承运若有所悟，可当他正准备往深里再问时，远方响起书院教习点名的声音。

"谢承运，王颖，宁缺，陈思邈，何应钦……到术科房报到。"

宁缺听到自己的名字，愣了愣，到术科房报到……那是什么意思？为什么自己总觉得像是要去敬事房报到，感觉腿间凉飕飕的？只是这事儿似乎也不方便去问谁，于是向桑桑交代了两句，便跟着谢承运等人向书院深处走去，待他发现去术科房报到的还有一名少女考生，才稍微放下心来。

石坪上的考生倒没有谁流露出诧异的神色，事实上暮色已深他们却没有回家，最主要的原因便是想听听术科房会不会点到自己的名字，他们看着那几人向书院深处走去，脸上满是羡慕神色。司徒依兰失望地踢着青石板缝，看着宁缺的背影低声嘟囔道："怎么好事全部让这家伙抢去了？"

没用多长时间，那七名考生便从书院深处回来，仿佛只是去闲逛了一番，谢承运表情平静，王颖等考生则是难掩喜色，唯有宁缺脸上根本没有表情。

书院在六科之外专设术科，正是为了培养有修行潜质的学生，在今后的学习中那些学生将会接触到剑之术、符之术，所以名为术科。先前被点名的几名学生正是教习们认为有潜质的对象，去接受了一番念力方面的检查。宁缺之所以会被选中，和他今天在墨卷上留下的簪花小楷还有对数科试题的迅捷反应有关，书院方面认为他应该有修行方面的潜质，然而负责检查身体的教习却极少见地失了手，失望地发现他气海雪山里居然诸窍不通。

只不过再经受一次希望与失望的转换，如果无所谓希望，也便无所谓失望，宁缺非常清楚自己的身体状况，所以能够平静对待。

谢承运是在南晋时便已经踏入修行之途，当然没有什么兴奋的点，而王颖诸人今日才知道自己有可能踏入传说中的玄妙之门，却是难抑激动兴奋。

"我不行。"宁缺摊开双手，向众人解释道，"噢……不能说不行……教习说我的意志力没问题，就是雪山气海差了些，身体不适合修行。"

书院点名召唤七人，就他一个人没能通过检查，石坪上的考生们望向他的目光变得复杂起来，有些眼中的隐隐敌意变成了同情，当然也偶有几人眼中全是嘲讽。唐人尊重强者，但并不会歧视弱者，千年风流养就了他们宽容大气的心境，先前一直看宁缺不顺眼的司徒依兰看着他叹息了一声，同情安慰道："不用太失望，能修行的人终究是少数，你看我们不一样没办法。"

"这话有理，而且不能修行也不见得就是废柴。"宁缺从桑桑手里接过水壶喝了口水，望着她笑着说道，"我是专业砍柴的。"

说完这句话，主仆二人在暮色下向书院外走去。

55

司徒依兰把眼睛睁得大大的，盯着夕阳下如同野火燃烧般的草坪，盯着草坪车道里渐行渐远的那对主仆，忍不住双手扶腰，咕哝了一声：

"这人真有意思。"

宁缺没觉得这些事儿有什么意思，和一群小屁孩儿争执闹腾，除了浪费时间之外，没有任何意义，他现在更多在考虑，按照书院的课程安排，留给学生的自由时间极多，他应该把那些时间用来做些有意义的事情，比如杀杀人挣挣钱之类。躺在老笔斋的床上，他看着油纸上的那个名字，问道："准备好没有？"

桑桑正在替磨好的那把朴刀抹油，低着头回答道："新布套和旧衣服都准备好了，但少爷你这次准备梳什么发型？还是月轮国的？"

宁缺摇了摇头，说道："这种小事情你做主。"

桑桑抬起头来，问道："准备什么时候去杀？"

"这个家伙就住在东城，离咱们这儿不远，什么时候想去杀就杀了。"宁缺看着油纸上那个叫陈子贤的名字，看着下面那些简单的资料，顿了顿后解释道，"我们自己都不知道什么时候去杀人，官府将来查案，就不容易通过时间规律推算出一些东西。"

"世上本没有什么规律，但杀的人多了，便自然有了规律。"桑桑将手中那把明亮的朴刀插回鞘中，走到床头看着宁缺的脸，认真说道，"这是小时候少爷你教过我的话，不管你怎么隐藏自己，官府日后总能从这些被你杀的人身份上，找到你杀人的原因。"

"将军府死光了，燕境的山村全被屠了。"宁缺笑了笑，答道，"就算朝廷最后发现杀人者的目的是为这两件事情报仇，又怎么会查到我身上来？"

"也许查不到少爷你身上，但朝廷知道你想杀谁，那他们就可以有针对性地保护你的杀人目标，甚至直接用那些名字做诱饵圈套。到那时候，就算少爷你知道那些人身边都有朝廷的人，难道就不去杀了？"

宁缺静静看着小侍女的眼睛，忽然笑了起来，说道："你很少会想这么多事。"

"我又不是真的笨，平时只是懒得想。"桑桑低声咕哝道，至于她为什么今天愿意去想这些平日里会觉得太过麻烦的事情，或许她自己也不明白。宁缺明白，所以他的眼瞳底色变得有些温暖，看着她微笑说道："我向你保证，再杀两三个后就先休息一阵，之后我会老老实实在书院里读书。"

桑桑笑了起来，微黑的小脸上终于出现了轻松的神情，说道："是啊，书院那么好的地方，少爷能认识那么多同龄才子，要好好珍惜才是。"

宁缺很不适应桑桑忽然变成袭人，忍不住翻了个白眼，看着房顶，伸在被窝里的右手则是在扳着指头计算，所谓同龄，其实自己要比他们大个几岁吧？

第二日书院正式开学授课，宁缺桑桑二人再次起了一个大早，洗漱进食完毕，桑桑站在店铺门口相送，宁缺一个人登上了马车。主仆二人现在已经是身家过两千两的大户，虽说节俭依旧但已经不介意奢阔地包了个长年马车。天刚蒙蒙亮，长安城南门洞开，十数辆烙着明显书院标识的马车依次鱼贯而出，看马车数量，书院里的大部分学生还是不愿意来回奔波，选择了长期住校。沿着柳荫官道疾速南行，一路见花见田见水影，窗帘掀起，再见那座陡峻高山和山脚下绵延如海的草甸花树，虽是第二次看见这番景致，宁缺依然忍不住再次感慨，似这等美妙仙境居然能够出现在人间，出现在繁华喧闹的长安城郊。

十余辆黑色马车在青青草甸上疾行，不多时便抵达书院正门，学生们纷纷下车，互相揖手行礼寒暄，那道并不如何起眼的简疏石门之前，早已围着很多昨日一同进考场的住院生相迎，清静院门左右顿时热闹起来。年轻的学子们统一穿着书院的青色左襟袍，男生系着黑罗头巾，女生则是用乌木髻为簪将黑发拢起，与茵茵草坪简疏石门一衬，显得格外清爽，再配上青年人脸上特有的蓬勃朝气，迎着东方初升的朝阳，一股叫作青春的气息四处散开。

宁缺整理了一下身上的左襟青色学服，又取出桑桑夜里塞进包裹里的小铜镜，看了眼头顶的黑罗头巾有没有戴歪，确认无误之后才走下马车。昨日入院试，除了南晋谢承运三人之外，便要数他这个驯服大黑马的大黑马最为显眼，院门处正在寒暄的学生们见到他，都热情地迎了上来，又是好一番互述近况，自报家门之类的对答。

"书院随便出来一个弃徒就是大剑师，吕清臣老人和公主殿下提到书院显得异常尊重，可为什么这里的人和我都差不多，也没看到什么特殊的地方？"他扶了扶头上的黑罗头巾，喃喃自言自语。此时他已经孤身一人走过书院正门，穿过了石坪，远离了正楼，走在一条晨光尚未洒入的巷道之中，巷道前方不远处便是热闹的书舍，可以隐隐听到学生们兴奋的呼朋唤友议论之声，而这条巷道里却是非常安静。

安静的巷道里忽然响起一道声音。

"世上本就没有特殊的地方，皇宫如此，昊天神殿如此，那些不可知之地也是如此，那么书院又能有什么特殊呢？"

听着这声音，宁缺神色不变，袖中右手却是猛地绷紧，随时准备去拿身后布套里的大黑伞。自幼艰难的生存环境，让他对于任何突然情况都会本能里判定为危险。

巷道前方不知何时出现了一名书生。这名书生眉直眼阔，神情朴实可亲，身上穿着件在春日里显得过于厚了的旧棉袍，脚下穿着一双破草鞋，无论旧棉袍还是破草鞋上都满是灰尘，仿佛不知有多少年未曾洗过，但不知为何此人看上去却显得异常干净。

从身到心，干净无比。

书生右手拿着一卷书，腰畔系着一只木瓢。宁缺的目光在那卷书和木瓢之间来回两番，最终落在书生的脸上，袖中的右手渐渐松弛下来。

这里是书院，整个天下都无人有胆量敢在这里进行不轨之事，而且这名书生虽然满身灰尘，却给人一种干净若赤子的感觉，无论是谁看到他，都会下意识里想要去与他亲近，仿佛他说什么做什么都理所应当被相信。

宁缺的身体松弛下来，心情却相反变得极为紧张。因为他觉得自己很相信这名忽然出现的书生，而对于自幼在生死间挣扎、决意一生都不再信任任何人的他来说，这种无来由而且强大到不可抗拒的信任感，是非常恐怖的事情。他根本无法对这名书生产生敌意，更令他感到恐惧的是，他有种很清晰的感觉，就算他取出身后那把大黑伞，也根本没有办法对面前这名书生造成任何威胁。

穿着棉袍的书生微微一笑，目光落在宁缺身后的布套上，仿佛能够看见里面是什么，轻拍腰畔的木瓢问道："你身后那把大黑伞不错，要不要换一下？"

此人怎么知道我背后的布套内是一把伞，还是一把大黑伞？宁缺觉得自己的唇舌间一片干燥，根本说不出话来，沉默很长时间后，坚定地摇了摇头。

书生有些遗憾地叹息了声，拿着书卷从他的身旁走过，再也没看一眼宁缺，一直走到书院某个偏僻的侧门外。书院侧门外停着一辆孤零零的牛车。书生走到车畔，极为认真地向车厢长揖行礼，然后坐到车辕上拿起了牛鞭。

车厢里一道寻常的老人声音伴着浓郁的酒香传了出来："他不跟你换？"

书生笑着摇了摇头，然后挥动牛鞭，牛车缓慢开始前行。

天启十三年春，夫子带着他的大徒弟开始了又一次的去国游历。

不知这一次的旅途上他要饮几壶酒，斩几座山上的几斤桃花。

56

宁缺不应该觉得冷，因为那名穿着棉袍的书生，从头到脚从内到外都没有流露出丝毫敌意、任何危险气息，相反却干净得仿佛无垢的莲花，像亲人般令人信任。

可他还是觉得有些冷，因为那书生一眼便瞧出来自己背着一把伞——那把伞很大很黑，而且是他和桑桑最重要的东西，并且想要换走。

朝阳无法直射巷道，气温有些微凉，这大概也是他感到身体寒冷的原因？还是说那名书生让他无来由信任使他感到恐惧？宁缺像个冰雕般站在巷道里，站了很长时间，才苏醒过来，略带惘然地回头看了一眼，自然什么也没有看到。然后他低头想了想，发现想不明白先前究竟是怎么回事，于是决定不再去想，摇了摇头向众生喧哗处走去。

他不知道传说中的夫子已然乘车而去，他不知道自己错过了一个历史时刻，他不知道自己拒绝那位书生的交换又是怎样的错过。他不知道那是真正的第一堂课，但即便知道他也不会去换，用自己已有去换尚未拥有，绝不是他会做的事情。

　　书院普通意义上的第一堂课是大课，学生们集中在微凉的石坪上，满怀憧憬听着书院某位教授的训话，想象着今后两年或者是三年间的生活。如同入院试那般，书院的课程内容也分为六科，两百名学生被分成六个书舍，每日上课时间由清晨至午时，看似时间不长，但中间没有任何断续休息。

　　幸运进入术科的七人每日午后还要接受书院相关方面的教导，而其余的普通学生在午后便可以自由活动，可以自行选择留在书院自习，或是回到长安城里去花天酒地，而那位首席教授极温和而诚恳地建议大家留在书院旧书楼温书。

　　书院的纪律要求很宽松，以深处那道钟声为号：第一声钟响为警，第二声钟为入，第三声钟为散，第四声钟为离。入散之间便是学生们在书舍里学习的时间，书院要求学生在这段时间内专心听课，可以提问但严禁喧哗。至于值日打扫之类的事情，完全不需要学生去操心，朝廷每年花费重金，在书院不知聘了多少扫夫煮妇。

　　接下来便是分班，书院采用的手段是最简明公平的抽签，根本不理会考生的家世门阀，也不在意入院试的成绩。那位谢承运公子和钟大俊被分到了甲舍，临川王颖被分到丁舍，宁缺则是被分到了丙舍。

　　去坪侧教习室取回专属自己的书册典籍，宁缺随着人流盯着掩雨廊上的木牌，找到了丙舍的房间，看着里面那些如画明窗，如纸白墙，想着今后数年自己便要在这个地方度过，想着自己终于踏进了大唐帝国的青云道，他的情绪有些微感惘然，深吸一口气平静心神，抬步迈过那道高高的门槛。

　　"宁缺！坐这儿！"书舍里同时响起两道惊喜意外的声音。

　　宁缺愕然抬头望去，只见宽敞的书舍后排，褚由贤正兴奋地向自己招手，脸色看上去有些苍白，而在最前排，司徒依兰正兴奋地看着自己。

　　恍然若梦，仿佛隔世。确是隔世，这是他最熟悉最难忘的画面，那时节每年仿佛都会看见一遍，而且那时候喊他去坐的人更多。宁缺沉默站在书舍槛内，用力地闭了闭眼，才把那些虚妄扰心的回忆驱除出脑海，向着面带期盼之色的司徒依兰致以歉意一笑，向后排走了过去。

放下沉重的书册典籍，他看着褚由贤苍白瘦削的脸颊，盯着对方有些发青的嘴唇，蹙眉问道："你昨儿又去了红袖招？"

"待了整整一夜。"褚由贤叹了口气，并未做丝毫隐瞒，凄苦说道，"宁缺，这个世界出问题了，我想不明白，所以在红袖招里疯了一夜。"

宁缺想起先前遇见的那书生，身体微僵，问道："出了什么问题？"

"我居然考进了书院，就是这个世界出现的最大问题。"褚由贤看着他，极为苦恼悲痛说道，"你知道的，我家那老头子花了两万两银子给我买了个入院试的资格，我只是来镀金好娶老婆，昨天六科我都是瞎答的，放榜的时候我根本没去看自己的名字，结果……我居然考了四科乙上！"

宁缺惊愕无言，半晌后由衷赞叹道："你还真是真人不露相啊。"

"不露相个屁。"褚由贤的脸色就像是家中老头子死了，失魂落魄说道，"我数科答的是夫子喝醉了，嚼了半山桃花，就这样还能考乙上……这只能说明书院的教习们都疯了。"

宁缺思考了会儿，猜测道："会不会是你家使了银子？"

褚由贤愤怒道："谁听说过书院能靠银子进来读书？而且那老头子只出了两万两银子！两万两就只够我在红袖招里包四个月！够干个屁事儿！"

远处长安城内，东城某家银坊深处的圈椅上，某位身材极为发福的老爷子正肉疼地看着自家的账簿，泪眼婆娑叹息道："二十万两银子……贤儿啊，为父把大半个家业都卖了，就指望着你出人头地。你可不能令为父失望啊，谁他妈的说书院不收钱，那群酸贼……就是他妈的不收小钱！"

褚由贤并不知道他家那位老头子为了让他进入书院，做出了在商场风浪多年间都不曾做过的绝世豪赌，犹自在那里愤愤不平，总觉得书院教习们集体发疯。

"我自幼就不喜诗书，不好骑射，所以和长安城里那些公子贵女都玩不到一起去。幸亏你也分到了丙舍，不然我真不知道接下来这些年怎么过。"褚由贤悲伤说着，宁缺却只是注意到他说自己不喜诗书不好骑射时，非但没有什么赧然羞愧情绪，反而显得格外理所当然，甚至有些隐隐自豪。

他笑着安慰这位在长安城唯一的熟人，说道："既来之则安之，想那么多做甚。"

"有道理。"褚由贤环视宽敞书舍里的同窗们，目光在那些身材窈窕的少女身上扫过，逐渐变得欢喜起来，"多和同窗们亲近亲近，将来婚事也好有个着落。"

宁缺无言以对，无颜以对。

褚由贤本就是个性情疏阔开朗的典型唐人，不然当日也不会在青楼里初遇宁缺，便要请他喝花酒玩姑娘，此时把心情调适过来后，顿时回复平常，两根手指拈起玉玦指着前面几排的乌簪女学生，压低声音为他一一解说在座学生。宁缺大为佩服，暗想一个不愿意进书院的人，只用了半天不到的时间，便把书舍里整整三四十人的来历性情摸得清清楚楚，这得是怎样的精神——想必这得是要把吃喝玩乐事业进行到底，把寻朋觅伴爱好打入书院的精神吧？

"啊，穿蓝色衣服的小姐你大概已经知道是谁了，不错，她就是大名鼎鼎的云麾将军之女司徒依兰小姐是也！"褚由贤轻拍书案，像说书先生般唾沫横飞快速说道，"宁兄，先前你舍她不顾来就我，本公子自然感佩莫名，但我必须提醒你，你极有可能已经得罪了这位长安著名贵女。司徒依兰小姐八岁便在朱雀大街上驰马纵横，与一帮同龄女号称娘子军，这些年来不知惊了几家煎饼果子摊，卤煮火烧店，吓坏多少好色胆大男子汉，踹飞多少无情无义郎，你要得罪了她，那可真是在长安城里寸步难行，恰如进了煎饼果子店，有个屁的果子好吃！"

宁缺被面前若喷泉般的唾沫星子惊住，半晌后才反应过来，心想娘子军这种事情我不去招惹自是不怕，司徒依兰在他眼中不过是个并无恶意的小女孩儿，自不会在意，反而对褚由贤的本事大为赞叹，说道："下回去红袖招若手头紧，我看你去说几段书便挣回来了。"

他自以为这句话调侃得极为到位，不料褚由贤斜眼看着他，淡淡嘲笑道："在那等青楼里，靠说几句便能挣着银子，除却宁兄你天下还有何人能做到？"

宁缺表情一僵，极想痛揍此人以发泄恼羞成的那怒，终是强行压抑住了，因为此时负责讲解礼科的教习先生已是一脸严肃走了进来。

书舍内骤然变得安静无比，那些青春跳跃的鸦和雀不知飞去了哪里。

57

"礼是什么？这是一个很宽泛很宏大的命题，但我们不能因为命题宏大便不再去探索研究，因为这个命题很重要。这个字如同苍穹那般高远不可触摸，那我们是不是就不应该向苍穹投以探索好奇的目光了呢？当然不，我们白昼观云探风，夜晚观星探幽，我们想知道苍穹是什么，我们想知道有什么在上面。

"极宏大的命题，要以一种被我们能理解的方式做出解答，那么我们的答案必将具体而微，向微妙处向具体细节里去问询。我们仰望星空，看星辰移动，在心中画出那美妙而恒定的线条，最终便成为观星之术。

"苍穹是什么？便要从这样具体的一根根线条，一道道云气，天地间呼吸的上沿，元气波动的上限去体会去感悟，而礼字，同样如此，如果你们要问为师，礼之一道若往具体去探究，往具象中去觅名词，会得出怎样的答案……

"为师只能说出自己的理解，所谓礼，就是规矩。"

负重讲解礼科的教习先生乃是书院礼科副教授，年龄约有六十几岁，说话速度极为缓慢，吐字非常清晰，讲课内容倒也算有条理。台下各方横直书案前的学生们听得极为认真，然而宁缺却早已是昏昏欲睡，教习先生双唇间吐出的字眼越清晰，他就觉得脑海里那些瞌睡虫越庞大，越无法抗拒。

入院试时他礼科成绩是丁等最末，前生后世对这些内容都未曾发生过兴趣，最近这些年更是成日里忙着写字冥想杀人放火赌博睡觉，实在是无能为力。迷迷糊糊间，宁缺忍不住有些惘然地想道，如果今后几年间在书院的生活，便是每天把清晨大好时光尽付于这枯词滥调，那该是何等地痛苦。

就在这时书舍里忽然响起一道极不赞同的声音："先生，我大唐帝国威服四海，圣天子君临天下，重修礼记，靠的可不是什么守规矩。"

书院规矩课堂上可以提问，所以这名学生的质疑倒也正常，但这毕竟是入学第一天，所以书舍里的气氛骤然变得有些怪异。宁缺自昏睡状态中醒来，问旁边书案上的褚由贤，低声道："谁啊？"

书院讲究有教无类，因材施教，能入院读书的学生有很多普通百姓家的儿女，但敢在第一堂课上便对教习先生提出质疑的学生，必然家世不凡或者自视不凡。此时站在书案旁的那名学生原来是某大将之子，教习先生冷冷看着他，问道："那依你之见，难道人在世间生活，可以不讲规矩？"

"不错。"那位将军虎子瓮声瓮气说道，"我大唐以武立国，靠的就是不去管那些迂腐规矩，甲坚矛利便自然能永远胜利，但这并不能说明我们就不守礼。"

教习先生脸上的皱纹渐渐平伏，面无表情看着这名身材魁梧的学生，说道："你这句话意思就是说，只要拳头大便有道理？"

那名学生有些尴尬地挠挠头，强辩道："这么理解倒也不为错，像我大唐数攻燕国，哪一次不把他们打得喊爹喊娘，他们甚至要把太子送来长安为质，但他们的皇帝哪里敢对我大唐陛下有丝毫无礼？还是要尊称为圣天子。"

宁缺在书舍后方听着这番话，暗想这家伙礼科成绩肯定不会比自己更高。

教习先生缓步向那学生走了过去，脸上依旧没有丝毫表情。但当他走到那学生身前时，声音却陡然拔高，举起枯树干般的右手，劈头盖脸就打了过去，愤怒地咆哮道："拳头大就是道理？那我这时候打你就是道理！"

书舍里响起一阵惨嚎，那名身材魁梧的将军之子，不知道是害怕书院规矩，还是过于尊师重道，竟是根本不敢还手，被枯瘦的苍老教习瞬间打到鼻青脸肿，口角流血，看上去显得异常凄惨。不知过了多久，教习先生终于住手，气喘吁吁瞪着将军之子阴沉训道："如果你说的是对的，那我这时候打你就是对的，因为我拳头比你大。"

从教习先生开始痛揍将军之子，书舍里早已乱成一团，学生们震惊站起，却没有人敢去拉进入狂暴状态下的先生，直至此时，司徒依兰才不服说道："先生！如果你认为自己比他厉害，所以可以打他，那岂不是证明了他先前的观点？"

宁缺依然坐在书案旁，但他的嘴也张到了极大，怎么也没有想到初入书院第一天便看着如此火爆的一幕，此时听到司徒依兰的反驳，心里也觉得大有道理。

先生回头冷冷看了司徒依兰一眼，说道："我就是想要证明他的道理，有问题吗？"

司徒依兰紧紧抿着双唇，想着入书院前父兄们的紧张叮嘱，但终究还是没有忍住，将心一横，颤声说道："是，如果您认为他是错的，那就不应该用他的道理去教训他，既然礼是规矩，您就应该用规矩去束缚他，去惩处他。"

教习先生冷冷一笑，看着她说道："云麾将军一辈子没读过书，这女儿倒教得不错。不过据我所知，你们两家将军府虽然交好，但你和他却没有什么来往。"

"这和交情无关。"司徒依兰仰着脸倔强说道，"我只讲道理。"

"好，我来给你们讲道理。"教习先生看着书舍内的学生们说道，"无论是云麾将军，还是什么将军，就算他们的拳头比我大，势力比我强，依旧不敢来打我，为什么？因为我是书院教习，而这就是我大唐的规矩。"

书舍后方褚由贤满脸怯意低声说道："这书院怎么乱七八糟的，不过宁缺，你可千万不要冲动，去惹这位教习先生。"

宁缺当然没有虽千万人吾独往矣的那种勇气，看着正在擦拭手上血迹的教习先生，在心中默默想道："书院定的规矩就是最大的……这和礼可没什么关系，只能说明书院里有个拳头最大的家伙，只是那家伙是谁？喝酒切桃花的夫子吗？"

教习先生重新拾起书卷，面无表情看着犹有不甘的司徒依兰，说道："不管你们服不服，信不信，什么时候你们能够把书院的规矩破了，再来和我讲道理也不迟。至于现在我的道理就是这么简单：礼，就是规矩，就是我的规矩。"

"礼就是规矩，就是我的规矩"——这是何等样铿锵有力、掷地有声、霸道无理、蛮横混账的强势宣言啊！宁缺怔怔看着那位像老树干般的教习，发现自己越发弄不明白这座书院是个什么样的地方，却又越来越喜欢这个鬼地方了。

午时准点下课，礼科教习先生腋下夹着墨卷，一吹颌下长须，目不斜视走出书舍，傲骄到了某种程度。书舍里的学生稍一错愕然后瞬间炸锅，纷纷聚在一处议论晨时的那一幕，司徒依兰等人则是冲到那名被打学生身旁，关切地取出清水手绢，开始替他清理脸上的伤口。那魁梧男学生脸上满是委屈的泪水。

"楚中天！你个没出息的东西！"司徒依兰恼火地打了他脑袋一下，怒斥道，"要让你爷爷瞧见你这副模样，只怕要给气死！屁都不懂，先前也有胆子顶撞教习，顶撞倒也罢了，教习打你你不会还手啊！就算不还手难道不会躲啊！"

大唐十六卫大将军楚雄图这辈子生了七个儿子、三十七个孙子，楚中天是孙辈之中读书最好的一人，不然也没办法考入书院。只是家学渊源，楚中天依然拥有一身悍勇武力，谁能想到先前竟是被教习先生揍成了可怜的鹌鹑。楚中天擦掉脸上泪水，委屈看着司徒依兰抱怨道："依兰姐，这事儿真不能怪我，按爷爷教的，有人要打我我就得打回去，管他是亲王殿下还是皇子，我先前真想还手来着……可不知道为什么，我刚才根本就动不了。"

就在这时书舍方位传来褚由贤懒洋洋的声音："书院礼科副教授曹知风，于大唐神风七年毕业于书院术科，留院任教已愈三十年，洞玄境界大念师。"

此言一出，书舍俱静，司徒依兰睁着大大的眼睛，半晌后恼怒地一跺脚，嚷道："就算是大念师……修行者欺负个半大孩子做甚。"

褚由贤走上前来，看着鼻青脸肿的楚中天，叹息一声，摇头说道："这事儿你们根本没处说理去，因为曹知风教授……是燕人。"

人群外的宁缺听到这个答案，也忍不住摇了摇头，暗想你当着一个燕人的面提及帝国大胜，对方太子入质，被人痛揍一番……确实无处说理去。

大唐帝国雄霸天下，子民多自信甚至狂妄，宁缺承认自己在边塞草原上面对蛮人们时，也时常会流露出某种骄纵之气。只是今日看来，长安城南这座书院兼容并蓄，不只学生就连先生都有很多来自异国，日后说话行事当留意些。

58

"警入散离"第三声散钟响起，学生们从各自书舍走出，有些长住的学生脚步匆匆赶往灶堂，以免错过开学第一日的特殊加餐，有些要回长安城的学生则是脚步匆匆往院方草甸赶去，以免错过城内狐朋狗友们的庆功宴，而大多数学生则是收拾书具后，顺着书舍旁幽静的巷道向书院深处走去。

抬头看了一眼标识牌，知道那个方向便是旧书楼，联想起今晨第一堂大课上那位首席教授的殷切叮嘱，宁缺也不禁产生了某种好奇，挥手与褚由贤告别，便跟着人群向那条巷道里走去。

书院里的建筑分布看不出来什么规律，东面几片西面几廊，零散铺陈于山脚草甸之间，但却给人一种浑然天成的感觉，平檐书舍掩雨廊间隐藏着无数条巷道，清幽安静四通八达，如果没有标识牌，谁都不知道前方会通向何处。宁缺表面上嬉笑寻常，骨子里却不怎么愿意和人群相随，走不数步便刻意与人流分开，一个人安静地在巷道里行走，正午的春阳罩在头顶，把巷道旁的平檐映成整齐的黑印，刚好压住他的右边肩膀，感觉有些沉重。

就这般安静走着，不知走了多久终于走出了巷道，眼前骤然一片明亮开阔，多出极新鲜的风景，宁缺将被风吹起的头巾掀至颈后，看着面前这一大片湿地林泽，看着郁郁葱葱的水松青竹，才知道原来书院深处竟还有这样一番胜景。

水泽里生着绵延不尽的芦苇，此时没有肃杀秋风将其染黄洗白，笔挺的腰身在春风里如青葱水嫩招展，看上去就像是密集的玉米田，微燥的风从泽畔的林间穿过，再被这些带着水气的青秆一滤，复又变得清凉宜人起来。宁缺在湿地旁的石径上走着，看看水中阴影里的鱼，听听身旁林子里不知名昆虫的鸣叫，心中那根绷紧了十余年的弦，仿佛被泽气滋润，被林荫轻揉，渐渐地松弛柔软，偶尔有同学擦肩而过，便礼貌点头致意，却并不加快脚步。

脚下的石板未经琢磨，上面凹凸不平刚好可以防滑，从书舍巷道里铺出，顺着湿地绕了一圈，然后伸入林间，大约数千块石块密密砌成平道，组成了一条极长的石径，最末处抵达山脚青林间的一幢三层旧木楼前。

这幢三层木楼外表寻常普通，没有什么华彩重妆，也没有什么飞檐勾角，只是简简单单地依山而起，但那些用了清漆的木料应该不是凡物，看着风雨经年留下的痕迹，不知在这书院深处静立多少年，却是没有任何细节透出衰败痕迹。宁缺仰头看着木楼上方那块写着"旧书楼"三字的横匾，忍不住想道，这书院里的教习们会不会太懒了些，一个藏书楼就因为旧些便叫作旧书楼？

"我知道你们很好奇，为什么这幢楼叫作旧书楼，其实原因很简单，因为这幢楼负责替书院收藏书籍，而书之一物，只是用来记载我们的思想，思想这种东西，一旦跃出脑海用文字记于纸上，便不再新鲜，只是旧物，所以任何书都是旧书。"楼下已经围着很多人，紧闭的木门前，一位中年书院教习正在微笑向诸生讲解旧书楼这个名字的由来，"你们如今已是书院一员，所以要记住，在我们书院从来没有敬惜字纸的说法，也没有什么书籍贡在案上叩首的规矩，书便是书，它只是工具，绝不神圣，只有我们的思想才是新鲜的，为了让你们记住这一点，所以这楼被叫作旧书楼。"

诸生点头受教，但并不见得都明白这两段简单话语里隐藏着的意思，宁缺隐隐明白了一些，却不知道自己的理解是否完全正确。

"和大家说一下旧书楼的规矩。"负责管理旧书楼的中年教习微笑继续说道，"这里一共有两名教习四名管理人员，我们的任务就是替所有师生进行服务，所以昼夜无休，你们随时都可以过来看书，但是有三点你们要记住：

"首先，旧书楼拥有天下最丰富的藏书，是因为除了有一个百人的组织专门负责在各国搜寻书籍外，你们的历届师兄师姐也在花费重金购书。他们很辛苦，他们的手笔很大，所以当你们看书时请把手洗干净，讨论时请不要把唾沫喷到书上，不用过分爱惜，但也别把它们当成自家茅厕里的草纸。

"其次，我们不可能再找到更多的书籍，所以当你们想看某本书却发现找不到时，请先自我质疑一下，你想看的那本书究竟值不值得看——如果不是，那么就不要再来问我们，因为那代表我们判定你要看的那些书没意义。

"最后也是最重要的一点，旧书楼严禁携带任何书籍离开，而且禁止抄录。你们不要用这种眼光看着我，不要试图对我进行任何自由共享之类的精神灌输，书院里的规矩就是规矩，上午丙班的曹知风教授想必已经用拳头教导过你们，这些规矩的合理性不容你们质疑。至于规矩背后的良苦用心和殷切深意，你们可以无条件地体会并且感佩莫名，但不要指望我向你们解释。"

教习站在旧书楼横匾之下，微笑望着表情各异的诸生，笑容显得极为可恶，就像放高利贷的奸商，又像是展示自家黄金诱惑穷人的守财奴，缓声说道："不要尝试挑战最后这条规矩，就算你是天下最出色的窃书贼，想在旧书楼施展妙手，最后也只能有一个下场，那就是死……死得很惨的那种死。"

学生们一片哗然，宁缺站在人群外也是连连摇头，心想楼内就算拥有全天下最丰富的藏书，但你又不准抄录，又不准借出，那怎么记得住？关于楼内藏书他还有别的疑惑，但想着旁人应该有和自己相同的疑惑，所以抑着急迫心情等待。

果不其然，有名学生伸起手臂高声问道："先生，您说旧书楼内什么书都有？"

教习先生目光微移，在人群中找到那个胆敢提出质疑的学生，微微蹙眉，极为不喜说道："难道你对我的说法有质疑？"

"学生不敢。"那名学生被教习目光吓得身体微颤，说道，"学生只是……学生只是很好奇，楼里有没有……那个，关于修行方面的书籍？"

教习先生面色稍霁，抬起下颌微微一笑，自信骄傲轻蔑到了某种万夫所指的地步："在世俗众人眼中，那些所谓玄妙之门的书册大概极为少见，但对于我书院而言又有何难？你若要看传说中的天书七卷，烂柯佛经，楼里确实没有，但除此之外，我还真不知道有什么修行书籍是你能想到却找不到的！"

听着这句话，站在人群外的宁缺缓缓握紧了袖子里的拳头，表情虽然没有什么变化，心跳却无来由加快了几分，下意识里抬起头来，盯着面前这幢寻常的三层木楼，灼热的目光仿佛要把这幢木楼点燃。进入修行世界是他自幼的梦想，虽然连番数次甚至昨日又被打击了一次，但梦想之所以美好，正是因为它难以实现，却又吸引着你不停地尝试努力，并且时不时让希望露出小尾巴诱惑你一下，轻声呻吟：来追我啊来抓我啊！

早已断了进入修行世界希望的他，骤然发现自己能够随意进出一幢充斥着修行书籍的木楼，对于一个幼年时在边塞不惜一切代价，跑了几个集市，才买到一本《太上感应篇》的少年而言，这是何等样突如其来难以负荷的幸福啊！

"提醒一下诸位同学，目光不要太炽烈贪婪，不然真把旧书楼烧了，院长大人会把我们全部切成桃花枝儿下酒吞掉。"楼下的教习似笑非笑地望着人群外的宁缺，然后敛去笑容，神情凝重认真看着诸生说道，"但我必须警告你们，你们所好奇的那些玄妙书册，无法记忆，只能体会，至于其中道理，我依然不会解释。人力终究有时穷，若你没有修行潜质，却要强行入书，会导致某些很不妙的结果发生，到时请勿痛诉本教习言之不预。"

旧书楼木门缓缓开启，里面一片清幽，仿佛是一道通往未知世界的大门，没有溅起经年灰尘，没有蛛网拖连，却给人一种时间带来的沧桑压迫感，楼外诸生略一沉默，整理衣着，敛神静气，迈步过槛走了进去。

楼内比从楼外看来要大很多，宽阔的空间里整齐排列着不知多少简易书架，书架按照六科和年代分类排列，上面陈列着你能想到的所有书籍，高低不一新旧不一依偎在一处，就像无数年间的无数先贤名士，正调皮并肩注视着你。诸生入了楼内便迅速散开，径自去寻找自己感兴趣的书籍，宁缺一个人在书架间行走，时不时抽出一本书看看，然后发现书楼临窗处搁着书案，案上有笔墨纸砚，不由好奇心想既然不能抄录，为什么要备着这些东西？

在南晋书区找到一本王行龙的楷帖，宁缺抽出来一面研读一面随意行走，渐渐身旁变得越来越安静，他抬起头来，只见一道干净的楼梯出现在眼前。

楼梯是用来上楼的，现在他在第一层楼，那么楼梯之上，便是第二层楼。

59

宁缺站在楼梯下挠了挠头，回忆先前旧书楼教习说的规矩，好像没有禁止学生上第二层楼的说法。正犹豫间，有人绕过他身侧直接走上了楼梯，听着咚咚脚步声，他心情一松，把那本王行龙楷帖搁在柱旁的书篓里，拎起学袍前襟拾级而上。旧书楼二楼比下面更加安静，但书架和藏书却要少很多，相对而言视野也变得开阔了些，他走上楼来，才发现楼上已经有好些人，他们各自在书架前挑着藏书阅读，有的人满脸傻笑，有的人嘴里念念有词，显见都很兴奋。

经史集之类的书籍大部分在一楼，二楼书架上的藏书偏于武技以及修行部分。入楼前那位教习已经说过不禁阅读，但骤然发现一座宝山就这样突如其来地出现在眼前，没打招呼也没有什么雷霆大动的先兆，宁缺依然觉得这像是一场不真实的梦，他怔怔站在书架间，沉默了很长时间才逐渐消化掉心头的震惊。

《李知堂说佛》《念力与手印的印证关系》《修行五境简述》《追忆西陵流年》《洞玄经》《南华集》《南晋剑术流派综述》《万法鉴赏大辞典》……他在书架前行走，目光落在那些密密麻麻的书脊上，震惊炽热早已化作了惘然无措，袖中的双手难以自抑地微微颤抖。他不用抽出这些书籍去看，只看这些书名便能猜到里面的内容。

那年他攒了好久的银子，跟着渭城的输粮队去了开平市集，一边替桑桑寻找医生看病，一边在开平市集所有书局里像条臭狗般寻找，终于让他找到了一本《太上感应篇》，然后一翻便是好些年，直至最后化为铜盆里的一捧灰烬。

那年他在梳碧湖上杀了十七个马贼，拯救了渭城打柴的队伍，将军问他：你想要什么？他握着手里那本被读薄又被读厚的《太上感应篇》，回答道：我想要学修行，将军无言。

岷山旁那个修行者说你不行，军部考核的军官摇了摇头，吕清臣老人长叹息，书院术科的老师昨天拍了拍他的肩头，明明知道眼前有个世界，但他一直走不进去。他告诉桑桑说没事儿，靠自己的刀和箭也能打出一片天下，但这真的有事儿，因为他不甘心看着那个世界影影绰绰出现在眼前，却不知道里面究竟有什么风景。

直到他走进书院旧书楼，顺着楼梯再上层楼，看见这些密密麻麻的书籍。他知道自己可能很难通过这些书籍便改变自己的身体状态，但至少他可以看一眼那个世界是什么模样。前十六年他抱着那本《太上感应篇》苦苦挣扎，就像抱着最后一颗土豆的可怜孩子。今天他终于看到了一大片如海般的稻田，纵使那些稻田依然还不是他的，但他真的感到很激动，甚至眼眶都热了起来，湿了起来。

"桑桑……"他伸出微微颤抖的手指轻抚书脊，默默念道，此时此刻他只想和她分享此时的心情，大抵这个世界上也只有她才能明白他此时的心情。

书架上满满的修行类书籍，他已经确定了自己的目标，《追忆西陵流年》之类的书籍当然不是他现在急迫翻阅的书籍，《南晋剑术流派综述》之类的材料也不是他现在有资格去研究的东西，他不是一个好高骛远的人，他很清楚自己只可能从最基础的东西看起，比如手指前方这本《气海雪山初探》。

就在他刚刚抽出那本极薄的册子时，楼内某处忽然响起一声闷响，书架旁的学生们循声望去，只见一名学生不知为何摔倒在地，脸色苍白得有若白雪，身体不停抽搐，白沫不停涌出他的嘴角，看上去异常恐怖。四个穿着书院浅色袍子的人不知从哪里冒了出来，走到那名昏厥的学生身边，捉手的捉手捉脚的捉脚，极默契地同时发力，把那可怜学生像小鸡般拎了起来，然后快速向楼梯口跑去，动作熟练得仿佛操练过无数遍。

书架旁的学生们面面相觑，想起进入旧书楼前那位教习先生微笑的警告，感到了一股无来由的悸意，然而没有人离开，相反从楼下走上来的学生越来越多。诸生都是来自天下各地的青年才俊，他们像宁缺一样，对那个玄妙的世界无比好奇，而且拥有极强烈的自信自己应该能够进入那个世界，所以他们继续低着头，取出书架上的书沉默看着，装作什么都不知道。

又是一声重物堕地的沉重闷响，又一名年轻的学生脸色苍白昏倒在地，宁缺沉默看着被迅速抬走的那人，心情变得沉重迟疑起来，但终究他还是像其余的同窗那样，无法抗拒新世界的诱惑，将心一横翻开了手中的簿册。

《气海雪山初探》的第一句话便是："天地有呼吸，是为息也……"

宁缺紧张而专注地顺着那些手写字迹向下看去，忽然间他发现眼中的字迹变得模糊起来，仿佛有谁在视线之间放了片毛玻璃，他知道这大概便是教习先生在楼外警告的事情，轻咬舌尖强行清醒过来继续阅读。

"人乃万物之灵，故能体悟自然之道，意志为力，是为念力也。"

随着阅读，簿册上的字迹越来越模糊，渐渐洇成一团一团的墨污，他拼命地眯着眼睛，想要让视线中的字变得更清晰些，因为太过专注，眉心竟是开始隐隐作痛起来，而那些模糊的字迹竟渐渐飘离了纸面！

"人之念力发于脑际，汇于雪山气海之间，盈凝为霜为露为水，行诸窍而散诸体外，与身周天地之息相感……"

一个个模糊的字迹飘离了微黄的纸面，进入他的眼眸，进入他的脑海，变成了一波又一波的冲击，就像是大海船旁探入海水中的长桨，不停搅拌激荡着他的脑浆。宁缺没有觉得痛，但发现自己的身体随着这种搅动开始摇晃起来，眼神越来越模糊，胸口处一阵烦闷欲呕，如同晕船到了极处！

他闷哼一声，强行合上手中的簿册，极为急促地喘息数声，终于从那种玄妙的晕眩世界里摆脱出来，深深呼吸数口，渐渐恢复了平静。

楼畔窗边明几处，坐着一位穿着教授袍的中年女子，先前无论楼间倒下几名学生，她都仿佛无所察觉，只是专心在案上描着自己的小楷，然而听到啪的一声合书声后，她眉头微蹙抬起头来，看着脸色苍白的宁缺，眼中闪过一抹异色。她在旧书楼内清修二十余年，不知见过多少新入书院的学生入书而迷失，直至最后难以承荷精神冲击，就此昏厥，但像宁缺这样已经开始看书，却能凭借强大的意志力控制住心神重新合上书册的人却是极为罕见。

宁缺并不知道自己引起了女教授的注意，他此时全副心神都放在手中这本薄薄的书册上，当他调息完毕觉得自己的精神体力已经恢复正常，便毫不犹豫地重新掀开簿册封面，继续向下看去。

刚才他看到了"相感"二字，于是此时便从"相感"二字继续，然而这一回当他目光刚刚落到"相感"二字上时，便骤然觉得这两个墨字飘浮而进，直接荡入了自己的脑海，激起了一片极为汹涌的海浪，轰的一声千万座山般的海浪打了过来！

眼中的手与书不见了，他怔怔看着视线间的书架逐渐下沉，密集陈列在一处的书册加速沉沦，最后他看到了雪白的屋顶，然后便是一片黑暗，海底最深处的黑暗。

一辆马车停在临四十七巷老笔斋门口，车帘掀起，宁缺脚步虚浮走下马车，对那位车夫和车厢里的书院执事揖手一礼，极为诚挚说了声："多谢。"

马车嗒嗒驶离，宁缺深吸一口气，揉了揉依然苍白的脸颊，走进了铺子，看着扔掉手中抹布，满脸希冀好奇望着自己的桑桑，强颜一笑说道："书院……真是世上最好的地方，但也是最差劲的地方。"

先前他在旧书楼里直接昏了过去，直到马车将要进朱雀门时才醒了过来。他根本不记得自己是怎么昏的，更令他感到恐惧和失落的是，他甚至忘了昏迷前看的那本书是什么内容，无论他怎样冥思苦想，脑海里连星点记忆都不存在。

"但我必须警告你们，你们所好奇的那些玄妙书册，无法记忆，只能体会，至于其中道理，我依然不会解释。人力终究有时穷，若你没有修行潜质，却要强行入书，会导致某些很不妙的结果发生。"

他现在终于明白那位书院教习在旧书楼前那番警告的真实意思，甚至隐隐猜到，那些书架上的修行书籍应该是用某种符之术书写而成。

"旧书楼里有很多修行类书籍，我当时就在想，你应该在那里。"宁缺看着桑桑，想起很多年前自己抱着身体孱弱、就像个小老鼠般的小女孩儿奔走于开平市集书摊时的画面，平静说道，"不过要看懂那些书，好像是件很麻烦的事，感觉有座山拦在我面前。"

"少爷，绕过去不行吗？"桑桑仰着小脸，蹙着细眉关切问道。

宁缺摇摇头，静静看着她说道："以前我们商量过，如果一座山绕不过去怎么办？"

桑桑用力地点点头，说道："把山劈开。"

60

第二日书院安排的课程是数科，但今天的书舍里气氛与昨日有些不同，案旁的学生们沉默听着教授先生的授课，心思却早已经飘到了别的地方，飘到了那座叫作旧书楼的地方，很明显昨天有很多人经历了和宁缺相同的情况，相反也激起了这些年轻学子的不甘心情和挑战意志。

散钟清幽响起，数科教授先生轻拂衣袖宣布下课，书舍里哄的一声，所有学生都快步冲了出去，向书院深处那座木楼跑去。教授先生看多了新入书院学生们的表现，只是笑着摇了摇头，没有多说什么。

昨日没有去旧书楼的褚由贤听同窗们说了那楼里的神奇，今日也动了心思去一探究竟，招呼了宁缺一声便冲了出去。宁缺今日倒显得极为平和，一点都不着急，走出书舍后并没有急着去旧书楼，而是沿着石径去了灶堂。

两人份的午餐，加了根鸡腿，吃了三颗生鸡蛋，宁缺慢条斯理地吃完面前所有食物，抬起头来看了一眼空无一人的灶堂，满意地摸了摸微微鼓起的腹部。走出灶堂，踏上那条绕着湿地芦苇的清幽石径，他依然不急着去旧书楼，而是绕着那片湿地湖泽慢走了三圈，直到确认腹内的食物已经消化，变成了身体需要的热量，又蹲在湖畔仔细地洗了遍手，才平静走向了旧书楼方向。

他没有修行潜质，但他有足够的作战经验。面对着旧书楼内那些神秘的书册，他决定以迎战的态度，以坚狠的精神，一点一点劈掉那座拦在身前的大山，所以他必须把身体和精神都调息到最佳的状态。

"让让！让让！不是开水！是活人儿咧！"

旧书楼前听着一阵急促的喊声，那四名穿着学院袍的执事人员，拎着一名昏厥的学生快速奔出，他们的脸上没有丝毫表情，喊的话却特有趣儿，这两日来大概抬出来太多昏厥学生，他们必须想些招儿来消解这种无聊的重复。至少已经有十几名昏厥学生躺在了旧书楼外，书院早就已经预备好了这种情况，有专门负责此事的教习拿着醒神汤、济元丸之类的药物在一旁救治。宁缺看着这幕画面，忍不住苦笑着摇了摇头。

顺着楼梯走上去，空旷的楼内书架之间，他发现正在苦读的学生数量比昨日少了些，但大部分是被抬了出去，而不是畏难没有登楼——能考进书院的没有无能之辈，谁甘心仅仅在第二天便黯然放弃？只是看那些年轻学子苍白的脸色，摇摇晃晃有若饮醉般的身体，只怕没有谁能支撑太长时间。

沉闷的撞击声不时响起，啪啪啪啪，就像是秋日枝头熟透了的果子落在泥地上，书架旁的学生们不停倒下，或抽搐昏厥，或口吐白沫无神望天，十分凄惨。宁缺此时手中拿着的还是那本《气海雪山初探》，他把目光从那些不幸昏厥的同窗身上收回，无暇再去关注旁人的事情，深吸一口气，神情凝重掀开了书页。

"天地有呼吸，是为息也……"

艰难的书山攀爬又不得不从第一步开始，因为他只记得昨天昏迷前拿的是这本书，却不记得自己看过些什么，看到了哪里——他已经提前预知了今后的读书过程将是何等样的无奈重复，每次开始都将不得不从第一句开始。簿册上的字迹不出意料再次模糊起来，那些一团一团的墨污，就像是笔尖坠入清水瓮里的墨滴，迅速洇散开来，宁缺不为所动，继续快速向下翻阅。

"人乃万物之灵，故能体悟自然之道，意志为力，是为念力也。"

模糊的字迹又一次飘离纸面，开始在他的脑海中嗡鸣振动，宁缺觉得那些振动甚至不像是划桨，而更像是草原上的寒风，感觉自己在和无数名凶悍的马贼作战。他深深吸了口气，强行抬起头来休息片刻，因为抬头的动作过于坚决强硬，竟让颈部肌肉有些隐隐作痛。为了消解此时胸腹间的烦恶感觉，他压抑住手中那本簿册的无限诱惑，把目光往窗外的春日林梢望去，向书架旁别的同窗望去。

一个小小的身影贴着书架无力地瘫软下去，那是临川王颖。然后宁缺注意到在书架的最深处，谢承运正盘膝坐在地面，目光微垂静静看着膝上放着的书卷，眼眸虽然明亮依旧，但脸色却苍白得极为可怕。

"都在努力攀爬啊。"宁缺默默道，被楼内同窗们年轻倔强而不甘屈服的气氛所感染，微笑着把目光重新投到纸面之上。

"人之念力发于脑际，汇于雪山气海之间，盈凝为霜为露为水，行诸窍而散诸体外，与身周天地之息相感……"

墨团再次飘浮，振荡摇晃，他忽然听不到脑海中的嗡鸣声，觉得自己仿佛站在了春风亭的街巷间，身旁没有朝小树，只有无穷无尽的雨水自天而降，击打在他的脸上身上衣衫上，顿时感觉到了一股极端的湿冷。

然后他再次昏了过去。

第三日午后，旧书楼外。

"让让，让让，不是开水，是大活人咧！"

四名穿着学院袍的执事人员拎着昏厥中的宁缺快步走出旧书楼，把他扔给楼外待命的大夫，然后有人将他扛进马车。

　　今日楼内昏迷二十七人。

　　第四日午后，旧书楼外。

　　"让让，让让，真不是开水，真是个大活人儿！"

　　还是那四名穿着学院袍的执事人员拎着昏厥中的宁缺走出旧书楼，把他扔给楼外待命的大夫，擦着额头上的汗珠低声埋怨了几句。

　　今日楼内昏迷九人。

　　第五日午后，旧书楼外。

　　"让让，还是那位开水生滚的大活人儿咧！"

　　依旧是那四名穿着学院袍的执事人员拎着昏厥中的宁缺缓步走出旧书楼，有气无力地嚷了两句，楼外待命的大夫看着这张熟悉的脸孔，忍不住叹息了一声。

　　今日楼内昏迷四人。

　　第六日午后，旧书楼外。

　　"让让。"

　　四名穿着学院袍的执事人员极简洁地说出两个字，然后把某人扔进楼外树荫下。

　　春意渐浓，气温渐高，书院学生们对旧书楼的挑战却没有丝毫进展，逐渐凄惨地败下阵来，此后的日子里，因为刻骨铭心的经历，大多数学生已经确认旧书楼里那些书册对于自己来说完全无力应对，去二楼的人变得越来越少。但宁缺每天散钟之后，依然坚持去灶堂大吃一顿，在湿地旁散步三圈，然后继续登楼，次次登楼，次次昏厥，次次被抬走，他没有丝毫气馁，更没有放弃，只是脸色变得越来越苍白，脸颊变得越来越瘦削，登楼时的脚步变得越来越虚浮。

　　眼看他上高楼，眼看他被抬出楼来，没有任何意外。

　　这一日午后，宁缺吃了两大盘香菇鸡肉饭，就着一碟红油肚丝又啃了两个馒头，在湿地旁洗了手，再次来到了旧书楼外。

　　现在的书院学生们已经不怎么记得入院试时宁缺拿到过三科甲上，

他们只知道这个少年是丙班最出名的疯子，当他出现在旧书楼门口时，所有正在看书或是在窗旁做带不走的笔记的学生们同时抬起头来，望向他的身影开始窃窃议论。

"这家伙该不会是疯了吧？"

"今天他会在楼上待多长时间？"

"半个时辰？"

"我看够呛，顶多一盏茶工夫就会被人抬下来。"

"我比较好奇，他和谢三公子今天谁会先下楼。"

"谢三公子有修行潜质，这个家伙有什么？"

"说起来他到底为什么这么拼命？"

"我看是因为他要和谢三公子争风头，不然为什么这么拼命？"

宁缺根本没有听到这些低声议论，他看着眼前的楼梯，左手扼住自己微微颤抖的右腕，强行压抑住心中强烈想要收回脚步的念头，深吸一口气继续向上，只有他自己才知道，每天这道楼梯都会显得比昨天更加陡峭更加漫长更加艰难。

看着他艰难向楼上走去的背影，看着他苍白的脸庞，楼下的学生们目光变得越来越复杂，有很多人怀疑他如此拼命的目的，或是不屑他的执念，但无论是谁都不得不佩服他所展现出来的意志与毅力。

再上层楼，宁缺轻轻擦掉额头上的几粒汗珠，沉默走向每天固定站立的书架旁，抽出那本已经看了很多天，却依然什么都没能记住的薄薄书册。空旷楼层间寂静一片，除了他之外就只剩下一个学生还能坚持：谢承运盘膝坐在书架尽头，脸色苍白得有如未着墨的新纸，膝上放着同样一本书。

宁缺知道这位谢三公子在，对方既然能够入术科，那么肯定有修行潜质，所以他并不惊奇对方能够支撑这么长时间，只是他完全没有想到，当旧书楼第二层楼间只剩下自己和谢承运时，会在书院内引起怎样的议论。在很多学生甚至是教习的眼中，宁缺和谢承运二人，继入院试之后再次杠上了，谁也不甘心比对方先行放弃，所以才会每日来旧书楼苦苦支撑。

宁缺不知道这种议论，更不知道谢承运是否因为心中有这种较劲的想法，才会每天来此，就算他知道这些议论，也完全不会在意，因为只有他自己心里清楚，为什么自己每天都要来这里，哪怕是徒劳无功异常痛苦，还是要来这里。

因为他喜欢，因为他需要，道理就是这么简单。

61

薄薄的《气海雪山初探》现在就像一座大山般压在他的手里，他深深吸了口气，把目光转向窗外看了很长时间，待那些青葱林梢染绿了疲惫干涩的眼眸，再次低下头来继续默读，过不多时他再次抬头，望向雪白的屋顶再做休息。

最开始阅读这些神奇的修行书籍时，他只能支撑几句话的时间，现在能够支撑的时间却是越来越长，虽然现在每日回到临四十七巷后依然不知道自己看到了哪里，但他有种极隐晦却又清晰的感觉，知道自己一天比一天看得多些。

能够支撑更长时间，不是因为他对书册上的符术墨字抵抗力变得越来越强，而是意志力在这场战争中被磨砺得越来越坚韧，而且他在不停寻找休息与阅读之间合适的时间搭配，寻找一切能让自己支撑更长时间的方法。

"你们这样看下去，会看死的。"窗边那方明几旁，那位始终低头描着小楷的女教授缓缓抬起头来，将手中那支秀笔搁在砚台上，看着身体摇晃欲坠的宁缺和声说道。

宁缺缓慢合上书册，艰难地转过身来，对着窗畔的女教授长揖一礼，书架尽头的谢承运也缓慢合上书册，极有礼貌地向女教授颔首为礼。作为这层楼唯一坚持下来的两名学生，他们当然知道窗畔永远坐着位女教授，只是这位先生仿佛永远都在描自己的小楷，无论是有人昏迷还是如何，都不会让她抬一下头，所以渐渐成了风景中的一角，成了不存在的存在。

而今天这位女教授终于搁下了手中的笔，开始说话。

"这层楼内的修行书册，全部是大修行者蕴念力入墨而书，换个说法那就是，这些书册上的每个墨字都是神符师的无上佳品。"女教授看着盘膝坐在地上的谢承运，说道，"你们二人都极有毅力，甚至可以说是近十年来书院最有毅力的学生，但你们必须知道一点，要看破神符师的无上佳品，毅力没有用处，要入书破书并且知书，你们必须要有洞玄上阶的能力。"

　　然后她转头望向宁缺，微微怜悯地说道："谢承运已过感知之境，将入不惑，所以他能支撑久些，而且楼中所体悟对他修行总归会有些好处，而你的体质根本不适合修行，徒靠毅力在此苦撑，对你有百害而无一益，不如……早些归去吧。"

　　宁缺站在原地，沉默了很长时间，忽然对女教授长揖及地，诚恳问道："学生请教先生，敢问先生可是洞玄上阶境界？"

　　女教授摇了摇头。

　　宁缺明白了，温和一笑继续问道："敢问先生当年初入书院时可曾达到洞玄上阶？"

　　女教授微微一笑，明白了他的意思。

　　宁缺再次长揖及地，诚恳说道："学生还想继续多看些日子。"

　　女教授赞赏地看了他一眼，说道："终究还是要量力而行，若你一味执着，到时候不要怪我出手阻止。"

　　"是，先生。"

　　就在这番对谈之后没过多长时间，宁缺和谢承运二人再次先后昏厥过去，那四名穿着书院袍的执事，早已对此习以为常，连他们二人的体重都一清二楚，面无表情地分别拎起，也懒得再喊什么，就这样走下楼去。

　　深春林梢茂密浓绿，从窗外透进旧书楼二层，女教授望着窗外春色微笑摇了摇头，然后准备低头继续描自己的小楷，便在这时，那位旧书楼教习从楼下走了上来，走到她身前极恭谨地行了一礼，说道："老师，学生有一事不明。"

　　女教授看着他温和说道："我最近也发现了一些看不明白的妙事，不妨共同参详。"

旧书楼教习叹息说道："这两名学生我也看了好些天了，谢承运有修行基础，加之毅力过人，能在楼上支撑如此多日，虽说不简单，但毕竟不是罕见之事，可那宁缺明明就是一世俗凡根，为何也能撑这么长时间？这于理不通啊。"

女教授看着砚间秀笔毫尖渐染的墨汁，沉默片刻后轻声说道："记得很多年前，先生曾经说过，如果人的意志够强大，那么就连上苍都会感到恐惧……我想，这个叫作宁缺的孩子，大概便是这种意志足够强大的人吧。"

此后数日间，事情仿佛一如寻常，晨时上课，午时用餐，午后登楼，在全书院学生教习目光注视下，宁缺和谢承运二人或先或后登楼，或先或后被抬出，就在这种情况似乎将要变成每日一景时，终于有了新的变化。

宁缺询问了教习先生，旧书楼里可以携带无壳无油无屑类食物进入，于是他今日揣了几块白面大饼，然而就在他准备走进旧书楼时，被人拦住了去路。

"你们究竟要赌气赌到什么时候？"司徒依兰气鼓鼓地望着他，看着他苍白的脸颊，无来由心头一软，放低音调说道，"现在全书院都知道你们是最有毅力的学生，何必还要继续呢？"

宁缺揉了揉有些发涩的眼睛，莫名看着她，像是没有听懂她说的话。事实上他确实没有听懂，然而这个表情落在旁观人群的眼中，却更像是某种挑衅。司徒依兰恼火说道："看看你现在这模样，黑眼圈，脸色苍白，被风一吹就要倒，就像那个色鬼褚由贤一模一样。我们都知道你和我们一样，不能修行，既然如此你上楼有什么意义，何必还非要和谢三公子斗气，还要继续上楼？"

褚由贤从人群里挤了出来，扶着宁缺的左膀，看着司徒依兰挑眉说道："司徒小姐，虽然你是云麾将军的女儿，但有些话还是不能乱说，我虽好色但不是鬼。"

接着他转头望向宁缺苍白的脸颊，极诚挚痛惜说道："不过说老实话，我也劝你不要继续上楼了，何必置这个气？就算现在放弃，你一个普通人居然和修行天才谢三公子硬扛到现在，谁说起你不得赞上两声？"

宁缺笑了笑，看着拦在面前的众人说道："我看你们真是误会了，我上楼只是想看书，和赌气斗狠之类的事情没有任何关系，我想谢三公子也是如此想的。"

"你不知道他是怎么想的。"司徒依兰看着他神情凝重说道，"三公子进入书院只有一个目的，那就是要进第二层楼，如果他连你都比不下去，又怎么有足够信心进入真正的第二层楼？"

"第二层楼？"宁缺微微皱眉，觉得自己好像在哪里听到过这种说法，挠挠头说道，"谢三公子和我不是天天在第二层楼里看书吗？"

"你连第二层楼都不知道？那你这么拼命天天上楼是为什么？"司徒依兰睁大眼睛看着他，像看着一个神仙，吃惊解释道，"书院的第二层楼不是旧书楼的第二层楼，而是个很奇妙的地方，但凡真正的贤人都在二层楼里学习过，听说现在里面还有很多世外高人。"

"那和楼上有什么关系？"宁缺有些茫然地指了指屋顶。

"因为进第二层楼的门，就在旧书楼的第二层楼。"司徒依兰没好气说道，"我知道有些拗口，但你只需要知道，书院的二层楼非常难进，听说这十年间只有七八个人进了，你既然没这个想法，何必和谢三公子掺和。"

钟大俊冷冷看着他说道："和这种人用得着低声下气相求吗？我根本就不相信一个普通人能在楼上待这么多天，承运每日在楼上泣血读书的时候，谁知道他在楼上做什么，也许他只是在闭目养神。"

就在这时，楼外石径上前后驶来了两辆马车，脸色雪白的谢承运被人搀扶下了马车，怔怔看着这方，却始终未发一言。

宁缺终于想起来在北山道口的厮杀中，吕清臣老人和那名大剑师刺客交谈时曾经提到过二层楼，不由身体微僵：区区一个书院弃徒，在二层楼学了几日便成为洞玄境界的大剑师，书院的二层楼……究竟是什么样的地方？

他的沉默、他微微僵硬的身体，给了楼间学生们一个错误的信号，众人以为钟大俊说中了他的想法，戳穿了他的用心，所以他才会尴尬理亏。就在议论渐起之时，宁缺在楼梯口缓缓转过身来，苍白瘦削的脸颊上浮起一丝极浓郁的嘲讽之色，环视众人说道："我以前不知道二层楼是个什么样的破地方，所以我没有想着要进，现在既然我知道了二层楼是个什么样的破地方，那么我肯定便要进。到时候我希望你们当中没有人会感到惊讶。"

钟大俊怒极反笑，冷笑道："你还不承认自己是在嫉妒谢三公子？"

旧书楼外停着两辆马车，其中一辆把昨夜吐血请了晨假的谢承运送至楼前，另外一辆样式普通的青帘马车却始终没有下来人，车帘纹丝不动。就在这时，那辆青帘马车里忽然响起一道清冷的声音："我只知道温室里的花朵会嫉妒高山雪莲的崖高自洁，却从不知道天上的苍鹰会嫉妒地上的草鸡。"

这声音并不如何尖酸刻薄，也没有带出浓郁的嘲讽味道，然而却直接让旧书楼内外的学生们变得鸦雀无声，钟大俊脸上的表情极为难看，谢承运雪白的脸庞上更是隐隐现出一丝难以压抑的羞怒血红之色。

简简单单一句话，把先前宁缺所受的嘲讽尽数还了回去，还加了无数倍力量，众人震惊望向马车，心想究竟是谁敢如此讽刺阳关钟大俊和南晋才子谢承运？

就在钟大俊准备出言反嘲，某些人准备激愤发言之时，青帘马车里那人继续冷漠开口："技不如人，毅力不如人，那便要好好磨砺，谋求最终的胜利，怎能让别人去替他求情？还有依兰你，居然帮着南晋人嘲讽唐人，小时候纵马驰长街，哭着喊着抱你父亲要去征伐南晋的劲儿跑哪儿去了？强大不是靠奚落嘲讽证明的，我大唐靠的终究还是刀箭骑射，回去自己好生反省反省！"

先嘲南晋谢三公子，后严厉训斥长安贵女，语气平静里却透着股无法抗拒的强势，尤其是司徒依兰被训斥后非但没有什么恼怒情绪，反而是羞愧地低下了头，旧书楼内外的学生们感觉到事情有些异样，不由万分好奇那辆青帘马车里究竟是何方人物。

青帘马车里再次响起声音："宁缺，你给本宫过来。"

听到"本宫"二字，旧书楼内外一片死寂，尤其是随着司徒依兰小心翼翼的眼神确定，学生们终于确定了青帘马车里那位女子的身份，下意识地纷纷躬身行礼。

钟大俊脸色变得极为难看，不是先前那种愤怒的难看，而是恐惧的难看。他虽然出身阳关大族，但只要青帘马车里那人随意一句话，只怕自己日后的仕途文道便要终止。谢承运此时的脸颊比先前更加雪白，他虽然不是唐人没有钟大俊那种担心，然而身为一名南晋人，他又怎么敢去招惹马车里那人？

依大唐礼制，皇太后或者皇后方能自称本宫，若朝中有长公主也可如此自称，天启朝既无太后也无长公主，那么能自称本宫的当然只有皇后娘娘，可是皇后娘娘绝不可能单车前来书院……那么只有一种可能。

天启年间有一位公主殿下因其贤，而被朝廷特允自称本宫。

青帘马车里坐着那位大唐天子最宠爱的四公主殿下，大唐子民最敬爱的四公主殿下，大唐年轻男女们视为心中偶像的四公主殿下，谁敢造次？

宁缺微感惊讶，在学生们异样的目光注视下走出旧书楼，缓慢走到那辆青帘马车前，这才注意到那位戴着笠帽的马夫竟是彭国韬。彭国韬微笑向他点头致意，说道："殿下寻你说话。"

宁缺笑着点了点头，走到车旁微微躬身一礼，平静说道："草民见过殿下。"

李渔掀起帘帷一角，静静看着这个有些日子未见的少年，忽然开口说道："你既然已经入了书院，从今往后见着本宫，自称学生便好。本宫今日来书院办事，想到你在书院就学，所以来探探故人，主要是想告诉你，本宫有些想……桑桑那丫头，明日你带她去公主府上给本宫瞧瞧。"

宁缺规规矩矩地长揖为礼，和声道："殿下有心。"

李渔静静从车帘缝隙里看着他苍白的脸颊，微微蹙眉，沉默片刻后说道："听说你这些日子天天登楼，我劝你最好爱惜些自己身子，不要把小命葬送到赌气之上。和这些酸流置气何苦来哉，留着性命为国效力才是正途。"

宁缺直起身来正想解释两句，没想到青帘马车就此驶离。

62

青帘马车顺着湿地畔的石径缓缓远离。宁缺向旧书楼里走去，四周学生投来的目光与先前已经截然不同，满是震惊与疑惑。众人在心中默默想着，难道书院名册上的记载有误，此人不是渭城归来的边城军卒，而是清河郡某大姓的子弟？若非如此，四公主殿下怎么会认识他，甚至还专门把他召唤到车旁说了几句话？

司徒依兰微微偏头好奇地打量着他，大概也是在猜想他与公主之间的关系。公主李渔先前亲自替宁缺出言反嘲，谁还敢继续质疑他？窘迫的钟大俊此时已经不知躲去了何处，谢承运则是脸色苍白地站在人群外围，神情有些落寞。

褚由贤走到宁缺身旁，惊讶地看着他，低声赞叹道："难怪简大家当初不肯收你银子，没想到你小子背景居然这么深。话说以司徒依兰这些女子的性情，就算你今天搬出亲王殿下来也不见得好使，也就四公主能把她们收拾得死死的。"

听到这话宁缺来了兴趣，问道："这又是什么道理？"

褚由贤哈哈笑道："道理很简单，所谓长安娘子军……本就是四公主小时候无聊创建的，像司徒依兰她们这些贵女，都是公主殿下一手带着玩出来的祸害。"

宁缺笑了笑，没有解释自己和公主李渔之间的关系。拉虎皮做大旗的想法确实没有，但把这种关系越发模糊化，从中得些方便却是他乐意做的事情。看着宁缺向二楼走去，谢承运终于动了，他缓慢地走进楼来，不顾身旁众人的拦阻，用手扶着栏杆，身体不停摇晃，艰难地向上步步前行。

宁缺拿着那本薄薄的《气海雪山初探》，并没有翻开。等着谢承运从自己身旁走过，一直走到书架最深处，如往日般盘膝坐下后，他忽然开口说道："你或许真有你的骄傲，但我也有自己的需要，你是天之骄子，而我只是为了活命的亡命徒，两者的区别很大，我建议你不要为了和我争一时之长短而把小命送掉。"

谢承运自他身边走过时，见他手中书册紧合，以为他是愤怒于自己先前在楼下的沉默，所以想要和自己继续赌命下去，全然没有料到他竟说出这样一段话来——这位自幼聪慧过人的南晋才子沉默了很长时间，怔怔看着膝上的书页不知道在想些什么，然后他扶着墙壁艰难地站起身来，长长一揖及地，缓慢走下楼去。

书架深处那儿距离西窗较近，午后的时辰里可以一直晒到太阳，宁缺拿着薄薄的书册走了过去，就在那片暖洋洋的夕晒中坐了下来，盘膝坐在谢承运坐了很多天的地板上，闭目良久后轻揉苍白瘦削的脸颊，微笑掀开书页继续观看。

"你可以做些笔记，虽然无法抄录也无法带走，但可能会有些帮助。"

东窗那处几株老树新枝旁，一身浅色袍服的女教授头也未抬，专心致志地描着自己的小楷，如果不是确认听到了声音，宁缺甚至会怀疑她有没有开口。他微微一怔站起身来，走到西窗旁的明几下，看着几上的笔墨纸砚，沉思良久方才坐下，手指拈起墨块，开始在清水中运腕研磨。

楼间书籍严禁抄录，即便你想把那些修行书籍上的神符字经过脑海过滤，变成普通字迹抄录在白纸上也不可行，宁缺试着冥想过：当脑中闪过的片段回忆想要变成字迹留在白纸上时，那些脑海中的字便会像青烟一般散开，根本无法呈现。

而且按照旧书楼的规矩，不能在书籍上留下任何痕迹，宁缺不知道在上面动些手脚会不会被教习发现，但这些天来他从来没有尝试过耍这种小聪明。多年来无数场生死战斗早就让他明白，面对那些必须跨越过去的山峰，任何小聪明都会显得非常愚蠢，其时其境，你所需要的是那种近于憨拙的大智慧。

应该写些什么呢？在这种情况下，什么样的字词能够算作笔记呢？宁缺悬腕提笔良久，却迟迟无法在纸上落下，因为他已经忘了先前在那本簿册上看到的内容，他不知道这时候在纸上写些什么才有意义。

"也许自己拼命做的这些事情，本身就没有什么意义吧？"他微微自嘲一笑，想着这些天来的辛苦，想着每天夜里的痛苦辗转，想着桑桑夜夜用热毛巾替自己敷额，心境难免有些微酸失落，一个普通的人想要踏入修行的世界果然是这般困难，就算你做再多的努力，仿佛也只能让失败显得悲壮几分。

啪的一声轻响，吸饱墨水的毛笔在空中悬停的时间太长，一滴墨汁落了下来，落在雪白的纸面上，墨汁顺着纸张上的纤维迅速散开，绽出一团毫无规律的美丽。

宁缺低头看着那团墨痕，忽然心头微动，那份最深处的微酸失落被清洗一空，变成绝对的平静，在这一刻他想明白了一切事情：不是每个恋曲都有美好回忆，不是每个童话都有幸福结局，不是所有的努力都会得到回报，自己努力地去做了，最后得到什么很难由自己决定，那么享受这个过程便好。

墨笔落纸记不下什么微言大义，那便不用去记，不知道写些什么才能叫作笔记，那便写些别的，比如心情比如自己的经历，比如自己在楼中的感觉，东窗那边粉墙老树新枝恬静女教授的画面，西窗这边的暮日像极了剪烛时的刹那余晖……

"再上层楼，再上层楼，先前诸般愁，此时俱休，我本是那梳碧湖畔的打柴少年，何必强要学人说天凉，须知今日并未入秋。"

他提起笔来在纸上随意书写，并没有什么特定的想法，只是随着此时此刻的心意散漫而书，随着笔尖在纸上写出一个个清透妍丽的字，胸腹间那阵烦闷到极点的情绪，竟仿佛像墨一般逐渐被笔笔抹去，消失无踪。

"入楼十七日，日日苦修，却修不到字词入心，只能眼睁睁看着它们溜走，我曾清醒过，也曾无来由堕入黑甜梦乡，但它们总是不在。如果纸面上的它们是虚妄的，为何我能看见它们？如果它们是真实的，为何我不能记住它们？如果它们是存在于真实与虚妄之间，那写出它们的墨是真实还是虚妄？承载它们的纸是真实还是虚妄？"

既然只是心情随意抒发，写到此时，宁缺忽然不想再写了，于是他停腕搁笔，静静看着纸上那些字，待纸干后轻轻放进那本薄薄的书册之中，再把书册放回书架之上，转身对东窗畔的女教授恭谨一礼，就这样走下楼去。多日来，他第一次自己走下楼，而不是被人抬下楼。

女教授抬头看着少年有些失落的背影，轻轻叹息了一声，默默想着旧书楼本是老师当年定的规矩：万树千帆只允许学生择一枝一风。这学生虽然意志坚强，冥想所蓄念力必不会弱，然而雪山气海诸窍不通，最终只能落个吐血虚弱卧床的下场，即便昊天怜你坚韧赐你健康，可就这般看下去再看八十年又有何益？

暮色渐浓，黑夜将至，再没有人登上二层楼，女教授将身前的笔墨纸砚收拾妥当，沿着楼间一条偏道向后山方向走去。不知道过了多久，黑夜笼罩书院以及书院后那座大山，宽阔草甸间的书院建筑点着灯火，四处散布有如天上的繁星。

寂静无人的旧书楼二楼深处，靠着北墙的那面书架上几缕繁饰雕纹忽然明亮了一瞬，然后悄无声息缓缓向旁边滑开。一个穿着深青色书院学袍的肥胖少年学生，气喘吁吁地从那道缝里挤了出来，有些恼火地回头盯着书架埋怨道："也不知道是谁设计的这玩意儿，难道就不知道把出口做大些？难道就没想过书院也会招几个胖子进来？"

胖子少年咕哝着走到书架旁，嘴里念念有词："二师兄这个坏人，非要拿入门书籍打赌。虽然我陈皮皮乃是不世出的天才，但小时候看的东西现在怎么还记得。"

自言自语着，他从书架里抽出一本簿册，看着封面上《气海雪山初探》几个字，满意地轻轻拍打了下，随着他的拍打，一张极薄的白纸飞了出来。

看着落在脚边的白纸，叫作陈皮皮的胖子少年微微一怔，细若米粒的眼瞳快速转了几转，像馒头般的脸颊上极困难地挤出两道皱纹，表示此刻心中的疑惑，然后他想了很久，终于做了一个非常艰难的决定，非常痛苦地蹲下肥胖的身躯，伸出短胖可爱的右手，吃力地捡起那张纸，然后大口喘息了好几声。

"做一个胖子真是世界上最可怜的事情。"陈皮皮颤着光滑肥嫩的厚嘴唇儿，自怜自艾幽怨道，然后低头向纸上那些字迹看去，下意识里跟着念出声来，"再上层楼，再上层楼，先前诸般愁，此时俱休，我本是那梳碧湖畔的打柴少年，何必强要学人说天凉，须知今日并未入秋……"

"做胖子不是世界上最可怜的事情，如果这个胖子是个天才胖子。"

他怜悯地看着纸上的字迹，猜到肯定是书院某位新学生的痛苦心路自述，摇头同情说道，"和我这种天才比起来，像你这样的普通人才是真正的可怜。"

凡人与天才的世界总是无法相通的，陈皮皮能够理解那个可怜家伙的苦恼绝望，却没有打算把对方的痛苦当作自己的痛苦，随意点评两句，便把那张薄纸塞回书架，握着自己想要的那本《气海雪山初探》准备离开。忽然间他又转过身来，重新取出那张薄纸，看着上面那些密密麻麻的字迹，粗眉在光滑饱满额头上挑起些微，惊讶道："这家伙的字儿写得不错啊。"

赞叹一句，重新把纸塞进书架，重新准备离开。他又重新转过身来，重新再次取出那张薄纸，重新认真看了半晌，赞叹道："不是不错，是很好啊。"

欲走还留，陈皮皮发现自己此时此刻的行为有些滑稽可笑荒唐，他微微张嘴看着纸上那个可怜家伙留下来的心情，喃喃自言自语道："难道是昊天老爷都觉得你太可怜，所以要用这手好字劝我帮帮你这个可怜人？"

人做决定有时候只是需要一个借口，哪怕是生造出来的借口。今夜的陈皮皮并不知道自己接下来做的事情会从某种意义上改变某个人的一生，他只是想要做某件事情于是便做了，从这个角度上来看他确实比某个可怜人要洒脱得多。走到东窗畔的书案旁坐下，借着窗外洒进来的星光银辉，陈皮皮饶有兴致看着那个可怜人接下来写的话，肥粗的手指不时轻敲窗棂，窗外有夜鸟轻鸣。

"入楼十七日，日日苦修，却修不到字词入心，只能眼睁睁看着它们溜走，我曾清醒过，也曾无来由堕入黑甜梦乡，但它们总是不在。如果纸面上的它们是虚妄的，为何我能看见它们？如果它们是真实的，为何我不能记住它们？如果它们是存在于真实与虚妄之间，那写出它们的墨是真实还是虚妄？承载它们的纸是真实还是虚妄？"

看完这些话，陈皮皮嘟了嘟嘴，胖脸上满是不以为意的神情，就像是自幼吃过无数碗西城正宗中山路热干面的男孩儿看见某个对着改良辣式炸酱面愁眉苦脸不知如何搅拌的可怜虫，发自内心地流露出某种骄傲和自负情绪。

就着夜色磨墨，星光洒进墨汁里，陈皮皮用肥胖的手指捉起师姐惯用的秀气细笔，在那张薄纸背后潇潇洒洒一挥而就好大一篇讲解，与他肥胖的身躯不同，纸上那些蝇虫般的细微小楷竟是秀气细致到了极点。

"可怜的家伙，不要相信什么看山不是山看山还是山之类的鬼话，如果昊天老爷成天没事儿干就在给我们出这些题目，会不会太无聊了一些？客观存在的事物当然就是真实的，比如这本书上的那些字迹，比我这时候的骄傲自负还要真实，虽然神符师在这些字迹上动了手脚，但你必须相信它是真实的，如果你自己都无法相信，那么你的眼自然更不会相信。

"字迹是客观真实的存在，纸张也是客观真实的存在，只是当这纸当这字反射着窗外的春光，映进你那不知道是大是小的眼睛，再被你那不知道是聪明还是糊涂……估计是糊涂……的脑子一理解，便变成了虚妄的存在。

"春光映在纸上已经是一道解释，你眼看见它又是一道解释，你试着去理解它又是一道解释，解释往往就是误会，你解释得越多，事物便会与原初的模样越不一样。怎么解决这个问题？方法很简单。记着最开始看见的那瞬间画面，不去想不去问直接上去简单粗暴地记忆！书就是用来被记的！不是用来让你理解的！"

墨笔直抒胸臆，挥挥洒洒而就，陈皮皮掷地罢书，脸上神采飞扬，大觉满意。他自幼便被视为不世出的天才，然而多年来跟着大贤高人学习，只有老实听教的份儿，哪有如此肆无忌惮教训他人的机会，便又是一番啧啧自赞。

待墨迹被东窗外的夜风吹干，他志得意满站起身来，一步三摇走回书架旁，脸上的肥肉被震得巍巍直颤。他把那张纸夹回《气海雪山初探》里，也懒得再管今晚与二师兄之间的基础教材默诵赌博。

就在准备把那簿册放回书架时，他的胖脸上忽然闪过一丝犹豫，想到自己帮助那个可怜的家伙，已经算是严重违反了旧书楼的规矩，然而紧接着他便想起老师说过的另一句话，像绿豆粒般小的眼珠子一转，把书塞进书架，然后拂袖潇洒而去。

"规矩，就是一个屁。"

宁缺每日天未亮便从临四十七巷出发，夜深沉时才能回到长安城，今日虽然他有史以来第一次走下旧书楼，但当马车进入长安城南门时，夜已经变得极为深沉。

褚由贤担心他的身体，今天专程等着他一起回城，当两辆马车依次停在老笔斋的门口，这位东城富家子从第二辆马车里探出头来，看着向铺内走去的宁缺，满脸佩服说道："不计前嫌劝说谢承运下楼，宁缺，我真没想到你是这样虚怀若谷，以德报怨，气度不凡，雅致高洁……"

宁缺站在老笔斋门前转过身来，笑望着他说道："虽然我很想继续听下去，看你能想到多少好词来恭维我，但我必须老实说，劝谢三公子下楼并不是因为我担心他的身体……我只是看中他每天盘膝坐着的那地方，那地儿能晒着太阳。"

"做好事儿还不爱被人恭维，非得寻个腌臜理由，你这人啊。"褚由贤笑骂了一句，命令家丁驾驶马车离开了临四十七巷。

宁缺笑了笑，挥袖隔空虚虚驱赶，然后走进店铺，接过桑桑递过来的毛巾盖在脸上，然后整个人瘫软在圈椅中，像是所有骨头和力气都被抽空了一般。自从开始登楼以后，每夜回到临四十七巷，便会有一方滚烫的热毛巾替他恢复精神，桑桑把他回家的时间计算得极准，然后用开水洇着毛巾，保证温度将将好。

冒着蒸腾热气的白毛巾下方，传出宁缺疲惫的声音："今儿胃口还是不大好，就做碗煎蛋面吧。"

桑桑轻轻嗯了一声，却没有离开，静静站在圈椅旁，看着宁缺脸上的毛巾和热气，沉默很长时间后，忽然开口说道："少爷，明天……不要去了吧。"

别看宁缺在书院里还能与人侃侃而谈，还能与褚由贤说三两句玩笑话，只有他自己和桑桑知道，这些天强行登楼看书，对他的身体与精神带来了怎样的损耗与伤害。每天从书院返回城内，他痛苦虚弱地连说话的力气都没有，而因为呕吐得过于厉害，每天晚上这顿饭必须要用极大的意志力才能咽下去。

听到桑桑的声音，宁缺看着眼前极近处的白色毛巾幻化成的白茸森林，感受着口鼻间那股辛辣的高温湿意，沉默很长时间后，强行把声音里加了些轻松的笑意，说道："前几天书院轮休我也没带你出去玩，明天……明天我先不去书院。对了，今天在书院里遇着那个白痴公主，她要你去玩，咱们明天就去吧。"

桑桑揭开他脸上已经变得温乎乎的毛巾，伸出小手认真地替他捏弄眉心，腼腆笑着说道："公主殿下要见我？我也喜欢的。"

宁缺闭着眼睛，感觉着眉心的烦恶被冰冷的细指尖丝丝驱走，舒服地叹息一声，说道："趁着这由头，明天顺便把第二个名字划掉。"

桑桑搁在他眉心上的指尖微微一僵，轻轻低头看着自己有些破了的绣鞋。对于这件事情，看来她并不怎么喜欢。

63

宁缺决定拿出一天时间不去登楼看书，带着桑桑去拜访公主殿下，然后顺便杀个人。对于这个决定，桑桑确实不怎么喜欢，不是因为她不喜欢杀人——她从小到大在宁缺背后、在宁缺身边看到宁缺杀过太多人，早就已经没有什么感觉，只是不喜欢宁缺在这样的身体状况下还是不肯真正地休息一天。

虽然小侍女有情绪，但晚上的煎蛋面依然没有打任何折扣。之所以面里没有放花椒也没有放葱花不是惩罚，而是因为宁缺最近这些天夜里经常恶心呕吐，胃肠有些承受不住这些辛辣调料，必须吃得清淡些。

吃完煎蛋面，用热水把脚烫到快要发红，宁缺舒服地倒在了床上。半夜时分，桑桑被宁缺痛苦的呻吟声翻滚声惊醒，骨碌一滚便钻出了被褥，翻身下床踩着那双旧鞋，动作极为熟练地用脚尖拨出床下的铜盆，然后歪着身子坐到宁缺身旁，用小手不停拍打着他的后背，间或自上向下用力揉抚。

宁缺脸色苍白俯卧在床边，探出小半个身子对着下方的铜盆不停干呕，眉眼拧在一处，显得极为痛苦。先前吃的食物已经过了胃肠，所以这时候吐出来的便是睡前喝的那两杯热茶，还有些胃液胆汁。

自从在书院内开始登楼看书以来，每天夜里他都经受几次这样的折磨，不只让他身体变得越发虚弱，就连桑桑也被折腾得白日极为疲惫。每当熟睡后，白天在旧书楼里看的那些墨字便会变身为一个个浓稠漆黑的怪物，从他脑海最深处泛起来，持戈挥刃不停冲杀挥舞，然后急剧变大膨胀，汇聚成一艘大船，不停鼓荡着他的脑海，碧海生起惊涛骇浪，让身处海中的他极度眩晕，胸腹间一片烦恶，生出强烈的干呕冲动。

看似噩梦，但宁缺很清楚这不是梦，这只是旧书楼二楼那些神符师书写的字符与自己的精神世界之间产生的激荡感应余波……以一种玄妙的方式呈现出来。

夜夜承受这种折磨，如果能够把那些墨字记住，也算是付出便有收获，然而令他感到极度失落甚至无比愤怒的是，当那些墨字在自己脑海中兴风作浪之时，他如同患了失语症和文字辨识障碍综合征，明明看着那些墨字清晰出现在眼前，看着那般熟悉，却张着嘴怎样也读不出来，认不出来究竟是什么字。

日日在旧书楼痛苦煎熬读着看不懂的书，夜夜在老笔斋晕眩难受看着认不出的字，不是一天，而是很多天，如果换成意志力稍微薄弱些的人，大概早就已经放弃。但对于宁缺而言，这种非人的痛苦折磨却是他十六年生命中所能找到的最好机会，除非一直撑到最后的最后还没有希望，否则他就绝对不会放弃。

都说最了解你的人是你的敌人，这句话并不算错，这个世上最了解夏侯大将军的人里肯定就有宁缺一个，但这句话并不完整，因为推来算去，世上最了解你的人终究还是你自己——宁缺很了解自己，所以知道没有走到山穷水尽那处时，自己绝对不会拂袖回头。

他并不担心自己的生命有危险，那位女教授一直安安静静坐在东窗畔，他清楚如果不出意外的话，在今后的一段时间内，自己会坚持登楼苦读读出腹内所有苦水，直至身体越来越虚弱，所以他必须抓紧时间，尽可能多地把名单上的那些名字划掉。

那张油纸上的第二个名字是：前宣威将军麾下副将，陈子贤。

作为最受天子宠爱的公主，李渔常年住在皇城之中，但在长安城里也有自己的府邸。第二日，宁缺和桑桑被领去的地方，便是位于南城某幽静处的公主府。今日她穿着一身红黑相间的短曲裙，中裙上绣着色彩清丽的大株异花，再配上绕襟深衣，略有山峦之感的裙摆垂至足背之上，显得华贵而又不俗。

"宁缺呢？"

只有桑桑一人走进了公主府后宅。李渔微微蹙眉看着被太监带进来的小侍女，然后开颜一笑，走上前去牵起桑桑微凉的小手，和声说道："有些日子没见了，你这小家伙也不知道来看看我。"

公主微感诧异一问便转了话题，但那名太监却是不敢怠慢，苦着脸禀报道："那厮坚称男女有别，私见公主不敬，所以坚持在外面候着，现在彭先生正在值日房里陪他说话。"桑桑由她牵着自己的手，仰着小脸轻声解释道："少爷最近身体不大舒服。"

李渔眼帘微垂，不再去理那摊烂泥般的少年，牵着桑桑的小手向平榻走去，嘲笑说道："你家那个意懒少爷，最近也不知道哪里来的浑劲儿，天天要往旧书楼二楼跑，身体怎么能舒服？"

"殿下，我倒觉着少爷挺了不起的。"桑桑极认真地替宁缺说话。

李渔摇头轻笑，伸手在桑桑微黑的额头上敲了下，说道："你这小丫头，整日就只知道那个少爷，也不想想他哪里有个正经少爷的样子，说起来我就觉得不忿，像你这样能干勤快的丫头，宁缺那家伙真不知道积了几辈子福才能把你捡到。"

一边说着话，一大一小两个女人屈膝盘腿就在软榻上坐了下来。说来人与人之间的缘分真是很奇妙，李渔在渭城第一眼瞧见桑桑这丫头便觉得亲近，又怜惜她被宁缺像牛马般使唤，在自草原归来的旅途上经常以婢女的身份寻她说话，倒真是有几分情意，而桑桑自幼跟着宁缺长大，脑子里也没有太多尊卑敬畏的概念，单纯就是觉着公主殿下是个好人，也愿意和她亲近。

李渔问了桑桑几句他们主仆二人到长安城后的经历，桑桑很老实地把那些开书铺考学之类的琐碎事说了遍。李渔本在默默思考宁缺与朝小树之间的关系，忽然感觉到手中桑桑的小手冰凉又有些粗糙，看着她微黑的小脸蛋儿，忍不住怜惜之心大作，说道："让你脱了奴籍，不要再跟着宁缺，就来我公主府上做个管事姑娘怎么样？我也不要你去侍候旁人，你只需要替我打理府中事务即可。"

公主府前庭，靠着假山水池的侍卫值日房外彭国韬皱眉看着身旁椅上的苍白少年，忍不住说道："当时北山道口你何等样悍勇，怎么现在瞅你脸色如此苍白，身体如此虚弱，这是怎么回事？难不成进书院读了几天书，便读成了个废物？"

宁缺笑了笑，懒洋洋地靠在竹椅上晒着太阳，看着他说道："彭大人，你那天又不是没瞧见书楼的热闹，这事儿现在想来还是有些玄乎，多提无益。对了，那些草原蛮子呢？还有你和侍卫兄弟们既然立了功，怎么还在公主府上？"

"公主从草原带回来的那几个蛮子都被陛下特召进了羽林军，你知道我大唐向来有这种规矩，羽林军用的多是异族人。至于我们……"彭国韬微笑说道，"我们跟着殿下在草原上厮杀奔回，实在是不乐意也不放心再离开她身边，宫里也有这个意思，所以我现在虽然兼着骁骑营副统领的差事，但主要还是跟着殿下。"

骁骑营副统领可是个地地道道的重要位置，宁缺连声恭喜，然后忽然想到春风亭那夜的厮杀，不由微微一怔，暗想这位置大概正是那夜里空出来的。

虽然宫中默允彭国韬依旧跟着公主李渔，但他现在毕竟担着骁骑营副统领的职位，尤其是最近羽林军骁骑营连番震动清洗，所以他极为忙碌，陪宁缺说了两句营中便来人道有要事需要处理。他向宁缺赔罪两声后匆匆而去。

跟着公主李渔的那些侍卫和蛮子，如今一部分补进了羽林军，一部分回到了宫中，此时公主府里的侍卫基本都不认识宁缺，但看着彭副统领对这少年都如此客气，又知道是公主殿下专门召此人前来，倒也没有人敢对他有丝毫不敬。

堂堂骁骑营副统领却对自己如此客气，宁缺知道这是为了什么——在北山道口自己救了众人一命、唐人极为敬重英雄好汉，双方在旅途上结下了战斗情谊——更重要的原因是大概彭国韬已经察觉到，公主对某人重新动了招揽之心。

这也正是为什么宁缺今日不进公主府后院的原因。他如今人生的重心和目标都在复仇与书院之上，不敢靠近帝国上层那些争斗，而且基于心底最深处的某个令他感到寒冷的猜测，他下意识里想要远离这位公主殿下。

虽然那个雨夜与朝小树并肩一战后，无论他愿意或不愿意，都已经被扯进那些是非争斗之中，但他很清醒地认识到，现在的自己终究还只是个小人物，跟着朝小树在夜色江湖里为宫中厮杀可以，要跳出阴沟与地面，直接与那些庞大的势力正面对上，自己这种小人物随时可能莫名其妙悄悄死去。

就像是当年将军府被抄斩的满门，又像是不久前在墙下闭上眼睛的卓尔。

想着这些以他的智商阅历无法完全想明白的事情，宁缺在阳光下缓缓闭上眼睛，开始在有些混乱的脑海中重新勾画卓尔那张黑到不能再黑的脸，以坚定自己的信心，以理清自己纷乱而惘然的思绪。春日的清丽阳光洒在公主府前庭假山旁，洒在竹椅上，洒在他的身躯上，明亮正好暖度正好，逐渐将他在旧书楼上蕴着的春寒全部晒了出去。

"你在晒太阳吗？可是……妈妈不让我晒太阳。"

一道清脆稚嫩的声音在椅后轻轻响起，宁缺睁开眼睛回头望去，看见假山旁边探出一张男孩儿的小脸蛋儿，微黑而健康的脸蛋儿上有两抹像苹果般的红晕，长长的眼睫毛非常漂亮，脸上的神情却有些怯生生的。

宁缺看着这张小黑脸，不知怎的就想起了卓尔，心头微感酸楚。他从椅上站起身来，向着这名很久不见的小男孩儿微微躬身，和声说道："见过小王子。"

怯生生的小男孩儿正是公主李渔从草原带回来的继子小蛮，从渭城到长安一路上，尤其是北山道血战之后，宁缺和小男孩儿的接触并不少。

"殿下为什么不让小王子您晒太阳呢？"他笑着问道。

"妈妈说那样容易晒黑。"小蛮很认真地看着宁缺解释道，"我是妈妈的儿子，是陛下认可的外孙，是大唐帝国最骄傲的贵族，所以可以黑，但不能太黑。"

宁缺听着小男孩儿的回答，忍不住挠了挠头。他能够想象一个草原的孩子来到富庶繁华长安城后的不适应，只是没有想到公主殿下对小王子的教育爱护会严谨到如此地步，笑着解释道："偶尔晒晒太阳也不错。"

前庭一片安静，小男孩儿看了看四周，发现教习嬷嬷和宫女都没有发现自己偷溜出来，小脸上露出喜色，蹦跳到竹椅旁，扯住宁缺的袖子，仰着小脸用满是企盼的目光看着他，说道："可以讲故事给我听吗？"

宁缺怔住了，没有想到小男孩儿还认得自己，更没有想到他还对火堆旁的那些童话故事念念不忘。看着小男孩儿企盼的眼神，看着幽静的前庭，想着自己此时除了晒太阳也没有别的事情做，于是笑着重新坐回竹椅，示意小男孩儿坐到自己身边，说道："我可不会讲故事，上次讲的那些应该叫作童话。"

"童话和故事的区别是什么？"小蛮好奇问道。

宁缺回答道："故事很复杂，童话很简单，而且很开心。"

小蛮开心地笑了起来，说道："那我就要听童话。"

宁缺想起过往年间某些画面，忍不住笑了笑，说道："这恰好是我最擅长的事情。"

小蛮挪动了一下身体，离他更近了些，专注地准备倾听。

宁缺想了想，看着他说道："你是草原上的小王子，那我就讲一个小王子的童话给你听好不好？"

小蛮兴高采烈说道："好啊好啊。"

没有过多长时间，公主府的教习嬷嬷和宫女们终于找到了前庭，就在这时，公主殿下也结束了与桑桑的叙旧。宁缺牵着小侍女的手，在嬷嬷宫女们猜疑怨恼的目光中夺路而逃，以最快的速度结束了对公主府的拜访。走在南城安静的街道上，被粗布紧紧裹住的大黑伞不停拍打着桑桑的大腿，主仆二人安静走了一段路，桑桑忽然没头没尾地说了一句："公主是好人。"

宁缺抬头看着街道上方被梧桐树隔开的天空，看着那些渐阴沉的云层，说道："看样子要下雨了。"

牛头不对马尾，前言不搭后语说的大概便是这种情形，桑桑想说些事情，宁缺不想说那些事情，所以前者没头没尾蹦出一句，后者抬头看天说要落雨。桑桑停下脚步，仰着头看着他，问道："少爷，你为什么不喜欢她？"

宁缺觉得有必要让小侍女知道自己的真实想法，犹豫片刻后说道："因为我觉得她不是传统意义上的好人，虽然她对你确实不错。"

不知道为什么，这个问题上桑桑展现出罕见的执拗，认真说道："殿下如果不是好人，那她当年为什么要去草原？她为什么对小蛮那么好？"

宁缺静静看着她，忽然开口说道："如果她是好人，那她当年为什么要去草原？她为什么要对小蛮这么好？我并不认为世间所有后妈都是坏人，但我也从未见过哪个后妈像她一样把小蛮看得比自己生命还重要。"

同样的两个问题，在桑桑看来可以证明公主殿下是个好人，但在宁缺这里却成为相反的例证，她有些听不明白他想说什么，疑惑地看着他。

就在这时，浓春的长安城上空轻轻扬扬地飘下了雨滴，宁缺从她背后解下大黑伞打开，继续抬步向前走去，说道："事有反常必为妖，殿下这个后妈还如此年轻，母性泛滥？在我看来未免太早了些。我认为这是移情，她把自己对单于的感情移到小男孩儿的身上……如此看来，她对那位长眠草原的单于似乎有很多歉意啊。只有我们这些边军才知道，那位单于是多么了不起的雄主，可就是这样一位了不起的人物，居然就这么莫名其妙被他的白痴弟弟谋杀夺位？"

"少爷，你究竟想说什么？"

"我想说的是，公主殿下今后一生大概都会后悔，因为那位单于应该是真的爱她，也是这个世界上唯一敢真的爱她的男人。"

"我听不明白。"

"没什么。"

桑桑沉默很长时间后，忽然开口说道："你认为是公主殿下杀了单于？"

宁缺没有直接回答，说道："看来你平时的笨果然都是装出来偷懒用的。"

桑桑低头行走在黑伞下，微微攥紧小小的拳头，说道："证据呢？"

"这个世界上有很多事情是不需要证据的。"

宁缺看着伞外丝丝缕缕落下来的雨丝，说道："当年她去草原既可以化解帝国内部某些神棍的攻击，又可以在与皇后娘娘的争斗中示弱以换取陛下的怜惜，还可以赢得大唐子民的尊敬，甚至还可以在草原上发展出属于自己的力量，但她不可能永远待在草原之上。陛下年龄越来越大，继位的人选总要尽快定下来，所以她需要回来，而作为单于深爱的女人，她想回来只有一个办法。"

桑桑低着头，低声说道："可是殿下决定远嫁草原的时候，才十二三岁。"

"我十二三岁的时候就开始杀马贼了，人的能力和年龄并不见得成正比。"宁缺撑着大黑伞，渐渐加快了脚步，摇头说道，"刚才说的只是殿下有做那件事情的理由，并且可以受益，但在我看来，最能证明此事的，还是先前我说过的那句话。我们都知道那位英年早逝的单于是怎样了不起的男人，这样了不起的男人很难被人陷害杀死，除非动手的人是他最相信最爱的那个人。"

桑桑低着头抿着薄唇，轻声咕哝道："总之都是少爷你的猜测。"

宁缺说道："我也希望猜测是错的，我也希望这个世界上都是童话故事，王子和公主最后永远幸福地生活下去，但你看……草原上的王子死了，公主回家了。"

桑桑抬起头来，一滴雨水自她微黑的脸颊上滑落，她看着他，有些恼怒地问道："少爷，为什么你眼睛里的世界总是这么黑暗？"

宁缺停下脚步，沉默看着她，看了很长时间后冷声说道："因为从我活下来开始，到在路边死尸堆里捡到你，我所看到的世界就是这么黑暗。"

说完这句话，他也感觉到了自己的失态，有些羞恼地大步向街道前方走去，不知道是书院旧书楼在精神上投下的阴影，还是因为马上要去杀人，他总觉得大黑伞外的雨丝不再那么清爽，显得有些暗沉。

桑桑站在雨中看着他的背影，忽然加快脚步追了上去，追到那柄大黑伞下，追到那个家伙身旁，然后伸手向上捉住他举伞右手垂下的袖角，再也不放。

大黑伞下不时响起主仆二人的对话。

"我以为少爷你又要骂殿下是白痴。"

"动什么都别动感情，最后只会伤人又伤己，所以她确实挺白痴的。"

"那为什么刚才少爷你没有骂？"

"以后我会少骂这两个字，因为那些动感情的白痴……都是可怜人啊。"

64

大黑伞就像一朵黑色的莲花，在长安城的雨雾之中缓慢流动飘离。

桑桑不知何时松开了手中紧握着的那角衣袖，仰着脸蹙着眉尖问道："少爷，先前在公主府里你和小蛮在说什么呢？我看那些嬷嬷宫女脸色很难看。"

宁缺看着小女孩儿故作沉稳的神态，忍不住想起那些年在岷山里经常发生的情景，当时他背着她从这座险峰爬向另一座险峰，从这个山寨偷往另一个山寨时，要忙着探路寻道，又要忙着给背篓里的小女孩儿讲童话故事哄她，忙得一塌糊涂，忍不住笑着揉揉她的脑袋，说道："讲童话……你知道我这个拿手。"

桑桑好奇问道："讲的哪个？灰姑娘还是三只小猪？"

"小王子。"

桑桑蹙眉认真问道："小王子？他听得懂吗？"

宁缺一怔，心想这倒确实是个问题。

在深春细雨之中，主仆二人一路闲聊一路向北，穿过通孝坊便回到了东城，没有走进临四十七巷，而是绕过巷口向东城的更深处走去。老笔斋今日闭门休息，不知何时桑桑悄无声息抱回了一把被布紧紧裹住的朴刀，肩上微有雨痕。

雨渐渐大了起来，东城街巷上的行人都被迫回到了自己家中或是作坊里，宁缺和桑桑走到东城某偏僻贫民坊外停下了脚步，撑着大黑伞站在一处香火寥寥的破落昊天神侍庙檐下，望向坊内，默默听着雨中隐隐传来的打铁声。

桑桑安静地轻声说道："再过一会儿铁铺便会关门，年轻的师傅们会忙着收拾今天的订单，陈子贤则会回后院休息，听说这些年他已经极少亲自落锤了，那时候院内就只剩下他一个人，刚好今天下雨比较方便。"

宁缺看着天上的铅云暗光默默计算着时间，估摸着时间应该差不多了，把手中的大黑伞递给桑桑，说了声等我，然后从身后取出一顶不知从哪里捡的笠帽戴在头顶向坊西方向走去，在越来越大的雨水中穿过两条巷道，靠近坊内的打铁铺后院。

坚韧靴底踏在坑洼不平的坊间石道上，踩在积水里发出啪啪轻响，在雨天里根本不引人注意，宁缺看着不远处那道简陋的木门，缓步向前，握着裹布朴刀的左手越来越紧，心中默默回忆着这第二个名字的所有资料。

油纸上的那些名字，是在宣威将军府灭门案和燕境屠村案中的重要人物，是卓尔在夏侯麾下做军部谍子时的调查所得，是他用汗水和生命换来的资料。陈子贤，四十七岁，前宣威将军麾下副将，因首举宣威将军林光远叛国，被朝廷嘉奖，后于天启四年因妄起战衅故被剥除一应功勋，逐出军队。其后家中又连遭祸事，妻子与其和离，带着两名幼子返回家乡，而此人却留在了长安城中，变成了东城贫民坊某间打铁铺里的师傅，贫困潦倒不忍言说。

油纸名单上的那些人，在灭门案和屠村案后，除了有两三位高官依然享着厚爵清名，其余人等混得都非常不好，已经死在他手中的那位御史颓丧度日，有的人惶恐终日，而眼前雨中那扇院门后方的陈子贤则是潦倒度日。

宁缺想不明白这是为什么。按照惯常推断或是话本小说上面的常见桥段，当年曾经残害忠良阴谋卖主的家伙们在复仇开始之时，必然是烈火烹油鲜花怒放嚣张快活得一塌糊涂，如此方能让复仇的人们更有先天正义感和快感，然而事实却并非如此，那些他矢志复仇杀戮的对象，似乎并不比他活得更好。

隐约猜到了应该是那位皇帝陛下的手段，但他无法确认，也不愿再去想。今日恰逢大雨，恰逢公主府召唤，正是杀人报仇的大好时机，日后无论官府怎样调查，想必不会怀疑到，也不敢怀疑到他的身上，这点比较重要。

他微微低头看着笠帽边缘滴下的雨水，缓慢移动脚步，离那扇门又近了些。

脱漆木门表面微湿，手指摁在门板上感觉有些冰冷，他侧耳认真倾听院内更前方那家铁作坊传来的声音，听着那些重锤敲打砧铁的声音越来越响，越来越密集，他握着布裹朴刀的左手缓缓提起，右手轻轻用力把木门推开。

被雨水滋润了的老旧门轴发出一声类似呜咽的轻鸣，戴着笠帽的宁缺握刀而入，平静走下残破的石阶，看着院内柴房外蹲着的那个老人，说道："陈子贤？"

柴房外那老人穿着一身旧旧的薄袄，肩头袖角处有被经年炉火灼焦的痕迹，几片发黑的棉花从脆布裂口中伸了出来，看上去有种凄苦之感。老人头发花白，胡乱系在一处，粗长像铁块般的双手分别握着斧头和木块，正在劈柴。他抬起头来，浑浊的眼眸里面闪过一抹异色，看着推开院门的宁缺，看着那道笠帽下方的阴影，想看清楚他的脸，沉默片刻后说道："我是。"

宁缺停下脚步，微微仰头看了一眼简陋小院四周，确认所有学徒果然都在前坊，院内没有一个人，他回身把院门关上，用右手解开颈部笠帽的系带，然后缓缓握住布裹朴刀的前柄，继续向那个苍老的退役军官走去。

笠帽落在雨地上。陈子贤缓慢地眨了眨眼睛，指甲里满是黑泥的左手松开木柴，在衣服前襟上擦了擦，然后伸到腰后握住了一把刀，同时举起了握着斧头的右手，看着那个自风雨中走来的脸色苍白的少年，嘶哑说道："终于来了。"

宁缺的刀来了。

在临四十七巷老笔斋用淘米水磨砺了十数日的锋利刀刃，从鞘中闪电拔出，轻松切开刀鞘外紧裹着的旧布，斩风斩雨斩过往，一往无前斩向陈子贤的脖颈。

陈子贤立刀，两刀相交发出一声清脆的嗡鸣，刀刃上的雨水滴滴溅射而出。

就在此时，前方铁坊里响起一阵急促的打铁声，把院子里的刀声全部盖了过去。铮铮铮铮铮，滂沱大雨之中，宁缺双手握刀，面无表情向前再向前，劈颈斩首割腹，朴刀搅动着风雨，与老人手中的刀斧冷酷地互相磨擦拖拉。当当当当当，火红的灶炉旁，学徒们麻木地夹着烧红的粗铁，挥舞着重锤一下又一下地敲打着，坊外的风雨之声大作，他们什么都没有听到。

嘶啦声起，薄袍被切开，斧被震落，风雨中闷哼之声连绵响起，房外的柴堆散作一地，须臾之间宁缺劈出了十七刀，而陈子贤挡住了前十六刀。

然后刀声消失无踪，只剩下风声雨声和锤击砧板的雷声。

陈子贤摔倒在柴堆旁，身上满是污泥水渍，苍老黝黑的脸上多了几滴血，胸腹间的薄袄被斩出了无数道口子，灰暗的棉花四处乱伸着，最中间的那道口子极深，一直深到他的骨头里，腑脏中，不停冒着血水和别的颜色的体液。

雨水从屋檐滴落柴堆，滴到他花白的头发上，滴到他额间愁苦的皱纹上，然后自黝黑脸颊上淌过，迅速把那几滴血冲刷得干干净净。

宁缺低头缓慢收刀，看着自己急剧起伏的胸口，看着胸口处那道极险的斧痕，忍不住皱了皱眉头。没有想到大唐当年一位普通偏将，在市井底层煎熬困苦这么多年后，居然还拥有如此强悍的战斗力。

陈子贤眼神浑浊无力看着身前的少年，喉中嘀嘀几声，似乎多了很多痰，极为痛苦地咳了几声，咳出两口血痰来，虚弱说道："我以为自己早就被这个世界遗忘了。"

"你确实是那些人当中被遗忘得最厉害的一人，我想大概是因为背主求荣之徒，朝廷里无论是谁都不敢放胆用你，也不知道这些年你有没有后悔过。"宁缺抹了一把脸上冰冷的雨水，看着垂死的老人说道，"不过也正是因为你已经被世界遗忘，所以我想杀死你应该不会引起太大麻烦。另外就是我考进书院了，杀死你被我视为庆祝活动中必不可少的一环，就像鲜花和鸽子那样。"

陈子贤苍老虚弱的眼眸里满是困惑不解，低声道："给个痛快吧。"

"时间还很早，你那些穷学徒要完成今天的订单还要很长时间。"宁缺抬头看了一眼天色，雨云垂着珠帘般的雨丝，根本看不到日头在何方，但他知道自己还有很多时间，轻声说道，"至于痛快这种事情，这些年来你们让我很不痛快，所以你就不要奢望能死得太痛快。"

"我有一首诗要念给你听。"他看着柴堆里将死的老人，脸上没有任何表情，平静说道："我自山川河畔来，我自草原燕境来，我自将军府中来，要取你的命。"

听到"将军府"三个字，陈子贤浑浊的眼眸骤然变得明亮起来，脸上的神情渐渐变得释然，颤抖的双手下意识在湿漉漉的柴堆上划拉着，盯着宁缺那张青稚的面容，颤声说道："原来如此，原来……将军的儿子还活着，你……你说……你考进了书院，真好……真好，我这些年活得如此累，死前能知道……将军的儿子还活着……活得还不错……我真的可以瞑目了。"

"人活着谁不累呢？"宁缺低头看着脚前被雨水击出无数朵黄浊水花的坑洼，低声说道，"要学书法要学奥数要学钢琴画画，每个周末都要坐在妈妈的自行车后座上面跑来跑去，到最后少年宫比家还要熟，你说我累不累？"

陈子贤没有听懂这段话，捂着不停流血的刀口，痛苦地摇了摇头。

65

宁缺抬起头来，看着他面无表情说道："不过那种累总还是有些好处的，学过奥数的家伙去考书院数科，看着那种难度的题目不会觉得难，只会觉得特他妈的二，总比我这辈子的累要强上很多。莫名其妙来了这么个鬼地方，在将军府过了几年好日子，结果就因为你们这些人，好日子没了，认识的所有人都死了，爹也死了娘也死了，我那年才四岁，结果我就要考虑生存还是死亡这种狗屎问题，你说我累不累？"

四岁那年他第一次握紧了柴刀，第一次杀人，然后看着那些微微发乌的血水顺着柴刀头流至手指缝里变成黏稠的半固体，那时候他才知道原来巧克力火锅是种很恶心的东西。事后他洗了无数遍手，却总觉得怎样也洗不掉那些血腥味和柴刀上附着的淡淡锈味，这种味道一直伴随了他整整十二年时间。

他把右手伸到雨中，任由雨水不停冲洗，却总觉得还是没办法冲洗干净手指间那些黏稠的血，脸色苍白怅然说道："那之前我没有杀过人，结果我现在杀起人来比当年做题还轻松。我没结过婚，却要带着个小拖油瓶横纵岷山千里，看着一人便觉着他想要杀死我然后把拖油瓶抢走当小老婆，你说我累不累？我这么累都是你们造成的，所以我只有把你们全部都杀干净，才能变得轻松一些，只有你们体内的血全部流完，我才会觉得手上的鲜血被洗干净，所以你可以认为这是一场冷血的复仇，但有时候我自己在想这更像是在洗手。"

宁缺看着垂死的老人，说道："用你们的血，洗我手上的血。"

说完这句话，他蹲下身体捡起老人身畔那把砍柴刀，看着老人说道："至于你能不能瞑目这个问题，到冥界后见着将军府那些人头时再问吧，不过我相信你这种潦倒度日自诩忠义无法两全以苦难当作赎罪的无聊家伙，一定没办法闭上眼睛。"

他凑到老人耳旁低声说了一句话，然后握紧柴刀，极熟练地砍断了老人的脖子，站起身来，在院中积着的雨水里捡起笠帽，重新戴回头顶，推开院门走了出去。

院中雨水依旧下着，前面的铁坊依旧传来打铁声，柴房外的柴堆没有人再劈了，那把柴刀揳在老人的脖子里。

前宣威将军副将陈子贤，如今的长安东城潦倒打铁老匠人瞪着眼睛看着从天而降的雨丝，如鱼肚般的冰冷眼眸里满是黯淡绝望情绪，始终无法闭上，任由那些雨水击打在眼球上，把那些血水冲洗得干干净净。

贫民坊外的大黑伞下，桑桑默默看着巷口方向，从开始到现在姿势没有任何变化，穿着旧鞋的小小双脚始终站在同一个地方，雨水越来越大，打湿了她的头发和左肩的衣裳，她却没有退后几步去檐下躲避的意思。

巷口空无一人，却有脚步声响起，她扭头望去，只见戴着笠帽的宁缺从西侧某道路口走了出来，笠帽阴影间的脸颊苍白无比。她急忙撑伞上前替他遮雨，然后趁着无人注意，快速离开这片街巷。

油纸名单上的第二个名字终于在今天被划掉，被杀死的陈子贤是将军府灭门一案的直接凶手之一，然而回到临四十七巷老笔斋中的宁缺，情绪看上去并不是太好，擦干了身上脸上的雨水后，连脚也未洗便直接躺到了床上开始睡觉。

这些日子他在旧书楼里苦苦煎熬，无论是身体还是精神都已经虚弱到了极点，今天冒雨杀人，精气神里绷着的那根弦绷到了极点，然后骤然为之一松，加上微寒春雨一淋，便直接如春山泥流般病卧床头难以再起。

微冷的身体感受不到太多热意，纵使桑桑已经给他盖了两床棉被，他盯着新糊了很多纸的屋顶，喃喃问道："你知道我为什么一定要进书院吗？你知道为什么我拼了命也要在旧书楼里待着吗？你知道我为什么拼死拼活要踏进那个世界吗？"

桑桑正蹲在门口忙着煮姜汤，没有理会他隔个一年半载便会来一次的胡言乱语，也没有时间去回答他这些无聊的问题。

宁缺艰难转过头去，看着门槛旁蹲着的瘦小身躯，沉默很长时间后微笑说道："这问题真有些胡闹，你当然知道……可是别的人不知道。喜欢，其实只是最脆弱最没有力量的理由，杀一个御史杀一个老铁匠都这么费力，如果我还是现在的我，有三把刀看着很强大的我……怎么有能力杀死夏侯杀死亲王？"

"夏侯太强大了。"他转过头来，重新盯着屋顶那些新糊的黄纸，喃喃说道，"武道巅峰怎么杀？不踏上修行路，这辈子我都别想杀死他。"

"公主殿下说过，如果少爷你还坚持天天去旧书楼里苦熬，身体会出事的。"桑桑端着滚烫的姜汤，坐到床边吃力地把他半扶起来，低声说道，"到时候不知道你能不能踏上修行路，夏侯还没死你就得先病死了。"

宁缺接过姜汤，虚弱地舔了舔嘴唇，一口一口喝着，在喝的间隙中低声说道："希望可能很虚妄，但有希望总比没希望要强，所以总得努力努力。"

桑桑静静看着他，忽然开口说道："少爷，你有没有想过，如果昊天老爷真的就让你始终无法踏上修行路，那你能怎么办？"

宁缺把碗递给她，虚弱地擦了擦额头上的汗，微微一笑后，极缓慢而又极平静地说道："如果昊天老爷这么坏……桀桀，口胡，那我定要逆天啊。"

口胡大概便是口出胡言乱语的意思？桑桑心想少爷果然又开始间歇性发作胡言乱语了，没好气地把他放平，然后去洗碗准备晚饭，不再理他。

半夜时分，宁缺的胡言乱语变得更多，因为他发烧了，苍白的两侧脸颊上满是不健康的红晕，偶尔睁开的眼眸神采涣离，不时在屋顶黄纸和桑桑小脸间往复，似乎有些无法聚焦，干枯脱皮的嘴唇说着嘶哑轻微难懂的话。

自行车后座，报名费，青少年宫，柴刀，巧克力，血；拖油瓶，血；岷山，血；渭城，血；草原，血；将军府里全他妈是血。

"凭什么呀？凭什么呀？……凭什么呀？"他抓着桑桑冰冷的小手，眼光却不知道落在何处，紧紧蹙着眉尖，抿着嘴唇，酒窝像是个悲苦的问号，脸上满是委屈的神情，不停说着这三个字，看着非常可怜。

桑桑把他额头上的湿毛巾换了一条，把他搂在怀里，轻轻拍打着他的后背，轻声哄道："是，都是他们的错，和少爷你没关系，一点关系都没有，他们都是坏人。"

清晨时分，长安城的雨停了，宁缺的烧也退了，他迷迷糊糊睁开双眼，觉得喉咙间一阵火烧般的灼痛，习惯性地想要喊桑桑倒水来喝，却发现自己身旁有人，艰难转头望去，只见桑桑和衣半坐在床头，不知何时已经沉沉睡去。满怀歉意看了她一眼，他强撑着身体想要自己下床去倒水，却还是惊动了身后的桑桑，桑桑惊醒过来，急忙把他重新推倒在床上，然后跳了下去。

宁缺看着她忙碌的背影，忽然开口说道："我是不是挺没用的？"

桑桑将茶杯递到唇边，试了试温度，应道："少爷，你又说胡话了。"

宁缺喃喃说道："看《太上感应篇》看了这么多年也没有看懂，看那本薄薄的《气海雪山初探》更是连里面的字儿都记不住，这么拼命还是没办法修行，现如今更是堕落到杀个人都要大发一通牢骚，甚至还会大病一场……真是没用啊。"

清晨时分，高大雄伟朱墙后方，异花青树包围的御书房内，大唐天子李仲易站在门槛内，看着不远处那些树叶上滴落的雨水发呆。皇后刚刚侍奉他漱洗完用完早餐，不知道为什么，他忽然想来御书房看一看。

作为大唐皇帝陛下，令万邦臣服的唯一男子，按寻常世人眼光来看，他应该没有什么烦恼才是，但他此时沉默地望着院内，清癯容颜明显有些躁郁不宁。

"夫子又去天下游历了，不知道什么时候才回来。朝小树这个家伙也终于溜走了，不知道……他还会不会回来。"李仲易想着最近这些天离开长安的良师益朋，心情越发沉重，看着雨后晨花湿树，竟渐渐生出了寂寥孤单的心绪，好生失落。这也正是他为什么清晨便来到御书房的缘故，只有在这间不被人打扰的房间里，他觉得自己才能获得真正的平静。

皇帝陛下酷爱书法，虽然时常献宝一般召唤大臣们前来赏书赏画，但除了宠爱至极的皇后娘娘和四公主，没有谁敢不请而来打扰他的清静，甚至他不让太监宫女们整理这个房间，一应书帖陈列都由自己亲自动手。

长吁短叹转过头来，他准备去写几幅向来秘不示人的烂字聊抒情怀，忽然神情微微一凝，注意到书架某层的书册倾斜方向似乎与以前有些不同。

66

缓步走到书架前，皇帝陛下微微低身，修长的手指在整齐的书册上缓慢滑过，然后在最深处停了下来——书架的这一排放着的是碑帖以及帝国从寻天阁征召而来的旧朝珍本，他记得很清楚，自己上次整理时，书册从左至右微斜，而现在倾斜的方向却反了过来，难道有人动过朕的书架？

他的眉头微微蹙起，指腹在书册棱角分明的边沿轻轻敲击，然后手指关节骤然一紧，把整整一层书掀向另外一个方向，看见书架深处藏着一张纸。取出那张墨纸搁在书案上，皇帝陛下看着芽纸上墨迹淋漓的五个字，眉头皱得越发厉害，沉默看了很长时间后，忽然厉声喝问道："谁动过朕的御书房？"

片刻后，御书房内跪倒了三位太监，这三位太监不由自主地抬起头，看向书案旁边那位微胖的侍卫统领大人，眼神里全是求助之色。御书房周遭的护卫任务全部由徐崇山负责，那三位太监不知陛下因何动怒，只好希望他能站出来说话。

徐崇山小心翼翼向皇帝陛下靠近两步，轻声问道："陛下，微臣敢担保，绝对没有人敢私入御书房。"

皇帝重重一拍书案，冷冷看着案上那张纸上的五个大字，寒声质问道："没有人敢私入朕的御书房，那这五个字从哪里来的？难道是冥界的小鬼来写的！"

他微微蹙眉，看着那五个仿佛要扎进自己心里的字，越发觉得烦躁，略顿了顿，说道："就是这个月的事情，你给朕好好查查！"

徐崇山恭敬低身行礼，眼角余光瞥见纸上那五个墨字，正准备转身离去，忽然间想到月初那个惫懒大胆的少年，脑中嗡的一声炸响，身体骤然变得极为僵硬——宫里的人都极守规矩，谁也不敢私入御书房，思来想去，这个月内有机会接近御书房，而且还进了御书房的……好像就只有那小子！

"怎么了？是不是想起了什么？"皇帝冷冷看着他的侧脸。

徐崇山微微一笑，说道："臣是在想，会不会是宫里哪位伴读在学坊那边写的，然后被人误收进了御书房，话说……这字还真不错啊。"

皇帝恼火地瞪了他一眼，训斥道："朕是在邀请你赏字吗？朕难道不知道字写得好不好！朕要你查的是，是谁这么大胆子敢私入朕的御书房，还敢用朕的笔写字！"

徐崇山尴尬一笑，退出御书房，待他关好御书房的门，缓缓挺直身体，在温度宜人的雨后春风中向院外走去时，才发现自己的后背已经变得湿冷一片。再片刻后，大内侍卫副统领大人出现在某处偏殿阴冷的屋檐下，他冷冷盯着那名脸色苍白的小太监，咬着牙齿寒声说道："你也是我暗侍卫一属，当时我要你把人带到御书房后面的值日房里，你怎么敢把他放在御书房外就走了？"

那名小太监抬起头来，颤着声音说道："大人您那时候命令属下把御书房周边清空，既然如此我再在那里待着便有些显眼。再说了，我哪知道那个姓宁的居然如此胆大包天，明明知晓那里是御书房也敢往里闯。"

"现在再说这些有什么用？那个白痴已经闯了！"徐崇山恼怒地瞪着他，说道，"陛下现在要查这件事情，看陛下的神情，如果逮着那家伙，少说也要打他十几大板，所以你要给我记住了，那个白痴没进过宫，更没有到过御书房，听见没有？"

小太监哭丧着脸说道："大人，咱们把他供上去不就完了？陛下打他十几大板也算是个惩戒，我们也不需要替他担这个干系。"

徐崇山恨恨说道："蠢货！那个白痴现在是我的下属！要让陛下查

出来暗侍卫招了这么个白痴，我不得被笑死？万一陛下不解气要治我的罪，我到哪儿说理去？"

"那是朝大爷的关系，陛下总得念点儿情意……"太监怯生生提醒道。

徐崇山拂袖而去，喝道："妈的，难道因为朝小树我就要替那个白痴背黑锅？"

就在徐崇山和那名小太监准备把这件事情遮掩下去时，大唐皇帝李仲易正在御书房内盯着那幅字发怔，忽然他走到书架旁抽出一个上锁的匣子，从那些自己亲手书写极少示人的手稿里抽出一幅字，摆在那幅字的旁边。

前一幅字是春风亭事件当夜皇帝亲笔所书，准备赐予朝小树，以嘉奖安慰他这些年来的坐困黑城愁苦，以劝勉他日后替朝廷效力，然而没有想到这幅字写出来了，却没有机会赐出去，朝小树与他一番谈话便潇洒离了长安城。

"鱼跃此时海……这话难道不对？"皇帝陛下皱眉看着并排而列的两幅字，目光移到另外一幅字上，喃喃说道，"花开彼岸天？难道此岸便开不得，非得离了长安城离了朕的大唐才能怒放？"

天子的愤怒来有人敢动御书房，来自那五个淋漓墨字戳穿了他一直刻意不去想的那些情绪。然而此时情绪渐渐平静下来后，他皱眉看着"花开彼岸天"这五个字，想着那日与朝小树之间的争执，却渐渐品出了一些旁的意思。

"鱼跃此时海终究是朕的海，花开彼岸天那才是真正的自由天。朕既已困了那厮十余年，放他离去也不过是还债罢了，予人自由不也是予己自由？"

皇帝的眉头渐渐舒展开来，想着晨时望着湿漉花树时的怅然，想着那位身份地位相差极远却在心性气度上极为接近的友人，此时或许正在某条湿树重花的山道间青衫飘飘，仿佛觉得自己也随之而远离了长安城，身心舒畅而自由。

然而他毕竟是大唐天子，虽然已经想通却还是有些气不顺，看着那幅字愤然斥道："就算你说得是对的，朕也不能轻饶了你！一定要查出来他娘的是谁写的字，居然敢讽刺朕！这是谁写的字，竟他娘的写……噫……写得这么好！"

已经把心中纠结看穿看破，心境自然与先前也截然不同，皇帝陛下此时才真正认真去看那幅字，先前数瞥间，他只是觉着这五个字框架中正平和，法度森严颇佳，此时细细一看，才发现"花开彼岸天"这五字竟是纤秾合度，骨力雄劲而隐于饱满拖墨之间，毫不突兀，清劲挺健却又柔媚和尘，端是无上妙品！

"这……真是好字啊！笔致方圆兼备，结体宽博，姿媚而骨傲，灵动飘逸，风骨内蕴……这字是谁写的？比朕可是要强上太多太多！"皇帝陛下眼睛眯了起来，眉梢挑了起来，微微颤抖的手指隔空拂过"花开彼岸天"这几个字，颇有喜难自禁之意，他知道自己对这五个字的评价并不公允，纸上这些墨字何止比他写的强上太多，就算与墙上悬着的那些名家妙帖比较起来也丝毫不显逊色，甚至精神饱足处要更胜数筹。

正如宁缺当日在御书房里感慨那般一样，大唐天子自家字写得不咋样，但赏鉴水平着实极高。他看得越来越入神，竟看出了当日宁缺写这五字时忍至极痒处一抒而就的感觉，他觉得这五个字仿佛就像开在大海彼岸遥望而不可即的朦胧花枝，从上至下在他后背轻轻拂过，将这些日子以来的郁结不顺之意一拂而空。

"好字！真真好字！"皇帝陛下只觉得胸怀间一片拓荡开阔，心情重新觅回了宁静平和，微笑看着纸上那五个墨字，毫不吝惜自己最真诚的赞赏。

忽然间他眉梢一竖，重重一拍书案，厉声喝道："来人啊！"

片刻后，三名太监又跪在了御书房的地面上，又把求救的眼光投向了侍卫副统领徐崇山，徐崇山强行压抑住心头的不安，觍着脸凑近请示道："陛下，属下正在安排侍卫暗中查探，只是……一时半会儿还没消息。"

作为最了解皇帝陛下的近臣之一，他知道皇帝不是个刻厉记仇之人，别说私入御书房写幅字这种小事，就算宫里那些更出格的荒唐事，只要不影响到国纲政体，只要时日长了也就不会再做追究。他原本打算把这件事情拖上数日再数月直至最后淡然无痕，哪里想到皇帝今日竟是大逆平日意趣，连番施压。

皇帝看都没有看他一眼，无比陶醉地看着书案上的字卷，轻抚颌下长须，吩咐道："给朕好好地查这字究竟是谁写的，但记着不要惊着这位书家，要好生以礼相待，嗯，找到后……替朕恭敬请进宫来，朕要向他好好讨教讨教。"

"啊？"徐崇山满脸震惊抬起头来。

再一个片刻后，这位官服湿了又干干了又湿的大内侍卫副统领再次出现在某处偏殿阴冷的屋檐下，他尴尬地看着那名表情极精彩的小太监，惘然窘迫说道："是的，御书房里的情况就是这样，现在看起来，那个白痴好像要因祸得福了。"

小太监后怕地拍拍胸脯，甜甜笑着说道："大人这可是个好机会，如果咱们暗侍卫里出个陛下赏识的书家，大人脸上想必也极有光彩。"

"没有机会，也没有光彩，至少现在是这样。"徐崇山皮笑肉不笑看着自己忠心耿耿的下属，说道，"你得记住那个白痴，不，是宁缺确实没有进过宫。"

小太监吃惊看着他，问道："大人，这是为什么？"

徐崇山笑得像哭似的，声音从牙齿缝里挤出来，说道："因为……先前咱们没认，这时候再认，那就是……欺君。"

小太监瞬间便想明白了这中间的问题，哭丧着脸就像笑似的，搓着小拳头苦恼说道："瞧这事儿弄的，好事儿怎么就弄成坏事儿了。"

徐崇山心想你这在这哭什么丧，老子硬生生把一个绝佳的拍陛下马屁的机会给玩成了疑似欺君的大罪名，才真正值得痛哭一场！

一念及此，他不禁后悔到了极点，若一开始他出头替宁缺把这个黑锅先背一背，何至于现在陷入如此两难、看着一座宝山却不敢动锄头的操蛋局面！

小太监眼珠子骨碌一转，看着他小心翼翼又出了个主意："要不然大人这时候去回禀陛下，就说先前没有想起来宁缺这个人，这时候查了查便想起来了。"

"蠢货！"徐崇山情绪本就极为糟糕，痛声训斥道，"开始要治罪的时候想不起来，这时候要重赏的时候就想起来了，陛下待我们宽仁，不代表陛下就是那个啥！有些不重要的事儿瞒瞒陛下无所谓，但如果陛下觉得臣子真把他当成那个啥，你就会知道在陛下面前，我们才是那个啥！"

他强行压抑下心中那股恼火情绪，沉声说道："欺君这种罪过不能认，既然一开始没认那么一直到死都不能认。"

小太监抬起头来无辜地看着他说道："万一宁缺被找到了，咱们想不认也不行啊。"

徐崇山沉默片刻后说道："时间，只有时间才是检验真理的唯一标准，这是那个白痴说的唯一不白痴的话，也只有时间才是减轻罪责的唯一方法。"

和煦的春风在草坪上吹过，透过花树，钻进幽巷，然后顺着书舍窗户与粉墙间的缝隙钻进室内，拂在年轻学子们的脸上，暖洋洋懒洋洋，正是春困大好时节，然而丙舍的学生们除满脸困意之外，还有些疑惑之意，因为某张书案空着。

第三声散钟敲响，学生们三三两两离开书舍，或回长安城，或赴灶堂抢最新鲜的第一根玉米棒子，或拖着书生步踩着湿地旁的石径往旧书楼去。到了旧书楼，依然没有发现那个家伙的身影，询问教习知道那个家伙也没有偷偷直上二楼，众人眼眸中的疑惑之色更重。习惯了日日见那家伙脸色苍白地登楼，今日忽然看不到那幅画面，谁都觉得有些诧异。

旧书楼二层东窗畔，穿着一身浅色学院教习袍的女教授缓缓搁下手中的秀笔，平静抬起头来，望向楼梯口的方向，略等了阵发现始终没有人上来，眉头忍不住微微蹙起。她并不赞成那名学生不爱惜身体如此搏命地强行登楼读书，但冷眼旁观这么多天，终究还是对那学生多出了几分欣赏，今日发现那学生没有来，她猜想大概应该是放弃了，心中不免生出淡淡遗憾之意，可惜他没能坚持下去。

67

就在这时，她的眼睛微微一亮，微蹙的眉头散开，平静看着楼梯口方向，却没有想到出现在楼梯口的并不是那名学生，而是另一个眉眼轻浮的年轻学生。

褚由贤紧张万分走上楼来。他曾经在楼上昏厥过去一次，听说过同窗们无数次惨痛经验，更知道连谢承运这样的人物都看到夜里吐血，种种传闻让楼上的书册在他心中就像冥界魔鬼一般可怕，慌张到了极点。走到东窗畔，他怯生生地深揖行礼，对女教授恭谨说了一句话。

女教授微微蹙眉，看着他平静微笑说道："原来生病了……居然还想着要对我说一声，这孩子性情倒真是温和有礼，你代我告诉他安心养病便是。"

南晋谢三公子谢承运已经放弃了登楼读书的苦修，如今某人又请了病假，于是清静的旧书楼二层变得越发清静，连续数日都没有人再上来过，女教授早已适应了这种清静，低头描着自己的小楷，春风从东窗吹到西窗，楼外花树摇晃。

那天清晨春雨停时，宁缺身上的烧便退了，但在桑桑时而楚楚时而虎虎的目光逼视下，他毫无意外地第无数次败给了自己的小侍女，请马车行的人通知褚由贤，让他代自己向学院请了五天病假。天天煎蛋面酸辣面片小鸡炖土豆轮着吃，不准碰笔墨纸砚伤神，不准磨刀练刀损身，不准去红袖招喝酒散心，只被允许坐在圈椅里躲在板床上养神修身静心，这般五天下来，宁缺苍白的脸颊早已变得红光满面，早已不复前些日子的憔悴，甚至两腮都微微鼓了起来，微弹微圆竟显得有些可爱。

"再吃酸辣面片儿就真要吐了。"他坚决地推开面前的大海碗，不顾桑桑的目光攻势，从她碗里拿过两个馒头，夹了两筷子醋泡青菜头，就着她剩下的半碗清粥呼呼啦啦吃完，站起身来向铺子外走去，说道，"还有晚上那顿，再吃小鸡炖土豆就别怪少爷我离家出走。"

桑桑端起他一筷子都没动的酸辣面片，看着面片汤上浮着的那几片薄薄牛肉，心想有这么好的东西吃你还嫌弃什么，要在渭城那时除了牛肉你能吃着面片儿不？

车马行里被书院学生长期包租的马车，都会在显眼位置烙上书院特有的标识，当然这必须有相关文书做资格认证，宁缺坐着马车，就靠着这个标识极为轻松地通过长安城南门，顺着官道向南方大山下的书院驶去。

还是两人份的午餐，还是在湿地畔散步三圈，那些默默注意着他动向的书院学生忍不住啧啧称奇，心想谢三公子一夜吐血便断了登楼的心思，而这个叫宁缺的家伙重病数日后回到书院，竟似什么都没有发生过一般。在旧书楼门口，褚由贤关切地望着他的脸，说道："你还要上楼？"

"是啊。"宁缺回答道，"已经耽搁了好些天，我得抓紧时间。"

褚由贤无奈地摇了摇头，像看着疯子一般看着他，说道："难道你还没吐够？"

"吐啊吐啊就习惯了。"宁缺笑着回答道。

走上二楼，他没有急着去书架找那本薄薄的书册，而是整理了一下乌巾学袍，敛神静气走到东窗畔，对着案旁的女教授恭敬行礼，轻声说道："学生回来了。"

女教授缓缓抬头，望着他说道："身体可还撑得住？"

"撑得住。"宁缺摸了摸自己微胖的脸颊，说道，"劳烦先生挂心，学生过意不去。"

"我倒没有挂心什么。"女教授微笑说道，"只是我在这楼上已经抄了七年书卷，虽是习惯了清静，但有个人安安静静在旁边陪着，感觉倒也不错。"

宁缺笑了笑，说道："学生尽量争取在楼上多待些时日。"

女教授笑着点了点头，挥手示意他自便。

宁缺揖手一礼转身离开，走到书架前看也不看便抽出了那本薄薄的小册子，对于这本书册的位置他早已烂熟于心，只要走上楼来，哪怕把他的眼睛蒙住，他也能准确地找到，只可惜本也应烂熟于心的内容却还是一点没有记住。在心中轻轻叹息了一声，他翻开了这本《气海雪山初探》，看到自己夹在里面的那张薄纸便抽了出来，知道自己上次下楼前应该是看到了此处，只是他知道这种小聪明没有任何意义，因为这本簿册对于他来说，此处永远都是第一页。

忽然间，他的眉头微微蹙起，有些疑惑地拿起那张薄纸对着窗外望去，发现纸背后一片密密麻麻的乌泱墨迹，心想自己上次哪里写了这么多字？

翻过纸望向背面，只见纸背上用蝇头小楷写满了话语，留字的那人虽然用的是极为讲究规矩和细微处功夫的蝇头小楷，但很奇妙的是米粒般大小的字迹之间竟是笔画坦荡轻连，大有挥洒嚣张气息。宁缺吃惊地看着纸张背面的墨字，然后在心中把那人留下来的字句默默读了出来。

"可怜的家伙，不要相信什么看山不是山……客观存在的事物当然就是真实的，比如这本书上的那些字迹，比我这时候的骄傲自负还要真实。只是当这纸当这字反射着窗外的春光，映进你那不知道是大是小的眼睛，再被你……春光映在纸上已经是一道解释，你眼看见它又是一道……"

温暖的春风在楼内楼外轻拂，午后的阳光开始向金黄红润的路子上走，那些沐浴在红霞中的雄性昆虫开始高声鸣叫起来，扇动着翅膀，挤弄着气囊，借着风的翅膀和音浪，向异性展现自己的强壮和欲望，偶尔风大些时，林草里的鸣叫便会骤然停止，在这些强壮的雄性昆虫耳中，风声大概就像雷声那般可怕。

楼内书架旁，宁缺怔怔看着纸上的那些字句，像座雕像般久久无法动弹，那些蝇头小楷就像一个个雷在他的脑中炸响炸开，嗡鸣不断。

片刻后他用微微颤抖的手指掀开那本薄薄的《气海雪山初探》，目光在书纸上一瞥便移开，胸膛开始难以抑制的激动起伏，通过那张纸上的文字帮助，虽然他依然无法知道那扇门背后是什么，但终于知道了那扇门在哪里。

68

渐渐平静之后，宁缺看着纸上那些墨字开始发呆，默默想着是谁在纸上留下了这些字句？是谁在为自己答疑解惑？是谁在暗中帮助自己？他为什么要这样做？悄悄转头望向东窗畔，女教授依然平静地低头描着小楷，根本没有注意到他这里。宁缺看着教授素淡的身影，下意识里摇了摇头。

会不会是楼下那位旧书楼教习？宁缺皱着眉头思考着这个问题，最终还是轻轻摇了摇头，那位教习虽然言谈风趣，但能看得出来骨子里是个谨守规矩的人，如果他要指点自己想必应该会当面直言，而不会选择留书这种方式。

思来想去，总想不出来在纸上留书的那人是谁，宁缺困惑地望向窗外，听着那些林草深处雄性昆虫的鸣叫，旋即自嘲地笑了起来，心想留书那人大概是书院某位老不修的教习。留书中的文字极为浅白简单易懂，不然宁缺也不可能在如此短的时间内便察觉到自己有可能从中感悟到什么，不由对此人佩服到了极点，心中默然想着留书之人必是位修道天才。

既然认定留书之人乃是书院某位修道天才先生，宁缺的态度自然变得更为认真严肃。他拿起《气海雪山初探》和那张薄纸走到书架尽头，在那片夕照温暖的地板上坐了下来，敛气静神片刻后，才重新开始读那份留书。

"不去理解，不要去思考，只看文字本身……难道这就是当年书院抄书的神符大师本意之所在？那么我需要做的事情就是去看这些字，而不去想这些字的意思。"宁缺看着膝头的簿册，默默思考了很长时间，这些日子他拼着精神大量损耗，不停苦读楼中藏书，非常清楚那些文字对自己精神世界产生的冲击，两相比较他越发觉得留书人建议的观书方式很值得尝试。

只是看见一个明明你熟记于心的字或词，却偏偏要不去思考它，还要假装不知道这个字或词的意思，甚至不是假装，而是要你真正忘了这个字或词的意思，无论从什么角度来看，都是极为困难的事情。

院外有棵陪你度过童年少年时光的大槐树，你今日看见这棵大槐树，却要说没有见过它，你要假装自己不知道它是一棵大槐树，你要忘记它是那棵陪了你无数年，见证了你的顽皮青涩甚至是初恋初吻的大槐树……谁能做到这样？

宁缺没有翻开膝头那本簿册，怔怔地看着册旁那张薄纸，心思却飘到了窗外，飘到了别的地方，苦苦思索着怎样能够做到见字忘意。

"要把认识的所有字都忘光……怎么才能做到？"

西窗外的阳光洒在他越蹙越紧的眉梢上，泛起淡淡的光泽，忽然间眉梢末端微微一挑，宁缺的眼眸里闪过一道亮泽，在这一刻他想起很多年前第一次接触书法写的那个字，想起这些年来他用毛笔用树枝写过无数遍的那个字。

那个"永"字。

对于任何一个接受过普通书法训练的人来说，"永"字永远是他们最熟悉的字。那个世界的东晋年间，那位史上最生猛书家王羲之先生认为永字八笔刚好具备楷书八法，正所谓点为侧、横为勒、竖为弩、钩为跃、提为策、撇为掠、短撇为啄、捺为磔，这便是著名的永字八法。

宁缺的眼睛越来越亮，一个"永"字拆开重复再组，便基本可以组成世间任何一个字，那我用永字八法拆字复观，不就等于可以把所有字都认成永字？

他很清楚这不是有智慧的方法，这甚至不是聪明的方法，只是一个笨方法，而且谁也无法知道这种方法能不能用，但他此时根本难以压抑住内心的渴望与冲动，深吸一口气后，毫不犹豫掀开了《气海雪山初探》的第一页。

"天地有呼吸，是为息也……"

宁缺盯着书册的第一句话最前端的那个"天"字，更准确地说，他眼中并没有整个字，只有"天"字的第一个笔画，那端端平平的一横。仿佛有一把锋利的刀子在漆黑一片的精神世界里划过，嘶啦一声，微弱的白色光芒从那道细微的缝隙中渗了出来。

然后他眼中出现了浓墨第二横，接着是淡然的一道长撇，最后方是一捺。书册页面上那个饱满完整的"天"字，就以这种解构的方式依次出现在他的眼帘内，出现在他的脑海中，而始终无法构成一个完整的意思。

眼中明明是个字，但只允许你看笔画，不允许你在脑海中组合，听上去简单，要做到这一点却是极难，绝对不是普通人能够做到的事情。

幸运的是，宁缺苦修书法近二十年，拆字早已变成了某种本能。而书家要求首先写好每一笔画，再重组框架，如今他则是在脑海中强行截掉了后面最重要的那个部分，若精神本能里要求去组合那些笔画时，那个深刻脑海中的"永"字便开始发挥重要作用，被他自行理解为"永"字的某一部分而不是"天"字的某一部分！

即便是他，要做到这种把虚妄当成真实的事情也极为困难，他此时已经把自己的精神全部集中起来，握着书册的双手微微颤抖，学袍后背已经被涌出的如浆汗水打湿，眼睫毛痛苦地不停眨动，嘴唇抿得极紧，像是幼年时第一次懵懂地舔笔尖。

今次书册上的墨字进入他的眼眸之后，终于没有像以往无数次那样变得模糊起来，变成一团团的墨污，然后飘离纸面开始震荡他的脑海，而是无比清晰无比缓慢地呈现在视野之中，安静驯服得像是无风湖面上飘着的树叶。

此时的宁缺浑然忘了当初这些文字是怎样地折磨自己，只是静静地看着那些笔画，看着那一撇一捺的走向锋势，就仿佛看到了那片微风之下的湖面，那些树叶缓缓地飘向东飘向西飘远或者飘近至自己身前。

没有狂风巨浪，没有春风亭的暴雨、草原上的群狼，他眼帘微垂盘膝坐在温暖的午后阳光里，坐在书架尽头的地板上，颤抖的双手不再颤抖，绷紧的身体渐趋松弛，紧抿着的嘴唇渐渐放松，没有晕倒没有昏厥没有呕吐，只有平静。

风起风停总是轻柔曼妙，楼外林草深处的昆虫们再次开始欢快地鸣唱，欢庆这个幸福的春日，欢庆新的充满奇趣的世界出现在自己眼前。温柔的春风裹着这些歌声飘进窗内，在旧书楼空旷安静的空间里荡漾，偶尔落在少年身上，轻轻拂动他的衣裳，学袍前襟微微颤动，似有某种无形的力量正在里面缓缓流淌。

学袍前襟上的痕迹流淌没有能够连贯圆融，每至胸腹间某一处便会悄然折回，就像是春风扬起湖面上的水波，推动着水面的树叶向四周散去，最终触至湖畔石壁便默默折返，终究是无法登岸或者破岸。

东窗畔的女教授此时似乎感应到了些什么，眉尖微微蹙起，她仰起脸来，侧耳静静聆听窗外的虫鸣、春风的动静，然后转过头看向西窗下的少年，微微一笑。

"是为息也……"

宁缺看到了"息"字，忽然间心神微散，目光下意识里离开书册，整个"息"字以完整的结构扑面入来，直入眼帘。扑通一声，有顽皮的牧童向小湖里扔了块石头，水波微起，荡得那些树叶走向混乱不安起来，他只感觉脑海中嗡的一声，顿时清醒。

虽然已经有了很多次经验，但这个"息"字依然对他的精神世界带来了极大的震荡，他闷哼一声，右手闪电般探出撑到木地板上，勉强支撑住身体，强行扭过头去，不敢再看书册上任意一个字，脸色极为苍白。

虽然如此，但他此时苍白的脸颊上却是挂着难以压抑的笑容，因为他知道自己确实看到了那扇门。虽然这并不见得是那位留书人想要替自己开启的门，但至少在他打开这扇门后，他没有昏过去，而且他隐隐有种感觉，如果用这种方法继续看下去，且不论能否一窥修行世界的奇妙，但对于书法之道必将大有裨益。

他没有急着站起身来，而是继续盘膝坐在阳光下，闭着眼睛开始回忆先前的感受，试着寻找那些脑海深处的笔画，那些消散于湖面上的树叶。

不知道过了多久，他睁开眼睛展颜一笑，站起身来走到西窗畔的案几上，拿起那处的毛笔和一张新纸，略一思忖之后，开始给那位留书者回信。

在回信中他先是真诚地感谢对方的指点，然后把自己的解决方法和疑惑也极坦诚地写了进去，请对方点评指教一下是否可行，最后极为郑重地请教道："观书冥想之际，仿佛见湖中树叶走向，那可是神符师笔画本意？我见那湖中树叶漂离痕迹散乱，却隐隐然有规律可循，胸腹气海中若有所感……那……可是念力？"

69

宁缺用手指拈住纸张两角伸到窗口处，窗外的暖阳春风迅速把墨迹润干，确认没有问题后，他极谨慎地把纸张对折，然后放入书册之中，还是先前那个位置。他站起身来，把书册放入书架之中的老位置，然后走到东窗畔，向女教授先生恭谨长揖行礼，女教授微微颔首回礼。

接着他应该直接下楼，但在直身的过程中忽然间心头一动，心想这位女教授先生在旧书楼内描楷数年，想来也是书院中极了不起的人物，而且看她性情恬静和善，既然那位留书者都愿意指点，说不定她也愿意帮助自己？

作为一个身家已经过了两千两，吃顿早饭还习惯性要精打细算的穷苦少年，宁缺想来想去，总觉得不能放过这种机会，略一停顿后，极为恭谨地开口说道："先生，学生方才读书时强行忘字形，似乎若有所得，不知这法子可还使得？"

女教授静静看着他，过了很久之后才微笑说道："依照书院规矩，即便是术科学生在未入二层楼前，也只能凭自身悟性来看这满楼藏书，但你本无修行潜质，却凭着毅力悟出了些许道理，虽然那些道理并不见得对，但也算是极为了不起。书院规矩终不能破，那我只好送你一句话。"

宁缺深深鞠躬，恭敬说道："多谢先生指点。"

女教授看着身前案上那些写了无数年的簪花小楷，平静说道："观字，忘形，存意……有心无意方为念。"

观字忘形存意，宁缺知道自己并没有做到这一点，他用的法子乃是拆形，距离"忘形"的境界还差着极远的距离，至于"存意"二字他更是不知何解，不由摇了摇头，口里喃喃念着"有心无意方为念"这七字，顺着楼梯走了下去。

此时暮色深，往常这时候旧书楼下已经没有多少人，但今日却

325

显得极为热闹，司徒依兰站在最前方，褚由贤站在楼梯侧手边，而更远一些的书架深处，隐隐可以看到谢承运和钟大俊的身影。

这阵势好像是在迎接自己下楼？宁缺看着楼梯下方的同窗们微微一怔，望向身旁的褚由贤低声问道："出什么事了？"

当那二十几名书院男女青年或羞涩低头或骄傲抬头闯进楼来，在大堂里倚红偎翠饮酒作乐欣赏歌舞的富商官员们神情顿时一僵，认出其中几名女扮男装的学生身份后更是连声叹息慌不择路而速散。长安城确实开放，女扮男装逛青楼这种事情并不少见，父子先后去找某位姑娘也不是稀罕事，但两辈人同时出现在一个楼子里，总归还是会有些尴尬，很奇妙的是，但凡在这种尴尬局面下，永远是长辈让着晚辈，比如此时。

司徒依兰招呼着同窗们坐下，瞧着从楼子侧门溜出去那背影有些像自家四叔，强忍住心中笑意，潇洒挥袖坐下，唤来楼里管事问道："我知道楼里没有包场的规矩，但我们人多把前厅坐满看看歌舞总是没事吧？"

管事早已认出这位长安著名贵女的身份，不敢怠慢，苦着脸说道："司徒小姐……或者今儿还是要喊您少爷？您怎么说自然就怎么办。"

"你这家伙就是识趣。"司徒依兰乌溜溜的眼珠子一转，抛过去一片金叶子，说道，"酒水果食快些上来，今儿有大财主买单。"

宁缺低着头跟着诸位同窗进入红袖招后，便拖着褚由贤坐到了最偏处，一边悄悄听着司徒依兰和管事的对答啧啧称奇，一边在沉痛思考今夜由谁结账的重要问题。片刻后，他看着褚由贤同情说道："她说今儿有大财主买单，我看来看去，大概又得是你破财了，谁叫你是长安城的坐地户兼大财主。"

褚由贤唰的一声打开折扇，嘲讽回道："很明显，今晚大财主姓宁。"

说完这句话他站起身来，朝那管事大声笑骂道："华绍，瞎了你的狗眼，瞧瞧我身边坐的是谁！"

被唤作华绍的管事听着这声喊，看清楚褚大少爷身旁那人眉眼，发现正是那位干叫姑娘不给钱的缺德玩意儿。华管事腹中不停问候着宁缺的父母祖辈，却不敢有丝毫迟疑推搪，遥遥隔着数张酒桌对那方媚笑一礼，然后转身把右手张开搁至唇边，朝着幽静灯影疏的楼上欢快高声喊道："楼上楼下的姑娘们！宁缺宁小爷来啦！"

恰如大珠小珠落玉盘，又似大雨小雨间奏于春风亭，啪啪脚步声、垂珠摇晃声、莺歌燕语声中，楼内后院里六七位姑娘带着她们的贴身婢女鱼贯而出，流水般汇于堂间，然后来到宁缺身旁，或俏声指责为何好些天都不来，或温柔关怀这些天因何不来，或蹙眉疑虑是不是遇着事所以不来，总而言之是好一番热闹。正闹腾着，最清静的顶楼里忽然探出一小女孩儿梳着可爱双髻的脑袋，正是简大家的贴身婢女小草，只见她漆黑若点墨的眼眸骨碌一转，没有看见自己想见的人，不悦嚷道："宁缺，桑桑怎么没来？你又把她关铺子里啦！"

美人胡旋最是佐酒佳品，今夜红袖招楼堂里本又是二十来位正值青春好热闹的青年学子，顿时酒水便下得快了起来。文雅的蒙书酒令声里夹杂着掷筹游戏发出的梆梆声，堂间好不热闹欢快。

今夜宁缺被褚由贤和青楼管事合力推出了一个极大的风头，自然成了酒场的中心，不论平日里熟或不熟，同窗学子们纷纷持觥上前，出于各种理由毫不客气地一通猛劝。最开始时众人还会行些酒令划些酒拳，待发现宁缺这厮真可谓是行酒令划酒拳的天才，竟是十余局全部胜利后，博酒顿时变成了灌酒。

宁缺性喜饮酒，更喜酒后风味，这些年跟着桑桑也算是基本上酒水没有断过，只可惜或者说可悲的是，喝了这么多年酒他的酒量却是一点增长也没有。被这么多同窗一通猛劝猛灌，五六杯酒催得急了，原本只有七分的酒意顿时跃升到了十二分。他强行睁着迷糊的双眼，想要假装自己还是清醒的以吓退敌人，但已经有些口齿不清的语言却暴露了自己的孱弱底气。于是他想抱觥望月以冒充一下孤独躲酒却发现夜空里还是没有月亮，他想倚栏倾酒入湖醉鱼念诗来模仿一下绝望却发现自己已经无法走到栏边而且已经记不得任何一首诗。

无论是前世还是今生。

不知何时，他所在的酒桌被人移到了楼后栏边，恰恰近了那面小池湿竹，只是他已经半瘫在桌沿，早就忘了自己曾经打算做些什么。

栏畔的环境比堂间要安静了很多，司徒依兰坐在他旁边，右脚蹬在栏上眯着眼睛看着满天繁星出神，右手提着一小壶清冽的玉楼雪搁在栏外轻轻摇晃着。很明显这位贵女的酒量要比宁缺好很多，眼眸里的光泽十分明亮，她忽然开口问道："宁缺啊，你和公主姐姐是怎么认识的？"

宁缺抬起头来，揉了揉眉心，然后举起筷子不停寻找着醋泡青菜头，随意回答道："在路上认识的。"

"在路上怎么认识的？"司徒依兰转过头来，充满兴趣地盯着他。

宁缺一筷子插进小酥饼里，揞着前额恼火应道："路上捡到了，所以便认识了。"

司徒依兰无奈说道："我想你大概是记错了些事情。公主殿下是不可能被你在路边捡到的。"

宁缺带着酒意笑道："确实记错了，我在路边捡到的都是宝贝，不可能是个白痴榆木疙瘩啊，我和公主是在哪儿遇见的呢？对了，你知道我是渭城的军卒……"

"渭城很远吗？"

"离开平很近。"

"开平又在哪儿呢？"

"离渭城很近。"

"好吧，我知道那里是在边塞，不过在去边塞之前，宁缺你在哪里？"

"在山里。"

"哪座山？"

"岷山。"

"岷山很大吧？"

"废话。"

"那在岷山之前呢？"

"……"

"之前呢？"

"嗯……那时候年纪小，不大记得了，我只知道我是孤儿。"

栏畔酒后对话进行到此处，因为宁缺酒后不清的口齿，带着股执拗劲儿的思维混乱现状，终于无法再继续向深入进行，司徒依兰拿起湿巾用力地擦了擦额头，恨恨地瞪了醉倒在桌的少年一眼，心想这叫什么事儿。紧接着她手指微微用力，抓住宁缺前襟把他强行提高了几分，凑到他脸前大声说道："喝多了赶紧回吧，难道你家里没人等你？"

不知道是被栏畔夜风吹得久了还是被司徒依兰摇得狠了，或者是这句话里的某些关键词触动了宁缺脑海中敏感的魂儿，只见他身体陡然一僵后悠悠醒转过来，睁着那双无神的眼看着栏外夜景喃喃说道："是啊，家里还有人等着的。"

宁缺摇摇晃晃站起身来，挣脱司徒依兰的手，跟跟跄跄走进楼内，在账房处抢来毛笔，撕下一页账簿纸，玉山半倾倚在台旁，醉眼迷离草书数字，然后说道："替我送回临四十七巷去。"

司徒依兰凑过去一瞧，只见那张账簿纸上写着极潦草的几个字，那些字框架歪扭斜散，拖丝挂白丝缕不清，若不仔细辨认，根本看不出来写的是什么——

"桑桑少爷我今天喝醉了就不回去睡了你记得把锅上炖的剩鸡汤喝掉。"

宁缺是个外表温和骨子里极冷静自持的家伙，很清楚自己酒量极差，所以平日里除了和桑桑对饮，极少有饮酒过量导致失控的局面发生。但此时情况有些不同，他今儿着实是太高兴，兴致高到无酒助兴便觉失落的地步。

这份发自内心最深处的喜悦与青楼夜饮风月无边没有任何关系，和书院同窗趁着青春挥斥方遒肆意狂欢也没有关系，纯粹是因为他在旧书楼上看到了那张薄纸上面的留言。在下午温暖的阳光里，他隐约看到了那个奇妙世界的门在什么方向，在绝望中苦苦求索了十余年时间，终于看到了一线希望，这个世界上还有什么事情比这件事情、还有什么时间比此时更适合狂醉一场？

但此时便见一位满脸傲娇冷漠的小婢女端着碗鱼尾草醒酒汤出现在众人眼前。这位简大家的贴身婢女小草姑娘冷冷盯着宁缺的眼睛，说道："简大家发话谁也不准让他喝了。然后宁缺你，喝了这碗醒酒汤，马上去洗个澡把身上的臭味去掉，跟我上楼，简大家有话要问你。"

70

　　推开红门，掀起珠帘，宁缺走进灯火昏暗的静房内。他喝了两大碗鱼尾草醒酒汤，洗了个痛快的热水澡，在那张死过人的竹床上被大师傅重重地踩躏了一番，先前喷薄欲出的酒意早已退却了大半，人变得清醒很多。看着榻上那位妇人，看着她宽高光滑的额头和眼角的鱼尾纹，宁缺觉得自己这时候要是更醉一些比较好，因为他隐隐猜到接下来自己会面临什么。虽然他始终认为妇人对自己的严厉毫无道理，但他又必须承认对方的这种严厉明显带着几分关爱，所以根本无法拒绝只有含泪承受。

　　"有些日子没瞧见你人，以为你是入了书院开始修身养性，懂得了好知求知这四个字的重要性，哪里想到学问没长多少，这酒胆倒长了不少。"简大家平静看着他，朴实和蔼的眉眼间没有什么痛心疾首之色，只是平缓直叙。但正是这种平常对谈，反而给宁缺造成了极大的压力，他讷讷不知该如何言语，强行镇定意图一笑解尴尬，却不料呃的一声打了个酒嗝，味道很是难闻。

　　闻着满室的酸腐酒气，简大家微微蹙眉，不悦瞪了他一眼，旋即淡淡自嘲一笑，心想自己这怒意毫无道理，总不能让眼前这少年替当年那家伙顶罪吧？她看着宁缺尽可能平静问道："说说这些天在书院里学了些什么。"

　　宁缺接过小草递过来的浓茶，急忙灌了两口平静心神，诚挚道了声谢后才毫不急迫清了清嗓子，认真把自己在书院里的生活向简大家讲了一遍。

　　"倒还算是勤勉，只是你既然书礼二科毫无基础，便应当在这两门上多花些功夫，而不是破罐子破摔干脆不去理会。要知道将来你从书院离开后，无论是入朝为官还是外放为牧，总是离不开这些案牍本事。"听着宁缺每日必进旧书楼，简大家展颜一笑，眼角的鱼尾纹皱得更深了些，继续接着问道，"既然你天天进旧书楼，想必也知道了二层楼的事情？"

"是的。"宁缺礼貌回答道。

简大家微一思忖，然后神情认真说道："你觉得自己什么时候能进二层楼？"

宁缺举袖掩嘴，强行压抑住想要打酒嗝甚至是呕吐的欲望，摇头回了句："但凡能进那种地方的人无一不是修道天才，而我的身体根本不能进行修行，根本不敢对进入二层楼生出任何痴念。"

"你这孩子能不能有些出息？难得进入书院这么好的地方，就要好好珍惜学习的机会，不要说什么痴念不痴念的痴话……"简大家看着他蹙眉摇头，大有叹其不争之意。当年她亲眼看着那个家伙骑着毛驴看着词本就这样一路招摇骑进了二层楼，而如今她的心中隐隐约约把宁缺和那家伙联系在一起，难免存着某些弥补遗憾的念头，忍不住继续劝道，"书院本身就是创造奇迹的地方，可如果你自己都认为奇迹不可能发生，那谁也帮不了你。"

宁缺并不知道当年那位骑着小黑驴直闯长安城，最终在世间闯下偌大名头，最后却如风雨下的浮萍般消失不见的前辈，自然也不明白简大家为何要对自己这样一个穷小子投以如此多的关注。他知道这份关注背后肯定有些原因，但不理会那些原因是什么，面对着一位和蔼妇人的殷切教诲依然真心感激。

因为他的生命里始终缺少这一块。那一世的自行车后座也许是另一种形式的关心，但他并不喜欢，这一世四岁前也曾有过，但终究被鲜血吞噬。因为真心感激甚至可以说是感动，所以宁缺回答简大家问题时比较慎重认真，速度便未免慢了一些，而这落在简大家眼中，却是令她感到有些恼火的地方。

"我和你这孩子非亲非故，若不是心头一热，也懒得与你说这些话，所以你不要有什么抵触情绪，让你珍惜在书院里学习的机会，自不是害你。"简大家看着他严肃说道，"上次便与你说过，褚由贤这等富家公子可以玩，你一个穷酸少年却没有资格玩，今日更是如此，司徒小姐这些长安贵女可以玩，你还是没有资格玩。她们与你亲近，只是瞧着你好玩，对你暂时存着些好奇，这种意趣并不见得是恶意，但毕竟不是真的尊重。如果你想成为她们真正的朋友，那么你就必须拥有一些值得她们尊重的能力与气度，如果你能走进书院二层楼，我相信世上所有的人都愿意做你的朋友。"

简大家端起桌上那盏金线兰花露，轻啜一口润了润嗓子，然后抬起头来看着他继续平静说道："以后来楼子里散心可以，次数不要过频，酒更不能多喝，我本是风月行里一嬷嬷，自不会以为流连勾栏青楼是如何低贱的行为，但也不以为这是什么能令人进益的风雅事。三十年前那位大诗家草村先生，前半辈子一直眠宿花柳巷中，可谁敢不敬他？他甚至最后娶了宰相的女儿，但这不是因为他流连青楼折腾出了多大名气，终究还是因为他的诗天下无双，腹中高才过人！大唐重才，只要你有才，你是人才，那么无论你是在楼上还是楼下，楼内还是楼外，是边城少年还是长安贵族，帝国都不会埋没你。"

一番教诲结束，宁缺捂着额头下得楼来，发现堂间的聚会也已经结束。问了一下楼内管事，才知道同窗们的聚会最终还是由司徒大小姐会了钞，听着这消息，想着自己的两千两银子身家又可以再多保持一段时间，他不由感到十分侥幸。

正准备去和水珠儿等人告别，领了简大家命令的婢女小草极不客气地把他赶到了马车上，然后吩咐车夫用最快的速度把这醉酒少年送回临四十七巷。

当某人在马车上思绪乱如麻之时，红袖招的小院里又迎来了一位客人。

深夜入院的这位客人是位瘦高老人，穿着一身极旧的道袍，袍面上东一道西一道油痕污渍，襟缝间竟似乎还能看到几粒不知哪顿饭剩下的米粒，真是脏到了极点。瘦高道人的脸倒是不脏，只是额下几根稀疏长须，倒三角眼里目光闪烁，那股子猥琐淫亵的味道又是脏到了极点。肮脏瘦高道人在桌旁自倒了杯酒缓缓饮着，正百无聊赖之际，看见酒壶旁有张被揉作一团的纸，最普通的账簿纸，隐隐透着里面的字迹，基于此生数十年修行养成的癖性，他纯属本能地捡起那个纸团，然后细细在桌上铺开。

皱乱纸张上写着一行墨字，字与字之间拖沓不清，藕断丝连，加上框架歪斜散乱，睹之便令人不喜。纸上写着：桑桑少爷我今天喝醉了就不回去睡了你记得把锅上炖的剩鸡汤喝掉。

看着这些字，瘦高道人的花眉紧紧皱了起来，然而令人惊奇的是，他蹙眉凝神之间流露的并不是厌恶之色，而是满满的惊讶喜悦之意。

瘦高道人细细品着这些看似鸡爪瞎画的字，目光最后落在了句末的"鸡汤"二字上，枯瘦像老树干的右手伸进酒杯中蘸了蘸，然后收指落桌面，开始一笔一画临摹。指头上的酒水在红木桌案上拖丝成字，竟是与纸条上宁缺写的"鸡汤"二字差别极小，而隐隐间仿佛有道道气流，顺着瘦高道人的指尖渗透酒水，沁入了坚硬红木的深处，然后瞬间散开，变成无数细微的气旋消失无踪。

正在房外梳洗打扮的姑娘仿佛感应到什么，看着身前水盆里倒映着的满天繁星怔住了，她不知为何忽然非常想家，想念那个只存在于幻想中，从未出现在她生命中的温暖的家，想念从未品尝过的母亲做的鸡汤的味道，瞬间湿了眼眶。

瘦高道人以指蘸酒，在红木桌案上挥洒而写，很快便将那张账簿纸上二十九个字临摹了一遍。他把手指头伸进枯唇内嗍了嗍，然后负手于身后，低下身子把脸凑近桌面，仔细认真地继续审视账簿纸上的这些字。

随着观看，他眉头皱得越来越紧，脑袋摇晃的频率越来越高，神情越来越迷惘，喃喃念道："这是什么写法？以前没有见过啊，没有元气波动为何笔意却能如此充沛？明明散乱到一塌糊涂的地步，为何凝意入迹后竟能令人心神骤然一紧？"

瘦高道人摇着头站直身子，在屋子里转了半圈，然后又快步走回红木桌案前，继续低首观看那张账簿纸上的字迹，依旧眉头紧皱，摇晃着脑袋，连声说道："不通不通！通乎哉？不通也！"

无论三大修行宗派之间或各国之间如何争执互伐，从来没有谁敢对神符师稍有不敬，因为世间修行者少而神符师更为罕见，横亘于俗世文艺与世外修行之间的神符师，起笔而成风雨，落笔能惊鬼神，对于修行以及战争而言太过重要，属于近乎不可再生的资源，向来会得到最崇敬的礼遇。

大唐帝国乃是当世第一强国，然而它所拥有的神符师也始终未能超过十人，大部分神符师早已远离红尘，隐居在书院或是山林之中皓首穷经索求求道，将余下不多的生命全部奉献给寻找天地脉络之间的秘密。真正还在世间行走的神符师更是不多，昊天道南门拥有的四位神符师中有两位乃是西陵神殿为了彰显自身威势派往长安城的使者，并不长驻长安，所以昊天道南门的神符师不过两人。

　　这位夜访红袖招的瘦高道人便是两名神符师中的一位。

　　他叫颜瑟，当今大唐国师李清风师兄，昊天道南门大供奉，性喜烈酒美色妙书，单以书符之术而论，已然是当世最绝顶的人物之一，那夜春雨滂沱之时，借着小巷雨水绘就一道井字符，把号称知命以下无敌的大唐修行天才王景略吓成悲惨哭泣的小胖男孩儿，便是他的神妙手段。

　　除了种种神奇符术手段之外，神符师最为世人称许的，便是他们在书案画纸之上的绝妙境界与挥洒本领，世间有这样一种说法：大书画家没有修行潜质，就不可能成为神符师，但所有神符师都必然是可以青史留名的大书家或大画家。

　　颜瑟是一位流连勾栏青楼为乐的神符师，只要愿意，那他随时可以成为天下书坛执牛耳者。可这样一位人物，居然会对一张账簿纸上的潦草字迹如此感兴趣，甚至冥思苦想不得其解，摇头晃脑连唤不通。一幅草书二十九个字，能让堂堂神符师颜瑟苦思不得其解，不是宁缺有多大的本事，而是他今夜因为种种原因，写这便笺时的心境笔意恰好到了某处。

　　他今日在旧楼书上观书有所悟，忘字意而记其形，喜悦顿悟之下与同窗赴青楼一通狂饮，迷糊间随意提笔草书，便自然而然依着白日楼间观书所悟之理，忘了所有森严法度笔章规矩，甚至于醺醉状态中下意识里刻意把所有笔画规矩散掉，拧了梅花倒了葡萄架，借酒意狂乱而滥拖墨线，求得便是散乱不明。

　　如此写法却是另辟蹊径，从另一个生硬笨拙的路子上去契合了修行法门的隐趣，若让长安城另外一位大书家来看这草书，想必不会有太大感觉，但落在一位神符师眼中，却总觉得像是挠到了自己的痒处，还是后背某隐秘处自己六十年都未曾挠到过平日不知则罢一旦知晓后痒到骨髓里的那处！

至于神符师颜瑟说宁缺这纸草书不通，更是完全没有说错，因为宁缺本来就不通，他不通修行之理，体内雪山气海诸窍依然不通，如今只是想往山上走时觅一条弯曲别扭漫远的小道，而小道尽头依然有巨石拦路，哪里通得了？

文字之中有意思，是指其中间每一笔画及其后笔画组成每个字都蕴含着书者当时的心意思想，有其意亦有其思。宁缺这张草书二十九字可谓是字字不通，那是其思不通于是便让其意陷于墨迹之间无法通透而出，但此时经由堂堂神符师颜瑟亲笔临摹一遍，再如何强大的桎梏都再也无法禁锢笔画文字中的心意，经由酒水渗入坚硬的红木桌案，经由酒味散至空气再弥漫至整个红袖招内……

当宁缺给桑桑写这幅字时正值酒酣耳热之际，想要表达的意思看似是要留在红袖招内外宿，然而当隐藏在笔墨里的真实意思此刻全部散发出来时，才透露出了他的真实想法，他自己都没有想到自己是这个意思，或者不愿意承认。

西边种着几株梅的庭院里，一位姑娘正怀抱长箫默然无语，她清丽憔悴的面容上满是戚色，看着院角早已落尽颜色的老梅思念着南方家乡的盛春。

东边植着几丛竹的庭院里，一位姑娘对着满盆繁星怔怔发呆，晶亮的眼泪像珍珠般滑落丰润光滑的脸颊，落入水盆中发出一声轻响。

清静的楼顶房间，珠帘之后，简大家看着床边的那张画像，宽广的额头皱成了土川。她看着画像上那个骑着黑驴的少年书生，看着他那熟悉挑起的双眉，看着他那神采飞扬甚至是嚣张的大笑，缓缓流下了眼泪，喃喃低声幽道："轲浩然你这个死鬼，当年老娘我做了鸡汤天天等你回来喝，你偏不来，现在好了，你就算想喝也喝不到了。也不知道你现在……在地底下过得到底好不好。"

忽然间她眉头一挑，攥紧了手中的丝巾醒了过来，急走两步来到栏边向楼下庭院间望去。她知道院中那瘦高道人的身份，却是丝毫不惧，面带恼怒之色轻声嗔骂道："你这老头儿好没道理！没来由来我楼子里招惹我想那混账东西做甚！"

竹影庭院间，洗干净脸着了淡妆轻粉的姑娘款款走回房间，看着瘦高道人在桌旁摇头晃脑，不禁微微一怔，走上前去看了一眼，蹙眉疑惑问道："先生，先前我总觉得闻到一股鸡汤的味道，那是为何？"

"不是鸡汤的味道，是回家的味道。"神符师颜瑟摇了摇头，指着账簿上那潦草的二十九个墨字说道，"这人写这便笺时，非常急着回家喝那碗剩鸡汤，鸡汤并不见得好喝，我只是好奇这个应该是位女子的桑桑，不知是他家中悍妻还是严母，竟把他逼成这副模样。"

"这便笺……不是宁缺写的吗？"姑娘清秀小巧的脸蛋上满是疑惑不解，"他当时可不像是想回家的模样，桑桑也不是他妻子，只是……他的小侍女。"

"小侍女？那就更不通了。"神符师颜瑟摇了摇头，便不再理会这事。他终生未曾婚娶，便是因为在大唐尤其是在长安，看多了如虎般的悍妻，一心想着流连花丛，终日尝鲜，所以他怎么也想不明白一个小侍女和一碗剩鸡汤有甚值得如此记挂之处。

第二日清晨，瘦高道人乘坐马车离开，没有询问写出那二十九个草字的宁缺究竟是何方神圣。过了片刻，院中的姑娘打着呵欠揉着睡眼走了过来，她早已忘却了昨夜的种种情绪，接过婢女端上的热茶饮了口，下意识里往桌上瞧了一眼，发现那张破烂的账簿便笺纸已经不翼而飞，而昨夜瘦高道人指蘸酒水在红木桌案上临摹的那二十九个草字，更是早已经干涸不见。她笑着摇了摇头，放下手中茶杯，腕间的碧绿青翠镯子轻轻在红木桌案上撞了下，只听着一声极轻的响动，桌案上竟被震起了一片极细微的红色漆皮粉末。

姑娘微微一惊，睁着眼睛好奇望去，犹豫片刻后用袖中丝巾轻轻一抹，只见那些红色漆皮粉末之下，竟是一排极潦草的字迹。这些字迹看似并不深刻，痕迹却是深在木中，根本无法抹掉，真可谓是入木三分！

"桑桑少爷我今天喝醉了就不回去睡了你记得把锅上炖的剩鸡汤喝掉。"

另一边，神符师颜瑟出了青楼，登上一辆破旧的马车，在长安城里行不多时，便遇到了一位腋下夹着黄纸伞的年轻道人，那位年轻道人恭谨应道："师伯，您交代的事情已经查清楚了，那人叫宁缺，护送公主一道……吕清臣看过，确认没有潜质，前些日子书院也看过，连术科都没有进。"

神符师惋惜一叹。且不说那少年与公主殿下的关系，只是这诸窍不通就已是绝境，难道要请西陵神殿集合数位大神官之力替这少年施展大降神术强行通窍？符术妙道难觅传人，昨夜好不容易遇见一子却又先天不足，真是可惜可叹哉。

71

第二日清晨酒醒之后，宁缺皱着眉头极为艰难地喝完那碗不知热了多少道的鸡汤，然后喊住准备去收拾锅灶的桑桑，看着小侍女的黑脸蛋儿，极为认真说道："昨天夜里喝多是因为太过高兴的缘故，只是回来便醉倒没有来得及告诉你。"

桑桑仰着小脸，挑着细眉，睁着明亮的眼睛，好奇地看着他问道："少爷，什么事情让你开心成那副模样？我真的极少见你喝那么多酒。"

"在书院旧书楼里，我好像发现了看懂那些书的方法。"宁缺笑着伸出一根手指，在她的小鼻尖前不停晃着，说道，"虽然可能只是一线希望，但毕竟还是希望，我想如果有可能的话，自己一定要抓住。"

所谓希望，只是对绝望的偶尔否定。因为只是偶尔，所以总是很难长久，作为一个被命运在股掌之间玩弄了十几年的家伙，宁缺比谁都更清楚，希望的最末往往都会变成失望然后绝望，抱的希望越大，最后的痛悔与遗憾也便越深。

无论是当年燕境山野里的那个修行者，还是军部的考核官员，旅途中温和的吕清臣老人，直至最近书院入院时的术科挑选，他经受了一次次希望幻灭的痛苦过程，于是变得越来越平静甚至是麻木。可即便如此，对于踏入那个神奇的修行世界，他表面上显得已经不甚在乎，但内心深处一直没有放弃过希望。

因为他知道要在这个世界上活下去，活得很好，要完成自己的复仇，要在大唐这片肥沃的黑土上写下自己大写的名字，那就必须要走入那个世界，一旦自己放弃了所有希望，那么结局将不再是失望，而是绝望。

为了抓住隐隐中存在的那抹希望，宁缺把自己的精神状态再次调节到了最慷慨激昂阳光灿烂的境界，每日清晨天不亮时便乘车出长安城，每日夜色极深时才乘车回临四十七巷。上午六科经典学习时时常困倦，第三声散钟响起后，整个人便像是被南丁岛烟草呛着一般精神百倍跳起，冲出书舍冲进灶堂，细嚼慢咽双人份午餐，围湖再散步数圈，然后登楼登楼复登楼，手握书卷不舍不辍。

他在西窗下晒着太阳看墨字，用永字八法将簿册上的所有文字全部拆解成单独的笔画，然后细细体会那些笔画的走向锋势意味，刻意忘却其意。那位女教授则依然安静地在东窗畔描着簪花小楷，不知何时她解了发髻，将将过耳的柔顺短发映着窗外越来越浓的春光，温润到了极处，也沉默到了极处，无论宁缺请教的态度如何诚恳，她再也不肯给出任何指点。

过了数日的某个午后，那本《气海雪山初探》终于被他翻看到了中间部分，而映入他眼帘的墨字被拆解成了不知几千道笔画，然后重新被组合成几千个形状不一、含义莫名的"永"字，几乎要完全耗尽他的精神体力。

宁缺揉了揉发涩的眼睛，默然转头望向窗外越来越肥厚的青青树叶，知道再这般强行看下去已经没有任何意义，纵使继续压榨自己最后的精神毅力，也不过是再多体会一些抄写书卷的符师用意，对自己踏入初始之境提供不了任何帮助。

最令他感到失望的是，薄薄书册中间夹着的那张纸上，再也没有出现过那个神秘教习留下的注解，甚至连只言片语都没有，仿佛那人就此消失了一般。

令书院学生烦恼了千年的蝉鸣，就在这个午后的某一刻毫无预兆地开始了天启十三年的轮回，宁缺静静听着窗外嘈杂蝉鸣，听了很长时间后，忽然转过头来，合上膝头的薄薄书册，然后闭上眼睛开始冥想。

书册上的那些文字笔画，被他用永字八法解构成笔画心意，然后被他强行用散离心绪忘却字意，所以虽然数量众多，还勉强可以安静停泊在精神世界的某一隅中，可一旦开始冥想这些笔画，那么繁复笔画心意便会变得凶险起来。

第一日观字忘意，感受胸腹内念力前蹚无路时，宁缺就知道如果强行冥想催念肯定会非常凶险，所以这些日子他再也没有尝试过。只是希望在人间，在眼前，如果眼睁睁看着它就这样存在，却逐渐溜走去了冥间，去了天边，这是他绝对无法接受的事情，所以到了此时此刻，他必须进行再一次的尝试。

他闭目盘膝坐在窗畔，久久不动仿佛一座雕像，一阵微热的春风自西窗外拂来，吹到他身上轻薄的青色学袍之上，泛起阵阵波纹。那些痕迹在胸腹外的青衫表面上缓慢突起然后平静，再次突起又再次平静，仿佛拥有某种灵性，又仿佛是某种奇妙的生命活了过来，只可惜那些痕迹轻拂起落间，终究还是无法连贯相通，孤立于方隅内无法相触，灵性不通，生命无基，渐趋衰败。

书院某处小池塘内，湖水被风轻扰生波，微澜推动着水面上几片小圆浮萍向四周晃晃悠悠而去，可无论浮萍晃向任何方向，最终都会触着池壁颓然而回。世间某处大深山里，有名士穿密林访名刹，叩开小庙木门却得知大德高僧早已云游四海，该名士只得摇首拾级而退，回首望林间断路，好生怏怏。

在宁缺此时此刻的精神世界里，那些繁复到极点的笔画，那些被解构成没有具体意义的偏旁部首，那些横撇竖捺的线条墨点，随着他试图冥想会意，骤然间变得生动起来。道道墨迹多了锋利的金属边缘，变成草原上蛮人金帐部落令人恐惧的刀阵，点点笔锋多了无穷湿意，变成春风亭外凄冷的雨，开始落下，落下便是刀斫人头无数，落下便是暴雨滂沱无尽，没有尽头只有无穷无尽的冲突。

忽然间整个世界刀消雨停，他霍然睁开双眼，从坐定冥想的状态中脱离出来，感到胸口间一阵剧烈的烦闷隐痛，忍不住低头咳嗽起来，略显沙哑的咳嗽声瞬间撕裂旧书楼二层的宁静，他急忙抬袖掩唇，却发现青袖之上染了些猩红的血点。

"夫子曾经说过，强而行事是件很无趣的事情。你身体不适合修行，虽然毅力惊人，甚至找到了某种很有趣的方法，但……既然不行就不要坚持。"不知何时，女教授已经走到了宁缺的身前，用温和眼神望着他轻声说道。

宁缺仰脸看去，才发现这位女教授身材极为小巧，眉细眸清竟是看不出来多大年龄。他知道先前凶险时刻，应该是她用了某种法子强行把他从冥想中召了出来，不由自嘲一笑，站起身擦掉唇角的血渍，诚恳行了一礼。

女教授笑着摇了摇头，示意他不用这般郑重在意，微微点头示意后，便夹着簪花小楷，向书架深处走去，不知从何处绕出了旧书楼。

不知不觉间，宁缺冥想花了很多时间，楼外竟已是暮色正浓，夜色将至之时，他没有急着离开，而是静静站在西窗下，听了一段蝉儿们因为生疏而显得有些断续的鸣叫，然后走到书案旁，磨墨润笔在纸上写下了一段话。

夜深，旧书楼二层深处的书架上纹符再亮，然后向两旁悄无声息滑开，伴着吭哧吭哧的沉重喘息声，陈皮皮极为艰难地挤了出来，胖脸的肉颤得极为滑稽。

那夜他留下那些话后，一直在关心着对方可有何进展，却因为宁缺请了病假，迟迟数日没有等到回音，恼怒之余更是好奇。然而不巧的是，这些天最令他头痛敬惧的二师兄不知脑子出了什么问题，忽然发动留守的同窗们集体学习古时的殷礼祭祀流程，连番疲劳轰炸之下，根本没有时间精力过来。今日终于有了闲暇，陈皮皮顾不得沐浴休息，急匆匆赶来了旧书楼，就是想看看那个可怜又可恨的家伙有没有回音。

走到书架前抽出那本薄薄的《气海雪山初探》，陈皮皮浓眉一挑，发出一声轻噫，咂巴咂巴嘴看了片刻后，忍不住摇头赞叹道："这个家伙还真是胆大心野，居然硬生生被他想出了这种笨法子，而且居然还真能看懂？"

这看的自然是宁缺最开始的回复，紧接着，他便看到了宁缺今天最新的留言，厚厚的嘴唇皮儿忍不住吧嗒得越发响亮，皱着眉头苦恼说道："连这都不懂，居然还想玩修行？真不知道你这个家伙是天才还是白痴！"

沉默片刻，陈皮皮坐到西窗畔的桌案旁，磨墨润笔开始回复，在他与宁缺的第二次留书交流中，这位来自西陵的天才学生是这样写的："你是个小孩子吗？连这么基本的道理都不懂？既然你一窍不通那便是不通，自然无法与天地之息产生共鸣，没有别的方法可以走。如果你要问具体的道理，我只能给你做一个比喻，我们的身体就像是一个乐器，比如说是箫，念力便是在箫里回复往还的气息，有箫有气息并不见得能吹奏出美妙的乐曲，因为声音是从箫孔间发出来的。如果你这根箫上连孔眼都没有，那你怎么吹？天地听不到你的乐声，怎么去感应？你的雪山气海里那么多窍不通，你还想怎么折腾？"

72

第三声散钟响起，宁缺终于松了口气，把自己的文具书籍草草收拾了一番，抢先冲出了丙舍，穿过青巷踩着石道沿着湿地边缘向旧书楼走去。现在的他用永字八法去观书忘意，已经不再像当初那般看着看着便会昏过去，所以不再需要对饮食休息要求得那般严苛，更重要的原因是，他很好奇或者说非常期待，昨日自己留下来的疑问，那位神秘的留言者会做出怎样的回答。

噔噔噔噔，登楼，以袖拂衣静容，向东窗畔的静柔女教授恭谨行礼，快步走回书架前，抽出那本薄薄的《气海雪山初探》，用最快的速度翻开，抽出那张写着密密麻麻字迹的纸张，宁缺强抑兴奋望去，然后陷入久久的沉默。过了很长时间后，他才抬起头，摇摇头无奈笑着望向窗外的茂林，听着窗外的蝉声，发出一声极细微的叹息，说道："原来就是这么一个道理，原来……我就是一根吹不响的箫。"

然后他低头看向自己的胸腹处，目光落在轻薄院服之上，想象着布料之下，骨肉之内不知道具体模样的气海雪山，仿佛看到一大堆没有洞窍、没有嶙峋的小道，无论被水波怎样拍打湖风怎样轻吹都无法发出任何声音的笨拙石山。

"能写出这番话来的人，真是个天才啊！"他忍不住又看了一眼那张纸上的字迹，在心中默默赞叹道，"能想出吹箫这般绝妙的比喻，如果这人是教习，肯定是书院里最顶尖的教习先生。"

赞叹之余，想着自己体内那座无窍的湖畔石不钟山，想着自己这根没办法琢磨出洞眼的蠢木头，宁缺的心情难免还是有些黯淡，轻叹一声将《气海雪山初探》放回书架上，在书架间行走起来。

知道了气海雪山中的窍穴与念力、天地之息间的关系，明白先天体质受限，即便能用些蠢法子看那世界一眼，了却某些心愿，却无法真的踏入那个世界，宁缺觉得继续再强行用观字忘意的方法看书，已经没有太多的意义，因为对于他来说，走进那个世界远远比对那个世界惊鸿一瞥更加重要。

不想打扰东窗畔女教授的清心描字大业，他在书架间来回走时，刻意放缓放轻了脚步，脸上的表情也已经变得非常平静，或者说看似平静，平静的目光在书架上密密麻麻的修行类书籍上轻轻拂过，书脊上那些仅仅看上一眼便觉玄妙无比的书名，对此时的他来说依然是绝大的诱惑，却也是很恼火的折磨。

忽然间他在第二排书架最下层的角落里看到一本书，眉头下意识地挑了起来，显得有些惊讶，要说这层楼间不知藏着多少世间珍贵玄妙的修行书籍，这本书肯定不是其间最了不起的那种，只是这本书的名字让他想起了一些往事。

这本书的书名是《吴赡炀论浩然剑》，正是"浩然剑"这三个字，让宁缺想起自己此生在战场上遇到的第一位修行者——北山道口那位一身青衫意图狙杀公主李渔的大剑师，那位大剑师乃是书院弃徒，修行的便是浩然剑。

他蹲下身去，把那本书抽了出来，犹豫思考片刻后走回平日最常坐的那片木地板上，坐回浓春温热的阳光下，平心静气片刻后掀开了书页。

窗外蝉鸣更盛，林间显得更加清幽。楼下其余的学生不知道是被这声声蝉鸣弄得昏昏欲睡，还是都在舔着笔尖苦苦准备一个月后的期考，没有发出任何声音，宁缺一个人坐在地板上，坐在蝉鸣与安静之间。忽然间他脸色骤然一白，右手紧握成拳，狠狠击打在自己的胸口处，强行把自己从冥想状态中震了出来，目光再也不敢落在那本书的页面上。

他依然是在用永字八法解构的方式读书，同样他也隐隐感觉到，自己身体中有某种气息像前些日子那般，顺着笔画走势笔意所喻在胸腹间缓慢流淌，然后颓然遇着湖壁。只是他没有想到，这本《吴赡炀论浩然剑》上的文字笔意竟是犀利无比，遇着湖壁没有就此折回，而是带着自己体内气息极为冷厉无情地向前刺了过去！

就是这一刺，宁缺感觉到像有把真的冰冷剑锋，从身体内部生成，然后生生捅穿了自己的心脏，那种痛楚实在是太过恐怖，即便是无数次在生死间打转，受过很多次重伤的他，毫无准备之下也是无法承受！

如果换成普通人，或者就在这时便会惨呼出声，然后脸色苍白倒在地上，紧接着被虚境入了实界，浑身抽搐而昏厥不醒。但宁缺不是普通人，他有过很多次与此刻类似甚至更加痛苦的经历。

他十一岁那年带着桑桑不知第多少次穿越莽莽岷山时，曾经有一次失足摔落山崖，幸亏被一株崖间探出的硬树拦住才没有摔死。但那棵树向着天空伸展的如剑硬枝，却是直接刺穿了他的胸部，贯穿到了后背，如此重的伤势下，他依然活了下来，而且从那天之后，再难有什么样的痛苦能够让他感到恐惧和绝望。

山崖树枝间穿挂着的男孩儿宁缺没有死，如今坐在阳光地板上的宁缺更不会有任何问题，他甚至连闷哼都没有发出一声，只是急促地喘息数声，便恢复了平静，然后重新望向已经合上的书册，脸上露出复杂的情绪，低声喃喃道："痛则不通，通则不痛，这他妈真是亘古流传颠扑不破的真理啊。"

他摇了摇头，向后靠到书架上，抬起衣袖掩在唇上，压抑地咳嗽了两声，猜测自己的肺叶大概被书页上隐含的浩然剑意伤着了。但很奇怪的是他此刻脸上没有任何沮丧，反而隐隐透着股淡淡的兴奋。

痛则不通，那如果忍着痛强行打通，自然以后便不会再痛了吧？

宁缺干净的眼眸里坚狠之色一闪而没，扶着书架艰难地站起身来，走到西窗旁的书案，磨墨润笔，给那个家伙留下了一段话："我确晓了通窍的重要性，如果昊天注定我这辈子一窍不通，那么，我就只好……自己把它打通。"

再次登楼，向东窗畔恭谨一礼，走向西窗，途中书架偶一驻足抽出那本薄薄的书册，翻开后发现纸张上并没有那名神秘人的留言，遗憾叹息一声便把书册放了回去，然后在第三层书架下方抽出那本《吴赡炀论浩然剑》，开始盘膝观书。

如果现在横亘在宁缺身前的是一座奇崛难攀的大山，那么他现在做的便是愚公曾经做过的事情，即便翻不过那座山，也要从中间强行挖出几道能够通风的隧道。

人定胜天是非常美好的愿望，在精神层面上很多时候能够激励人类不断向前，但往往在具体的事例上，并不是每件事情都能单靠毅力便完美地完成。

后几日，笔墨如剑，直刺心胸。

用永字八法拆解的浩然剑笔意，就像无数把锋利的剑芒，在宁缺的身体内横刺竖插，戳出了无数个无形的洞孔，然而那些洞孔迅速坍塌，根本没有留下任何通道。

为了强行戳穿那些闭塞的通道，宁缺付出了极艰辛的努力，精神和身体都为之损耗严重，他没有再次昏厥，但随着冥想次数越来越多，强行调动念力破山的次数越来越多，他的脸色越来越苍白，咽喉里越来越干涩，耳中开始嗡鸣作响，胸腹间的痛楚足以杀死无数像谢承运那样的才子角色。

受伤的肺叶开始影响到他的呼吸，夜里时的咳嗽声变得越来越响，越来越沙哑难听，于是桑桑的睡眠时间变得越来越少。终于有一天清晨他吐了口血出来，被送往医堂后，那位大夫用看痨病病人的垂怜目光打量了少年几眼，然后随意开出些滋补药物，嘱咐好生休养断不能再去青楼，收了二十两银子便不再多言。

付出了如此大的代价，宁缺身体里的那座山、那座拙山、那座雪山依然在那里沉默，这真是眼看他挖高山，高山垮了，眼看他移高山，高山轻蔑不言。

某夜，陈皮皮终于完成了二师兄布置的古代殷礼祭祀流程学习任务，再次沐着星光来到了旧书楼内，当他掀开那本薄薄的书册，看到上面宁缺留下的那句铿锵有力掷地有声的宣言时，竟是惊得险些叫出声来。

他颤着肥厚的嘴唇，指着上面宁缺留下的那句话，恼怒低声骂道："你丫真是个白痴啊？这世间除了西陵神殿施展大降神术，请下昊天光辉替人强行通窍，谁还能够逆天改命！你居然想自己通窍！真是狂妄愚蠢到了极点！"

想起西陵那座久违的桃山，陈皮皮更是恼怒，嚷道："要三大神官耗半生修为施大降神术，现在这世间哪里有什么人值得神殿付出如此大的代价？要知道本天才当年也不过就是被喂了几颗通天丸子！"

他哀宁缺之不幸，怒其之瞎争，愤懑恼火之余，提笔在纸上一挥而就："如果想通窍就能通窍，那这世上人人都是修行者了！白痴！"

轻轻拍打脸颊，揉搓双手，宁缺强振精神走上楼来，见过女先生，挥手驱蝉鸣，于书架间抽出那本簿册，满怀期望看去，见到纸上那些崭新字迹，不由眉头一挑大感欣慰，然而不过看上片刻，双眉又不得不带些恼怒意垂了下来。

那个神秘的家伙在留言中毫不客气，甚至可以说极为冷血地戳破了他这些日子以来的所有希望，击垮了他越苦难越觉得大门在前的那种幻想，直接告诉他世间根本没有人能够自行通窍，而所有试图这样做的人都死了。

"会死人吗？那些魔宗的家伙呢？"宁缺喃喃自言自语道，眼眸里满是失望神色，暗自想着，既然那个头发灰白的男子说人人都可以是食神，那为什么不能人人都是修行者？

沉默很长时间后，他终于决定放弃继续观看那本《吴赡炀论浩然剑》。

因为很多原因，宁缺可以坚强坚毅坚忍以至坚韧不拔地去苦苦搬山，毫不在意可能面对的艰难险阻，但勇气和毅力并不等同于冥顽不灵和石头般的执拗。

虽然时至今日，他依然不知道那个神秘的留言者究竟是谁，在书院里是怎样的身份，但他坚信那人肯定是个修行天才，对于修行这种事情的了解远在自己之上，既然对方说强行开窍不可能还会死人，那么他再盲目搬山定会非常危险。

达者足以为吾师，善从人谏乃明智，宁缺的理性思维让他决定暂时终止用永字八法拆字，但心情却依然难免失望，在离开旧书楼前，忍不住提笔蘸墨写了一段话。

"今天我不看了，但明天我会继续看，我现在没有看这本《气海雪山初探》，我在看《吴赡炀论浩然剑》，你可以在那边给我留言。另外我还有最后一个问题，如果囿于每个人不同的体质，造成世间大部分人都无法感应到天地之息，如果这是昊天赐予我们每个人的命运，那昊天老爷是不是太不公平了些？"

深夜时分，陈皮皮再次出现在楼中。他看了一眼窗外被云层遮住星辰的黑暗夜空，从书架上抽出那本书，取出那张纸，看了两眼后忍不住恼怒而笑，肥胖的圆圆脸颊上满是悻悻之色，心想这小子留言的口气倒是越来越不客气，明明有求于自己，留言的语气却像是在吩咐自己做事，真不知道是哪里来的棍棒槌。

想虽是这般想着，但他却气喘吁吁蹲下身去，从书架下方抽出那本《吴赡炀论浩然剑》，然后走到西窗畔开始回复宁缺的留言。

作为书院近些年来最风光的天才学生，陈皮皮进入二层楼后，这几年间在那几位恐怖师兄的压力下，只能老老实实上课学习，全无机会发挥自己好为人师的爱好。那夜看到宁缺感慨自抒胸怀的留言，他偶然兴起回复，心中便存着份记挂，想看看那可怜的家伙能不能有所突破，也是想满足一下自己。

陈皮皮并不知道那个可怜的家伙姓甚名谁，是男是女是老是少，但既然一开始就帮了，这事情便像是楼前湿地里的泥，沾在手上便很难甩掉，这纯粹是一种心理问题。

第二天宁缺登上旧书楼，直接抽出那本《浩然剑》，然后果然看到了那个神秘人的留言，看见纸上写着两行极嚣张的字，忍不住揉着眉心苦笑了起来。

"这个世界上哪有公平这种东西。昊天老爷就像是雪山上的阳光那般，永远只会怜惜云层之上的莲花，而懒怠去看一眼山脚石头缝里的小草。比如我这个世间独一无二的天才就是那朵莲花，而你就是一个体内诸窍不通无法修行的可怜家伙，所以你这棵小草现在要做的不是怀疑这一切，而是接受这一切。"

宁缺拿着那张薄纸喃喃道："世间独一无二的天才？还真是一个臭屁的家伙。"

留言往来到此时，他越来越怀疑那个神秘人的身份，从对方的遣词造句上看，怎么也不像是书院里那些年高德劭的教授先生，而更像是谢三公子、钟大俊那种自幼生长在温室里的珍贵兰花。

只是这人明显要比谢承运等人的自矜自贵猛上数个层次，因为他说自己是天才时的口吻显得那般理所当然，就像是已被世间和时间证明了无数遍从而颠扑不破的绝对真理——比如水往低处流，比如酸辣面片汤好吃，比如桑桑勤劳。

然则关于自信这种事情，宁缺向来不甘于人后。他从来不会在人群面前、同窗中间拂衣自矜顾盼自雄，那是因为他认为自己早就已经过了那种年龄阶段，再玩这种做派有些不合适有些幼稚，并不代表他对自己的能力有丝毫质疑。自幼执笔杀遍学校双榜从幼儿园各种兴趣班杀至奥数班，考试墨卷之前从无敌手新中国教育制度培养出来的怪胎三好学生少年绝对相信自己才是真正的天才。

所以他今天是这样回答的："关于莲花和小草这种事情不需要争辩，但我想说明的是，如果这个世界上真有独一无二的天才，那么这个天才只可能是我，而不可能是你，因为只有我才有资格成为那个唯一的一。如此这般那我便又有疑问，既然你说昊天老爷只会垂怜真正的天才，既然我就是那个真正的天才，那为什么我不能修行？"

世间拥有最多信众、拥有最多世外高人、拥有最多财富和权力的西陵神国，自然拥有很多天才，破庙深处七卷天书之前，不知有多少惊才绝艳之辈沉默修行。

世间地位最为尊崇、拥有最多世间隐士、拥有夫子这样人物的大唐书院，自然也拥有很多天才，二层楼上数尊石像之后，不知有多少大智慧者平静度日。

刚刚拥有短暂十六年人生，却已经在这两处学习多年的陈皮皮，从师长们的态度和同窗们的眼光中，早就确认自己乃是修行世界里最杰出的天才，即便遇着另外那两个不可知之地的家伙，他也有足够骄傲的资本。所以他并不认为自己平时的态度和对那个家伙的留言太过骄傲，因为这只是在阐述一个简单的事实。

现在他终于遇到了一个比他更骄傲更自信的家伙。

问题在于在他看来，那个号称自己才是独一无二天才的家伙，只是一个可怜的诸窍不通的连修行是什么都不知道的只徒有一些毅力和鬼法子……好吧，陈皮皮承认那个家伙算得上是聪慧坚毅兼具，但你凭什么和我争天才二字？

大怒之余，他借着透过云层的暗淡星光，伴着窗外愤怒的蝉鸣提笔狂书，在留言中给宁缺出了一道题目："你以永字八法拆字，用这种蠢法子观书忘意，想必观浩然剑时剑气已然伤及心肺，那我且来问你，心肺之伤当如何治疗？休说钱草子那等猛药秽物，我只问你艾片艾蒿怎么煎服？几滚压火？白芷白果如何处理？切片还是碾粉？红参红糖几分剂量？如何相混？青果青蒿何时补剂？你给老子我答！"

"艾片艾蒿、白芷白果、红参红糖、青果青蒿？"宁缺看着纸上那些潦草的留言，想象着那个应该也很年轻的家伙愤怒狂书时的模样，忍不住挑起了双眉，觉得这件事情实在是太有意思了。那家伙留题考自己并不出奇，只是他没有想到，对方留下的题目居然和修行六科毫无关系——比如永字八法拆字能看到多少道剑意——却是在问医药之道。

瞬间他便想明白了对方的用意。那厮自认是修行道上独一无二的天才，那么用修行方面的题目来考自己，自然会有些不公平，所以便干脆选了道与修行六科毫无关系的题目，一道关于怎样择药煎服的题目。

对方选择这道题目的意思很清楚，也很骄傲：所谓天才，便是一门通门门通的全才，我用修行题目考倒你不算本事，便用你自身遇着的问题也足以难死你。

"真是个绝顶骄傲的家伙。"宁缺笑着摇了摇头，然后笑容骤然敛去，因为他确实不知道这道题目应该如何解，那些并不陌生的药物应该怎样搭配煎服才能治好自己的肺伤。长安城里那位大夫收了桑桑二十两银子，也只不过是吩咐自己好生将养，自己虽然在岷山里惯用草药疗伤治病，可这肺伤实在是不知道该如何治，这些药物又该如何整治。

平日里不争强好胜，是不屑于争强好胜。宁缺如今遇到一位自称天才也极有可能是真正天才的骄傲家伙，理所当然想要和对方争上一争，只是很遗憾，他确实不知道这道题该怎么回答。

"你的问题我确实答不出来。"他有些羞愧地在纸上回复道。紧接着他眉头一挑，脸上几颗雀斑一亮，握着毛笔的右手一紧，在纸上龙飞凤舞写道，"但为了公平，我也有道题目考你，不知道你能不能答出来。"

73

星光下的西窗畔案几上放着一张纸，两张纸，三张纸……

陈皮皮看着纸上那些密密麻麻的小楷墨迹，眼睛瞪得越来越大，头皮觉得有些发麻，心想这是什么题目，居然写了满满三大篇字，下意识里从开头念了起来："昊天的光辉洒遍世间，如牧牛人一般慈爱地关注着所有的生灵，如果你认为自己还算有几分聪明，可以尝试来计算一下昊天牧养的牛群数量。牛群聚集在大唐帝国北方的开平市集，分成四群穿过城门，去蛮人的草原上悠闲地吃草，第一群像乳汁一样洁白，第二群闪耀着乌黑的光泽，第三群棕黄，第四群毛色花俏，每群牛有公有母，有多有少。先告诉你各群的公牛比例：白牛数等于棕牛数再加上黑牛数的三分之一又二分之一，此外黑牛数为花牛数的四分之一加五分之一再加上全部棕牛……当棕色公牛和花色公牛在一起，形成一个三角形，没有牛敢往里闯……请你准确说出各群牛的数量，另外补充说明：这题我七岁就做出来了。"

接下来的时间里，陈皮皮瞪着纸上密密麻麻的墨字，开始咬笔杆，挠头揪发，砸腿抿嘴唇，倒吸冷气，复又舔笔尖，开始计算，复又放弃，然后继续咬笔杆挠头揪发砸腿抿嘴唇倒吸冷气低声骂娘，直至夜深仍未离去。

清晨的书院后山笼罩在淡淡的雾气中，石坪四周围着几圈疏透的篱笆，隐隐能够听到近处有鸡鸣啄食之声，石坪深处的学舍里偶尔会传来几句诵书问难之声。

雾气渐开，陈皮皮挪着肥胖的身躯走了出来，瞪了整整一夜的眼睛里全是血丝，平日束得极紧的头发像是被鸡扒拉过的草堆般蓬松杂乱，看上去极为狼狈，不像是看了一夜书，倒像是被母亲大人用棍棒教训了整整一夜的可怜孩子。

走到学舍门前，听着里面的诵书问难之声，想着平日里自己的骄傲臭屁，陈皮皮胖脸上不禁流露出几分羞愧难当之色，但解出题目的冲动，终究战胜了可能会面对的羞辱，他一咬牙推门走了进去，看也不看便向四周恭谨一揖。

片刻后书舍里响起几道震惊嘲讽的笑声。

"这世间居然还有咱们小师弟不懂的数科问题？"

"你这种世间唯一天才都解不出来的问题，我们这些家伙怎么解得出来？"

"皮皮……你不要顽皮了。"

便在此时，一个人出现在书舍门口，屋内的笑闹声顿时戛然而止，包括陈皮皮在内，众人迅速站起身来，恭谨长揖行礼，道："见过二师兄。"

只见这位被称作二师兄的人身材颀长，戴着一顶颇有古意的冠帽，身上穿着件普通的学院夏服，腰间却系着根金丝编织的缎带，剑眉英目，表情肃然方正，浑身上下透着股严谨守礼的味道，整个人站在此间，就像是一座宫殿般不可撼动。

"一年之计在于春，如今还是春末，尚未入暑，你们便又开始散漫了！一日之计在于晨，如今刚入晨时，你们便又开始笑闹了。成何体统！"

众人都知道二师兄便是这等骄傲守礼方正的性情，平日面对他时甚至比对着夫子和大师兄时更要紧张些，幸亏早已听惯了这等陈词滥调，从耳朵里进去从鼻孔里出来，倒也不以为意，只是微笑装傻回应。

陈皮皮没办法装傻，他有些难堪地笑了笑，在二师兄严厉的目光中用最快速度把蓬乱的头发整理好，又把身上皱巴巴的学服用力拉了拉，才清咳两声走上前去，极为恭谨有礼地把手中的那几张纸递到二师兄身前。

"入院试时你是六科甲上，居然还有你解不出来的数科题？"二师兄微微蹙眉接过三张纸扫了一眼，同样的一句话，却不是在嘲笑陈皮皮，而是确实有些疑惑，"是谁出的题目，居然把小师弟这样的天才为难成这副模样？嗯？"快速把纸上的题目看了一遍，二师兄的眉头蹙得越发厉害，薄薄的嘴唇翘起，半晌憋出一句话来，"这……谁出的混账问题？算法太麻烦，要算清楚不知道要花多少时间，我近日要研究古礼，哪有时间陪你玩闹，你自己算去。"

说完这番话，二师兄一拂衣袖，双手扶在腰间那根金丝编织的缎带之上，傲然转身离开书舍，径直走向门外雾气笼罩着的篱笆墙方向。

书舍里鸦雀无声，诸生惊愕看着二师兄的背影，心想用严肃隐藏绝对骄傲的二师兄居然也会用这种法子避战？想着二师兄平日里的严肃做派，便有人想要发笑，却是马上抬手捂嘴，生怕笑出声来让他听到了。

陈皮皮看着二师兄渐渐远离的背影，表情更加难看，胖脸上一阵抽搐以至波浪起伏，追到门口处带着哭腔喊道："师兄！你总得帮忙出点儿主意啊！"

那位二师兄缓慢迈着严谨方正的步伐向石坪外走去，宛若戏台上的帝王一般。听着陈皮皮的哀求，他头也不回，不耐烦地抬起手来挥了挥，恼火训斥道："说了不算就不算，这混账题目算到最后不知道是个多大的数……别说开平市集，就算整个大唐帝国也不可能放下这么多头牛，我倒是好奇昊天的牧场在哪里！"

"好吧，我承认自己算不出来这道混账问题，但我也不相信你能算出来，尤其不相信你七岁的时候就能算出来。除非你马上告诉我答案，不然我会认为你是在耍赖，实话告诉你，在书院里对我，尤其是对今天恼羞成怒的某人耍赖，会造成非常严重的后果，这不是警告你，而是一次友好的提醒。"

西窗畔案几旁，宁缺右脚踩在椅上，右臂搁在窗棂上支着下颌，津津有味看着那个家伙的留言，眉毛时不时得意地挑动几下，待看到"恼羞成怒"四字时，更是忍不住哈哈笑出声来，引来东窗畔女教授蹙眉打量了一眼。

宁缺赶紧坐直身体，然后继续看那厮的留言。

他并不知道被留言中恼羞成怒的某人是谁，还以为是留言那厮为了保留颜面的托词。至于留言那家伙指责的耍赖一事，宁缺更是根本毫不在意。作为曾经的解题斯德哥尔摩症患者，他非常了解看着一道题，就是找不到答案时的痛苦与恼怒——留言那家伙的指责，不外乎就是极为迫切想要知道答案。

"想要知道这道题的答案吗？很简单，你先把你那道煎药题的答案告诉我，然后这一场比试就算你我双方打平，如果你不服气，我们以后可以再继续。"

窗外春光正在最后的烂漫，稚蝉正在最初的拼命鸣叫，宁缺摇头轻笑，卷袖注水磨墨润笔拍砚，在纸上写下了上面那段话。

第二日的夜间，马车离开书院，通过长安城南朱雀门，驶抵东城临四十七巷，停在了老笔斋之前，宁缺回身对车夫道了声谢，走进了铺子。

铺门关闭，桑桑端着一碗早晨剩下来的酸辣面片汤走了出来，连同筷子和毛巾一道放在宁缺的身前，然后从桌下取出一盘醋泡青菜头和一盘凉拌三丝。在书院辛苦学习了整整一天，回家后却要吃剩饭和小咸菜，宁缺心想怎么说咱们也是有两千两银子身家的人了，怎么还这般苛待自己？若放在平日，或许他会直接开口把小侍女好生教育一番，但今天他心情大佳，所以只是摇了摇头，拿起筷子便津津有味地吃了起来，顺便问了几句今天铺子里的生意。

桑桑下午已经吃过了，这时候就坐在他身旁，细细的双臂重叠搁在桌上，黑黑的小脸蛋儿搁在手臂上，偏着头瞪着柳叶眼打量着近处宁缺的脸，半晌后好奇问道："少爷，你今天心情是不是很好？"

"嗯。"宁缺夹起一块被泡得有些发黑的青菜头扔进嘴里，嘎吱嘎吱嚼了，被酸味刺得痛苦地皱起双眉，含混回答道，"最近在书院里认识了一个很有趣的家伙。"

桑桑听到他在书院里结了新朋友，开心地笑了起来，侧仰着小脸关心问道："是同学吗？男的还是女的？"

宁缺看着小侍女的脸微微一怔，筷尖在温热热的酸辣面片汤里划弄着，片刻后迟疑说道："没见过人，但……应该是个男人吧？"

他从怀里摸出一张纸递给她，吩咐道："纸上面有几味药材，还有煎服制切的法子，你明儿去药局抓药，然后回来自己整治，记着不要让外人瞧了去。"

桑桑接了过来，蹙眉问道："为什么不能让人看见？"

宁缺想着旧书楼内给自己留言的那个家伙，忍不住笑了起来，说道："如果我猜得不错，那个家伙应该是书院二层楼的学生，这药方肯定也是二层楼里的精妙秘方，你我既然偷偷占了那家伙好大一个便宜，那便还是不要外传的好。"

旧书楼楼下人来人往，楼上安静如常。

书架上的书是线装旧书修行珍籍，书里夹着的纸是书院学生常用的寻常薄纸，笔墨与砚安静搁在西窗畔的案几上。女教授坐在东窗下恬静簪花，少年盘膝坐在地板上冥思苦想，偶尔起身在纸上写上几句然后塞入书册中。待入夜时又有另一胖少年悄然而至，看到留言后便会去西窗下回上寥寥数句或是洋洋洒洒一篇大言。

或娟秀清丽或狂放纵横的字迹在那些纸上不停涂抹，宁缺和陈皮皮这两个并不知道对方身份的家伙，就用留书这种方式不停进行着交流，而春末夏初的时日，就在他们的一笔一画一嘲一笑间悄无声息地溜走，平静而美好。

　　"无名兄，能不能有什么法子把书中剑意柔顺些？"

　　"白痴，如果能柔顺还叫什么剑意？另外你昨天那道关于草地与母牛的数科题……太怪了，什么叫数量之间的关系？"

　　"白痴，不要把不懂的东西都称为怪异，另外真没有什么方法能够通窍吗？我还是不怎么相信昊天老爷会对我这个天才如此不公平。"

　　"有倒确实有，但你还是不要抱任何希望。天才与白痴只在一线间，但凡抱有这种希望的人，无论他是不是天才，最后都会变成可怜的白痴。另外我还是要重申一遍，前天你那道数科题真的有些怪，没有质朴美感。"

　　"我听说魔宗他们用的路数不同，并非求诸与天地之息相呼应，而是试图把天地之息纳入体内，体内无窍之人用这种方法，能不能踏入修行道？另外下面是我给你出的第三道数科题，请认真些解，不要总找我要答案。"

　　"这道题只不过是蒙学水平，你是不是在羞辱我？关于魔宗的事情，我必须警告你，在书院中还好，若在外间你提也不要提这两个字，不然你会被天下正道强者们追杀得很惨，另外我必须笑眯眯地告诉你，即便是魔宗纳天地入体内的修行法门也需要诸窍皆通，如此方能让天地之息贯通于体内。"

　　"这真是令人感到遗憾的事情，我本以为能有些别的道路可以走。"

　　"能想出用永字八法来解字，你也算是个剑走偏锋的家伙，我还真担心你被逼着急了跑去修魔，所以你不应该感到遗憾，而应该感到庆幸，不然若你堕入魔道，或许日后我可能将不得不提剑把你劈成三半。"

　　"你说得有道理，我感觉很失望。"

　　"话说咱们这也算是笔友了吧？为什么你从来不问我是谁？难道你这小子一点好奇都没有？你就没觉着能和本天才认识是一场大机缘？"

　　"我对别人的事情向来不怎么好奇，另外你也没有问过我是谁。"

　　"好吧，你是谁？来自哪里？在书院几舍？家中可有漂亮姐妹？"

　　"我叫宁缺，来自渭城，书院丙舍，家中只有个小黑炭侍女……你又是谁？来自哪里？"

"我叫陈皮皮，来自西陵，然后，没有了。"

"听说五年前有名西陵考生拿了六科甲上，全书院教习都跑出来围观，因为那是百年以来最好的成绩，难道那个人就是你？"

"正是在上，你现在是否对我油然而生敬畏崇拜之情？"

"我考了三科甲上，两科丁末，一科弃考，据说也是书院百年以来独一无二的成绩，既然如此，我凭什么要敬畏崇拜你？"

"……三科甲上好考，能考出两科丁末，一科弃考出来，还真真是难得一见的生猛水准，算你狠，我暂时承认你有与我平等对话的资格。"

"你是西陵人，为什么要跑到大唐来读书？"

"我出身西陵一个大家族，家族的家业大到你无法想象。你知道的，像我这种天才，肯定一生下来就注定要继承家产，但问题在于，我还有位同样极具天才，只比我差了那么一点点的兄长，更关键的是，从我很小的时候开始，这位兄长便待我极好，事事处处照顾我疼惜我，全不因为族中长辈决定把家产交给我继承而有丝毫怨言。我根本不想继承这份家业，我觉得兄长才是继承家业最好的人选，但族中长辈根本不允许我拒绝，我在西陵家中待的时间越长，兄长对我越好，我就越觉得难受，所以十岁那年干脆偷偷溜了出来。"

"十岁溜出家门，难道你家中长辈不四处寻你？"

"怎么可能不寻，既然他们寻不到，那就一定能猜到我躲在书院中。你呢？你又是为什么进书院，前些日子为什么又那般拼命？"

"进书院当然是想做帝国官员，当然更想修行，至于为什么这般拼命，是因为我有很多事情要做，现在不拼命，以后说不定就会没命。"

"什么事儿会这么麻烦？"

"那就是不能告诉你知道的故事了。"

旧书楼西窗畔的墨纸留书交流，从最开始的修行数科互问，渐渐进展到对彼此生活的好奇，随着时光轻轻漫过，用了那个药方的宁缺身体快速好了起来，再也没有咳嗽，两个依然还没有见过面的年轻人，关系也变得越来越熟稔无羁。

时日入暑，气温变得越来越高，西窗不知何时已经关闭，将楼内笼罩在一片幽暗之中，宁缺看着这几日那厮在纸上的留言，脸上的笑容渐渐敛去，发现了一个令人震撼的细节：叫陈皮皮的那厮说家族寻不到自己，便一定能猜到自己躲在书院里。这句话间接表明，对于那厮的家族而言，世上就没有他们寻找不到的地方，只有像书院这种神圣高远之地，才能令那个家族有所忌惮。

　　"西陵神国……哪里有这般强大的家族？"他微微蹙眉想了片刻，却是不得其解，然后接着向下望去。昨天下午他第一次在信中问道是否能见面，如今确定对方在二层楼内，自然有些好奇信中的回复。

　　纸上留着昨夜某人的笔迹："等你什么时候能进二层楼的时候，自然就能见到我。"

　　宁缺摇了摇头，提笔回复道："问题在于……我怎么才能进二层楼。"

　　昊天不公，令少年身体内诸窍不通，无论他再如何别有心思以解构方式观书，以大无畏精神搬山挖洞，始终都未曾在修行道路上真正向前一步，此时看着"二层楼"三字，他的心情不免还是有些黯然。搁笔起身看着四周安静的书架，他自嘲一笑，轻声一叹，心想自己站在二层楼上想着二层楼在哪里，这真是一件有趣而又无趣的事情啊。

　　忽然他的眉头微微一蹙，注意到身旁不远处那道靠着山墙的书架下方地面上有道浅浅划痕，深色的木地板上那道划痕极浅极淡，如果不认真去看还真的很难发现。

　　宁缺沉默片刻后走了过去，蹲下用手指轻轻一摸，确认应该是长年累月摩擦的结果，抬头望向沉重的书架，摁在划痕上的手指轻微颤抖起来。

　　书架两侧刻着一些样式繁复却意味难明的花纹，纹饰内积着经年的灰泥，骤圆陡方没有什么具体的形状，显得极为拙陋难看。旧书楼飞檐雕栋每一细节都极为精美，偏生这道临墙书架上的纹饰却是如此粗鄙，他越发觉得古怪，手指缓缓摸了上去，然后闭上了眼睛，感受着指间传来的每一种触觉。

　　难道书架后方就是传说中的二层楼？难道墙后才是真正的书院？

　　"你可以试着把这书架撬开，看一看后面是什么。"

宁缺霍然睁开双眼转身望去，发现那位温婉小巧的女教授不知何时悄无声息来到自己身后，用温和甚至带着几分勉励的目光望着自己。

他不知道女教授温和宁静目光的真实意思，苦笑着看了一眼书架上的那些纹饰，脑中偶有光亮闪过，想起自己在朱雀大街上看着朱雀绘像，在皇宫里看见那些檐兽时的感受，隐约猜测到一些事情，哪里还敢做什么大不敬的举动。

时间现在已经走到了天启十三年的盛夏，宁缺和桑桑来到长安这座雄城已有数月，开了一家老笔斋，顺利进入书院求学，每天吃些剩饭剩菜，似乎生活根本没有发生什么变化，但事实上并非如此。

来自边城的少年军卒跟着某人冒着春雨去杀了一夜，进了一次皇宫，在旧书楼上与那些修行典籍苦战了好些个日夜，他见到了一个更大更壮阔的世界，结识了一些有趣的人物，无论视野还是精神都与以前有了很多不同。

最重要的是在这数月里，他送走了自己人生中第一位朋友，杀死了御史张贻琦和陈子贤，迈出了复仇道路上的第一步。非常幸运的是，这两个人的死亡似乎尚未惊动大唐帝国官府和那位强大的夏侯将军。

"天太热了，长安城就这点不好。"躺在竹椅上看着头顶繁星，宁缺擦掉脸上的汗水，摇头说道，"一直要到晨时天气才会凉些，你说那个茶艺师宅旁有方小湖，会不会比我们这儿舒服些？"

桑桑接过毛巾在凉水桶里浸了浸，低声说道："少爷，难道你就因为他家凉快些就要去把他杀了？报仇这种事情……真那么有意思吗？"

74

长安城是个没有缺憾的城市，除了它的夏天。

入了六月，太阳变得越来越亮，温度变得越来越高，酷热的暑气笼罩着大街小巷，偶有风起也是令人厌憎的温热气息，吹蔫了原本青翠饱满的树叶，熏紫了架上的葡萄，端出了王公贵族家里的冰块，推开了平民百姓家的门窗。

临四十七巷沿街铺面所有的门窗都开着。与失窃的危险比较起来，中暑热死的恐怖程度明显还要更高一些。苦命的小厮伙计们坐在石阶上，有气无力打量着四周，防备着那些也留在家中乘凉的毛贼，掌柜和主家们则是搬着竹椅，提着水桶来到了背街的小巷中。

小巷清静狭窄，上有青槐遮荫，白天照不着太多阳光，加上夜风被窄巷一束变得疾上数分，吹在人们身上便会显出相对清凉。各式各样的竹床和小方桌，已经把背街的窄巷完全堵住，街坊们躺在竹床上懒洋洋说着闲话，身旁小方桌上放着用井水浸湿的瓜果。有那惯会苦中作乐的人，更是端着碗油泼面埋头狂吃，辣椒激出来的汗水与闷热逼出来的汗水混作一处，用以毒攻毒的招数欺骗自己这夜并不是那般酷热难当。

巷中时不时会响起啪的一声清响，听上去像是有大人在教育顽皮的小孩儿，实际上只是人们在用井水打湿的毛巾拍打自己满是油腻汗水的后背。

"说不准就不准！这么热的天气，难道你还想要找个暖脚的！"

假古董店铺的夫妻二人日复一日争执着关于纳妾的问题，临四十七巷的人们早已听得腻味了，甚至开始怀疑这是不是一种比较另类的调情。

老笔斋背街那面也有一道后门，前些日子一直没有用过，现在终于派上了用场，宁缺躺在竹椅上，接过桑桑递过来的湿毛巾，唉声叹气擦拭着赤裸的上半身，听着隔壁竹床上传来的争吵声，心想市井人生哪里有什么文人所说的真趣可言。

既然无趣那便离去，他把湿毛巾搭在肩上，悻悻然起身和身周邻居们打了个招呼回了自家小院，桑桑一手拎着水桶，一手拖着竹躺椅，吃力地跟了上去。

小侍女今天穿着身薄薄的蓝花小衫，裸着小胳膊小腿，黑黑的小脸上透着红润。身体虚寒不易流汗，并不代表她就感受不到房檐内外的酷热，反而让她感觉更为烦闷，她看着井旁的宁缺问道："少爷，我能不能把外面的布衫脱了？"

从井里打了一桶新鲜凉水，宁缺双手端着准备往头上浇，去一去这恼人的暑意，忽然听着这话，不由更添烦恼，背着身教训道："虽然你年纪小，但终究是个女孩儿，哪有在男人面前脱衣解衫的道理，现在又不是你三四岁的时候，我可以替你擦身子洗澡，你已经快变成大姑娘了，清醒些好不好。"

桑桑恼火地瞪了他一眼，问道："先前少爷你还没应我，报仇这种事情真这么有意思吗？隔些天便去杀一个，你也不嫌无聊。"

"这本来就是件与有意思无关的事情。"宁缺回答道，"我们现在天天吃剩饭剩菜，我们天天都要去茅坑拉屎，这难道就不枯燥重复？可你还得去做。因为不吃饭就得饿死，不拉屎就得憋死，杀人报仇没意思，但要为了活得安心些，再无聊枯燥，还是得去杀。"

说完这句话，他把双手向上一举然后一翻，整桶微凉的井水哗啦一声拍打在他的身上，然后倾泻在小院的石地板上，整个人顿时精神为之一振，然后紧接着发现自己的下体有些微凉，诧异望去只见下身穿着的棉短裤竟被冲下去了一截。

桑桑看着他露出来的半截屁股和那条紧紧勒在臀间的裤线，罕见地被逗得咯咯直笑，小手掩着嘴唇却怎么也掩不住那份高兴劲儿。

宁缺一把提起短裤，回头恼火教训道："看什么看？杀人总比这种事情有意思些。"

桑桑放下掩嘴的小手，看着他认真回答道："我待会儿去做碗肥肠面。"

夏日长安城，黎明之前最黑暗也最凉爽，被酷热长夜逼着在街上席地而卧、借巷风乘凉的居民们回到了各自的床上，趁着这一小段最清凉的时光，做着最美妙和深沉的睡梦，意图将暑日里损失的时间全部弥补回来。

老笔斋里没有人睡。桑桑做了一碗香喷喷的汤面，面里放了很多香葱和六七截肥肠加两块大肠头。

宁缺香喷喷地风卷残云吃完，擦了擦嘴，套上一件破旧的寻常外衫，戴上一顶崭新的毫无特色的笠帽，用口罩遮住大半张脸，用粗布包裹好朴刀和大黑伞，然后推开小院后门，与小侍女轻声打了个招呼，便走入夜色之中。

在东城宁静的大街小巷间穿行，微凉的夜风穿行其间，无论是疲惫的居民还是警觉的狗儿，都已甜美地入睡，整座城市仿佛都未曾醒来，只是偶尔有送水车车轮碾轧青石板的声音突兀响起，然后渐趋渐远直至消失。

微弱的灯笼光芒照亮送水车不远的前路，摇晃不安。送水车经过南城某处坊市侧口时，一直沉默蹲在大水桶缝隙里的宁缺跳了下来，双足悄无声息落地，身体一弹迅速闪入坊市侧巷的夜色之中。然后他取出桑桑手绘的地图，借着极暗淡的光线最后看了两眼。

正如桑桑疑惑的那样，隔一段时日便要去筹划准备杀一个人，这种事情和书院清静苦且乐的读书生活、临四十七巷闹腾乐且烦的市井生活，实在是很不搭调，而且这种枯燥的重复确实非常没有意思。但对于从渭城回到长安城的宁缺来说，时不时吃碗肥肠面或煎蛋面，然后去杀杀人报报仇，就像写几幅字冥想几个时辰，已经变成了他生活中很重要的组成部分，甚至成了某种生活习惯。

每当杀死一个复仇的对象，每抹掉油纸名单上的一个名字，便会让他觉得肩上的重担少一分，身上轻松一分，手上黏稠的血淡上一分——每个人本能里都向往着轻松快乐的生活，于是他的本能要求他继续做下去。

刀具裹布口罩外衣笠帽以至地图及目标的生活习惯起居作息时间，全部是桑桑为他准备的，一个穿行于长安街巷里的黑脸小侍女，想必不会引起任何有心人的注意，宁缺并不担心她的安全，更相信她的能力。

所以每当刀将出鞘之时，他从来没有想过自己刀锋所向会斩不落一个人头，包括今天。当他悄无声息借夜色进入坊市，向着茶庄后方那方小湖走去时，已经开始提前用那个人的人头祭奠将军府和村落里的很多人。

今天他将要抹掉油纸名单上的第三个名字。那个人头的主人叫颜肃卿，四十一岁，前军部文书鉴定师。

此人精于茶道印章鉴定之术，被朝廷寻了个借口赶出军部后，便成为长安城著名茶商特聘的茶艺师傅，根据卓尔的调查，当年宣威将军被指控叛国通敌的铁证——那三封书信便是由此人亲手鉴定，甚至有可能是由此人亲手伪造。

其人还与燕境边屠村案有很多说不清道不明的联系，当年夏侯大军剑指燕国，却在岷山边缘失期未至时，颜肃卿正在夏侯军中，只是令人不解的是，作为军部的文书鉴定师，为什么会出现在充满杀戮鲜血的前线战场上。

颜肃卿现在住在茶商为其购置的临湖小筑之中，宁缺悄无声息沿着湖畔前进，看着湖侧那排越来越近的幽静小筑，看着那些似疏离无则却又暗含古意的竹墙草舍，露在口罩外的双眉缓缓挑了起来，忽然觉得事情有些不妥。

因为这片临湖小筑太过清幽。

长安居，大不易，可以说得上是寸土寸金，而满城繁华热闹间，"清幽"二字代表的便是清贵，非常贵。宁缺知道颜肃卿深得那位茶商信赖倚重，但他相信再如何豪奢大方的巨贾，也不可能把这样一片临湖小筑送给自己属下的茶艺师傅。

晨光依旧未至，湖畔的视野依然黑暗，只有水波映着不知何家的灯火，泛着些微的幽光，宁缺走到临湖小筑前方，隔着疏离的竹墙，看着院内石阶下那把巨大的石雕座椅，看着椅中那个瘦弱的中年人，微一停顿然后推门而入。

一盏小油灯被点亮，身材瘦弱的中年人坐在石椅之上，左手握着一个泥烧而成的粗陋大茶杯，右手轻轻叩着乌木茶案一角，平静看着推门而入的少年，瘦削的脸颊上忽然泛起一丝淡漠的笑容，轻声说道："所谓茶道，其实只是用繁复流程来强化某种仪式感，从而产生庄严感。很多人都以为我在家中饮茶必然要焚香沐浴，拜祭昊天良久，然后海洗杯盏沉默把玩一番，才能把茶汤送入唇中。其实不然，我这辈子最喜欢的还是抱着大茶杯灌茶，大概是在军中养成的习惯吧，我这个人还是喜欢直接一些。这么热的夏夜，少年你不安睡于宅却漫步于湖畔，想必……是来杀我的。"

75

竹墙掩映下的临湖小筑清幽黑暗，中年茶艺师身下是昆湖石镂成的石椅，身前是昆湖石雕成的茶桌，桌上搁着乌木茶案，案上搁着温润洁亮的茶壶茶杯，桌旁是一方手提小炭炉，炉上的水壶嘴里渗出淡淡热雾，还没有沸腾。如此酷暑夏夜，中年茶艺师却像是感受不到小炭炉带来的热气，身上披着件单衣，平静有如冬雪夜里等着归人的好客主人……他就是颜肃卿。

宁缺很确定这一点，先前在临湖小筑外生出的警惕感，在这一刻终于得到了证实，因为对方提前察觉到自己要来，而且已经察觉到了自己的来意。用余光看了眼竹墙根下的茶渣，沉默片刻后，他望向椅中的茶艺师问道："那就直接一些……我想知道，宣威将军府被满门抄斩的案子，还有燕境边山村被屠的案子，是不是和你有关系？"

颜肃卿微微蹙眉，没有想到今夜前来杀自己的少年，居然是因为多年前那两件事情。他本以为这个世界上早已没有人还记得那些陈年旧事，略一沉默后微笑说道："自然和我有关，不然我这个在军部前程无限的官员，现在怎么会变成一个替卖茶商人看家护院的茶艺师？我应该不是你找的第一个人。"他看着宁缺问道，"其他那些人现在过得怎么样？也好些年没见，不知道他们现在在做什么。"

宁缺沉默观察着临湖小筑和四周的动静，看着这片清贵的居所，回答道："他们过得不怎么好，至少不如你好，还能住这么好的地方。"

颜肃卿笑出声来，摇着头感慨说道："知道为什么他们都混得不行，偏我还能过得不错吗？因为我这个人对帝国还有些用处。"

身上胡乱披着的衣服，小炭炉上迟迟未沸的水，左手没有茶的茶杯，都在说明这位茶艺师刚刚醒来，应该只是察觉到宁缺靠近临湖小筑所以起身，而不是提前就预备着什么伏杀的局面。

只是一个看上去瘦弱无力、终日与茶具泉水打交道的茶艺师，为什么在明知道有人来杀自己的情况下，没有呼救没有奔逃，而是如此平静坐在椅中等待？他有什么凭恃？而且一个茶艺师能对帝国有什么用处？一个茶艺师如何能替茶商看家护院？一个茶艺师凭什么能比陈子贤拥有更好的退役人生？

转瞬之间，宁缺想了很多可能，甚至是最不可能的那种可能，口罩外的清稚眉眼间渐渐浮现出前所未有的凝重神情，看着对方问道："你为什么不逃？"

"为什么要逃？"颜肃卿微笑看着少年说道，"既然我是醒着的，你又怎么可能杀死我？"

说完这句话，他轻轻一拂衣袖，石桌茶案上便多出了一把没有柄的微暗小剑。

宁缺的眉头蹙了起来，身体变得有些僵硬，知道自己遇到了那种最不可能的可能：这个瘦弱无力的茶艺师……居然是一位修行者！

在这一刻，他不禁想到旅途中和吕清臣老人曾经进行过的一番对话，那番关于长安城剑师多如狗，念师满地走的对话。

当时吕清臣老人笑说这种论调绝对过于夸张，进入长安城后，宁缺虽然看见过在路边开坛施法的昊天道南门修行者，跟着朝小树在春风亭与修行者厮杀过，但真没想到复仇名单中看上去极不起眼的一个名字，居然也是那个世界里的强者。

卓尔的情报里没有，桑桑也没有察觉，谁也想不到，前军部的文书鉴定师，如今被茶商供养着的茶艺师，居然是个精通驭剑之术的修行者！

宁缺紧蹙着的眉毛缓缓舒展，他看着椅中的颜肃卿，看着瘦弱中年人身前那把无柄小剑，温和一笑说道："既然你不逃，那我逃好了。"

说逃就逃，话音甫落，他毫不迟疑转身，像匹狂奔的骏马般向临湖小筑外冲去。

颜肃卿极有兴趣看着少年将要消失在竹墙畔的背影，轻笑摇头感慨道："既然来杀一个修行者，来了难道还能退吗？"

温和却蕴着强烈自信与杀意的字眼从瘦弱中年男子唇间缓缓而出，同时他放下了左手握着的粗陋大茶杯，右手卷起左臂上的袖口，左手中食二指一并做了一个剑诀斜斜向着临湖小筑外隔空点去，动作极为潇洒随意。随着并指斜斜一指，石桌茶案上那把微暗无光的无柄小剑骤然低沉嗡鸣，仿佛被灌入了某种神奇的能量，猛地自桌面弹起，然后化为一道乌暗的光迹，撕开临湖小筑黎明前最黑暗的夜色，直刺院外。

宁缺后背一片针刺似的痛楚，露在口罩外的眉眼却看不到任何惊慌，只有沉着与冷静，眼看着便要冲出那片竹海，却出乎意料地左足重重一踩地面，整个人的身体便翻了起来，然后右足紧接着闪电般踩到粗大的楠竹之上。

噔！噔！噔！噔！

坚实的鞋底快速交错踩在竹上，蹬得竹子一阵摇晃，无数片竹叶就像断裂的羽箭般簌簌落下。他踩着竹子瞬间攀至院墙之上，险之又险地避过院内袭来的那道剑光，然后膝盖微弯一震，借着竹子震荡疾速向院中掠去。

铮的一声，像利箭般的身体刚刚掠过院墙，锋利的朴刀已然出鞘裂布在手，宁缺闷哼一声，腰腹发力手腕翻转，朴刀有若风雪劈头盖脸地向颜肃卿劈了过去！

从知道这位茶艺师是名修行强者之后，他就知道今夜必然将要再次面临生死间的大恐怖考验，他知道自己现在的实力并不足以对抗一名修行世界的强者，但他依然没有想过要退，因为他知道面对着修行者，退避便意味着死亡。

在北山道口，他看过彭国韬那些大唐最精锐的侍卫，是怎样凭着铁血的意志和纪律与一位大剑师战斗，在春风亭外，他看过朝小树是怎样凭着自身的超绝实力和强悍控制力斩杀两名来自异国的修行强者。从中他学到了一些经验，那就是面对修行者只能进不能退，而这经验或许能够让他逃离死亡。

所以一开始他的退便不是退，而是以退为进。

进而杀人。

叮的一声清脆响声！宁缺拧身挥刀，劈飞自身后遁来的那道灰暗剑光，身体从半空跌落。

初一相逢，刀口处出现了一道米粒大小的缺口，他的破旧布袍上方多出了一道极细微的破口，然而他口罩外的眉眼依然没有畏惧，双腿就像两根钉子般死死扎在地面，双手紧紧握着朴刀的长柄，微低着头警惕地观察着夜色里的动静。

忽然间他手中长刀一翻，用左肩处一道血痕的代价，避开了自右方夜色里袭来的那道剑光，同时从手中传来的细微震感，确认自己的刀锋至少擦到了飞剑。

宁缺依旧微低着头，静静盯着不远处椅中的颜肃卿，耳朵细细听着临湖小筑四周夜色里不时响起的轻微嗡鸣声，想要判断出那柄飞剑的方位。

他向前踏了一步。院外一片飘落的竹叶被无形的力量撕成了两半。他如座山般向后倒下，灰暗剑影擦着他的肩头疾掠而过。

他右手重重一拍地面，腰腹一紧，那座山便重新站了起来，双脚闪电般连错，灰暗剑影咻的一声扎进他脚前石板缝中，然后迅速嗡鸣再飞，消失无踪。

他此时站的位置，比先前退了三步。茶桌右侧的小油灯泛着淡淡的光辉，颜肃卿好整以暇坐在石椅中，似笑非笑。二人之间相距不过数步，然而就是这数步的夜色，却是那样难以逾越。

因为没有人知道灰暗的剑影在夜中何处。

双手紧握着长刀柄，双脚稳定地踩在石板上，没有踩着缝隙，没有踩着突起，保证随时能够借到大地全部的力量，宁缺像座雕像般一动不动盯着椅中的茶艺师，眼眸里没有畏惧，只有平静和专注。

这是他生命里第一次单独和一名修行者战斗，他知道自己没有什么机会，他知道自己今夜极有可能迎来死亡，所以他当然恐惧。但被生死折磨了太多次，宁缺非常清楚在这种时候，恐惧是最没有用的情绪，只有把恐惧紧张变成兴奋，才能够把生死二字翻转过来。

飞剑嗡鸣，闪电刺来，他挥刀而斩，纵使斩空，也会在最后关头凭借战场上打磨出来的战斗本能和极强的身体控制能力避开要害部位。

叮叮叮叮！剑如飞芒刀如雪，他的身体上被剑影割出了无数条密密麻麻的口子，鲜血渗透内衣渗出破旧的外袍，开始在身体表面淋漓，如同血人一般。但宁缺依旧双手紧握着朴刀，双脚像钉子般扎在石板上，眼中没有任何表情盯着椅中的强者，没有惊慌失措，没有恐惧，甚至连拼命时应有的狂热情绪都没有。

"边塞回来的军人？"

颜肃卿渐渐敛了微笑，看着身前不远处的浴血少年平静说道："连续十四剑都没能直接刺死你，只给你留下一些小伤口，只有边塞军人才有这种身体本能。但我必须提醒你，就算伤口很小血流得很慢，但流得久了，也是会死的。"

"我明白，所以我会试着在血流干之前找个机会砍掉你的脑袋。"宁缺回答道。

"你不会有这种机会。"颜肃卿同情地看着宁缺摇了摇头。

这时候小炭炉上的水终于开始沸腾，热热的水雾从壶嘴里喷薄而出。

茶艺师用左手提起炉上的水壶，向粗陋茶杯里倾注。他看着被沸水冲得不停浮沉的茶叶，低头说道："我要开始饮晨茶，那便不陪你玩了。"

76

在边城在旅途在老笔斋在很多地方，宁缺曾经对桑桑说过很多遍，即便不能修行那又如何，看少爷我练好刀法一样能把他们劈得七零八落，但至少在现在，这种看似铿锵有力的宣言很大程度上只能是精神慰藉或者说是精神自慰。

他知道修行世界里的强者们拥有怎样不可思议的能力，他没有奢望过能在正面战斗中击败一名修行者，更何况是眼前这名明显至少已经踏入不惑境界的剑师。

这是他与修行者的第一战，他只有一些间接的经验，他并没有抱着多大的希望，但他也不会绝望，他向来坚信只有死人才需要绝望。

炭炉之上开水渐沸，热气蒸腾，沸水冲入茶杯之中，宁缺认真看着这幅画面，盯着颜肃卿的一举一动，盯着他的肩，盯着他的手，没有去听对方任何可能弱化自己战斗意志的话，当他看到此人去倒茶时，眼睛骤然明亮。

手要握茶杯，自然无法再捏剑诀。宁缺如钉子般坚固扎在地面的双腿一紧，身体猛地向前倾倒，双手拖着长长的朴刀，挟着全身的力量，虎扑而去！

感受着迎面扑来的劲风，看着拖刀于身后搏命于一击的少年军卒，颜肃卿眼中泛起怜悯与嘲讽混杂的神情，右手探出袖口散开手指在夜风中轻轻一拂。临湖小筑里破风之声大作，并不是宁缺虎扑身躯卷起的气流，而是深沉夜色被某种力量撕卷的声音，那抹不知消失于何处的灰暗剑影嗡鸣之声大作，倏忽于前倏忽于后，鬼神莫测其位，瞬间撕裂夜色如闪电般直刺宁缺后背！

竹墙处被风卷动的竹叶骤然一静，然后惊恐地四处散开。炭炉处的灼热水雾骤然一凝，然后极其缓慢地向地面沉降，院间石坪之上的时间仿佛变得慢了很多。

这就是剑师全力一击时的威势吗？

感受着背后传来的绝对冰冷和那抹尚未接触便已经开始令自己心肝欲碎的锋利意味，宁缺脑海中生起这般感慨，知道死神的手已经快要轻拂上自己的后背。

但他没有回首，没有闪避，依然如头悍虎般狂暴前纵，依然在奔跑，因为他知道再回首已无退路，如此近的距离闪避也只是徒劳，此时此刻他只能奔跑，向着死亡奔跑或者比死亡跑得更快，如此方能存有最后一丝希望。

冲至颜肃卿身前两步之地，宁缺全然不管不顾身后如此亲近的死亡气息，瞪着眼睛，盯着对方的脖颈，双手一错将全身气力凝于朴刀之上狠狠斩了过去！

看着劈面而来的狠厉刀光，颜肃卿左手端起的茶杯刚刚触及唇边，脸上没有丝毫表情，他在那片天地之息的海里清楚地看到，自己念力控制下的无柄小剑已经闪电般飞抵宁缺身后，不待刀锋落下，这少年便会死亡。

宁缺手中的朴刀距离颜肃卿的脖颈还有三尺。

颜肃卿的飞剑距离宁缺的后背还有一尺。

修行者控制的飞剑比世间最优秀的刀客挥出的刀都要快。

无论如何计算，虽然宁缺悍勇搏出了一个拼命的机会，很可惜的是，这最后的一搏只能搏掉他自己的性命，却不能伤到颜肃卿丝毫。

下一刻，宁缺本应该死了，但他没有死。他借着拖刀劈斩之势，悄无声息松开了左手，极为自然地伸到背后，握住了从裹布里探出的一段硬物。

他握住了大黑伞的伞柄。

修长稳定的手指握住伞柄用力一转，裹在伞外的粗布骤然变形，坚实的硬织布料在刹那时间内拱起然后撕裂，露出里面的几抹黑色，那几抹黑色旋转着撕裂布料，就像是蛰伏已久的苍龙从地底暴戾地抬起头来，撕裂越来越多的粗布，露出越来越多的黑色，逐渐连绵成面，连绵成一片黑色的伞面。

黑色的伞面一面旋转，一面张开，面积骤然扩大，就像是朵被凝缩春风瞬间催发的黑色大花，嘭的一声张开，遮住了宁缺的后背，挡住那道嘶鸣凄厉的灰暗剑影。

颜肃卿调动全副念力，做出绝杀一击的剑影，裹挟着无尽威势，然而当无柄小剑狠狠刺上大黑伞看似普通油腻的伞面上时，没有任何伞面撕裂的声音响起，也没有什么激烈碰撞的声音响起。

锋利无匹的飞剑刺中黑色的伞面，就像是落叶坠入一片无边无际的黑色泥沼，又像是一只疲惫的蚊子轻轻降落在老坊乌黑的牌匾上。

高速振动嘶鸣的飞剑仿佛被粘在了大黑伞面上，骤然归于绝对的安静。片刻之后，堕入无边无际黑色泥沼的落叶缓缓沉没无踪，落在老坊乌黑牌匾上的疲惫蚊子颓然无力向空中坠落，向生命的终点坠落。

先前灵动犀利的无柄小剑，仿佛瞬间失去了所有生命，就这样从大黑伞面上落了下来，缓慢向着地面坠去。

天地元气的世界里有根线断了。

颜肃卿表情骤然一变，发现自己居然感应不到自己的本命剑，一声厉啸迸出双唇，左手松开那只粗陋的茶杯，双掌相合，把宁缺单手劈过来的刀锋夹住！他的手掌与宁缺的刀锋之间隐隐有一根头发丝的距离，并没有完全触实，但就在那极细微的空间里，似乎有某种力量充斥其间，如绵一般紧实。

厉啸声回荡在幽静的湖畔小筑间，刚刚坠落到地面的飞剑听到啸声，便是一阵弹动，但却怎样也无法再次飞起，看上去显得极为凄惨徒劳，就如同深秋落在霜冻地面上的老蚊子，薄薄双翼被冻成了玻璃冰，所谓挣扎更像是临死前的抽搐。

颜肃卿双眸间杀意大作，又是一声厉喝，双掌一错拍开冰冷的刀面，右手穿袖而出，身体斜掠而自椅间弹起，并指为剑直刺宁缺的咽喉。

此时那只粗陋笨大的茶杯才重重摔落在地，摔出满地黑红色的陶砾泥片，热水混着茶叶呈放射状四处抛散，白色的热气惊恐地夺路而逸。

颜肃卿并指为剑直刺宁缺咽喉，向左方稍偏画了个圆弧，比直正的直刺距离要更远一些，这也给了宁缺生死关头最后的反应时间。

他不得不如此，因为他想要避开宁缺身后那把大黑伞，下意识里他就不愿意沾到那把大黑伞，哪怕是触到一分都不愿意。那把张开的大黑伞，油乎乎肮脏的伞面此时看上去竟比这湖畔小筑黎明前的黑暗还要更黑更暗。

颜肃卿并不知道这把大黑伞是什么东西，只是作为一个在修行道里浸淫多年，近十年退出军部隐身于茶香泥陶之间又有进益的剑师，他能隐晦地感觉到这把大黑伞给自己带来的恐惧，那是修行者本能里的恐惧。

正是因为这种内心最深处的恐惧，颜肃卿的指剑比正常水准慢了少许，也正是利用这极短暂的时间，宁缺来得及把黑伞移到自己身体的左方。此时已经完全打开的大黑伞面积极大，就像一朵漂浮在湖面上的大黑花般，乖巧随着宁缺的手指从右肩滑至左肩，然后遮盖住他全部的身体。

颜肃卿的手指狠狠戳在了大黑伞的伞面上。

手指戳在黑伞面上的感觉……有些滑有些黏，有些恶心。

颜肃卿瞪着眼睛，看着指尖与黑伞面接触的地方，内心深处的恐惧汹涌而出，身体剧烈地颤抖起来，脸色在瞬间之内变得无比苍白——他无比震惊地发现，与内心恐惧一道汹涌而出的，还有他体内的念力以及他用念力调动的天地元气。

大黑伞如最深最沉无边无际的夜，将要吞噬掉所有的光明！

颜肃卿没有想到居然会被一个普通人和一把看似普通的大黑伞逼入这等境地，但他知道自己已经被逼到了生死立见的悬崖边缘！他没有收回剑指，因为光明一入黑夜便必须分出个胜负，或者为昼，或者为夜，日出日落前后，谁都没有办法提前离开！

只听得一声凄厉难闻的啸声自他双唇间迸出，这位隐于民间十余年的修行者终于爆发出了最极致的实力，以恐怖的速度摧动念力，通过雪山气海散于身周，将湖畔小筑所有能感应到的天地之息全部调动过来，凝于指前化为剑意刺向黑伞！

修行者霸道锋利的剑劲从大黑伞的伞面传递到伞柄，然后传到宁缺握着伞柄的手上，他低着头用左手和肩胛处稳定着黑伞，听着腕骨处传来咯咯碎响，感受着身体承受着的恐怖力量，紧紧咬着牙闷哼不退。

此时的他就像是个以大黑伞为盾，拖刀于身后的大唐士兵，正站在草原决战的最前线，拼命抵抗着盾牌外蛮人部族的暴戾冲击。他不能退，一退便是一溃千里，大唐边塞军队出来的每个人都拥有这种纪律感和勇气！

此时他全副精神与力量都集中在伞柄之上，用以抗衡颜肃卿凝聚毕生修为的剑指，而且他隐隐感觉到身体内有某种很珍贵的东西，正顺着伞柄不断流失，不断流进大黑伞的伞面之中，所以他右手根本无法举起拖在身后的朴刀。

指在伞面之上，人在伞面之内，绝命的僵持不知道持续了多长时间，天地元气在临湖小筑间汹涌而至，凝于颜肃卿指前化为极短而利的剑意猛刺。无论是飘舞的竹叶还是渐冷的水雾，仿佛都感受到了场间紧张的气氛。

颜卿肃轻哼一声，苍白的脸庞上青筋一现即隐。

大黑伞向后退了一分。

伞柄滑离宁缺左手虎口，狠狠击中他的胸口，锋利至极的剑意终于有一丝成功穿透了大黑伞伞面，从伞柄碰撞处狠狠扎了进去。噗的一声，血水从宁缺的口鼻间喷了出来，顺着口罩边缘散开，染红了稚嫩的脸。

黑伞那头，颜肃卿的眼角也开始淌落血滴，眼中精芒渐趋黯淡，他将念力压榨得太多，也已经快要油尽灯枯。

现在就看谁能支撑更长的时间。

大黑伞的伞柄就像座大山般不停碾轧着宁缺的胸口，鲜血不停从他的口鼻处涌出来，口罩已经完全被血打湿，血水顺着口罩边缘不停滴落，滴在他的鞋上。他极为艰难地抬起头来，有些无神的目光擦过黑伞边缘，望向伞外的茶师，发现颜肃卿瘦削的脸颊此时已经变得更加消瘦，眼窝深陷，想必也快撑不住了。

忽然间，宁缺感觉伞柄处传来的力量弱了一分！

他霍然抬首，左手紧握着伞柄，用胸口顶着伞柄，强行向前踏了一步！

大黑伞就像是块坚不可破的大盾牌，把颜肃卿向后推退一步！

一声草原猛兽残酷搏杀时的厉号自少年口中吼出，他调动身体内最后残余的那丝力量，提起拖在地面上的朴刀，狠狠一刀斩了过去！

咔的一声，刀锋深深揳进颜肃卿的脖颈深处，然后伴着一阵极为难听恐怖的破骨断肉声继续前行，直至从另一边劈了出来。颜肃卿眼睛不可思议地瞪着黑伞后的少年，然后头颅一歪从颈口上掉落，在地面上啪啪嗒嗒弹动两下，滚进犹有余温冒着热气的茶水之中。

大黑伞缓缓垂落，伞柄依然紧握在宁缺的手中。

宁缺瞪着眼睛，看着地面上那颗头颅，急促地喘息着，说道："你习惯了当茶师，那就不再是剑师，因为你连近侍都忘了请一个。"

黎明前的黑暗是那样地深沉，此时的长安城是那样地安静，街巷之上没有任何行人，就连习惯夜行的猫儿都看不到一只。南城某处坊口奔出一个浑身是血的少年，他跟跟跄跄地奔跑着，虚弱的双腿有时难以支撑，他便会重重地摔在地面上。

鲜血从口罩边缘不停滴落，他觉得自己视线有些模糊，甚至思维都有些混乱，竟是不知道自己跑到了何处，不知道是失血过多还是别的什么原因。

"我要取你的命，那就一定会取你的命。"他下意识里喃喃念着，寻找着回家的道路。声音从被血染透然后粘住的口罩内传出来，显得有些变形。

先前已经听到了警笛声，残存不多的理智让他知道必须尽快离开这里，官府已经被惊动，如果稍后长安城出动羽林军，那他就只有死路一条。

于是他继续狂奔，狂奔在他没有认出来的朱雀大街上。系在身后的黑伞被不时弹起，然后张开，一蓬一蓬。

浑身是血的复仇少年。

从冥间爬回来的恶鬼。

背后生着一朵黑色的莲花。

77

宁缺奔跑在夜色里，奔跑在大街上，不时抬起右臂抹掉下颌处的血水，大黑伞不时击打在他的背部上啪啪作响。随着时间流逝，他眼眸里的光泽越来越黯淡，露在口罩外的眉眼皱得越来越紧，显得非常痛苦。

他的视线越来越模糊，街畔的拴马柱、坊市口里的门坊，在眼中逐渐变形扭曲，变成张牙舞爪的怪物；他的呼吸越来越急促，肺叶挤压出来的气息像岩浆般滚烫，拼命吸进来的气息却像冰川般酷寒；他的脚步越来越虚浮缓慢，时常被地面突起的青石板绊住；他的思维越来越紊乱，竟渐渐忘了自己当下的处境。

他只记得自己应该奔跑，跑得越远越好。

某种深刻入骨的本能催促着他向着临四十七巷老笔斋方向奔跑，大概只有在看到那个黑不溜秋的小丫头之后，才会觉得安全觉得妥当，这种奔跑回家的执念是如此地强大……强大到支撑着他重伤虚弱的身体从南城跑到了此间，强大到让他根本没有注意到此时自己正奔跑在平日里最令自己警惕不安的朱雀大街上。

口罩边缘滴落的血水可以被臂袖擦去，身上那无数道剑口渗出的血水则是缓慢地流到了大黑伞上，被那黏稠油腻的黑伞面缓缓吸附再缓缓释出，缓慢地向地面滴落，然后在地面上绽开一粒极小的血花，润进石缝之间。

尚未至晨，便有晨风起，拂动不知谁家檐下晾晒的衣裳，吹得朱雀大街远处高耸入云的龙云旗猎猎作响，晨风中的脚步声和淡淡血腥味，融在一处，渐渐惊醒了隐藏在千年石缝间的某些生命。

大唐长安城宽敞笔直的朱雀大街，忽然间变成一条漫漫无尽头的地狱火道，宁缺觉得自己的双脚仿佛踩在极为滚烫的烧红卵石之上，每步踏下时鞋底便会被烧穿，那些勃然而起的火苗瞬间蔓延烧掉他的血肉，烧枯他的白骨，异常痛苦。

他还在奔跑，踏了一步一步又一步，每一步都感觉是那样地痛苦，每一步都觉得自己的脚被无数把刀同时砍成了肉泥。

忽然间他身体僵在了原地，痛苦地捂住了胸口！

他感觉仿佛有一把无形的长矛从极高的夜空里落了下来，破开他的肉骨腑脏，直接贯穿他的身躯，把他狠狠钉在了地面！

来自朱雀大街地面火灼痛苦瞬间消失，因为和胸口处传来的那股痛苦——和那股仿佛要撕裂一切毁灭一切的痛苦相比，世间任何苦楚都不值一提。宁缺眉头痛苦地蹙了起来，看着空无一物的胸口，看着已经变形成某种弯曲甬道的大街，看着与真实没有任何关系的长安城，发现眼中所有事物都有无数个影子，真实的虚妄的伪造的解构的影子，而他的人就站在这些事物的实虚幻影之间。

忽然，他听到耳畔有人在轻轻喘息。

用尽最后的力量，他转过头去，血手紧紧握住腰畔的刀柄，却没有看到任何人的踪迹，身周依然还是那些诡异的变形世界。脸色惨白得如同雪山，他惘然四顾，下意识里寻找那声喘息的来处。

街畔那些仿佛快要倾倒在地面的拴马石柱在喘息，诉说着日日被系颈的痛苦与烦躁；坊市酒肆的黄布幌子在晨风中喘息，诉说着夜夜被酒鬼调戏的不悦与不安；某座宅院里探出腰身来的槐树在喘息，诉说着自己看了太多的家族隐私快要被熏得干枯；落在石狮座下的青叶在喘息，诉说着自己没有应时而落的原因。

石头雕成的狮子在喘息，木头搭成的楼宇在喘息，脚下的路面在喘息，晨风在喘息，远处的皇宫在喘息，近处的灰墙在喘息，长安城在喘息，整个天地都在喘息。

娇滴滴妩媚有若女子呻吟的喘息，绵延悠长有若朝堂威严肃穆的喘息，急促不安有若逃亡旅者绝命的喘息，淡漠沧桑有若历史无情的喘息。

宁缺听着大街窄巷后院远殿四面八方传来的喘息声，孤单无助地站在街道中央。他松开刀柄用双手捂住耳朵，却依然无法阻止那些各式各样的喘息声穿透掌背，清晰而极有力地传进脑海之中。

他在黑暗的朱雀大街中央缓缓跪下，然后倒下。大黑伞覆在他的背上，血水经过黑伞，淌在青石之上，流进石缝之间。

平整青石铺砌而成的朱雀大街上，绽着无数朵细微的血滴绽成的小花，从南城一直向北，血花连缀成线，与前端黑伞处的血水隐隐连成一道线条。

血线遥遥所指之处，是大街远处那幅石雕的朱雀绘像。

刻在御道中央的朱雀绘像，深刻入石，承载着大唐帝国逾千年的岁月，不知迎来了多少位意气风发的新晋君王，不知送走了多少位最终未能战胜时间的苍老雄主，它那不怒而威的两个眸子永远是那般平静，不曾动容过一瞬。此时朱雀绘像的眸子依旧威严如常，然而它头顶那三根华美难以比喻的顶翅中右方那根却缓缓挑了起来，竟似要破开石面进入真实的世界！

宁缺倒在大黑伞下昏迷不醒，根本不知道远处的朱雀绘像发生了如此奇异的变化，更不知道一股磅礴莫御仿佛来自远古的肃然毁灭之意笼罩住了自己。他的鲜血在石缝间流淌，极浅极平，比人类能够想象的极限还要更浅更平，从大街中央一直流向远方，流淌进远处朱雀绘像繁复庄严的羽毛石隙之间。

无声无息间，那些流进朱雀绘像华美羽毛石隙里的血水迅速被蒸发成淡红色的雾气，然后被某道无形的高温力量直接净化为无形的空虚。

朱雀大街青石板上散落的血滴小花也开始被蒸发，被净化，一朵朵消失于无形，石缝间极平极浅的血水更是以肉眼可见的速度不断蒸发消失，直至最后终于来到了那把大黑伞下，顺着血水直接侵袭入宁缺的体内！

烈火无形，高温无感，看不到的灼热气息仿佛能够焚化世间的一切，宁缺身上的血水被迅速蒸发流散无形，而衣服却没有丝毫变化。他裸露在衣物外的手臂，裸露在口罩外的脸颊开始快速变红，搭在额前的头发快速焦黄枯萎，搁在青石板上的双手指甲，因为水分快速流失而开始变得干酥。

一片青叶被晨风吹起，落在他的手背上，然后被再次拂落，依旧青润可喜。一只蚂蚁被落叶惊扰，爬上他的手背，然后从另一边爬下来，依旧活着。但如果不出意外，下一刻宁缺就将被朱雀绘像释出来的玄妙无形火焰活活烧死。

就在这个时候，一片阴影落了下来，啪的一声轻轻碾死了那只可怜的蚂蚁。

被晨风吹动的大黑伞，轻轻覆在宁缺的身体上，像黑色的莲花般轻轻招摇。随着黑伞招摇，那片青叶瞬间被冻凝成冰，被晨风轻轻一拂便散作无数粒极小的冰砾。一股绝对阴寒的味道从黑伞上逐渐释放，缓慢而不可阻挡地渗进宁缺滚烫的身体，片刻后，他脸颊与胳膊处的红色渐渐退去，变回重伤后的雪白，搭在额前的头发迅速变回乌黑油亮，搁在青石板上的双手指甲重获光泽。

远处石街上的那幅朱雀绘像仿佛感应到了些什么，那双威严肃穆的眸子明明还是平静如常，却给人感觉像是向宁缺倒卧的方向看了一眼。

瞬间，它头顶那三根华美难以比喻的顶翅齐齐挑了起来！

几乎同时，盖在宁缺身上的大黑伞招摇得更疾了几分！

黑色的荒原上刮着黑色的风，强劲的风力卷起黑色的土砾在天空中四处抛撒着，以至于用肉眼望去，仿佛苍穹上那轮烈日的光芒都变成了黑色。荒原远处有一座黑色的雪山，在黑色烈日光芒的照耀下正在不断融化，不断崩塌，融化后的雪水混着黑土黑砾，反耀着黑色阳光，汹涌地四处奔突冲刷。

黑色的雪山将要垮塌崩溃，它形成的洪水将要毁灭整个世界，而就在这时，光明的夜突然降临到了世间，释放出无比温暖的阴寒气息。

宁缺站在这个空间的某个点上，惘然却又无比平静地看着眼前这幕壮阔浩大的毁世画面。他不知道这是什么地方，但他知道这不是梦，这种感知清晰而坚定，就像他明明看到占据大半个天穹的光明，却能肯定那就是夜。

光明的夜遮住了大半个天穹，遮住了炽烈的黑色的阳光，逐渐减缓了雪山融化崩塌的速度，而自光明夜空散发下来的阴寒味道，则开始重新凝结那些肆虐于黑色荒原间的洪水，让它们变成舞蹈的黑冰，不甘的黑雪。

整个世界在重塑，那座黑色的雪山缓慢而不可阻挡地重新矗立起来。天地归于平静，夜重新回复成夜应该有的颜色，荒原上的冰川雪河不知何时消失，仿佛什么都没有变化，又仿佛所有的一切都改变了。

苍穹上的那轮太阳温暖地照耀着世间，春光融化了雪山那头的积雪，汩汩细流渗进冰雪深处，落进蓝色幽黑的地下冰穴，然后消失不见。不知过了多少年，荒原上距离雪山极远处的某地，一颗石砾轻轻颤抖起来，被推向一旁，然后一股涓涓细流涌了出来，然后逐渐漫延开来，向着天边流去。

水流畔，长着一棵孱弱却又坚强的小草。

78

世界消失，宁缺醒来。

他看着眼前极近处蚂蚁的尸体，散作一堆的青叶冰砾，失神片刻后艰难地爬了起来。他不知道自己昏迷了多久，也许很长也许很短，但他知道躺在街道中央是件非常危险的事情，听着远处隐隐响起的竹笛声和马蹄声，他狠狠一咬下唇强行提振精神，撑着疲惫伤余的身躯奔入侧方一道小巷。

青石街面上留下的血水已经消失无踪，干净得有如被雨水洗过数十遍又被春日暖暖烘干一般，他没有察觉到自己身上的血渍也不知去了何处，干净得像是刚在红袖招里泡了半夜的木桶浴一般。

先前昏迷时究竟发生了什么，他此时的脑海里只有一个模糊的印象，对于长街尽头的朱雀绘像与身后的大黑伞的神奇斗法，更是没有任何记忆。走进侧巷，他迅速脱掉了身上那件满是剑口的外衫，这时才注意到外衫上居然没有一丝血迹，微微一怔，艰难低头看着自己的身体，确认真的没有任何血迹，心中不禁产生了极其强烈的疑惑。只是此时情势紧急，官府已经被惊动，他来不及思考，直接撕下一片布角挂在树枝上，然后把外衫扔进墙后的某间民宅。

胸口处依然无比痛楚，那根来自苍穹的无形的长矛仿佛还插在他的胸膛上，每走一步都会让他脸色白上一分，哪怕是最微弱的颤抖都让他感觉自己的心脏上被撕裂的口子又大了些。他伸出颤抖的手掌搭上一堵矮矮的围墙，腰腹用力一跃而入，悄无声息经过一个还在贪晨凉酣睡的居民，从竹竿上取下一件青色单衣，迅速套在身上。

他备着极好的金疮药，但在穿衣服的过程中，匆匆查看一眼后惊奇地发现身体表面那些被飞剑割的鲜血淋漓的口子不知何时已经愈合，这种愈合并不是真正的伤愈，看上去更像是被人用火强行灼焦一般，只是止了血，但伤势依旧。借着最后的这抹夜色，宁缺在长安东城的大街小巷里沉默艰难穿行，时不时侧身入树后，攀爬至檐顶，避开那些越来越近的马蹄和越来越尖锐的警笛声。

当他终于成功靠近临四十七巷时，却发现自己无法回到老笔斋治伤，因为长安府拿着铁尺绳索的衙役已经开始逐街叩门询问。蹙眉看着那些被敲开的铺门，宁缺抬起手捂在嘴上，强行压抑住强烈的咳嗽冲动，脚步一错退回巷口阴影之中，靠着墙壁急促地喘息了两声。

一辆样式普通的马车出现在巷口，车辕上印着书院的标识。

宁缺藏身于黑暗中，盯着这辆每天接送自己去书院的马车，仔细聆听着巷中不时传来的铺门开启声，在心中默默计算着时间。疲惫的右脚狠狠一蹬墙面，虚弱的身体迸发出最后的力量，他整个人斜斜一掠冲进巷中，右手闪电般打开车门，便钻了进去。

巷中正在问旧古董店老板的衙役余光里隐约看到了什么，惊愕转首望去，却见巷口处空无一人，只有一辆马车安静地停在那处。

"这么早，怎么会有一辆马车停在这儿？"衙役皱眉自言自语道，准备过去看看。

披着件单衣的古董店老板打了个呵欠，看了一眼巷口处的马车，极随意地解释了一句："那是接小宁老板去书院的马车，每天这时候都会在这儿等着。"

听到"书院"二字，衙役停下脚步，自嘲一笑，转过头来看着古董店老板感慨说道："咱们这条街上居然也能有人考进书院，真是难得。"

马车内，宁缺看着衙役与古董店老板在石阶处对话，确认没有问题后放下车窗帘，轻轻一敲窗棂，用疲惫的声音说道："老段，可以走了。"

车夫老段吓了一跳，回过头看着帘后的宁缺，惊讶说道："宁老板？你什么时候上车的？我怎么不知道？今儿您起得倒是真早啊。"

"昨儿礼科的教案我没温，今天急着赶去书院再看两眼。"宁缺轻声解释道，然后面色微微一变，低下身子剧烈地咳嗽起来，急忙用袖子掩住自己的嘴。

听着车厢内压抑却又撕心裂肺的咳嗽声，车夫关切询问道："您没事儿吧？"

宁缺应道："昨夜太热，贪吃了两碗冰，又冲了几桶井水，大概是伤风了。"

车夫回过身去，一手牵缰一手轻挥马鞭，笑着说道："热伤风最是麻烦，不过您年轻火旺，回铺子后喝些清凉茶汤，也就没事儿了。"

听着"火旺"二字，宁缺不知为何心底生出一股悸意。他微微一怔，低头望向自己的衣袖，发现上面染着两抹自己咳出来的血，便轻轻将袖角攥在了手里。

长安南城乃清贵地，那座湖畔小筑更是清贵之居，有资格住在这种地方的人都是非富则贵，茶师颜肃卿虽说不容于朝堂，但在名流上层圈子里还有几分名气。先前临湖小筑里一番死战，早已惊动了湖畔别的居民，待发现是茶师颜肃卿的脑袋被人砍了，长安府乃至羽林军马上开始了严肃的查缉工作。

此时城门刚开，正是将凶徒堵在城内的大好时机，长安府衙役四处寻访，羽林军则是在街道之上布防，而城门处的查验更是极严。

但再严厉的查验，终究还是有所分别有所差异，至少对于带着书院标识、负责送学生前往书院读书的马车，表情严肃的城门军只是随意问了两句，然后掀开车帘看了一眼，便挥手放行。

宁缺掀起窗帘向城门洞处望去，心想若不是身上血迹不知为何全数湮灭，今日这关还真是不好过。此时的他并不知道，朱雀大街上的血迹也已经被全数蒸发净化，没有留下任何痕迹，不然那些羽林军的骑兵早就会循着血迹追上疲惫伤重的他。

马蹄嗒嗒，车轮辚辚，第一抹晨光降临长安城，照耀在少年清稚的脸颊上，把苍白的脸照耀得更加苍白。他忍不住眯起眼睛，想起了那个世界里黑色的阳光，想起今夜发生在自己身上的诸多不解事，下意识里摇了摇头，然后把刀藏进了车板下。

马车行至书院，宁缺缓慢而平静地向书院里走去，往日花香草茂境幽的石道，今天却显得这般漫长，每走一步都是那般痛苦，而为了不让人看出自己的伤势和异样，胸口中再如何剧烈地痛苦，他都必须忍着，连眉梢都不能挑动一下。

这种身体状态绝对无法上课，宁缺清楚，如果坚持上课，那么自己极有可能会当着教习和同窗们的面，喷一口鲜血然后当场倒毙。所以他直接穿过书院幽静侧巷，迎着不知道第几缕晨光，缓步走过湿地，来到旧书楼前。

旧书楼昼夜对学生开放，此时尚早，无论是书楼教习还是那四名执事都不在，宁缺自行推开楼门，然后右手扶着墙壁，极为艰难缓慢地向楼上爬去。到了熟悉的二楼，看着书架上那些密密麻麻的修行书籍，宁缺沉默片刻，忽然生出强烈的阅读冲动，因为冥冥间他有一种极不祥的预兆——这将是自己生命里最后一次登楼，而也将是最后一次有机会看这些珍贵的书籍。

终究还是没有从书架上抽出书来看，也没有精神去看那个叫陈皮皮的家伙有没有留言，他疲惫地向书架尽头走了过去，走到西窗下的地板间坐下。

稍后女教授应该会来描她的簪花小楷吧？被她看见自己这副模样，要如何向她解释呢？也许稍后自己就闭上眼睛再也无法醒来，那何必还要解释呢？

因为失血过多，更因为身体内部所受到的那些玄妙伤害与冲撞，宁缺的思绪极度混乱，就像春日风中飘着的那些柳絮般，轻飘飘浑不着力不知方向。他低头看了一眼自己的胸口，感受着那处空荡荡的感觉，感受着空荡荡里那股难以承受的撕裂痛苦，下意识抬起颤抖的右手缓缓摸了过去。

没有摸到那根来自苍穹的长矛，也没有摸到血，但宁缺却觉得自己的手上满是黏稠的鲜血，而且他很确定自己的胸口确实被那根长矛戳出了一个大洞。

一个无形的大洞。

就这样莫名其妙地死去吗？宁缺痛苦地想着，同时觉得脑海里涌来无穷无尽的困意，觉得自己的眼皮变得像铅一般沉重，不停地想要闭拢。

他解下身后的大黑伞轻轻搁在身旁，然后疲惫地向后方的墙壁靠去，缓缓闭上双眼，发出一声轻松的叹息，双腿很自然地放松张开。

就像是那个雨天卓尔箕坐于灰墙之下。

楼间传来轻柔的脚步声，身材纤巧的女教授缓缓走了过来，看到箕坐于墙下的宁缺，她的眉尖缓缓蹙起，目光落在少年身旁那把大黑伞上。女教授看着那把大黑伞微微蹙眉，再看宁缺时，恬静的容颜上便多了一丝兴趣和探究之意："让朱雀动怒的……是你，还是这把大黑伞呢？"

她平静地看着濒临死亡的少年，不知为何并没有出手相救的意思，只是轻轻叹息了一声，惋惜说道："说起来还真的很好奇哩，一个没有任何修行潜质的可怜少年，为什么身上藏着这么多连我都看不透的秘密？囿于承诺，我不能帮助你，不然我还真想看看，你活过来后会变成什么模样。"

女教授眉眼清丽，透着股与年龄完全不相符的稚美，看着地上的宁缺，说道："我会替你请假，同时希望昊天能够降幸运于你，让你活下来，如果你这次无法活下来，也不要怪我，只怪你出现得早了一两年。"

片刻后，她端来一碗清水，两个馒头，搁在他的身旁，便回到东窗畔的案几处继续描簪花小楷，就好像根本不知道身后不远处有位将死的少年。

窗外晨光渐盛，蝉鸣与暑意渐起。

79

大唐帝国民风虽然剽悍，但长安城作为首善之地，无数朝堂部衙军营散布其间，达官贵人居住其中，平日里的治安理所当然无比良好。除了割手掌生死决斗会产生几具尸体外，长安城内极少有非正常死亡案件的发生，当然像春风亭那夜经过宫中陛下默允的杀戮自然不包含其内。

所以当南城湖畔命案发生之后，清晨中的长安府衙顿时变得紧张起来，新任的司法参军带着仵作蹲在验尸房里不敢出门，值日班头带着逾百名衙役浑身大汗奔走于市井之间，刚刚起床的现任长安府尹上官扬羽大人的脸色则是极为难看。

"大人，那凶徒定是个老手，从命案案发地四周散开查探，没有找到任何线索，只是在朱雀大街侧巷里找到了一件衣服，估计是凶徒落下的。"负责大案要案侦缉工作的刑责官员，恭敬地把手中那件破烂不堪的外衣和另一块布片递了过去，说道，"非是下属们办事不力，羽林军他们也追丢了。"

上官扬羽接过那件破烂外衣，然后拿着那块布片对着堂外透进来的晨光看了两眼，三角眼缩得快要变成两颗黄豆，却看不出个所以然，哑声问道："让司里老人查查这件衣裳，如果衣料查不出线索，就着重看看针线功夫。"

"这件衣服是兰绣坊的成衣，先前已经有人去叩门问过，这种样式大小的成衣是几年前出产的，卖出去了不知多少件，这件明显是旧的，所以……"下属抬头看了一眼大人脸上的神情，小心翼翼说道，"无论针线还是衣料都查不下去。"

上官扬羽轻轻抚摸颌下稀稀落落的胡子，脸上没有丝毫表情，淡然说道："朝廷养着我们这些官员就是为了做事的，不好查难道就不查了吗？"

下属犹豫片刻后凑上前去，低声说道："大人，凶徒遗下的这件外衣被剑锋劈出了无数道口子，但偏生没有染上一丝血迹，根据属下的判断，只有两种可能。"

"说。"上官扬羽不耐烦他这慢腾腾的性子，恼火说道。

"第一种可能就是那名凶徒贴身穿着件非常贵重的软甲，但看这衣服上的裂口，尤其是某几处裂口的位置，就算是帝国最好的软甲，也无法防到那处。"

那名下属又看了他一眼，声音压得更低了些："那么就只有第二种可能……这名凶徒乃是位武道巅峰的强者，普通兵刃甚至是飞剑只能切开他的外衣，却根本无法穿透他的护身元气层，那么自然就不会流血。"

听到"武道巅峰的强者"这几个字，上官扬羽抚须的手指骤然一僵，看着下属的眼神瞬间变得寒冷起来……单凭护身元气便能硬抗剑师飞剑的武道强者，那得是怎样生猛的角色，这样的强者整个帝国都找不出来几个。

"胡言乱语！"上官扬羽冷冷盯着下属的眼睛，寒声说道，"我大唐武道巅峰强者，就是那四位功勋卓著的大将军，且不说这四位大将军领受皇命长年驻守边疆，就算他们如今身在长安城，难道你想说堂堂大将军会犯命案？"

那名下属连连躬身，示意自己并无此意。

"如果是来自异国的武道巅峰强者……更不可能。"上官扬羽脸色阴沉地说道，"这等人一进长安城，朝廷便会严密监视，若他们敢稍有异动，难道就不怕国师大人直接把他们镇压了！"

这也不可能，那也不可能，那什么才可能？下属在心中叫苦连天，抬起头来用期盼的目光看着大人，心想那您得指条路让我们走啊。

"按常规程序，湖畔命案先行存档，然后尔等用心办差查案，争取早日破案。"上官扬羽缓声说道，这话里隐着的意思非常清楚，所谓争取早日破案，重点是在争取上，就算你不能早日破案，只要朝廷上峰无人发问，那就没有谁会在意。

看着领命退下的下属，上官扬羽摇了摇头，从袖中取出手帕用力地擦拭掉脸上的汗水，微红的酒糟鼻顿时被擦得更红了几分。

听到命案真凶极有可能是位武道巅峰的强者，这位新任的长安府尹大人便生出了退意，因为他知道这件事情肯定非常麻烦。

身为大唐帝国高级官员，上官扬羽虽说性情卑劣不堪，但还不至于连这点担当也没有，但他清楚如果这个命案牵涉甚广甚深，那便不是长安府能单独解决的问题，而如果别的部衙都不出手，那便说明朝廷里有人不想把这事弄成麻烦。

"陛下恩德浩荡。"他一揖双手遥向北方恭谨行了一礼，丑陋的脸上满是感激涕零的神色，"把下官从司法参军提成长安府尹，陛下对下官大德厚爱，下官如何敢为陛下添乱？"

南城有座黄砖砌成的旧塔，塔身破损不堪，又有青蔓缠绕其间，看上去似乎随时可能倒塌，然而这般多年过去，旧塔依然立于小小寺庙之间，眼看他人起高楼他人起矮楼他人起青楼，沉默安宁无语。

每年春时有无数大雁自南归来，大雁往固山郡浔阳湖度暑之前，总会飞经长安城，然后在这座旧塔四周盘旋多日，其时雁影遮天，鸟鸣阵阵，场景蔚为壮观。

没有人知道为什么这些飞行高天夜宿水畔的大雁会出现在热闹的长安城内，会对这座旧塔如此感兴趣，但时日久了也看习惯了，近些年万雁飞舞的场景更是成了长安百姓赏春的又一胜景，而那座旧塔也有了一个名字：万雁塔。

如今的万雁塔塔顶住着一位和尚，与龛内青灯佛像、桌上经书笔墨相伴，极少下塔，更少与那些后院里的好禅妇人相见。这和尚自号黄杨，正是大唐御弟。

今日他迎来了一位身份同样尊贵的客人。

大唐国师李青山看着桌旁抄经的僧人，说道："昨夜……朱雀醒了。"

黄杨僧人头也未抬，平静回答道："前代圣人留下来的神物，动静之间自有真意，哪里能让我们这些还困在红尘中的凡夫俗子知晓。青山道兄何必自扰？"

李青山淡然应道："既在红尘之中，如何能不被红尘气息所扰？"

黄杨僧人缓缓抬起头来望向他，忽然开口说了一句毫不相关的话："陛下既然在宫中，你为何不在宫中？"

"规矩乃死物，人不能被死物所拘。陛下大部分时日都在宫里，难道我就要天天被拘在宫中？你可以日日躲在万雁塔内修经，我这个昊天道南门之主，也有很多事情要做，更何况长安城内谁能对陛下不利？"

"昊天道南门……"黄杨僧人轻声重复了一遍，脸上泛起一丝说不清意味的笑容，轻声感慨道，"我大唐硬生生从昊天道里分了个南门出来，真不知道每年你回西陵时，怎样才能抵挡住那些大神官眼眸里喷出的怒火。"

李青山傲然说道："闭了双眼，坐在神殿之上，不去看那些师叔师伯的老脸，聋了双耳，站在没有桃花的桃山里，不去听深山庄严的钟声。南门每年该缴的银子一分不少，他们还想怎样？难不成还真能把我定成叛教逆贼诛杀？那西陵上那些老道必须得先灭了我大唐帝国。"

黄杨僧人笑了笑，没有再说什么。

昊天道南门是大唐帝国与西陵神殿之间平衡的产物，实际上代表着大唐帝国在世俗宗教战争中获得的最大胜利，存在世间每多一日，西陵那些道家高人脸上便要难堪一日。他修行的是佛门本领，对这种事情实在不适合发表太多看法。

"昨夜朱雀醒了。"李青山把谈话拉回最先前的话题，冷冷看着黄杨和尚说道，"不论愿不愿意自扰，已经惊扰了很多人，我身为大唐国师不可能面对朝廷的疑问却给不出答案。"

黄杨和尚看着身前案上的佛经，看着经书上那些用朱砂心血润成的鲜红墨迹，沉默片刻后应道："所以你来寻我找答案？"

"朱雀醒之前，南城有名剑师被人砍掉了脑袋。"塔间逼仄，李青山绕过小木桌，两步便走到了塔边，目光穿透极小的琉璃窗向塔外望去，越过层林暑意，落在湿气蒸腾的南城里，"死的剑师曾经是军部的文书鉴定师。没有几个人知道他师承西陵，一手剑诀来自我昊天道门。这不是问题的关键，我没有替西陵师叔伯们向帝国兴师问罪的兴趣，我感兴趣的是，剑师死之前驭剑破了凶手外衣，但那凶手却没有流血。"

听着这话，黄杨僧人若有所思，缓缓应道："武道巅峰的强者？"

李青山转过头来，纳袖于身后，静静看着僧人说道："帝国的武道强者都不可能出手，南晋大河燕国等地的武道强者都在朝廷的监视之中，所以这种可能性极小，所以我怀疑是不是月轮国那些苦修和尚潜进来发疯。"

"所以你来问我。"黄杨僧人微笑着重复了一遍先前说过的话。

"世间传说，你曾去过荒原上那处不可知之地，我知道这并不是传说，而是真事。既然如此，关于月轮国那些苦修僧人的事情，我当然要来问你。"

"我是大唐平州府人。"黄杨僧人敛了笑容，静静回答道，"而且我并不相信月轮国的僧侣们会无缘无故冒险潜入长安城杀人。"

"那你怎么解释凶徒衣上无血之事？"李青山看着他的双眼问道。

黄杨僧人眼眸宁和，缓声回答道："朱雀因怒偶醒，凝天地之息为无名之火，其火足以焚化万物，更何况只是一些黏稠血渍？说不定那凶徒已然成为灰烬。"

这位大唐御弟、佛法精进的僧人果然了得，竟是轻描淡写间便猜到了事情的真相，然而这并不能解释所有的问题。

李青山蹙眉问道："纵使你我全力施为大概也只能令那绘像懒懒睁开眼睛看上一眼，能信朱雀苏醒动怒的人这世间有几个？若真是那些传说中的前辈，他为什么要来长安城杀人？他为什么要冒险引动朱雀的怒火？为何没有任何征兆？"

黄杨僧人微笑道："还是那句话，前代圣人留下的神物，动静之间自有真意，哪里是我们这些凡夫俗子所能体悟？那位可能来过长安城的前辈若真的已经超脱知命境界，身具天启之能或无距之念，那他的目的也不是你我所能猜想。"

圣人，神物，天启，无距，这些词汇回荡在万雁塔塔顶逼仄的空间里，纵使是大唐国师和精妙佛子，面对这些超凡脱俗的存在也不禁陷入长时间的沉默。

"天启十三年……真的不大平静。"李青山轻轻叹息一声，转身望向琉璃窗外被拘成数个手掌大小的天空，天空中那些飘着的流云，云上那些聒噪的鸟儿，悠然说道，"没有什么大事，但总有些令人心神不宁的小事，我在想是不是应该起一卦。"

"佛门弟子修禅不修命。"黄杨僧人看着他的后背，平静说道，"我从来不相信卦卜这种事情，请您不要忘记，当年钦天监观星最后惹出了多大的风波。如今看来，那句夜幕遮星、国将不宁的品鉴实属荒唐无稽。"

李青山负手观云，淡然说道："流云有心，星移有意，任何当下看着荒唐无稽的命运推断，当命运走到下一个关口时，人们最终会发现，不是推断荒唐无稽，而是命运这种事情，本来就很容易变得荒唐无稽。"

"就算国师大人你所言不差，但不要忘记，当年来自西陵的神官授你道法时做过的点评，纵使你有窥天之能，却要拿寿命做代价。钦天监观星品鉴惹出无数风波之时，皇后娘娘为求自清，苦苦哀求你算上一卦，你都不肯答应，难道今天你却要为心头微潮，为莫名感应而自折寿数？"

"天机不可测，我李青山还想多看几年大唐繁华，如何苦心自折寿数。"李青山缓缓蹙起双眉，看着塔下寺外热闹摊贩顶着暑意吆喝，说道，"但拼着大病一场，我也想看看这方棋枰之上，究竟落下了怎样的变数。"

黄杨僧人在心中轻轻叹息一声，不再试图阻止对方，将桌上佛经笔墨移开，自匣中取出黑白棋子与一方棋枰，放在书案之上。李青山转过身来，走到桌案旁，没有做出任何繁复玄妙的施法动作，只是轻拂道袖，抓起两把黑白棋子极随意地扔到棋枰之上。

数十枚亚光棋子在木制棋枰上撞击滚动旋转，发出清脆的声音，过了很长时间才渐渐平静下来，依循着命运的旨意，沉默地落在自己的方位不再移动。

李青山和黄杨僧人的目光同时落到棋盘上一枚乌黑棋子上，这枚棋子不欺直线，不控天元，不拘方格，就那般斜斜落在某处，随意而怪异。棋枰上的纵横线如同人间阡陌大道，棋子有若旅人马车，在路口停留，倾盖相问，或者如故，或者成敌，或者倒两碗茶饮后不再相见，平静如常，纷争如常。

只有一辆马车横亘在一条通天大道的正中央，不向前进，不向后退，不与路旁同行旅人寒暄，也没有冲撞破开一切的意思，只是沉默地堵在那里。

就是这一堵，顿时堵得纵横相交的阡陌大道上一片异样，南归的人无法南归，西去的人无法西去，想要拔刀互见的世敌隔着它无法相见，想要相亲相爱的情侣隔着它无法拥抱，平静变得生涩，纷争变得混乱。

"这就是枰上的变数吗？"看着那枚乌黑的棋子，看着纵横陌道间那辆沉默的马车，大唐国师李青山表情依然平静，脸色却以肉眼可见的速度苍白起来，像是在这刹那时光里患了一场重病。

万雁塔顶一片死寂般的沉默，这沉默不知维系了多长时间，终于被李青山沙哑而疲惫的声音打破，声音空泛听不出悲喜情绪。

"这个变数……要死了。"

黄杨僧人闻听此言微微一怔，看着那枚黑色棋子缓缓合十，面露慈悲。

就在这时，李青山眉梢挑起，眼瞳里异色闪过，说道："不对，又有变数。"

黑夜来临，暑意未退，窗外蝉鸣依旧，书院旧书楼二层楼内一片安静，东窗畔那位清秀纤小的女教授不知何时已经离开，西窗下那个重伤将死的少年依然倚墙箕坐，他脸色苍白双眼紧闭，似乎下一刻就将陷入永久的黑甜梦乡。

不远处有排靠着墙的书架，书架侧面上的繁复纹饰微微一亮，然后悄无声息滑开，片刻后，一个穿着书院夏袍的胖少年气喘吁吁地挤了过来。就在准备艰难蹲下身躯，去书架下方抽出那本《吴赡炀论浩然剑》时，胖少年的眉头忽然皱了起来，青稚白嫩的面容上浮现起一丝狐疑之色，转身望去。

看着不远处墙边那个一动不动仿佛睡着般的少年，他紧蹙的眉毛渐渐舒展开来，吧嗒着厚嘴唇感叹道："书院什么时候又来了个比宁缺更拼命的家伙？"

80

基于内心深处坚信的某种因果定律，宁缺并不相信自己会就此死去，但今天受的伤实在太重，而且胸口处穿着的那根无形长矛已经超出了他的认知范围，所以在来到这个世界的第十六年，他终于不得不开始正式思考死亡的问题。

他醒了过来，然后在第一时间努力地睁开了双眼，用最后的力量抬起头打量四周，想要看看自己是不是来到了冥间，世间是否真的存在冥间。

一张很白很圆的大脸出现在离他近极的空中，那张圆脸上的眼睛眯成了两个小点，小点里闪着疑惑好奇的目光，正盯着他在看。因为这张大脸又圆又白光滑丰嫩，像极了家乡那轮久违的圆月，所以被伤势侵袭身体造成神志有些不清的宁缺并不觉得害怕，反而觉得有种很亲近的感觉。

他靠着墙壁，微微偏头看着近处的大圆脸，虚弱地笑了两声，说道："冥间的夜叉应该长得很黑，我应该是还没有死，那么，你是谁？"

近在咫尺的大圆脸没有吓到宁缺，他忽然睁开眼睛，却把陈皮皮吓了一跳。陈皮皮瞪圆了眼睛，盯着对方苍白的面容，说道："我更想知道你是谁。"

宁缺抬起颤抖的右手捂住看似如常、实际上痛苦空虚难当的胸口，蹙着眉头向旁边望去，确认自己还在旧书楼二楼之上，窗外夜色已经深沉，而窗畔那位女教授不知何时已经离去，不禁有些惊疑微寒，女教授为什么会对自己视而不见？

现在除了他自己，基本上已经没有书院学生会上旧书楼二层楼，更何况是深夜时刻，想到那些明显是在夜间留下来的笔迹，他愕然收回目光，看着身前那名穿着学院夏袍的胖子少年，声音沙哑问道："陈皮皮？"

陈皮皮的眼睛瞪得更大了些，当然，再如何变大也不过是从绿豆变成青豆然后变成黄豆的过程，他瞪着宁缺不可思议说道："你是宁缺？"

"正是在上。"宁缺死死盯着他的圆脸，眼中骤然升腾出一股给人强烈震撼意味的火焰，哑声说道，"你如果不想看着我死掉，就赶紧想法子救我！"

陈皮皮没有问凭什么要我救你之类的废话，这些日子二人书信往来，虽未曾照面，但已经很了解对方的性情。更何况白痴互骂，自称在上，调侃嘲讽互相帮助了这么多次，哪能眼睁睁看着对方死去而不伸手。两根手指搭上宁缺搁在腿上的手腕间，陈皮皮沉默把了片刻，忽然间眉头一挑，抬起头来不可思议地盯着宁缺的眼睛，说道："受了这么重的伤你怎么还没死？"

"没死不代表不会死，我已经快死了，你这个白痴还要说多少废话？"

"你这个白痴，受了这么重的伤为什么不到长安城里去治，还跑书院来磨蹭个什么劲儿？难道你专程就是来找我治伤？"

"为什么不行？你不是说你是天才吗？"

"天才和医术有什么关系？"

"你出的第一道题就是一道药方。"

"方治不死人，你现在本来就应该死了，再精妙的秘方也治不好你。"

宁缺精神已经极其虚弱，目光微散，望着身前这个家伙，说道：

"我在这儿已经躺了整整一天，结果书院里没一个人理我，连平日里看上去那般温和可人的女教授都如此绝情地把我丢在这里，你可不能扔下我不管。"

陈皮皮低头，看见他身旁的那碗清水和两个馒头，说道："师姐性情恬静宁和，自己在后山茅屋里住着，向来寡言少语，她应该不是扔下你不管……"

"不用解释什么，书院当然要拒绝冷漠，温暖你我。"宁缺疲惫地抬起头来，看着暗淡星光下的陈皮皮，沉默片刻后牵动唇角自嘲一笑，说道，"反正我把这条命……交给你了。"

说完这句话，他眼帘微垂，肩头一松，干净利落地重新昏迷。

陈皮皮张大了嘴，看着墙角昏迷的那家伙，满脸不可思议。

"这算什么？遗言都不交代一句就昏了，你这是欺负我必须把你救活是吧？你这是耍赖啊！哪有像你这样办事儿的？"他一边恼火咕哝着，一边艰难地蹲下身体，最后干脆一屁股坐在了地板上，右手轻舒，五根肥圆的手指闪电般在宁缺的胸口处连点数十下。

先前草草看了看脉象，他就知道宁缺受了极重的伤，而且伤势正在胸口气海雪山之间。对于普通人甚至一般修行人而言，这种伤势确实足以致命，但正如宁缺希望的那样，作为西陵和书院共同培养出来的绝世天才，陈皮皮虽然看上去怎么都不像是一个绝世天才，但他真的是一个绝世天才。

天才首要的气质便是自信，至于由自信延展出来的骄傲另当别论。

陈皮皮的自信是全方位的，既然宁缺这时候没死，那么他坚信只要自己出手，宁缺便不会有任何问题。气海雪山处的致命伤很可怕吗？本天才施展天下溪神指，以书院不器意信手拈来天地精纯元气，只需要分秒便能把你治好。

噫？陈皮皮忽然怪叫一声，手指如同触在火炭上般闪电收回，目光落在宁缺看不出任何异样的胸口处，眉梢蹙得仿佛要折成几段，表情变得前所未有的凝重。

"太怪了，太怪了，太怪了，这怎么可能……"厚实的嘴唇微微翕动，陈皮皮盯着宁缺的胸口不停喃喃自言自语，不知道他发现了什么，声音变得越来越颤抖，越来越不自信。

"有凌厉剑意借木物袭体而入，破了你的内腑血肉，应该是位修行者伤了你，但那修行者顶多也不过是个区区洞玄境界，停留在你血肉里的剑意，怎么可能抵抗本天才的天下溪神指？老师授我的君子不器意，怎么没有半点用处？

"这剑意确实凌厉，是那修行者绝命前的拼死一击。宁缺你这个不能修行的可怜家伙，竟然把一个剑师逼到这种份儿上，确实值得骄傲嗯瑟，只是……如果我不能把你治好，我以后又拿什么在你面前骄傲嗯瑟？

"不对！缭绕在你胸腹间的这股阴寒气息是从哪里来的？怎么会触动我的道心？不对！怎么还有一股如此灼烈的气息！这等毁灭意味哪里来的！"

陈皮皮满脸震惊，跌坐在地板之上，看着身前倚墙低头昏迷的宁缺，心想你这家伙究竟遇到了什么事情，身体里怎么出现了如此奇异恐怖的现象？

他渐渐敛了脸上的震惊之色，双手搁在膝头，缓缓闭上双眼，开始思考先前探查到的情况，偶尔抬起圆圆的双手，在身前空中轻轻画出几道不知含义的手印，小心谨慎地继续查探宁缺体内的动静。不知道过了多长时间，陈皮皮睁开双眼，看着宁缺，眼眸里的情绪早已无法平静，只有无穷无尽的不解与惘然。

根据他的判断推测，应该是有一股沛然莫御的灼烈力量，经由那名修行者用剑意在宁缺胸口处破开的通道，直接侵入宁缺体内，瞬间摧毁掉了那座诸窍不通的蠢笨雪山。按道理讲，气海下方的雪山被直接摧毁，宁缺应该在第一时间就死去，但不知为何，其时又有一道绝对阴寒的气息进入这家伙身体内，在雪山垮塌融化的同时重新凝起了另外一座雪山！

必须承认，在修行世界里，陈皮皮确实是个百年难遇的绝世天才，他没有目睹湖畔小筑的一战，没有看到朱雀大街上那根翘起的顶翅，没有看到自苍穹投来的无形长矛，没有看到大黑伞如莲花般轻轻摆荡。他也没有像国师李青山那般投棋卜卦，只是通过宁缺体内的伤势，便把当时的情形推理得相差仿佛。

只是……知道宁缺体内的伤是怎样形成的，不代表就能治好这种伤。

"身躯内的雪山被摧毁后竟然还没有当场死亡，竟然转瞬之间又重新凝结了一座雪山，这是何等样玄妙高远的手段……只怕观里的大降神术也不过如此，昊天光辉替凡人开窍，大概便也是走的这种毁灭重生的路子。"陈皮皮失神望着昏迷中的宁缺，颤着声音喃喃说道，"但我没在这家伙体内感到一丝昊天神辉的味道，而且西陵那几位大神官怎么可能来长安城？就算他们忽然变成白痴来了，又怎么可能耗尽半生修为替你开窍？如果不是大降神术，那是谁在你的身体里动的手脚？是悬空寺的人吗？不，那些光头和尚只会念经说禅，可没有这种现世手段，魔宗那些笨家伙更不可能，观里的师父……他老人家也做不到。如此神妙手段……不知道夫子能不能做到，但老师他正带着大师兄去国游历，没道理这时候回来啊。这到底是怎么回事？"陈皮皮百思不得其解，痛苦地挠头，黑发在肥圆的手指间不停掠过，就像是疲惫的老牛在痛苦地犁着燕国的黑土地。

陈皮皮很清楚，宁缺体内雪山被摧毁被重塑，看似是得了极大的机缘，但没有昊天神辉护体，这种极为粗暴的毁灭重生基本上等同于死亡。宁缺胸腹处的雪山极为不稳定，随时可能崩塌，而那处的气息更是弱到近似虚无，生机已空，如果这个家伙想要活下来，除非有人以极玄妙的手段重新替他注入生机。

天地之间元气恒定，哪里能从虚无黑夜里觅到生机？除非此时能够找到传闻中海外异岛上那些被元气滋养万年的奇花异果，垂死的宁缺才能有一线希望。可那些被天地元气滋养成熟的奇花异果又到哪里找去？书院里没有，长安城没有，整个大唐帝国都没有，他陈皮皮也没有。

陈皮皮看着昏迷的宁缺，看了很长时间，然后低头从怀里取出一个晶莹剔透，不知由什么材质烧成的小瓷瓶。他的脸上露出痛苦犹豫的神情，握着小瓷瓶的手臂变得颤抖，仿佛那小瓷瓶如桃山般重得无法承受。

81

人们仰望高远的天空，赞美昊天的仁爱，修行如何勤勉，悟性如何过人，却从来不敢奢望能够飞上天空。因为他们知道，行路再难，也难不过上青天，由世间通往天穹的道路总是充满着艰难险阻，从来没有人成功过。昊天神殿在西陵，自号世间唯一能明悟昊天意志的光明教门，但也没有听说过哪位大神官能够就地羽化，成为昊天光辉里的一属。

西陵有种灵丸叫作通天丸，仅从名字上便知道这种灵丸的珍贵，深藏某不可知之地内秘不示人，存世数量极其稀少。

此时陈皮皮颤抖的手中握着的瓷瓶里，却有两颗通天丸。

"都说我是百年难遇的修道天才，入师门后赐了三颗通天丸子，结果闹得观里深处的老道士们连着开了三天大会。要知道叶师兄当年都只吃了一颗啊……我吃了一颗，留一颗保命，本想最后一颗留给师兄日后冲关，就这么给你吃了？通天丸虽不能助人通天，但给普通人送服至少可以增十年寿数，让修行者服了或许可以直接跨境。我手里瓶中的丸子，如果送给大河国的国君，就算要他把国君之位让给我也不是什么难事，如果把这丸子给魔宗那个唐火腿，说不定他会心甘情愿叛出师门归附西陵。这么珍贵的通天丸，就让你这个可怜家伙拿来治伤？"

如果是普通的金银财宝，甚至让自己损耗念力来救助垂死的宁缺，陈皮皮都绝对不会在意，但瓶中这两颗丸药实在是太过重要，乃是西陵昊天道门最珍贵的圣药，如果流传到世间不知会引发多少动荡，所以他非常挣扎犹豫。

激烈的心理挣扎在脑海中不断冲突，不知道过了多长时间，只见这位胖胖的少年幽怨至极地叹息了声，看着昏迷中的宁缺有气无力说道："那些和尚总说，救人一命比修七层石塔都重要，虽然我不知道修那些难看的石塔有什么重要，但我觉得这话有些道理。虽然我还是认为你这家伙的小命没有这颗药重要，但谁让通天丸子不会说话，而你昏迷之前无赖地把小命托付给我了呢？"

所谓理由其实都不过是说服自己的借口，陈皮皮面露悲痛之色，拧开晶莹透亮的小瓷瓶瓶盖，小心翼翼倒了一颗药丸到自己掌心，然后送到宁缺嘴前。

药丸色泽微棕，没有什么光泽，也没有什么异香奇味，更没有引来夜空里的百鸟欢鸣朝圣，只是散着淡淡的草药味道，显得极为寻常。

"如果你早点儿死了，这颗通天丸便能省下来，如果你没来书院，这颗通天丸也能省下来，如果……你丫那时候修行无门苦闷的时候，没那么无聊在纸上留言，我也不会认识你，那么这颗通天丸也能省下来。"陈皮皮把药丸塞进宁缺嘴里，端起他身旁那碗清水灌了进去，用手掌轻按他的胸口助他化药，一面喃喃抱怨道，脸上满是悲苦痛惜神情，"如此聪明又毅力过人，而且悟性也不差，偏偏气海雪山里诸窍不通，你这家伙还真是可怜，说你是个被昊天诅咒的少年也不为过。"

宁缺依旧紧紧闭着双眼，但苍白的脸颊却是快速红润起来，陈皮皮怔怔看着他，哀叹道："而如今你雪山被毁重建，说不定真的能通几个窍，又偏偏得了非通天丸不能治的重伤，又偏偏遇到了世间唯一有通天丸的我，而我又偏偏狠不下心来看着你去死，所以你啊，其实是个被昊天眷顾的少年才对。"

融化垮塌之后的雪山，被那股阴寒的力量瞬间再度重塑，画面看似神妙，但那座雪山的构造却是极不稳定，随时可能再次垮塌，内部冰川险洞可谓千疮百孔，绝大部分孔洞并不能前后贯通，却让雪山变成被白蚁蛀空的木柱般脆弱。

珍贵的通天丸被水化开，经由咽喉向下缓慢渗透，还没有来得及抵达宁缺的胃部，便化为淡淡的药力，隐隐若繁星般的神辉，消散在他的腑脏之间。神辉照耀之下，远处的雪山再也没有垮塌一角又陡兀增高，安静沉默地站在苍穹之下，若圣女一般高洁，像勇士一般坚定，缓慢融化，滋润着脚下的干涸荒原。

一股生命的气息弥漫在那个奇异的空间世界之中，这股气息并不是来自苍穹之上的那轮太阳，而是来自世界的本原。昼夜在交替，涓涓冰溪在缓缓流淌，渐渐地，溪畔生长出了第二棵小草，然后蔓延成为草原。

有成群的黄羊在青草间欢快地跳跃，有田鼠在地底欢快地啃食着草根，草原深处生出了几棵青树，绿油油地令人好不欢喜。

通天药丸化散的速度很慢，被人体吸收的速度却是极快，当最后一丝药力融进宁缺气海雪山之间时，他便醒了过来，而此时旧书楼外晨光已起。

他疲惫地靠在墙上，眯着眼睛看着东窗外投射进来的晨光，干枯的嘴唇微微翕动，轻至不可闻喃喃念道："任何事情都有因果，都有存在的原因和理由，昊天老爷你把我带到这个世界自然有你的原因，我就知道你不会眼睁睁看着我死去。"

"不是昊天老爷，是本天才我没办法眼睁睁看着你去死。"陈皮皮靠在他身旁的墙壁上，揉了揉发涩的眼睛，嘟囔道："都一只脚踩进冥间的家伙，醒过来后也不把感谢的对象弄清楚。"

宁缺疲惫一笑，静静看着他的大圆脸，真没有想到猜测很长时间的留言者陈皮皮，居然是这副模样，问道："你怎么把这伤治好的？"

陈皮皮挪动着肥胖的身躯，以背蹭墙，艰难地站了起来，然后双手扶腰活动了一下酸涩的身体，轻蔑一笑，挥手说道："说过多少遍，我是世间难得一见的天才，你这小伤若让寻常大夫看着，肯定让你直接躺进棺材，但对本天才来说，也不过就是轻轻挥一挥衣袖的小事情。"

胖子少年向来认为自己是百年难遇的绝世天才，所以从小到大他一直在用天才的风度气度要求自己，羡慕诸位师兄的风范，最讲究一个风轻云淡。昨夜他为治好宁缺，送出了一枚世间难觅的珍贵药丸，但既然送都送了，一味强调此事不免显得有些像市恩之举，这严重不符合他的审美情趣，所以他并没有解释细节，只是挥了挥衣袖，显得毫不在意。

当然此刻如果有人站在他的正面，一定能够看到他那张圆脸上的肥肉，正在因为心中的痛惜与后悔微微抽搐。

晨光之中，肉痛不已的陈皮皮转过身来时表情已然平静，他看着宁缺的眼睛，忽然提出了一个要求："我能看看……你身边这把大黑伞吗？"

宁缺怔了怔，沉默片刻后抬头看着他说道："我没力气，你自己拿。"

于是这下轮到陈皮皮怔住了，他蹙着眉尖，看着宁缺沉默很长时间后，艰难地俯下身体，握住了那把大黑伞的伞柄。入手处有些微微的冰凉，做伞柄的木头应该是帝国北方某种常见树木磨成的，黑漆漆的伞面上不知涂着什么，显得有些油腻，除此之外看不出来任何异样。

陈皮皮看着手中的大黑伞，看了半天也没有看出什么问题，略一沉默后，把伞放回宁缺身旁，说道："昨天夜里我抽空去打听了一些事情。"

"什么事情？"宁缺疲惫问道。

"昨天朱雀醒了。"陈皮皮盯着他的眼睛。

宁缺微微皱眉，想起自己重伤昏迷在长街时的感受，想起数月前和桑桑撑着大黑伞走过朱雀大街时心头无由生出的悸意，但他确实不知道那时候大街远处的朱雀绘像曾经苏醒，于是只是摇了摇头。

陈皮皮没有看出任何破绽，微一停顿后继续说道："昨天长安城里死了个剑师。"

宁缺沉默。

陈皮皮似笑非笑看着他，说道："你身上有很多剑伤，虽然早已不再流血，但那是被火烧合的，并不是旧伤。"

宁缺笑了笑，抬头问道："你究竟想说什么？"

"受了这么重的伤，却没有回家躺着，而是坐着马车来到书院，只能说明你是在清晨受的剑伤，当时长安府索缉甚紧，你没办法回家，只好来书院暂避，长安府可不会拦截书院的马车，更没胆子来书院搜人。昨天清晨那名剑师死，长街上的朱雀绘像醒，你受了这么多剑伤，身上却没有一滴血，伤口全被无形火焰烧凝，那就只能说明一件事情。"陈皮皮看着他，皱眉说道，"杀死那名剑师的人是你，令朱雀大动无名之火的人也是你，而我始终想不明白的是，做到这些事情的你……只是一个普通人。"

"佩服佩服，你可以姓福，那我可以姓华。"宁缺疲惫靠向墙壁，说道，"问题是既然你费了千辛万苦才把我救活，相信你也不会把我送给官府，那何必问这些。"

陈皮皮眉梢一挑，得意道："因为本天才要向你证明，没有什么事儿能瞒得过我！"

宁缺微笑看着他，忽然开口说道："西陵并没有你留言里说的那种大家族，影响力遍布俗世，只对书院有所忌惮的地方只有一个，那就是昊天神殿。"

"你不是什么家族继承人，而是昊天道曾经选定的继承人，不知道你小时候那位师尊是昊天道掌教还是哪位大神官？而我始终想不明白的是，被西陵昊天神殿寄予厚望，隔代指定的掌教继承人，被书院收留的绝世天才……怎么会这么胖？"

82

听到这段分析，陈皮皮先是一惊，然后勃然大怒，觉得伤自尊了，脸色一沉盯着宁缺，也不承认什么，压低声音冷厉斥道："休得瞎说什么，不然休怪我一掌拍死你，似你这等小角色，不要把自己那点小聪明拿出来嘚瑟！"

胖子天才少年神色一肃，倒真有几分冷看天下的气势。然而宁缺却是毫无惧意，靠着墙壁，微笑望着他，忽然开口问道："你杀过人吗？"

陈皮皮微微张嘴，想要嚣张回答几句，却说不出口，只好低下头去看自己的脚尖。

宁缺用有趣的目光看着他，继续追问道："总杀过鸡吧？"

陈皮皮低着头把双手背到身后，指尖艰难地轻触而离，紧紧抿唇不肯回答这个问题，左右扭动着肥胖的身躯，就像个受了委屈伤了自尊的死孩子。

宁缺笑了起来，看着他叹息说道："想来除了在路上无心踩死过几只蚂蚁，你这双白白嫩嫩的手连点血腥都没沾过……那就不要学别人用生死这种东西威胁人，没有什么力度反而徒惹发笑。我倒要提醒你，关于我的事情你可别四处说去。"

听完这番教训，陈皮皮以袖掩面羞愧而走。

尚是晨时，还可以去书舍听课，但刚刚从死亡的冥间艰难挣扎回来，身体精神异常疲惫虚弱，宁缺自不会去扮演听话的好学生。而且昨日有些模糊的记忆中，隐约有一段是女教授答应替他请假，所以他决定回临四十七巷家中休息。

以大黑伞为杖，重伤之后的少年缓慢走出了旧书楼，像个晨练的老人那般微佝着身子，迎着晨光自湿地边缘散步而去，穿过清幽侧巷，走到了书院的正门外。

书院简朴石门外是一大片像毡子般的美丽青色草甸，草甸中间隐着十余条石板砌成的车道，车道边缘和草甸深处没有什么规律植着很多棵花树，时入盛夏，树上的花朵早已被茂密肥嫩的枝叶雏果代替，垂坠欣喜。草甸青树石径尽头有一辆马车，那辆马车已经在那里等了很长时间，马儿都疲惫地低下了头。车畔蹲着个穿侍女服的小姑娘，她已经一天一夜不曾睡觉，黑黑的小脸蛋因为疲惫和担忧惊惧变得有些微微发白，如同抹了陈锦记的脂粉一般。

昨天清晨没有等到宁缺杀人归来，又有表情严肃的衙役四处询问，听着长街之上匆匆的羽林军马蹄之声，桑桑便知道出了问题。她强行压抑住心头的不安，在老笔斋里沉默等待，但当马车回来宁缺却依然没有回来时，她终于等不下去了。

询问车夫，确认宁缺晨间坐着马车去了书院，桑桑略一思忖，直接拿出了十两银子，请求车夫把自己载到书院，然后就一直蹲在马车边草甸青树旁默默等待。她知道他肯定受了极重的伤，可能暗自藏身书院某处养伤，所以她不敢去问书院里的教习和学生，她只能等待。

蹲在草甸青树旁，看着书院的石门被黑夜笼罩，被朝阳唤起，看着里面书舍的灯火点亮又熄灭，听着那些学生朗声诵书，看着小小旧鞋前的蚂蚁来了又去了又来，看着有人走进书院，有人走出书院，但就是没有看到那个家伙。

书院学生乘坐马车前来，看到宁缺的小侍女蹲在道旁，难免好奇，有人曾经上前问过几句，但她却是理都不理，倔强地闭着小嘴不发一言，只是看着书院门口。

看了整整一夜，仿佛看了整整一辈子那么久，桑桑终于看到了那个身影。

她揉了揉发涩的眼睛，微白的脸蛋渐渐放松渐渐有了血色，闭上眼睛抱拳于胸喃喃念了几句什么后，以手撑膝快速站了起来——因为蹲的时间太长，细细的腿部气血有些不通，她瘦小的身躯一阵摇晃竟是险些跌倒。

宁缺撑着大黑伞，缓慢走到她的身前，看着这张熟悉到不能再熟的小黑脸，看着小脸上的疲惫担忧，心中涌起一股怜惜。虽说他主仆二人这一世共同经历的生死次数太多，但越过生死之后能见到对方，依然是一件最值得高兴的事。

他极自然地张开双臂，想把桑桑搂进怀中，却忽然发现小侍女现在的个子比在渭城时竟是高了一小截，已经到了自己胸口，下意识里怔了怔，没有继续把她搂进怀里，而是伸出手落在她头顶，带着微笑揉了揉。

桑桑仰起小脸，咯咯一笑。

二人转身互相搀扶着向马车走去，极有默契，没有在书院门口多说一句话。

车夫打了一个呵欠，昨夜他在车厢里将就着睡了一夜，身体也已极为疲惫，但拿着十两银子，疲惫不在话下。只见他右手轻挥马鞭在空中挽了个花儿，发出啪的一声轻响，左手轻提缰绳，马蹄踏地声中，车厢缓缓开始移动。

车厢中宁缺声音微哑道："很累，回家再说，刀在下面，待会儿记得拿走。"

马车驶抵临四十七巷，疲惫伤重的宁缺仿佛睡死过去一般，一直没有睁开眼睛。桑桑取出那把朴刀塞进大黑伞里再系到背上，然后在车夫的帮助下，像拖装粮麻袋一般把他拖进了老笔斋，塞进了薄被之中。酷暑夏天，再薄的棉被终究还是棉被，宁缺被捂得满脸通红，出了一身大汗，不知睡了多长时间，终于悠悠醒了过来。

睁开双眼，确认自己回到了家中，他深吸一口气，隐藏在内心深处的余悸终于有了余暇散发开来，让他觉得自己的手脚有些冰冷。

盯着屋顶那几片透光琉璃瓦，他沉默很长时间后，忽然开口说道："最近这些天我和你提过那个叫陈皮皮的书院学生……你帮我记一下，我欠这家伙一条命，以后合适的时间合适的地点……提醒我想办法还给他。"

桑桑这时候正在向桶里倒滚烫的开水，准备替他擦拭身子，没有想到他醒了过来，闻言一怔，坐到他身边疑惑问道："怎么还？"

"虽然不知道那家伙是怎么做的，但我这条命应该是他救回来的。我对你说过很多遍，这个世界上就没有比你我的命更重要的事情，既然如此，那么将来无论花多大代价去报答他都理所应当。"然后他看着桑桑若有所思的小脸，笑着提醒道，"但不能拿我们的命去还。"

"少爷，究竟发生了什么事？"桑桑盯着他依然苍白的脸颊，轻声认真问道。

"那个茶艺师是个修行者，我受了很重的伤，最后只记得昏倒在一条大街上，至于后来发生了什么事情，我……不是很清楚。"宁缺想着从昨天清晨到此时的连番奇妙遭遇，尤其是那些昏迷时隐隐然模糊的感受，眼眸里泛过一丝迷惘之色，皱着眉头重复道，"我真的不知道发生了什么。"

"做些吃的，我有些饿了。"他不喜欢这种有变化发生在身上而自己却一无所知的局面，皱眉思索不得其解后，便不想再讨论这件事情。

忽然间他想到一个问题，看着桑桑面露乞求之色说道："不要煎蛋面也不要肥肠面，更不要昨天剩的酸辣面片汤，这么热的天气，肯定都馊了……看在少爷我受了这么重的伤差点儿死掉的分上，咱今晚掏钱吃顿好的吧。"

桑桑被他这句话说得鼻头一酸，心想我只是个小侍女，难道还敢天天克扣你不成，还不是想着日后少爷你要娶少奶奶，总得替你攒些银钱。

"我给了车夫十两银子……"她低着脑袋轻声说道，"先前少爷你昏睡的时候，我去隔壁古董店寻他家老板娘要了碗泡萝卜，已经倒进锅里和鸭子一起炖了，再过会儿便能好。"

说完这句话，桑桑从桶里拎起滚烫的毛巾拧了拧，然后放到宁缺手能触着的地方，向屋外走去，被烫得有些微红的小手在围裙上轻轻擦了擦。

给了车夫十两银子——桑桑就是要通过这句话告诉少爷，自己虽然年纪小，虽然节俭，但却不是个不分轻重的小侍女，该花银子的时候，可没有什么舍不得。

宁缺躺在床上看着窗外那个忙碌的小小身躯，想着先前她那句话里隐着的恚恼味道，忍不住笑了起来，却没想到桑桑看见他在床头支着身子，竟是迅速走到窗边，没好气说了句好生休息，便把外窗紧紧关住。

屋内光线顿时变得十分昏暗，除了头顶那些琉璃瓦透下的微光，就只有桑桑提前在桌上点亮的一盏温暖烛火，静静地陪伴着床上的他。宁缺静静看着桌上那盏烛火，脸上的笑容渐渐敛去。

茶艺师颜肃卿是个修行者，这个隐藏因素严重破坏了他的计划，如果不是够狠够幸运，或许在湖畔小筑他就已经死去，根本不可能逃到那条大街上，更没有机会在书院里潜藏一夜，然后遇见陈皮皮这个西陵的小神棍。

在大街上昏迷的那段时间，他知道肯定有些事情发生，不然无法解释身上那些伤口为什么会愈合，也无法解释胸口处那道无形长矛所带来的痛苦，只是他确实不知道当时究竟发生了什么，而陈皮皮又对自己做了什么。

思虑凝滞，体伤神损，酷暑夏日被捂出一身汗，他觉得身上的皮肤一片黏腻有些厌烦，便想擦拭一下，然而他的手在快要触到湿毛巾的时候却僵住了。

因为他忽然发现自己的手指与湿毛巾之间好像多出了浅浅一层阻碍。

83

世间有一条像废话般的真理：有就是有，没有就是没有。在世俗世界里，有没有的标准很简单：看得见的东西如山便是有，听得见的东西如音也是有，触得见的东西如火同样是有，但如果你看不到听不到也触不到，那自然便是没有。

这个标准并不适用于修行的世界，那些弥漫在天地间的呼吸或者说元气，那些经由气海雪山轻奏而鸣引发元气震动的念力，无法被平凡人感知，他们看不到听不到也触不到天地之息和修行者的念力，但并不代表这种事物就不存在。

初境又称初识，指修行者之意念自气海雪山外放，明悟天地之息的存在。感知，指修行者在初识天地之息后，还能与之和谐相处，甚至进行一些感觉上的交流接触，这两个最初的境界被统称为虚境。

一个平凡人能否踏上修行之路，可以通过上面的论述做出最简单的评判：如果他能够看到听到或者触到天地之息或是意念，那他就真的已经站在道路上了。

宁缺怔怔看着自己微微颤抖的手指，看着指腹与湿毛巾之间那层薄薄的缝隙，看着那些蒸腾的热气，知道自己感受到的并不是这些热气，而是一些别的东西。这种感受用触碰到来形容并不准确，更像是一种感知。

人类的大脑里有精神，精神产生意念，意念是想，而念力便是好想好想好想好想和你在一起……类似此等模样而产生的某种玄妙力量，也就是思想的力量。

宁缺此时重伤未愈，疲惫乏空，脑海中清明一片毫无杂念，只有一种想法，他想拿起那块冒着热气的湿毛巾，好好擦拭一下自己的身体。似乎天地间流传着的那些气息，这一次终于听懂了他的思想，感受到了他思想的力量，从屋檐间，从窗缝里，从棉被中，从每一滴汗水里渗透出来，以超乎速度范畴的"速度"汇聚在他的指前，落在了湿漉滚烫的毛巾上。

房间内死寂一般的沉默，宁缺痴痴看着自己的手指，不敢呼吸，不敢眨眼，用尽全身力气保证颤抖的手指没有抖成残影，以前所未有的小心谨慎保持着这个姿势，如同一个被冻僵了的鹌鹑。

过了很长时间，他极其缓慢地挑起了眉梢，像慢动作般微微偏首，惊疑不安地看着自己的指尖，然后慢慢闭上了双眼，强行压抑住心头的激动兴奋，开始冥想。

多年前在开平市集拿到那本《太上感应篇》，从那之后宁缺无时无刻无地不在冥想，睡觉之前在冥想，起床之后看着朝阳发呆冥想，赌赢了三碗米酒高兴之余不忘冥想，浑身浴血跳进梳碧湖后在冥想，虽然很可悲地从来没有感知到天地间流淌的那些元气，但进入冥想状态的纯熟度，却绝对是世间最顶尖的。

万念俱空。

固守本心。

由意驰行。

来此世间漫漫十六年，体内气海雪山诸窍不通，被无数次摧毁希望的宁缺，终于第一次听到或者说感觉到了那道悠长平静的呼吸声，那是天地的呼吸。

他敢用将军府里最疼自己的母亲的名誉发誓，这声悠长平静的呼吸声虽然轻微，但绝对是他所听过最美妙的声音，比梳碧湖马贼跌落坐骑的声音更美妙，比张贻琦瞪着眼睛挣扎弹动的声音更美妙，甚至比钱袋子里银锭撞击的声音更美妙。

悠长平静的呼吸之间，有青叶舒展，有艳花盛开，有百禽鸣叫，有巍巍乎高山，有洋洋乎流水，有洲头橘子落，有百舸争渡急，有地之厚广，有天之静远。

宁缺不知道该用怎样的词语来形容天地呼吸的美妙，思来想去，只有当年听到的那声微弱呼吸声可以比拟——那年在道旁死尸堆里捡到被冻得浑身青紫的小桑桑，他解了衣裳把小女婴抱在怀中抱了整整一天一夜终于听到的那声微弱呼吸。

这一刻，他终于隐约记起昏迷于长街时听到的那些声音，明悟了那些声音的意思——那些来自街畔拴马石柱、酒肆幌子的喘息。那些来自深院古槐、座下青叶的喘息，那些来自石狮木楼、街道皇宫城墙的喘息，都是天地赐予它们的生息。

耳中听到的是平静悠长来自远古必将走向未来的呼吸，手指触到的是并非实物却能确定其实在的存在，房间门窗紧闭，却有轻柔如风的波动缓缓缭绕在他的身周，不，这种波动比风要凝重，更像是静潭碧水一般温柔，却又比水更加轻灵。

终于确定感知到了什么，他再也无法压抑内心深处喷涌而出的情绪，醒了过来，看着房间墙上自己写的书卷，看着简陋的梁柱花纹，目光中充满了激动兴奋，还有一种极为复杂的情绪。他觉得虽然眼前门窗紧闭，但自己似乎能够看到临四十七巷里那堵灰墙和那排青树，他知道眼前的世界看上去和从前的世界似乎并没有什么不同，但今日之后这个世界对于他宁缺来说……必将不同。

伸出依旧微微颤抖的手指，对准桌上那豆粒般的烛火，宁缺缓缓吸气，催动自己的意念进入气海雪山之中，然后过了很长很长时间，才缓缓释放出来。

桌上的烛火摇晃不安，不知道是风，是他的手指所为，还是他的心乱了。

"这……就是天地元气吗？"他看着自己的指尖，没有看到任何东西，但能感觉到，那里有一层极薄的存在，喃喃自言自语道，然后他沉声补充了一句，"这就是天地元气！"

年轻稚嫩的面容上满是坚毅和肯定，没有任何动摇和自我怀疑。

顾不得抓一件单衣披在身上，没有把鞋倒穿，因为根本没有穿鞋，宁缺猛地跳下了床，双腿一软险些摔倒，强行撑住向屋外跑去，撞翻了床边的水桶，腰被桌角狠狠撞了下，然而被巨大幸福感冲击得快要昏厥的少年根本没有感觉到疼痛。

推开房门，冲进小小庭院，站在正在砍柴的桑桑身前，他看着佝偻着小小身躯的小侍女，张了张嘴想要说些什么，却发现自己的声音有些沙哑，快要说不出话来。

桑桑疑惑看了他一眼，发现他脸上的表情极为怪异，像是在哭又像是在笑。

"少爷，你没事儿吧？"她站起身来，习惯性踮脚抬臂，想知道宁缺是不是被捂到发烧，烧到神志有些不清，却发现如今自己一踮脚居然能摸到他的头顶，不由高兴地笑了起来。

宁缺伸出右手抓住她的细胳膊，把她小小的身躯用力搂进怀里，搂在自己赤裸的胸怀间，就像很多年前那样，喃喃念道："你活着很好，我现在……也很好。"

柴刀见血逃离长安城后，他很多年都没有哭过，今天依然没有流泪，但不知道为什么，他觉得自己的眼眶有些湿热，鼻头有些酸涩。桑桑艰难地抬起头来，看着宁缺眼眸里淡淡的湿意，吓了一跳。然后她猜到了一些什么，小脸上满是震惊神情，两行眼泪唰地一下便从柳叶眼里流了出来。

无语凝噎绝对不足以宣泄主仆二人此时此刻的情绪。桑桑张开细细的胳膊，用力搂住宁缺的腰，大声痛哭起来："呜呜……少爷这可是大喜事，晚上你可得多吃几块鸭肉。"

拥抱结束，二人分开了一些距离，宁缺低头看着小侍女纵横于黝黑脸上的泪水，嘴唇微微翕动，似乎想要说几句什么，却终究没有说出口。

桑桑倒是马上明白了他的意思，羞愧地低下头，抬袖擦拭掉泪水，一面抽泣一面低声说道："我……我去叫松鹤楼的外卖，六两银子的席面。"

"这还差不多。"宁缺宠溺地揉了揉她的脑袋。

桑桑进屋开匣取了银子，匆匆向铺子里跑去，忽然想到一件事情，在门前缓缓停下脚步，回过头来看着他，咬了咬嘴唇，极认真说道："少爷，以后再出去……做这些危险的事情，一定要记得带上我，在铺子里等你不好受。"

宁缺静静看着她，然后用力地点了点头，说道："放心，以后再也不会有这种事情发生，至少今年之内，我不会再做什么，你不用担心。"

老笔斋铺门早关。铺上挂着的小木牌本来写的东家有事，被桑桑在最短的时间内改成了东家有喜。

既然是喜事，自然少不了饮酒助兴，主仆二人极奢侈地吃了松鹤楼六两银子的席面，喝了两大壶酒，不知道是因为太过高兴，还是心疼一顿饭吃了这么多钱，酒量惊人从未醉过的桑桑今日竟是极为罕见地醉了。

宁缺看着醉卧桌上的小侍女，吃惊地挠了挠头，心想我还没醉你怎么就先醉了？

把桑桑抱回房中，盖了层单被面，宁缺坐在床边拿了把圆蒲扇替她扇风，同时驱赶一下那些恼人的蚊子。这些年来都是桑桑在服侍他，他已经极少做这些事情，但毕竟小时候做过太多次，所以动作非常熟练。

巨大的幸福感与激动兴奋就在圆蒲扇的摇晃之间渐趋平静，他开始默默思考自己身上究竟发生了什么事情，目光下意识落在桑桑小脸边的那把大黑伞上。

84

昨晨发生的那些奇妙事情，宁缺已经隐隐然记起来了一些，包括长街昏迷时那如同幻境一般却非梦境的遭遇。修行者的强大在湖畔小筑内展露无遗，就算他带齐了三把刀也不可能是对方的对手，至于长街上的遭遇更是凶险，如果不是昊天赐他幸运，他根本没有可能活下来，更没有可能迎来如此大的机缘。

他坚信昊天让自己降临这个世界自有其用意，所以他认为自己不会无缘无故地死去。这种信念支撑着他熬过了小时候最艰难的那段岁月，伴他度过了一场又一场的生死关头，而在他看来桑桑枕边的大黑伞……就是昊天赐予自己的礼物。

大黑伞看上去很普通，除了很大之外看不出来任何奇特之处。然而在昨日清晨那场凶险的战斗中，如果不是它在最关键的时刻挡住了那把无往而不利的飞剑，又挡住了颜肃卿凝集毕生修为的剑指，宁缺早就死了。

捡到大黑伞的过程很寻常无奇，就像他捡到桑桑一样。

很多年前，宁缺抱着小女婴走在官道上，看着天色好像快要下雨，刚好又看到道旁有把被人丢弃的黑伞，就顺便捡了起来。

当小男孩的小手握住大黑伞很粗的伞柄时，这个世界并没有任何异样的情况发生。乌黑阴云没有降下滂沱大雨，远处岷山也没有摇晃不安，更没有多少处黑烟冲天而起，某金甲神人破云而出吧啦吧啦说一大堆废话。

年幼不知道节俭的他，在那个雨季之后便准备把这把黑伞扔了，因为他觉得这把黑伞实在是太脏，在溪水里怎么洗也洗不干净，而且太过沉重，背着黑伞抱着女婴，还要和那些草原受旱南迁的蛮族流民抢官府派发的粮食，实在是有些麻烦。

然而很奇妙的是，大概是抱着大黑伞睡了太长时间的缘故，还是个瘦小女婴的桑桑发现怀里没有大黑伞后便开始哭泣，无论宁缺怎么哄都没办法哄好，甚至就连偷来的糖水都没有效果，他只好万般无奈地又去把大黑伞捡了回来。

此后数年间的很多遭遇，证明了桑桑的哭泣以及宁缺的决断无比英明。大黑伞油腻腻的伞面不知道是用什么材料制成的，竟是完全不惧火烧，不惧刀劈剑刺，凭借着这种奇异的特质，大黑伞救了宁缺和桑桑好几次，年幼的主仆二人，能够在崇山峻岭险恶世间活下来，其中有它太多的功劳。

宁缺与桑桑和这把大黑伞相伴多年，早已把它视为生命中某个极重要的伙伴，所以桑桑当日才会在长安城门口说出那句："伞在人在，伞亡人亡。"

除了不惧火烧，不怕刀劈剑刺，大黑伞还有很多的奇异之处，宁缺非常坚信这一点，只是自己暂时还没有能力去发现，需要慢慢去摸索。

昨天清晨那场战斗，如同这十年间那几场最危险的战斗一样，在生死存亡的最后关头，他近乎本能般把自己的生命完全交给了身后的大黑伞，事实证明大黑伞没有令他失望，而他也同时发现了大黑伞的另一个秘密。能够让那柄来去无踪纵横掠行的飞剑失去所有威力，能够令一位剑师凝聚毕生修为也无法突破，这已经超出了大黑伞原先展现出来的物理防御特质，而进入另一种更奇妙的境界，宁缺甚至隐隐感觉到，大黑伞极有可能能克制修行者的能力！

能够刀枪不入，能够水火不侵，还可以解释为黑伞的伞布是用某些珍稀材料制成，然而如果他的推断是正确的，那该用什么样的理由来解释这一切？

大黑伞静静躺在桑桑微黑的小脸旁，它不会说话也不会动弹，就是一个没有生命的死物，可此时在宁缺眼中，被紧紧束住的油腻伞面却开始渐渐释放出一种叫作神秘的气息，那股气息有些寒冷，待仔细看去却又瞬间消失不见。

面对神秘的事物，人类本能里都会感到恐惧，然而这毕竟是一个充斥着天地元气、有着诸多神奇传说的修行世界，宁缺自身又是最神秘事件的当事人，再加上自幼和这把大黑伞相伴，用它遮风挡雨，用它作枕安眠，用它为盾脱生，它早已成了他和桑桑生活中不可缺少的一部分，哪里又能产生什么惧意。

"你……究竟是个什么东西呢？"

重伤未愈又遇着足以眩晕的惊喜幸福，再加了几杯酒水，宁缺看着大黑伞便入了梦乡，下意识里隔着薄薄的被单把桑桑搂进了怀里。

啪的一声轻响，圆蒲扇落到了地面上。

一轮光线暗淡的太阳悬在寂静的荒原上方，环境昏暗如夜晚将要来临，四周的温度很低，一片最纯洁最极致的黑色从远处蔓延而来，眼看着便要占据整个世界。

荒原寂静不代表没有人，这里有很多人，各式各样的人。这些人没有抬头望天，而是看着宁缺，目光中饱含着期盼不屑疑惑非常复杂的情绪。

宁缺知道自己又开始做梦了。不是冥想时做的那些大海之梦，是旅途中那个可怕梦境的延续，虽然清楚自己身在梦中，但他依然觉得浑身寒冷，仿佛荒原上这些人的目光，无论含着何种情绪，都隐藏着某种微妙的敌意。

黑色逐渐侵袭至荒原上空，纯净的夜遮蔽了半边天空，就在这时，荒原之上传来一记轰隆雷鸣，瞬间传遍整个世界。荒原上很多人被轰鸣的雷声击倒在地，痛苦呻吟。还能站立的人们脸上的表情忽然间敛去，似没有生命的雕像般重新抬头来看天，去看那道雷声响起的地方。

圣洁的光辉瞬间照亮整个夜空。

高远的苍穹之上，在圣洁光辉最中心最明亮的位置，有一扇无比巨大的金色大门缓缓开启，隐隐能够看到一条巨大的黄金龙漠然探出龙首。

雷声，即是开门声。

图书在版编目（CIP）数据

将夜 1：精修典藏版 / 猫腻著 . -- 北京：作家出版社
2022.2（2025.6 重印）

（网络文学名作典藏丛书）

ISBN 978 - 7 - 5212 - 1741 - 4

Ⅰ . ①将… Ⅱ . ①猫… Ⅲ . ①长篇小说 – 中国 – 当代
Ⅳ . ①I247.5

中国版本图书馆 CIP 数据核字（2021）第 274569 号

将夜 1：精修典藏版

总 策 划：	何 弘　张亚丽
主　　编：	肖惊鸿
作　　者：	猫 腻
责任编辑：	王 烨　袁艺方
装帧设计：	天行云翼·宋晓亮
出版发行：	作家出版社有限公司
社　　址：	北京农展馆南里 10 号　　邮　　编：100125
电话传真：	86 – 10 – 65067186（发行中心及邮购部）
	86 – 10 – 65004079（总编室）
E – mail:	zuojia@zuojia. net. cn
http://	www.zuojiachubanshe.com
印　　刷：	唐山嘉德印刷有限公司
成品尺寸：	152×230
字　　数：	350 千
印　　张：	26
版　　次：	2022 年 2 月第 1 版
印　　次：	2025 年 6 月第 3 次印刷
ISBN	978 – 7 – 5212 – 1741 – 4
定　　价：	45.00 元